I0564044

www.ingramcontent.com/pod-product-compliance
Lightning Source LLC
Chambersburg PA
CBHW022205010726
47493CB00002B/415
9780981257600

تهران کوه کمر شکن

مهین میلانی

TEHRAN Back Breaking Mount
Mahin Milani
تهران کوه کمر شکن
مهین میلانی
Publication: AZAD STUDIO
Print: Lulu Press Inc.
©All rights reserved
حق تألیف و چاپ محفوظ برای نویسنده
نسخه ی فارسی/ چاپ دوم
January 2014
برای خرید این کتاب به سایت های زیرین مراجعه فرمائید:
Lulu.com
Google.com
Amazon.com

تکه هایی از کتاب

...ارمنی هیچ نگفت. من نیز. اگر حرف می زدیم باید می گفتیم که مغناطیس کیمیای تک تک سلول ها ی بدن ما، ما را میخکوب کرد باید می گفتیم این تن و جان خواهش هایی داشت باید می گفتیم شیرینی با هم بودن تنها پاداشی بود که می خواستیم به خود بدهیم پس از مدت ها کار بی وقفه در جزیره ی خشک و بی علف تشکیلات. باید می گفتیم روح زندگی را ما در یکدیگر یافته بودیم و در این لحظات آخر نمی شد این نیایش را از خود دریغ کنیم باید می گفتیم در این جزیره وظایف تشکیلاتی تکرار شده بود. تکرار تکرار. ما در خود تازگی را دمیده بودیم باید می گفتیم...باز گویی این احساسات به معنی اولویت دادن منافع شخصی در مقابل منافع تشکیلات بود به معنای نابودی خود و هسته و بقیه ی افراد به معنای... هر معنایی که آنها می خواستند برای این زندگی و این شور و شوق بیابند باکی نبود. من تردیدی به خود و راهی که می رفتم نداشتم. من فقط در انگیزه هایم زندگی را نمی توانستم بمیرانم. زندگی وقتی مرد، دستگاه های ساز و کار بدن دیگر کار نمی کنند...ارمنی سرش رو به پائین زیر چشمی مرا می نگریست. نمی خواستیم در رازمان خللی وارد شود. بر این زندگی جاری در خون خشک جزیره حرمتی بس ارزشمند قائل بودیم. شکستن آن بی حرمتی بود به پیوند بی غل و غش. پیچ و مهره های تشکیلاتی را مرده

تر از آن می دیدیم که بخواهد به حریم اسرار زیبای ما دست بیازد...در توافقی ناگفته رازمان را در سینه حبس کردیم. احساساتمان را به نفع تشکیلات در خود کشتیم. خود را کشتیم. سهیم شدیم در کشتن زندگی در سازمان.

...پا را به درون نگذاشته شروع کرد به بلعیدن من. فرصت نداد آبی بخورم. سپس رفتیم به پستویی که انگار آن پشت مخصوص این کار درست شده بود. یکی - دو پتو انداخته بودند روی زمین. فقط یادم هست که مرا کرد و یادم هست که رفتم به جاهایی که همه ی دنیا و بدی ها و زشتی ها و مشکلات و خلاصه هرچه ناروایی را فراموش کردم. فقط شعف بود و بی خبری محض. حامله بودم و با خیال راحت از آبستنی همه ی وجودم را به او می دادم. با دادن همه ی خودم به او دنیا و زندگی و زیبایی را دربست از آن خود می کردم. تمام زندگی را در آغوش می گرفتم. با دادن خود به او همه ی آن چیزهایی را که این همه سال از آن محروم بودم می بلعیدم. بعد ها به من گفت بیشتر از هر زنی من از تو لذت بردم. گفت تو وقتی پیش من می آمدی همه چیز را از قبل آماده کرده بودی. از زمانی که از خانه بیرون می آمدی، حتی از شب قبل که به فکر آمدن بودی به من می دادی. هر لحظه ات را به من می دادی. تو فقط می خواستی کیر من برود توی کس تو تا دادنت را تکمیل کنی. می گفت - دیرتر - که وقتی می گفتی آخ انگار داری خفه می شی. انگار من کیرم را تا حلق تو فرو می کردم که تو آن گونه له له می زدی. می گفت هیچ زنی را سراغ ندارم مثل تو. می گفت وقتی توی آن کس با حال تو فرو می کردم گمان می بردم من تنها کیری هستم که کس تو می خواهد...راست می گفت که من بودم همه چیز که آن کیر در کس من می شد شمش طلا. او در این مدت چیزی را، چیزهایی را به من داده بود که سیاست بخصوص در سال های گذشته در ایران نتوانسته بود به من بدهد. آیا یک کیر این همه اعجاز می کند؟ سیاست تمام معجزات زندگی را یک به یک از من گرفته بود. شاید آنها که طعم عشق را نچشیده بودند برایشان چندان توفیر نمی کرد. من تمام زندگی ام را با عشق و احساساتی بسیار رقیق زیسته بودم. حالا این یگانه دوباره مرا به زندگی باز آورده است...

...حالا مامان یک "ضد انقلاب" مخفی در خانه دارد، یک فلج در راه خدا و یک کودک یتیمِ داماد شهید که مادرش مشغول حفاظت و پاسداری از انقلاب اسلامی است. خانه حکم هتلِ سر راه را دارد. مسافرخانه. مسافرخانه؟! سفر برای برادر به سوی خداست. برای من سفر به خودآ یا از خود درآ. هر دو جان باخته حاضر به یراق برای فدای جان. چگونه است که همه چیز را فدا می کنی؟ برای او سهل تر می نمود. بهشت در پیش داشت. یعنی کمترین تردیدی نمی شناخت در ذهنش. برای من راه بسیار صعب و دشوار بود. او در جریان بود با آب جاری. من خلاف جریان می رفتم. آیا کار دیگری می توانست از این مهم تر باشد؟ راه برگشتی برای خود نمی توانستم ببینم. حتی آن موقع فکر نمی کردم یعنی به این نتیجه نرسیده بودم که کاش راهی را که می رفتم راهی بود برای دموکراسی برای آزادی واقعی برای باز کردن راه برای همگان تا به طور مساوی علائق و استعداهای خود را به محک بگذارند. نمی

دانستم که من نیز برای دیکتاتوری کار می کنم. و این در واقع دیکتاتوری جهت تحمیل دیدگاه های من است و در واقع برای اینکه مهر خودم را حک کنم...پذیرش این همه مصیبت بخشی از کوره راه بود که می بایست طی می کردم برای رسیدن به قله. تا جائی تله اسکی هست. تا چند پناهگاه در قهوه خانه ی سرِ راه استکانی چای داغ اندکی گرما و نیرو می بخشد. پس از آن تو می مانی و صخره های بلند کوره راه های بی انتها سلسله کوه های پیچ درپیچ گرگ های گرسنه یخ بندان های طولانی. و توشه ای که زمانی به پایان می رسد کفش و لباسی که مرطوب می شود و تا بن استخوانت را می سوزاند. زندگی در این خلاصه شده که این راه باید رفته شود. در به دری من نتوانسته است خللی و تردیدی در پیش روی من وارد کرده باشد...انتهای سفر برای هر دوی ما خوبی و زیبایی است تا داداش کوچولو در این راه رضایت خدایش را جلب کرده باشد و من دیگران را نیز خوب و زیبا ببینم همگان را...هیچ کدام نه من و نه داداش کوچولو نمی دانیم این آخرین اقامت گاه ما در مهربان ترین مکانیست که می توان در تمام عمرمان یافت. و مامان نمی داند که آخرین روزهای طلائیش را با حضور همه ی کودکانش در یک جا پس از مرگ آقاجون طی می کند...

...شب اول همه خسته بودند. غذا خورده شد و همگان رفتند بخوابند. من صبح زود بیدار شدم که به سراغ کار بروم. مامان بیدار شده بود. با حالتی که انگار با دشمنش حرف می زند گفت برای چی شب میز را تمیز نکرده ول کردید و رفتید. گفت که همه جا نجس بود. اولین بار در تمام مدت عمرم بود که مامان این گونه با من حرف می زد. هیچ نگفتم. رفتم بیرون. نگفتم کجا می روم. دیگر اهمیت نداشت که به او توضیح بدهم. انتظار داشتم مامان بپرسد دیشب ویار نداشتی؟ شب خوب خوابیدی؟ الان کجا می ری؟...نخواستم حتی توضیح کوتاهی بدهم که خوب همه خوردند. من که تا آخر شب کار می کردم. بار دارم. و زهره و حامد میهمان ما هستند...هنگام صرف ناهار پسر داداش می خواست لیوان دختر زهره را بردارد. مامان داد زد: برندار نجس است...زهره پوشک دخترش را توی روزنامه پیچیده و انداخته بود توی تنها ظرف آشغال موجود. مامان با حالت بدی به من گفت بهش بگو این کثافت ها را آنجا نیاندازد. زهره می گفت کجا بیاندازم. توی اطاقم نگاه دارم؟ گیرم که اشتباهی شده بود. آیا با عروسش هم این چنین حرف می زد یا با دوستان انقلابی می نوش یا با خاله سهیلای نان به نرخ روز بخور؟...

...مامان طاقت نیاورد و یک روز گفت یک جا پیدا کن و از این جا برو...مادر خودم مرا از خانه ی پدری بیرون می کرد. خانه ای که پدرم قبل از مرگش آن را به طور مساوی به همه ی ما بچه های تنی و از جمله مامان تقسیم کرده بود. خانه ی خودم بود خانه ای که من پس از مرگ پدر هیچ گاه از آن استفاده نکردم. رفتم به خارجه و پس از برگشت از پاریس نیز در این شهر و آن شهر و این خانه و آن خانه سر کردم. هیچ گاه ده شاهی از درآمدهای حاصل را نخواستم...حالا مامان می گفت برو...

...ما کمونیست های مقلد با برداشت های خودمان، با تربیتی که از جامعه ی خود گرفته بودیم، جامعه ای با قرن ها حکومت توتالیتاریستی باورهای مذهبی ذهنیات متعصبانه نبود کوچکترین تفکر و روش زندگی دموکراتیک، آنچه را مارکس و انگلس و لنین فرموله کرده بودند و بازتاب حرکت جوامع سرمایه داری و پی آمد آن بود و هم اکنون در روند امواج پر سرعت و گسترده ی سیستم های حاکم بیشتر و بیشتر شاهد آن هستیم، ما آن ها را به طور عمده از دیدگاه فلسفی آن هم شکسته بسته در سطح پیروی می کردیم. به همان گونه البته که تمام جنبش های چپ جهان در آن دوران از آن تبعیت می کردند.

جریانی بود جهانی که دامن ما را نیز گرفته بود. از باورهای خداپرستی ظاهراً دست شسته بودیم، اما هنوز زندانی قدرت هایی در ماوراء الطبیعه بودیم و آنها ما را هدایت می کردند. این بود که حالا تشکیلات برای ما شده بود خدایی که بی چون و چرا می بایست از آن تبعیت کنیم. مائوتسه تونگ مارکسیسم را محدود کرده بود به مشتی مچ بگیری ها و ریزه انتقادهای از خود و عملاً آزادی فرد برای برآورد طبیعی ترین نیازها را سلب می کرد. استالین هر مخالف طرفدار تزهای پرولتاریایی را سر به نیست ساخت. کمونیست های جهان، هر گروه با زمینه های فرهنگی ـ تربیتی خود از آن پیروی می کردند"...

در باره ی کتاب

این کتاب داستان دختری است رها از هر قید و بند تحت تأثیر تربیت خانوادگی در دوران کودکی و زندگی در اروپا. آزادی اندیشه و منش و کنش در زندگی با او عجین است.

وی پس از انقلاب اسلامی از فرنگ به ایران باز می گردد. اما خود را در میان جامعه ای می یابد که کاملاً تغییر کرده است و این امر بیش از هر چیز در میان خانواده و نزدیک ترین کسان مشاهده می شود. دختر احساس می کند در همه جا مطرود و منزوی است و هیچ جایی در جامعه ندارد. احساس می کند این رژیم اسلامی نیست که به طور مستقیم او را تحت فشار می گذارد بلکه هر فردی از جامعه یک عامل سازمان اطلاعات است و هر لحظه از زندگی او را تحت کنترل قرار می دهد.

زندگی برای دختر بسیار دشوار است. با این وجود هجده سال از بهترین سال های زندگیش را در وطن می گذراند چون غریبه ای در خانه.

این بیت از شعر بلند شهریار بر اقامت وی در خانه مصداق دارد:

هم در وطنم بار غریبی به سر دوش
کوهیست که خواهد بشکاند کمرم را

11

کوه کمر شکن
هرکدام از ماجراهایی که از سر می گذراند، بخشی از تاریخ سی سال گذشته ی ما را رقم می زند. با فعالیت در تشکیلات سیاسی متوجه می شود که سازمان های سیاسی اگرچه با انگیزه های قوی عدالت خواهی، هرکدام یک تشکیلات دیکتاتوری هستند با پیش زمینه های فکری بسیار عقب مانده. در هر مقطع تجربه های تلخی می آزماید. کماکان تمام آرزوها و نیازهای شخصی خود را زیر پا می گذارد با این تصور که این سازمان ها تازه پا هستند و تفکر کمونیستی خیلی کار دارد تا راه خود را باز کند. نتایجی که دریافت می دارد اما متفاوت است.
دختر شخصیتی قدرتمند دارد. لذا در مقابل مشکلات که اغلب هر کدام از آنها با مرگ و نیستی عجین است، رهیافت هایی می یابد جهت رهایی از بحران.
بارها بر زمین می خورد. همواره تنهاست. ولی کمر راست می کند و همیشه با سری افراخته یکه و یگانه پیش می رود. طوفانی است خاموش اما مواج.
این رمان در بستر ماجراهای نفس گیری که دست و پای قهرمان داستان را به بند می کشاند، حوادث اجتماعی قبل و بعد از انقلاب اسلامی و کار سهمگین در تشکیلات را با حکایت های عاشقانه و اروتیکی که جداناپذیر از زندگی شخص اول داستان است، در هم می تند و با زبانی بی پروا بدون هیچ ملاحظه کاری و سانسور خواننده را در مقابل عریانی محض قرار می دهد. هر یک از این حکایت ها علاوه بر بیان آزادگی بی چون و چرای این شخصیت که خود را آگاهانه در دام چهارچوبی گرفتار کرده است که کاملاً با روحیات و فرهنگ زندگی او متفاوت است، درعین حال فرهنگ حاکم بر اذهان مردم ما را بر اقشار مختلف بیان می دارد. این کتاب سندی است تاریخی و روانشناسانه از جامعه ی ما در قبل و بعد از انقلاب اسلامی ایران در سال 1357 به صورت رمانی حکایتی روایت هایی از فراز و نشیب های یک زندگی پراز فراز و نشیب.

نیمی از این کتاب در آغاز سال 2005 نوشته شد و سپس نگارش کتاب متوقف گردید. علت وقفه در نگارش احساسی آزار دهنده در بیان ماجراهای بسیار دردناکی است که شخصیت اول داستان با آن روبرو می شود و در نتیجه ادامه ی نگارش را ناممکن می سازد.
در سال 2007 با از دست دادن تراژیک مادر در تصادف، نیمه ی دیگر کتاب به نگارش در می آید. از دست دادن مادر به اندازه ای سهمگین است که نگارش نابسامانی های جامعه پس از انقلاب اسلامی را تا حدودی تسهیل می سازد و اتمام کتاب تسکینی است بر غم سهمگین.
کتاب برای اولین بار در ماه مه 2009 در بیست و پنج نسخه به چاپ می رسد تا در اختیار برخی از اساتید و نویسندگان مطرح برای اظهار نظر قرار بگیرد.

کتاب در سال 2010 از طریق انتشارات لولو با نام مستعار آرگون از طریق اینترنت به مدتی کوتاه به فروش می رود. سپس با اندکی تغییرات زیر نام اصلی نگارنده در سال 2014 مجدداً از طریق فروش آن لاین در دست خوانندگان قرار می گیرد.

استادی بسیار عزیز از آغاز کار مشوق اصلی نگارنده در نوشتن این کتاب بوده است. وی گفت این کار ماندگار خواهد بود. زمانی که وقفه ایجاد می شد، یادآوری او بسیار مؤثر بود در سر گرفتن کار نگارش.
تعدادی از نویسندگان روزنامه نگاران و افراد معتبر و سرشناس، کتاب را قبل از چاپ گسترده ی آن خواندند و نظریات آنان در تصحیح کم و کسری های داستان بسیار سودمند بود در ویرایشی با دیدگاه همه جانبه تر.
و نیز راهنمائی های دوستی عزیز: فیلم ساز دانشمند نقاش و...، جهت انتشار و فروش کتاب از طریق اینترنت راهگشایی بود برای اجتناب از مشکلات مربوط به چاپ.
از تمامی این اساتید کمال تشکر را دارم.

دیدگاه 25 خواننده ی نخستین در باره ی این کتاب

برخی از خوانندگان کتاب را در مدتی کوتاه به پایان رساندند و اقرار کرده اند که از خواندن آن لذت برده اند. خوانندگان جوان تر، آنان که پس از انقلاب به دنیا آمده اند، کتاب را از نوعی کاملاً متفاوت از آنچه که تا کنون به چاپ رسیده است دیده و آن را پسندیده اند. یک کارگردان سینما و یک کارگردان تأتر قصد دارند از آن به عنوان سناریوی یکی از کارهای آینده ی خود بهره گیرند.
یکی از نویسندگان به نام پس از خواندن کتاب می گوید: پس از کتاب "چشمهایش" که نویسنده ی آن مورخ زمان خود بود، "تهران کوه کمرشکن" یک کتاب مستند تاریخی است با درون نگاری در باره ی یکی از احزاب زیرزمینی مخالف رژیم و آنچه در این سال ها بر ما گذشته است در ایران و در خارج از کشور. نویسنده زنی را آفریده است با لحظاتی بسیار درخشان از یک زندگی از هم گسیخته و نابسامان.

یک استاد روزنامه نگاری، از سرآمدان مطبوعات ایران می گوید: شخصیت داستان مادر قحبه است؛ او دختریست بسیار آزاد و رها که هیچ خدایی را بنده نیست.

نویسنده ی دیگری با خواندن این کتاب می گوید شخصیت اول داستان دختر زیبا و ملوس و شیطان و سکسی ولی کم هوشی است که حتی اطلاعات درستی نیز از سازمان سیاسی خود ندارد. و به همین دلیل همه ی مردها شیفته ی او می شوند. او یک مفعول عاشق است که به همه چیز تا حد مرگ عشق می ورزد. به سازمان تشکیلاتی اش به مرد ها به زندگی به غذا. دختری است اکتیو و پر انرژی.

یک کارگردان سناریو نویس و نقاش جوان معتقد است شخصیت اول رمان دختری است متفاوت از دیگران که با اتکاء به نفس و قدرت و هوشمندی بسیار بالا توانسته است در مقابل زندگی بسیار پیچیده و درهم شکننده در هر مقطع

کوه کمر شکن

چاره ای بیابد. این دختر از هر سازمان و تفکر و فرد و ملیت و خلاصه هر زنجیری رهاست و همین سبب می شود که بتواند در مقابل هر ناهمواری راهی باز کند. شخصیت داستان دختری است خودسر که هر کار دلش خواسته انجام داده، بی توجه به معیار های موجود جامعه در باره ی اخلاق کار زندگی و آینده نگری.

تعدادی از فعالان سیاسی درون تشکیلات های چپ بخش هایی از کتاب را که نحوه ی تفکر و رفتار شیعه ـ کمونیستی افراد سیاسی در تشکیلات سیاسی را مورد نقد قرار می دهد، نپسندیده اند. از جمله یکی از مترجمین کتاب های فارسی از زبان فرانسه معتقد است توصیفاتی که از کنفدراسیون دانشجویان در کتاب داده شده است صحت ندارد. چوب همه ی کمونیست ها در این کتاب زده شده است. افراد وارسته ای نیز در این سازمان وجود داشته اند. این مترجم معتقد است که صحنه های روابط بین زن و مرد پورنوگرافی است و نه ادبیات. در عین حال، نویسنده محقق و یکی از مسئولین بالا مرتبه ی کنفدراسیون دانشجویان بین المللی سابق می گوید: این کتاب از یک شجاعت اخلاقی بسیار والا برخوردار است و نویسنده با فلاش بک های زیبا و جذاب و داستان های عاشقانه و هم تراژیک رمانی بسیار زیبا خلق کرده است. از دیدگاه او برخلاف بسیاری از کتاب های سیاسی که به طور عمده به مسائل خشک سیاسی می پردازند، این کتاب از آدم ها و زندگی ها و احساسات بشری و خلاصه از زندگی سخن می گوید و یک اثر تاریخی سیاسی به شکل رمانی زنده، با تمام روحیات انسانی آفریده شده است.
او به طور عمده با دیدگاه هایی که در باره ی بخش هایی از کنفدراسیون دانشجویان در خارج از کشور پرداخته شده است، موافقت دارد و با توضیحاتی که در باره ی ذهنیات افراد سیاسی در درون تشکیلات داده شده است نظر مخالفی نمی دهد.

نویسنده ی مشهور دیگری که سابق بر این پیش زمینه های مذهبی داشته است، می گوید شخصیت اول داستان بسیار پیچیده است. بسیار قاطع است در راه سیاسی که انتخاب کرده و همه ی زندگیش را به پای آن می ریزد. و آنگاه از هیچ کوششی باز نمی ماند برای اینکه گذشته ی از دست رفته اش را باز یابد. آزادگی این دختر در همه ی زمینه ها متفاوت با نورم های معمول شناخته شده در افراد سیاسی از او یک شخصیت پیچیده می سازد.

یکی از زندانیان سیاسی سابق پس از دو ـ سه دهه زندگی در خارج از کشور، کتاب را از دسترس همسرش دور نگاه می دارد که مبادا چشم و گوشش بازشود.
خواننده ی دیگری معتقد است که زبانی که در این کتاب از روابط جنسی سخن می گوید مصنوعی است. زیرا راوی فردی تحصیل کرده و سیاسی است و نباید به زبان کارگران سکس سخن بگوید. این دیدگاه روشنفکر را پدیده ای یک

بعدی می بیند و هنگام که می بایست از طبیعی ترین رفتار بشری سخن گفته شود، می خواهد او را در چهارچوب زبانی ویژه نگاه دارد.

یک نویسنده ی داستان های کوتاه معتقد است این کتاب به هیچ دردی نمی خورد و چه از نظر ساختار نگارش و هم به لحاظ دیدگاه ادبی ارزشی ندارد.

سردبیر یک روزنامه ی ایرانی در خارج از کشور با خواندن یک صفحه از صحنه ای اروتیک از کتاب می گوید ترجیح می دهم پورنو نخوانم و کتاب نیچه را در دست بگیرم.

خواننده ای دیگر یک زن کتاب خوان که در آغاز با خواندن صحنه های اروتیک شوکه شده است، در پاسخ به خواننده ی پیشین معتقد است که این سردبیر نه پورنو می شناسد نه اروتیک نه نیچه. چرا که بخش عمده ای از مباحث نیچه مربوط به روابط جنسی و سکسی آدمیان است. به گفته ی این خواننده سردبیر مزبور هم چون بسیاری از شخصیت های سیاسی کتاب "تهران کوه کمر شکن" عاری از احساسات و روح لطیف انسانی است و گویا که هرکس به اندیشه های جدی می پردازد، می بایست از مظاهر زیبا و طبیعی زندگی کلامی به زبان نیاورد. این خواننده پس از خواندن یکی دو بخش از کتاب با صدایی لرزان از پشت تلفن از پدیده ی متفاوت و عریانی بی پرده ای که در مقابلش قرار دارد می گوید. اما پس از اینکه کتاب را به پایان می رساند در مقابله با این نظر که می گوید کاش روابط بین زن و مرد پوشیده تر نگاشته می شد، دفاع می کند و می گوید: تا به حال به همین روش نگاشته اند. یک نفر می بایست از مرز بگذرد و از این همه سانسور و استعاره نویسی و پوشیده نگاری که به طور عمده ناشی از هراس چاپ نشدن کتاب و طرد از جامعه و تنبیه و غیره است عبور کند.

نظرگاه ها گاه با صد و هشتاد درجه اختلاف ابراز می شوند. و با شنیدن آنها این نتیجه گرفته می شود که اثری خلق شده است و هر کس برداشت خاص خود را دارد و بیشتر از هر زمان براین امر تأکید می شود که به اندازه ی هر فرد یک دنیا و چه بسا دنیا ها وجود دارد. و در نتیجه این سئوال جاودانی پرسیده می شود که چگونه می توان همگان را خشنود نگاه داشت؟ و این سخن سلمان رشدی را به یاد می آورد که: نویسنده کتابی می نویسد. شاید افرادی یافت شوند که با آن کتاب خوانایی داشته باشند و با آن اُخت شوند.

مهین میلانی

یک

گفتند دم در با تو کار دارند. از دربی که به خیابان اصلی باز می شود تا آستانه ی ورودی خانه در آن سوی هشتی بزرگ، راهرویی باریک از روبرو به پله های حیاط راه پیدا می کند و در سمت چپ راه پله های پیچ در پیچ به زیرزمین تاریک و هراسناک راه دارد و پلکانی پهن با پاگردی مسطح در وسط هشتی زیر سقف دود آلود تهران به بالکن طبقه ی دوم می رسد...
تا من از آن سوی خانه خود را برسانم، آنها را از توی هشتی به در خانه هدایت کرده بودند...

- خانمِ...
- بله..
- شما باید با ما بیائید...
- شما؟

کارت کمیته ی پاسداران را جلوی چشمان من گرفتند...هر دو ریش و پشم داشتند و قد بلند بودند. من یک لباسِ تنگِ سینه چاکِ کوتاه پوشیده بودم...در مانده بودم چه کنم که مامان در این گیرودار نمازش را نیمه کاره رها کرده بچه ی یتیم خواهرم را که پدرش در جنگ شهید شده در بغل گرفته و خود را رسانده بود به آستانه ی در...

- بله آقا...

- دخترتون باید با ما بیایند...
- برای چی؟
- در این خانه فقط این فرزندتان با شما هم عقیده نیست و...

دنباله ی صحبت آنها را نشنیدم. فقط به یاد دارم که مامان آنها را به درون خانه برد و با صدای بلند می گفت آقا خجالت نمی کشید؟ بچه ی شهید تو بغلمه آنوقت شما؟...روی همه ی دیوارهای خانه را عکس های خمینی و طالقانی و مطهری پوشانده و قفسه های کتاب مملو بود از کتاب های مذهبی من جمله نهج البلاغه و مکتوبات کوفی و شریعتی و...
زمانی که مامان مشغول نشان دادن خانه به آنها بود، باصدای بلند گفتم مامان من می رم توی حیاط دامنم رو از روی بند بیارم؛ و بدون هیچ معطلی از درب انتهای حیاط که به کوچه ی پشتی باز می شد آمدم بیرون با دم پایی و تن و بدن لخت (چادر که برسر نباشد و روسری یا مانتو بدن را نپوشانده باشد، یعنی بدن لخت است). شیر زن سر آنها را گرم کرده بود...و آنها که مسحور خانه ای شده بودند که یک "ضد انقلاب" در آن به سر می برد، از من غافل شدند و من فلنگ را بستم که زمان زمانی بود که هرکس با کمترین درجه ی فعالیت در مخالفت با رژیم، اگربه دستشان می افتاد، بی وقفه حکم اعدام بر او صادرمی گردید...
کوچه در میانه راه به کوچه های دیگر می برد و این کوچه ها در تقاطع با یکدیگر چهارراهی به وجود می آوردند. کوچه ای که در سمت چپ قرار داشت به خیابان اصلی می خورد. کوچه ی روبرویی بن بست بود و کوتاه تر. کوچه ی دست راست نیز دررو نداشت و آنقدر طولانی بود که انتهایش را نمی شد دید. این کوچه را تا انتها رفتم. آخرین در سمت راست را کوبیدم...زن زیبایی با بلوز دکولته و موهای بورِ رنگ کرده و آرایش غلیظ در را به رویم باز کرد. خود را به درون انداختم و خیلی خلاصه به او فهماندم که در تعقیب هستم. در مقابل عمل انجام شده قرار گرفته بود. مرا از توی حیاط به طبقه ی دوم خانه برد. عروسِ خانه بود. خواهر شوهرها نیز آراسته لباس پوشیده بودند با سر و سینه های باز. به طور قطع نمی توانستند مذهبی باشند ولی به چپ گرایان نیز نمی خوردند. به زبان آن موقع بیشتر به طاغوتی ها می ماندند شوهرها و برادرهایشان نیز. همگی آنجا حضور داشتند به چه مناسبتی نمی دانم. از سر و وضع مرتب آنها و از نحوه ی صحبت کردنشان بر می آمد که تحصیل کرده هستند...پشت میز ناهار خوری نشستم. دورم را گرفتند. ماجرا را تعریف کردم و با پررویی تمام گفتم که اینجا می مانم تا اوضاع آرام شود. می دانستم که به احتمال محله را قرق کرده اند...دست و بالشان می لرزید. هیچ کدام رنگ به چهره نداشتند. نمی گفتند پاشو برو شرّت را کم کن ولی این تنها خواستشان بود. زن ها که گمان نمی کنم هیچ گاه چادر به سر کرده بوده باشند، به نوبت چادری به سر می انداختند و زنبیلی در دست می گرفتند و به بهانه ی خرید از خانه بیرون می زدند و سر و گوشی آب می دادند ببینند چه خبر است. دیگران می رفتند به اطاق پشتی لابد با یکدیگر شور کنند چه خاکی با من بر سرشان بریزند...تا چند ساعت خیابان اشغال بود. کمیته چی ها از درب پشتی

خانه اطلاعی نداشتند. زن ها می گفتند در کوچه خبری نیست؛ ولی خیابان ها تا چند شعاع از چهار راه خانه ی ما کاملاً تحت کنترل بود. من راه درروی به جز از خیابان نداشتم. قاطعانه و مصمم نشسته بودم. آنها مضطرب و هراسان سئوالی از من نمی پرسیدند. که هستم چه گرایشی دارم چرا سراغم آمده اند؟ بی تردید بدترین ساعات زندگیشان را می گذراندند. اگر مرا در این خانه پیدا می کردند پای آنها نیز در گیر بود...بعد از چند ساعت یکی از زن ها از بیرون برگشت و گفت رفته اند. خواهش کردم چادری به من بدهند و اندکی مایه. یک چادر کودری گلدار به من دادند و پنجاه تومان پول. یک چادر مشکی خواستم. می دانستم چادر مشکی خیلی گران قیمت است ولی چاره ای نداشتم. چادر که بلد نبودم سر کنم با چادر کودری و ناشی گری می شدم مثال زنهای توی خیابان و به شکل دیگری جلب توجه می کردم و گیر می افتادم. به علاوه احتیاط می کردم نکند دروغ گفته باشند تا مرا از آنجا بیرون بیاندازند. چادر سیاه مرا می پوشاند. دادند. مسئله ی مهم برایشان این بود که مرا از آن خانه دک کنند...درست می گفتند. اثری از افراد کمیته نبود. یک تاکسی گرفتم و از محل دور شدم.

شب قبل از روزی که امام خمینی وارد تهران شد، من و شیرین به تهران رسیدیم...در فرودگاه اورلی پاریس وقتی چمدان ها را رد کردیم، هنوز اندکی فرصت داشتیم تا هواپیما از زمین بلند شود. اشک از دیدگانم فرو می ریخت به خودی خود. تا آن هنگام خود را حفظ کرده بودم. ولی دیگر نمی توانستم. شیرین گفت تو که می دانستی می خواهی برگردی چرا گذاشتی رابطه تون تا اینجا بکشه؟...موریس شب قبل از حرکت تا صبح نگذاشته بود بخوابم. تا می آمدم چشمانم را ببندم مرا محکم در آغوش می گرفت به طور دائم پوست تنم را نوازش می داد با انگشتانش لبانم را لمس می کرد روی بینی ام را چشمانم را موهایم پستانهایم را. از نوک پا مرا می بوسید تا ساق هایم ران هایم شکمم پستانهایم گردنم لبانم ...سرِ صبح صدای زنگِ ساعت را نشنیدم. او بیدار بود. اشک می ریخت ولی بیدارم کرد تا سر وقت به هواپیما برسم...قبل از خواب خودش چمدان هایم را بسته بود دو چمدان کوچک. می گفت بدین حالت اگر کسی نبود کمکت کند خودت می توانی براحتی آن ها را حمل کنی با یک کیف دستی روی یک شانه و بندِ دوربین عکاسی روی شانه ی دیگر. تا فرودگاه خودش همه ی وسایل را حمل کرد. نگذاشت من به آنها دست بزنم و تا وقتی که از یکدیگد جدا بشویم در آغوش یکدیگر بودیم. من مقاومت می کردم ولی او اشک می ریخت. رفتنم برگشت نداشت...پس از کنترل بلیط در سالن انتظار و توی هواپیما فقط او را می دیدم. می رفتم که به مملکتم برسم. اگر چه هیچ چیز روشن نبود اما من روشن بودم. می رفتم. باید می رفتم.
تمام پروازها از تمامی کشورها ی جهان برای ایران لغو شده بود. من و شیرین دو بلیط دانشجویی تهیه کردیم برای استانبول. تصمیم گرفته بودیم از استانبول تا ایران را زمینی سفرکنیم. در استانبول سوار یک مینی بوس قراضه و وارفته شدیم. اغلب مسافرین مینی بوس را دانشجویان ایرانی عازم ایران تشکیل می دادند. بیست و چهار ساعت در سفر بودیم و راه به راه پیاده می شدیم برای

دستشوئی و ناهار و شام در مسافرخانه. دل توی دلم نبود...آن لحظات فراق و رنج در هواپیما فراموش شد. جایش را نگرانیِ کنترل دمِ مرز گرفت. آیا به راحتی می توانیم وارد کشور شویم؟ نکند مستقیماً ما را از فرودگاه ببرند به زندان اوین؟ بیم جان راه دل بر عشق بست...در مرز بازرگان معطل شدیم ولی همه چیز مضحک بود. وقتی پاسپورتم را گرفتند که کنترل کنند و من به انتظار در خارج از دفتر کنترل گمرک مرز ایستاده بودم، قاه قاه می خندیدم. همگان به راحتی وارد کشور می شدند. نگاهی به لیست سیاه می انداختند و چه در لیست بودیم و یا نبودیم وارد کشور می شدیم. همه چیز فرمالیته به نظر می رسید. هیچ یک از موارد قانونی رعایت نمی شد. آن هراسی که در دل انداخته بودیم همه بیهوده بود...قبل از این نیز، تابستان ها که دانشگاه تعطیل بود دو بار به ایران آمده بودم. مشکلی پیش نیامده بود. بزرگان قوم گفته بودند چون تو هیچ گاه علنی نبودی از فعالیت تو خبر ندارند.

یک روز در تبریز توی بازار و چهار راهِ شهناز پرسه زدیم تا سر غروب سوارِ اتوبوس تهران بشویم...نیمه های شب اتوبوس ایران پیما یا لوان تور - به یاد ندارم - ما را در خیابان فردوسی پیاده کرد. به خانه هایمان زنگ نزدیم. شیرین خیلی جدی بود. می گفت باید تشکیلات اجازه بدهد. صبح زود با صدای های و هوی مردم در شهر از خواب بیدار شدیم. خمینی از پاریس آمده بود و مردم او را مشایعت می کردند و ما خود را در هتل حبس کرده بودیم...آمده بودیم در دل جریانات باشیم ولی باز خود را مخفی می کردیم. من بی تاب بودم. می خواستم به مامان تلفن کنم. نمی توانستیم بزودی افراد تشکیلاتی را پیدا کنیم. اساساً این مخفی کاری نامفهوم بود. ما که به راحتی از مرز گذشته بودیم، این بازی ها چه می توانست باشد. بیرون از هتل غوغا بود...

شیرین بی تابی ام را می دید. خود کمتر از من بی قرار نبود. سرو صداها ولی خیلی زود فرونشست. مگر رفتن امام خمینی از فرودگاه تا بهشت زهرا چقدر زمان می خواهد؟ از منطقه ی ما به سرعت رد شدند به سرعت هواپیمائی که خمینی را از پاریس به تهران آورد به همان سرعتی که تاج از سر برداشته شد و عمامه جایش را گرفت...ماه ها بود که مردم انتظار چنین روزی را داشتند. شاهنشاه آریامهر با آن همه جلال و برهوت و بر و بیایی که در منطقه داشت و تا اندک زمانی پیش از این حافظ و نگهبان اصلی خاورمیانه بود - برای شیطان بزرگ به گفته ی خمینی - تا خط و مشی کمونیسم از سمت کشور شمالی باز نشود، وقتی از بیم جان دمش را روی کول گذاشت و رفت، امام خمینی می بایست جایش را بگیرد. همان که در یکی دوسال اخیر با فتواهایش ولوله به جان ها انداخت در روزهای عزای امام حسین، شهید پانزده قرن پیش اسلام که با هفتاد و دو تن در جنگ با یزید در صحرای کربلا تشنه لبان به شهادت رسید و علی و اصغرش را لچک خونین به سر روی اسب یتیم کرد. در روزهای سوم و هفتم و چهلم شهادت امام حسین، تظاهرات میلیونی خیابان شاهرضا (انقلاب) موج برمی داشت و بر روی پل های هوایی سعدی و فردوسی در سرازیری و سراشیبی چون ماری به خود می پیچید و از میدان فوزیه (امام حسین) تا میدان بیست و چهارم اسفند (انقلاب) شعارهای ضد حکومت پهلوی به تمام زبان های ملیت های ایران تا به آسمان سر بر می کشید: "مین اوش یوز

آلی یِتدی اِشَک بالاسی گِتدی"، "به کوری چشم همه دشمنان زمستونم بهاره"...رفتیم به دانشگاه تهران. کتاب های کمونیستی که جلوی دانشگاه می فروختند گسترده تر و کامل تر از آن کتاب هایی بودند که ما در پاریس می خواندیم. در هر گوشه یک گروه ایستاده بود و بحث های سیاسی علنی آنها برای ما خارج از کشوری ها غریب بود. این مباحث داغِ داغ بود. ما به سرزمینی وارد شده بودیم که افراد همه در دانشگاه انقلاب سیاسی و فلسفی شده بودند. فضای شهر اما خفقان داشت و سنگین بود. چیزی بر دوشش حمل می کرد بسیار مهیب. چیزی را می بایست به منصه ی ظهور برساند که قرار بود تاریخ کشور من را بسازد. آتشی بود زیر خاکستر...من دیگر طاقت نیاوردم. شیرین دید جلودارم نمی شود. وجهی را که با خود از پاریس آورده بودیم نصف کردیم و از هم جدا شدیم.

خانه شده بود محل کمیته ی سر چهار راه در بَرِ خیابان. یک سمت حیاط را داداش کوچولو تبدیل کرده بود به کتابخانه آنجا که تو رفتگی داشت و یک حیاط کوچک تر بود در دل حیاط بزرگ و یک حوض کوچک تر در میان داشت و آن سویش، در بزرگ خروجیِ ته حیاط به کوچه ی پشتی می خورد و مامان در روزهای آخر حیات آقاجون داده بود در کنار آن یک حمام بزرگ مدرن با پنجره ای رو به کوچه و یک وان بزرگ و دستشویی بسازند. حوض را برداشته بودند و با دیوارهای پیش ساخته و قفسه های چوبی کتابخانه ی قشنگی درست کرده بودند. بچه ها ی محل می آمدند آنجا کتاب های مذهبی می خواندند یا وام می گرفتند...زیر زمین بزرگ خانه که زمانی آقاجون در آن جا یک تنور و یک حمام قدیمی ساخته بود، تبدیل شده بود به محل تولید کوکتل مولوتف و چند روز بعد که پادگان ها را مردم خالی کردند هرچه اسلحه بود به آنجا منتقل گردید...سر سفره دست کم سی نفر می نشستند از دوستان خواهر و شوهر خواهرم و از همکلاسی های دانشکده ی آنها و همکاران مجله ای که به تازگی منتشر می کردند، و نیز داداش کوچولو که خموش و متفکر با چهره ای رنگ پریده و سوی نگاهی نه زمینی در میان آنها حکم شاگردی مریدی را داشت. مامان شده بود مامان همه. شبانه روز در خدمت انقلاب غذا می پخت و پذیرایی می کرد. در واقع شده بود برده ی بچه هایش مثل همیشه...هنوز در دهه ی سی زندگی اش بود که آقاجون رفت. مامان زندگی کرده بود که بچه هایش را تربیت کند و به جایی برساند. حالا برای پاسخگویی به خواست بچه ها خانه اش شده بود مأمن و مقر انقلاب...
شبی که مردم و چریک های فدایی خلق پادگان نیروی هوایی را اشغال کردند و تانک ها در خیابان مانور می دادند، بالکن طبقه ی دوم خانه شده بود سپر بلای این انقلابیون. حرّه ی بلندی در مقابل آن داشت به طول یک متر. مکانی وسیع بود در پشت بامِ مغازه های بر خیابان بهترین سنگر برای صد نفر آدم که هر نوع عملیاتی را از آنجا هدایت کنند...در زیر زمین کوکتل مولوتف ها را می ساختند و می آوردند بالا و پرت می کردند به تانک ها. به خانه هیچ خسارتی وارد نیامد. کار تمام شده بود. تانک ها دستور داشتند که شلیک نکنند. وگرنه خانه ی ما می بایست همان زمان خاکستر شده باشد. در واقع رژیم عوض شده

بود ولی مردم مطمئن نبودند. با اینهمه کشته و زخمی و اعدامی می بایست خودشان دست به عمل می زدند...شبی که مردم پادگان نیروی هوایی را گرفتند، داداش نیز در میان آنها بود. بیست و چهار ساعت آنها را محبوس کردند. سپس با "فتح انقلاب" آزاد شدند...مردم به پادگان ها حمله بردند. چه غارتی بود. هر کس هر چه دستش می آمد بر می داشت و می آمد بیرون...در شب بیست و یکم بهمن ماه درست وسط زمستان هنوز مامان کرسی را علم می کرد. مردها و زن های انقلابی کمیته ی خانه رفته بودند رژیم را سرنگون کنند. من در خانه مانده بودم و خواهر دیگرم مهری که او نیز تازه از راه رسیده بود و هم چنین زنی از همان انقلابیون که از کودک نوزادش سرپرستی می کرد و مرتب قر می زد که شماها چگونه می توانید این چنین راحت بخوابید. تازه از راه رسیده بودم. کسی را نمی شناختم. تشکیلات نیز خودشان نمی دانستند چه کنند. می دانستند رژیم در دست مذهبی ها خواهد بود، در دست کسانی که تضاد داشت با فلسفه و مکتب مبارزاتی برای عدالت بر اساس نفی توحید...در "کمیته" ی خانه کسی مرا به حساب نمی آورد. هر کار می کردند در میان خودشان بود. احساس می کردم هر اقدامی را از من پنهان می کنند. هم بی حجاب بودم هم کافر.
روزگاری در این خانه حرف روی حرف من نبود. حتی اقوام شوهرِ مذهبیِ آینده ی خواهرم می نوش وقتی یک بار برای تعطیلات تابستان به ایران رفته بودم و آنها برای معرفی خانواده های دو طرف به خانه ی ما آمده بودند، حرفی نمی زدم و به درون می ریختم این واقعیت تلخ را و همه می دانستند مرام من با مرام آنها یکی نیست. خانواده احترام خاصی برایم قائل بود. در آن زمان هنوز فقط این خواهر من گرایش به مذهب پیدا کرده و پیرو نظریات دکتر شریعتی شده بود. دایی ها و خاله ها حساب دیگری روی حرف من می کردند. نوعی رهبری با سن اندکم در خانواده داشتم. همانطور که داداش کوچولو از سن ده سالگی همه ی بچه های محله را حالا رهبری می کرد...اکنون از من مطمئن نبودند. من یک غریبه بودم یک غریبه برای خواهر و برادرها و مادر و...همه مذهبی شده بودند در خانه ای که وقتی مامان نماز می خواند و بچه گریه می کرد آقاجون ناسزا می گفت به هرچه خدا و پیغمبر و نماز و روزه است، در خانه ای که به دخترها بیشتر از پسرها می رسیدند، درخانه ای که مامان ساقی آقاجون بود و هر شب یک پیک عرق می گذاشت کنار غذای او، در خانه ای که همه ی پسرهای هم کلاسی زبان انگلیسی و آنها که با هم شب های جمعه می رفتیم پارتی و ته دانسان می آمدند خانه و با آقاجون دست می دادند، در خانه ای که بیشتر اقوام آقاجون بهائی بودند و بیشتر تحصیل کرده هایی که مذهب را تا ته استخرش رفته بودند و می دانستند به کجا می رود...سر دمدار، خواهر خوشگل من بود که در دانشکده دانشجویی از یک خانواده ی مذهبیِ طرفدار شریعتی قاب او را گرفته بود. در واقع رئیس این آقا بود...این خواهرم هنوز با وجود داشتن یک پسر دانشجوی دکترا زیبایی ستاره ها را دارد. آقا او را از تیم بسکتبال کشیده بود بیرون چون با شورت کوتاه بازی می کرد. بعد موهای بور و صافش را به تدریج کرد زیر روسری و آن هیکل زیبا را توی کیسه دفن کرد. می نوش کماکان از توی قاب روسری لعبتی بود و هست...این

تغییرات چند سال قبل از انقلاب توی دانشگاه اتفاق افتاده بود و خواهرم سال ها نگاه های تحقیر آمیز افراد خانواده و اجتماع را به تنش مالیده بود...یک روز که بیست و پنج ـ شش نفر از این دوستان انقلابی غذا خورده و رفته بودند، من کنار سفره روی زمین دراز کشیده بودم با شلوار تنگ جین و تاپ چسبان. شوهر خواهر گفت سر راه خوابیدی. آقای مذهبی می خواست حجاب رعایت شود. و شاید می خواست به احترام او سرپا بایستم. به او گفتم می تونی از اون یکی در بری. خفه شد. و از آن پس جرأت نکرد از این زر و زورها بکند. ولی او کاری را که باید کرده بود...یک سیاه لاغر مردنی با آن چانه ی جلو آمده و حامل مثلاً چراغ علم و کتاب و فلسفه ریده بود به همه چیز. دایی ها از او خوششان نمی آمد و نه از مرامش. هم که از توده ای های زمان گذشته بودند وهم مخالف هر چه مذهب و ملا...خانه با این فضا ورود مرا از پاریس استقبال کرد.

در اطاقم اکنون داداش زندگی می کرد. تشکی انداختم در گوشه ای از اطاق . قبل از آن رفته بودم زیر زمین مکانی برای اقامتم درست کنم. می نوش با شوهرش جال و پلاسشان را آنجا پهن کرده بودند تا یکی از دستگاه های طبقات بالا خالی بشود و بروند تویش زندگی کنند. من هم می توانستم ولی این تنها چیزی بود که به ذهنم خطور نمی کرد. هنوز نمی دانستم چه کاره ام کجا هستم...مهری عکس های مرا از دور خارج کرده بود. عکس بزرگ از بالای تلویزیون ناپدید شده بود. این عکس سال ها همانجا قرار داشت. و نیز تابلویی که موریس در پاریس از من کشیده بود...مهری خواهر وسطی بود. بین من و می نوش. رنگ پوستش کمی تیره بود و قدش کوتاه تر از ما. من سوگلی آقاجون بودم. می نوش جای خاصی در دل همه داشت. من مدل زندگی مهری بودم. در عین حال او به من حسادت می کرد. دختر دقیق و باهوشی بود. هر کاری که در دست می گرفت با وسواسی بی حد آن را به کمال می رساند. من و می نوش هیچ کدام از این لحاظ به پایش نمی رسیدیم. ولی احساس کمبود نسبت به ما دو نفر همواره در تمام مدت زندگی با او بود. نقشه ی کشورهای مختلف را در درس جغرافی که من در کلاس پنجم دبستان کشیده بودم برداشته و اسم خودش را روی آن نوشته و به معلم نشان داده بود. لباس می دوخت و یک مارک آمریکایی رویش می زد یعنی که از فرنگ آن را آورده اند. دوست پسرش بچه پولداری بود که از موستانگ کمتر نداشت. معیارش بود پول و مقام و جاه و...مواردی که هیچ کدام از ما در قیدش نبودیم. این معیارها خصائل بد دیگری را نیز در او تقویت کرده بود. وقتی هر دو در پاریس بودیم یک بار قاچاقی سوار مترو شده بود. پلیس متوجه شد. مهری نام موریس را به آنها داده و آدرس خانه ی ما را. برگه ی جریمه را برای موریس فرستاده بودند. من در پاریس کمک کرده بودم که کارهایش راه بیافتد. تازه آمده بود. دو ماه بچه داری کردم که در ازایش یک اطاق به او بدهند. حتی به جای او امتحان دادم تا او را برای تحصیل در دکترای اقتصاد بپذیرند. در ایران وقتی در کنکور دانشگاه قبول شد، می بایست دست کم نمره ی سیزده برای معدلش داشته باشد. معدل یازده خود را دستکاری کرده و فرستاده بود. فهمیده بودند...در پی جریان

های انقلابی و بویژه با تفکری که در خانه حاکم شده بود، مهری نیز گرایشاتی به مذهب پیدا کرده بود. زمانی که مبارزین با هر گرایش و ایدئولوژی به منظور حفظ خود و تشکیلات فعالیت های خود را پنهان می ساختند، او کتاب های صمد بهرنگی را زیر بغل می زد و می رفت دانشگاه که پز بدهد. یعنی او هم بله...مینی ژوپ می پوشید کوتاه تر از بیست سانت موهایش را هر زمان رنگی نوین می زد و هر روز با یک مدل لباس می رفت بیرون...کم کم روسری به سر کرد و روپوش پوشید و با یکی از هم کلاسی هایش در دانشکده آشنا شد. پدر این هم کلاسی یکی از تجار در بازار بود و صد البته از مذهبی های دبش با نذری ها و هیأت های یک ماهه ی ماه رمضان و ماه محرم. با یکدیگر نامزد بودند که آمد پاریس در هیبت روپوش و مقنعه. با انجمن مذهبی های پاریس فعالیت می کرد. جلسات بیست - سی نفری آنها گاهی در خانه ی او برگزار می شد. قرمه سبزی و فسنجان به راه بود. شده بود مادر بزرگ و با دست پخت هایش و اینکه برای این همه آدم غذا تهیه می کرد دچار غرور خاصی می شد. نه درست و حسابی درس می خواند نه زبان فرانسه یاد می گرفت و نه کار می کرد...از ایران برای هر دوی ما پول می فرستادند. همه را خودش بر می داشت. من حتی یک بار نگفتم خوب من چی. ننگ داشتم کسی مرا تأمین کند. در حالی که این پول مال خود من بود. از ارثیه ی پدری یک دستگاه و یک قطعه باغ به من رسیده بود. ولی فکر می کردم مادرم هست و بچه ها هم هستند...سالی دو ماه می رفتم جنوب فرانسه انگور چینی گاهی اوقات بچه داری می کردم مدتی گارسون یک رستوران ژاپنی بودم و زمانی کوتاه نیز در روزنامه ی "لو سوار" به عنوان کارآموز مشغول شدم . ولی معاشم از همان دو ماه کار در تاکستان تأمین می شد...

خانواده ی شوهر مهری پول از سر و رویشان می ریخت. پدر خانواده برای هریک از پسرها یک ویلا در دماوند و یک خانه ی کنار دریا و یک خانه در تهران خریده بود و ماشین آخرین سیستم برای هرکدام از آنها، که همه تحصیل کرده بودند ولی از کار استخدامی در ادرات یک دهم پول بازار را نیز کسب نمی کردند و در نتیجه همگی با پدر به تجارت کاغذ می پرداختند.

دیرتر...وقتی مهری پس از مراجعت از پاریس با پسر این خانواده ازدواج کرد، من یک روز در اوایل انقلاب - زمانی که حجاب به صورت جدی هنوز رسمی نشده بود - خلاصه یک روز که به خانه ی آنها رفته بودم، شوهرمهری خیلی محترمانه راه خروج از خانه را نشانم داد از بیم اینکه نکند کسی بفهمد یک ضد انقلاب در خانه ی آنهاست...اختلاف ایدئولوژیک و هراس از در گیر شدن با رژیم اگر چه اساسی بود ولی به این جا ختم نمی شد. ریشه در آن حسد و کینه ای داشت که از کودکی در دل پرورانده شده بود. مهری در انتظار موقعیتی بود که فردی که با حضورش همواره احساس کمبود می کرد، خوار و حقیر شود. و این البته اولین بار نبود...هر دو به دبیرستان می رفتیم و من اولین عشقم را تجربه کرده ام. به کشوی شخصی من دست دراز می کند. و من همه ی رازم را شعر کرده ام داستان کرده ام همه ی فراز و نشیب هایش را نوشته ام. بر روی کاغذ همه ی احساساتم را بیان کرده ام با آن با تنها وسیله ای که می توانست اندوه و خلأ و تنهایی و انزوای مرا هم زبان باشد درد دل کرده ام

تنها وسیله ای که مرا در بر می گرفت مرا مورد قضاوت قرار نمی داد مرا سنگسار نمی کرد...مهری از آن پس رفتارش با من به کل تغییر یافت. کشف این راز به او قدرت داد. به گونه ای رفتار می کرد که گویی من آشغالی هستم که می بایست به زباله دانی افکنده شود. از رابطه ی آزادی که من با آن پسر داشتم مطلع شده بود و این در ذهنش عاملی و برگه ای بود برای اینکه مرا خوار ببیند و در نظر دیگران ذلیل کند و هرگاه بخواهد بکوبد بر سر من...خود را محق می دانست که تمام کمبودهایش را با قلدری در خانه بد رفتاری با مامان خشونت نسبت به همه ی ما جبران نماید. گمان می کرد با "ضعفی" که در من یافته است می تواند همه کاره باشد در خانه. اما هیهات که تا سنگ حقانیت خود را بر زمین بزنی می بایست خود بسیار خالص و ناب باشی...همواره با یکی از ما خواهر و برادرها قهر بود مرافعه داشت. برسر هیچ دعوا و جنگ راه می انداخت و بخصوص با من. انقلاب اسلامی او را در جایگاهی به خیال خود برتر قرار می داد. من در ذهن او آدم طرد شده ای از جامعه بودم و این حس قدرتی به او می داد تا کمبودهایش را بپوشاند...کمبودهایش نسبت به من در زمان دبیرستان وقتی که خود دوست پسری گرفت، تخفیف پیدا کرد و در پاریس به ظاهر از بین رفته بود. در پاریس من حتی شده بودم یک جور مایه ی پز برای او. یک روز که یکی از جلسات خصوصی دانشجویان سیاسی مذهبی در خانه ی او تشکیل شده بود، من و موریس به طور اتفاقی برای کاری پیش او رفتیم. احساس می کردم که با دیدن ما خوشحال شد. به نطرم رسید که دوست دارد مرا به رخ آنها بکشد تا حالا که خودش چادر چاقچوری شده به آنها فخر بفروشد که بله او نیز یک روزی مثل این خواهرش خوشگل و آزاد بوده است...
این خانم مذهبی وقتی یک بار برای تعطیلات از پاریس به ایران می رود، من دو چمدان از لباس های آخرین مدل پاریس تهیه کرده بودم که برای کمک به زندانیان سیاسی به فروش برساند. او لباس ها را برده بود و به نام کادو از جانب خودش به اقوام هدیه داده بود. این لباس ها را من نخریده بودم. یک اپیدمی در بین دانشجویان کنفدراسیون خارج از کشور در گرفته بود که سرمایه دارها خون مردم را می مکند و نباید به آنها رحم کرد. برخی رفقا شگردهای بسیاری آموخته بودند برای اینکه حتی ابتدایی ترین مایحتاج خود را نیز از مغازه های بزرگ کش بروند...موج کمک به زندانیان سیاسی گاهی بالا می گرفت و حالا که فکرش را می کنم، نمی دانم آیا واقعا آن همه پول جمع آوری شده به زندانیان سیاسی می رسید یا هم چون برخی برنامه های کلیسا ها یا سازمان های غیرانتفاعی در کشورهای غربی کمک های جمع آوری شده در برنامه های فرهنگی ـ اجتماعی بیشتر صرف مخارج و حقوق کارمندان می شد...وقتی مهری قصد کرد به ایران عزیمت کند، من می رفتم به گران قیمت ترین بوتیک ها توی رختکن پلمپ ها را می گذاشتم زیر پایم و از لباس جدا می کردم و خیلی راحت یک لباس ابریشمی سبک ولی خدا تا قیمتی را می انداختم لای پالتویی که روی دست انداخته بودم و می آمدم بیرون. قیمت برخی از این لباس ها به میزان در آمد نصف ماهِ یک کارگر پاریسی بود. فکر می کردم حالا که به چنین کاری دست می زنم، آفتابه دزدی نکرده باشم تا بتوان

کمک ارزنده ای از آن در آورد...یک بار دایی فراهان آمده بود پاریس دنبال یک دمپایی می گشت. وقتی از یک فروشگاه آمدیم بیرون یک جفت دمپایی دادم دستش. پرسید کی خریدی؟ وقتی برایش توضیح دادم دهانش باز مانده بود. نه فقط از اینکه متوجه نشده بود در کنار او چطور چنین کاری کرده بودم، بلکه حیران مانده بود که تو که از این کارها بلدی، این شلوار جین ژنده با زانوی پاره - پوره چیه که تنت کردی؟

خلاصه خانم مذهبی مال دزدی مسیحی های نجس را به عنوان هدیه برای اقوام برده بود آن هم به اسم خودش که پز بدهد می تواند چنین هدایای ارزنده ای برای آنها ببرد...بعدها که تب و تاب انقلاب افتاد و این خواهرم شده بود عروس حاجی و کار نمی کرد و کم کم عرض تن و بدنش آنقدر پهن شد که از در خانه بیرون نمی رفت و خلاصه یک حاجی خانم کامل شده بود، خودش را آن بالا بالا ها شناور روی قالیچه ی سلیمان می دید. او با پول و منالش به خود می بالید و حقیرانه به زندگی ساده ی من می نگریست...حالا دیگر هم فقیر بودم و هم کافر و هم ضد انقلاب؛ بهترین موقعیتی که او احساس کند دیگر کمبودی نسبت به من ندارد و فقط نیاز به چنین حسی داشت تا بشود موتور محرک آماده سازی جوی که من در آن هرچه بیشتر و بیشتر حقیر و طرد بشوم...باری مهری همه ی عکس های مرا از دور خارج کرده بود.

چند روزی پس از 22 بهمن، افراد تشکیلاتی را که اغلب از فرنگ آمده بودند ملاقات کردم. علت جمع شدنمان: جمع بندی از حرکت های گذشته ی جنبش در داخل و خارج از کشور و چگونگی حرکت رو به جلو. در واقع حرف خاصی نداشتیم که بگوئیم. تمام کوشش ها و مبارزات سالیان دراز مردم منجر به استقرار یک حکومت اسلامی شده بود با بیست میلیون پشتیبان. فعالیت های دانشجویان و کارگران صنعتی و حرکت های خودجوش دیگر اقشار جامعه که پیش از انقلاب اغلب کمتر رنگ مذهبی داشت، حالا همه زیر پرچم اسلامی در آمده بود...یک هسته ی اصلی تشکیل شد و آنگاه زیرهسته های دیگر و صد البته مخفی. این هسته ها هیچ نقش هدایت کننده نداشتند و هر فرد به طور خود بخودی فعالیت هایی را پیش می برد...هنگامی که مردم در پادگان نیروی هوایی با گاردهای رژیم گذشته درگیر بودند و هم فردای آن روز که همه ی مردم ریختند به درون پادگان ها، افرادی ازجنبش چپ و از جمله ما خط سه ای ها که معتقد به کار آرام در میان کارگران بودیم با یکدیگر قرار تشکیلاتی داشتیم؛ در کارخانه ها کار توده ای می کردیم تا کارگران را به حق و حقوقشان آگاه سازیم مبنی بر اینکه سرمایه داری ارزش اضافی سرمایه را که از آن پرولتاریاست به جیب می زند و تا زمانی که این سیستم استثمار گرایانه ی سرمایه داری پا برجاست آنها هم چنان در وضعیت اسفناک فعلی باقی خواهند ماند...من نیز همراه بسیاری دیگر از فرنگ آمده ها و مبارزین داخل کشور چند روز پس از بیست و دو بهمن رفتم در کارخانه ی قرقره زیبا به عنوان کارگر ساده کار کنم. چادر به سر کردم و آنها نیز به راحتی مرا استخدام کردند...یک دو جین از دختران ترگل و ورگل دیگر نیز در آنجا مشغول بودند: روشنفکران فرنگ رفته - بچه پولدارهای بیگانه با حال وهوای زندگی

کارگران...در ذهنم از پرولتاریا جمعی آدم های نحیف و ضعیف و زشت و بد ترکیب و بد لباس پرورانده بودم. دیدیم کارگران به ویژه مرد های جوان از ما فرنگ رفته ها شیک تر لباس می پوشند. و بعضی از آنها خیلی خوش تیپ و تو دل برو هستند...دخترهای روشنفکر دست به عصا راه می رفتند. از شرکت در بحث های جدی خودداری می کردند از بیم آنکه زمینه های فکری آنان عیان شود. شخصیت دو گانه ای یافته بودند. نوع کاری که انجام می دادند با ماهیتشان بسیار متفاوت بود. به کاری مشغول بودند که نه برای تامین معاش بلکه برای گذران زمانی کوتاه جهت هدفی خاص بود. نه آن فضا را می شناختند و نه به روحیات کارگران آشنایی داشتند و همیشه هراسان بودند که چگونه با سرپرستان و مدیران صحبت کنند تا هویت اصلی آنها برملا نشود...در بیرون از کارخانه در تجمعات مخالفان چپ گرا و تظاهرات، شیک ترین بلوز و دامن فرنگی را به تن داشتند. به ساده ژیگول معروف بودند چون سعی می کردند ساده بپوشند ولی مدل و رنگ و فرم لباس ها از دور فریاد می زد که فرنگی است...حتی در کارخانه نیز کاملاً مشخص بود که این دختر ها تافته ی جدا بافته اند. ریخت و قیافه ی کارگری به آنها نمی خورد حتی اگر کهنه ترین لباس را می پوشیدند. آرایش نمی کردند گذاشته بودند ابروهایشان در آید ادای دخترکان باکره ی ساده را در می آوردند. غافل از اینکه دختران نوجوان کارگر در کارخانه بدون هیچ دغدغه ای با کارگران مرد حرف می زدند خوش و بش می کردند غش غش می خندیدند. بعضی از آنها حتی خیلی دوستانه با مردان رفتار می کردند...ما دختران از فرنگ آمده و روشنفکر بسیار موًدبانه و لفظ قلم حرف می زدیم. نمی توانستیم مثل آنها باشیم مثل خودمان هم نمی خواستیم رفتارکنیم که لو نرویم. هم برای خود بیگانه بودیم و هم برای آنها...مدیران کارخانه که هیچ گاه از دفاتر بیرون نمی آمدند، حال به بهانه ی سرزدن به اوضاع درون کارخانه مرتب اینجا و آنجا می پلکیدند و با دختران تحصیل کرده ی کارخانه به صحبت می پرداختند...هر روز صبح زود یک جایی در خیابان می ایستادیم. اتوبوس کارخانه می آمد و ما را می برد به کارخانه و سر غروب ما را بر می گرداند. شغل ما انجام کارهای ساده ی زنجیره ای نخ ریسی بود. ماشین های بزرگ پنبه ریسی و نخ ریسی از آغاز تا انتهای کار را انجام می دادند و ما می بایست مراقبت می کردیم ماشین ها از کار نیافتند و دوک نخ هایی که تمام می شد عوض می کردیم. به همین سادگی و هشت ساعت کار. فقط همین بود و سر پا. نیم ساعتی برای ناهار وقت غذا داشتیم ولی تمام مدت می بایست سر پا بایستیم. چنین کاری بسیار سخت و توان فرسا بود و تکراری و بی ثمر...من با بهترین موقعیت در کارهای اداری حاضر نبودم حتی در مراتب خیلی بالا یک کار تکراری بدون خلاقیت و انگیزه را انجام بدهم. چنین کارهایی را سابق بر این چندین بار تجربه کرده بودم و مدتی طول نکشیده آنها را رها کرده بودم و از وقتی در مدرسه ی روزنامه نگاری و بعد در روزنامه مشغول شدم، هیچ گاه در مخیله ام نمی گنجید بتوانم روزی با کارهایی از این دست روزگار بگذرانم. ولی اکنون ما با هدف خاصی آنجا رفته بودیم. می بایست با کارگران آشنا شویم صمیمیت ایجاد کنیم آگاهیشان را افزایش دهیم و برای مقابله با رژیم آن ها را آماده سازیم...با

دختر پانزده ـ شانزده ساله ای آشنا شدم که در قلعه حسن خان از دهات اطراف جاده کرج زندگی می کرد. دختر سفید رو و قد بلند و زیبایی بود. هنگام کار با یکدیگر صحبت می کردیم. یک روز قرار گذاشتیم من روز تعطیل به خانه ی آنها بروم. از حرف هایی که موقع کار با هم می زدیم خوشش آمده بود. گفت در خانه ی ما نمی شود حرف زد. بهترین جا حمام عمومی است...در مکانی چون کاروانسرا زندگی می کردند. هر درب اطاقی به حیاط این کاروانسرا باز می شد. این اطاق های کوچک بی پنجره و تاریک با آشپزخانه ای که توسط یک در کوچک به آن متصل می شد، به نظر می رسید زمانی آخور گاو و اسب بوده و حالا محل سکونت این افراد است...پدرش چاقو درست کن دوره گرد بود. با دو چرخه به محله های اطراف می رفت و چاقو می فروخت می ساخت تعمیر می کرد تیز می کرد...مادرش روی برف ها سرخورده و کمرش شکسته بود و به جراحی احتیاج داشت. پشتش چرک کرده بود و همیشه قوز کرده و با درد و ناله نشسته حرکت می کرد. یک نفر می بایست به طور دائم از او مراقبت کند. این دختر در واقع با کاری که در کارخانه ی قرقره زیبا می کرد مخارج خانه تامین می شد...پدرش مرا که دید لب و لوچه اش آویزان شد و چشمانش برق زد. ما از آن پس چندین بار در حمام عمومی بیرون قرار گذاشتیم...بچه که بودم یکی دو بار با مادر بزرگ به حمام عمومی امیریه در خیابان انتظام رفته بودم. کنار خزینه می نشستم تا او خودش را بشوید بعد مرا. و زنهای لخت را نگاه می کردم که در فضای بخار آلود از توی خزینه آب برمی داشتند و روی سر و بدنشان می ریختند. بعضی زنها با سه ـ چهار بچه ی قد و نیم قد صبح می آمدند و بعد از ظهر می رفتند. توی آن هوای گرم و بخار گرفته انار و پرتقال بسیار لذت بخش بود و شربت آب لیموی خنک بعد از حمام می چسبید. حوله را پهن می کردیم روی سکوی کنار حوضچه که لباس بپوشیم و آنقدر بدنمان لَخت می شد که نمی خواستیم از جا بلند شویم...زن ها بی محابا بدن لخت خود را عرضه می کردند. هیچ چشم "نامحرمی" آنها را نمی پایید هیچ "گناهی" مرتکب نمی شدند. طبیعت اولیه ی مادر زاد با هر عیب و نقص و حسن و ملاحتی که داشت عرضه می شد. بعدها که حمام های خصوصی ساخته شد و در خانه ها نیز حمام ساختند این آزادگی به شکلی از بین رفت. حالا زن ها خود را از یک دیگر نیز می پوشاندند. خواهران هنگام پوشیدن لباس پشت به هم می کردند. گاهی زن های شیرده به اطاق پشتی می رفتند. شاید یک جور تمدن تلقی می شد و آن ولنگاری و آزادگی زنان در حمام های عمومی پدیده ای عقب مانده به حساب می آمد...حالا با این دختر می رفتیم حمام. یک فرد بزرگسال پر تجربه را می نماد. زندگی سخت و مسئولیت خانواده کودکی را از او گرفته بود. دو نفری می رفتیم به قسمت در بسته ای که دوش آب داشت جایی که همه بعد از شستشو تن و بدن خود را آب می کشیدند. در آنجا با یکدیگر حرف می زدیم.

به مامان و خواهر و برادر ها نگفته بودم که در کارخانه کار می کنم. و آن ها نمی پرسیدند ساعت چهار صبح کجا بلند می شوم و می روم. شب ها در اطاق میهمان خانه را می بستم و زودتر می خوابیدم. در اطاق نشیمن که آن را اطاق تلویزیون نام نهاده بودیم، بچه ها بلند بلند می خندیدند. مامان می گفت بچه ها

یواش تر. یک بار خسته و کوفته توی رختخواب بودم. شنیدم داداش گفت مگه آدم ساعت ده شب هم می خوابه؟ دنیای ما با یکدیگر خیلی فرق داشت. آنها کارشان تمام شده بود ما تازه اول کار بودیم. آن آزادگی که در خانه ی ما حکم فرما بود و هیچ بنده ای را خدایی نبود تا حسابی و کتابی و سئوالی و پرسشی، این فاصله را بسیار بسیار عمیق تر می ساخت. من غریبه ای به تمام معنی بودم. غریب غریب در خانه ی پدری با مادرم با خواهرانم با برادرانم...

با صبا بود که تصمیم گرفتیم به کارخانه ی قرقره زیبا برویم و در آنجا کار کنیم. صبا را در یکی از تجمعات کمونیستی در تهران ملاقات کرده بودم. علت ارتباطم با او ظاهر کارگری اش بود: چهره ای تیره رنگ موی کم پشت کوتاه و لباس های ناهماهنگ. من شده بودم شکارچی کارگران. به طور ناخودآگاه پس می زدم حتی روشنفکران را چه رسد به سرمایه داران...به دایی فراهان حالا به دیده ی یک سرمایه دار نگاه می کردم. کارخانه ی جوراب بافی داشت و من از یاد برده بودم او از سیزده سالگی در کارخانه ی آقاجون بزرگ شروع به کار کرده بود و بعد در کارخانه های دیگر و با همت و پشتکاری که داشت توانسته بود در آغاز کارگاهی کوچک و بعد کارخانه ای بزرگ دست و پا کند. هنوز مهر گواهینامه ی رانندگی اش خشک نشده بود که یک ماشین فورد کوچک خرید و زیر پایش انداخت. سپس مرتب مراتب ترقی را طی کرده بود و همه ی برادر ها برای او کار می کردند و تعداد زیادی کارگر استخدام کرده بود...عاشق شمال ایران بود. من و خواهرها و دختر خاله ها را برمی داشت و یک دوجین دختر را در همان ماشین فورد کوچک در آخر هفته می برد کنار دریا و خودش برمی گشت. همه ی امکانات راحتی ما را فراهم می کرد و آخر هفته ی بعد باز می آمد به شمال و ما را بر می گرداند و ما چه کیفی می کردیم توی خیابان های ساحلی رامسر با شلوارک و بی کینی و دو چرخه سواری و پسر بازی و...آقاجون که مرد دایی فراهان حکم پدر ما را داشت. به روش آقاجون که با الاغ هندوانه به خانه می آورد، گاهی یک صندوق مرکبات و یک گونی برنج برای خانه می خرید که ما نبود پدر را احساس نکنیم...کم کم ماشین های مدل بالا تری خرید. از خطر کردن و تجربه نمی هراسید. علت پیشرفت او نیز همین بود...حالا این دایی فراهان شده بود سندانی که من مرتب پتک پرولتاریا را برسرش می کوبیدم...زن بند اندازی نیز بود که آقاجون در زیرزمین به او خانه داده بود. از وقتی به ایران برگشته بودم یک پایم را توی یک کفش کرده بودم که این بیچاره را باید از زیر زمین بکشیم بیرون و یکی از دستگاه های طبقات بالا را به او بدهیم. بعد فهمیده بودم همین زن که به خانه های مردم می رفت و صورت زنان را بند می انداخت، همه ی اسرار خانه ی ما را دهان به دهان پخش می کرد...بس که پرولتاریا را در صدر همه چیز نشانده بودیم - آن چنان که دیکتاتوری را بر آن روا می داشتیم - من حتی روشنفکرانی را نیز که چنین مراتبی برای پرولتاریا قائل شده بودند دیگر به حساب نمی آوردم. فقط پرولتاریا مظهر زندگی و نیرو و هدف من شده بود. در آن فضای دموکراتیک بعد از انقلاب که در آن روشنفکران چپ تجمعات و تظاهرات خود را بر پا می داشتند و امکان آشنایی های زیادی فراهم بود، همه

را پس می زدم. از میان رفقای تشکیلات، نظر هرکس را که گرایشی به من داشت به نحوی نسبت به خود بر می گرداندم...در پی کسانی بودم که ظاهر کارگری و زندگی کارگری داشتند و مهمتر از همه در یک خانواده ی کارگری متولد و بزرگ شده بودند. بدین ترتیب می توانستم خود را به آنها نزدیک تر احساس کنم آنها را بیشتر بفهمم بیشتر بشناسم و در نتیجه به آنها بیشتر خدمت کنم. حتی در پی آن نبودم که بخواهم ازدواج کنم و به عبارتی سر و سامانی به زندگی خود بدهم. هدف فقط این بود که بیشتر روحیه ی پرولتری به خود بگیرم...
صبا یکی از آن ها بود. کارگر نبود. پدرش در هواپیمایی ملی ایران کارگری می کرد. زندگی سختی داشت. با تفکرات و گرایشات مذهبی خانواده، دختران خانه نشین می شدند تا کسی بیاید و از آنها خواستگاری کند. صبا به پشتیبانی برادر تحصیل کرده - یکی از روشنفکران سیاسی کار فعال - با هزار گرفتاری و با شماتت های اقوام و مقابله با مقاومت های پدر و مادر دیپلم دبیرستان را گرفته بود و اکنون به هواداری جنبش چپ در همه ی تظاهرات و تجمعات شرکت می جست. بیشتر پیرو برادر بود و حرف های او حکم خدا داشت...در این گیرودار با یکی از فعالین سیاسی هماورد برادر آشنا می شود و کارشان به ازدواج می کشد. پسر از خانواده ای کاملاً غیر مذهبی است. خواهر ها همه به کارهایی اشتغال دارند مانند آرایشگری بوتیک داری و از این دست. پسر خوش قیافه ایست و صبا از زیبایی بهره ای ندارد. خانواده ی پسر از همان آغاز صبا را پس می زنند. هر چقدر از آغاز انقلاب فاصله می گیریم، شوهر صبا تحت تاثیر خانواده تضادهایش با او بیشتر می شود. صبا در یک خانواده ی محدود و بسته در شهرستان نائین پرورش یافته بود و شوهرش در یک خانواده ی باز غیر مذهبی تازه به دوران رسیده در تهران و در مورد صبا چنین قضاوت می کرد که او نمی داند چطور لباس بپوشد لقمه به چه گندگی را می برد توی دهانش هیچ آداب شهرنشینی نمی داند صحبت هایش سر و ته ندارد...شوهر صبا را یک بار در یکی از تجمعات کارگری دیده بودم. کار هدایتگری کارگران را پیش می برد. برای آنها سخنرانی می کرد. وقتی که ازدواج کردند، فارغ التحصیل اقتصاد دانشگاه تهران به رانندگی وانت مشغول بود. یک خانه ی محقر نمی دانم در کجا اجاره کرده بودند. مرا مخفیانه آن جا می برد. می گفت سرت را بیانداز پائین و من در چنین موقعیتی بلافاصله فکرم را به مسئله ی دیگری مشغول می کردم که هیچ نشانی از مسیر خانه ی آنها در ذهنم ننشیند.

در آن سال اول انقلاب که هنوز حجاب اجباری نشده بود، با صبا و شوهر و خواهر زاده اش یک سفر رفتیم به شمال. در آنجا من با پسری آشنا شدم که با خواهرش - یک دختر پانزده ساله ی زیبا - زندگی می کرد. قیافه ای آفتاب سوخته و اندامی بسیار ورزیده و قوی داشت. می گفت ماهیگیری می کند. برای ما یک قایق تهیه کرد رفتیم وسط دریا. این پسر و شوهر صبا پریدید توی آب. من نیز لباس هایم را در آوردم و با مایو افتادم توی دریا. چه لذتی داشت. عمق دریا در آب سبز تیره با همه ی وجود حس می شد. به پشتیبانی آن پسر که

کوه کمر شکن

یک شناگر بومی شمال بود، چون ماهی توی آب بال می زدم معلق می زدم پشت به آب دریا چشمانم را می بستم و خود را ول می دادم به دست امواج. روز بعد عرض رودخانه را با هم شنا کردیم و رفتیم آن سوی آب. یک بار دو تا اسب فراهم کرد. من و خواهرش سوار اسب شدیم. ما سواره او پیاده. ساحل دریا و جنگل را از میان آبریز های گسترده و کم عمق گذر کردیم. ماه شهریور بود. تمشک های پرخون کنار رودخانه را می چیدیم و در ساحل دست رشته بازی می کردیم. شب در خانه ی محقر آنها می خوابیدیم و روزها در دریا که هنوز زنانه ـ مردانه اش نکرده بودند و پرده ای در میان نبود شنا می کردیم. یک شب به پشتیبانی او تا به کجا که نرفتیم . شب دریا هولناک است اما او وارد بود. می گفت پنجاه متر که برویم به تپه ای در دریا می رسیم آنجا آب تا کمر بیشتر بالا نمی آید و می شود استراحتی کرد. دریا را قدم به قدم می شناخت. آن شب مرا برد تا جایی که هم سفران در ساحل را چشم به دشواری می دید و همانجا در بالای یکی از آن تپه ها آبش را ریخت به آتشم...در سفردیگری که با زهره به شمال رفتیم خواهر او را داده بودند به مردی که دچار عقب ماندگی ذهنی بود با قیافه ای کج و مج. خانواده ی محترم و خوبی داشت و دختر را مثل جواهر در میان گرفته بودند ولی دختر حیف بود. زیر پایش نشستیم که تو می توانی زن بهتر از این ها بشوی غافل از اینکه او دختری نبود که روی پای خود بایستد و زندگیش را بسازد. از او جدا شد و حالا دیگر جواز همه کاری را داشت. جمال می گفت باید می ماند خانواده ی پسر با علاقه به او رسیدگی می کرد ویلان این خانه و آن خانه نمی شد. در سفر بعد او را در خانه ای دیدم که مانند مادرش کلفتی می کرد. شنگول و شادمان . پسران ارباب هرکدام انگشتی به او می رساندند. مادرشان در خانه ی ارباب دیگری کلفتی می کرد. سر سفره ی پرجمعیت ارباب که همه از تهران آمده بودند ما را به حساب اقوام آنها تحویل نگرفتند.

خاله سهیلا نیز مذهبی شده بود. نه که پیش از این اعتقاد به مذهب نداشت. نمازش هیچ گاه قطع نمی شد. تمام روز های ماه رمضان را روزه می گرفت و حتی هفت ـ هشت روز دوران قاعدگی را نیز با خوردن قرص ضد حاملگی به عقب می انداخت که سی روز تمام روزه بگیرد. ولی همه چیز به قیافه اش و کردارش می آمد جز اینکه فکر کنیم او یک فرد مؤمن مذهبی است...قدی بلند داشت با اندام کشیده. زشت ترین لباس به تنش برازنده بود مثل مانکن ها. قهرمان ملی پینگ پنگ بود. شورت کوتاه می پوشید ومی رفت وسط زمین. همیشه مسابقه داشت و ایام نوروز و تابستان ها را در اردوهای ورزشی سر می کرد و به کشورهای خارجی می رفت برای انجام مسابقات. موهایش را به مدل روز کوتاه می کرد و لباس مد روز می پوشید. ظاهرش یک دختر بورژوای کامل بود و میهمانی های شب تولد و پارتی ها نیز گهگاه جزء برنامه اش. اما در هرحال نمازش قطع نمی شد. در بین مسابقات به یکباره غیبش می زد. گوشه ی دنجی پیدا می کرد و اگر چادری به همراه نداشت دامنی بلوزی روی سرش می انداخت و سنگی یا یک شیئی سخت را نیز به عنوان مُهر به کار می گرفت و در عرض دو دقیقه هشت رکعت نماز ظهر و عصر را معلوم

نبود چگونه به پایان می رساند. درهر کاری بسیار زبر و زرنگ بود. لم هرکسی را می دانست و کارش را به نحوی راه می انداخت. بعدها شد مسئول روابط عمومی و به حق "بهترین ارتباط" را با مردم برقرار می کرد. همواره دوستان فراوانی در اطرافش بودند و به اصطلاح همگان را با شگردهایش توی دست خود نگاه می داشت. بعد از اینکه دیپلم دبیرستان را گرفت، یک دوره منشی گری گذراند و پس از مدتی کوتاه شد منشی آقای مدیر کل که بعد ها به همسری او در آمد.
جنبه های مذهبی افکار خاله گاهی بسیار عمل می کرد. گاهی واقعی بود و گاهی صوری. از روابط مرد و زن به شکل مکروه صحبت می کرد. تا مدت ها در زندگی با همسرش درآغاز باکره مانده بود. این را خودش می گفت چه اندازه درست بود نمی دانم. در عین حال تمایل داشت توجه مردان را به خود جلب کند. حرف هایش با عمل جور در نمی آمد. دیرتر وقتی همه ی تکه ها را کنار هم می گذارم به این ارزیابی می رسم...شاید شش - هفت سال بیشتر نداشتم. خواهر ناتنی من اخگر در یکی از دستگاه ها ی خانه ی خیابان شاه زندگی می کرد و داداش ناتنی مجرد در یکی از اطاق ها ی آن دستگاه. یک روز که خواهر ناتنی و شوهر و پسرش بیرون رفته بودند، من و داداش ناتنی و خاله سهیلا در خانه ی آنها بودیم. خاله سهیلا قرار بود پائین موهای مرا اندکی کوتاه کند. من رفتم طبقه ی پائین از خانه ی خودمان قیچی بیاورم. وقتی برگشتم دیدم توی اطاق عقبی خاله سهیلا روی تخت خوابیده و داداش ناتنی بر زمین نشسته و روی صورت او خم شده است. به محض اینکه من وارد شدم خاله سهیلا بلافاصله از جا جهید و مرا به اطاق پذیرائی برد و نشاند روی صندلی مقابل آینه. داداش ناتنی شب وقتی همه توی خانه نشسته بودیم در خانه ی خودمان مرا کشید پائین توی زیرزمین و یک کشیده ی محکم به گوش من زد که اگر حرفی بزنی خودت می دانی. من هیچ نگفتم. حتی اگر سیلی به من نزده بود چیزی نمی گفتم. آنها با خود و با دیگران رو راست نبودند و من کودک را نیز در هم ریختند...باری خاله سهیلا وانمود کرد که انگار هیچ اتفاقی نیافتاده است و چه بسا او از داداش خواسته بود که مرا تهدید کند که حرفی نزنم. وگرنه داداش ناتنی از این بابت مشکلی نداشت. دختر توی محله نبود که با آنها روی هم نریخته باشد. همه می دانستند و سرزبان ها بود ماجرای دختربازی های او با ملوک سیاه در پشت بام همسایه روبرویی و من خود شاهد لاس زدن هایش بودم با خواهر زاده ی شوهر خواهر ناتنی اخگر. به طور قطع هرچه دختر در اداره و...سنتور می زد شعر و ادبیات می شناخت. با احاطه بر این ابزاری که در آن احساسات بشری به زیبا ترین شکلی بیان می شوند، او می توانست دختر ها را به سوی خود جلب کند.

فساد اداری و ناعدالتی های اجتماعی شوهر خاله را خانه نشین می کند. خاله سهیلا زندگی روزمره اش را پیش می برد. خودش را با هر وضعیتی منطبق می سازد. تعصب خاصی به این یا آن حکومت ندارد. بیشتر تابع اکثریت است. شوهر خاله اما برای خود صاحب نظر است. هر شرایطی مطابق باورهایش نیست. راه و روش زندگی خود را می خواهد. اندک اندک مصمم می شود به

خارج از کشور برود. خاله سهیلا نمی تواند از تعلقاتش موقعیت شغلی وغیره دست بردارد. تنهایی و دوری از خانواده در خارج از کشور در روان شوهر خواهر تاثیرات مخربی می گذارد و او را به عنوان یک بیمار روانی در کشور غریب راهی تیمارستان می کند. خاله او را به ایران باز می گرداند و عاقبت او در سفری به شمال ایران در دریای خزر غرق می شود...به او قرص های آرام بخش می دهند. عقل و هوشش پا بر جاست ولی قرص ها جان او را ذره ذره تحلیل می برند. جسمش تاب و توان ندارد. فرد پرتحرکی به لحاظ فعالیت های جسمانی نبوده است. خاله سهیلا نیز به او عادت داده بود که هر کارش را تحت نظر خود داشته باشد...اکنون بیش از پیش به مراقبت نیاز دارد. چگونه او را به تنهایی با چند کودک در دریا رها می سازند؟ او خود از دیگر کودکان کودک تر بود. برادر شوهرش با تردید اعتراض می کند. زده بودند توی دهانش که بروید شرم کنید. سال های سال برادر بیمارتان را دارد تر و خشک می کند. آن ها غلاف کرده بودند. خاله سهیلا پشتیبانی نیز داشت چون خواهر زاده ی شوهرش که اکنون در خانه ی خاله خانه زاد شده بود. دیرتر خیلی دیرتر این تردید آن زمان برادر شوهر جان می گیرد. می گویند عامدانه بوده است. آیا از شرش می خواسته است خلاص شود؟...پس از مرگ او خاله سهیلا هر روز به تیمارستان ها می رود و برای دیوانه ها گل و شیرینی هدیه می برد...می بایست سال ها بگذرد و این تردید سر برآورد که آیا این همه ادا و اطوار بازی نبوده است تظاهر و خودنمایی دورویی و تزویر تا اصل قضیه پوشانده شود؟ خاله پس از انقلاب همراه با سیل عظیم مردم و شدت گرفتن گرایشات مذهبی مقنعه به سر می کند. هر مردی نا محرم است. حالا دیگر روزهای دوشنبه ی هرهفته نیز روزه می گیرد. نذر و نیاز می کند هیأت های مذهبی در خانه به پا می دارد روضه خوانی راه می اندازد سفر به سوریه و مکه جزء فرایض واجب دینی است نمازش را بلافاصه باید پس از اذان مغرب بخواند گاهی میهمانان را در سالن پذیرایی به انتظار می گذارد تا تکلیف دینی اش را انجام دهد...هیچ شباهتی به یک متدین به معنایی که به دین داران بی تکلف واقعی سابق براین نسبت می دادند ندارد. یک زن معمولی است که با زنان معمولی تر از خودش نشست و برخاست می کند پشت این و آن غیبت می کند بدگویی از دیگران مرام دائمی است. اکنون تحت تاثیر جو حاکم از رژیم اسلامی طرفداری می کند. این هواخواهی فقط به لحاظ زمینه های فکری مذهبی در او نیست. اغلب آدم ها گرایش به جایی دارند که در آنجا احساس امنیت بیشتری بکنند. هواداری از حاکمیت جدید که تمام قدرت را در دست دارد، این امنیت را تضمین می کند همان طور که گرایش به برخی معیارهای معمول جامعه چون مرتبت شغلی و میزان درآمد و تجلیات ثروت و غیره چنین احساسی را در آدم ها بوجود می آورد...بر این اساس دختر زیبا روی دایی فراهان که کاری با مذهب و مرام مذهبیون ندارد و او را به یک پزشک شوهر داده اند بیشتر مد نظر خاله سهیلا ست تا کارمند ساده ی مقنعه به سر طرفدار شریعتی. بهترین هدیه را برای او تهیه می بیند در دید و باز دیدهای عید نوروز او در لیست اولین نفرات قرار دارد اگرچه حتی به لحاظ سنی در رده های پائین جا می گیرد...و حالا که مذهب به شدت در خانواده راه پیدا کرده، نجاست و طهارت و

افکار فاناتیکِ بی معنیِ بسته به مصالح روز جای مهمی در زندگی او می یابد.
من که زمانی روی دو چشمش جا داشتم زمانی به گفته ی خودش بر من مادری کرده بود، حالا جزء غازورات هم به حساب نمی آمدم...هنگام که همسرش در لندن بود، در ظاهر به منظور مراقبت از پسر کوچکشان خواهر زاده ی شوهر در خانه ی آنها در تهران می زیست تا اگر کمکی لازم بود حضور داشته باشد. پس از بازگشت از خارجه نیز این خواهر زاده اغلب اوقات در آنجا دیده می شد. در روز عزای همسرش این خواهر زاده به حالت غشی روی آجرهای کف حیاط ولو شد. یک سال بعد همین خواهر زاده که پانزده سال کوچکتر از خاله بود با او ازدواج کرد. خاله قبل از آن دم بر نمی آورد...در همه ی مسافرت هایشان با مامان و خاله فروغ این خواهر زاده نیز حضور داشت...خاله و نه تنها خاله که اغلب زنهای خانواده ی ما برای خودشان به قول معروف یک پا مرد بودند. روی حرفشان حرف نبود. از نظر مالی خاله سهیلا استقلال کافی داشت و مدیری بی نظیر و سرآمد بود و به هیچ کس نیاز نداشت که از این لحاظ یارای او باشد. همسر کاری از دستش بر نمی آمد و در گوشه ی تیمارستان و خانه روز و شب به سر می آورد. دیگر نمی توانست برای او پناهی محسوب شود. او بود چون شوهر رسمی بود. و خاله براساس اخلاق مذهبی و حرف های سر وهمسر و همسایه که از عوامل مهم به حساب می آمد او را در واقع با خود می کشید و تا وقتی زنده بود هنوز بود.
پس از مرگ شوهر کسی می بایست به طور رسمی جای او را بگیرد و این کس را خاله سهیلا حاضر و آماده از پیش مهیا ساخته بود. ظاهر قضیه را حفظ کرده بود تا سالمرگ شوهرش. با این وجود خاله هم چنان وانمود می کرد که شبها هیچ کاری باهم ندارند که برادرزاده خسته و کوفته سرش را روی بالش می گذارد و می خوابد یعنی که توی رختخواب با هم عشق بازی نمی کنند. من تصور می کردم نوعی تضاد بین خواست ها و تفکرات مذهبی او را وادار می ساخت که حرکات و رفتارش را گونه ای دیگر وانمود کند. دیرتر خیلی دیرتر است که می فهمم اینها همه ظاهر سازی بوده است. پس از انقلاب وقتی روز به روز بیشتر به ته استخر مذهب اسلام فرو می رفت این تصور را در برخی از نزدیکان بوجود آورده بود که احساسی احساسی خاص مثل احساس گناه یا چیزی شبیه به آن در خاله سهیلا سبب این همه افراط گرایی در مذهب گردیده و در واقع مذهب یک نوع پوشش برای آن اعمالی بوده است که نمی باید یا می باید انجام می گرفته است. و چه جایی بهتر از آنجا که راه توبه باز می گذارد تا در آن گناهانش را بشوید و فارغ از عواقب آن اعمالی که از دیدگاه های مذهبی گناه شمرده می شود، با انجام فرایض دینی گمان رود که بار گناهان به زمین گذاشته شده اند و او از هرگونه عواقبی بری خواهد
ماند...طرفداری از قدرتی که مذهب اسلام اساس حکومت داری آن است یک نوع پناه به شمار می رود. پشتیبانی از حاکمیت او را زیر بال و پر خود می گرفت و در نتیجه هر نیرویی که در مقابل این حاکمیت می ایستاد، قدرت مانور نداشت. می بایست تحقیر شود و باید با دیگران هم زبان شد تا او هرچه خوارتر گردد...و من در این برهه از زمان چنین موجودی هستم. حال که حاکمیت طردش می کند مذهب او را نجس و کافر می شمارد عوام روش زندگی اش

را نمی پذیرد بنابراین باید به دور افکنده شود. او فقط یک بیگانه است.

جد اندر جدش آخوند بودند از آخوندهای قمی صد در صد. شوهر خاله سهیلا را می گویم. یک روز در زمان حکومت شاه سابق اقوامشان را دعوت کرده بودند برای نهار. سفره ای به چه بزرگی روی زمین پهن بود. درمیان اقوام، آخوندی (از آیت الله های معروف قم) بالای سفره نشسته بود. تک نفری آن بالا جای دو سه نفر را با عبا و ردا و شال و یللّری و تللّری گرفته بود. دوریِ ته دیگ برشته را گذاشتند جلوی آقا و هم دیس بیضی پلوی زعفرانی را. پیش روی آقا کره ی آب کرده ی داغ را با کفگیر ریختند روی پلو. آقا دیس را کشید جلوی خودش با دست شروع کرد به خوردن پلو و خورش قیمه و ته دیگ را هم نمی دانست چگونه بلونباند. موقع خوردن ظاهراً سرش پائین بود و اما زیر چشمی همه کس را زیر نظر داشت...ما تین ایجرهای لخت و پتی دور سفره نشسته بودیم. آخوند آن زمان آخوندی اش را می کرد و اگر در خانه ی خودش زن ها و دخترها محجب بودند، اما بیرون از آن جرات مداخله نداشت...ولی اصل قضیه شوهر خاله بود که با اینکه اعتقادش به خدا راسخ بود ولی هیچ گاه نه نماز می خواند نه روزه می گرفت. تا ته استخرشان رفته بود. همه ی کلاه های شرعی اشان را می شناخت. در دانشگاه با گرایش به جریان های ملی بیش از پیش از رسوم و آداب مذهبی - خانوادگی دور شده بود...در خانواده اش یاد گرفته بود مردها بنشینند و به بحث های اجتماعی - مذهبی بپردازند و زن ها چادرهای سفید گل مگلی برسرشان بیاندازند و کون گنده را از زیر آن قل بدهند این طرف و آن طرف و از مردهایشان پذیرایی کنند. زنان در خانواده ی آنها از مسائل اجتماعی و روابط عمومی دور بودند و فاصله ی زیادی بود بین رفتار مردان و زنان...اکنون این مدیر کل بخش بسیار مهم یکی از شرکت های معتبر کشور منشی اش را به همسری برگزیده است. زنی که خانه داری آخرین کاری است که به آن اهمیت می دهد. کم سن و سال ترین دختر خانواده است. چهار برادر بزرگتر او را روی دست حلوا حلوا کرده اند. حرفش در خانواده حرف است و ورزشکار ملی همیشه ساک ورزشی روی دوشش از خانه به مدرسه از مدرسه به میدان مسابقه دویده است...بازی پیگ پنگ از آن نوع بازی هایی است که وقتی راکت در دست گرفته می شود، تصور می رود همه ی میدان در دست است. به رانندگی می ماند. راننده پشت فرمان گویی سفینه به هوا می برد حس می کند حاکم مطلق است. خاله سهیلا دفاع بازی می کرد. هر توپی می زدند می گرفت. تسلّط او بر روی میز برای من حکم نوعی فرمانروایی داشت. من نیز از همان سال اول دبیرستان راکت به دست گرفتم. همه ی فکر و ذکرم شده بود بازی. سرِ صبح یک ساعت زودتر از ساعت کلاس در مدرسه بودم. ظهر برای ناهار در مدرسه می ماندم یا در عرض یک ربع به خانه برای خوردن غذا می رفتم و به شتاب بر می گشتم. یک سال بعد تمام بازیکنان تیم مدرسه از کلاس اول تا ششم دبیرستان را می بردم. در یکی از تابستان ها، زمانی که معلمی از چکوسلواکی را استخدام کرده بودند تا به تیم ملی ایران تعلیم بدهد برای مسابقات، من نیز به عنوان بازیکن نفر اول منطقه می توانستم در تمرین ها شرکت کنم. سه ماه تمرین با شیوه های صحیح رقص

پا و انواع حیل بازی پینک پنگ همان شد که حتی هم اکنون می توانم با اندکی تمرین همان بازی را ارائه دهم...باری هر حرکت خاله پدیده ای جدید است برای شوهر و به منزله ی رفتاری خارق العاده..."ببین همه ی دستهاش پُراند. با تنه اش در روهُل می ده پاش رو می ذاره لای در و یک وری وسایل رو از اطاق می بره بیرون..." کتاب می خواند و فکر می کرد. چای دبش دم کرده از علائق او بود. راه به راه روی طاقچه روی میز ناهار خوری روی میز کار میز کنار تختخواب فنجان چای نیمه نوشیده پخش و پلا بود. زنی داشت مثل خاله سهیلا که هم در اداره منشی او بود و کارها را راست و ریس می کرد و هم در خانه همه چیز را تحت کنترل داشت...در اوایل زندگی در طبقه ی دوم خانه ای سر می کردند که در طبقه ی پائین آن مادر بزرگ و دایی فراهان وهمسرش نیز زندگی می کردند. دایی فراهان یاد گرفته بود برای خانه پول بیاورد و امکانات فراهم کند. شوهر خاله از هرچه به مادیات مربوط می شد فرار می کرد. روابط انسانی بیش از هرچیز مد نظرش بود. فساد اداری او را همواره رنج می داد. همواره در حال مطالعه بود. به بررسی مسائل اجتماعی می پرداخت و مطلب می نوشت. برای دایی فراهان آدم هایی ارزش داشتند که به طور دائم در حرکت و فعالیت بودند. و شوهر خاله آدم متفکری بود با مسائلی غیر از ظواهر و معیارهای معمول جامعه...دایی فراهان چندان دل خوشی از شوهر خاله نداشت اما خاله که همواره کاتالیزور خوبی بود و با هر آدمی کنار می آمد، این دو نفر را نیز به نحوی در مسالمت نگاه می داشت. دایی فراهان بعدها این روش خاله سهیلا را به ماله کشی تعبیر می کرد. چندان بی راه نمی گفت. خاله سهیلا به جای اینکه دایی را متقاعد کند که هرکس زندگی خودش را دارد، به نحوی رفتار همسر را تعبیر و تفسیر می کرد که به شیوه ی تفکر و زندگی دایی نزدیک تر بنماید...خاله سهیلا هیچ گونه هم فکری با شوهرش نداشت. فرد روشنفکری به حساب نمی آمد. ارزیابی نداشت از آنچه در جامعه می گذشت. هرآنچه می گفت از گفته های دیگران و حالا به ویژه از سخنان شوهرش بود. حتی در دانشگاه ثبت نام کرد و مدرکی کسب نمود فقط برای اینکه مدرکی گرفته باشد...در رشته ی جغرافی قبول شده بود. در دبیرستان ریاضی خوانده بود. دخترِ با هوشی بود و آنچه را به مصالح و منافعش مربوط می شد، به سرعت در ذهنش می پخت و عمل می کرد. ولی درس جغرافی؟...مدرکی گرفت که او نیز جزء فارغ التحصیلان لیسانسیه به حساب آید و رتبه اش در محل کار بالا رود و دستمزدش افزایش یابد. سال ها در کلاس های شکوه و ایران انگلیس زبان انگلیسی خواند ولی نمی دانم چقدر از این رفتن و آمدن ها بارش شده بود...

اولین بار زمانی شوهر خاله را دیدم که با خاله سهیلا و تعدادی از کارمندان جوان تازه دیپلم گرفته ی اداره به یک گودبای پارتی دعوت داشتند. روابط خاله و شوهر خاله جدی تر می شد. من در میدان فردوسی با آنها قرار ملاقات داشتم. شوهر خاله و خاله روی صندلی پشت اتومبیل نشسته بودند. وقتی کنار آنها جا گرفتم، نگاه تحسین آمیز شوهر خاله از دیدار من برق زد. به خاله گفته بود مثل ستاره های سینمای خارجی می ماند...و همان شب بود که دو چشم

مفتون در قالب چهره ای بسیار زیبا در روشنایی محو نور کم رنگ، تجربه ی اولین دلدادگی را با همه ی فراز و نشیب هایش به من منتقل کرد. چند تا جوان دیپلمه ی همراه خاله همه مجرد بودند و ناگزیر پارتنر رقص من و خواهر و دختر خاله. بغل یکی از آنها تانگو می رقصیدم که برق آن دو تا چشم همه ی سلول هایم را گرفت. نمی دانم. هنوز بعد از این همه تجربه نفهمیده ام که چطور در یک لحظه دو نفر به این شدت و به این شکل به هم کشش پیدا می کنند. قوه ی جاذبه ایست بس قوی و هیچ کاریش نمی توان کرد و این تنها لحظه ایست که من آن را عشق می نامم. نه فرصت تفکر و ارزیابی هست و نه وقت استخاره...این فرصت را حتی نمی خواهی داشته باشی. جا می گیرد در تو می نشیند تسخیرت می کند تو را در قالب خود می گذارد تو را در درون خود محو می کند. تو ذوب می شوی آب می شوی در او...آن چیز یا چیزهای دگر نیز که عشق نامیده می شوند نمی دانم چیست. آن چه کم کم شکل می گیرد اندک اندک بوجود می آید به تدریج شدت می یابد، مهری است که با زمانِ خود را منطبق می کند و با کار و کوشش دوجانبه شاید حسابگرانه...ولی این لحظه متشعشع است مثل نور آفتاب یک آن در تو فرو می رود مثل آب دریا در برت می گیرد مثل باران می شویدت مثل طوفان بلندت می کند. کششی است که دفع نمی شود جذب می گردد...دختری که با او می رقصید پشت به من داشت. او دختر را کم کم در حال رقص به ما دو نفر نزدیک کرد و تا وقتی موسیقی تمام شد، همان جا ماند و من در آغوش آن کارمند می نوشیدم اکسیری را که آن دوچشم ذره ذره در من آب می کرد. موسیقی که تمام شد دیگر به یاد نمی آورم خاله و شوهرش و دیگران چه کردند. او بود و من و...

وقتی شوهر خاله راهی خارجه می شود، دیگر جوان بیست و پنج ساله نیست ونه از آن نوع افرادی که به سرعت خود را با محیط جدید زبان جدید آدم های جدید فرهنگ جدید تطبیق دهد. خودش را با مطالعه و نگارش مشغول می کند. ولی تنهایی او را از پا درمی آورد. بسیار مهربان است و خوش سیما. زنی در همسایگی او در لیون او را به بستر می کشاند. با او کارهایی می کند که خاله سهیلا هیچ گاه به مخیله اش خطور نکرده است. با لب های پر و زبان آتشینش همه ی بدن شوهر خاله را کشف می کند. کیر و خایه ی گوشتالوی چون پنبه سفید شوهر خاله مأمن و پناه شبانگاهی زن فرانسویست. حتی پس از اکتشاف همه ی زوایای شوهرخاله و پس از اینکه آتشش فروکش می شود، سرش را شب ها لای پاچه ی شوهر خاله جا خوش می کرده و به خواب آرام فرو می رفته است. اینها را نفهمیدم خاله از کجا فهمیده بود. به گمانم خود شوهر خاله گفته بوده است. بس که آدم صادقی بود. شوهر خاله کسی نبوده که خودش در پی این کارها باشد. آن زن به سراغش می آمده است. سپس شوهر خاله این رفتار را با خودش حلاجی می کند. دچار سر در گمی می شود. خاله را بی نهایت دوست می داشت. شوهر خاله با خودش فکر می کند مرا چه به این کارها و اندک اندک دچار اختلالات روانی می شود. عوامل زیاد دیگری نیز دخیل بوده اند در این که او به چنین وضعیتی دچار شود. نارضایتی از وضعیت مملکت بلاتکیفی اوضاع اقتصادی و اجتماعی و احساس تنهایی

کوه کمر شکن

شدید...به خاله خبر می دهند که شوهرش را از رودخانه کشیده اند بیرون و حالا در تیمارستان است و خاله می رود و شوهر خاله را با خود به ایران بر می گرداند. از آن پس شوهر خاله در تیمارستان های مختلف بستری می گردد و در واقع خاله سهیلا زندگی را می چرخاند...شوهر خاله فقط روانش پریش بود وگرنه نمی شد گفت آن چنان خراب است که او را دیوانه خطاب کنند. حتی در آن وضعیت نابسامان روحی، عقاید آزادی خواهانه و ملی گرایانه اش را حفظ کرده بود. یک کلام هم کوتاه نمی آمد. گاهی با من به بحث می نشست و با اعتقادات افراطی چپ گرایانه ی من به مناظره می پرداخت. گاهی مباحثه بالا می کشید. من در شور و شوق افکار "مترقیانه" متوجه حالت بیمار او نمی شدم. خاله بر طبق عادت همیشگی هیچ گاه مستقیماً به من نمی گفت با او بحث نکن بیمار است. ولی با منحرف کردن صحبت به موضوعات دیگر گفت و گوی ما را قطع می کرد...حالا خاله انتقام آن کار شوهر را گرفته بود یا اینکه احتساب کرده بود شوهر خاله دیگر برای او شوهر نمی شود، روابطی پنهانی و ناگفته بین خود و خواهر زاده ی شوهر برقرار می کند...سفری به شمال ایران می کنند و زمانی که خاله آن یکی خاله و مامان در ویلا به سر می برند، شوهر خاله و بچه ها در دریا بازی می کنند و شوهر خاله غرق می شود...سه تا زن جنازه را از جاده ی چالوس به تهران می آورند. پایان غم انگیزی است ولی نه غم انگیز تر از آن زندگی که شوهرخاله آن اواخر در آن زیسته بود...قهقهه هایش هنوز در گوشم طنین می اندازد و متانتش و آن روح گشاده و پذیرا که با بینشی باز و آماده برای هر نظر مخالف حرف ها را گوش فرا می داد و آن چه منطقی به نظر می رسید به جان می پذیرفت. توتالیتاریسم مذهب را به خوبی می شناخت و شاید به همین رو سخت از تجرداندیشی و تحجر به دور بود. پدری دانشمند داشت و خود اهل مطالعه بود. جهل و فرمانبرداری چشم بسته از مذهب خرافاتی را با دانش و مطالعه در خود کشته بود...پس از انقلاب او تنها فردی در خانواده بود که من با او احساس یگانگی صمیمانه ای داشتم. با اینکه عقاید مشترکی نداشتیم ولی او مرا دوست داشت و من احترام زیادی برای او قائل بودم. او عمیقاً معتقد به این بود که هرکس آزاد است هرگونه می خواهد فکر کند و هرگونه دوست دارد به زندگیش بپردازد.

خانه ی پدری حالا دیگر معلوم نبود در چه وضعیتی قرار داشت. مهری که یک هفته پس از ورود آیت الله خمینی از پاریس به ایران آمده بود، مقدمات خانه ی جدید را با نامزدش فراهم کرد. جشن عقد ساده ای برگزار نمود و رفت به خانه ی شوهر. از نوع آدم هایی نبود که به یک میهمانی ساده راضی شود ولی جو حاضر در جامعه و بخصوص در خانه آن فضایی نیست که او بخواهد بیشتر طلب کند. خانواده ی حاجی بازاری شوهر مهری با اینکه پول از سر و رویشان بالا می رفت، چندان ناراضی نبودند که جشن و سروری بر قرار نباشد و هزینه ای توی دستشان گذاشته نشود...می نوش وقتی به دانشگاه می رفت، در یکی از تابستان هایی که من برای تعطیلات به ایران آمدم عروسی بسیار ساده ای برگزار کرد. یک پیراهن سفید پوشید با آستین بلند و یقه ی بسته مثل روپوش های گشاد و بلند اسلامی متداول در سال های اول پس از انقلاب،

و شلواری به رنگ سفید. سفره ی عقد بسیار ساده بود. آرایشی بر چهره نداشت. گل و آینه و شیرینی بر سر سفره البته بود و خرما و کاسه ی نبات و یک جلد کلام الله مجید با جلد زرین. مراسم بیشتر به عزا شباهت داشت. آن زمان - دو - سه سال قبل از انقلاب - هنوز مامان و خاله سهیلا و دیگران مذهبی و چادر چاقچوری نشده بودند. من عکس برداری می کردم. ولی اشک در چشمانم پر بود. نمی گذاشتم بخصوص می نوش بفهمد که گریه می کنم. رفتم توی دستشویی ته حیاط اشک ریختم و ریختم...می نوش خانه را با شوهرش دو نفری خیلی ساده ردیف کردند. دو تخت چوبی یک نفره سفارش دادند فرشی و یخچالی و...مهری اما با در آمدی که به عنوان کارشناس اقتصادی بانک جمع آوری کرده بود، بی آنکه سر و صدایش را در آورد جهیزیه ای نه چندان ساده برای خود تهیه دید. یک میز ناهار خوری دوازده نفره از چوب گردو با صندلی ها و مبل های لوکس چند تا فرش گران قیمت کرمان و تبریز یخچال چراغ خوراک پزی و فریزر از بهترین نوع خارجی. پرده ها را خودش دوخته بود. هم چنین پیراهن عروسیش را...می نوش اگر حتی بی آرایش بس که زیبا بود توی قابِ شال سفید چون جواهر می درخشید، مهری اما طاقت نیاورد بی آرایش سر سفره بنشیند. بخصوص که این اواخر یک چوب و استخوان شده بود. با کرم پودر و سرخاب و سفیداب می بایست رنگ و رویی به خودش بدهد. من با اینکه دل خوشی از او نداشتم ولی عکس برداری کردم. مهری روسری اش را برداشت و با آقای داماد پهلو به پهلوی هم دادند برای عکس برداری. چند تایی عکس گرفتم. کوشش نکردم که خوب در بیایند و از این زاویه بگیرم یا از آن یکی و...عکس های می نوش بی هیچ زر و زیور و تجملی خیلی زیبا شده بودند. تنها نشانش از مراسم عقد، سرشاخه ی گل های گلایل بود که اینجا و آنجا درعکس خودی نشان می دادند و عکس هایی که از توی آینه گرفته بودم. از هر زاویه حالتش را ثبت کردم. شاید یکی دو عکس با شوهرش و خانواده ی آنها گرفتم آنهم برای اینکه خالا خاطری گالماسی بس که با این ازدواج مخالف بودم به دلیل اعتقادات شوهرش و نوع رفتار او که گویی دانای مطلق است و دیگران همه را به هیچ می گرفت. از همان زمان حس می شد آن روحیه ی حذف مطلق در نگاهش. در آن زمان هنوز پی آمدهای وحشتناک آن وصلت را و اتفاقاتی که پس از آن قرار بود دامن خانواده ی ما را همراه با مشکلات اجتماعی بگیرد نمی دیدم ولی حس عجیبی داشتم. در شرایطی این مراسم برگزار می شد که همه می نوش را چون دو چشم خود دوست می داشتند و به انتخابش احترام می گذاشتند ولی هیچ کس با این وصلت موافق نبود. پسرک هم زشت و سیاه چرده و لاغر و کوتوله بود و عقاید مذهبی عقب مانده را با خود به خانواده حمل کرده بود و هم که یک پاپاسی توی جیبش پول نداشت. می نوش یک پرنسس زیبا بود و کمالاتی داشت که کمتر در هم سن و سال هایش دیده می شد. او با معیارهای اجتماعی موجود می توانست همسر چه کسانی که نشود؟ خوبست چند نفر خواستگار را رد کرده باشد؟...هرکس با نظر گاه خاصی در این مثلاً جشن عروسی شرکت کرده بود. خانواده ی داماد آن چند نفری که آمده بودند زنانشان همه چادر به سر بودند و برادرها و دیگر افراد خانواده ی او به این علت که ما همه بی حجاب و لخت و

پتی بودیم در مراسم شرکت نکرده بودند. آن کس که هیچ توجهی به او نمی شد همانا آقای داماد بود. تصور نمی کنم هیچ دامادی این همه احساس ذلت کرده باشد هنگام عقد. ولی آقای داماد همه ی این بی توجهی ها را به جان می خرید چون قبل از هر چیز یک حوری را با ثروتی که پشت قباله اش خوابیده بود تصاحب می کرد و هم چنین راهش را بلد بود که چگونه افراد خانواده را پیرو و مرید خطی کند که مملکت را خط خطی کرد. آن روحیه ی شادی که به طور معمول در هنگام وصلت بین دو نفر وجود دارد و همه را به جنب وجوش می اندازد غیبتی آشکارا داشت. و می نوش نیز این را بخوبی حس می کند. اما خود خواسته است و هم چنین می داند که یک زندگی معمولی و آرام نخواهد داشت. هواداران دکتر شریعتی قبل از انقلاب و پیروان امام خمینی در نجف اهدافی در سر دارند...عکس ها احساسات ناگفته و نگرانی های درونی می نوش را به عینه منعکس می کنند. با بهره گیری از هنر فتوژورنالیسم هر لحظه اش را ثبت کردم. برایم هیچ کس دیگر اهمیت نداشت. فقط از او عکس می گرفتم. این عکس ها کمتر شباهتی به عکس های عروسی دارند. یک سند تاریخی از دگرگونی هایی هستند که به تدریج تاریخ سی سال بعد ما را رقم می زند...در مراسم عقد از رقص و پایکوبی و موسیقی خبری نبود. اگرچه زن و مرد از یکدیگر جدا نبودند. زن های آن طرف همه چادر به سر داشتند. زن ها ی این طرف اگر چه با لباس هایی نه مخصوص عروسی ولی سینه باز و تنگ و کوتاه...این گونه مراسم جدای زن و مرد هیچ گاه نتوانست در خانه ی ما پا بگیرد. همان گونه که مذهب خرافاتی دبش آنگونه که در قم و مشهد و اصفهان همسران و دختران آخوند ها خود را می پوشاندند نتوانست در جامعه ی ما حتی در شهرستانها و دهات جا بیافتد. حتی سال ها بعد که رعایت حجاب اجباری شد و بی حجابی و بد حجابی جرم شلاق داشت، باید می رفتی میهمانی های خصوصی را می دیدی با آخرین مدل لباس از پاریس آخرین مدل کوپ موی سر آخرین رقص های رایج در اروپا و آمریکا با آخرین سی دی و نوارهای موسیقی که در بازارهای غربی بیرون آمده بود و حتی ایرانیان مقیم مغرب زمین از آن اطلاع نداشتند. استفاده از ویدئو که در آغاز ممنوع بود، در اغلب خانه ها و بیش از همه جا در فقیر ترین آنها راه پیدا کرد. پدر خانواده سرایدار مدرسه کارگر کارخانه یا کارمند ساده ی بانک بود ولی در خانه آخرین فیلم های بزن و بکوب ایرانی وارده از فرنگ و هم چنین فیلم های غیرقانونی خارجی پخش می شد. اندک اندک گردانندگان حکومتی در مقابل عمل انجام شده ی مردم قرار گرفتند و خرید و فروش ویدئو را آزاد کردند. استفاده از ماهواره نیز به همین صورت و باز قبل از همه در میان اقشار پائین جامعه به سرعت رواج یافت. آقا یک خانه ی کوچک داشت با زندگی محقر. حتی یک میز ناهار خوری در خانه موجود نبود. روی زمین سفره پهن می کردند و غذا می خوردند. والدین با بچه ها در یک اطاق می خوابیدند ولی فیلم ویدئویی و ماهواره به راه بود. بخصوص برنامه های کشور ترکیه را اغلب می توانستند ببینند. دو کانال دولتی این کشور بهترین ویدئو کلیپ های موسیقی و شو را به نمایش می گذاشت به اضافه ی دست چینی از بهترین فیلم های مطرح جامعه ی مغرب زمین را. در عروسی ها و جشن های تولد و هر جشن دیگری که این

اقشار به راه می انداختند، روسری که به سر نبود هیچ زن ومرد که جدا نبودند به جای خود شور و شری به پا بود که نه انگار در جامعه ای زندگی می کنند با این همه محدودیت...و نه فقط در عروسی و جشن ها، که در مراسم سفره های رنگارنگ ابوالفضل و حضرت رقیه و معصومه و بقیه ی ائمه ی اطهار که فقط زنان شرکت می کردند...از در خانه که به درون می آمدند با اطمینان از اینکه مردها دعوت نشده اند، چادرها به کنار می رفت. برق جواهرات همسران وعروس های حاجی بازاری بازار گرمی داشت. و لباس های آخرین مدل با مینی ژوپ و یقه های باز در این مکان های خصوصی بدون مرد جایی مناسب بود برای چشم و هم چشمی های زنان که فرصت عرضه و خودنمایی در جامعه را نداشتند.

می نوش مهریه نخواسته بود. یک شاخه نبات و یک کلام الله مجید. مهری ولی با چهارده سکه طلا به نام چهارده معصوم ارزش خود را محک زد. و خوب هر دوی اینها هرکدام یک تکه از باغ کرج و دو قطعه از خانه ی پدری که در آن بزرگ شده بودیم و دستگاهی آپارتمان پشت قباله اشان جای داشت...آقاجون تفکری را در خانه جا انداخته بود که مهریه و شیربها و از این قبیل وسایلی برای خرید و فروش اند. آقاجون همه ی خواستگارها را در آستانه رد کرده بود و چندتایی از آنها را که سماجت کرده بودند حتی کتک زده بود. می گفت هرکس خودش می داند چگونه و با چه کسی زندگی کند. درد سرشان هم با خودشان. و مامان به ما یاد داده بود که فقط ایثار کنیم. اگر کسی چیزی به ما می داد لطفی به ما می کرد، تا زمانی که آن را جبران نمی کردیم آرامش نداشتیم. ندیده بودم هیچ گاه مامان جواهراتش را جایی در جعبه ی مخصوصی توی کشویی دربسته پنهان کرده باشد. همه جا پراکنده بود. و یک بار که آنها را دزدیده بودند، می گفت لابد یک کسی به آن ها محتاج بوده است...بدین ترتیب نداشتن شرط مهریه و از این قبیل از آغاز در نهاد این خانواده گذاشته شده بود و حال که صحبت از انقلاب و مخالفت با هرچه تجمل و دارایی و عوامل ظاهری ثروت و غیره بود و این پدیده ها پدیده هایی بورژوایی به حساب می آمدند، این مسائل بی هیچ مشکلی حل بود. و خوشا به حال آقایان که هزینه ی مراسم گزاف عروسی و آرایش و شام و ناهار و هزار هزینه ی دیگر به گردنشان نمی افتاد و نیز همسران قابلی را به خانه می بردند، که خود یک سرمایه محسوب می شدند...خلاصه مهری می رود سر خانه و زندگی خودش.

می نوش و شوهرش با اینکه خانه ی خودشان را در یکی از دستگاه های طبقات بالا مستقر کردند ولی اغلب مواقع در طبقه ی پائین با مامان به سر می بردند. مامان همه چیز را آماده می ساخت. خود نیز لذت می برد دور و برش همیشه شلوغ باشد.

داداش رفته بود به خدمت سربازی در خارج از مرکز و گاهی به خانه می آمد. داداش کوچولو پیرو سفت و سخت خواهر و شوهر خواهر از دوران کودکی شده بود لیدر بچه های محله. کاپیتان تیم بسکتبال دبیرستان البرز، یک سال قبل از اینکه دیپلم بگیرد در کنکور دانشگاه شرکت کرده و در دانشکده ی فنی و

شریف جزء نفرات اول پذیرفته شده بود. تمام زندگیش شده بود مطالعه ی کتاب های شریعتی و مطهری و...با بچه های برادر ناتنی و خواهر ناتنی حالا دیگر خارج از اختلافات مادران و پدران آنها با مامان هم پیمانان یک دل و یک زبان شده بودند...کیومرث هجده ساله بچه ی خواهر ناتنی اخگر در هنگام انقلاب یک سال از داداش کوچولو بزرگتر بود و یک پا تئوریسین. این بچه از چهارسالگی نقاشی هایی می کشید غیر قابل تصور. از یک سالگی خواهرم اخگر قلم و کاغذ به دستش داده و گفته بود هرچه می خواهی بکش. طرح حالت ها و حرکت های آدم ها و حیوانات را هنگام انجام هر عملی به گونه ای باور نکردنی برروی کاغذ طرح می زد...اخگر دبیر ریاضیات بود و سرآمد ادبیات. رمان و کتابی ترجمه شده نبود از آثار نویسندگان بزرگ که او نخوانده باشد. کیومرث نیز خوره ی کتاب خوانی شده بود. در هجده سالگی اولین کتاب شعر مصورش را به چاپ رساند. هم شعر و هم تصاویر از خود او بود...اخگر ولی هیچ گاه این همه زحمت نکشیده بود که پسرش هوادار گرایشی از آب در آید که کاملاً با شیوه ی تفکر و تربیت و نحوه ی زندگی او تفاوت داشت. اخگر دست پرورده ی آقاجون بود و در فضای خانه ی ما مذهب هیچ گاه جایی نداشت. آقاجون بعد از استقرار بلشویک ها در روسیه بزرگ شده بود هم دیکتاتورمنشی استالین را داشت هم نظم کارگری پرولتاریا را و هم روشن فکری یک دموکرات را و دخترانش را آزاد بار آورده بود...و بی خدا بود یک بی خدای صد در صد. کیومرث با وجود می نوش و شوهرش و فضای اجتماعی هواداری از نظریات دکتر شریعتی در سال های قبل از انقلاب، یکی از پشتیبانان سر سخت خمینی شده بود و وقتی که جنگ ایران با عراق آغاز شد او از اولین کسانی بود که داوطلبانه به جنگ رفت. با مطالعه بود و هم سن و سال های خود را با نقل قول از گفته های تئوریسین های مذهبی ایران آچمز می کرد وهم بزرگ ترها را...نه اخگر و نه اصغر آقا شوهرش از پس او بر نیامدند. اگر مامان که احاطه شده بود در میان می نوش و شوهرش و ایل هم رزمان و خیلی راحت دربست همه ی عقاید آن ها را پذیرفته بود، اخگر در دنیایی کاملاً متفاوت با کیومرث قرار داشت. آن جور که زندگی و فکر کرده بود و با مطالعات گسترده اش در ادبیات نمی توانست حرکت های کیومرث را بفهمد. کیومرث اما راهش برو برگرد نداشت. از هیچ کس هراسی به دل راه نمی داد. با هیچ کس مصالحه نمی کرد. اگر داداش کوچولو و داداش و می نوش و شوهرش فاصله را حفظ می کردند و حرمت اعتقادات و روش زندگی مرا نگاه می داشتند، کیومرث وقتی به خانه ی ما می آمد و می نشستند با داداش کوچولو به گفت و گو، گاهی به شوخی - جدی به نحوی که بتواند منظورش را به من حالی کند هنگام صحبت با داداش کوچولو می پراند: "پیکاری، پی کاری؛ کار، بی کار ؛ راه ضد کارگر".

ساده نبود برای من پذیرش چنین فضایی. خانه انگار خانه ی آنها بود. تعلقی به من نداشت. هیچ بی احترامی از کسی ندیدم؛ اما حس می کردی که به حساب نمی آیی. تو عضوی از آن خانواده بودی. پس بودی. اگر چه گذشته ای بس مشترک در خیلی زمینه ها با هم داشته اید اگر چه تو زمانی افتخار خانواده به

حساب می آمدی اما حالا اوضاع برگشته است. مطرود بودی نه تنها به علت اینکه با گرایشات آنان خوانایی نداشتی بلکه در مخالفت با عقاید آنان نیز به مبارزه برخاسته ای. برای خودت اهدافی داری. اگر آنها بسیج شده اند و با نیرویی که توسط به قدرت رسیدن حکومت مذهبی به دست آورده اند قصد از بین بردن دشمن (بخوان کمونیست ها) را در سر دارند، تو نیز می خواهی حرف خودت را بزنی. می خواهی که آزادی بیان و آزادی در انتخاب روش زندگی داشته باشی. تو برای آنها مبلغ فرهنگ "ولنگاری" هستی چه به لحاظ اجتماعی که بیان هر اندیشه را آزاد می خواستی و هم به لحاظ شیوه ی زندگی که نمی خواستی آخوندی که به خود اجازه می دهد با امکاناتی که دارد چهار زن رسمی و صدها زن صیغه ای داشته باشد، برای جوانی که حتی وسعت خرید یک هدیه ی کوچک را ندارد اصولی وضع کند که از زندگی محروم باشد یا دختری که همواره هر جور خواسته زندگی کرده اکنون آن آخوند با قوانین شرعی و کلاه هایی که به مناسبت ها ی مختلف مرتب بر سر می گذارد، تعیین کند که تو این جور لباس بپوشی یا آن شکل زندگی کنی...فضا فضایی نیست که بتوان در آن نفس کشید. در آن ماه های اول بعد از انقلاب هیچ بحث مخالفی نه که کوچکترین جایی نداشت، بلکه به شدت سرکوفت می شد و نه از جانب سردمداران حکومتی بلکه از سوی همه ی افراد مملکت. مردم رژیمی را خود با از دست دادن هزاران تن از حیطه ی قدرت ساقط کرده بودند. خود را جزئی و نه جزئی کوچک از این حرکت عظیم می دیدند. لذا جریانی از مردم در شرایطی نو در مقابلت قرار داشت. و این جریان اغلب خوش باور هستند در اینکه به همه ی خواست هایشان می رسند. کسی باور نداشت که دموکراسی نسبی به دست آمده در روزهای اول انقلاب زیر سئوال برود و افراد خانواده ی من باور نداشتند که روزی چماق تنها وسیله ی اجبار مردم به هواخواهی از گرایشات ایدئولوژیک و سیاسی گردانندگان حکومتی و هواخواهانشان خواهد شد...و ما افراد چپ گرا نیز البته دیدگاه درستی ازحرکت های مردمی نداشتیم. مذهب در درون خود توتالیتاریسم را حمل می کرد چرا که وقتی توحید را مایه ی حرکت خود دانستی، بلافاصله موظف به پیروی از آن فرمان هایی خواهی بود که پیامبر تو بر تو مکلف می کند و تو به عنوان یک هوادار وفادار اجبار خواهی داشت در انجام تمام فرایض و دستورات. لذا دستت بسته می شود در اینکه بخواهی هرکاری را که خودت اراده کنی انجام بدهی...کمونیسم نیز، کمونیسمی که در آغاز انقلاب های سوسیالیستی رایج شد با تز دیکتاتوری پرولتاریا، برای بخشی از جامعه این اختیار را قائل می شود که دیگران را تحت کنترل بگیرد؛ به عبارتی همان شیوه ای را پیش بگیرد که پرولتاریا را برعلیه آن شورانده است. بر تفکر کار تولید یدی در کارخانه های عظیم به اندازه ای ارج گذاشته می شود که به فعالیت های ذهنی و خلاقیت در اداره ی جامعه کم بها داده می شود. دانش و اندیشه و علم در این میان گم می شود. فعالیت مداوم بدنی بدون کمترین رفاه الگوی زندگی است. گفته می شود که مجموعه ای از کارگران تولید اساسی جامعه را در دست دارند و رفاه همگان را فراهم می سازند. بدون فعالیت آنان همه ی دستگاه های تولید برای زندگی از کار خواهد افتاد همه گرسنه می مانند رفاه معنا نخواهد داشت.

کوه کمر شکن

کارگران ارزشی والا می یابند به گونه ای که روشنفکران مدافع و هوادار این تفکر قابلیت ها و ارزش های خود را در مقابل آنان به باد فراموشی می سپارند. زندگی جدیدی با آرمان های پرولتاریایی با روشی دگرگونه می بایست از سر گرفت. تا کنون براساس تفکری زیسته ایم که تولیدکنندگان اصلی را نادیده گرفته است. اگر خواهان بهبود زندگی آنان هستیم می بایست ارزش های مرسوم را نفی کنیم خودمان را نفی کنیم یک زندگی ساده فقیرانه بی هیجان در پیش گیریم. مبادا که جاه طلبی سبب حرکت باشد یا خواست کسب مقامی...فقرا و بخصوص کارگران جایی بس مهم می یابند پس می بایست همگان چون آنان بزیند. چنین امری اساساً مطرح نبود که خوب چرا روش و سیاستی در پیش گرفته نشود که فقرا و طبقه ی پائین جامعه بتوانند به سطوح بالاتری ارتقا یابند. ارتقا واژه ای بورژوایی بود. در نتیجه برای رسیدن به مقصود (مساوات و برابری) می بایست که همه کس زندگی خود را به سطح پائین ترین اقشار جامعه کاهش دهند...پیش گرفتن یک چنین روش زندگی اگرچه فرمان تشکیلاتی نیست اما اعضاء و هواداران تمامی نیروهای چپ به طور عموم چنین برداشتی را از مبارزه با خود حمل می کنند. حتی این روش زندگی الگویی تلقی می شود برای زندگی تمام آحاد مردم. به عبارتی نه یک فرد متعهد به تشکیلات سیاسی بلکه تمامی افراد ناگزیرند برای برقراری "عدالت" از شیوه ی زندگی فعلی خود چشم بپوشد. تکلیفی است بی چون و چرا برای هر فرد. این امر اگر مقایسه شود با مذاهب که در مقابل پروردگار و کتاب مقدس پیمان می بندند تا از اصول و فروع سرپیچی نکنند و پذیرفته اند که در غیر اینصورت در دوزخ جای خواهند داشت، از دیدگاه کمونیسمی که در آن زمان تفسیر و پیاده می شد اگرچه بهشت و جهنمی وجود ندارد اما حس گناه و حقارت با چنان نیرویی در فضا دمیده می شود که انکار و عدم پیروی از آن همان دوزخ مذهبیون را به دنبال خواهد داشت...باری یک جامعه ی چهارده میلیونی تهران در مقابل تو بود و خانه ی تو نه جایی برای آرامش بلکه جایی چون یک اقامتگاه اجباری.

هنوز سه چهار ماهی از انقلاب نگذشته است که موریس تصمیم می گیرد به ایران بیاید...اندک اندک که حاکمیت جدید جای پایش را محکم می کند، نیروهای چپ مخالف رژیم مذهبی و غیر مذهبی نیز به تدریج جمع و جور می شوند. آنهایی که از خارجه آمده اند مراحل پیوست به گروه های مادرشان را در ایران طی می کنند. هسته ی اصلی زیر هسته هایی بوجود می آورد. فعالیت آنها به طور عمده تشکیل جلساتی هفتگی است برای ارزیابی وضعیت موجود تا به تدریج افراد در آنجا که باید قرار بگیرند و مسئولیتشان در ارتباط با گروه مادر در خط "اصلی" بیافتد...اما گروه های مادر در ایران نیز خط و مشی مشخصی ندارند. بسیاری از آنها در شرایطی که اکثریت مردم هوادار حاکمیت جدید هستند و هر حرکت دگر اندیش در آغاز نه فقط توسط نیروهای دولتی بلکه بیشتر از جانب مردم طرد می شود، خود سر در گم اند. برخی از آنها در آغاز زیر پرچم آیت الله خمینی سینه می زنند. اغلب نیروهای چپ کمونیست که همه ی اقشار و طبقات جامعه را دعوت به یگانگی و اتحاد کرده بودند تا

44

بر علیه امپریالیسم آمریکا دشمن مشترک مبارزه کنند، حالا که معتقدند خرده بورژوازی مذهبی بر سر کار است و خرده بورژوازی در نهایت گرایش به بورژوازی دارد، در مقابل مذهب و هم خرده بورژوازی موضع دارند و حتی با لیبرال ها - هم ملی و هم مذهبی - مخالفت می کنند. موضع گیری ها براساس تئوری های ضد سرمایه داری تئوریسین های بزرگ مارکسیزم چون مارکس، انگلس، لنین و همچنین تروتسکی و مائو است. هرکدام از این گروه ها به پیروی و استناد به نظرات رهبرانشان در درون تشکیلات خود نیز اختلاف نظر دارند...تحلیل های ارائه شده بر اساس ارزیابیهای عمومی مارکسیسم از روش تولید اقتصادی است. تحلیل علمی، محقق و جامع از شرایط اقتصادی و اجتماعی ایران وجود ندارد. فلسفه ی تکامل داروین کتاب مقدس است برای اثبات بی خدایی، ولی اغلب از آنچنان دانشی بر خوردار نیستند که عدم وجود خدا را با دلایلی علمی عرضه نمایند. مطالعات محدود می شود به کتاب های تئوریک اساسی مارکسیزم و مطالب مربوط به گرایشات گروهی. مطالعه و تحقیق درباره ی دیگر نظرات و هم چنین آنچه در ادبیات عرضه شود جایی در امر فعالیت های مبارزاتی و حتی علایق فردی ندارد...عدالت خواهی مهمترین انگیزه بوده است برای براندازی رژیم های موجود ولی این انگیزه تا چه میزان بر اساس واقعیت های موجود جامعه گام برداشته است مبحثی است قابل مطالعه و بررسی...حرکت های اجتماعی در سطح جهان راهنمای عمل حرکت های مبارزاتی در ایران بوده است برای آنان که مبارزه را در مرگ خود - زیر شکنجه با خوردن سیانور هنگام دستگیری و یا از طریق اعدام و تیرباران - تقدیس می کنند و هم چنین در شهادت طلبی که ریشه در از جان گذشتگی اسلامی دارد و در حرکت های آزادیخواهانه و چریکی شهری گواریسم در آمریکای لاتین. فداکاری و ایثار یکی از مایه های اصلی در حرکت های سیاسی است. در راه مبارزه برای "نان، مسکن، آزادی"، نان و مسکن و آزادی و هرچه خواسته و نیازهای اولیه ی طبیعی بشر است - برای خود این مبارزین موکول می شود به زمانی که اکثریت مردم محروم به این نعمات دست یابند...چنین برداشتی از مبارزه به طورمستقیم در تفکرات مربوط به عشق زیبا شناختی و نوع زندگی هواداران این گرایشات تاثیر مستقیم می گذارد.
برای کمونیست های طرفدار مشی چریکی ازدواج امریست ثانوی در برابر اهداف عظیم مبارزه در راه خلق. خواب و استراحت بی معناست خوابیدن با کفش و کلاه و لباس به تقلید از چریکهای گواریست و کاستریست تمرینی است برای آن زمان که مبارزه به "طور واقعی" صورت پذیرد و خودداری از تغذیه ی مناسب و به موقع خودسازی است برای زمانی که در بند ظالمین تغذیه محدود خواهد بود. هر نوع پوششی که ذره ای بر زیبایی و وجاهت فرد بیافزاید نشانی از زندگی بورژوایی دارد و بویژه در زنان نمایانگر آن تفکری است که زن را می آرایند در جامعه ی سرمایه داری تا او را مورد استفاده برای تبلیغ مواد مصرفی خود بنمایند و او را عروسکی زیبا می خواهند با هدف استفاده از بدن او. اینست که بلوزهای بلند و گشاد چینی به رنگ خاکی و نفتی و زیتونی پوشش روز این مبارزین است. شلوار جین هرچه رنگ و رو رفته تر و کهنه تر، بیشتر نشان از اعتقاد صاحبش در راه مبارزه دارد. ابروها در چهره ی

زنان پر می شوند سبیل پشت لب زنان اصلاح نمی شود. اگر ازدواجی صورت بگیرد، نمونه هایی بوده است که زن در شب زفاف بلوزی به تن دارد که به رنگ و زبری و ضخامت گونی است...تفکر مبارزه برای براندازی رژیم به اندازه ای قوت دارد که اعضاء و هواداران گروه ها تنها با هدف فعالیت هایی در چهار چوب تشکیلات برای رسیدن به این مقصود زندگی می کنند. اغلب از شغلی که داشته اند دست می کشند یا فعالیت سیاسی آنان به اخراجشان می انجامد. آنها که از خارجه آمده اند علاقه ای در پیدا کردن کاری فراخور حال خود ندارند مگر اینکه در کارخانه ای به شغل کارگری مشغول شوند تا بتوانند درمیان کارگران به افشاگری حرکت های حاکمیت جدید بپردازند و آنها را برای تشکیل حکومت کارگری آماده سازند.
کسانی که در انجمن های مذهبی خارج از کشور قبل از انقلاب فعالیت می کردند، پس از انقلاب پست های قابل توجهی گرفتند. برخی ازآنها حتی مقام اول سفارت کبرای ایران در کشور مقیم را از آنِ خود ساختند. بسیاری از روشنفکران مذهبی داخل کشور در وزارت خانه ها و موسسات دولتی سابق و بعضاً تازه تاسیس بعد از انقلاب استخدام شدند. تعدادی از آنها که از سال ها قبل به هواداری از تفکرات دکتر شریعتی فعالیت می کردند به کار نشر پرداختند و عقاید وی و دیگر تئوریسین های اسلامی را در نشریه ی خود به چاپ می رساندند و در نهایت امیدوار بودند که بتوانند به مقاماتی در راس سازمان های مهم دولتی دست یابند تا خط و مشی این تئوریسین ها امکان یابد به طور مستقیم در اداره ی جامعه مؤثّر واقع شود...حاکمیت موجود برای فعالین چپ گرایی که سعی در براندازی آن داشتند جایی نبود که این افراد بخواهند خود را سهمی از آن بدانند. این افراد هیچ گونه اقدامی برای یافتن شغلی بخصوص در سازمان های دولتی نمی کردند. آنچنان فاصله ای بین خود و سردمداران حکومتی می بینند که نمی خواهند حتی جزئی کوچک از آن به حساب آیند. تصور می کنند حتی شغلی کم ارزش کمکی است غیر مستقیم به آنان تا مستحکم تر شوند و استقرار بیشتری بیابند. به شدت امیدوارند که این حاکمیت به زودی برانداخته شود. برچه اساسی؟! هیچ تحلیلی وجود ندارد.
برای کمونیست ها مذهب افیون ملت هاست. برای مذهبی های مخالف و به طور مشخص "سازمان مجاهدین خلق" که نتوانسته اند جایی در این حکومت بیابند این رژیم دموکرات نیست...برای بیست میلیون آحاد مردم، آیت الله خمینی لیدری است که توسط فتواهای او مردم به خیابان ها ریختند و در نهایت سلسله ی پهلوی با آن همه دبدبه و کبکبه و ارتش نیرومند در نقطه ی مهم استراتژیک منطقه فروریخت...در میان عموم این توهم وجود دارد که دست کم نیازهایشان کمبودهایشان از طریق رژیمی که توسط خودشان بر سر کار آمده، به دست آید.
" انقلاب" شد. هم در آغاز برخی معتقد بودند که آیت الله خمینی را آمریکا از آستینش در آورد و با سند و مدرک به اثبات می رسانند که او را بهترین فردی تشخیص دادند که پس از سال ها تبعید صدای آزادی خواهی مردم را خاموش کند و نیز مانع از به کار آمدن کسانی شود که منافع استراتژیک آمریکا در منطقه را به خطر می اندازند...اما اکثریت بر این باور بودند که مردم همه

برخاستند تا دگرگونی هایی در جامعه ایجاد کنند...در آغازِ حکومتِ جمهوری اسلامی، تجمعات سیاسی به ظاهر آزادند ولی از همان ابتدا نمی توانند بی باک از دستگیری و تقابل نیروها گرد هم آیند. در مکان های در بسته جمع می شوند و حزب الله تازه نطفه بسته از بیرون سنگ پرتاب می کند. نیروهای چپ با بیم و هراس و لرزه بر اندام شعار می دهند به امید اینکه با این تجمعات رژیمی را که بیست میلیون هوادار دارد براندازند...نیروهای چپ که پس از پانزده خرداد هزار و سیصد و سی و دو به مبارزات زیر زمینی پرداخته و بسیاری از آنها در زندان های پهلوی حبس ابد شکنجه های جسمی و روحی و تیرباران و اعدام را به جان خریده بودند، مشکل بود بپذیرند کسانی بر سر کارند که همیشه دستشان دراز بوده است که بگیرند و از دادن چیزی نمی فهمند...گروه های مخالف چپ گرا و خواهان براندازی رژیم اعتقاد داشتند که با در دست گرفتن قدرت قادر خواهند بود مشکلات جامعه را که ریشه در قرن ها نابسامانی داشته است با تکیه بر ایدئولوژی مارکسیسم از میان بردارند. سازمان های مختلف هوادار مکتب مارکسیسم هر کدام برداشت ها و تفسیر های خود را داشتند هم چون در مذهب اسلام که در سر تا سر دنیا برای قران طیف گسترده ای از احادیث و تفسیرهای گوناگون موجود است و هر کشور و هر گروه و هر سکت براساس برداشت های خود اسلام را پیاده می کند...حال معلوم نبود چه چیز تضمین می کرد که اگر سازمان های مخالف بر سر کار می آمدند، پیشه ی اسلاف خود را در پیش نمی گرفتند. به ویژه که همه ی این سازمان ها تافته ای نبودند جدا بافته از مجموع تفکرات حاکم چه مسئولین حکومتی و هم تک تک افراد. توتالیتاریسم مذهبی دیکتاتوری سلطنتی قوانین بی چون و چرای پدرسالاری فرسنگ ها دور بود از دموکراسی به مفهوم پذیرش و احترام به خواست و انتخاب هر فرد هرچه که باشد مشروط برعدم سلب آزادی دیگران. این خصوصیات در تک تک شهروندان جامعه کم و بیش به نوعی جای داشت...

اردوی سوسیالیسم هنوز در جهان مهره ی سنگینی است و پشتیبان تئوریک محکمی برای جنبش های مردمی و راهنمای حرکت های کمونیستی. اگرچه گواریسم بی رنگ و بوست، هنوز بقایای تفکرات این بینش به شدت در نیروهای کمونیستی ایران خانه دارد و خطی که موسوم به "خط سه" است با نفی حرکت های تروریستی خط چریکی و کار فرهنگی در میان طبقه ی کارگر برای آشنا ساختن این طبقه به حقوق خود، در طیفی بسیار وسیع و با گرایشات گوناگون و بینش هایی گاه صد و هشتاد درجه متفاوت، مدعی روشی نوین در راه مبارزه است و حال آنکه تمامی طیف های موجود در درون جنبش چپ همگان از ویژگی های فرهنگی مخرب قرن ها حکومت دیکتاتوری برخوردار هستند...

باری تجمعات کمونیستی با بیم و هراس برگزار می شد. و هراندازه از تاریخ انقلاب فاصله می گیریم، کشاکش ها بیشتر می شوند و هر روز خبر تازه ای داریم بر به هم ریزی این تجمعات و تظاهرات و دستگیری دسته جمعی افراد و...و در این گیرو دار است که موریس، همان که هنگام عزیمت من از پاریس به تهران در آخرین شب تا سحر در بالین من پلک از دیده بر نگرفته بود تا

سپیده با گوشه گوشه ی تن من زندگی کرده بود و در فرودگاه اورلی پاریس چون ابر بهاری اشک ریخته بود، قصد می کند به ایران بیاید.

موریس را در یکی از جشن های فرهنگی کنفدراسیون دانشجویان ایرانی که همراه با دانشجویان سیاسی کشورهای دیگر در پاریس برگزار شده بودند، دیده بودم. قرار بر این بود که به حضار شاخه های گل میخک توزیع کنیم و من نیز یکی از توزیع کنندگان بودم...دوستی در جوارش نشسته بود. دست کم شش - هفت سال مسن تراز موریس می نمود. موهای جلوی سرش ریخته بود. لپ هایی داشت مثل لبو سرخ. قلنبه و گرد بود. و چشمانی هیز داشت. خط نگاهش با یک نظر همه جای بدنت را سیر می کرد. گفت می آی بریم با هم قهوه ای بخوریم؟...موریس کنار دستش هیچ نگفت ولی شراره های چشمان مهربان درشت سبز خاکستری اش همان کرد که مرا تا زمانی که از پاریس بازگشتم گرفتار ساخت...پدرش سفیر تونس در کشور فرانسه بود و مادرش اهل مارسی فرانسه. زیبایی های شرق و غرب را باهم یک جا داشت. موهای پرپشت تابدار زیتونی- قهوه ای و سبیلی ایضاً به همان رنگ بلند و مواج تا روی لپ ها. این سبیل ها که صورت های کت و کلفت چاله میدانی های تهران را می توانست به خاطر آورد، در آن رخسار ظریف سینمایی یگانگی ویژه ای به او می داد.
صورت خوش ترکیب او تنها می توانست کار یک تندیس گر باشد. در ایران وقتی یک بار طاقت نیاورد و به زبان آورد که آمده است مرا با خود به پاریس ببرد، دایی فراهان به شوخی - جدی گفت تو خواهرت رو بده به من من هم خواهرزاده ام را به تومی دم. دایی فراهان که دو تا دختر دو قلوی خوشگل و یک پسر داشت مثل شازده، همیشه می گفت من پسرم. زنم زن مادرمه چون او خودش رفت و او را از توی مسجد پیدا کرد. سبیل های موریس را دایی فراهان خیلی دوست داشت. یک بار که آمده بود پاریس و موریس راهنمای ما شد تا برویم "شاتو ونسان" را ببینیم، یک مشت از پسته های خندان رفسنجان از توی جعبه ی نفیس برداشت و داد به او. به من گفت بهش بگو با سبیل هاش می آد آب جوی محله ی ما رو تصفیه کنه؟ وقتی گفته اش را برای موریس ترجمه کردم خنده اش تا به کجا که نرفت. پس از گشت و گذار در اطراف قصر، روی چمن های مقابل "شاتو ونسان" نشستیم. دختری روبروی ما نشسته بود با یک تاپ خیلی نازک بدن نما که فقط با دو نخ خیلی باریک روی شانه هایش بند بود. دایی فراهان یک دو ریالی از توی جیبش درآورد و گفت این سکه را بده به او بگو برود یک لباس برای خودش بخرد. موریس از شوخی های دایی فراهان بسیار لذت می برد...وقتی در یکی از سفرهای تابستانی به ایران دایی فراهان یک "رنج رور" خرید و من و او از راه زمینی به ایران می رفتیم، توی هر شهر یک کارت پست می کردم. دایی فراهان می دانست برای چه کسی است. هم غبطه می خورد که خودش هیچ گاه چنین ارتباطی و چنین احساسی نداشته است و در عین حال چون موریس را دوست می داشت از هیجانات من لذت می برد...
وقتی موریس به تهران رسیده بود من در خانه نبودم. یادم نمی آید که آیا میتینگی با هسته داشتیم یا در یکی از گرد همایی های معمول آن زمان چپ

گراها شرکت کرده بودم. هنگام صرف شام به خانه رسیدم. سفره ای انداخته بودند به چه درازی. به محض اینکه از راه رسیدم دایی وسطی گفت خیلی اصیل است. سرسفره مامان و موریس با زبان بی زبانی دو نفری با هم گرم گرفته بودند. داداش و داداش کوچولو هرچه غذا آن طرف سفره بود گذاشتند جلوی موریس. شوهر می نوش کز کرده و یک گوشه ای نشسته بود...من هرروز صبح می رفتم کارخانه و عصرها فعالیت های تشکیلاتی مشغولم می کرد. هرروز یکی از دایی ها و خاله ها یا برادرها موریس را با خود به گوشه ای از شهر می بردند و می چرخاندند. شب ها مامان رختخواب ما را می انداخت توی اطاق پذیرایی همان جایی که پس از بازگشتم به ایران می خوابیدم...همه او را به عنوان اهل خانه پذیرفته بودند. سال آخر معماری را در بوزار پاریس می گذراند و به نقاشی علاقه ی مفرط داشت. خانه ی ما در پاریس شده بود نمایشگاه تصاویر من درهمه حالت: خوابیده نشسته ایستاده با لباس لخت خوشحال غمگین.

پس ازآن گردهم آیی های چپ گراهای پاریس، یک روز او را در ایستگاه متروی "سیته یونیورسیته" دیدم. می رفتم "کارتیه لاتن". در یک رستوران ژاپنی به عنوان گارسون کار می کردم. هیچ گاه احساس نکردم آنجا گارسون هستم. من بودم و یک مدیر داخلی و یک آشپز و یک کمک آشپز در یک فضای بسیار کوچک گرم و شیک با میزهای دونفره ـ سه نفره و چهار نفره. چراغ های خوراک پزی گازی کوچک روی میزها قرار داشت و سبزیجات و غذاهای دریایی را روی یک بشقاب یا کاسه ی بزرگ چدنی تفت می دادیم یا با سس سویا در مقابل مشتری می پختیم یا سیب و موز آغشته به رُم را توی بشقاب کبریت می زدیم و شعله ور می ساختیم. اغلب دلدادگان به آنجا می آمدند ولی گاهی دو ـ سه مشتری مرد مجرد نیز داشتیم و بسیاری از اوقات توریست های ثروتمند. مدیر پا به سن گذاشته ی ما که همیشه با خودش زیرلبی حرف می زد و گفتی همواره با چیزی در دالان های ذهنش دست به گریبان است، می گفت روژ لب سرخ رنگ به لبانت بزن. من لجاجت می کردم و چون او از من خواسته بود هیچ گاه لبانم را رنگین نکردم. بدون روژ لب نیز مشتری ها مرا کنار میز نگه می داشتند و به حرف می کشیدند و انعام خوبی می دادند. آن را تقسیم می کردیم بین همه...و آشپز ژاپنی، یکی از مهربان ترین موجودات روی زمین، یک پسر27 ـ 28 ساله ی قد بلند باریک بود که به سختی فرانسه حرف می زد. او هر روز غذای یکی از ملیت ها را برای ناهار ما کارکنان رستوران می پخت. از من مثل یک خواهر کوچولو دلجویی و مراقبت می کرد. و فیلیپ کمک آشپز پدر و مادرش در آوینیون زندگی می کردند. گاهی که رستوران خلوت می شد، من کنار دریچه ی آشپزخانه می ایستادم باهم گپ می زدیم. یک روز وقتی که زمان کارمان تمام شد و با هم بیرون رفتیم گفت می آی بریم باهم قهوه بخوریم؟ منظورش را نفهمیده بودم. بعدها شیر فهم شدم...آن موقع یک بخش ذهنم مشغول موریس شده بود و بخش دیگر متاثر از خورش قرمه سبزی اندکی جابجا. ولی من در واقع در فیلیپ بلوند و خوش سیما ومهربان و تپلو فقط یک دوست خوب و صمیمی می دیدم نه چیز دیگر.

موریس مرا تا رستوران همراهی کرد و دو سه روز بعد سر ظهر زمانی که در رستوران در آن تالار عظیم "سیته یونیورسیته" با سقف بلند جای سوزن انداختن نبود و در هشتی بزرگ آن ساختمان قدیمی با پنجره هایی به سبک گوتیک، نیروهای سیاسی تمام ملیت ها با هر گرایش سیاسی بساط نشریات خود را پهن کرده و هواداران دور میزهایشان جمع شده بودند، موریس خواست که روز یکشنبه به جشن یکی از آن گروه های سیاسی آنارشیست برویم که موسیقی در آن جاری است و رقص درفضای باز بر روی چمن و خورد و خوراک بر قرار...آن چشمان سبز خاکستری امواج دلنشین و آرامی را در شریان هایم به جریان انداخته بود به عمق و گسترش رودخانه ی پهناور سن در خارج از شهر پاریس، آنجا که هنوز زایده های صنعت آب زلالش را آلوده نکرده اند و بلوک های سیمانی مانعی بین آب و رهوار ساحل نیست و طبیعت بکر کلبه های تک افتاده در میانه ی سبزینه را آن چنان در برمی گیرد که طبیعت و کلبه عضوی جدا ناپذیر می شوند...در تمام مدت دستهایم را در دستانش دارد. من گفتنی زبانم را بریده اند. هیچ نمی گویم. قلبم از تپش نمی ایستد. آنچه که می باید بود، جاری. برنامه های جشن چنگی به دل نمی زد. مدتی کوتاه چرخیدیم در میان غرفه های فروش خوراکی. ساندویچی خوردیم و یک موز و یک قهوه اکسپرس. چیزی از من نپرسید. مرا با خود برد. نپرسیدم مرا کجا می برد. هم خانه اش آن شب غیبت داشت. بس که مستش بودم به یاد نمی آورم آن هیجانات روان به چه روال بودند در آن شب طولانی.

یک شب دانشجویان سیاسی تونس آن گرایشی که موریس هوادارش بود میتینگ داشتند. رفتم آنجا که فقط او را ببینم. او به کارها می رسید و هر زمان فراغتی حاصل می شد در کنار من می نشست. چانه ام را می گرفت. چهره ام را به سوی خود می چرخاند و مهر چشمان همیشه مرطوبش را می ریخت به همه ی وجود. دستهایش را روی شانه هایم می گذاشت و مرا محکم به خود می چسباند...وظایفی در آن میتینگ داشت و می بایست تا دقایق آخر بماند. قصد کردم زودتر به خانه باز گردم. آمرانه گفت Tu dois rester ici jusqu'a la fin(تو باید اینجا بمونی تا آخر). نمی دانستم چه بگویم. مرد دیگری در خانه اسکان داشت. به طور موقتی. لباس هایش را و مقداری از وسایل را به آنجا منتقل کرده بود تا که خانه ای بیابد. در مسیر دانشگاه به خانه او را دیده بودم. یک روز روی صندلی روبرو در مترو نشسته بود. تا انتهای خط چشم از من بر نداشت. رنگ چشمانش مثل قیر سیاه بود. چون تک ستاره ای نورانی در دل شبی تاریک برق می زد. عمقی بی انتها در آن بود که مرا می ترساند. از وهمی که در قعر نگاهش موج بر می داشت می ترسیدم؟ آیا فراتر از مرزهای ذهن من بود؟...ریشه های فرهنگی اش به اندولس می رفت. یک شب سرد زمستانی در خیابان های باریک پاریس در میان ساختمان های بلند قدیمی او در هیبتی درشت اندام و نیرومند پالتوی بلند سیاهش را باز کرد و مرا در میان آن به خود پیچید و سفت در برم گرفت و تاریخچه ی تمدن گذشتگانش را برایم باز گفت. آدم جالبی بود ولی مرا نمی گرفت. حس می کردم بیشتر نقش معلم مرا بازی می کند نقش راهنمایم را. بیش از حد هر کاری را با دقت و نظم

انجام می داد و از روی برنامه. هیکل سنگینش را توی تخت یک نفره آرام برروی من سُر داد. نوسان حرکت آهسته اش از بالا به پائین چون پاندول ساعت های بزرگ دیواری سنگین منظم و با طمائنینه بود انگار کاری از قبل تنظیم شده می بایست انجام گیرد. تمام که شد، برخاست توی دستشویی اطاق خودش را با دقت شست همه جایش را: زیر بغل شانه ها سینه ی ستبر و پُرمو کیر و خایه همه را. هیچ گاه احساس یگانگی با او نداشتم. دیگر با او نخوابیدم...وقتی می رفتم موریس را ببینم آن مرد در خانه ی من بود. سعادتمند بودم که آن شب از تونس فردی از آشنایان موریس به آن میتینگ آمد و موریس می بایست از او در خانه اش پذیرائی کند...اما روزی که آن مرد وسایلش را از خانه ی من بیرون می برد، موریس آنجا بود. مرد در آشپزخانه وسایلش را می بست و موریس در اطاق چشم از من بر نمی داشت. با هم روی زمین نشسته بودیم و موریس صفحه ی شطرنج را باز کرده بود. ظاهراً بازی می کردیم. خوشحال بود که آن مرد می رود. می دانستم که می خواهد من حتی کلمه ای با او سخن نگویم. طوفانی در دلش می جوشید. هیچ گاه از من نپرسید او که بود آنجا چه می کرد چه ماجرایی داشتیم. آن مرد بی خداحافظی در رابست و رفت...دو - سه هفته بعد موریس با من هم خانه شد. کاغذ دیواری خرید و همه ی خانه را نو نوار کرد. خانه یک استودیوی کوچک بود یک اطاق مبله با یک تخت دو نفره یک کمد لباس یک میز ناهارخوری یک میزکار یک قفسه ی کتاب و راهرویی باریک که این اطاق را به آشپزخانه یی نقلی متصل می ساخت.

قبل از اینکه این استودیو را بگیرم، یکی - دو ماهی در خانه ی یک زن و شوهر فرانسوی پانسیون بودم. ماه اوت در پاریس آتش می بارید. می رفتند به جنوب فرانسه. مرا نیز با خود بردند که تنها نمانم. برجی از زمان لوئی چهارده خریده بودند استوانه ای شکل چون برج پیزا در ایتالیا. دیوارهایی داشت به قطریک و نیم متر. طبقه ی هم کف آن را به سبک معماری مدرن بازسازی کرده بودند و اطاقی را که در بالاترین قسمت برج قرار داشت در اختیار من گذاشتند. اطاقی بود بزرگ و گرد با تختی شاهانه در میان. از دریچه های کوچک آن که قرن ها پیش از این جنگ جویان دشمن را با تیر و کمان دفع می کردند، بهشت روی زمین در مقابلم قرار داشت. در یک سو رودخانه جاری بود و در سوی دیگر آبشاری بلند از میان کوهسارِ پوشیده با درختانِ جنگلیِ سرسبز در دشتی وسیع فرو می ریخت. روزها انواع توت و تمشک وحشی از بیشه های اطراف و میوه های درختی می چیدم و با مادام درس فرانسه می خواندم و اندکی در کارهای خانه به او کمک می کردم. بلیط قطار برای سفر به آنجا را او تهیه کرده بود و وجهی بابت خورد و خوراک از من دریافت نمی کرد. ولی در آن منطقه پرنده پر نمی زد. جماعت اندک آنجا را فقط کهنسالان و خردسالان تشکیل می دادند. هم سن و سال های من به شهرها مهاجرت کرده بودند. تنها هم زبان من پسر چهارده ساله ای بود که برای ماهیگیری به آبگیر رودخانه در پائین دست می رفت. او هر گوشه و کنار منطقه را روزها به من نشان می داد. در آبگیرهای کوچک به ماهی گیری می پرداختیم در اصطبل اسبان علف در آخور می ریختیم. او حرف می زد من گوش می کردم. اندک

اندک حس کردم رفتارش رنگ دیگری گرفته است. برایم از دسری که مادرش درست کرده بود می آورد از گل های وحشی دسته ای می ساخت و به من هدیه می داد مرا به باغ های دور دست می برد و سیب و گلابی وحشی از درختان برایم می چید. دم به دم می آمد برج به سراغم. مادام با مَنِشی ملکه وش ولی پرسشگرانه به ما می نگریست. نگاهش را از پشت وقتی با یکدیگر بیرون می رفتیم به دنبال خود حس می کردم. یک روز کنار حوضچه ای که در مسیر جویبار درست شده بود نشسته بودیم. حس کردم دستش را از پشت من آهسته بالا می برد به سمت موهایم. منصرف شد. آن روز فقط سکوت کرده بود. وقتی مرا به خانه رساند، دستانم را در میان دستانش گرفت آنها را بالا آورد و لبانش را بر آن چسباند. بسیار ملوس و دوست داشتنی بود. بچه سال بود ولی حتی اگر هم سن یا مسن تر از من نیز بود، در آن زمان حال و هوای دلبستگی نداشتم. نیامده بودم به فرانسه که در دهکده ای دوردست بیهوده روزگار بگذرانم. فکر و ذکرم به سوی مقصدی دگر بود. جای من آنجا نبود. نتوانستم بمانم برگشتم. سوار قطار شدم و خودم را از آن بهشت بی جان خلاص کردم.
یکی ـ دو ماه در پانسیون ایرانی "مادام کلر" پاریس اقامت کردم که در آن قالیچه های ایرانی از در و دیوارش آویزان بود و شب عید میهمانی به راه با قرمه سبزی و فسنجانی که فرح دیبا از ایران ارسال می کرد و با چای ایرانی از سماور ایرانی برای پانسیونرهای ایرانی صبحانه سرو می شد.
این خانه ای را که اکنون موریس نیز در آن ساکن شده است، وقتی خاله سهیلا و شوهرش می خواستند به پاریس سفر کنند پیدا کردم تا یک ماهی در آنجا سر کنند. آنها سفرشان لغو شد و من خودم را به آن خانه منتقل کردم و با یک دختر پاریسی در آنجا زندگی می کردیم تا وقتی که یک روز که کلاس دانشگاه لغو شده بود، من زودتر به خانه آمدم. آن دختر و دوست پسرش که سرگرم عشق بازی بودند، عیششان کور شد. فردای آن روز دختر وسایلش را جمع آوری کرد و رفت. بی سخنی و حتی بدون خداحافظی. گویی با من هم خانه شده بود فقط برای اینکه در غیبتم دوست پسرش را به آن خانه بیاورد. خانواده اش در خارج از شهر زندگی می کردند و اغلب روزهای یکشنبه با دوستان خود و خواهران و برادرش یک میهمانی پرجمعیت راه می انداختند و هر بار یکی از انواع فوندو با شرابی و پنیری متفاوت برقرار بود. مرا نیز این دختر هر بار به میهمانی دعوت می کرد. پس از اینکه او وسایلش را از خانه بیرون برد، رابطه ی ما قطع شد...این خانه در مقایسه با خانه ی دانشجویان دیگر سر بود. اغلب در تک اطاقهای مستخدمین که به طور معمول در طبقه ی پنج شش هفت هشت نه واقع شده بود زندگی می کردند. آشپزخانه ای در کار نبود و اجازه نداشتند در اطاق خود آشپزی کنند. مستراح در بیرون از اطاق قرار داشت و اغلب پلکانی جداگانه از ساختمان اصلی آنها را به اطاقشان راه می برد. بالا و پائین رفتن از پله ها یک کوه نوردی کامل بود. فقط در بعضی خانه های اشرافی قدیمی آسانسور جداگانه ای برای رفتن به طبقه ی آخر وجود داشت.
خواهر من مهری چند ماه در ساختمانی زندگی می کرد که زمانی از آن شارل دوگل بود در جزیره ی وسط رودخانه ی سن. پلکان اصلی را فرشی سرخ می پوشاند و اطاقک سرایدارِ زن حتی شکوهی چشمگیر داشت...ساختمانی که من

در آن زندگی می کردم در طبقه ی پنجم واقع شده بود. شوهر خاله یک بار که به آنجا آمد هن و هن کنان گفت ای کاش قهوه خانه ای وسط راه می گذاشتند ما استراحتی می کردیم...خانه در آن سوی رودخانه قرار داشت و تا کارتیه لاتن ده دقیقه بیشتر پیاده روی نداشتم. همیشه گروهی از مهاجرین آفریقای شمالی جلوی کلیسیای نوتردام جمع بودند و موسیقی و رقص عربی به راه بود. چند دقیقه ای آنجا نفس تازه می کردم و با شوق و شور آنها به وجد می آمدم.
موریس خانه را نو نوار کرد و من نیز دستی بر سر و روی آشپزخانه ای کشیدم که لایه ای از چربی و گرد و خاک چند ماهه روی آبگرمکن کوچک بالای لگن ظرفشوئی و روی کابینت ها را پوشانده بود...یک روز که موریس در خانه نبود، کسی به در کوفت. مرد صاحب خانه بود با شهوتی سرریز و چهره ای سرخ از شراب ارزان قیمت. در آغاز نفهمیدم چه می خواهد. یک پایش را گذاشت توی چهار چوب درب. من خودم را عقب کشیدم و در را به زحمت بستم. دیرتر فهمیدم شب ها صدای آخ و اوخ من و موریس تا خانه ی آنها در طبقه ی پائین جایی که او با زن همیشه ساکت و گوشه گیر و دختر علیلش زندگی می کرد، می پیچد و هم چنین تا آپارتمان همسایه های روبرویی و چپ و راست و بالا و پائین استودیوی من. اطاق مرا با اطاق آنها یک حیاط خلوت خیلی کوچک چند متری فاصله می انداخت. صاحب خانه خود کارگر یک کارخانه بود و آخر هفته روزنامه پخش می کرد برای کمک خرجی...

بچه های کنفدراسیون دانشجویان، حالا وقتی مرا بیشتر با موریس می دیدند و حدس می زدند روابط خیلی نزدیک تر شده است نگاه هایی معنی دار به من می انداختند. تلویحاً و مستقیما بعضی از آنها به من می گفتند که این همه پسر مثل شاخ شمشاد خودمان داریم بعضی ها می روند با خارجی ها می پرند...در ایران نیز پسرهای مدرسه ی روزنامه نگاری چنین حسی را به من داشتند. دوست پسرم وقتی شب می آمد به سراغم پسرها جلوی در براغ می شدند. انگار از یک کره ی دیگر آمده بود مال و املاک آنها را به سرقت ببرد. یک بار طوری گارد گرفته بودند که دوست پسرم که خود به موقع یک پا لات چاله میدون بود، چاقوی ضامن دار را توی جیبش محکم نگه داشت تا اگر کسی حمله کرد از خود دفاع کند. بار دیگر یکی از پسرها به او که در آستانه ی درب ورودی مدرسه منتظر بود تا من از توی کلاس بیایم بیرون گفته بود "برو کون تخت"...دست به گریبان شده بودند. من رسیدم پسرک را سر جایش نشاندم به گونه ای که کینه ای سخت از من به دلش گرفت. حرف هایی را پشت سر من در آورده بودند و بعضی از پسرها بخصوص چندتایی که در رادیو و تلویزیون کار می کردند و در روزنامه ها و چشم و گوششان خوب باز بود، درذهنشان این امر را پرورانده بودند که من سهل و آسان به هر کسی هولی می دهم. حتی حرف های آنها به گوش استاد نیز رسیده بود. یک روز استاد به من گفت باید بتونی لخت راه بری ولی به هیچ کس ندی. او نیز گفته های آن ها را باور کرده بود...ولی حرف ها فقط شایعه بود. و سرچشمه ی آن دو دختری بودند که در ماه های اول مدرسه با یکدیگر رفیق شده بودیم. هر دو پرپر می زدند با مردها یک رابطه ی درست و حسابی جنسی داشته باشند. یکی از آنها

خوش لباس و آلامد بود و مرتب دل این و آن را می برد و تمام لذت زندگیش دراین بود که جلب توجه پسرها را بکند. دوستانش را زود عوض می کرد. آن دیگری سخت گیر بود. معیارهای سنگینی برای دوستی داشت. انگار می خواستند تا ابدیت توی آسمان ها عقدشان را ببندند. حالا این دو نفر بعدها چه کردند نمی دانم ولی در آن زمان برایشان چندان ساده نبود فهم اینکه من هیچ مشکلی با دوست پسرم نداشتم هیچ امراجتماعی یا خانوادگی در ذهنم مشکل ایجاد نمی کرد و آبروی خانواده و آینده و حرف های این و آن به هیچ رو معنایی نداشت. یک خواست بسیار طبیعی و زیبای بشری شده بود برایشان تمام مشکل زندگی. خانواده ی آنان دارای گرایشات مذهبی و فقیرانه و پائین شهری نبودند که در معاشرت با پسرها محدودیت قائل شوند. آزادانه با این و آن می چرخیدند. فقط آنچه را که باید نمی توانستند با خودشان حل کنند. شاید بهای سنگینی می بایست پایش می دادند از جامعه طرد می شدند می بایست در مقابل سدها بایستند و سرشان را بالا نگاه دارند. تعویض دم به دمِ پسرها به این دلیل بود که نه خودشان به کام می رسیدند و نه به آن ها کام می دادند و این کمبود را با جلب توجه دیگران جبران می کردند مثل مردهایی که ناتوانی جنسی دارند و برای جبران آن چشم و چالشان مدام دنبال هرزنی است تا مطمئن شوند که کسانی خواهان آنها هستند...یک بار لکه ای سیاه روی گردنم نقش بسته بود. به دوست پسرش نشان داد و گفت ببین یعنی که اینها همه کاری می کنند. یک جور اطلاع رسانی بود. از روابط من اطلاع داشت. به تدریج دیدم پسرهای مدرسه، آنهایی که من حتی کلامی به سلام وعلیک با یکدیگر نداشتیم و بعضی از آنان توی جمع بچه قرتی ها می چرخیدند، وقتی مرا می بینند پچ پچ می کنند. برخی از آنها به خودشان اجازه می دادند در جمع بیایند و در گوش من وِز وِزهایی بدمند تا به دیگران تظاهر کنند که گویا با من بله... و یعنی که با من روابطی خصوصی دارند. رفتارشان بیشتر مرا از آنان دور می کرد...یک بار یکی از آنها گفت بیا بریم خانه ی من همین نزدیک با تو کار دارم. ازآن بچه خوشگل های مدرسه بود که بسی به خود می نازید و دماغش را بالا می گرفت. ولی کسی نبود که دخترها دوستش داشته باشند. بی ادب بود و پر توقع. یکی دیگراز پسرها را نیز با خود همراه کرده بود یکی از آن هایی که جامعه درسته می بلعدشان. زمان زمانیست که دختر بازی به معنایی که بلند کنی و بکنی توش و بزنی در کونش معیاریست دهن پرکن برای خوشگل پسرهای دخترباز هیچ چی ندار. این یکی نیز می خواست خودش را توی آن ها جا بزند. یک بچه شهرستانی که طرز حرف زدن با دخترها را نیز نمی دانست...می دانستم چرا می خواهد مرا به خانه اش ببرد. گفتم باشد. اطاق در طبقه ی بالای چند تا مغازه در نزدیکی مدرسه قرار داشت و من تردید داشتم که آیا او در آنجا زندگی می کرد. سه شیشه کوکا کولا خرید و رفتیم بالا. در شیشه ها را باز کرد. یکی ازآنها را به من داد. بلافاصله گفت برو روی تخت بخواب. خوابیدم. آمد نزدیک من خواست به من دست بزند. نگذاشتم. پیراهنم را کشید. به عقب پرتابش کردم. دستش را آورد جلو ببرد زیر دامنم. لگد زدم زیر دستش. عصبانی شد. خواست به زور کاری کند. شیشه ی کوکا را بالا گرفتم. گفتم جرات داری بیا جلو. هراس وجودش را گرفت. کشید عقب. آمدم پائین و

از در بیرون زدم...این حادثه را قطعاً هیچ گاه در تمام زندگی اش فراموش نکرده است؛ بخصوص که دوستش را نیز شاهد آورده بود. چقدر برایش کرکری خوانده بود که بیا تماشا کن چطوری می گامش و بعد پس مانده اش را حواله ی تو می کنم...چند روز بعد دوستش آمد با من صحبت کرد با مهربانی و صمیمانه که من فهمیدم تو دختر خوبی هستی و می خواهم با تو حرف بزنم. قصد این یکی راهم فهمیدم. به اطاق او هم رفتم و او را هم ناکام گذاشتم. حتی اجازه ندادم به لباسم دست بزند. ازآن پس هیچ کدام جرأت نمی کردند حتی به من نگاه کنند. آن دونفر را دیگر ندیدم با همدیگر معاشرت کنند.
رضا رفعتی در تلویزیون کار می کرد. دو ـ سه بار توی حیاط مدرسه با هم حرف زده بودیم. او نیز گاهی اوقات توی جمع بچه قرتی ها می چرخید. اما بچه ی توپری بود. اهل کتاب و فیلم...دیالوگ های عاشقانه ی کتاب رومئو و ژولیت را که به تازگی فیلمی زیبا کشور انگستان از آن ساخته بود، زیر لب زمزمه می کرد یا ترانه های بچه گانه ی خاله سوسکه در نمایشنامه ی بیژن مفید را یا آهنگ های غم آلود داریوش و کوروس... "به من نگو دوستت دارم که باورم نمیشه"...در چشمانش اضطراب عمیقی دو دو می زد. امواج هیجان انگیز رازی در ذهنش قلیان داشت. یک نوع بی قراری در وجناتش می دیدی. حس می کردی غمی عمیق را در اعماق دلش. اما وقتی خواست با من قرار بگذارد معلوم بود با چشم بدی به من نگاه می کند. پاسخی به او ندادم. دو باره و سه باره تقاضا کرد. نمی توانست بپذیرد درخواستش را رد کنم. یک روز گفت تازگیها همیشه با توام نمی دونم چرا. گفتم مسئله داری برو جایی حلش کن. گفت مگه نمی بینی این همه دختر دور و برم هستند. گفتم خوب باهاشون برو. گفت چشات چشات خیلی حرف دارند. ندیدم در لحن صدایش بی صداقتی را. اما کافی نبود. یک شب داشتم می رفتم خانه. با ماشین دوستش جلوی پای من ترمز کردند که برسونمت. بعد گفت یک چرخی بزنیم؟ خیابان های تاریک اطراف مدرسه را گز می کردیم. ناگهان از صندلی جلو پرید عقب و خواست مرا ببوسد. گفتم اگر همین الان مرا پیاده نکنی هرچه دیدی از چشم خودت دیدی. کشید کنار. خواستنی بود. ولی غرور و احترامی که برای خودم قائل بودم از هرچیز بیشتر ارزش داشت. حتی یک رابطه ی کوتاه فقط برای سکس باید بتواند رشته ی زیبایی از کشش و آرزو برقرار کند الکتریسیته یی که جاذبه اش با شعله های گرم دوتن حرارتی به جا می گذارد که تا مدتها بدنت را می سوزاند و این نه فقط به لحاظ تماس تن و گر گرفتن جان که آن حس ویژه ای که عاشق تو معشوق تو در تو می کارد. یک حس یگانه این دو تن را به هم پیوند می دهد و لحظاتی را برایشان به یادگار می گذارد که هیچ گاه از یاد نمی برند حتی اگر هیچ گاه یک دیگر را دوباره نبینند. اینجا کسی کسی را برتر نمی داند یا پست تر در ته ذهنت نقشه نکشیده ای که بیایی بهره ای بگیری و تمام. آمده ای که بدهی از صفای واقعی ات اگر که صفایی می طلبی آن دیگری را می خواهی چون خودت را می خواهی با انتخاب آن دیگری ارزش های خودت را محک می زنی...رضا رفعتی این جان را دوست می داشت ولی از پیش در ذهنش پخته بود که فقط هیجاناتم را با او فروکش می کنم سپس دستمالی است استفاده شده به دور می اندازمش و آنگاه پز دختر بازی ام

را می دهم به همه و می گویم شما نتوانستید من او را گائیدم...یک بار دیگر وسط روز خواست مرا برساند. سوار شدم. فکر کردم آدم شده است. یک چیزی توی وجودش داشت که دلم می خواست کشفش کنم. ولی رفتارش مرا پس می زد. می دانستم خاطر خواه زیاد دارد از آن هایی نیست که ناکام سر بر بالین بگذارد. یعنی که از فرط تشنگی دنبال من نیافتاده است. حال که من راه نمی دادم بیشتر جری می شد. نمی توانست از من بگذرد. پسرها چشم دنبال من داشتند. یکی از هم کلاسی ها که به توصیه ی استاد یکی دو جلسه با هم کار کردیم، می گفت روزهای اول وقتی توی حیاط مدرسه راه می رفتی تمام تن و بدنت می لرزید و همراه با این لرزش همه ی پسرهایی رو که در مسیر تو ایستاده بودند می لرزوندی. این هم کلاسی شاعرمسلک بود و من در آن زمان به هیچ رو در قید شعر و شاعری نبودم. او دلش را داو گذاشته بود به خیال من. اما من که پرنده ی هزار آسمان بودم نمی توانستم در کنج دل عزلت نشین او جا بگیرم. او در رویاها زندگی می کرد و من پایم روی زمین محکم بود و چون فنر جهشی رو به آسمان داشت. و مهم تر از آن حس خاصی بودنش در من ایجاد نمی کرد. باری، می گفت خدا می داند از لای مینی ژوپ سی سانتی ات این پسرهای مردم تا کجا ها که قلبشون تاپ تاپ نمی زند...تا نشستم توی ماشین رضا رفعتی دستش را آورد روی ران لختم. دستش را پس زدم. گفت شرط می بندم شورتت را خیس کرده ای. چنین نبود. حس جنده بازی او مرا خشک می کرد...یک بار دیگر گفت بریم بیرون جایی بنشینیم صحبت کنیم. خواستم فرصتی دیگر به او داده باشم. با دو دوست دیگرش آمده بود. این ینگه ها را نمی دانم برای چی با خود می آوردند. که فردا بتوانند شاهدی برای کرکری خواندن های خودشان داشته باشند. هنوز توی ماشین ننشسته بودم، گفت چرا موهای پایت را درست نمی زنی که جوش جوش شود دقیقه ای بعد گفت یک کم گل بابونه بخور بده دونه های سیاه روی دماغت از بین بروند...پس زده بودمش حالا می خواست با تحقیر من جلوی دوستانش بگوید فکر نکن پخی هستی...رفتیم استخر. گفتم رگل هستم نمی تونم بیام توی آب. دروغ گفتم. مرا برد استخر که از دیدن بدن لختم محظوظ شود و توی آب دستش به تنم بماسد...نخواستم این امکان را برای او فراهم کنم. حتی مایو نپوشیدم که افتخار دیدن بدنم را به او بدهم.

درهمان احوال با پسری در پارتی آشنا شدم که رقص پای قشنگی داشت و خوب می توانست خودش را با من هماهنگ کند در همه نوع رقصی: چاچا مامبو راک اندرول والس تانگو. این هماهنگی ارتباط قشنگی بین ما بوجود آورد. آنگاه هر زمان که می خواست با خواهر ها و دوستانشان به پارتی و جشن تولد برود مرا با خودش می برد. اولین بار توی ماشین جای کافی برای همه نبود. مرا روی پایش نشاند و محکم دستهایش را دور تن من حلقه کرد و به چپ چپ نگاه کردن های خواهرهایش وقعی ننهاد. چون یک عروسک ازمن مراقبت می کرد. مرتب لباس ها و موهایم را نوازش می داد. مواظب بود کاملاً به من خوش بگذرد. کمتر پسری در ایران دیده بودم که بی محابا توجه و علاقه اش را درمقابل دیگران به دختری نشان دهد. یکی دو بار آمد به کلاس زبان انگلیسی سراغم. یک بار با یکی از اقوامِ هم سن و سال پدرش مرا برد کاباره

شکوفه نو. فکر می کرد چون روزنامه نگاری می خوانم یک آدم کتاب خوان و باسواد با خودش بیاورد که حرف های جالبی بزند به من بد نگذرد. برای من یک دست بند نقره خرید...از قضا این پسر با رضا رفعتی آشنایی داشت و به طور اتفاقی او را می بیند و به او می گوید که با دختری از مدرسه ی روزنامه نگاری آشنا شده است و نشانی های مرا به او داده بود. کارد به رضا رفعتی می زدی خونش در نمی آمد. فردای آن روز دستم را باخشونت توی کافه تریا کشید و در پاگرد پله ها مرا به سمت دیوار هل داد که: گربه ی آدم هم که از خانه اش به جای دیگری برود آدم ناراحت می شود. خودم را از میان دست و بالش بیرون کشیدم و دیگر هیچ گاه با او صحبت نکردم. سپس آن پسر به من گفت که رضا رفعتی به من علاقه داشته و به خاطرحرف هایی که می زدند...آن پسر به حساب رعایت دوستی و از این حرف ها دیگر سراغ من نیامد...پس از این ماجراها تب آقایان نسبت به این نوع رفتار با من خوابید.
دختری از لندن به ایران می آید و در کلاس رپرتاژ با یکدیگر آشنا می شویم. بعد از چند سال زندگی در اروپا هنوز نتوانسته بود به خودش بقبولاند که اختیار تن و بدن خودش را دارد. همه ی اشتیاق هایش را فروخورده بود و آمده بود ایران تا توسط آشنایان پدر ثروتمندش که حالا با زن دومش زندگی می کرد، زن یک مرد اسم و رسم دار بشود. او نیز گرفتاربود. آداب و رسوم بسته ی جامعه دخترها و هم پسرها را در حلقه ی تنگی گرفتار کرده بود...اینکه می گویم اختیار تن و بدن خودش را نداشت، منظور البته فقط آن یک پرده ی ناچیز بی مقدار بکارت است که دست نخورده باقی می ماند تا در شب زفاف آبروی خانواده را حفظ کند. وگرنه بدن سوراخ های دیگری هم دارد و بگذریم از اینکه کار و بار دوخت و دوز جراحان درآن زمان خوب گرفته بود...نمی شد به خواست های تن و روح پاسخ نداد و می بایست در آن جامعه زندگی کرد و سر را بالا نگهداشت. با اینکه فضای بازتری در بخشی از اقشار جامعه در تهران آن زمان بوجود آمده بود و دختران سدهای موجود را می شکستند، ولی عمق تفکر در آقایان هیچ تغییری نکرده بود و دختران نیز با اینکه در پاسخ به دل خود فیض انتفاعشان به مردان می رسید اما همواره یک نوع نگرانی و اضطراب جان آنها را می خورد. هراس از دست دادن اعتبار پیدا نکردن شوهر و طرد از جامعه همیشه با آنها بود. این جو را آقایان پذیرفته بودند و برخی از آنان با دوست دختر خود ارتباطی بسیار نزدیک داشتند ولی بندرت در مخیله ی آنها چنین تصوری جا می گرفت که روزی با این دختران که گاهی چهار پنج شش سال با او چرخیده اند و هر سوراخ سنبه ی همدیگر را لیسیده اند، روزی ازدواج کنند و نه به دلیل آنکه آنها با ازدواج مخالف بودند بلکه در مخیله ی خود دختری "بی گناه" و چشم و گوش بسته در نظرداشتند که هیچ جای حرف و صحبت و شایعه ای نباشد و در میان سر و همسر و همسایه سرشکستگی ایجاد نکند...دوست پسر من بعد از سه چهار سال دوستی و عشق وعاطفه و احساس و همه چیز، مادر آقا می آید برای تحقیق. حاصل: همسایه ها مرا قبل از دوستی با او دیده بودند که پشت در خانه در کوچه پشتی پسر تین ایجر هم سن و سال خود را می بوسیدم. حالا من که قصد ازدواج نداشتم. مادرش که می خواست آقا پسرش سر و سامان بگیرد افتاده بود توی کوچه ها

برای تحقیق تا برای او که قبل از من از دختر بازهای قهار بوده و دختری نبوده که از زیر دستش در رفته باشد زن بگیرد...
اما اعتراض بچه های کنفدراسیون به حضور موریس از آن دست نبود. دخترها و پسرها در کنفدراسیون دانشجویان جفت جفت می آمدند و می رفتند و با یکدیگر زندگی می کردند. اعتراض آنان بر منبای یک نوع حس مالکیت سکتاریستی - تشکیلاتی حاکم بود که بر اساس آن موریس یا هر مرد غیر ایرانی دیگری نمی بایست با یکی از "دختران آنها" رابطه ای تنگاتنگ داشته باشد همانگونه که مرد دیگری از هر گروه سیاسی دیگر ایرانی خارج از دور تلقی می شد. این حس در میان گروه های سیاسی کمونیست ایرانی آمریکای لاتین فرانسوی عرب آفریقای شمالی و غیره یکی از ویژگی حرکت های سیاسی آن زمان محسوب می شد و در درون خود آن توتالیتاریسم پر قدرت و دهشتناکی را حمل می کرد که از توتالیتاریسم مذاهب توحیدی پا فراتر می گذاشت. فردیت و سلیقه های شخصی و آزادی انتخاب در سکت تشکیلاتی فراموش می شد همانگونه که توجه به دیگر گروه های سیاسی فارس زبان و حتی مطالعه ی آرای آنها با تردید نگریسته می شد. تعلق بی چون و چرا به خط و مشی حاکم در چهارچوب گروه ایدآل بود.

کنفدراسیون دانشجویان در پاریس یک جلسه ی هفتگی عمومی داشت که در آن مسائل روز اجتماعی - سیاسی چون مبارزات کارگران دانشجویان و دیگر اقشار و طبقات در ایران و زندانیان سیاسی را مورد توجه و بررسی قرار می داد. گاهی خوراک این جلسات را زیر نشست های دیگری تامین می کرد که با شرکت هواداران فعال جنبش دانشجویی تشکیل می شد. در این جلسات فرعی با تقسیم کاری که انجام شده بود، هر فرد تهیه ی بخشی از مسائل اجتماعی - سیاسی ایران و دیگر کشورها را با استفاده از روزنامه های ایرانی و فرانسوی به عهده می گرفت...من کشور آفریقا را انتخاب کرده بودم. با این استدلال که آنها فقیرترین و مصیبت زده ترین مردم دنیا هستند. دوم اینکه اطلاعات اندکی از این ممالک داشتم و می خواستم معلوماتم را در باره ی آنها افزایش دهم. هم چنین تعدادی از کشورهای آفریقایی به زبان فرانسه و عربی صحبت می کردند و دانشجویان برخی از این کشورها در پاریس فعالیت سیاسی داشتند و در ارتباط مستقیم با آن ها ملموس تر می شد با مسائل برخورد کرد...آفریقا از بیش از پنجاه کشور تشکیل شده است و در آن زمان هفته ای نبود که در یکی ازاین کشورها کودتا نشود. اگر چه ماهیت اغلب این کودتا ها شکل یکسانی داشت ولی هر کشوری با ویژگی های خاص خود با این امر مواجهه می شد و با ساختار فرهنگی - اجتماعی و سیاسی متفاوت. کار زیادی می برد. من البته شکایتی نداشتم. باعلاقه اخبار را پی می گرفتم. روزنامه های فرانسوی زبان بخصوص لوموند را می خواندم و نتیجه گیری هایی در حد معلومات و اطلاعاتم در زمانی محدود ارائه می دادم...این کاردرعین حال کمک زیادی به پیشرفت زبان فرانسه ام می کرد.
به پیشنهاد استاد برای کسب مدرک دکترا در رشته ی ارتباطات ثبت نام کرده بودم. ولی شاید دو ـ سه هفته بیشتر نتوانستم تاب بیاورم. هیچ چیز جدیدی به من

نمی داد. همان مطالبی را که در مدرسه ی روزنامه نگاری خوانده یا نخوانده بودم همین جا تکرار می شد. با توجه به علاقه ای که شرکتم در جلسات جنبش دانشجویی و نشست های مطالعاتی در من بوجود آورده بود، گرایش زیادی به رشته ی تاریخ پیدا کردم و در دانشگاه سوربن ثبت نام نمودم. ولی مطالبی که در آن جا درس می دادند بیشتر از هر چیز به تاریخ عمومی فرانسه و جهان می پرداخت و در آن زمان این آن چیزی نبود که ذهن من در گیرش باشد...روز اول درس اختصاص داشت به زندگی رعیت ها در زمان فئودالیسم در فرانسه. درس هایی که من فوت آب بودم. در آن جا نیز مدتی طولانی دوام نیاوردم. کلاس خیلی آهسته جلو می رفت. کتابی را که در یک ترم چهار ماهه می شد خواند، من خود در یک هفته می توانستم بخوانم و دل و روده اش را در بیاورم تجزیه و تحلیلش کنم و پاسخ سئوالاتم را در منابع دیگر پی گیری نمایم...رها کردم. در یک مدرسه ی روزنامه نویسی دو زبانه ی بین المللی یک بار شرکت کرده بودم. مردود شدم. سال بعد از آن که توانسته بودم موفق شوم، انگیزه ی ادامه ی تحصیل در این رشته و حتی فعالیت در شغلی را که بسیار دوست می داشتم از دست داده بودم...تفکر حاکم برجنبش دانشجویی بر این اساس بود که دولت هایی چون فرانسه از جمله ممالک سرمایه داری هستند. دانشگاه هایشان نیز بر طبق منافع سرمایه داران برنامه ریزی شده است. خوب گیرم حالا روزنامه نگار بین المللی هم شدی، چگونه می خواهی در سیستمی که دست و پایت را بسته است کار کنی. باید تابع آن ها باشی. نمی توانی حرف خودت را بزنی. و من در گیر شده بودم با این تفکر که همه چیز از ورای فعالیت سیاسی می گذرد آن فعالیتی که باید منجر به نابودی سیستم سرمایه داری شود...شده بودم یکی از فعالین شبانه روزی با شرکت مداوم در تظاهرات پخش اعلامیه نوشتن شعار در متروها جمع آوری کمک مالی برای زندانیان سیاسی و...اغلب فعالین دانشجویی درس دانشگاه را رها کرده بودند یا در رشته هایی و دانشگاه هایی تحصیل می کردند که به فعالیت ها و گرایشات سیاسی آن ها نزدیک باشد. دانشگاه "ونسن" یکی از این دانشگاه ها بود...من نیز در رشته ی جامعه شناسی آن جا ثبت نام کردم. تکالیف آکادمیک بسیار محدود بود. استاد صحبت هایی می کرد و تو می بایست موضوعی را انتخاب کنی و برای پایان ترم در باره ی آن بنویسی و از آنجا که اغلب، هم اساتید و هم دانشجویان از گرایشات چپ ـ آنارشیسم گواریسم لنینیسم تروتسکیسم مائوئیسم و... ـ برخوردار بودند، در هر درسی دانشجویان می توانستند موضوعی را برای بررسی انتخاب کنند که به شکلی با مسائل اجتماعی ـ سیاسی کشور فرانسه یا کشور اصلی خود یا هر کشوری دیگر ارتباط داشته باشد. و برای ما که به طور دائم این مسائل را مطالعه می کردیم و به بحث می گذاشتیم، تهیه ی چنین مطالبی بسیار آسان بود. حضور و غیابی ثبت نمی شد و تکلیفی برای کلاس نمی بایست انجام دهیم. همه چیز با فعالیت های من جور در می آمد. دانشجویان بسته به گرایشات خاص سیاسی خود مطالبشان را می نوشتند. احساس نمی کردی که برای به پایان رساندن تحصیلات باید متقبل زحماتی شوی. مکاتب و بینش های دیگر با ایدئولوژی غیر کمونیستی مورد بحث قرار می گرفت ولی کمتر جایگاهی برای مطالعه ی آکادمیک جدی وجود داشت. در نتیجه

دانشجویان اغلب افرادی بودند که با مطالعه ی صرف متون مارکسیستی گمان می بردند بر هر بینش و مکتب دیگری تسلط دارند. کمونیسم در سه زمینه ی اقتصاد فلسفه و انقلاب های اجتماعی تنها دیدگاه درست بی چون و چرا می نمود. این بینش تنها راه حلی را پیش رو می گذاشت که به اعتقاد آنان می توانست بشریت را نجات دهد و سیستم سرمایه داری را که با خود فقر و بدبختی به همراه آورده است به زباله دان تاریخ بیافکند و با به کار آوردن طبقه ای جدید در حکومت عدالت و مساوات را مستقر سازد. لذا یک سویه به جهان می نگریست...
ما هواداران جنبش دانشجویی به طور انفرادی برخی کتاب های پایه چون کتاب تکامل داروین مانیفست حزب کمونیست و منابع جنبش های مردمی در کشورهای سوسیالیستی را مطالعه می کردیم و اطلاعیه های رهبران سیاسی جنبش دانشجویی و فراخوان هایی را که منتشر می گردید و مباحثی که در جلسات انجام می شد مایه ی اصلی و زمینه ی این اطلاعات بود. بر مبنای این دانش محدود بود که در بحث با دیگر نظرات، نه بر پایه ی مطالعه ای همه جانبه بلکه با شناختی عمومی و سطحی در برابر هر نظرگاه مخالفی صدایمان بالا می رفت و رگ گردنمان کلفت می شد و از همان آغاز نظر مخالف و صاحبان آن نظرگاه از ذهن ما حذف می گردید. ما که حتی گاهی اطلاعیه های آنان را نیز به درستی نخوانده و بر روی آن اندیشه و تأمل نکرده بودیم، دیدگاه های آنان را با قطعیت کامل غیرمحق و نادرست می پنداشتیم. و نه فقط با مذهبیون بلکه حتی با کسانی که معتقد به مارکسیسم بودند و بینش ها و تفاسیر دگرگون از مارکسیسم داشتند به همین نحو برخورد می شد. به سادگی به هر دیدگاه دیگری انگ راست نیمه راست یک چهارم راست چپ و چپ افراطی و اپورتونیسم و رویزنونیسم و غیره می زدیم. ما هرچه رهبران سیاسی گروه خودمان مطرح می کردند اغلب بی چون و چرا می پذیرفتیم...
انشعاب گروهی از سازمان مجاهدین خلق در ایران بر دو اساس بود: 1- نفی مذهب به عنوان ایدئولوژی فلسفی حاکم. 2- نفی مشی چریکی که از پانزده خرداد سال هزار و سیصد و سی و دو خط و مشی حاکم بر جنبش مبارز مسلحانه ی ایران ـ هم مذهبیون و هم بی خدایان ـ بود با این دیدگاه که فعالیت های تروریستی چون قتل قدرتمندان و بمب گذاری در مراکز مهم سیاسی ـ اقتصادی و غیره تاثیری بر افزایش آگاهی مردم و بویژه کارگران نمی توانست داشته باشد؛ لذا عمده نیروی جنبش های سیاسی می بایست متوجه کارفرهنگی در میان کارگران باشد...و بر اساس این دیدگاه است که اغلب برنامه های فرهنگی کنفدراسیون سازماندهی می شد. زنِ یکی از رهبران سیاسی جنبش در پاریس کارگردانی این برنامه ها را به عهده داشت و با تعدادی از بچه های سینما که به تازگی از ایران آمده بودند، برنامه های رقص و آواز محلی و انقلابی و اجرای نمایش هایی در باره ی روزهای تاریخی و ملی ایران و جهان سوسیالیستی به منظور بیان و گسترش تفکر سیاسی موجود ترتیب می داد. شوهر این کارگردان به ندرت در ملأ عام دیده می شد. گاهی در جلسات تعیین کننده شرکت می کرد آن جا که لازم بود تعداد بیشتری از تئوریسین ها صحبت کنند برای متقاعد کردن توده ی دانشجویان حاضر یا بهتر بگوییم پا

فشاری بیشتر بر نظرات و کوبیدن اندیشه ی گروه های دیگر...یک بار من نقش زن ساواکی را در نمایشی بازی می کردم. در یک صحنه با چند نفر دیگر که نقش مردان ساواکی را داشتند، دختری که نقش اشرف دهقان - از مبارزان چریک های فدایی خلق - را بازی می کرد، دست به دست می چرخاندیم و او را به یکدیگر پرتاب می کردیم و زیر کتک و لگد می گرفتیم. من آن چنان در نقش خود فرو رفته بودم که "اشرف دهقان" را گویی در صحنه ای کاملاً واقعی در زندان اوین محکم به زمین کوفتم. تل سرخ رنگی به سر بسته بودم. مرتضی پس از پایان نمایش با قیافه ای جدی و ابروهای توی هم رفته نارضایتی خود را بروز می دهد در اعتراض به انتخاب رنگ سرخ انقلابی برای زن شکنجه گر ساواکی. می گوید حداقل رنگی دیگر انتخاب می کردید. مرتضی بعد از اتمام نمایش به من گفت با این بازی ای که ارائه دادم اگر به ایران بروم مشکل زیادی خواهم داشت. یک نوع تعریف از بازیگری من بود ولی در عین حال نوعی زمینه چینی برای گرایش خاصی که بعدها با اوج گیری حرکت های مردمی قبل از انقلاب - زمانی که همه خواهان رفتن به ایران بودند - به حرکت اصلی تبدیل شد. و من البته هیچ به پس زمینه های فکری بیان چنین جمله ای در آن زمان فکر نکردم. آنچه او می خواست بیم و هراس بود که تصور می کرد به دل من می افکند...در صحنه ای دیگر از نمایش تعدادی از روشنفکران در کارخانه پنهانی اعلامیه میان کارگران پخش می کردند. و من مشتاق تر از همیشه دور از آنچه که مرتضی یا هرکس دیگری در ذهن می پروراند خواهان بازگشت هرچه زود تر به ایران بودم تا این روشنگری را در صحنه ی واقعی با کارگران واقعی رو در رو با دشمن واقعی پیاده کنیم...و برنامه ی تفریحی ما خلاصه می شد به دیدن فیلم های روسی چون "مادر" ماکسیم گورکی و "اکتبر" و...از آیزنشتاین که مبارزات کارگران را برعلیه سرمایه داران نشان می داد و شورش کارگران کشتی را برعلیه ارتش. امیر که نیمی از وقتش در سینماتک پاریس در خواب سپری می شد، سکانس ها را برای من تفسیر می کرد. فیلم شبیه سازی های بسیار گویایی داشت از رفتار کارگران و دهقانان و مظالم صاحبان کارخانه و ارباب ها با تمثیل هایی که از طبیعت بر گرفته شده بود...یک شب وقتی که رفقا گرد هم جمع شده بودند، مطرح کردم که می بایست برنامه ی مطالعاتی تنظیم کنیم. به طور غریزی احساس می کردم کور حرکت می کنم. نیازی به یک پشتوانه ی فکری داشتم. پشتوانه ای که خودم آن را کسب کرده باشم و بدانم چه کار دارم می کنم. امیر گفت "به گردم"...بیست و هفت – هشت ساله بود و خوش قیافه و بسی شیرین. هیچ گاه از او نپرسیدم در ایران چه می کرده است. منِ روزنامهِ نگارِ فضول که می خواستم سر از هر مطلبی در آورم، اکنون به لحاظ حفظ مسائل امنیتی کنجکاوی هایم را فرو می خوردم. غافل از اینکه تمامی بچه ها - بس که همیشه توی هم می لولیدند - و نیز سازمان امنیت ایران از جیک و پیک های جنبش دانشجویی اطلاع داشتند. دست کم تئوریسین ها را خوب نشان می کردند. تئوریسین ها هر از گاه مأموریت داشتند در میتینگی شرکت کنند و نظرات گروه را فرموله نمایند ولی به بهانه ی اینکه درمعرض دید ساواک قرار نگیرند تا نکند شواهدی دست آنها بدهند و زمانی دستگیر شوند و گروه بی

رهبر بماند و از هم پاشیده شود، در هیچ فعالیت اکتیویستی شرکت نداشتند. ساواک در زمان شاه هیچ گاه به دستگیری افراد در خارج از کشور اقدام نکرده بود. رهبران سیاسی نیز هیچ گاه به ایران سفر نمی کردند که خطری زندگی آنها را تهدید نماید. اما گویی همگان پذیرفته بودند که رهبران بنشینند در گوشه ی اطاق کتاب بخوانند و تئوری ببافند. و البته تئوری تازه ای وجود نداشت. تئوری مبارزاتی بر گرفته از تئوری های کمونیستی جهان بود و در ترکیب با تئوری های مبارزان داخل ایران. فقط می بایست ببینند کدام تئوری ما را به مقصود می رساند و به عبارتی کدام یک از آنها با بینش ها و گرایشات ما خوانایی بیشتری دارد. برخی از این رهبران در میان بچه ها می چرخیدند و محبوب بودند. همسر یا دوست پسر این کارگردان ما گس و تلخ بود. وقتی با او روبرو می شدی به نحوی عمل می کرد که گویی تو را نمی شناسد. حتی دریغ از پاسخی سرد و ناشناس به سلام تو. مصالح امنیتی؟! همه که می دانستند او تئوری باف گروه است...اگرچه افرادی که از نزدیک با او کار کرده بودند اعتقاد داشتند او فرد دموکراتی بود و برخورد خوبی با همه داشت. نقد اندیشه ی مائوتسه تونگ و مشی چریکی و تکیه بر بیانیه ی ایدئولوژیک در باره ی سوسیال امپریالیسم شوروی از نکاتی بود که وی تأکید داست. وقتی صحبت از رفتن به ایران می شود، وی از جمله کسانی است که معتقدند باید ماند در خارج از کشور و مطالعات بیشتری در مورد چگونگی پیشبرد مبارزات در این مرحله نمود. اما به هر حال با سرعت گرفتن حرکت های انقلابی و جا به جا شدن حکومت و سیل حرکت ایرانیان سیاسی کار در تمام نقاط جهان به ایران، او نیز راهی می شود و خبر اعدام او را بعدها رفقا می شنوند.
باری، نفهمیدم امیر اطلاعات مارکسیستی اش را از کجا گرفته بود در ایران یا زمانی که به خارج سفر کرده بود. گاهی اوقات در برخی فعالیت های مبارزاتی دانشجویان شرکت می کرد ولی بیشتر اهل گپ و گفت بود...و هم او کتاب تکامل داروین را در اختیارم گذاشت و تاریخ جنبش های اجتماعی کشورهای سوسیالیستی را برایم باز می گفت و از "ارانی" و پنجاه و سه نفر حزب توده دکتر مصدق انقلاب اکتبر...اما در واقع علت اصلی کشش من به او قبل از اینکه جاذبه ی سیاسی نسبت به او یا سازمان دانشجویی پیدا کرده باشم، نرمی رفتار او بود چون گلبرگ بهار نارنج بالای سر در "شاه چراغ" شیراز. دیرتر وقتی او را با دیگران مقایسه می کردم، علت نرمی او را در تردیدش می دیدم نسبت به تئوری های موجود که همواره جایی می گذاشت برای سئوال برای ابهاماتی که در ته ذهن با تو کلنجار می رفت. هنگام صحبت رگ های گردنش ور نمی آمد صدایش اوج نمی گرفت چشمانش از حدقه جا به جا نمی شد همه چیز را سفید و سیاه نمی کرد. هنگام صحبت تلاش می کرد با تو راه بیاید نکته های مثبت گفتارت را بزرگ می کرد و آن ها را ارتباط می داد با حرف های خودش. از هم صحبتی با او لذت می بردم. دیگران اغلب تو را در تنگنایی قرار می دادند که گویی هرچه می گویی غلط است مال گذشته است دور ریختنی است به زباله دان تاریخ افکنده شده است. با این نوع رفتار حس می کردی خودت را نیز دور ریختنی فرض می کنند مگر اینکه دربست هرچه می گویند بپذیری...حرف ها زیبا بودند. چیزی غیر از

آنچه بود که تا به حال شنیده می شد. نکته ی اساسی از بی عدالتی و فقر در جامعه سرچشمه می گرفت و سپس به علل بینوایی و مصائب اجتماعی در شیوه های تولید برده داری فئودالیسم و سرمایه داری و در نهایت به امپریالیسم پرداخته می شد. و آنگاه راه حل: سوسیالیسم - لغو مالکیت خصوصی. شیوه ی تولید سرمایه داری در تناقض است با روبنای سیاسی. اکثریت پرولتاریا شب و روز کار می کند که اقلیت سرمایه دار از آن بهره جوید. پس شیوه ی حکمروایی باید تغییر کند و به دست حکومت دولت سوسیالیستی اداره گردد. توسط چه کسی؟ پرولتاریا. باکدام جهان بینی؟ بی خدائی. راه حل: انقلاب پرولتاریایی. برعلیه: همه ی بورژوازی...چرا می بایست مجذوب چنین نظراتی می شدم؟ مزه ی فقر را نچشیده بودم. آدم های فقیر مثل زن رختشویی که در زمان کودکی می آمد به خانه رخت ها را می شست یا کارگری که می آمد نظافت می کرد را پدیده هایی طبیعی در جامعه دیده بودم...در میان خویشان خانواده هایی داشتیم که از تمکن مالی برخوردار نبودند و حتی کسانی که با هشت نفر سر و همسر در یک اطاق زندگی می کردند. این موارد جلوه ای طبیعی داشت. گویی در جامعه می بایست هم فقیر وجود داشته باشد هم ثروتمند هم دانشمند هم بی سواد. هیچ گاه به چرایی این تفاوت ها فکر نکرده بودم. همه چیز را سیر طبیعی و روند متعارف طبیعت و اجتماع می پنداشتم. نه حس برتری نسبت به آن ها در ذهنم بود و نه حس ترحمی داشتم و نه خود را قیم آنها می دانستم که کاری برایشان انجام دهم یا تیماردار آنها باشم. آن چه مهم بود زندگی و خواهش های خودم بود. بی آنکه فلسفه ی تدوین شده ای در زندگی برای خود داشته باشم، به فردیت خود بیش از هر چیز اهمیت قائل می شدم و هرکس را نیز مسئول زندگی خود و مقابله با مشکلات خود می دیدم...نمی دانم چرا. پدرم امکانات مالی خانه را تهیه می کرد و ما اغلب او را نمی دیدیم. فاصله ی سنی زیادی با او داشتیم و او به پدر بزرگ خانواده می ماند و حضور او برای من بیشتر فردی متفکر بود در خانه جایی روی تشکچه تکیه بر پشتی یا بر روی تخت چوبی زیر آلاچیق های مو یا ته باغ کرج کنار توت فرنگی ها زیر درختان گیلاس و هلو و گلابی. دیگر حوصله ای برای او باقی نمانده بود که بخواهد به چند و چون زندگی ما رسیدگی کند. ما را آزاد گذاشته بود که هر کدام به سبک خود زندگی کنیم. همین که امکانات را فراهم کرده بود گویی کافی بود. کسی نبود که خودش را در گیر هر کس و هرچیز بکند. و مامان فقط می توانست به بچه های قد و نیم قد برسد...خواهر و برادر های ناتنی و خاله ها و عمه ها و دایی ها نیز بودند. ولی همیشه در حاشیه. یاد گرفته بودم که هرکس زندگی خود را می کند و خود از پس همه چیز برمی آید. حتی پشتیبان فکری نداشتم. شاید نمی خواستم داشته باشم. خود هر مسئله ای را پیش می بردم و چه بسا به همین دلیل به خود حق می دادم که در پی خواسته هایم هرچه که باشد باشم. آمدم به پاریس. آقاجون که فوت کرد، مامان بود. خواهر و برادرها بزرگ می شدند. آقاجون به اندازه ای از خودش بجا گذاشته بود تا زمانی که ما روی پای خودمان بایستیم دست کم مشکل اقتصادی نداشته باشیم.

اغلب کسانی که در جنبش دانشجویی فعالیت می کردند از بچه پولدارهای مملکت بودند. زندگی در پاریس گران بود. هیچ یک کار نمی کردند و هزینه ی تحصیل آنان اغلب از ایران می رسید. دو دختر از فرزندان کله گنده های ایران از جمله فعالین پر و پا قرص شمرده می شدند. یکی از آنها با مرتضی زندگی می کرد. دیگری لاغر و باریک با پوست دورگه و نمکین با یکی دیگر از تئوریسین های جنبش دانشجویی زندگی می کرد و در همه ی فعالیت ها شرکت داشت. دو تا برادر بودند از فرزندان یکی از بزرگ ترین تجار بازار. سه برادر از فرزندان یکی از آیت الله های مشهور متمکن. دختری بود فرزند یکی از خوانندگان معروف. اغلب فرزندان کسانی بودند که در تهران شیراز اصفهان و تبریز و غیره در بهترین محله ها خانه هایی گران قیمت داشتند. یک پسر ارمنی بود فرزند یکی از بزرگترین جواهر فروشی های تهران. جهودی داشتیم فرزند یکی از ثروتمندان یهودی مقیم آلمان. زنی بود مطلقه که در نوجوانی او را به مرد پولداری در آلمان داده بودند. از نظر امکانات مالی من از همه بینوا تر بودم اما نه آن اندازه که نیازمند کار برای تامین معاش باشم. اگر نخواستم از پول ارسالی ایران استفاده کنم و با زحمت خود پول در آورم، بیشتر تحت تاثیر آن افکاری بود که به تدریج با من یگانه می شد...چرا این بچه ها جذب افکاری می شدند که هیچ بهره ای نبرده بودند از آن پایگاه اجتماعی که می بایست از آن برخوردار باشی تا بر اساس فلسفه ی مارکسیسم با آنچه در تضاد داری مقابله کنی. مارکس و انگس و لنین نیز از طبقه ی کارگر بر نیامده بودند و این درست است که اغلب تفکرات علمی از جانب روشنفکران ارائه می شود...

دو ـ سه سال در ماه سپتامبر قبل از شروع دانشگاه می رفتم جنوب فرانسه در تاکستان های بزرگ ارباب انگور چینی می کردم. هر ده روز برای یک ارباب کار می کردیم. تاک ها دور تیرک های یک متری که به طور عمودی روی زمین نصب شده بودند، پیچیده و بالا رفته بودند و هر تیرک با تیرک بعدی یک متر فاصله داشت. روزی دوازده ساعت با بالاپوش های ضد آب زیر باران شدید مدیترانه ای با کمری خمیده انگورها را می چیدیم. هر کدام یک رده را می گرفتیم و سبد را پر می کردیم. سبد پر می شد و باربرها راه به راه می آمدند و آنها را در کوله پشتی خود خالی می کردند و ته خط آن را توی کامیونی می ریختند. چند نفر با گالش های پلاستیکی همانجا در کامیون آنها را لگد می زدند و آنگاه کامیون انگورهای لهیده را به درون انبارهای زیرزمینی شراب خالی می کرد. سپس در انبار را می بستند و چند ماه دیگر می رفتند به سراغش تا شراب را تحویل بگیرند...کار سختی بود ولی اوقات خوبی را در آنجا سپری می کردیم. هزینه ی زندگی چند ماه را در آن یکی ـ دو ماه تأمین می کردم. اغلب دانشجویان از شهرهای مختلف فرانسه می آمدند. تخت های ما در اطاق های تو در توی بزرگی قرار داشت. برخی اوقات افراد محلی نیز با ما کار می کردند. بسیار خوش مشرب و مهربان بودند بخصوص مسن ترهایشان. روی میزهای چوبی سی و چند نفره بهترین و متنوع ترین غذاهای فرانسوی را برای ما آماده می کردند و ما با اینکه خیلی خسته بودیم و روی نیمکت های چوبی سر میز چرت می زدیم ولی گاهی تا پاسی ازشب بیدارمی

ماندیم آواز می خواندیم و می رقصیدیم... دستمزد خوبی پرداخت می کردند اما علت اصلی اشتغلال و کار من برای تأمین معاش همان تفکراتی بود که کم کم در من جا می گرفت و حالا دیگر من نبودم که این تفکرات راحمل می کردم بلکه این تفکرات بودند که مرا با خود می کشیدند. نمی خواستم از پرولتاریا حرف زده باشم بی آنکه بدانم زندگی کارگری چه معنایی دارد. حتی دوست پسرم را که از ایتالیا آمده بود مرا ببیند با خودم به آنجا بردم. دو روز بیشترنتوانست تاب بیاورد. هیچ انگیزه ای برای چنین کار توانفرسا یی نداشت. می گفت آمدی اینجا برای روزنامه گزارش تهیه کنی. از کمونیسم و پرولتاریا و این حرف ها مطلقاً سر در نمی آورد و نمی خواست سر در آورد. می دانست در پاریس من می توانم مخارجم را تامین کنم. می دانست که اساساً می توانستم حتی بدون آنکه کار کنم به تحصیلاتم ادامه دهم. مجبورشدیم برگردیم و این آخرین دیدارمان بود. دوری راه نیز البته بود. او در فلورانس من در پاریس. فاصله البته از جای دیگری آب می خورد. و من حالا دیگر حتی به گزارش نویسی و کار روزنامه نگاری نیز فکر نمی کردم. آن ارزش اضافی که مارکس کاپیتالش را براساس آن نوشت می بایست با تجربه به جانم بنشیند.

اولین روزی که به جلسه ی کنفدراسیون دانشجویان رفتم امیر را دیدم. آمد کنار من نشست و چند کلمه ای صحبت کرد. می توانست این گونه تلقی شود که خواسته است مرا به سازمان جلب کند. ولی این فقط یک گوشه از ماجرا بود. آن گوشه ی قشنگ ترش صحبت با یک دختر خوشگل و تودل برو بود که اتفاقا می سوخت برای یادگیری و قلبی داشت به گرمای خورشید و مهرِ ماه. و ایثار جزء لاینفک شخصیتش بود ارثیه ی مادری و لامذهبی ناشی از تربیت پدری - همه ی آن خصائلی که می بایست یک مبارز از جان گذشته داشته باشد. در نشست بعد وقتی رفتم او را ببینم حاضر نبود...ولی حالا دیگر مجذوب سخنان شده بودم. صحبت ها کلیت دنیای موجود را به هم می ریخت. همه ی آن هستی ات را که در تمام عمر با آن سرکرده ای. و موضوع هایی به میان می آورد و راه هایی پیش پایت می گذاشت که تازگی داشت. اردوی سوسیالیسم می بایست برآورد مدینه ی فاضله ای باشد که در جلسات هفتگی و نشست های حاشیه ای هدف غایی این فعالیت ها شمرده می شد. اگر چه شوروی آن زمان را در دوران خروشچف، رویزیونیست یعنی مرتد از اصول مارکسیسم - لنینیسم می شمردند و چین مائوتسه تونگ را متهم به گرایشات آمریکایی و کشورهایی چون کامبوج را منحرف از برخی اصول می شناختند، ولی آلبانی هنوز برقرار بود و این باور استوار که سوسیالیسم در سال های نخستین خود به سر می برد. سرمایه داری دویست سال قدمت دارد. طبیعی دیده می شد که سوسیالیسم با وجود امپریالیست هایی چون آمریکا و انگلیس و فرانسه در میان راه سکندری بخورد اشتباه بکند تا کم کم به راه راست هدایت شود...پرولتاریا در صدر بود به شدتی که روشنفکران بسیار کم رنگ جلوه می کردند و روشنفکران که با تفکر حاکمیت دیکتاتوری پرولتاریا عظمت نقش تاریخی خود را فراموش شده می دیدند با تکیه بر کارگران صنایع بزرگ اعتباری برای خود کسب می کردند و گویی هراندازه بیشتر از دیکتاتوری پرولتاریا دفاع می کردند، وظیفه

ی روشنفکری خود را بیشتر ادا می نمودند و تحولی مؤثرتر در جنبش های انقلابی بوجود می آوردند.
وقتی پیشنهاد مطالعات آکادمیک متون مارکسیستی را دادم امیر با دمش گردو می شکست که کوشش هایش جهت جذب من برای فعالیت های سیاسی مثمرِ ثمر واقع شده و حتی از آن حدی نیز که انتظار داشت بالا تر رفته است. آن شب امیر توی رختخواب سنگ تمام گذاشت...چند روز بعد به پیشنهاد مرتضی با دو دختر و دو پسر دیگر یک هسته ی تشکیلاتی بوجود آمد. من شدم سرپرست. می گفتند تو از نظر ایدئولوژیک در سطح بالاتری قرار داری و به همین دلیل محروم شدم از فعالیت های علنی دانشجویی. گفتند این امر به جهت محافظت من است از شناسائی ساواک. اعضاء هسته به استثنای من می بایست در جنبش دانشجویی فعالیت می کردند. این هسته یک هسته ی مخفی سیاسی شمرده می شد که نادیده حرکت های دانشجویی را هدایت می کرد. به جز هسته ی ما دو هسته ی دیگر نیز تشکیل شد و من با سرپرستان این دو هسته هفته ای یک بار با یکدیگر نشستی داشتیم به منظورِ هماهنگی زیر هسته ها. سرپرستی تمام هسته ها به عهده ی مرتضی بود...مرتضی هر زمان که می خواست در جلسات هسته ی ما نیز شرکت می کرد...او یکی از اعضای هسته ی مرکزی سیاسی در پاریس و مسئول جنبش دانشجویی این شهر بود. خیلی شمرده و با طمأنینه حرف می زد. بسیار محجوب و متین به نظر می آمد. رفتاری مهربان و خوش برخورد با همه داشت و چون خوش صورت و خوش بدن بود و زبان فرانسه را نیز خیلی خوب صحبت می کرد، قاب همگان را پسر یا دختر گرفته بود. و حرف هایش حجت بود و همه به نحوی از او حساب می بردند. پایه ی استدلال گاهی با حضور او و در مقابل نظرات او کور می شد عقب می نشست. برخی برای خوش آمد او کارهایی می کردند یا نمی کردند. برخی جذب سازمان شده بودند به علت شخصیت جالب توجهی که او از خودش نشان داده بود...
هسته ی ما و دو هسته ی دیگر می بایست هر کدام یک خانه ی جداگانه علاوه بر خانه ی شخصی خود داشته باشند. در واقع خانه ی هسته شد خانه ی اصلی ما و هیچ کس نمی بایست از محل آن اطلاع داشته باشد به جز مرتضی. حتی دوست دختر یا پسر ما نیز می بایست بی اطلاع می ماندند. هنگام رفت و آمد به این خانه ها همه گونه مسائل امنیتی را رعایت می کردیم تا مبادا کسی ما را تعقیب کند و خطری متوجه ما باشد. سر پیچ هر کوی و برزن برمی گشتیم ببینیم آیا کسی ما را تعقیب می کند یا نه. علامت های خاصی برای هر کاری در نظر گرفته بودیم که بتوانیم در موقع لزوم دست به کار شویم: خانه ی تیمی در خارج ازکشور - در پاریس - مهد تمدن و دموکراسی و آزادی. من که کارم و حرفه ام ارتباط گیری با مردم بود، از هر ارتباطی محروم شدم. در جلسات عمومی اگر حاضر می شدم سئوالاتم را در درون می کشتم. انتقاداتم خفه می شد. این حس در برخی بوجود آمده بود که منفعل شده ام. لذا حضورم در شب نشینی ها نیز گاهی نامعقول به نظر می رسید یا من خود احساس می کردم چندان راحت نیستم. این همه را با دل و جان پذیرفته بودم با چشمان بسته. در راهی خود را انداخته بودم که می بایست آن گونه که لازم به نظرمی رسید

عمل کنم...خانه ی تیمی دیواری کشید بین من و دنیای بیرون. اگرچه پیش از این نیز خود را از زندگی دور کرده بودم...شاهرخ که همیشه تابستان و زمستان پالتوی مشکی اش را از تن در نمی آورد، یک روز که توی کتابخانه ی "سیته یونیورسیته" نشسته بودم و می خواستم به خانه ی ایران - وابسته به دولت ایران - بروم تا اطلاعاتی بگیرم، پوست صورتش را جمع کرد و گویی از یک نجاست حرف می زند گفت بَرِ چی اونجا می ری؟...با بچه های دانشکده قرار گذاشته بودیم یک هفته با تور دانشگاه برویم بر روی کوه های آلپ اسکی بازی کنیم. اوه...محمد رضا شاه هم پاتوقش آنجاست...ارکستر سمفونی پاریس؟...خیلی بوژوا شدی!..شاهرخ مأمور اصلی خرید سازمان بود. هر پیک نیک یا اردوی سیاسی که ترتیب داده می شد، او به همراه دو نفر دیگر مسئول خالی کردن یک فروشگاه مواد غذایی برای تامین مواد خوراکی مورد لزوم گاهی چهل - پنجاه نفر می شدند. آن پالتوی مشکی بلند را بیهوده همواره بر تن نداشت. محمود فلینی نیز که به علت علاقه اش به سینما چنین لقبی را به او داده بودند، در این کار مهارت چشمگیری داشت. فقط اختلافش در این بود که شاهرخ به ضروریات و بویژه برای جمع اکتفا می کرد محمود فلینی را هر روز نو نوار می دیدیم. با چه غرور و لذتی چگونگی کش رفتن شال رنگ جگری و پولیور نفتی اش را با آب و تاب توضیح می داد. انگار پول خرج کردن بورژوایی بود ولی پوشیدن انواع لباس های رنگی بورژوایی نبود. شاید چون نه فقط هزینه ای نشده بود، بلکه سرمایه داران را نیز متضرر می کرد و مانع از این می شد که سهمی از ارزش اضافی پرولتاریا به جیب آنها برود...محمود بابلِی کشتی گیر با هیبتی چهارشانه یک بار با بالا رفتن بحث در نشست هفتگی عمومی آن چنان خشمگین شد که کتش را درآورد و از آن سر اودیتوریوم به این سمت را حمله کنان برفردی که نظر مخالف می داد هجوم آورد...با هر کدام از این افراد اگر یک بحث تئوریک جدی پیش می کشیدی چند جمله ی کلیشه ای تحویلت می دادند...منصور چپه ولی دراز و باریک و کم مو با عینک ذره بینی و بوی فرندِ دخترِ سرتیپ "س..."، با حالتی که یعنی ما اینیم می گفت شب تا صبح توی قطار کتاب ششصد صفحه ای...را تمام کرده است. دماغش را بالا می گرفت و موقع حرف زدن لحنی به صدای نازکش می داد که گویی حکم مطلق صادر می کند. نفهمیدم چطور دوست صمیمی امیر بود. امیر این همه شیرین و او این اندازه تلخ. یک روز در خانه ی من به خود جرات داد و به من گفت تاپت خیلی ولنگ و واز است اگر ندانند تو هوادار جنبش چپ دانشجویی هستی گمان می برند هنر پیشه ی سینمایی. دید سخنش را بی پاسخ گذاشتم، کوشش کرد دلم را بدست آورد. گفت ما روزنامه نگار هایی داشتیم که نویسندگان خوبی از آب در آمدند. من که حضور او برایم سمی و تلخ بود، جلوی چشمهایش دستهایم را بردم زیر بلوز امیر و خودم را کشاندم بالا و شروع کردم به لیسیدن لب های او و حایلی شدم بین او و منصور چپه در حالی که پشتم را به او کرده بودم. دید که جایش آن جا نیست گفت فعلا خدافظ من می رم.

با بچه های خانه ی تیمی هفته ای یک بار جلسه ی رسمی داشتیم. حالا افرادی که تحت نظر من بودند بیشتر از من از مسائل روز اطلاع داشتند. زیرا در

نشست های هفتگی عمومی جنبش دانشجویی همه نوع مسائلی مورد بحث قرار می گرفت و دیدگاه های گوناگون نیروهای مخالف در ایران و خارج بحث می شد. آنها هم چنین در کافه ها ی روشنفکری با بزرگان قوم محشور بودند و از آخرین اخبار مبارزاتی و آخرین نظرات و اختلاف نظرات جنبش چپ مطلع می شدند. بحث های داخل هسته محدود بود به معلومات چند نفری که هیچ کدام سابقه ی چندین و چند ساله نداشتیم و همه خیلی جوان بودیم. به تدریج احساس کردم با آن ها بیگانه ام. به عنوان سرپرست شده بودم مأمور کنترل رفت و آمد. در وقت بحث های تئوریک به دور خود می چرخیدیم و من نمی توانستم بحث ها را هدایت کنم...مهرداد با چشمان آبی و موهای بور فسقلی تازه از دبیرستان تهران در آمده خیلی سریع زبانش را تقویت کرد و به دانشگاه رفت. شب ها در هتل کار می کرد و یک دوست دختر فرانسوی پیدا کرد و کتاب های مارکسیستی و اطلاعیه ها را می خورد. این مانور ها او را گاهی در رده ای بالاتر از حتی مسن ترها و قدیمی ترها قرار می داد. نظراتی را که رهبران سیاسی در جلسات مطرح می کردند او با غروری خاص در جلسات هفتگی خانه ی تیمی تکرار می کرد. کاکل موهای پرپشت بورش را یک وَری به عقب می چرخاند و چشمان سبز خوش رنگش را پائین می انداخت و یک خنده ی مصنوعی ها ها از ته گلویش خارج می کرد و با سن کمی که داشت مثل یک مرد جا افتاده ابراز نظر می کرد. نوعی احساس برتری خاصی به او دست داده بود. نوعی جاه طلبی که از نظر من در آن زمان با اخلاق مبارزاتی جور در نمی آمد. در عین حال حس می کردم موقعیت من به عنوان مقام بالاتر بی معنا شده است...مرتضی گفت اگر می خواهی مسلط شوی باید در کار تئوریک خودت را تقویت کنی و من در انزوای خانه ی تیمی خودم را بستم به خواندن کتاب های مارکس انگلس و لنین و بررسی نطریه های مخالف...لنین برایم شخصیت جالبی بود. مرتب فکر می کرد و حتی توی مستراح می نوشت. این جمله اش که: یک روزِ انقلاب چون ده سال بر آگاهی و پشتیبانی و همدردی مردم می افزاید، با تجربیاتی که از انقلاب اکتبر هزار و نهصد و هفده روسیه در مجموعه ی آثارش آمده بود، به عنوان فلسفه و هدف زندگی در ذهن من جای مهمی یافت. و بویژه بحث های مربوط به اشتراکی شدن رختشوی خانه ها و مهد کودک ها آوانگارد می نمود. جامعه نهادهایی را بنیاد می نهاد برای پاسخگویی به نیازهای اجتماع بی ارتباط و بدون وابستگی و تعهد...و مگر آیا جامعه ی سرمایه داری به این مرحله نرسیده است؟ زندگی های زناشوئی بیشتر یک سازش و تعهد مالی است از روی رفتارهای سنتی و نوعی تلاش برای حفظ منافع مالی که به طور اشتراکی سهل تر صورت می گیرد و برخی وابستگی ها که هنوز افراد نتوانسته اند خود را از آن رها سازند. زندگی زناشوئی اغلب یک نمایش کمیک و یک بازی قایم با شک بازی است. هر دو به یکدیگر خیانت می کنند و خیلی که جلوی خود را بگیرند، خیالشان در پی آن چشم سیاه و موهای بلند فرفری و آن بدن عضلانی و سینه ی ستبر است و فقط حفظ ظاهر می کنند. جوامع سرمایه داری پیشرفته نشان داده اند که مونوگامی فقط یکی از روش های زندگی است و در این جوامع پدر و مادر غالباً در عمل نوکر و کلفت و راننده ی بچه هایند. این روابط جایش را در بهترین شکل به

ارتباطاتی داده است که می تواند ما بین همه ی آدم ها بی هیچ نسبت خانوادگی وجود داشته باشد. سیستم اشتراکی در آغاز نتیجه ی اشتراکی کردن صنایعی چون راه آهن پست بانک سیستم مالیات و گمرک وغیره در جوامع سرمایه داری است. اشتغال زنان نیز در جامعه و استقلا ل مالی آنان به طور طبیعی علت وابستگی بین زوجین را از بین برده است.

حالا دیگر من نه به دلیل اینکه هواداران و اعضای جنبش دانشجویی هر فعالیت زنده ای چون برنامه های ورزشی و فرهنگی و پارتی و مسافرت تفریحی و غیره را بورژوایی تلقی می کردند، بلکه آن چنان سرگرم مطالعه ی این متون شدم که جذابیت هر نماد زنده ای از دست رفت و به کل از هر هوی و هوسی به دور افتادم و خود را به دست امواج رودخانه سپاردم تا مرا برساند به آنجا که قصد کرده بودم. سفت و سخت چسبیدم به مطالعات متون کمونیستی و شاید این یکی از بهترین دوره های عمر مبارزاتی من بود که در آن بدون هیچ واسطه و تفسیر و تحریفی تئوری ها را از منبع اصلی می خواندم و برداشت خود را می گرفتم...فهم انقلاب اکتبر برایم مشکل بود. روز پنجم اکتبر هزار و نهصد و هفده انقلاب اجتماعی در روسیه عملی می شود و بورژوازی قدرت را در دست می گیرد و لنین و حزب بلشویک اعلان می کنند که قدرت در دست سرمایه داری افتاده است و بنابراین انقلاب در این مرحله انقلاب سوسیالیستی است و قدرت باید به دست پرولتاریا بیافتد...حال، اگر چه حاکمیت سیاسی به دست بورژوازی افتاده است، لکن شیوه ی تولید هنوز یک به پنج است یعنی فقط یک پنجم جمعیت را پرولتاریا تشکیل می دهد و این امر به نظر من با تئوری مارکس مغایرت دارد. برداشت من از تئوری گرفتن حکومت در دست پرولتاریا در زمانی است که شیوه ی تولید سرمایه داری در دست اکثریت قرار دارد و در آن زمان است که روبنای سیاسی یعنی دولت نیز می بایست به دست پرولتاریا اداره شود. پس روسیه نمی توانست آمادگی پذیرش سوسیالیسم را درآن مقطع داشت باشد...لنین ولی در مدت بیست و دو سال از شوروی یک نیروی قدرتمند اقتصادی و اجتماعی ساخت و شاید همین مانع از این می شد که افول سوسیالیسم در زمان استالین و خروشچف را نسبت بدهیم به انقلاب سوسیالیستی زودرس...آیا این انقلاب فقط به این دلیل سوسیالیستی نشد که منشویک ها برسر کار آمدند و بلشویک ها می بایستی از شر آن ها خلاص شوند؟ آیا در اساس دیکتاتوری پرولتاریا در هر حال خود یک نوعی دیکتاتوری نیست؟ استالین بوژواها و در میان آنان بسیاری از کارشناسان ومتخصصان علمی و فنی را به زیر تیغ برد و در زمان خروشچف سرمایه داری به تدریج احیا گردید و نام دیکتاتوری از روی پرولتاریا حذف شد و حکومت پرولتاریا همان گردید که بر علیه اش جنگید. ژرژ اورول بسیار خوب این روند را در داستانی از حکومت خوک ها بیان می کند...مباحث ما در جمع های هفتگی خانه ی تیمی با موضوع های تعیین شده و مطالعاتی که من اضافه بر دیگران انجام می دادم اندکی پر بارتر شد ولی صحبت ها بیشتر در حد فهم آن چه بود که می خواندیم. از منشویک ها و تروتسکی و دیگر مخالفین بولشویک ها فقط به نظراتی اکتفا می کردیم که خود بلشویک ها ارائه داده

بودند. مطالب خوانده شده را هرکس با برداشت خود مطرح می کرد و ما در سطح یک کلاس آکادمیک آن ها را برای درک درست ترین برداشت از خواندن متون به بحث می گذاشتیم. هنوز در آن حد نبودیم و یا شاید هیچ گاه فکر نمی کردیم که بخواهیم انتقادهایی نیز بر این خوانده ها داشته باشیم.

گاهی شب ها نیز در خانه ی تیمی می ماندیم. فلور نیز به ما پیوست. چشمهایش اندکی از حدقه بیرون زده بود و لب های گوشتالویش را دندان های اندکی جلو برآمده گوشتالوتر جلوه می داد. موهای بلوند صاف نیمه کوتاه داشت و چهره ای که مرتب رنگ به رنگ می شد. یکی از خالص ترین افرادی بود که من در تمام عمرم دیده بودم...به تدریج روابط نزدیکی با مهرداد برقرار کرده بودند.
قبل از هرکس مرتضی می بایست موضوع را از نظر تشکیلاتی بفهمد ولی من فهمیده بودم. و وقتی مرتضی ماجرا را برای من باز می گفت دستهای مرا گرفته بود. گفت چرا کف دستهایت عرق کرده است. پرسیدم چرا؟! خندید.
روی زمین نشسته بودیم روی یکی از رخت خواب هایی که هنوز پهن بود.
مرا کشید به طرف خودش. من پس زدم...از هیجاناتی که نزدیکی و خیال تماس تن فلور با مهرداد در او ایجاد کرده بود هرکس متوجه می شد خبرهایی هست.
رعشه ی لرزش های تماس گویی همیشه همراهش بود و آنرا در برق نگاهش در رنگ به رنگ شدن چهره اش در حرکت دستهایش در خنده های ریز و شرم آگینش نشان می داد. مرتضی سر به سرش می گذاشت. فلور هول می شد به تته پته می افتاد. هنوز مزه ی آن طلا را که در پیکرش آب شود نچشیده بود.
و هم نمی دانست چگونه از عواقب آبستنی پرهیز کند. مرتضی حواله اش داد به من: او راهش را بلد است...در یک خانه بودن و شب ها نزدیک یکدیگر خوابیدن این تجربه های زیبا را نیز با خود به همراه داشت...مهرداد ولی خیلی تودار شده بود. نوعی شرم کودکانه بر او غلبه داشت. عشق او را آرام کرده بود. برای فلور با هفت - هشت سال اختلاف سن و تفاوت فهم و فکر و...بیشتر تجربه ی تن بود اگر چه شاید اولین ارتباط احساسی خود را در زندگی می آزمود. مهرداد قلبش به ارتعاش افتاده بود. با کاکل هایی که به تازگی کوتاه کرده بود چهره اش باریک تر به نظر می رسید. در بحث های هفتگی با متانت بیشتری صحبت می کرد. سرش را پائین می انداخت. زیر چشمی نگاهی به این و آن می کرد ولی بیشتر به دهان فلور چشم می دوخت. اطلاعاتش از کتاب های خوانده بیشتر از فلور بود ولی ذهن مجرب و کارکرده ی فلور این اطلاعات را پخته تر جمع آوری می کرد...
برای رضا مطالعه مرگ بود. هرکس بر طبق برنامه ای که از پیش می نوشت می بایست عمل کند. فعالیت های دانشجویی درس دانشگاه کار برای تامین معاش مطالعه ی آثار جلسات هفتگی خانه ی تیمی و جنبش دانشجویی اکسیون های گوناگون و اندکی وقت برای خورد و خوراک و شستشو و...هیچ جایی برای استراحت و ارضای علائق شخصی و تفریح و این حرف ها نمی گذاشت. یک برنامه ی خشک بی چون و چرا. و برای رضا که مطالعه در زندگیِ پیش از اینش جایی بسیار اندک داشت، اینکه بنشیند در ساعتی مشخص و نه زمانی که خود می خواهد کتاب بخواند، شکنجه آور می نمود. اغلب

مطالعاتش نیمه تمام می ماند و در جلسات بحث غیر فعال بود. فقط آنجا که اختلافات گروه های موجود به بحث گذاشته می شد، او به علت هم نشینی بیشتر با رهبران سیاسی اغلب حرف های آن ها را تکرار می کرد...رضا چندین بار در زمان مطالعه به دستشویی می رفت و گاهی یک ربع - بیست دقیقه در دستشویی می نشست. چرتش می گرفت. مطالعه شاق ترین کاری بود که او انجام می داد...یک بار قرار بود من و او با هم مطلبی بنویسیم. در خانه ی من روی مطلبی کار می کردیم. من سهم کار خود را انجام داده بودم. او نشست به کار و من مشغول نظافت خانه شدم یک خانه تکانی حسابی. ولی او در خم صفحه ی اول مانده بود. وقتی تمام کرد، گویی کوهی را کنده است. روی تخت دراز شد. من هم که خسته شده بودم افتادم روی تخت. پلک هایم می رفت روی هم بیافتد که یک دست قوی مهربان آرام روی موهای من نشست...رضا با قدی بلند اندامی ورزیده گوشت سفت چشمانی به زیبایی چشمان آهوان موهایی پر پشت و مشکی و مهری به گرمای خورشید هیچ ماده ای او را پس نمی زد...ولی من آن زمان با موریس زندگی می کردم. موریس هر آنچه نیاز داشتم به جانم می ریخت. سیرابِ سیراب بودم اشباع و البته عواملی از نوع دیگر هم بود. یک روز مرتضی به من گفت لیست کن همه ی کسانی را که خواهان تواند. تا آن روز به این مسئله فکر نکرده بودم ولی وقتی لیست را ریز کردم، تردید داشتم آن را به مرتضی بدهم. فکر کردم شاید تصور کند دروغ می بافم. ولی او نیز خود می دانست. از دیگران هم چنین لیستی خواسته بود و در لیست همه ی آن پسرها نام من از زیر چشمش گذشته بود. به علاوه من به عنوان سرپرست خانه ی تیمی نمی خواستم یک حس عاطفی خللی به آن وارد کند. شاید اولین بار در زندگی بود که خرد را مبنای تعیین کننده ی احساساتم قرار داده بودم. عامل اصلی آن راهی بود که در آن قدم گذاشته بودم...مرتضی وقتی از خواسته ی رضا در خانه ی من مطلع شد، به من گفت تو باید با کسی مثل من باشی رضا در آن حدی نیست که با تو بپرد. من اما برای عشق هیچ گاه یاد نگرفته بودم حساب و کتاب کنم حدی بشناسم چرتکه بیاندازم کم و زیاد کنم. حادث می شود و نمی دانی کی و چگونه. به علاوه رضا اگر چه به مطالعه علاقه نداشت، بسیار باهوش بود. شامه ای بسیار قوی داشت. حرکت ها را خوب بو می کشید. گاهی به طنز و کنایه به فلور و مهرداد و مستانه کلمات قصاری می پراند و هم او بود که با حرکات سنجیده و بی شتاب و آرامش چون آب ساکن دریاچه با عمقی به بلندای نگاه های پرکششی که در همه ی سلول هایت نفوذ می کرد، فهمیده بود شاید مرتضی روابطی با مستانه برقرار کرده است. مرتضی با دختر کوچیکه ی سناتور...زندگی می کردند و همه آنها را به عنوان یک زوج می شناختند... یک روز پس از جلسه ی هفتگی خانه ی تیمی که مرتضی نیز در آن شرکت داشت، مرتضی و مستانه با یکدیگر از خانه بیرون می روند تا هرکدام راهی خانه ی خود شود. مرتضی دو - سه ساعتی بعد باز می گردد و می گوید که به خانه ی مستانه رفته است. رضا که از اطاق مجاور حرف های مرتضی را با من می شنود، پس از رفتن او می پرسد حالا چه کسی از مرتضی پرسیده بود او کجا رفته است؟ تازه چه دلیلی داشت که دو باره به اینجا بیاید و چنین خبری را برای ما بیاورد. خیلی تیز بین بود و البته

آنقدرها هم تیز بود که بداند مرا با مرتضی کاری نیست...در پی رفتار متین و مهربان و سنجیده ی مرتضی یک دیو خود بزرگ بینی و بویژه تحقیر دیگران خانه داشت که بر نمی تابید. همان بینشی که رضا و دیگران را صرفاً به علت اینکه ضعفی در امر مطالعاتی داشتند یا حرکت هایشان باتأنی بود، در رده ای پائین قرار می داد و از آنجا که در رأس قرار داشت، چنین بینشی را به راحتی در خانه های تیمی مختلف منتقل می کرد. یک بار از رضا خواست که مرا با ماشینش ببرد به شهرستانی در نزدیکی پاریس. آنجا من می بایست نامه هایی را از جعبه ی پست به پاریس می آوردم. رضا فقط راننده ی من بود. نمی بایست بفهمد من کجا می روم و چه کاری انجام می دهم...من و رضا چهار ساعت در اتوبان های فرانسه راندیم ولی حتی یک کلمه با یک دیگر سخن نگفتیم. رضا آنقدر درهم رفته بود که من جرأت نمی کردم کلامی بگویم...حق داشت. می شد که من با قطار یا اتوبوس این مسیر را بروم و برگردم و کارم را انجام دهم. حتی مخفی کاری نیز رعایت نشده بود. در جایش او می توانست این کار را لو بدهد. این عمل چنین تصوری را در رضا ایجاد کرده بود که از او به عنوان پادوی جنبش استفاده می کنند...در مواردی دیگر نیز رضا چنین حسی را گرفته بود. همان حرکت های سستی که در امیر دیده می شد نسبت به فعالیت ها، در رضا نیز به چشم می خورد. تأنی او در کارها دل ندادن او به برنامه های خشک بی معنی و بدون انعطاف خانه ی تیمی مخفی کاری های بی مفهوم ندیدن هوا و نکشیدن نفس و نبود تنوع و آزادی های فردی با چشم اندازی مبهم در آینده، ذهن او را به خود مشغول می داشت و این سئوال که زندگی همه آیا همیشه این چنین خواهد بود؟...او خود را در نیمه ی راه می دید...او با غریزه ی طبیعی خود حس کرده بود که چیزی چیزهایی درست نیست و این حس به طور خود به خود در واکنش هایش به دستورالعمل ها منعکس می شد. رضا حس کرده بود که این چنین وظایف پست بیشتر به عهده ی هواداران و پائین دست هاست...من به عنوان سرپرست خانه دستم بیشتر باز بود برای نفس کشیدن. و من نیز در عمل با مرتضی همدست شده بودم برای اینکه از رضا به عنوان آنچه که رضا تصور می کرد پادویی است استفاده کنیم. و او چه بسا حتی تصور کرده بود اگر پاسخ منفی به درخواستش داده ام به این علت بوده که آدم حسابش نکرده ام. همان برداشتی که مرتضی از او به من داده بود...

مستانه می توانست زیباتر بنماید. به خودش نمی رسید. لباس های بد رنگ و بد فرم می پوشید. همیشه موهایش را پشت سرش جمع می کرد. سبیل هایش را اصلاح نمی کرد. اما وقتی صورتش گل می انداخت و هیجان زده می شد، چهره اش می درخشید. و هیکلی داشت بی نقص. سینه های درشت رو به بالا و سفتش- با انحنای باریک کمر و شکم تخت که چون تندیسی به گردی زیبای باسن منتهی می شد - حتی درزیر تی شرت گشاد یقه بسته با تکان های هوس انگیزی که بدن مدام در حال حرکتش به خود می داد، نگاه هر بیننده ای را به خود جلب می کرد...کیف می کرد مورد توجه دیگران قرار بگیرد. و وقتی دستی به سر و صورت خود می کشید و یک بلوز روشن می پوشید که رنگ سبزه ی رخسارش را نمکی تر نشان می داد و یک گل سر و یک زَلَم زینبوی

تزئینی در حدی که آنقدرها هم بورژوایش به حساب نیاورند به خود آویزان می کرد، رضا با شیطنت خاص و آن نگاه کش دار، لبخندی معنی دار در گوشه ی لبش می نشست.

رفتن به ایران برای بچه های کنفدراسیون همراه بود با دودلی های سهمگین. همراه بود با کابوس های شبانه و جنگ هایی که با خود داشتند. اگر دستگیر می شدند چه؟ ولی از طرفی مگر نه اینکه تمامی این تلاش ها برای رسیدن به آرمان شهر سوسیالیسم در ایران بود؟ خانه ی ما تصمیم گرفت تابستان به ایران برود...ترس در ذره ذره ی وجودمان جاری بود ولی دل به دریا زدیم. در عین حال خواستیم امتحانی کرده باشیم و چون رهبران چندین و چند ساله ی کنفدراسیون دانشجویان تبعید اجباری نشده باشیم. هیچ قصدی نداشتیم در فرنگ بمانیم. آمده بودیم درسی بخوانیم و برویم به مملکتمان. و حالا که سیاسی کار شده بودیم و دنیا را از چشم دیگری نگاه می کردیم، تعلقی از نوع دیگر به آن حس می کردیم. ما البته خودمان را جوجه تر از آن می دانستیم که بخواهند حسابمان کنند. مستانه رضا و مهرداد وظایف دانشجویی چشمگیری داشتند و ظاهراً بیشتر در معرض خطر بودند. اما ساواک نیز می دانست آنهایی که سر به زیر دارند زیاد حرف نمی زنند و گه گاه در فعالیت ها شرکت می کنند و در گوشه ای بی حرف می نشینند و بی سر و صدا می روند و می آیند، می توانند سری بیشتر در سرها داشته باشند. ظاهر غلط انداز من ولی امتیازی محسوب می شد. با تاپ سر و سینه باز و مینی ژوپی که می پوشیدم ساواک کمتر مشکوک می شد. مگر اینکه بعضی وقت ها از سئوالات بودار من در جلسات به چیزی پی برده باشند یا زمان های قبل از مخفی شدنم را به حساب بیاورند که برای جمع آوری کمک مالی برای زندانیان سیاسی گلویم را پاره کرده بودم...
دایی فراهان یک سفر آمده بود پاریس. هنگام برگشت با او راهی شدم. یک رنجروور از انگلستان خریده بود. وقتی دایی در پاریس بود، من از قضا می خواستم به سمیناری در آلمان بروم. آنقدر درگیر کارهای سیاسی و وظایف روزمره شده بودم که انگار اگر چند روز بند را شل می کردم و اندکی وقت به خود اختصاص می دادم و به گفته ی موریس اندکی زندگی می کردم (vie un peu) و هم به دایی می رسیدم و او را می گرداندم، دنیا کن فیکون می شد. او را به حال خود رها کرده بودم. او با چه اشتیاقی به دیدار من آمده و حاضر بود بهترین رستوران ها و کاباره ها و کنسرت ها هرجا بخواهم مرا ببرد و با هم اوقات خوبی را بگذرانیم. ولی من نکند که از وظایف تشکیلاتی اندکی عدول کرده باشم - بدون اینکه بیمی باشد از بازخواست مسئولین بالا دست و انتقاد و غیره – خود را موظف کرده بودم که هرگونه مسائل شخصی و خانوادگی و احساسی وعاطفی و غیره را در مرحله ی آخر قرار بدهم. ما باید از همه ی اینها بگذریم در مقابل وظایف خطیری که داریم...بعضی از بچه ها با آمدن اقوام به پاریس چنین حقی را به خود می دادند ولی من از آنجا که دست بر روی هر کاری که می گذارم می شود همه ی زندگی ام، به نوعی مسخ شده بودم. نطفه های تفکر زندگی سیاسی بدون ارتباط با زندگی اجتماعی کم کم

داشت در من شکل می گرفت. معنا ومفهوم "زندگی" به تدریج از بین می رفت...فعالیت های سیاسی برای من شده بود زندگی. آنچه برای بهبودش فعالیت می کردم یعنی زندگی بشری، داشت می شد جدا از فعالیت هایم...دایی فراهان رفت به ایتالیا و من چند روز بعد او را در میلان دیدم. او که حوصله اش در خارج از کشور سررفته بود و از دست من هم عصبانی بود، هرچه زودتر می خواست خود را به ایران برساند. لذا فقط برای رضای دل من در مسیرمان سری به ونیز زدیم و در استانبول یک شب اطراق کردیم. جاده ای که ما را به ونیز می رساند، از میان دریا گذر می کرد. در سفر با کشتی در میان دریا فاصله ای بلند است ما بین سکوی کشتی و آب دریا ولی جاده ای که درست هم سطح آب قرار داشت این حس را به وجود می آورد که گویی برروی آب سُر می خوری. گوئیا در میان کویری گسترده می راندیم. کویری بی انتها افقش سماوات. نه هیچ گونه برجستگی نمایان یا تک درختی استوار برپا. می شد دست دراز کرد و انگشتان را به آب شست. هراس بود که به دل می افکند. نکند این جاده ی آسفالت دو سویه دهان باز کند و آب ما را ببلعد. به هیچ محملی بند نیست. دو شب بعد بر روی پل معلق هراسناک تنگه ی بُسفُر ـ حد فاصل بین آسیا و اروپا در استانبول ـ دست کم می دانستیم که در دو سوی تنگه بر روی پل، پایه های استوار فرورفته در اعماق آب نگهدارنده اند. در این جا به کدام میله ی حاجت امامزاده دخیل به بندیم؟

هوای ونیز ابری بود و دایی فراهان ابری تر. دایی فراهان از من دلگیر بود و به نظر می آمد که بخشایشی در کار نخواهد بود چرا که تا پایان سفر اخم هایش باز نشد. حتی به شکل کینه ای در دل او در آمد که هیچ گاه پاک نگردید. قایقی در ونیز گرفتیم که ما را در کوچه پس کوچه های آبی اندکی گردش داد. هیچ از آن سفر آبی در آن زمان به یاد ندارم. من کار بدی نکرده بودم توهینی به دایی فریدون نکرده بودم او را آزار نداده بودم. من در شرایط ویژه ای به سر می بردم. در درون خود سر فرو برده بودم. دنیایی دیگر را داشتم می ساختم که با دنیای دیگران متفاوت بود. برگشتیم. آخرین مسیر ما در ایتالیا "بندر ترِیست" بود با خیابان های آنتیک و باریک چند صده پیش از این و بوتیک هایی بسیار لوکس انباشته از کیف و کفش های آخرین مدل ایتالیایی چرمی و سارافون های کتانی سفید آبی چهارخانه راه راه و مایو هایی با جنس اعلا. دایی فراهان هزار مارک توی کیف من گذاشته بود هرچه می خواهم بخرم و من برای هریک از نزدیکان یک هدیه ی سبک مثل یک مایو یا یک تی شرت خریدم. در یکی از بوتیک ها از دایی فراهان نظرش را نسبت به رنگ بلوزی که می خواستم برای پسر او بخرم پرسیدم. به تندی گفت تو به اونها کاری نداشته باش پولی رو که به تو دادم قاتی نکن. یعنی حالا دیگر پول های ما نباید قاتی شود؟ حس کردم با من مثل یک غریبه رفتار می کند. خودش این پول را به من داده بود ولی می خواست حسابمان جدا باشد. با من نه مثل خواهر زاده که جای دخترش را داشت بلکه به صورت فردی نگاه می کرد که چون رأی و نظر خود را دارد و برای خود تصمیم می گیرد نمی تواند آبش با او در یک جوی جاری شود. دیگر آن خلوص سابق بر این را در او سراغ نمی گرفتم. گمان برده بودم بین او و من چنین مسائلی نمی تواند هیچ گاه مطرح

باشد...هنوز یک پانصد دلاری در کیفم مانده بود. حوصله ای دیگر باقی نماند که بخواهم باز برای خویشان خرید کنم. دو بلوز برای علی تک خریدم. و راه افتادیم.
...در بوداپست مجسمه ی بزرگ لنین تنها نمود سوسیالیسم بود برای ما که توقف نمی کردیم و به شتاب می گذشتیم از همه چیز. هنگام گذر از خیابان های شلوغ با دیدن دختران دایی فراهان که کارخانه ی جوراب بافی داشت و همواره چند بسته جوراب برای بازاریابی و دادن هدیه دم دستش بود، می گفت با یک جفت جوراب بلند می شوند...شب دیر وقت رسیدیم به استانبول و به اشتباه بر روی پل معلق تنگه ی بسفر قرار گرفتیم. فقط سیاهی بود در اطراف ما سیاهی محض. معلق بودیم در میان آسمان. بلندای این پل آنقدر زیاد است که پلی به آن عظمت را دیگر حس نمی کردیم و خود را در جایی ما بین آسمان و دریا در خلائی بی کران آویزان می دیدیم. هراس از گم و گور شدن و هراس تعلیق در لایتناهی خالی در آن شب سیاه، وحشت مرگ را بر جان ما انداخت. می بایست قبل از پل از اتوبان خارج می شدیم و به داخل شهر می رفتیم. برگشتیم و باز عوارض راه پرداخت کردیم. هنوز چیزی از پل نگذشته در صد متری ما در مقابل هتلی بزرگ چند نفر زیر لامپِ چراغ های برقِ خیابان دست هایشان را بالا گرفته بودند و به ما اشاره می کردند نیایید نیایید. دو گروه با هم گلاویز شده بودند. در آن هول و ولای گم شدگی و دعوای مقابل هتل و حرف هایی که از دزدی های سرگردنه در ترکیه شنیده بودیم به خود می لرزیدیم. نه من و نه دایی کلامی بر زبان نمی آوردیم مگر درموارد خیلی ضروری...از اولین خروجی بیرون رفتیم و جایی کنار دریا در هتل خوابیدیم. دایی توی اطاق خوابید و من روی کاناپه در سالن. نیمه های شب احساس کردم در باز شد و شبح مردی در تاریکی فضا چرخی زد از کنار پنجره گذشت رفت به سراغ چمدان های ولو شده بر کف زمین و بلافاصله رفت بیرون و من تازه در این هنگام است که انگار می فهمم اتفاقی افتاده است و زبانم باز می شود. فریاد می کشم. با دایی می رویم پائین. با هتل دار صحبت می کنیم. او خبر از هیچ چیز ندارد. به سرعت از پلکان بالا می رویم. چمدان را به هم می ریزیم. پول ها نیستند. کز می کنیم و هر کدام در گوشه ای می نشینیم. چه باید کرد؟ چند دقیقه بعد من دوباره چمدان را زیر و رو می کنم. پول ها جایی بین لباس ها پنهان شده بودند...عین چنین اتفاقی بار دیگر در پاریس افتاده بود. هتلی در پاریس برای دایی گرفته بودم. شب باز من بر روی کاناپه خوابیدم. باز شبحی به اطاق آمد. گشتی زد و از چمدان چیزی برداشت و من پس از اینکه او رفت دایی را خبر کردم و باز در جستجوی نخستین پول ها را نیافتیم ولی عاقبت پیدا شدند...آیا این دو خاطره واقعی بودند یا حاصل تخیلات من نمی دانم...در سیواس به اشتباه در یک جاده ی کوهستانی مال رو می افتیم. در مسافرخانه ای شب را اطراق می کنیم. دو تخت یک نفره در دو سوی اطاق قرار دارد. دایی خیلی خسته است. یک نفس رانده است. ولی او نیز مانند من بد خواب است. گمان می برد اما که من در خوابم. در تاریکی شب دستهایش زیر لحاف لای پا مشغول است و با اینکه سعی می کند نفسش را حبس کند هوهوی گنگی از دهانش خارج می شود. سپس صدای خرخر او همه ی اطاق را فرامی

گیرد. و نمی فهمد که من نیز در خیال موریس پروانه ی طلایی اش را درمیان پستان هایم می نشانم. بعد رویش می نشینم. و او با لبانش مرا درسته می بلعد...سر مرز با من کاری نداشتند ولی ماشین دایی فراهان را زیر و رو کردند. از آن پس دایی یک ضرب می کوبد برای تهران. اتوبان کرج تهران را در پنج دقیقه طی می کند. دایی فراهان بهترین راننده ایست که من درتمام عمرم دیده ام.

بالا رفتن پول نفت در ایران وضعیت اقتصادی اطرافیان را بهبود بخشیده بود. مبلمان تازه خانه ای نو...خانه ی ما ولی دست نخورده باقی مانده بود. همان مبل های چرمی مشکی ساده ی سال ها پیش از این، همان پرده های توری نازک پشت پنجره های بلند و بزرگ و آفتاب زیبایی که تا انتهای اطاق ها می تابید و آن حیاط گسترده پر از زنبق و شاه پسند و مریم و مینا و انواع درخت های توت سفید و قرمز و شمشادهای دور باغچه و حوض بزرگی که ما در کودکی وقتی آقاجون تکیه می داد به پشتی روی تخت چوبی جلوی گلخانه، همه لخت و پتی توی آب حوضی که کف و اطرافِ آن را به رنگ آبی لاجوردی رنگ کرده بودند آب تنی می کردیم؛ یا که در فصل توت ماه خرداد دیگ های شله زرد نذری را آقاجون خود روی هیزم های آتش کار می گذاشت. عمه ها و دخترعمه ها با مامان دیگ ها را با کفگیرهم می زدند که ته نگیرد و دیگران کاسه های چینی و بلوری را آماده می ساختند و یکی ـ دو نفر با خط خوش "یاحسین" روی شله زرد داغ با دارچین می پاشیدند. و من بالای درخت سر به فلک کشیده ی توت سفید شاخه ها را تکان می دادم بر روی چادر شبی که آن پائین بزرگتر ها نگاه داشته بودند و چه مزه ای می داد توت های رسیده ی شیرین. و آقاجون کیف می کرد این همه دورش می پلکیدند و روزگار بر وفق مراد بود...این بالای درخت رفتن من ولی بالاخره کار دستم داد. تابستان ها در باغ کرج دم به دم بالای درخت سیب و گیلاس و گلابی از این شاخه به آن شاخه می جهیدم. یک بار وقتی بیش از ده سال نداشتم، از بالای آخرین شاخه ی درختی افتادم. دست و پایم سالم مانده بود و زن ها پانزده شانزده نفری مرا بردند توی اطاق و و شورتم را درآوردند. پاهای مرا از هم باز کردند ببینند آیا اتفاقی افتاده است؟ پچ پچی شد نشد، چه گفتند چه دیدند ندیدند، ظاهراً به خیر گذشته بود. بعد همه رفتند پی کار خود. آن روز گذشت و من فراموش کردم افتادنم را از بالای درخت و باز و باز بارها روی شاخه ی درختان پرسه می زدم...تا اینکه...دیرتر در تاریک روشنِ پارتیِ شب جمعه از گوشه ی اطاق برقی می جهد و می گیرد. می گیرد. همه چیز محو می شود فقط آن شاخ شمشاد است که می درخشد. راک اندرول سه چرخ دستها کشیده و وقتی مرا جمع می کند که باز بچرخانَدم، از پشت کمرم را خم می کند و گُر می گیرد گردنم از هرم نفس بریده بریده اش. این لحظه یک عمر طول می کشد. رفت و برگشت های راک اندرول تبدیل می شود به تانگویی تند و انگشتانش می ریزد می ریزد گُرُپ گُرُپ ضربان قلبش را بر انگشتان من و دست دیگر در گردی کمرم به جان شیدای لولی وش من وامی سپارد شوق و وجد و من وا می گیرم همه ی غوغای مصرانه ی آبی وش بالدارش را که از ورای جامه ی

تن نما به سلول های تشنه ام به مغزاستخوانم می رسد. روز بعد توی سینما پرسید چه کسی اولین بار باکرگیت را برداشت؟ چند دقیقه نمی دانستم چه بگویم. زیاد نمی فهمیدم چه می گوید. گفتم تو اولین کس بودی که با او خوابیدم. پرسید با کسی دوست بوده ای؟...گفتم نبوده ام. باور نکرد...من دروغ نگفته بودم.

یک تنور شیرینی پزی اصل داشتیم که آقاجون در زیرزمین ساخته بود از آنها که در دکان نان بربری تنوره اش از گوشه ی ناپیدا زبانه می کشد. کف آن از آجر قرمز ساخته شده بود و دریچه ای بزرگ رو به بیرون داشت که شعله های سرخ وقتی از درون سر می کشید آقاجون انگار برای ابد وعده ی یک زندگی سرخ و آتشین به ما می داد. هر سال عید شیرینی خانه را خودش می پخت طبق طبق انواع و اقسام. و سپس سه روز تمام به بار می نشست برای پذیرایی همه ی طایفه و هر آشنا و نا آشنای دور و نزدیک. ما بچه ها می پلکیدیم و این تنها هنگامی بود که مامان وظیفه ی پذیرائی را به عهده ی ما می گذاشت. و این ایام تنها زمانی بود که آقاجون آرام و متفکر آن بالا جای نمی گرفت و محل نشیمنش را مرتب تغییر می داد و به احترام میهمان کنار دست او می نشست...و علی تار زن اگر حضور داشت آقاجون مرا از جا بلند می کرد از وقتی که دو سال بیشتر نداشتم: پای لزگی ریز غمزه ی کودکانه و مغرور از اینکه نگاه همگان را به سوی خود دارم؛ و آقاجون محظوظ و مفتخر بود از بودن و کسی بودن در یک خانواده ی بزرگ که هر قشری زیر بال های پر قدرتش در آن نفس می کشیدند...یک بار یکی از مغازه های جلوی خانه را به قنادی تبدیل کرد. اما کسی نبود از آن مراقبت کند. آقاداداش که امتحانش را پس داده بود...آقاجون هوشیار بود. زمینی را در یک نقطه ی دور افتاده ی شهر به قیمت نازل می خرید. دو یا سه سمت زمین را مغازه می زد برای هر نوع کسب مورد نیاز یک محل مسکونی مثل نانوایی قصابی خواربار فروشی الکتریکی و حتی عکاسی و...و میانه ی زمین را به صورت کاروانسرایی در می آورد که در آن مصالح ساختمانی به فروش می رفت یا خانه ای مسکونی در چند طبقه می ساخت. کار ساختمان که به پایان می رسید، آن محوطه رو به آبادی می رفت و قیمت ملک و مغازه ها چند برابر می شد. آنگاه مردم هم گچ و آهک و شن و ماسه و آجر را از ملک ما می خریدند و هم گوشت و نانشان را. آقاجون یک نابغه بود و بیش از اینکه به فکر ساختن پول باشد، دوست داشت بیابانی را آباد کند. از این امر لذت می برد. در هر منطقه ای که او بدین صورت زندگی می بخشید، مردم چون یک خان به او احترام می گذاشتند...این بار یک سوپر قنادی سه دهنه در نبش ساخته بود. طی دو سال ما بچه های قد و نیم قد و مامان را نیز با خود به آنجا کشاند که بالا سر کارهایش باشد...آقاداداش، داداش ناتنی بزرگه - یکی دوسال از مامان بزرگتر بود- درست وسط چهار راه اصلی توی خیابان، جوان های محله را جمع می کرد. آنگاه جلوی ماشین ها را می گرفت می گفت همین جا وایسین ما فوتبالمون تموم شه. و چنین می شد. معروف بود به آقا پارکابی. می پرید توی اتوبوس های در حال حرکت...من و ده دوازده بچه ی دیگر همگی فقط با یک بلیط می رفتیم سینمای سر نبش آن طرف چهار راهِ روبروی خانه به اعتبار آقاداداش.

آقاداداش حرفش خوب پیش می رفت. نمی دانم چه طور تفنگ های سرباز خانه را کش می رفت می آورد خانه و دیوارها ی حیاط را می کرد نشانه و به من تعلیم تیراندازی می داد. تنها رابطه ای که من در بچگی از او با خود به یاد دارم. اما نه امر دیگری نیز هست که هیچ وقت از یاد نمی رود امری که باعث شد دیگر هیچ وقت در دوران کودکی به او نزدیک نشوم. یک روز با دامنِ چین دارِ خیلی کوتاهی که مامان به تن من کرده بود، رفتم از توی یکی از ویترین ها شیرینی برنجی که آقاجون در پختنش استاد بود بردارم. آقا داداش پشت دخل بود. از پشت من آمد. من مجبور بودم بنشینم و در شیشه ای ویترین را باز کنم ولی هنوز شیشه را باز نکرده بودم که حس کردم آقا داداش پشت من نشسته و دارد دستش را از زیر دامنم...سریع بلند شدم و از خیرِ شیرینی گذشتم. چنین چیزی را یک بار دیگر از جانب یکی از اقوام سالخورده ی مامان به یاد دارم. مست کرده بود و مثلاً با من که بچه بودم می خواست بازی کند. مرا روی زانوانش نشانده بود ولی تا آمد...از زیر دستانش خودم را کشاندم بیرون...این پیراهن های بالاتنه کوتاهِ خوشگلِ کوتاه که مامان برای ما می دوخت و ما را خیلی شیک و مامانی می فرستاد بیرون، با آن اطاق کوچک فقیرانه ای که تویش زندگی می کردیم بسیار متضاد بود. اما به لحاظ هیبت و احترامی که آقاجون در آن محله داشت، انگار هر کار که می کرد و ما هرجور که زندگی می کردیم نمی بایست حرفی رویش زده شود...گاری چی ها با خرهایشان می آمدند مصالح ساختمانی می بردند. چند تا گاو آنجا می پلکیدند. آقاجون می داد شیر آنها را می دوشیدند. ما توی اطاقی پشت انباریِ درانذشتِ قنادی زندگی می کردیم. یک پنجره ی کوچک داشت نزدیک سقف به سمت خیابان مثل دریچه ی یک زندان. اندکی نور به اطاق می تابید. دری نیز باز می شد به کاروانسرا و خیلی مواقع آقا گاوه با شاخش در را باز می کرد و سرش را می کرد توی اطاق و من و دو تا خواهر دیگرم روزهای نخست زهره ترک می شدیم ولی کم کم عادت کردیم.
من با بچه های محل چندان اخت نمی شدم. حرف هایشان را انگار به زبانی دیگر می زدند. بگذریم که این ناخوانی تنها در این نقطه ی دورافتاده در من خانه نداشت. فاصله ای همواره بین خود و دیگران حس کرده ام و این حس پس از سال ها تجربه و گذر زمان هنوز با من است. ساختمان دو طبقه ای آن طرف خیابان روبروی ملک ما قرار داشت و دو ـ سه دختر بچه ی هم سن و سال من در آن جا زندگی می کردند. زیر گوشی حرف هایی با هم رد و بدل می کردند در خیابان که هنوز آسفالت نشده بود و اتومبیل از آن رد نمی شد دنبال یکدیگر می دویدند و با یکدیگر گرگم به هوا بازی می کردند. من در پیاده رو پشت به دیوار ساختمان می نشستم و آنها را نگاه می کردم...تنها زمانی که با همسالانم یک رنگ و یک دل می شدم تابستان ها در باغ کرج بود. کاسه بشقاب و قابلمه های کوچکی مامان برای ما خریده بود. آتشی در زیر شاخه های آویزانِ سنگین از گیلاس درست می کردیم و در ظرف های کودکانه پلو ـ خورش می پختیم و برای عروسک هایمان لباس می دوختیم. عروسکی داشتم کوچک و بسیار خوش اندام. از باقیمانده ی پارچه های خیاطی مامان یک چمدان لباس برایش دوخته بودم...با پسرها بیشتر راه می آمدم. با رمضان یخی و بچه های

دیگر. در فضای بیابانی مجاور باغ، در کنار مدرسه ای که در مقابل باغ قرار داشت با هم جفتک چهار پشت بازی می کردیم. انعطافی که هنوز بدن من در انجام حرکت های نرمشی و رقص دارد بخشاً به علت آن بازی هایی است که با بچه ها تمام تابستان های مرا در کرج پر می کرد. هر دو نفر می نشستیم روبروی یکدیگر در یک ردیف طولانی و یک صف از بازیکنان دیگر پشت یکدیگر می ایستادند تا از روی پاها و دست های متصل به هم ما عبور کنند به عبارتی بجهند از روی پاهای تیم های دو نفری که به نوبت به هم متصل و از هم باز می شد و سپس از روی دست هایی که روی پا ها قرار می گرفت می پریدند و آنگاه از روی دست های مشت شده پنجه های باز و در نهایت از روی چهار پنجه ی عمودی بر روی چهار پای باز شده و پاشنه های پا که روی انگشت بزرگ پای دیگری گذاشته شده می گذشتند. سپس در حال نیمه ایستاده با سرهایی خمیده و به هم متصل قرار می گرفتند و بازیکنان مجبور بودند از روی این موانع و پل هایی که ساخته می شد عبور کنند و در انتها مانع دو نفری خود را به نوبت تشکیل می دادند...رمضان یخی معلوم نبود پدرش کجاست. او با مادرش و دو بچه ی دیگر در یکی از اطاق های خانه ی اجاره اِی کوچکِ یک طبقه - محل زندگی چند خانوار فقیر - درحیاطی کوچک ولی پر از درختان میوه در مجاورِ باغ ما زندگی می کرد. رمضان یخی در چهار راهِ سر جاده ی قزوین در یک دکه ی کوچک به مسافران گرما زده ی تهران در تابستان یخ می فروخت و تا وقتی که هنوز بچه بود مثل یک داداش از من مراقبت می کرد. زیبا چهره بود و هنوز به سن بلوغ نرسیده زن ها او را به هم آغوشی کشیده بودند. خودش برایم ماجراهای توی رختخوابش را تعریف کرد دیرتر وقتی که گمان کنم به من به چشم دیگری می نگریست. ولی هیچ گاه حتی دست مرا نگرفت. مرا با خودش می برد به جالیزهای اطراف و کنار جوبیارها و چشمه ها و نهرها می چرخاند.

ملیح خواهر ناتنی من یکی دو بار آمد در اطاقک پشت قنادی به ما سر بزند. انگار ما در دهات بودیم و او از شهر می آمد. با کت و دامن آخرین مدل پاریس حضورش در محل چون ملکه ای می مانست که برای بازدید به آنجا آمده است. همسایه ها به دیدارش در مقابل خانه به صف ایستادند. غروری پنهان در وجود من با دیدن او زبانه می کشید. او را به عنوان مادرم معرفی می کردم برای برخی از دوستانم. عار داشتم که مادرم روسری به سر می کند یا مثل ملیح آخرین مدل لباس اروپایی به تن ندارد مثل او آرایش نمی کند مثل او دماغ سر بالا و سکسی اش را بالا نمی گیرد و راه نمی رود. اگرچه مامان خود یلی بود...کلاس ما توی زیر زمین قرار داشت. از پنجره اش فقط پایین دیوارِ ساختمانِ مجاور را می شد دید و بیست نفر شاگردِ کلاس دومِ دبستان به زور در آن جا گرفته بودند. اتاق تاریک بود ولی اهمیت نداشت. زیرا معلم خوشگل و نازم مثل ستاره می درخشید. شبیه سوفیا لورن بود با قد کشیده و بلند و موهای مشکی مثل شبق و چشم های درشت. و من نمی دانم از اینکه خیلی به خودش مطمئن بود دوستش داشتم یا از اینکه خیلی مهربان بود...یک روز از درس ریاضی شانزده گرفتم. تا ظهرگریه کردم؛ از اینکه نمره ام کم شده بود یا از اینکه از خانم معلم خوشگلم خجالت کشیدم نمی دانم...حالا سر کلاس قرآن

نشسته ام. یک هفته هر روز دو ساعت رفتم پیش پاپا شوهر روس دخترعمه ی آقاجون از او قرائت قرآن را کامل یاد بگیرم. پیرمرد باحوصله با من کار می کرد. ال حرف تعریف وقتی سر اسمی می آید که تشدید می گیرد " ل" تلفظ نمی شود. همین نکات را که از او فرا گرفتم بنیانی قوی شد برای اینکه قواعد دستورهر زبانی را با علاقه و سریع یاد بگیرم. قرآن را گرفتم بیست با چند تا آفرین و یک ماچ خوشگل و یک بغل عشق...رفتم به کلاس سوم. معلم خوشگل من نیز مسئولیت کلاس سوم را عهده دار شد. ولی او معلم کلاس سوم برای بچه های صبح بود. من در شیفت عصر در کلاس معلم دیگری افتاده بودم.
روز دوم صبح رفتم به مدرسه. به تردید های مامان که چرا، پاسخ دادم برنامه ها عوض شدند...وقتی من صبح رفتم به مدرسه و نشستم سر کلاس معلم نازم، هفت ـ هشت نفر دیگر از هم کلاسی های من نیز خود را به کلاس معلم خوشگل منتقل کردند. یک ـ دو سه روزی توی کلاس نشستیم. معلم حرفی نمی زد تا ناظم آمد و گفت: پاشید برید به کلاس خودتون و مامان را خواستند به مدرسه بیاید که این دختر سر خود رفته و چند تای دیگه رو هم با خودش ور داشته برده...مامان با قدی رسا و رخساری زیبا و مطمئن به دفتر مدرسه آمد. مامان گلین خانم بود. همسر آقاجون. انگار که زن خان باشد چون یک ملکه. مامان گفته بود خوب بچه اونجا راحت تره. گفتند کلاس بندی کردیم این معلم جدید هم بسیار قابل است. اگر قرار باشد هرکس هرجا دلش می خواهد برود که همه ی نظم مدرسه به هم می ریزد...برگشتم سر کلاس مقرری خودم. لج کردم درس نمی خواندم. معلم گفت اگه نخونی نمی ذارم تو برنامه های جشنِ چهار آبان شرکت کنی. من بودم دکلماتور ومجری برنامه. در برنامه های رقص و آواز و تآتر شرکت داشتم. کیف داشت روز مادر و روز تولد امام علی می ایستادم جلوی هفت صد ـ هشت صد نفر در حیاطِ بزرگ مدرسه دکلمه می کردم. یک دامن پلیسه ی کوتاه مامان تنم می کرد با جوراب کوتاه سفید و کفش ورنی مشکی و دوتا دم اسبی این ور و اون ور گوشم می بست مثل یک سگ توله ی خوشگل مامانی. آن زمان هیچ نمی دانستم بچه های بزرگ تر حسرت می کشیدند که جای من باشند. شروع کردم به درس خواندن...وقتی جشن تمام شد به عبارتی برنامه های من تمام شد رفتم توی حیاط میان جمعیت تماشاچی. تاریک بود. چشم چشم را نمی دید. یک باره دیدم معلمم، معلم جدید کلاس سوم در پی من آمده است. مرا از میان هزار و خورده ای حضار توی تاریکی پیدا کرده بود. مدیر دانش آموزان هنرمند برنامه را به مردم تماشاچی معرفی می کرد و مراسم قدردانی را بجا می آورد. معلم مرا برد توی صحنه و خانم مدیر منِ کوچولو را توی بغل گرفت وهمه ی جماعت از جا بلند شدند و برای من دست زدند. حالا من این معلم را از معلم خوشگله هم بیشتر دوست داشتم.
مامان و آقاجون هر دو در همه حال حاضر بودند. اطاق محقر و زندگی ظاهراً پست از دیدگاه مردم عادی، هیچ گاه احساس حقارت یا کمبود در من بوجود نیاورد. حتی هیچ گاه آرزو نکردم آنجا را ترک کنیم و به خانه ی خودمان در خیابان شاه برویم. کم سن و سال تر از آن بودم که فکر کنم، عمیقاً حس کنم که به طور قطع بودن ما در آنجا لازم است. به طور ناخودآگاه این امر برای من حل شده بود. موردی نبود که بخواهد مسئله ایجاد کند. آقاجون مثل شیر بالای

سر ما بود و مهر و عطوفت مامان ما را سرشار می کرد. از مرکز شهر دور بودیم ولی مرکز دنیا در خود ما جا داشت...آقاجون خوشحال بود. درآمد خوبی از قنادی به دست می آمد و کار به خوبی گرفته بود. یک بار به یاد دارم که کونش را از توی چهارچوب دری که به انباری قنادی راه داشت به سمت ما چرخاند و پنج انگشت دو دست کُپُلَش را توی هم کرد و بشکنی که می زد به گوش آقا گاوه هم می رسید. خیلی خوشحال بود...
چقدر راه پیاده می رفتم یا اتوبوس سوار می شدم تا به مدرسه برسم. هفت سال بیشتر نداشتم. درست مقابل دروازه ی ورودی اصلی دبستان شاخه های هفت تا تنه ی تنومند از یک درخت چنار چون هشت پایی همه ی خیابان را در بر می گرفت به طوریکه آسمان دیده نمی شد. جوی آب عریض و پر زوری که به نهر می مانست از کنار دیوار کیلومتریِ مدرسه می گذشت...گاهی آقاداداش وقتی من تا دیر وقت شب در مدرسه می ماندم برای تمرین او خواهر کوچک مرا بغل می کرد و می آمد به دنبال من. و من سرشار از زندگی بال می زدم. هیچ شکایتی نبود. همه چیز تکمیل بود. هر آنچه را که می خواستم داشتم.
خاله سهیلا نیز یک بار آمد و به ما سرزد. رفتیم آن سو ترک از یک مزرعه خامه ی تازه از افراد محلی بخریم. از میان سنگلاخ های بیابانی که رد می شدیم در کنار دیوار نیمه فروریخته ای خاله سهیلا ماری به چشمش خورده بود که از سوراخی در آمده و به سوراخی دیگر رفته بود. من مار را ندیده بودم. اما از آن لحظه نفهمیدم از بیم مقابله با مار یا هر خزنده ی دیگری چطور آن بیابان را طی کردم. تمام مدت چشمانم به میان سنگلاخ ها دوخته شده بود که نکند ماری ناگهان بجهد و مرا در برگیرد. خاله سهیلا در آن زمان برای من مثل غریبه ها بود. هیچ احساس صمیمیتی نسبت به او نداشتم. بعدها گمان می کردم به این علت بود که بخصوص در آن دوران برخوردی از بالا به ما داشت. اطاق محقر ما از دید او ما را نیز محقر جلوه می داد. اما من سرشارتر از آن بودم که کوچکترین رفتاری خوب یا بد در احساسات و حرکت من تأثیری منفی به جای بگذارد. من دنیایی زیبا داشتم.
یک سال پیش از آن مامان و بچه ها را آقاجون با خودش به اینجا آورده بود. مدرسه ها شروع شده بود و نمی خواستند من نیمه کاره مدرسه ام را تغییر بدهم. من آن یک سال سال اول دبستان را با مادر ناتنی و خواهرها و برادر ناتنی سر کردم. آنها در همان دستگاهی می نشستند که آخرین محل سکونت ما در آن خانه ی سرِ چهار راه بود. آن زمان، اطاقی که اطاق من بود و آشپزخانه ای که بعد ها آقاجون از آن قسمت در آورد، وجود نداشت. اطاق تلویزیون فعلی یک سالن بزرگ درانتشت بود که بعدها آقاجون آن را تکه تکه کرد. فرش بزرگی کف اطاق را پوشانده بود. درهای چوبیِ کنده کاری شده با سر در آرک نیمه دایره و آینه های سرتاسری از آنجا تالاری شاهانه به یاد من می اندازد. سنتور داداش ناتنی در گوشه ای از اطاق قرار داشت. مادر ناتنی موهای بلند مرا می بافت و به مدرسه می فرستاد. سر سفره ای که روی زمین پهن می کردند، شیرخشک اهدایی مدرسه را، که معلم من پارتی بازی می کرد و سهم بیشتری به من می داد، توی آب جوش می ریختیم اندکی کاکائو به آن اضافه می کردیم و من ساکت و آرام مثل یک میهمان صبحانه می خوردم و به

مدرسه می رفتم. اخگر خواهر ناتنی بزرگم معلم مدرسه بود بور و سفید رو اندکی کپل. آن زمان با اصغر آقا پسر آسیابانِ سرِ میدان به دلدادگی مشغول بود و نفهمیدیم کی با هم عروسی کردند. گویا با برادر بزرگتر اصغر آقا به خواستگاری آمده بودند. آقاجون تصور کرده بود که برادر بزرگتر سفید و خوش بر و رو خواستگار است. وقتی که می فهمد اصغر آقای سیاه سوخته اخگر را می خواهد آنها را از خانه بیرون می اندازد. اما آنها خود کس دیگری را به جای آقاجون به محضر می برند و کار را تمام می کنند. یادم نمی آید آن زمان توجهی از جانب اخگر دیده باشم و نه از جانب کس دیگری. هرکس به کار خود مشغول بود. همه از دبیرستان دیپلم گرفته بودند. زندگی آینده ی خود را می ساختند. از جانب مادر ناتنی هیچ برخورد تندی ندیدم. کسی مرا اذیت نمی کرد. حتی بعدها شنیدم که اخگر و ملیح و هم مادر ناتنی گفته بودند که من از خود آنها هستم. مرا از خانواده ی مادرم جدا می دیدند و بیشتر به خود نسبت می دادند. داداش ناتنی نیز مرا می دانم که خیلی دوست داشت. من خواهر کوچولوی او و ملیح بودم. اما آن حس ظریف و عمق عشقی را که در کنار مامان و آقاجون در آن پستوی پشت قنادی به من لحظه به لحظه تزریق می شد در آن یک سال کم داشتم. غریبانه بود آن یک سالی که در آنجا سپری کردم...چند سال بعد آنها به ساختمان تازه ساز آقاجون در آن سمت حیاط منتقل شدند. کتاب های ادبی اخگر و ملیح همه جا ولو بود و من خود را با کتاب های آنها مشغول می کردم و آن هر دو برای من لباس می دوختند. ملیح شیک پوش و لوند شهر برای من لباس های آخرین مد می دوخت. فاصله ای بود بین من و آنها. هم سن و سال مامان بودند. با مامان هیچ خطی نبود که بین من و او کشیده شود. مامان بود آنطور که می بایست باشد. او هوا بود زمین بود آب بود باران بود نعمتی آسمانی بود. می دانستی همواره هست. اما با خواهرهای ناتنی حسی مثل شاگرد و معلم در میان بود. آنها را در رده ای دیگر می دیدم در کلاسی بالاتر. مامان تمامی مایحتاج مرا مادی و معنوی فراهم می کرد آنها روح دیگری در من می دمیدند. بخصوص ملیح برای من پدیده ای بود که آرزوها را در من بر می انگیخت دروازه ای از دنیایی دیگر در برابر من می گشود.

وقتی همه چیز رو براه شد و قنادی دیگر حسابی پول در می آورد آقاجون قنادی، لقمه ی آماده را داد دست آقاداداش...آقاداداش ولی تا ظهر در پشت بام می خوابید. آقاجون می گفت خرها اون پائین عرعر می کنند گاوها مومو مرغ ها قدقد و ساعت شماطه دار دو تا شهر آن طرف تر را بیدار می کند و تو آن بالا عین خیالت نیست...آقاجون کسی نبود که بخواهد پشت دخل بایستد. او مرد حرکت بود. می بایست به طور دائم طرحی نوین بریزد طرحش را پیاده کند و بسپارد به دست مردم. نمی توانست در یک جا بند شود. ما نیز نمی توانستیم تا ابد در یک اطاق زندگی کنیم و در منطقه ای دور از شهر. کار تمام شده بود. مغازه را داد دست آقاداداش و ما برگشتیم به خانه ی خودمان و آقا داداش در طی دو ـ سه ماه همه ی رشته هایی را که آقاجون ریسته بود پنبه کرد. قنادی و کاروانسرا شده بود محل اطراق معتادین و فاحشه ها و بعد که با یکی از هم نشینان آنها ازدواج کرد و صاحب یکی دو تا بچه ی قد و نیم قد شد،

آقاجون خانه کوچیکه ی خیابان فخرآباد را داد بروند تویش زندگی کنند...خانه ی دو طبقه ی نقلی خوشگل در بهترین محله ی تهران شده بود خانه ی قمرخانم. هر اطاقش را داده بود اجاره به یک خانواده ی هم ردیف خودشان با بچه های قد و نیم قد و با زنش دوتایی تا شب می نشستند سر منقل و این اواخر زنش را می فرستاد برای کلفتی خانه ی مردم و خودش مدام سیگار به دست کنار منقل چرت می زد...دیرتر آقاجون در سال های آخر عمر بس که همواره در فکر و خیال فراهم آوردن امکانات برای ما بود، سکته ی مغزی کرد. دکتر سمعیی به او می گفت نباید کار کنی. آقاجون می گفت به من بگو بمیر ولی نگو کار نکن. می گفت دکتر غلط کرده است و سرانجام کار دست خودش داد و زمین گیر شد و حالا مامان برایش لگن می گذاشت. وقتی آقاجون احساس کرد این دنیا را باید به لقایش ببخشد، تصمیم گرفت خانه بزرگه را به نام ما بچه های تنی و مامان کند و دو ملک مجاور به هم چسبیده به طور مساوی بین ما خواهر و برادرهای تنی که همه صغیر بودیم و مامان تقسیم شد. آقاجون نه به قوانین دو مرد، یک زنِ مذهب توجه داشت و نه حق یک هشتم همسر. او سوسیالیست ترین و دموکرات ترین فرد بود در دنیا. استدلال آقاجون بر این اساس بود که خواهر و برادر های ناتنی هر کدام برای خود زندگی دارند وضعشون توپه و اگر این کار را نکنم شما وسط خیابون می مونید. و ملک و مال و منال به اندازه ای بود که بعد از مرگش به آنها نیز برسد.
آقاداداش وقتی از ماجرا مطلع شد یک روز که آقاجون هنوز زنده بود قمه به دست آمد سراغ ما. مامان ما بچه ها را به سرعت از میدان به در کرده و سپس با متانت به او گفته بود بیا و این هم خانه. آقاجون خودش خواسته است این کار را صورت دهد خوشبختانه هوش وهواسش مثل همیشه بجاست برو خودش را ببین. ملیح خواهر ناتنی سهمش را پس از مرگ آقاجون بخشید به آقاداداش تا در همان خانه کوچیکه بچه های قد و نیم قدش را به جایی برساند.

ساج های مدورِ مقعرِ نانِ لواش هر چند ماه یک بار در حیاط جلوی پله های زیرزمینی که به تنور قنادی راه می برد، بر روی آتش کار گذاشته می شدند. خمیر را شب گذشته با راهنمائی های آقاجون عمه ها آماده می کردند و صبح زود ما بچه ها را صدای جز و وز سوخت هیزم و هیاهوی پخت نان به آن گوشه ی حیاط می کشاند. نان های لواش گرد به قطر یک متر آماده می شد برای سه ماه. و مامان هر زمان نیاز بود یکی از آنها را که حالا خشک شده بودند از زیرزمین می آورد اندکی آب می زد و سر سفره می گذاشت. تنور را به یاد ندارم چه زمان فرو ریختند. وقتی از پاریس برای همیشه بازگشتم، می نوش و شوهرش آنجا را کاشانه ای موقت ـ چند روزه ـ برای خود کرده بودند؛ همانجا که چند روز تاریخی هفته ی سوم بهمن ماه هزار و سیصد وپنجاه و هفت محل تهیه ی کوکتل مولوتف طرفداران خمینی شده بود. چند سال بعد داداش آنجا را به کارگاه نجاری تبدیل کرده و دستگاه بزرگ برشی در آن کار گذاشته بود...و حمامی که آقاجون ساخته بود خود حکایتی است. آقاجون خودش طرح آن را زده بود بسازند: یک حمام بزرگ سیمانی با سقفی بلند و رختکنی از آن بزرگ تر. برق هنوز به آنجا کشیده نشده بود. مجبور بودیم در حمام را

باز بگذاریم تا اندکی روشنائی دوردست تر به درون بتابد از در بیرونی. در اولین روز افتتاح حمام، آب بسیار گرم بود. اگرچه مشکل داشتیم در مخلوط کردن آب سرد و گرم. گاهی یخ می زدیم و گاه آب ما را می سوزاند. به هر صورت آب نسبتاً گرم مطلوب را بدست آوردیم. اما وقتی من و خواهرم رفتیم زیر دوش، دودی سیاه همه ی فضای حمام را گرفت. نفسمان در نمی آمد. افتادیم به سرفه. با موهای کف صابونی و با تن لخت بیرون زدیم. از تو در توی تاریک راه روها ی زیرزمین در آمدیم و دوان خود را به آن سمت حیاط رساندیم. از پله های ساختمان آن سمت بالا رفتیم و در اطاق خود را خشک کردیم. همین شد. باز هم مجبور بودیم به حمام انفرادی بیرون برویم و بدهیم دلاک تن و بدنمان را بشوید. تا اینکه سال ها بعد یک حمام مدرن ته حیاط ساختیم با یک وان بزرگ و رختکن جادار و سکوهای گسترده برای پهن کردن حوله. این حمام کنار در خروجی حیاط قرار داشت که راه به کوچه های پشتی می برد و ما به ندرت از آن جا رفت و آمد می کردیم. بعدها در هفده سالگی وقتی که هنوز مهر تصدیقم خشک نشده بود و آقاجون برای من یک سیمکای فرانسوی خرید، از این در ماشین را به درون حیاط می آوردم و پارک می کردم. درب دروازه ای را می مانست. مورب بود و چندین بار هنگام ورود به خانه ماشین را به چهار چوب زدم و آن را خط خطی کردم...و حمام نوساز حالا یک محل خصوصی و مخفی برخی اوقات شب زنده داری من بود. مرا در نیمه های شب تا دم در می رساند. من او را قبل از بوسه های آخرین به درون حمام می کشاندم و زمانی که همه به صد خواب خوش فرورفته بودند، در روی همان سکو چند دقیقه در هول و هراس و شتابی هیجان زا زیباترین لحظات زندگی را با یکدیگر می گذراندیم...

و زیر سقف شیروانی خانه را شاید فقط بعضی افراد مثالش را در فیلم های هیچکاک دیده و وصفش را در کتاب های آگاتا کریستی خوانده باشند. یک بار با یک نردبان چوبی لق و تق که هر آن امکان سرنگون شدنش وجود داشت به آنجا سرک کشیدم. دریچه ای روی سقف دستگاهی قرار داشت که آن موقع خواهر ناتنی ام اخگر در آن می زیست. چطور شده بود دریچه را باز کرده بودند به یاد ندارم. سقف مثلثی بلند هم چون سقف کلیساهای وین و رم اولین منظر از آن دریچه ی کوچک بود که مرا با آن دنیا آشنا می ساخت. تیرهای چوبی حائل بلند قامت از تنه ی درختان تنومند به طور مورب و افقی و عمودی پایه های نگهدارنده ی آن دنیایی بود که به خانه ی ارواح می مانست. تارهای عنکبوت شیری در تاریکی، فضایی وهم آمیز و هراس انگیز بوجود آورده بودند. از هر گوشه تارهای تنیده شده هم چون بادبان های قایق هایی پراکنده معلق بودند در فضای لایتناهی آسمان کبود در نیمه شب از پشت دریچه ی هواپیما بر فراز فلوریدا در شبی ستاره باران...دریچه که باز شد صدها پرنده در جا به پرواز درآمدند. برخی از آنها از شیارهای نامرئی به بیرون پرواز کردند. تعدادی از آنان در گوشه و کنار آن فضای بی در و پیکر ناپدید شدند...چیزی به نام کف مشاهده نمی شد. فضله های کبوتر به قطری شاید نیم متر یا بیشتر بر روی هم انباشته شده بودند. مامان یک بار آنها را به حساب کود در باغچه ها ریخته بود و به گمان این که تأثیری به مانند کود گاوی دارد،

آنقدر زیاد استفاده کرده بود که همه ی سبزی ها سوخته بودند...هراسناک بود آن فضای جادویی. در میان تار های عنکبوت پیچیده شدم پاهایم با فضله های خیس کبوتر ها آلوده شد و وهم و راز و خوفش همواره در من باقی ماند...
من آقاجون را همیشه با سر تاس به یاد دارم. تنها عکس دوران جوانیش را از روی شناسنامه یا نمی دانم کدام سند رسمی دیگری هنوز نگهداری کرده ام. بسیار زیبا رو و جذاب با موهایی نیمه کوتاه مجعد. به هنرپیشه های درجه اول سینما می ماند. و نگاهش بویژه آن چنان عمیق و مطمئن به خود است که بی برو برگرد هرکسی را ناگزیر به احترامی یک جانبه از او وا می دارد حتی از روی عکس سیاه و سفید چرکین و زرد شده ی سال ها پیش از این. بیهوده نبود که چهار بار زن گرفته بود. پوست صورتش در دوران کهولت در عکس حتی با سر طاس به چهره ی یک مرد جوان می ماند...بچه دار نمی شد. رفت زنی را صیغه کرد که بچه دار شود. از او یک بچه آورد. یک دختر. سپس پنج بچه پشت هم از همان زن اول که از شوروی با خودش آورده بود به دنیا آمدند. گویا این زن اول در جوانی بسیار زیبا بوده است. آقاجون بسیار خوشگل پسند بود. عکس های مامان من نیز در جوانی بسیار زیباست...باری عاشق زن اولش شده بود. حتی با پسرخاله اش بر سر او دوئل کرده بوده است. با هفت تیر. اما نساخته بود با آن زن اول. گفته می شد به طور دائم در خانه کاسه و بشقاب توی سر و کله ی هم می زدند. آنگاه مادر اخگر را می گیرد. هیچ کس نمی داند چرا مادر اخگر وقتی وی هنوز کودکی بیش نبود خود کشی می کند. برخی می گویند آقاجون چندان توجهی به مادر او نمی کرده و زن از محبت زیادی که به آقاجون داشته دق کرده است...اخگر با دیگر بچه های زن اول بزرگ می شود. در هر حال آقاجون همواره هم چنان زن اول را در عقد خود داشته است تا وقتی که مامان را به خانه می آورد. اما در همه حال او و بچه ها را تا زمانی که خود مستقل شوند و به خانه ی خود بروند، تأمین می کند.

باری مثل یک خان می نشست روی تشکچه تکیه بر پشتی پشت به دیوار. وقتی او به خانه می آمد ما بچه های قد و نیم قد ناپدید می شدیم. می رفتیم گم می شدیم در اطاق های دیگر می رفتیم به حیاط می رفتیم رختخواب پهن می کردیم و می خوابیدیم. وقتی از در وارد می شد ـ با دستان همیشه پر از توشه ـ مامان کفش هایش را از پاهای او می کند هرچه در دستش بود می گرفت و بر زمین می گذاشت کتش را در می آورد. یک جامه دان آب ولرم می آورد پاهای آقاجون را می گذاشت توی آن و می شست. سپس ناخن های کلفت پایش را با قیچی می گرفت...من نیز ناخن هایم به آقاجون رفته است و نیز انگشتانم. همه به جز شست پا گرد می شوند رو به زمین به صورتی که ناخن های پا دیده نمی شوند. یک بار مادر بزرگم به من گفت پاهایت ورم کرده اند. خاله سهیلا با حالتی تحقیر آمیز گفت نه اینا همه پاهاشون تپله به باباشون رفته. ما که همه پاها و انگشتان کشیده داریم...ما بچه ها سفره را پهن می کردیم به سرعت. مامان در آشپزخانه هرچه ضروری را به دست ما می داد. بساط شام بسیار مفصل بود و همواره یک بطر کوچک عرق سگی سفره را مزین می کرد. مامان یک استکان فقط یک استکان برای آقاجون می ریخت. آقاجون

شام را می خورد ما سفره را جمع می کردیم و باز به اطاق های دیگر می رفتیم. و آقاجون دقایقی بعد به خواب فرو می رفت و ما را جرأت کلامی سخن نبود مبادا آقاجون از خواب بیدار شود. شهامت صحبت با او را هیچ کدام از ما نداشتیم. فاصله ی سنی بود؟ او جای پدر بزرگ ما را داشت.
اما هیچ کس شهامت گفتن کلامی با او را نداشت. عمه ها و دخترعمه ها که آقاجون همیشه آن ها را زیر بال خود داشت، وقتی به مناسبتی از طبقه ی بالا به خانه ی ما می آمدند، با ترس و لرز سلامی به او می دادند و اگر حرف لازمی بود می زدند خیلی کوتاه و مختصر. چه بسا نیمی از حرفشان را می خوردند...اقوام همیشه به مناسبت هایی در خدمت بودند. در هنگام پختن شله زرد نذری ایام عید جمعه های تابستان در باغ کرج. آقاجون برای آنها بزرگ قبیله بود و به احترام می بایست فاصله را نگه داشت...اگر نیاز به چیزی داشت، در هر جای خانه ی به آن بزرگی که ایستاده یا نشسته بود، با صدای بلند می گفت و ما می بایست سریع به او می رساندیم. گاهی نمی فهمیدیم صدا از کجای خانه می آید. هول می شدیم و مثلاً حوله ای را که طلب کرده بود دم دست نمی دیدیم. گاهی کلمات روسی به کار می برد و ما نمی فهمیدیم چه می خواهد و جرأت نمی کردیم دوباره سئوال کنیم. لحظه ای تأمل او را خشمگین می ساخت. همه چیز لازم بود همان دم همانگونه که می خواست مهیا شود.
برخی اوقات تصور می کنم حق داشت یا شاید حالا که سایه ی او را بالای سر نداریم تصور می کنم این اتوریته استحکامی بی بدیل در بافت روابط بوجود می آورد...پنجاه و هفت ساله است که مادر پانزده ساله ی مرا به ازدواج خود در می آورد. چون جوانی بیست ساله فعال است. صبح سحر از خواب بیدار می شود و بیرون می زند. زمین جدیدی را در دور دست خریداری کرده است و محل را باید آباد کند. همیشه در حال فکر است. همواره طرحی جدید در ذهن دارد. اجرای مرحله ی بعدی ذهنش را مشغول می دارد. هیچ کس نباید برای او مزاحمتی ایجاد کند. به کسی نیز افتخار سهیم شدن در افکارش را نمی دهد.
هیچ کس را لایق نمی داند که با او دهان به دهان شود...گاهی آن قدر در افکار خود فرو می رفت یا در کارش در گیر می شد که گمان می رفت فقط زندگی خودش را پیش می برد عاشق کاریست که می کند فقط در صورت انجام طرح خود است که ارضا می شود...از این نظرگاه من بسیار به او شباهت دارم. وقتی کاری در دست می گیرم این کار تمام زندگی می شود. این کار می تواند نوشتن گزارشی برای روزنامه باشد یا گل کاری در باغچه یا دادن تن و روح به عاشق دلخسته. وقتی در گیر کاری حسی تفکری می شوم انگار همه ی دنیا در آن جمع شده است. حس می کنم که زندگی با انجام آن چه که ذهن مرا به خود مشغول داشته خلاصه شده است. آقاجون را این خصلت آقاجون را دیرتر عمقش را درک می کنم. مسئولیتی خطیر برای بزرگ کردن این بچه های قد و نیم قد احساس می کرد که سر پیری می بایست حال و آینده ی آنها را تأمین کند و نه در حد یک زندگی بخور و نمیر. می بایست آنقدر تأمین باشند که قابلیت فرزندان خان را داشته باشند و خود را تنها کسی می دانست که این مهم بر روی دوش های او سنگینی می کرد. می دانست که باید کارش را به بهترین نحو انجام دهد تا اهدافش را به سرانجام برساند. دیرتر خیلی دیرتر وقتی به او

فکر می کنم حس می کنم عمق عشقی که در دل او برای ما وجود داشت هیچ جا نمی شد پیدا کرد...اخلاق تندی دارد. اما دلش دریاست. و اراده اش استوار چون کوه و خیال پردازیش مثال عقاب...آقاداداش به او درس داد و وقتی داداش ناتنی کوچیکه از خدمت سر بازی بازگشت به او گفت من دیگر تو را نمی شناسم برو سراغ زندگی خودت. آنقدر در توانش بود که یک خانه یک مغازه یک اتومبیل به او بدهد. نداد. داداش ناتنی در یک شرکت بزرگ استخدام شد و به سرعت مراتب ارتقاء را طی کرد مالکیت یکی ـ دو کارخانه را در دست گرفت و خانه ای بزرگ و ویلایی در کنار دریا برای خود خرید بچه هایش را به خارج روانه کرد. آقاجون وقتی دید که داداش سرپا ایستاد قطعه زمینی را که تازه خریده بود به نام او کرد. مامان بسیار مشوقش بود در این امر.
آقاجون دو ـ سه کلاس بیشتر سواد نداشت. ولی تمام خانواده سر تعظیم در مقابلش فرود می آوردند. و او تنها برای افرادی ارزش قائل می شد که با سواد بودند و مستقلانه زندگی می کردند ادا در نمی آوردند با خود شیرینی و تظاهرآشنائی نداشتند. و البته بسیار بی رحم بود در صراحت کلام. یک روز سند اجاره ی یکی از مستأجرها را داد به من بخوانم. شاید کلاس سوم یا چهارم دبستان بودم. اسناد رسمی در ایران هنوز با خط نستعلیق نوشته می شوند. این خط را حتی بزرگسال هایی که عادت به خواندن دست خط های گوناگون دارند مشکل بتوانند بخوانند. باری به هزار زحمت کلمه به کلمه سند را خواندم. وسط کار آقاجون عصبانی شد و گفت: "سیچیم ساوادی وا" (ریدم به سوادت)...من ولی سوگلی آقاجون بودم. مرا با خود همه جا می برد. یکی دو بار با یکدیگر کوچه از پس کوچه رفتیم به منزل اقوام پدری او. در کوچه "روحی" پشت خیابان "فخرآباد". خانه یی بود قدیمی. دیوارها پوشیده از قفسه های کتاب و مجسمه و تابلوهای نقاشی نفیس و پیانویی مجلل در گوشه ای از تالار خانه. با لباسی مفخر روی مبل های قدیمی فانتزی از ما پذیرایی کردند. اغلب مثل آقاجون کم حرف بودند. چند کلامی در باره ی عموی من پیانیست معروف در روسیه می گویند که یک شبه شاهنامه ی فردوسی را از زبان فارسی به روسی برگردانده و فتیله ی چراغ نفتی تمام و کمال سوخته بوده است. من ساکت و آرام نشسته بودم. هیچ کس با من حرفی نزد. نامم را نپرسید. افرادی بودند تحصیل کرده مشغول ذهنیات خود. بهائی گری مذهب دیرینه ی خانوادگی بود و بهائیان از جمله خانواده هایی بودند که به علت برخوردهای نه چندان دوستانه ی مردم مسلمان بیشتر در میان خود می ماندند و کمتر با معتقدین دیگر مذاهب معاشرت می کردند. این عزلت و انزوا هاله ای دور آنها ایجاد کرده بود...یک بار نیز آقاجون به مامان گفت مرا آماده کند و دست های کوچولوی مرا گرفت و با یکدیگر رفتیم به خانه ی خواهر ناتنی ملیح. آقاجون وقتی کت و شلوار می پوشید و کراوات می زد و کلاه شاپوی روسی اش را به سر می گذاشت به یک دیپلمات کار کشته می مانست. ملیح بی خبر ازدواج کرده بود با یک پسر ارمنی از خانواده ای بسیار ثروتمند. سالن پذیرایی آنها از ظروف کریستال و بلور توی بوفه های شیشه ای براق مثل آسمان ستاره باران می درخشید. ما گویی در میان قصری از مجسمه های بلورین نشسته ایم. ملیح

ولی توی اطاق خودشان ماند و نزد ما نیامد. ما با پدر و مادر شوهر ملیح ساعتی آن هم بیشتر به سکوت نشستیم و بازگشتیم. هیچ کس نفهمیده بود چه زمان عروسی کرده است. به یک ماه ولی نکشید. پسر معتاد به هروئین بود. خواهر ناتنی عاقل تر از آن بود که بخواهد عمرش را با او به هدر دهد...هفته ی بعد از آن دیدار آقاجون یک میهمانی مفصل به افتخار ملیح برپا کرد. یک میز بیست و چهار نفره توی حیاط کنار حوض بزرگ کار گذاشت زیر درخت توت بلند قامت در زاویه ی انتهایی حیاط و در جوار درخت توت قرمز چتری و شمشاد های تازه برش خورده. هر نوع غذا و مشروب و دسر ایرانی و روسی که می شناخت با نظارت خودش تهیه شد به اندازه ای که می شد از صد نفر میهمان با آن پذیرایی کرد. در تاریک روشن اول شب چهار پنج نفری از خانواده ی همسر ملیح حاضر شدند. ملیح خودش کسی را دعوت نکرده بود. می دانست که این وصلت ره به جایی نخواهد برد. آقاجون می خواست دخترش را سر بلند کرده باشد. می خواست فکر نکنند کس و کار ندارد. هم چنین به دختر نشان دهد او را دوست می دارد هر کار که پیشه کند و هرکس را برای دوستی یا زندگی انتخاب نماید.
با اینکه آقاجون ما را خیلی دوست می داشت و بخصوص برای من استثنائاتی قائل می شد و مثلاً گاهی یک اسکناس بیست تومانی علاوه بر پول تو جیبی توی دستم می گذاشت، از روش تربیتی خود یک ابسیلوم کوتاه نمی آمد. یک بار به او گفتم می خواهم یک دامن بخرم. گفت دیده ام چند تا دامن خوشگل داری کافی است، با اینکه اسکناس ها مثل همیشه از توی جیب های شلوارش دسته دسته بیرون می ریخت. همین شد که من وردست کوچولوی خواهر ناتنی اخگر مشغول خیاطی شدم. هرروز با یک دست لباس جدید بیرون می رفتم. در سن سیزده سالگی برای خواهر کوچکتر خودم یک کت پیچازی با دامن پلیسه ی کوتاه طوسی رنگ دوختم به عنوان تکلیف درس خیاطی مدرسه. در سال های نوجوانی همسایه ها به مامان گفته بودند دخترهای تو وقتی از خانه بیرون می آیند مثل مانکن می مانند...ولی کافی بود به آقاجون بگویم که می خواهم کتاب بخرم یا مبلغی پول برای کلاس زبان می خواهم. معطل نمی کرد. به تنها مسئله ای که توجه نداشت تجملات بود و مهمتر از آن تظاهر به داشتن وسایلی که از دیدگاه عموم معیار تشخص شمرده می شد تا بدان وسیله به دیگران فخر بفروشد یا احترام آن ها را جلب کند. برایش مهم نبود که دیگران برای او احترامی قائل باشند یا نباشند. آنچه را که می بایست انجام می داد یا نمی داد...در امتحان "آمریکن بورس سرویس" پذیرفته شدم تا یک سال قبل از سال آخر دبیرستان را در آمریکا درس بخوانم. می بایست با اولیاء پذیرفته شدگان گفت و گویی رو در رو صورت می گرفت. یک دختر و پسر متشخص و تحصیل کرده و مؤدب به خانه آمدند. هوا کاملاً سرد نشده بود و کرسی هنوز برقرار نبود ولی هوا بگی نگی خنک بود. آقاجون روی تشکچه نشسته بود و مامان منقلی کنار دستش روی زمین توی یک مجمعین مسی بزرگ نهاده بود تا گرم شود. آقاجون تازه از راه رسیده، قیافه اش بسیار خسته به نظر می رسید. سر و وضعش خاکی بود. نیم کلاه گرد چسبانی بر روی سر تاسش چسبیده بود. وقتی آنان آمدند حتی از جایش بلند نشد. به من گفت صندلی بیار

خانم و آقا بنشینند. از آن سمت اطاق صندلی برایشان آوردم. یک میز کوچک عسلی نیز در مقابلشان گذاشتم و خربزه ای را که مامان قارچ کرده بود توی ظرف بلورین روی میز قرار دادم با دو لیوان بلند پایه شربت آلبالو. آنها مات و مبهوت مانده بودند که چه کنند. به نظرشان نمی رسید که آقاجون با این هیبت بخواهد دختر به آمریکا بفرستد. مدتی سکوت برقرار بود. آقاجون سر صحبت را باز کرد. اندک اندک حرف گل انداخت. آنان که ظاهراً آقاجون را دست کم گرفته بودند در مدتی کوتاه پی بردند با یک "کس" روبرو هستند. قبل از هرچیز از مبلغی که می بایست آقاجون پرداخت کند صحبت کردند: نه صد دلار آن زمان. شاید صدهزار دلار امروز. آقاجون بی چون و چرا پذیرفت. سپس دیدگاهش را در مورد مسافرت من تنها به خارج از کشور پرسیدند. مشکلی نداشت. آنگاه از زندگی او پرسیدند. آقاجون گفت همه چیز روبراه است. بدون هیچ توضیح اضافی...و روبراه بود. به عبارتی آقاجون بود که همه چیز روبراه باشد. هیچ جای تردیدی در این امر نمی توانست وجود داشته باشد...آقاجون با خارجی ها و اقلیت های مذهبی خیلی راحت تر کنار می آمد. چند مستأجر یهودی در خانه داشتیم که سال ها در خانه ی ما زندگی کرده بودند. یک مستأجر آلمانی داشتیم که گمان کنم وقتی که فوت کرد، آن دستگاه تخلیه شد. پیرزن آلمانی بلند قد و پر هیبت می آمد پائین با آقاجون که گاهی توی حیاط گل کاری می کرد گرم گفت و گو می شد. مشاعرش ظاهراً اندکی پاره سنگ برمی داشت. ولی آقاجون بیشتر ترجیح می داد با او نشست و برخاست کند تا با برخی اقوام نزدیک که همیشه سر به شکایت از روزگار داشتند...مستأجرین خانه ی ما را خانه ی خود می دانستند و آقاجون را کسی که حامی آنهاست. اغلب قبل از اینکه من به دنیا آمده باشم در خانه ی ما مسکن گزیده بودند و تا زمانی که خانه ای نمی خریدند خود را در آنجا خانه زاد می دانستند. مستأجرین برای ما بیشتر حکم اقوام را داشتند تا خویشان. مستأجرین یهودی همواره ما را به جشن هایشان دعوت می کردند. و ما به آداب و رسوم آنها احترام می گذاشتیم. می دانستیم که آنها روزهای شنبه برق در خانه ی خود روشن نمی کنند و نان فتیر می خورند. روز عبادت بود روزهای شنبه برای آنها و ما بچه ها را آقاجون هشدار می داد که مزاحمت ایجاد نکنیم...فرید که مادرش معلم کلاس اول من و خواهرهایم و دوست صمیمی خواهرهای ناتنی بود و در یکی از دستگاه های خانه ی ما منزل داشت، هم بازی همیشگی من توی حیاط بزرگ بود از دو ـ سه سالگی. خاله سهیلا وقتی یکی از دیوارهای ته حیاط را در زیر سایه ی درخت توت سفید کرده بود تخته سیاه و به من و چند بچه ی زیر دبستانی الفباء آموزش می داد، پسر معلم هم کنار من می نشست. من هر کلام خاله سهیلا را می بلعیدم و این پسر که یک سال از من کوچکتر بود بازیگوشی می کرد. یک بار من و فرید در حیاط روی موزائیک ها نشسته بودیم و با یکدیگر بازی می کردیم. او مرا هول داد و من از پشت روی زمین افتادم. وقتی بلند شدم برای دفاع از خود، پاره آجری را که کنار دست بود برداشتم و محکم پرتاب کردم به سمت او. او فریاد کشید و همه آمدند که او را ببرند به بیمارستان. هیچ کس شهامت نداشت کلمه ای ناروا به من بگوید یا بپرسد که چه شد چرا چنین کردی. می دانستند که آقاجون هست و

اجازه ی هیچ گونه برخورد نادرستی را به کسی نمی دهد. خود را محق می دیدم که از خود دفاع کرده باشم در مقابل آزاری که از او دیده بودم...و آن معلم نمونه بود در سقاوت. تلافی کرد آن برخورد را. نمره ی درس های مرا کم می داد که پسرش بتواند به سطح من برسد. بچه ها همه در کلاس از ترس می لرزیدند. خودکار لای دست بچه ها می گذاشت و فشار می داد به کم ترین بهانه. یک بار دیدم هم شاگردی من روی نیمکت غیبش زده و به جایش چند تا سنده گذاشته است. بچه از بیم تنبیه به معلم نگفته بود که باید به دستشوئی برود و حالا زیر نیمکت پنهان شده بود...
وقتی که دختر بالغی شده بودم و می دانستم که همه ی نگاه ها به سوی من است، یک روز روبری آینه داشتم لباسم را مرتب می کردم. شیک و پیک کرده بودم که بروم به کلاس زبان و با سوت ترانه ی جدیدی را که بر سر زبان ها بود زمزمه می کردم. در این زمان داداش ناتنی از راه رسید و یک سیلی به صورت من زد. که یعنی این قرتی بازی ها را بذار کنار. من یک راست رفتم پیش آقاجون. آقاجون معطل نکرد. همانجا خطاب به او گفت که هیچ کس در این خانه اجازه ندارد به این بچه و بچه های دیگر امر و نهی کند. همین شد. داداش ناتنی رفت توی لاک خودش...در همان ایام یک روز مامان سر سفره رو به آقاجون گفت نگاه کن ابروهایش را برداشته سرمه به چشم هایش کشیده است. پاسخ آقاجون فقط نگاهی سراسر تحسین آمیز به دختر چهارده ساله اش بود...یک بار دیگر بلوز و شلوار تنگی از یک پارچه ی سفید رنگ با گل های بزرگ به رنگ آبی و سرخ و صورتی که خواهر ناتنی ملیح از اروپا برایم آورده بود برای خود دوخته و پوشیده و توی صف منتظر اتوبوس ایستاده بودم. حالا داداش ناتنی با زنش در همان دستگاهی می نشیند که خواهرناتنی اخگر زمانی زندگی می کرد. گویا از آن بالا از پنجره ای که رو به خیابان است همسر او مرا می بیند و داداش ناتنی را می فرستد پائین که برو ببین خواهرت با چه قیافه ای توی خیابان رفته است. من اما پشتیبانی داشتم به بلندای کوه دماوند، آقاجون...و عکاسی بر خیابان که عکس شش در چهار مرا برای دبستان بزرگ کرده و زده بود بیرون پشت ویترین. این عکس سال ها همانجا ماند تا اینکه وقتی با هم کلاسی های پسر کلاس زبان که مرا تا خانه همراهی می کردند، می ایستادیم و عکس را نگاه می کردیم آقاجون آن عکس را خرید و تا وقتی که مهری آن را سر به نیست کرد، بالای تلویزیون قرار داشت. پسرها با دیدن آقاجون دم در خانه درآغاز با ترس و لرز سلام می دادند و دمشان را می گذاشتند روی کولشان و می رفتند. ولی وقتی که با واکنش نامناسبی برنمی خوردند، خیالشان راحت می شد.

...باری در تهران دایی کلارگ گیبل، با قامت بلند بالا موهای مشکی همیشه روغن زده و سبیلی کوتاه وسط زیر دماغ کشیده و مردانه، یک میهمانی در رستورانی که مدیریتش را داشت برپا کرد. همه ی زن هایی را که با آنها خوش گذرانده بود در آن دعوت کرد پز مرا بدهد. خواهر زاده ی تو دل بروی من از پاریس آمده حرف های گنده گنده می زند...با دایی کلارگ گیبل در عروسی خاله سهیلا وقتی والس رقصیده بودیم یکی از دوستان خاله گفته بود عجب پدر

و فرزندی...و وقتی با دایی وسطی، که هنوز گاهی صدای جادویی اش را در فضا پخش می کرد و آهنگ های ویگن و مهرپویا و عماد رام را می خواند، صحبت می کردم چشمانش برق می زد. دستش را می گذاشت پشت شانه ام و مرا به خودش می چسباند و یکی از اشعار وارطان را برایم زمزمه می کرد...دایی کوچیکه به من گفت حالا که همه رو از دم از تیغ می زنی دیگه نمی آیی مثل اون موقع ها شب جمعه بریم پارتی تو پسربازی کنی من دختر بازی؟...بهزاد هم شاگردی سابق و روزنامه نگار مرا با خودش می برد به مجالس روشنفکران. اطاق هایی با پشتی و مخده بساط تریاک و قلیان روبراه. شما نیستید؟ وا...مگه از اروپا نمی آئین؟...و میهمانی فریدون فرخ زاد. مثل همیشه زنده دل و صد البته متکلم الوحده و رو به سیما بینا: توهم که مثل دختر های باکره یک گوشه ساکت نشستی. و در عین حال طعنه به من از خارج آمده که هیچ نمی گویم تا دستم بیاید در کجا هستم...و علی تک به همان هیبت که اسمش حالا دیگر کاملا در اعماق مرداب هروئین دست و پا می زند. در بوتیکی کار می کند و شلوار جین و کیف و کفش ایتالیایی به خانه های اعیان می برد برای فروش.

- علی خارکسته این کیه دیگه با خودت آوردی؟

معلوم بود که با دختره ی مکش مرگ ما سر و سری دارد...سپس مرا برد به مادرش نشان دهد که از اروپا آمده ام و...گُتّه باخ...آب زیر پوستم رفته بود. دیگر آن دختر باریک و قلمی نبودم. برجستگی های بدنم تابلویی را می نماد...و برد مرا به همان اطاق زیر شیروانی. من ساعت ها منتظر می مانم و او در مستراح توی حیاط آن پائین از روی زرورق هروئین دود می کند. می زنم بیرون و بعد هرچه زنگ می زند پاسخی نمی دهم. از توی کیفم پانصد مارک از باقی مانده ی پولی که دایی در ایتالیا به من داده بود نیست شده بود. این هروئینی ها از هیچ چیز نمی گذرند...هفته ای دو - سه بار شب ها دیروقت آن طرف خیابان خانه ی ما می ایستاد. من به سرعت خیابان را به سویش پرواز می کردم. دستش را محکم دور شانه ی من می پیچاند. آهسته از پله ها می رفتیم بالا. مادرش می دانست ولی هیچ گاه به روی خود نمی آورد. تا صبح با هم ور می رفتیم. بعد او می رفت سراغ زندگی خودش من هم سراغ درسم... یک بار او را بردم به نمایشی که حمید سمندریان از کرگدن برروی صحنه برده بود. تازه افتاده بود توی خط اعتیاد. تمام مدت چرت می زد و فقط وقتی کرگدن ها با سر و صدا از ته سالن به درون صحنه آمدند چرتش پاره شد. دست های مرا در دستانش گرفته بود. از جا پرید: چه دستان ظریفی!... یک بار فیلم ابله داستایوسکی را اکران کرده بودند. اواسط فیلم گفت پاشو بریم...یک بار نیز با دوستانش رفتیم شمال ایران. موقع بازی گل یا پوچ فکر کرده بود دوستش دست مرا محکم در دست گرفته است. بُغ کرد. یک اطاق اجاره کرده بودیم. دو دوستش رفتند بیرون توی ماشین بخوابند به حساب اینکه ما شب را باهم حال کنیم. تا صبح پشت به من کرد و دست به من نزد...یک بار دیگر در تهران رفته بود با دوستانش جنده بازی سفلیس گرفته بود. یک ماه به سراغ من نیامد. بعد که تمیز شده بود، ماجرا را برای من تعریف کرد و گفت که دکتر معالجش

یک زن بود. کیرش را آرام در دستش می گرفت. آن را آهسته می مالید...خوب بله آن کیر مالیدن هم داشت. خوب است که مریض بود وگرنه درسته می بلعیدش. مقابله می کرد با تندیس های داوینچی و خدایان زیبایی در میدان ها و کاتدرال های عظیم فلورانس با آن دو تا توپ سفت و محکم در زیر آن. وقتی زبانش به زبان من می خورد، پروانه ی جادویی اش پرواز می کرد به درون زنبق نمناک وآتشین من. و چه ترکیب زیبایی بود این پیوند و معجونی که می ساخت با بازی های رفت و برگشت و زمانی که آب جاودانی حیات را بر من می پاشید...در فلورانس، این همه راه از پاریس رفته بودم برای دیدنش به پسر خاله اش مشکوک شد که به من نظر دارد. خشک شده بود و دست به من نمی زد. من با دوستانم رفتم به رم و شهر پیتزا. روز آخر اقامتم در فلورانس، از پیک نیک یک جمع ایتالیایی - ایرانی برگشته بودیم. تازه فهمیده بود همه ی فرصت را از دست داده ایم. همان روز مرا برد به زوریخ محله ی معتادین و به دانسینگی که سگ صاحبش را نمی شناخت و وول می زد همه جور جوان های هم سن و سال ما و تا دلت بخواهد نشئه. در گوشه ای خلوت پشت ستونی مثل همان موقع ها در اطاق زیر شیروانی شروع می کند به لیسیدن تن و بدن من و بعد در خانه تا شش صبح که من باید قطار بگیرم و بروم دو دفعه سه دفعه چهاردفعه نمی دانم شاید ده دفعه آن شب رفتیم. مثل همان موقع ها.
و همان موقع ها فقط همین بود و نه هیچ چیز دیگر بین ما. و همین همین همه چیز بود و خوبی اش در این بود که چیز دیگری نبود. شیره ی حیات را می ریخت به جانم و تا دو - سه روز دیگر که دوباره به هم برسیم یک گلوله ی انرژی بودم. نه در قید آینده بودم نه ازدواج نه بچه نه نگرانی اینکه چه خواهد شد و اگر این بشود یا نشود. روزهای آخر اقامتم در ایران جشنی برایم گرفت با یک کیک چهارده طبقه و صد نفر از دوستان را دعوت کرد. نمی دانم از کجا هزینه اش را فراهم کرده بود. این اواخر بیش از پیش به دام اعتیاد افتاده بود. هرچه داشت می رفت پای مواد. مادرش فقط خون جگر از او داشت...در این میهمانی نشئه بود. گوشه ای نشسته بود مرا تماشا می کرد. من موهایم را به فرم عروسکی کوتاه کرده بودم در قسمت بالا کوتاه پائین بلند. با دوستانش راک اندرول می رقصیدم. فقط موقعی که شمع را فوت کردم مرا بلند کرد. دو طرف پستانهایم را با دو دستش گرفت آن ها را توی هم فشار داد سرش را کرد لای چاک سینه ام و دست هایش را برد زیر دامن چند کلوش سفید کوتاهم. مرا بغل کرد و از پله برد به اتاقش. دیگر نفهمیدیم میهمانی به چه صورت پایان یافت...در فرانسه او را بردم به انگور چینی در جنوب. آخر شب هر دو خسته و کوفته به اطاق های خواب بزرگ عمومی رفتیم. من خواستم تا یادم نرفته قبل از خواب یاد داشت هایی از وقایع روز بنویسم. قهر کرد و شروع کرد به اذیت...دو تا خواهر شیرازی برای مدتی در خانه ی من اقامت داشتند. با پررویی گفت چی میشه با اون دوتا حال کنیم از تو که چیزی کم نمیشه. دفعه ی آخری بود که دیدمش...با کوچکترین حس دلخوری دست به واکنش تلافی گرایانه می زد. می دانست که من قبل از او عشق پیچیده ای داشته ام. اما وقتی یک بار روشن تر صحبت کردم تاب نتوانست. چمدانی را باز کرد پر از شورت های دوست دختر سابقش و تِل سر و گل سینه و چند تا

نامه. تعریف کرد یک بار توی اطاق دختره بودند. مادر بزرگ دختره به اطاق نزدیک می شود. دختر او را می چپاند توی کمد و خودش با چادری به سر می ایستد به نماز خواندن...یک بار دیگر نیز توی پارتی وقتی او در دستشویی است پسری از من تقاضای رقص می کند. توی بغل آن پسر تانگو می رقصیدم که با خشونت مرا از بغل او در می آورد و بعد از سر لجبازی با من شروع می کند با دختر دیگری لاس زدن. من تا یک ماه پاسخ تلفن هایش را نمی دادم تا اینکه یک روز آمد به مدرسه...و من هیچ گاه فراموش نمی کنم بخصوص آن روزهای نخستین را که او در کوچه پس کوچه های دم خانه در پی من راه می افتاد و بعد جلو می زد کنار تیر چراغ برق رو به من می ایستاد و با تیر نگاهش قلب مرا سوراخ می کرد و بالاخره یک روز از عقب سر شماره ی تلفنش را انداخت توی بلوزم...و قهوه خانه ی زیرزمینی سر جاده قدیم. هیچ زنی در آن جا نبود و او به من آبجو داد و اولین بوسه اش را در کوچه ای به باریکی هفتاد سانت به جانم ریخت. گفت شب می خوام ببینمت. من گفتم نه. فرصت می خواستم این هیجانات را هضم کنم زیر پوستم جا بدهم توی قلبم جابجایش کنم. مرا بوسید. نمی دانم پنج دقیقه ده دقیقه پانزده دقیقه. بوسه ی ما قرن ها طول کشید در آن کوچه ی باریک سه راهی که از دو طرف به خیابان اصلی راه می یافت و دور تا دورش پنجره های بسته به ما خیره شده بودند. بعد گفت حالا چی میگی...تا دوشی بگیرم و یکی دو ساعت دیگر به دیدارش بشتابم نمی دانم به چه حالی گذشت. تابستان بود. ناهار خورده بودیم. بچه ها توی آن اطاق مشغول بازی شطرنج بودند. مامان در آشپزخانه ظرف می شست. تلویزیون باز بود و من روی نیمکت بزرگی که هم چون کاناپه از آن استفاده می شد، دمرو دراز شده بودم. بی اختیار دیدم هیجانات شدیدی مرا به حال خاصی می اندازد. خودم را می مالاندم به کناره ی چوبی نیمکت از خیال لبان آتشین و هوس انگیز او. این اولین بار بود که استمناء می کردم...با یاد همان شب های پایان ناپذیر مستی و هیجان و اشتیاق است که وقتی به ایران می آیم به سراغش می روم.

می نوش روسری به سر بود. می دانستم. چند نامه در پاریس از او گرفته بودم. از مسائل اجتماعی و مصائب و مشکلات سخن رانده بود. شوهر آینده از هم کلاسی های دانشکده ی اقتصاد قابش راگرفته بود وآن لعبت رعنا را زیر روسری و روپوش مدفون کرده بود...می نوش وقتی ادای سولی را با آن لپ های چاقالو در می آورد و ترانه هایش را می خواند و وقتی اشعار صمد بهرنگی را به زبان ترکی دکلمه می کرد، دایی فراهان غش می کرد و دلش می خواست آن عروس طناز، آن پرنسس را درسته ببلعد. می گفت تو که بلد نیستی درست و حسابی ترکی حرف بزنی چطور انقدر زیبا این کلمات را ادا می کنی...کتاب های شریعتی مطالعاتشان و جمع های مذهبی مشغولیاتشان. حالا که روسری به سر بود، افراد فامیل اگر چه حرفی به زبان نمی آوردند ولی او مطرود بود. مردم عادی چیزی از تفکرات شریعتی نمی دانستند. ظاهر متفاوت و غیر معمول می نوش برایشان پدیده ای عقب مانده می نمود. و می نوش در سکوت تحمل می کرد این انزوا را. جنس می نوش نیز از خود من

بود. وقتی به امری باور می داشت هیچ مانعی جلودارش نبود. و او که صداقت محض بود و ایثار و یک رنگی و عشق، حاضر بود همه چیزش را ببازد و باخت. او بیش از من که با اندیشه ای دیگر ادعای مبارزه با ظلم را داشتم باخت...می خواستم از حلبی آباد توی گود های جنوب عکس برداری کنم. شوهر آینده ی می نوش اتومبیلی تهیه کرد و مرا به آنجا برد. هم چنین به خاک سفید تهران پارس و زورآباد در راه تهران ـ کرج.

با امیر زیاد دوام نیاورد. وقتی از جنبش دانشجویی در پاریس کشیدم بیرون کمتر توی جمع بچه ها بودم و او را نیز کمتر ملاقات می کردم. ولی جدایی قبل تر از آن پیش آمده بود: بی خانه شده بود. وقتی برای دو ـ سه هفته دو دختر شیرازی با من زندگی می کردند، یک بار امیر آمده بود مرا ببیند. من در خانه نبودم. دخترهای شیرازی از او پرسیده بودند چه طور زنی را دوست دارد؟ خصائلی را بر شمرده بود که با ویژگی های من جور در می آمد. خواهر کوچیکه به شیطنت گفته بود خوب بگو فلانی رو می خوام دیگه. امیر واکنشی نشان نداده بود. بعد دختر شیرازی برای من با آب و تاب گفت و گویشان را تعریف کرده بود...در این حول و حوش علی تک هم برای یک هفته به پاریس می آید. خواهر کوچیکه دوباره شیطنتش گل می کند: به علی می گم که امیر تو رو دوست داره. بعید نبود که بگوید. خوشگل و خوش هیکل بود. یک پسر فرانسوی از اطاق ساختمان روبرویی یکی ـ دو بار با دو دستش طرح شانه و کمر و باسن او را با حرکت دستهایش نقش زد یعنی که خیلی خوش هیکلی. بچه ها که به خانه ی من می آمدند، او یک لباس زیر توری می پوشید و جلوی آن ها مانور می داد. دوست پسری داشت که برایش می مرد ولی او دوست داشت جلب توجه دیگران را بکند...امیر آب پاک روی دستش ریخته بود. اما علی که پاک از من دلخور بود و از رفتن به جنوب فرانسه برای انگور چینی و اینکه شب با او نخوابیده بودم حسابی دلگیر، بدش نمی آمد تلافی کند و آخر سر وقتی می رفت ایتالیا یک سیب سرخ به خواهر بزرگه داد که مثل ماست بود و اگر عمه ی مامانم آنجا بود می گفت مردها شاید تو سوراخ دیوار بکنند ولی تو اون نمی کنند...شب ها دو تا خواهر روی تخت دو نفره ی من می خوابیدند. من و علی پشت در اطاق توی راهرویی که به آشپزخانه می خورد می خوابیدیم. پهنایش از عرض یک تشک یک نفره هم کمتر بود. بیشتر از این احتیاج نداشتیم. دخترها به بهانه ی رفتن به مستراح از اطاق بیرون می آمدند. ما وسط کار ول می کردیم و دوباره از نو.
خلاصه نه امیر خانه داشت و نه من خانه ام خلوت بود. یکی دوبار زیر بیشه های اطراف برج ایفل و توی جنگل های ونسن عشق بازی کردیم. یک بار رفتیم به خانه ی یکی از دخترها که در مسافرت بود. کلیدش را داده بود به امیر. پشت در صداهایی آمد و لحظه ای بعد به در کوفتند. امیر گفت صدا نکنیم. من دلیلی برای این کار نمی دیدم. دیگر او را ندیدم. عوامل دیگری نیز مؤثربود برای چنین تصمیمی. هرچه من فعال تر می شدم، به نظرم می رسید او انگیزه های کمتری برای حرکت های مبارزاتی دارد. آهسته و کند بود. تعجیلی برای هیچ کار نداشت. چند سال در فرانسه زندگی کرده بود. نمی

توانست زبان فرانسه را خوب حرف بزند. به زبان فرانسه مطالعه نمی کرد درس نمی خواند به نظرم نمی آمد که در بخش پشت پرده ی جنبش دانشجویی نیز نقشی داشته باشد. متلک هایی نیز که مرتضی در جمع به او می پراند می توانست اندکی مؤثر باشد در تصمیم گیری من. با این حال همه ی اینها آنقدر قوی نبودند که من به یکباره از او ببرم...وقتی علی به ایتالیا بازگشت بیست روز عادت ماهانه ام به تعویق افتاد. سرگشته بودم. اگر حامله شده بودم بچه از آن چه کسی می توانست باشد؟ تازه من بچه می خواستم چه کنم؟ این بود که با هیچ کدام تا مدتی حرف نزدم. ولی نمی شد ساکت نشست. به علی تلفن زدم و ماجرا را گفتم. گفت در ایتالیا که ممنوع است کورتاژ خودت در پاریس یک کاریش بکن. انتظار نداشتم به خاطر بچه بخواهد با یکدیگر ازدواج کنیم. او هم اگر تمایلی می داشت من آماده نبودم بخصوص در این شرایط و با او که بیغِ بیغ بود نسبت به همه چیز. هیچ محل اعرابی برای اشتراک نمی دیدم. اما می خواستم که حمایت کند دلجویی کند همکاری کند تا هرچه زودتر خودم را خلاص کنم...با امیر تا مدتی تماس نگرفتم. هر بار بهانه ای می آوردم. سعی می کردم با او روبرو نشوم. تا اینکه به خونریزی افتادم. در آن زمان به امیر گفتم ماجرا را. گفت پس بگو چرا سرد شده بودی. او اما چندان ناراضی نبود که من از او بچه دار بشوم.

بعد از امیر بچه ها یکی یکی به بهانه هایی ـ نه به طور مستقیم ـ تمایلات خود را نشان می دادند. پرویز جهود یک شب که دیر وقت از جلسه ای باز می گشتیم، مرا به خانه رساند وهمانجا خوابید. او روی تخت من روی زمین. گفت چرا نمی آیی روی تخت بخوابی؟ من توجهی نکردم. با مسعود جلیلی سی و دو ساله یک شب در خانه ی من می بایست مطلبی را می نوشتیم. کمی راجع به آن صحبت کردیم و او که بیشتر جان مطلب را گرفته بود، شروع کرد به نوشتن. من روی زمین دراز شدم . وقتی کارش تمام شد، مرا بیدار کرد که بگوید کار تمام شد. پسر خوب و مهربانی بود. فهمیدم که دلش می خواهد. از رفتار من متوجه شده بود که نباید احساسش را بروز دهد...با محمود فلینی خیلی گرم بودیم. مثل دو تا خواهر و برادر که با هم اخت هستند. با اینکه از من هفت ـ هشت سال بزرگ تر بود، توی سرو کله ی هم می زدیم. یک بار که اعتصاب غذایی برپا بود، محمود فلینی آمد به خانه ی من تشک روی تختم را ببرد تا شب اعتصابیون برروی آن بخوابند...از روز دوم و سوم تلفات شروع شد. فقط آب و نمک می خوردیم. هرروز سه چهارـ ساعتی می رفتم دانشگاه سر کلاس و برمی گشتم. سرحال و شنگول بودم. صمد، از افراد سابقه دار کنفدراسیون می گفت نکند رفتی دو پرس چلوکباب زدی پدرسوخته. شب ها بچه ها بی حال می شدند و می افتادند.

شب آخر تنها جای خالی، روی تشک خودم کنار محمود فلینی بود. یک پتو بیشتر نداشتیم. زیر پتو که رفتم، مرتضی از آن سر سالن درازای نگاه مشکوکش را به روی من کشاند. درست حدس زده بود. یک چیزی زیر پوستم مرا قلقلک می داد. بعید نبود جلوی این همه آدم بروم توی بغل محمود فلینی. حق داشت. فردا مطبوعات خارجی تیتر می زدند: " اعتصاب غذا یا...". من

خودم را جمع و جور کردم ولی فردا شب که تشک را برگرداندیم به خانه، محمود فلینی همانجا خوابید.

- اصلا به تو نمی آد انقدر گرم باشی.

فقط همین یک بار بود. حتی دیگر حرفش را نزدیم. در صمیمیتمان نیز تا مدتی اندک خلل وارد شد. اما بعد به حالت طبیعی درآمد...مرتضی از همه ی این ماجراها خبر داشت. دیده بود دم به تله نمی دهم. اما وقتی موریس به خانه ی من نقل مکان کرد، طوری رفتار می کرد که گویی طرف اصلاً جدی نیست. با نوعی تحقیر به رفت و آمد های ما نظر می افکند. یک بار قبل از آمدن موریس به خانه ی من، در درون کمد لباسم که بازمانده بود، کت و شلوارهای اندلوسی را دیده بود. جوری به آن ها نگاه کرد که انگار یک ضد انقلاب به خانه ی من راه پیدا کرده است. حرفی البته نمی زد. خودش که به نحوی عیال وار بود. با دوست دخترش زندگی می کرد. اما معلوم بود که در بند نیست...برای دخترها یک جور بت محسوب می شد ولی خوب خیلی از دخترها او را هم سنگ خودشان نمی دیدند و به عنوان یک لیدر جرأت نزدیکی به او را نداشتند. چه بسا می سوخت برای یک رابطه ی عاشقانه به ویژه با کسی که هم در خط مبازره باشد و هم دم به نفس گرمش دهد. تصور می توانم بکنم که در رختخواب می توانست گرم ترین آغوش را عرضه کند...دوست دخترش فقط انگار جسمی بود متحرک در جوار او. آیا به علت امکاناتش مرتضی با او بود...؟ بدش نمی آمد با همه ی دخترها به یک شکلی ارتباط بر قرار کند و می کرد بدون اینکه سر و صدایش در آید. ولی خوب می بایست ظاهر قضیه را نیز به عنوان سرپرست جنبش دانشجویی حفظ کند زیرا همه می دانستند که با آن دختر زندگی می کند. تا آنجایی که توانست به من چراغ سبز داد ولی نشد.
شیشه خورده های نهفته ای داشت و سلول های من این شیشه خورده ها را پس می زد. کوچکترین حسی در من بر نمی انگیخت. یک روزهمه نشسته بودیم و یادم نیست راجع به چه چیز صحبت می کردیم. من گویا حواسم رفته بود به جای دیگر. احتمالاً شکل آدم های زنجیری را پیدا کرده بودم زنجیری که نمی گذارد قدمی به جلو بگذارم و فکرم را منجمد کرده است و ذهن را مسخ. بی مقدمه گفت: "پرواز کن."

اولین خانه ی تیمی درمرکز شهر قرار داشت و مخفی کاری زیادی را ایجاب می کرد. یک بار سه چهار نفری با مرتضی از نمی دانم کدام جلسه ی عمومی در یک نقطه به هم ملحق شده بودیم و به خانه می رفتیم. مرتضی چنین به نظرش آمد که کسی ما را تعقیب می کند. به من گفت تو برو جلو. رفتم ولی تمام بدنم می لرزید. آنقدر که نمی توانستم کلید را توی قفل بچرخانم. گمان می کردم کلید عوضی است. ولی نبود. آنقدر دست پاچه شده بودم که با همه ی تلاشی که به خرج دادم، نتوانستم در را باز کنم. مرتضی از راه رسید و با یک چرخش ساده در را باز کرد...دربِ خانه از کوچه مستقیماً باز می شد به یک اطاق کوچولو. یادم نمی آید آیا حمام داشت یا نه. در یک گوشه آشپزخانه ای نقلی و خوشگل قرار داشت به رنگ گرم شکلاتی - زیتونی و لامپ هایی با

حباب های سر بالا که فضایی رمانتیک به آنجا می داد...یک تخت دونفره در نیم طبقه نزدیک سقف کار گذاشته بودند. آن پائین جلساتمان را، جلسات مطالعاتی و مباحثاتی امان را پیش می بردیم و در وقت انجام وظایف فردی اگر کسی می خواست استراحت کند می رفت بالا. یک بار من و مستانه خواستیم چرتی بزنیم. مستانه آن بالا لخت شد. دو تا طالبی گنده ی سفتش به رنگ شیر-قهوه ای وقتی طاق باز خوابید نفس مرا در سینه حبس کرد. مهرداد از آن پائین چشمش به آن دو تا برجستگی هوس انگیز بهشتی افتاد. رنگ چشمانش بنفش شد. سعی کرد به جای دیگری نگاه کند. حرفی را که به من می زد نیمه کاره گذاشت. کاری را که انجام می داد رها کرد. صورتش گل انداخت...آن زمان بر روی کتاب های سرخ مائو کار می کردیم. انتقاد از خود و گذشت از خواست های فردی به نفع مصالح خلق مرکز تمام مباحث کتاب های سرخ بود. و ما هر اندازه بیشتر پیش می رفتیم بیشتر سرِ هر رفتار کوچولو مچ یکدیگر را می گرفتیم. هر خواست طبیعی و هر عملِ انسانی را یک انگ فردگرایی به آن می چسباندیم. ساعت ها وقت صرف می کردیم تا کسی از خودش به خاطر یک رفتار طبیعی بشری انتقاد کند و رفتار خود را بورژوایی ارزیابی نماید و چنین نتیجه بگیرد که گرایش به خواست های بورژوایی داشته است...درهرحال محاکمه می شد اگر به خود انتقاد می کرد یا نمی کرد...در چارچوبی که خود را محصور کرده بودیم کارمان شده بود ساعت ها بحث بر سر چرایی عدول از برنامه های تنظیم شده، انتقاد از تمایل به پوشش لباسی مرتب و رسیدگی به سرو وضع و...و این ها همه تا خود را بتدریج بری کنیم از هر گونه رفتار "بورژوایی" و رفتار بورژوایی یعنی هر آنچه مربوط می شد به خواست هایی که منافع و نیازهای فردی را بر آورده کند...

کشور چین زمانی به انقلاب سوسیالیستی انجامیده بود که نود در صد از محصولات آن به شیوه ی تولید فئودالی فراهم می شد با روابط ارباب رعیتی. این واقعیت ابهاماتی در چگونگی به ثمر رساندن کامل کمونیسم در کشور چین برایم بوجود آورده و سئوالات زیادی در این باره در ذهن من ایجاد کرده بود. چگونه زمانی که شرایط لازم بوجود نیامده است می توان سیستمی را بر پا داشت که معلوم نیست پایگاه در کجا دارد؟ اما شک و تردید من مرا به آنجا راه نبرده بود که بیشتر تعمیق کنم مطالعه کنم. سوسیالیسم را آنقدر قوی پنداشته بودم که باور داشتم توانسته باشد در یک کشور عقب مانده راه خود را بیابد. باور می کردم یا بهتر بگویم خواسته بودم باور کنم که کافیست ذهنیت درستی از مسئله داشت شرایطش را می توان فراهم کرد...مائو به ما یاد می داد که کلیشه شویم که همه ی خصوصیات فردی خود را فراموش کنیم که همگان نسبت به هر حادثه یک نوع واکنش نشان دهیم که به هر پدیده ای همگی بخندیم یا بگرییم یا بی تفاوت بمانیم به همه چیز با یک چشم نگاه کنیم. هدف ما یکیست پس ما نیز باید چون محصولات یک شکل یک کارخانه با کیفیتی یکسان یک ریخت و ترکیب و رفتار و واکنش داشته باشیم. سوسیالیسم و جامعه ی اشتراکی برای ما شده بود یک نوع حفظ کف نفس همان که معتقدین به ادیان باور دارند. همه چیز و همه ی خواست های فردی تعطیل در خدمت آنچه که

حزب می گوید، و این آرمانی است که "سوسیالیسم" در چین می خواهد بر آن استوار باشد...
من اگر چه دیگر در فعالیت های دانشجویی علنی شرکت ندارم ولی "کار توده ای" نمی بایست تعطیل شود. "کار توده ای" یعنی آن که ایرانی هایی را که به پاریس می آمدند به سازمان جلب کنیم و با "کار" بر روی آنها، آنان را متقاعد سازیم که رژیم پهلوی دشمن خلق است و این کار بسیار مشکل بود. پاریس شهر گرانی است. ایرانی ها به طور معمول بچه پول دارهای ناز نازی مرفهی بودند که اغلب یک سر اشتغالات اولیائشان وصل می شد به امور اداره ی مملکتی و به ندرت ممکن بود معنای فقر و بی عدالتی را چشیده باشند و از حرف هایی و اطلاعاتی از اوضاع ایران که ما چپ گرایان بزرگ تر و بزرگ ترش می کردیم، سر در آورند...از جمله مکان های آشنایی با این افراد جدید یکی جلسات عمومی کنفدراسیون بود. ولی از آنجا که بسیاری از ایرانیان از نام "کنفدراسیون دانشجویان" لرزه براندامشان می افتاد، لذا هرکس وظیفه داشت در هر مکانی که دانشجویان ایرانی ممکن بود سر و کله اشان پیدا شود مثل دانشگاه سالن های غذا خوری کتابخانه و کافه تریا با آنها سر دوستی باز کند و آنان را به تدریج به سازمان جلب بنماید...از امکاناتی که سازمان تدارک دیده بود یکی برنامه ی پیک نیک عمومی بود جایی که به طور معمول از بحث ها و سخنرانی های سیاسی چندان خبری نبود و بیشتر به بازی های دست جمعی و تفریح می پرداخت. از پیش تقسیم کاری برای پیدا کردن محل پیک نیک خرید لوازم مورد نیاز پختن غذا و حمل وسایل و غیره صورت می گرفت و از این طریق و هم از طریق دعوت از ایرانیان به این پیک نیک ها امکانات آشنایی فراهم می آمد..."کار توده ای" با جنس مخالف راحت تر بود. و من اغلب قاب آقا پسرها را می گرفتم و آنها غالباً تمایل نشان می دادند. و البته نه به جریانات سیاسی درآغاز کار بلکه عمدتاً به خط و خال و چشم و ابروی اینجانب که گرچه دیگر هیچ اثری از سرمه و روژ لب و هر گونه ابزار زیبا سازی که بورژوایی تلقی می شدند در آن نبود، ولی بدون آن نیز دمی داشت که جلب کند و آقا پسر ها را با کله بر سر قرار بیاورد...حمید و بیژن تازه از ایران آمده بودند. در همان اولین دقایق حضورمان در جنگل های پاریس، حمید پایش لغزید و به زحمت لنگان گام بر می داشت. به کمک بیژن او را بردم به نزدیک ترین کلینیک. تمام روز پیک نیک را در کلینیک به سر بردم تا به او رسیدگی کنند...روزهای پیک نیک روز تفریح بود بازی والیبال دست رشته گپ زدن های غیر سیاسی آشنایی با افراد جدید روزی غیر از روزهای بسته ی مقرراتِی خانه ی تیمی و منِ همیشه محبوس در چهار دیواری، این رشته های معطر زندگی را آن روز رها کرده بودم که به حمید برسم. این دو نفر عاشق من شده بودند و وقتی با بچه های دیگر حرف می زدند نام من از دهانشان نمی افتاد. این دو تا شدند از پاهای اصلی جنبش دانشجویی...یک بار به پیشنهاد من همه سوار قطار خارج از شهر شدیم تا به جایی برویم که من پیش از این با یک هم کلاسی پاریسی رفته بودم. دشتی وسیع بود محصور در میان تپه هایی پوشیده از درختان جنگلی با هزاران رنگ مواج سبز و آبشاری بسیار زیبا و پناهگاهی با وسایل پخت کباب و

غیره...از ایستگاه قطار می بایست بیست دقیقه ای پیاده راه می رفتیم. من راه را گم کردم. بیش تر از یک ساعت و نیم راه رفتیم. همه خسته شده بودند. دو - سه نفر از مادران بچه ها نیز آمده بودند. در کنار رودخانه اطراق کردیم. رودخانه ی سن در خارج از شهر پاریس عریض بود. من با سیاوشِ تازه از ایران آمده، عرض رودخانه را طی کردیم و به آن سمت رفتیم. سیاوش می گفت تصور نمی کرد دخترهای کنفدراسیون از این کارها هم بلد باشند. شده بود مرید من و سپس مرید سازمان...با شهاب قرار گذاشتیم یکی از فیلم های فلینی را در سینماتک ببینیم. بعد از سینما در آستان غروب بر روی تراس جلوی سینما ایستادیم و حوضچه هایی را که آن پائین تا دامنه ی برج ایفل ردیف شده بود نگاه می کردیم و برج ایفل را که من هنوز از آن بالا نرفته بودم به نظاره نشستیم. شهاب آهسته دستهایش را گذاشت روی شانه های من. از این قرار ملاقات "کارتوده ای" تنها چیزی که می خواست ملاقات های خصوصی بود...با مجید مسئولیت تهیه ی صبحانه ی یک اردوی سیاسی را داشتیم. قد کوتاهی داشت و چشمهایی که از زیرکی و هوشیاری برقش تا شعاع چند کیلومتری را می گرفت. مسئولانه به کارش می پرداخت و ما با یکدیگر یک تیم کاری بسیار خوب و دلنشینی تشکیل داده بودیم. از جدّیت و حس همکاری من در تهیه ی صبحانه برای پنجاه - شصت نفر کیف می کرد. شد یکی از افراد سیاسی بسیار فعال و بعد ها در ایران اعدام گردید. مرا هر بار می دید عاشقانه می بوسید. تمام بدنش می لرزید از اینکه من چیزی را که آرزو می کند به او بدهم...سینا دچار نوعی بیماری افسردگی شد و در بیمارستان خوابید. هرروز به دیدارش می رفتم و برایش میوه و کمپوت می بردم. وقتی مرخص شد اغلب در سیته یونیورسیته منتظرم می ماند که مرا ببیند. هیچ گاه در سازمان فعالیت نکرد ولی دورادور یکی از هواداران پر و پا قرص بود.

وقتی از ایران برگشتم مرتضی گفت از خانه بیرون نیا. بشین هرچه در آنجا مشاهده کردی روی کاغذ بیار. هنوز چمدانم را باز نکرده بودم که زنگ در به صدا در آمد. موریس بود. از تعطیلات تابستانی در تونس باز می گشت. لنگه ی در باز بود. ما در آغوش یکدیگر غلطیدیم. دوستش در میان چهار چوب ما را نظاره می کرد. مزه ی شیرین آن لب ها را هنوز زیر زبانم حس می کنم...اگر چه مدت زیادی نبود که با موریس در یک خانه زندگی کرده بودم، عشق بی دریغ و دربست و بی چون و چرای او مرا در آرامشی بی انتها غرق کرده بود در زیبائی نرم و دلنشینی فروبرده بود تن و بدن و روح مرا با طلایی نایاب آبیاری کرده بود که در همان مدت کوتاه رنگ شفاف عشق از چهره ام تا شعاعی به وسعت تمام کره ی زمین متشعشع بود. زیر پوستم آب زندگی جریان یافته بود انحناهای بدنم اندکی برجسته تر شده بود فرم تنم شکیل تر. خرمن طلایی گندمزار در نسیم خرامان اندام من شکن عشق را موج می زد...هفته ای دو - سه شب بیشتر با همدیگر سر نمی کردیم. او شب ها کار می کرد من روزها درس می خواندم و بقیه ی وقت را در خانه ی تیمی انجام وظیفه می کردم. گاه با یکدیگر در رستوران دانشجویی غذا می خوردیم. گه گداری می رفتم دانشکده ی بوزار او را ببینیم. کمتر در فعالیت های سیاسی با

کوه کمر شکن

یکدیگر شرکت می کردیم. او در خط دیگری بود و من در مرامی دیگر. یک بار فرصت کردم با او به میهمانی دوستانش بروم. دوست می داشت ببینم چطور کوس کوس درست می کند. غذا را که خوردیم من می بایست آنجا را ترک می کردم. رنجیده بود ولی به کارهای من تن می داد. یکی دوبار که خوابیده بودم از تن لختم نقاشی کرده بود. هیچ گاه فرصت مدل شدن برای او را نداشتم. یک بار عکاسی از اقوامش را به خانه دعوت کرده بود. با او قرار گذاشته بود که موقع بوسیدن من از ما عکس بگیرد. عکاس ماهری بود. تا من بجنبم تعدادی عکس جانانه از ما برداشته بود. موریس از همه ی آنها، درآغوش یک دیگر لب تو لب نقاشی های بزرگ کشیده و برروی دیوار خانه آویزان کرده بود...

پدرش سفیر بود. یک بار موریس و مرا به جشنی در سفارت تونس در پاریس دعوت کرد. اغلب سفیران کشورهای خارجی و کاردار کنسولگری فرانسه در آن شرکت داشتند. پدرش برای من یک سواره ی بلند سفید خاکی خرید با برودوری دوزی نقره ای زمردین و گل بهی لباسی با نقش سفال های تونس و آخرین برش و دوخت پاریس. موریس همه ی میهمانان را به مسخره می گرفت. نه که مستقیماً حرفی بزند ولی رفتارش نشان می داد که هیچ ارزشی برای آنها قائل نیست. همه را به عنوان سردمداران سیستم سرمایه داری با چوب می زد. پدرش گفت مجبور نبودی بیایی. مدتی بینشان شکر آب بود...موریس کمک مالی از پدرش دریافت نمی کرد تا مدعی شود خودش مستقلانه می تواند هر کار بخواهد انجام دهد. به همین رو شب ها در هتل کار می کرد و مخارج دانشگاهش را از آن طریق تأمین می نمود...گاهی می رفتم به محل کارش. همان پشت میز کار سر پایی با هم عشق بازی می کردیم چه کیفی می داد. قاقایم را می گرفتم و بعد می رفتم سراغ کارهایم. گاهی شب ها ادا در می آوردم. عامدانه نبود. کم کم مرحله ی مسخ شدنم را طی می کردم. او در رختخواب منتظر من می ماند و من هنوز پشت میز در حال خواندن و نوشتن بودم. می شد روز بعد آن کار را به انجام رساند. ولی خوره افتاده بود در جانم. نگرانیش نمی گذاشت درست و حسابی از عشق بازی لذت ببرم. فکرم پیشش می ماند. می شد یاد بگیرم هرچیزی به موقع خود. اما ذهن ناخودآگاه در فضایی دیگر بود. او طاقت نمی آورد و می آمد مرا روی دست هایش از روی صندلی بلند می کرد و می گذاشت توی رختخواب.

...لاغر شده بود. دوستش گفت تمام مدت در تعطیلات به فکر من بوده است. گفت که حرفی نمی زده ولی یک چیز ته ذهنش او را همیشه نگران نگاه می داشته است. قبل از اینکه من تابستان به ایران بروم و او به تونس، شب ها دیر وقت به خانه می آمدم. گاهی نمی آمدم. نمی گفتم کجا می روم چه کار می کنم با چه کسانی هستم. می دانست که در فعالیت های سیاسی شرکت می کنم. رفقا را می شناخت. گاهی در برنامه های فرهنگی ما شرکت می کرد. مائوئیست بود. در سخنرانی ها و برنامه های سیاسی یکدیگر شرکت نمی کردیم مگر در تظاهراتی که همه ی نیروها در آن حضور داشتند...موریس می دید که من در دانشگاه و در رستوران دانشجویی با همه خوش و بش می کنم، خودمانی و مهربان و صمیمی هستم. گاه بچه ها پیامی می آوردند. برای گرفتن یا دادن

مطلبی کتابی به دیدن من می آمدند. زبان ما را نمی فهمید. همواره تردیدی در دلش بود که نکند من با فرد خاصی وقت می گذرانم. هیچ سئوالی از من نمی کرد. ظاهراً مرا همان طور که بودم می پذیرفت ولی دل دلش را می خورد. من فرصت اندیشیدن در باره ی این مسائل را نداشتم. فکر و ذکرم در پی وظایفم بسیاری اوقات احساسات او را نادیده می گرفت نمی دید خیلی مواقع. هیچ چیز دیگر مهم نبود. هیچ کس دیگری نیز در ذهنم نبود...از سوک های تونس هرچه بگویی برای من سوغاتی آورده بود: دو جعبه نارنگی مدیترانه ایِ شهرِ ساحلیِ سلیمان، همان جا که در نظر داشت ویلای ما را خودش طراحی کند و بسازد. دست می زدی پوستش در می آمد و در دهان آب می شد. مربای دانه ی انار دست پخت مادرش چند پارچه گلابدان و شمعدان نقره ای و برنجی گردن بند و دست بند مزین به سنگ های قیمتی عقیق و زمرد بلوزهای کتانی سبک اعلا دوخت کشورهای عربی در شمال آفریقا ـ سفید رنگ با برودوری دوزی جلوی سینه و دور یقه و آستین به رنگ آبی یا بالعکس- و یک شنل بلند مشکی خاکی از جنس کشمیر که دور تا دورش را زردوزی کرده بودند شبیه به آنچه که خانم دکتر شرقی مدیر دبیرستان آزرم نمونه اش را می پوشید. کلاهی به سرش می گذاشت از نوع کلاهی که سوفیا لورن در فیلم هایش می پوشید. وقتی در حیاط مدرسه با ابهت و غرور راه می رفت و همه ی چشم ها را به دنبال خود می کشاند از هیچ ملکه ای کم و کسر نداشت...آن شنل را با خود به ایران بردم. یک روز دیدم آن را مهری به عنوان پرده بین اطاق تلویزیون و اطاق سابق من آویزان کرده است. نهایت تحقیر نسبت به آنچه از آن من و مورد علاقه ی من است. همان گونه که عکس مرا از بالای تلویزیون برداشته بود...دیرتر شنل را بر تن شوهر دوم می نوش دیدم. و باز دیرتر یک روز سر سفره ی خانه ی آنها از می نوش پرسیدم از شنل خبر داری؟ می دانستم که دارد. آمد توضیح بدهد که...از آن سوی سفره دیدم شوهرش اشاره ای می کند. گمان برد من متوجه نشدم. می نوش سخنش را برگرداند و گفت نمی دانم...باری چند تا نامه بُر با نقش تصاویر حیوانات و آدمیان در غارهای انسان های اولیه نیز جزء اقلام سوغاتی بود و چند قلم خودنویس حک شده با نام شهر ساحلی سلیمان تونس و نام خودش و... یک نقشه ی مهندسی کامل از ویلای کنارِ ساحل مدیترانه با این امید که ما بعد از تحصیل در آنجا زندگی کنیم.

دوستش می گفت تمام وقتش را صرف تهیه ی این نقشه کرده است...آنقدر که او مرا دوست داشت من نداشتم. همیشه چیزی در درون ذهنم احساسات مرا نسبت به او محدود می کرد. آخرش چی؟ او که هم وطن من نیست. تازه در یک خط سیاسی نیستیم. من می خواهم به ایران بروم. او به وطنش باز خواهد گشت. ولی احساسم با منطقم راه نمی آمد. دو روز که او را نمی دیدم دلم برایش پر می زد...تنها چیزی که با روح او تناسب نداشت این بود که یک فعال سیاسی باشد. او نیز مثل بسیاری از هواداران جنبش های کمونیستی دانشجویی در پاریس در آن سال ها، از کمونیست های آمریکای لاتین تا اعراب خاورمیانه و شمال و مرکز آفریقا و کمونیست های اروپایی کلیشه هایی را از بر داشت و آن را مرتب قرقره می کرد...نقاش خوبی بود و یکی ـ دوسال بعد از بوزار پاریس در رشته ی معماری فارغ التحصیل می شد. زندگی اش هنرمندانه بود شیرینی

داشت رنگ جلوه های گوناگون را متبلور می ساخت و در میان آن همه آدم های یک سویه با زندگی در چهارچوب مشخص موریس برای من نفس بود، چشمه ای که حباب هایش همواره فضا را طلایی و نقره ای می کرد کمانی رنگین در آسمان خاکستری و مه آلود آن سال هایی که من خودم را در قفسی بسته محصور کرده بودم...چند سال پیش تر گویا با دختر شهردار تونس قرار و مدارهایی گذاشته بودند. در این سفر همه را به هم ریخته بود.
از جانب مرتضی مقرر شد بنشینم خانه و گزارشی از سفرم به ایران بنویسم. مروری کردم بر یاد داشت هایی که در ایران نوشته بودم. نوشتن در هر حال برای من حکم تفریح را دارد بخصوص که مدت ها تعطیل شده باشد. ولی نشستن در خانه در عین حال موقعیتی بود استثنائی که موریس را یک دل سیر ببینم و موریس سر از پا نمی شناخت به ویژه که به علت سفر به ایران خانه ی تیمی را نیز تعطیل کرده بودیم. من اما انگار کماکان روی میخ بند بودم.
چیزکی اندک اندک توی دلم را قلقلک می داد. موریس حس می کرد اضطراب درون مرا...عکس های خوبی از حلبی آباد و گودهای جنوب شهر تهران گرفته بودم. موریس پیشنهاد داد برویم آوینیون در خانه ی پسر خاله اش با امکاناتی که دارند عکس ها را چاپ کنیم. این پیشنهاد را نیز از این جهت مطرح کرد که بتواند اوقات بیشتری را با من بگذراند بدون هیچ سر خری در جنوب فرانسه. لابراتوار ظرفیت این همه عکس با اندازه های بزرگ را نداشت. حمام خانه ی آنها نیز به لابراتوار تبدیل شد...از من خواستند یک غذای ایرانی بپزم. من بلد نبودم. مواد اولیه اش نیز فراهم نبود. فکر کردم گوشت چرخ کرده را مخلوط با برنج بپزم یک غذای من در آوردی. رفتیم با موریس یک کیلو گوشت چرخ کرده خریدیم. برنج را آب کش کردم گوشت را تفت دادم با پیاز و بعد آن ها را با هم مخلوط کردم. منظره اش که بد نبود. پسرخاله و زن فرانسوی اش دوستانی را نیز دعوت کرده بودند...ده - دوازده نفری دور میز نشستیم. صبر کردم دیگران شروع کنند. سپس قاشقی پر کردم و آن را به دهان گذاشتم. غذا شیرین بود. به جای نمک شکر توی غذا ریخته بودم. فرانسوی ها خود نوعی غذا با برنج می پزند که شیرین است و بسیار خوشمزه و با شکلات درست می کنند...هیچ کس به غذای من دست نزد... پسرخاله از ضد کمونیست های درجه یک بود. مرتب بر سر هر مسئله با ما بحث می کرد. اغلب او سر صحبت را باز می کرد. انگار مدتی بود دنبال کسانی می گشت که دق دلی هایش را خالی کند. ما برای دفاع در مقابل او می ایستادیم. شب که می خوابیدیم موریس گفت ببین عشق ما یک عشق طبقاتی است...یک بار با پسر خاله ی دیگرش که در پاریس با ساخت آلت مردان در "مون مارت" امرار معاش می کرد، رفتیم خارج از شهر آوینیون. قصر مخروبه ولی زیبایی بود بالای بلند ترین نقطه ی کوه. موریس می خواست با معماری آن اثر باستانی آشنا شود.
جایی در میان خرابه های قصر، در آن بلندترین نقطه ی کره ی زمین ایستاده بودیم و به شکوه مناظر روبرو دره ای سر سبز در میان کوه هایی مه گرفته و اسرار آمیز نگاه می کردیم. موریس از پشت مرا بغل کرده بود. محکم مرا در میان می فشرد. گفت: آرزو داشتم همیشه اینجا می ماندیم اینجا که هیچ کس نیست جز من و تو...آخرین روز در میان دشتی وسیع محصور با درختان بلند

سپیدار در آن سوی کلبه ی ییلاقی پسرخاله بغض گلویم را بشدت گرفت. سپیدار ها از همان نوع درختانی بودند که در باغ کرج دور تا دور دیوارهای ضخیم و بلند گلی را گرفته بود و شب ها ما وقتی روی تخت های چوبی کنار حوض مدور یا بالای پشت بام می خوابیدیم و لحاف های کلفت پشمی را تا زیر چشم بالا می کشیدیم، محظوظ می شدیم از هوای مطلوب خنک ییلاق تابستانی. شاخه های پُر پَر و پیمان سپیدارها در کنار یکدیگر با وزش نسیم سنگین و خرامان در تاب های چرخشی خود در تماس با هم هوهویی غریب و اسرار آمیز در فضای تاریک باغ در دنیای کودکی من ایجاد می کردند. حال این درختان در شهر آوینیون فرانسه در زیر آفتاب درخشان گرم و لذت بخش پدیده هایی هستند که مرا به هزار لابیرنت تو در تو می کشانند...این سفر بسیار زیبا بود. زندگی زیبا بود. ولی جلوه های شکوه زندگی برایم مفهوم نداشت. حس می کردم به من تعلق ندارد. می بایست همه ی این زیبائی ها را در کنار موریس به جان می خریدم اما چیز دیگری چیزی قوی تر در درون من ولوله داشت مرا در خود غرق می کرد...کشش این چیز بسیار قوی بود بدون آنکه مانع از نظاره ی این زیبائی ها شود. این شکوه و جلال را می خواستم ولی می بایست آن را ترک کنم همه اش را. زدم زیر گریه های های. موریس مرا از روی زمین بلند کرد روی دو بازوانش گرفت و از آن سر دشت و دمن تا به درون کلبه آورد. نپرسید چرا گریه می کنم نفهمیدم مرا می فهمد یا نه. نمی خواستم توضیحی بدهم. در درون خودم بود. تصمیم خود را گرفته بودم. هنوز نمی فهمیدم چه کار دارم می کنم و به کجا دارم می روم از کجا می خواهم سر در آورم. آن چیز یک مدینه ی فاضله بود در ذهن من فقط این مدینه می توانست هدف باشد اگر چه در ایهامی مه آلود غوطه می خورد و هیچ چیزش مشخص نبود...هق هق گریه می کردم. می بایست از آن هوا و آن طبیعت بی نظیر و گرمای بی چون و چرای موریس لذت برده باشم.

خانه ی جدیدی برای هسته تهیه کردیم و باز مشغول شدیم. گویی رفته بودیم مرخصی و دوباره می بایست به جدیت به کار بپردازیم...من هفته ای یک بار با مسئولین دو خانه ی دیگر نیز جلسه داشتم و در آن جا برنامه ی فعالیت های هسته هایمان را پایه ریزی می کردیم. و البته زیر سایه ی نظارت همیشگی مرتضی...اغلب همه در هسته می خوابیدیم. شده بودیم افراد یک خانواده. یک بار من به شدت تب کردم. به شکلی که نمی توانستم راه بروم یا حتی بنشینم. به محض اینکه از توی رختخواب بیرون می آمدم، سرم گیج می رفت. نه می توانستم کتاب بخوانم نه می توانستم در بحث شرکت کنم. این بیماری تا چند روز به طول انجامید. دوا و دکتر اثری نمی کرد. بچه ها از من مراقبت می کردند. رضا که در آشپزی یک بود برایم انواع سوپ می پخت. مهرداد داروهایم را می خرید و هرچه از بیرون لازم بود تهیه می کرد. مستانه طبق معمول هی سرخ می شد و حرف می زد و فتانه مثل یک خواهر مهربان در کنارم می نشست و با حضورش مرا از تنهایی بیرون می آورد...روز آخر احساس کردم باید چیزهایی از خود خارج کنم. به طور عجیبی توی شکمم باد جمع شده بود. حالا احساس می کردم دیگر نمی توانم بنشینم یا دراز شوم. کم

کم از جا بلند شدم. بادی بیرون رفت. معذرت خواستم... باد دوم... معذرت خواستم... باد سوم... چهارم...الی پنجاه - شست باد...رضا سرخ شده بود و رو به دیوار پشت میزِ مطالعه تو دهنی می خندید. از مهرداد صدای تک خنده های خفه بلند می شد. فتانه ولی غش غش می خندید و تا می آمد چیزی بگوید دوباره خنده نمی گذاشت حرفی بزند. مستانه آن موقع در بیرون از خانه بود و وقتی بچه ها ماجرا را برایش تعریف کردند، زیاد نمی توانست واقعه را مجسم کند بس که فکرش همیشه یک جایی بود، یک جایی که گوشه ای از قلبش را پرواز داده بود...بعد از بمباران حال من کاملا خوب شد. کاملاً سرحال شدم. نه انگار به طور رسمی یک بیمار بستری بودم.
موریس چند شب در هتل کار می کرد. ما در خانه ی خودمان یکی - دو دفعه بیشتر در هفته یکدیگر را نمی دیدیم. گاهی از قبل با هم قرار ملاقات می گذاشتیم. دیدارهایمان بسیار چسبناک بود. با آتشی بی پایان به سوی هم روان می شدیم. این وضعیت اما نمی توانست ادامه یابد. از جانب من مشکلی وجود نداشت ولی برای موریس مفهوم نبود. اگر می دانست من چه می کنم و چه کسانی را می بینیم شاید راحت تر می توانست تحمل کند. ولی پنهان کاری های من بر تردیدهایش می افزود. تا آنجا که روزی مرا تعقیب می کند و به محل خانه ی تیمی پی می برد و می شناسد همه ی کسانی را که با من در آن خانه فعالیت می کردند...مجبورشدیم بلافاصله خانه ی تیمی را ترک کنیم. مضحکه بود. موریس آیا می رفت به ساواک خانه ی ما را لو بدهد؟ هیچ حکمی صادر نشد که من دیگر نمی توانم موریس را ببینم یا دیگر نمی توانم با او زندگی کنم ولی این تنها کاری بود که من در آن زمان می خواستم انجام دهم. از خانه ی خودم آمدم بیرون. موریس حتی نگذاشت لباس هایم را بیرون ببرم یا مسواکم را وسایل شخصی ام را. گمان می کرد رفتنم همیشگی نیست باز می گردم...اطاقی اجاره کردم در زیر شیروانی با سقف مورب و یک پنجره ی هفتاد در هفتاد سانت بر روی سقف. آفتاب به شدت از آنجا می تابید به درون چند متر اطاقی که فقط یک تخت کوچک یک نفره در آن جا می گرفت. وقتی می ایستادم سرم به سقف می خورد و مجبور بودم دولا دولا راه بروم. به موریس نگفتم کجا خانه گرفتم. وقتی فهمید به خانه ی جدید رفته ام حتی نگذاشت یک ماهی تابه از خانه بیرون بیاورم. به او حق می دادم که هر واکنشی نشان دهد. من فقط خودم را از او بیرون کشیدم. همه ی اینها را به جان می خریدم. پای چیزی رفته بودم که می بایست پی اش را به تنم بمالم از هر جنسی که باشد...در عرض دو - سه روز خانه ای برای هسته پیدا کردم. با مهرداد کمی نجاری کردیم قفسه ی کتاب ساختیم میز کار و صندلی مهیا نمودیم زمین شوی برقی کرایه کردیم موکت را شستیم...یک روز موریس را در رستوران دانشجویی عرب ها دیدم. آن طرف سالن نشسته بود با یک عینک دودی بزرگ. روی لپهایش زیرعینک سرخ بود. وقتی مرا دید سینی غذا و وسایلش را رها کرد که به سوی من بشتابد. پیش از اینکه به من برسد من خودم را پرتاب کردم بیرون. به دنبال من آمد. من به حالت دو راه می رفتم که با او حرف نزنم. به یک باره از پشت احساس کردم افتاد روی زمین. غش کرده بود تعادلش را از دست داده بود. دوستش آنجا بود به کمکش شتافت من به راه

خود ادامه دادم...اطاقی که گرفته بودم در همان ساختمان و همان طبقه ای بود که دوست او زندگی می کرد و من نمی دانستم. دوستش فهمیده بود من آنجا خانه دارم. موریس را مطلع کرد. آنقدر در اطاق دوستش منتظر مانده بود تا من به خانه بیایم. و من شاید هفته ای یک یا دو بار به آنجا می رفتم. هنوز به اطاق نرسیده احساس کردم کسی بلافاصله وارد اطاق شده است. خودش بود. می خواست در آغوشم بگیرد مرا ببوسد با من حرف بزند. نخواستم اجازه ندادم. آمدم بیرون و اطاق را بلافاصله پس دادم...پس از این ماجرا من به شکلی تبعید شدم به لیون با فلور برای "کارتوده ای"، برای ارزیابی وضعیت ایرانیان در آن شهر و جذب دانشجویان ایرانی به جنبش...دو ماه در آن شهر سرکردیم.
شهر لیون میان دو رودخانه قرار دارد. یکی از رودخانه هایی که در شهر جاری است در پای صخره های سنگی بلند، قلعه های جنگی دوران باستان را به یاد می آورد. از لیون همین منظر را به یاد دارم و رستوران های دانشجویی را و دانشگاه ها را و چند نفر ایرانی که به زحمت گیر آوردیم و هزار ترفند به کار بردیم تا آن ها را تا اندازه ای به راه بیاوریم ولی آنها بیشتر دوست داشتند با ما وقت گذرانی کنند. با من و فلور. سر خورده از همه ی فعالیت هایمان من و فلور بیشتر توی سر و کله ی یکدیگرمی زدیم. من بار سنگین جدایی از موریس را با خود حمل می کردم، حضورمان را در لیون بی فایده و بی منظور می دیدم و این سفر سیاسی را بیشتر یک نوع تنبیه تلقی می کردم. کجا آمده بودیم فعالیت سیاسی بکنیم و به چه بهائی؟ و فلور که مجبور بود از من به عنوان سرپرست تبعیت کند به وضوح تضاد حرکت ها را ملاحظه می کرد. از ایران در آمده بود که بیاید در صحرای برهوت مردم را بر علیه رژیم حاکم بشوراند...وقتی باز گشتیم، فلور که دچار افسردگی شده بود در بیمارستان بستری شد. در خانه ی جدید وظیفه ی دیگری نیز به عهده ی ما گذاشته شد. تایپ مطالبی که بزرگان تألیف می کردند. بچه ها کار با ماشین تایپ را آموختند...جنبش انقلابی در ایران اوج می گرفت و فعالیت های دانشجویی به پیروی از این جنبش در خارج از کشور بسیار گسترش یافته بود. جنبش سیاسی بیشترین نیرویش را در میان دانشجویان صرف می کرد و بچه ها کمتر در هسته حضور داشتند و جلسات مطالعات بیشتر به مطالعه ی اطلاعیه ها و فراخوان دیگر نیروهای سیاسی مختلف در پاریس می پرداخت.

مرتضی را این روزها سرحال نمی دیدم. یک شب پس از "کارتوده ای" با یک نقاش مینیاتور از خانه اش باز می ‘گشتم. مینیاتورهایش بسیار زیبا بودند. نامش را به یاد نمی آورم. اکنون می بایست مشهور شده باشد و شاید یکی از مشاهیر مینیاتور ایرانی در گوشه ای از جهان امروز و آثارش را اینجا و آنجا به نمایش می گذارد...به خانه ی هسته می رفتم. مرتضی را در تاریکی شب در خیابان دیدم. بسیار افسرده بود و درهم رفته. گویی کوهی از مشکلات برروی شانه هایش سنگینی می کرد. آدمی نبود که سفره ی دل بگشاید. هم به لحاظ پنهان کاری سیاسی و هم پنهان کاری های شخصی که در ظاهر سازی کار سیاسی گم و گور می شد. او همیشه سر پا بود و عاملی محرک برای همه. زنده بود. این زنده بودن را آن شب در او کم می دیدم. آن شب و بار دیگری که او

را دیدم تا مطلبی را برای تایپ در هسته از او بگیرم، احساس کردم چیزی خوب پیش نمی رود. به روال همیشگی به خود اجازه نمی دادم سئوالی بکنم. این نبودِ زندگی در او خود به خود بر دیگران نیز اثر می گذاشت...فعالیت های ما به نوعی شناور بود پا در هوا. یک انگیزه ی قوی عدالت خواهی وجود داشت! یک بینش کمونیستی و یک وظیفه ی دراز مدت کار فرهنگی برای افزایش اطلاعات پرولتاریای ایران به منظور براندازی رژیم سرمایه داری و بر پایی سیستمی عدالت گستر...نفس گرم کشورهای اردوی سوسیالیستی پشتیبانی گرمی برای ما بود و نیروهای کمونیستی در ایران غولی می نماد یا که ما آن را بیش از حد بزرگ می کردیم یا می خواستیم بزرگ کنیم نوعی آمپیریسم. حس می شد که همه چیز مبهم است هیچ چیز قابل اطمینانی وجود ندارد. می دانستیم خیلی کار دارد و با آگاهی از این همه کماکان امیدوار بودیم و خود را آماده می کردیم که تا به انتها برویم...برای رفتن تا به آخر می بایست اطمینان کامل به راه داشته باشی و البته خیلی چیزهای دیگر. این خیلی چیزهای دیگر فراهم نبود ولی با اطمینان و امید برقراری عدالت، چنین تصور می شد که همه چیز خود به خود درست می شود وسایلش فراهم می گردد راهش را باز می کند...مشاهده ی سرپرست هسته های دانشجویی در وضعیتی نگران کننده می توانست تضعیف کننده باشد. مرتضی اکنون کمتر به هسته ها سر می زد و برنامه های کاری بیشتر خود به خود پیش می رفت. جنبش انقلابی در ایران مرکز مباحث بود و من در هسته در نزدیکی مستقیم با نظرات رهبران سیاسی کنفدراسیون که می بایست نوشته هایشان را تایپ می کردیم کم کم داشتم پی می بردم که چه اتفاقاتی در شرف وقوع است...وضعیت رهبری بودار به نظرمی رسید. نوشته ها بر محور رفتن به ایران بود یا ماندن در خارج از کشور. بر مبنای یک دیدگاه، تئوری های موجود کمونیستی در ایران غلط ارزیابی می شد و اعتقاد بر این بود که رفتن به ایران منجر به پیروی از این نظرات خواهد شد و جنبش به انحراف کشیده می شود. نظریه ی دیگر اعتقاد داشت همه ی کوشش های ما به منظور ایجاد عدالت در داخل کشور است. در هر صورت باید رفت و در میان آتش هر خط و مشی و نظریه ی غلطی را نیز اگر وجود داشته باشد در آنجا تصحیح کرد...بچه های هسته با افزایش فعالیت های دانشجویی به پیروی از مبارزات داخلِ ایران سرگرم کارهای اکتیویستی بودند و چندان توجهی به کنه مطالبی که به هسته می آمد نمی کردند. مرتضی حرفی نمی زد و کمتر او را می دیدیم. سایه ی حرکتی پنهان در همه جا حضور داشت. بند کنترل برنامه ها و مچ گیری ها شل شده بود. رفقا کمتر در هسته جمع می شدند و حتی کمتر در کافه ها دور هم گرد می آمدند. به زندگی خصوصی گرایش بیشتری پیدا شده بود.

من و موریس دو باره یکدیگر را پیدا کردیم...یک روز رفتم محل کار او من نرفتم پاهایم مرا برد یا که ذهن مغشوشم یا اوضاع و احوال نامعلوم پا در هوایی معلق در میان خواسته ها و انگیزه های طبیعی زندگی و آن چه مستقیماً به زندگی ارتباطی ندارد ولی می شود همه ی زندگی. تصمیمت را گرفته ای ولی آن غرایز طبیعی بشری در درون تو با آن چه معلق است جنگ دارد، با آن چه هیچ چیزش معلوم نیست یک رویا. توهم دنیایی زیبا بر روی ابرهایی که

حالا هست و لحظه ای بعد ناپدید می شود. "من" تردید ندارد و حتی "منِ" عاقل نیز کاره ای نیست. آن "من"ی که رمانس در تک تک سلول هایش جاریست مقاومت می کند. مرا کجا پرتاب می کنی؟ "من" رمانس تنها مخلوق زنده در توست. مرا اگر کُشتی آنچه باقی خواهد ماند پوسته است. این"من" گوشت توست خون توست...او پشت میز کار در هتل و من این طرف نشسته بر روی صندلی...یک بلوز کتانی سفید بر تن دارم با یک یقه ی خشتی باز. از روی سینه دو تکه می شود و در قسمت پائین چین های سوزنی ظریف ران هایم را پوشانده اند. موریس دو زانو می نشیند جلوی من روی زمین سرش را می گذارد روی پاهایم زیر چین های سوزنی. پاهایم از قطره های اشک او نمناک می شوند چشمان من نیز...یک بار رفته بودم خانه لباس خواب زنی را در کمدش دیدم. جر واجرش دادم. روی آینه روی شیشه ها روی در و دیوار اسمش را بزرگ نوشتم و دو خط ضربدر رویش کشیدم و بیرون آمدم...مرا در سیته یونیورسیته پیدا کرد. من هیچ نگفتم او هم. دوستش برایم تعریف کرد که برای مدتی خواهرش اینجا بود. نمی دانم درست می گفت یا نه ولی این را می دانم که بعد از آن همه پس زدن ها از جانب من، هر کاری کرده تا مرا فراموش کند. خودش گفت که با دو دختر ایرانی آشنا شده بود تا شاید آنها جای مرا پر کنند ولی افاقه نکرده بوده است. حالا دو باره با هم زندگی می کردیم اگر چه من همان دو گانگی را با خود حمل می کردم هیچ آینده ای برای خودم و او نمی دیدم.

حالا جلسات سرپرست هسته ها گاهی هفته ای دو - سه بار تشکیل می شد. با شیرین و حسین یگانگی خاصی احساس می کردم. شیرین با آن قد کوتاه و جثه ی ریزه پیزه آرام می نشست. از چهره اش نمی فهمیدی چه چیز پشت آن چشم ها ی مطمئن و هوشیار می گذرد. صحبت ها که تمام می شد با دو جمله آب پاک می ریخت بر روی تمامی حرف هایی که نتوانسته بود لب مطلب را ادا کند. از روی صندلی که بر می خاست سنگینی هیبت حضورش بر فضا جاری می شد...رقص های کردی برنامه های فرهنگی زیر نظر او اداره می شد و چه خوب می فهمید چه کسی دارد از جان مایه می گذارد و چه کسی برای تفریح و وقت گذرانی کارهایی می کند. یک پیراهن برای رقص کم داشتیم. یک چرخ خیاطی فراهم کردند و من پیراهن را دوختم. پیراهن خوش دوخت بود ولی رنگ قهوه ای کم رنگ زیاد جلوه نداشت. خوش رنگ ترینش را به من پوشاند. یک سر دایره او و سر دیگر دایره من. او می چرخاند دایره را. ولی هردوی ما را ما لعبتکان را لعبت باز می چرخاند...خوش قیافه ترین و خوش هیکل ترین عضو سازمان دانشجویی عاشقش شد. پسر یکی از ثروتمندترین جواهر فروشان تهران...حسین، سرپرست هسته ی دیگر همه ی انرژی و وقت و روح و جسمش را صرف جنبش دانشجویی در خارج کرده بود. صداقت خاصی در او سراغ گرفته بودم و انگیزه ای بسیار قوی برای برقراری عدالت. یک شب تا ساعت سه صبح بحث می کردیم. آخرین مترو رفته بود. همانجا خوابیدیم. یک پتو روی زمین پهن کردیم و سه تایی روی آن دراز شدیم پوست تنمان چسبیده به هم. من بر طبق روال همیشگی هنگام خواب لباس های زیر را نیز

از تن کندم. لابد تصور می کردم حسین آهنین است یا به قول بچه ها بچه ی پیغمبر. گرمای گوشت بدنمان به تدریج بالا رفت. یک چیزهایی خود به خود به سوی هم کشیده شد. رفتیم توی بغل هم...حسین کسی نبود که چشم مرا بگیرد. هیچ نوع کشش جنسی و عاطفی نسبت به او نمی توانستم پیدا کنم. کسی نبود که بخواهم حتی فکر لاس زدن با او توی ذهنم برود یا برطرف کردن نیاز هوسی آنی. صحبت از عشق و عاشقی که مطلقاً فکرش را نمی کردم. ولی مدتی بود که ناخودآگاه افکاری کاملا غیر طبیعی مثل "زندگی خودم" مرا در بر می گرفت: "اگر کسی هم باید با من باشد کسی مثل حسین است. فکر می کنم بچه ی سخت کوشی است، به آنچه انجام می دهد عمیقاً باور دارد، خوب من دیگر چه می خواهم"...شیرین کنار دست ما ظاهراً خوابیده بود. چهره اش به سمت دیوار حس می کرد صحنه را. واکنشی نشان نمی داد. زیاد پیش نرفتیم نمی شد. مگر می شود با یک نفر خوابید چون هم فکر توست چون همراه کار تشکیلاتی و سیاسی توست چیزهای دیگری در میان باید باشد که گفتنی نیست چیزهایی که فقط در دو آدم خود به خود عمل می کند مغناطیس ناشناخته ای به قدرت قوه ی جاذبه ی زمین...و من صبح زود با اولین مترو به خانه رفتم. مغناطیس من آنجا بود به قدرت نیروهای جادویی جاذبه ی زمین مرا به سوی خود می خواند.

کلید را توی قفل چرخاندم وارد کریدور شدم به درون اطاق رفتم. موریس قرار نبود به این زودی در خانه باشد. با چشمان باز متورم و خونین پتو را تا روی دهان بالا کشیده بود.

- کجا بودی؟
- با بچه ها!
- پس تو هر شب بیرون می خوابی. سرصبح قبل از ورود من به خانه می آیی که یعنی بگویی در خانه بوده ای.

اولین بار بود که این گونه با من حرف می زد. انگار صبرش لبریز شده باشد یا منتظر باشد سر بزنگاه مرا گیر بیاندازد یا که توی هم رفتن من با حسین را ته دلش حس کرده باشد ته قلبش چنگ انداخته باشد. این "بازی" ها صبر او را لبریز کرده بود...کیفم را روی میز گذاشتم کتم را روی دسته ی صندلی. کفش هایم را در آوردم. خواستم لخت شوم که موریس با خشونتی غیر منتظره از رختخواب بیرون جهید مرا هل داد به طرف کریدور در خانه را باز کرد و مرا بیرون انداخت گفت اگر اینجا بمونی تو رو می کشم...از پشت در فریاد کشیدم بگذار توضیح بدم. او به رختخواب بازگشته بود. هرچه به در کوبیدم زار زدم باز نکرد. فریاد می کشیدم محکم به در می کوفتم باز نکرد. نیم ساعت یک ساعت دو ساعت صدای کوبش در تا شعاع خانه های چند همسایه طنین می انداخت. همسایه ها واکنشی نشان نمی دادند. بی شک همه در خانه بودند. صبح به این زودی چه کسی بیرون می رفت...کلید در خانه و کیف پول و کفش و کتم و همه چیز در خانه مانده بود. حتی اگر آن ها را نیز با خود داشتم، نمی خواستم از آن جا حرکت کنم. خیلی سنگین بود. با چه شوقی آمدم او را ببینم. اگر می دانست؟ اگر می فهمید که یک هم رزم یک آینده ی قابل

اطمینان یک همراه بی چون و چرا را رها کردم و باشتابی به سرعت یک شهاب به سوی او شتافتم! نه در باز می کرد نه پاسخی می داد. من هر بار مأیوس از کوشش هایم پشت در روی زمین پخش می شدم و دو باره تلاشم را می آغازیدم. اثری نداشت...فقط یک بار دیگر با صدایی لرزان ولی خشمناک گفت برو اگر اینجا باشی تو را می کشم...من نرفتم ماندم و باز بر در کوفتم. به گمانم چهار- پنج ساعتی آنجا ماندم. عاقبت در باز کرد. هرچه توضیح می دادم نمی پذیرفت. راضی شد تلفنی با حسین صحبت کنیم. نگذاشت فارسی حرف بزنم. گوشی را گرفت خودش با او صحبت کرد. حسین چیزی از آن کشش بی مزه نگفت. گفته بود که جلسه داشتیم...اندکی آرام گرفت. ولی حادثه برای او عمقی داشت به ژرفای واقعیت تراژیکی تغییرناپذیر که سرنوشت رقم زده بود. آن حسی را که در آوینیون مرا به های های گریه واداشته بود، او اکنون با پوست و گوشتش لمس می کرد...حالا بیشتر با هم بودیم. من هنوز هیچ تصمیم خاصی نگرفته بودم. می دانست که او را می خواهم ولی روشن بود روشن بود که افق روشن نیست...از کابین تلفن که بیرون آمدیم سرگشته راه می رفتیم توی متروها سوار می شدیم. مترو در جایی هوایی می شد. غم و اندوه ما از آن بالا شهر پاریس را لایه لایه اندوهناک کرده بود و من و موریس از این سر شهر به آن سر شهر در کنار یکدیگر می رفتیم بی آنکه کلامی برزبان رانده باشیم...روز بعد که به خانه رفتم متوجه شدم کلید توی کیفم نیست.
صداهایی از خانه می آمد و معلوم بود که کس یا کسانی در خانه هستند. در را باز نمی کرد...بازگشتم. خرده تردیدی در دلم بود که شاید زنی. ولی می دانستم واکنشی است به تمام آن چه ما بین ما گذشته است. آن حس که هر امکانی را رها می کند و زندگی آتی خود را با دختری می بیند که آرزوی وصلش تنها آرزوی زندگی می شود. و این آرزو که شاید تا ابد به شکلی در ذره ذره ی سلول های بدن جا می گیرد و هیچ گاه فرد را رها نمی سازد، اکنون می بایست بمیرد. ولی مگر می شود؟...رفتم به طرف رودخانه ی سن. بیش از چند دقیقه از خانه تا آنجا راه نیست آنجا که جزیره ی سنت ایل پاریس آن را به دو قسمت می کند و کلیسیای نتردام در وسط آن آسمان را شکافته است جایی که من و موریس وقتی بعضی شب ها از کارتیه لاتن تا خانه پیاده می آمدیم در آن گستره ی سنگ فرش یک دست در مقابل کلیسیا با مهاجران عرب خواننده و نوازنده هم آوا و هم پا می شدیم...موریس هنگام رقص مرا محکم به خود می چسباند. رقص شکم و بالا انداختن یک طرف باسن در دو پیکره ی چسبان آتشین و سر ریز از عشق...نوتردام را رد کردم از پله های کنار رود سن پائین رفتم نشستم بر سکوی بلند و سنگی کنار رودخانه. این چه روزگاریست؟...چند لحظه بر امواج سیاه آب کثیف سن خیره شدم. به جفت هایی که در هر دو سوی آب روی سکوها دست در کمر یکدیگر راز و نیاز می کردند، با حسرت می نگریستم. چه کنم؟...اشک هایم سرازیر شده بود که دستان گرم موریس را برروی شانه هایم حس کردم. هر دو در آغوش هم می گریستیم.

دور میز هسته نشسته ایم. همان بلوز سفیدی را پوشیده بودم که از روی سینه دو تکه می شد و تکه ی پائینی با چین های سوزنی ریز دوخته شده است. همه

هستند. رضا آن سرمیز مرتضی این سر. مستانه مهرداد و فلور هم نشسته اند. آمدم بنشینم مرتضی با کنایه به من گفت زیاد فکر نکن موهات سفید می شه و انگشتانش را برد زیر موهای بلندم. چنگ نیانداخت یک جوری موهایم را کشید که انگار می خواست آن ها را از جا بکند. با مهری خواهر وسطی وقتی یکی دوبار دعوایمان شد او به همین شکل ولی با شدت بیشتری چنگ به موهای نازنین من انداخته و با حرص یک مشت از آنها را کنده بود. توی چنگول های مرتضی نوعی خشونت نوعی کینه نوعی حرص بود نه...نوعی هشدار غلط زیادی نکن داری پا از حد خودت بیرون می ذاری...رضا مثل همیشه تنها کسی بود که همه ی این رفتارها را زیر نگاه تیز بینش سیر می کرد. پرسید چی شده؟ مرتضی گفت او به من چنگ انداخت من هم گیس هایش را کشیدم. مرتضی سپس گفت این چیه روی بلوزت افتاده؟ سرم را که آوردم پائین به بلوز نگاه کنم، انگشتانش را گذاشت زیر دماغم سرم را بلند کرد و گفت دیدی رو دست خوردی؟ روی بلوزت نیست افتاد لای چاک سینه ات باید بری بدی اون عاشق مائوئیستت درش بیاره...اگر چند در صدی تردید داشتم، اکنون دیگر کاملاً آنچه که این اواخر ذهنم را ذره ذره می خورد برایم قطعی و مسلم شد. به کنایه هایش پاسخی ندادم. ولی می دانستم که در خط نگاهم همه چیز را خواند. باهوش تر از آن بود که مرا بچه اش را نسنجد. مرا برگزیده بود مرا تربیت کرده بود بزرگ کرده بود لحظه لحظه ام را زیر دوربین گذاشته بود. می فهمید. من فقط اشاره ای کرده بودم به محتوای مطالبی که برای تایپ می آمد و او می دانست که اشاره به این مطالب صرفاً برای اظهار آگاهی نیست. فهمیده بود که در ورای این اشاره هزار سئوال نهفته است. چه کسانی می خواهند به ایران بازگردند چه کسانی نمی خواهند تو از کدام دسته ای چرا این مسائل در هسته مطرح نمی شوند به بحث گذاشته نمی شوند این همه دستک و بستک و تشکیلات به چه منظور بوده است این همه بچه ها از زندگی و درس و...افتاده اند زیر رهبری شما تکلیفشان چه می شود؟...می هراسید چنین مباحثی را در هسته مطرح کند. می دانست به جایی ره نخواهد برد می دانست فقط خودش را بیشتر افشاء خواهد کرد می دانست وقت عمل است و او زیرش زاییده است و این صحبت کردن ندارد آن هم از جانب کسی مثل مرتضی که در هرجا می بایست حرف اول را بزند شماره یک باشد...او را دیگر ندیدم و این آخرین تجمع هسته نیز بود. رضا یکی دوبار بعد از آن به خانه ی من آمد تا نمی دانم چه پیغامی را نه از جانب مرتضی که از سوی جواد بیاورد. رفقای دیگر را ندیدم. مهرداد کسی نبود که درس و زندگی اش را رها کند و عازم ایران شود اگر چه بچه ی خود رایی بود و می توانست با مرتضی مخالف باشد. مستانه به طور قطع در آنجا نمی ماند ولی نمی توانم بگویم که این جریانات درون تشکیلات و گرایشی که به مرتضی داشت، در انگیزه های او برای حرکت های سیاسی بعد از این او موثر واقع نمی شد. فلور به طور قطع جزء نفرات اول عازم ایران می شد...جواد از افراد رهبری در پاریس بود و از جمله کسانی که هواداران جنبش سیاسی عمیقاً به او علاقه نشان می دادند. هم در فعالیت های اکتیویستی شرکت می کرد هم مطالعه ی زیادی داشت و هم خط و مشی های گوناگون را خوب می شناخت. مستقلاً فکر می کرد و نظریه

می داد و بسیار مهربان بود...مرتضی او و مرا در یک ترازو می گذاشت به لحاظ محبوبیتی که در میان بچه ها داشتیم. می گفت تفاوت فقط در اینست که او در مسائل سیاسی تبحر دارد من در مسائل اجتماعی...اما فقط شاید همین تنها وجه مشترک ما بود. او در یک خانواده ی مذهبی تربیت شده بود با محدودیت های زیاد. من تنها چیزی که نمی شناختم محدودیت بود در هر زمینه ای. او سیاست همه ی زندگیش بود مرا با سیاست نمی بایست کاری بوده باشد. آن بخش قوی عدالت خواهی در وجود من شاید مرا در این خط انداخته بود و رویای مدینه ی فاضله...جواد مرا کنار کشید و صحبتی کوتاه با من کرد. رسم بر این نبود که دیگر مسئولان به طور انفردی با کسانی که ارتباط تشکیلاتی وجود ندارد صحبت کنند. ولی دیگر هیچ رسمی نمی توانست مفهوم باشد. تشکیلاتی به آن معنا دیگر وجود نداشت. انشعاب شده بود. افراد رهبری خط خودشان را تعیین کرده بودند. حالا دیگر چیزی و کسی نبود که از آن تأسی کرد. رهبر اصلی در ایران بود...و موج حرکت های انقلابی آن چنان در ایران دگرگون کننده بود که این انشعاب نمی توانست تاثیر تعیین کننده ای داشته باشد. عشق رفتن به ایران و پیوست به امواج حرکت های مردم حرف اول را می زد و آن سازمان هایی که در ایران فعالیت می کردند و آن سازمانی که ما وابستگی خود را در خارج به آن اعلام کرده بودیم. در واقع همواره این سازمان داخلی بود که مد نظر قرار داشت. حال اگر کسانی در میانه ی راه عقب می نشستند نمی توانست مانع حرکتی بشود.

جواد شیرین فلور و من در کافه ای در مونپارناس یکدیگر را ملاقات کردیم. برای من همه چیز روشن بود. ضرورتی به توضیح نبود. آن دو نفر نیز در تصمیم خود قاطع بودند. جواد حال و هوای درستی نداشت. می گفت شب ها کابوس می بیند. در جریان بحث های رهبری تنش های زیادی را تحمل کرده بود و رفتن به ایران با توجه به سابقه ی سیاسی او در خارج از کشور به عنوان یکی از اولین های فدراسیون فرانسه و آگاهی ساواک از این امر نمی توانست نگران کننده نباشد...من نیز گاهی دچار چنین اضطراب هایی می شدم. ولی عشق رفتن به ایران همه ی این نگرانی ها و تنش ها را از بین می برد. رفتار مرتضی کوچکترین تردیدی در تصمیم من نگذاشت. حتی قطعیت بیشتری به عزمم داد. موریس نیز به جایی در ذهن من پرتاب گردید که در آن مقطع می شد گفت که برای همیشه پاک شد...پا در هوایی کم کم داشت جایش را می داد به پاهایی که اندکی محکم روی زمین قرار بگیرند. آن چند سال زندگی سیاسی در خارج با خواست بهبودی و دگرگونی وضعیت در کشور می بایست روزی به سر آید. موج انقلاب در داخل کشور حرکت های بطئی و روزمرگی سازمان های خارج از کشور را تاب نمی آورد. اگر تصمیم نگیری زندگی برایت تصمیم می گیرد. می بایست این امواج آن چنان اوج بگیرند تا همه را با خود ببرد. خارج از گود نشستن و گفتن لنگش کن کاریست بس آسان. حال چه؟...بعدها شنیدم مرتضی گفته بود تا کنون سیاست می کردیم حالا سیاحت می کنیم. این هردو آیا در یک سطح قرار دارند؟ زندگی را در هرمقطعی باید به گونه ای گذراند؟ بازی است؟ بازیی که امواج خروشان و آرام زندگی انسان ها را بر هم بریزد؟ تاریخ را بر هم بزند؟ سرنوشت بشریت را به جایی دیگر

کوه کمر شکن

بکشاند؟ چه چیز بازیگر است و چه چیز بازیچه؟ آیا بازیگر بازی را می برد؟ بازیچه آیا خود نخواسته است در بازی باشد؟...مرتضی گویا در آغاز معتقد بوده است که باید همه به ایران برویم. سپس می زاید زیرش. آنگاه گفته بوده که می رود به ترکیه و از آنجا راهی ایران می شود. دروغ گفته بود. بعد ها خبرش از ژاپن آمد. گویا در آنجا درس می داده است.

دو

چند هفته پس از بیست و دو بهمن آرامش نسبی برقرار می شود. جنبش چپ خموش است. اغلب سازمان های چپ در آغاز انقلاب با صدای خمینی هم آوازی کرده اند. مردم امیدوارند که همه چیز روبراه شود. نوعی انتظار همگانی حضور دارد...اکثریت بیست میلیونی چون سدی در مقابل هرگونه نظر مخالفی با رژیم حاکم ایستاده است. مردم هیچ گونه دگر اندیشی را تاب نمی آورند: "...از این رژیم باید حمایت کنیم این نق زدن ها ما را تضعیف می کند آمریکای خونخوار را به جان ما می اندازد..." نه فقط در خیابان شاهرضا (انقلاب فعلی) در مقابل دانشگاه تهران و در محیط های روشنفکری، بلکه در هر گوشه ی شهر مردم مسائل روز را به بحث می نشینند. صحبت از تغییرات اساسی است که رخ خواهد نمود آرزویی دیرین با امیدواری صد در صد: وضعیت مستضعفان رو به بهبود خواهد نهاد...دگر اندیشان جرأت نمی کنند زبانی به کلام آورند. بیشتر شنوایند. اولین کلام مخالف آنها را در مقابل موجی خشونت بار روبرو می سازد. به محض اینکه نکته ای از مخالف خوانی به گوش مردم برسد نظریه پرداز را طرد می کنند و آنها را ضد انقلاب و سد انقلاب می نامند. هرکس و ناکس به خود اجازه می دهد روشنفکرانی را که سال ها تحصیل کرده اند و اندیشه مهم ترین بخش زندگی آنها بوده است به

راحتی مورد اهانت و ناسزاگویی قرار دهد...دگراندیشان از همان آغاز حس می کنند که جایی ندارند. اگر چه سال ها برای آزادی مردم مبارزه کرده اند حالا خودشان را از آنان جدا می بینند. مخالفان در این جا با نظریه پردازان سیاسی روبرو نیستند در برابر موجی از انسان ها روبرویند که موفقیت رژیم اسلامی و به عبارتی موفقیت مبارزات خود را به عینه دیده اند. در صد دانش اکثریت مردم نسبت به حرکت های اجتماعی - تاریخی جهان و ایران بسیار اندک است. آنها از انگیزه های ملی - مذهبی خود متعصبانه دفاع می کنند چون عشقی کور و بی چون و چرا. پی آمد آن را در ظهور گروه های حزب اللهی و فالانژ می بینیم که به تدریج شکل می گیرند. بسیاری از این گروه ها در آغاز مردمی و خود جوش هستند. ولی به زودی رژیم جمهوری اسلامی آنها را به مثابه ی ابزاری برای سرکوب هر دیدگاه مخالف به کار می گیرد...توتالیتاریسم در آن ماه های اول انقلاب به عیان ترین شکل خود در فرد فرد افراد دیده می شود و این پدیده را اعضاء و هواداران نیروهای سیاسی مخالف به وضوح در تک تک سلول های بدن خود حس می کنند.

مخالفین نیز که به طور عمده از اعضاء و هواداران جنبش چپ کمونیستی بودند، رفتارها ی متضادی از خود نشان می دادند. از جهتی برخی سر دمداران جنبش های چپ، خود را به آغوش رژیم انداختند و نمایش های تلویزیونی توبه ی رهبران به پا شد و از جانبی در هواداران این جنبش ها احساس شکستی جبران ناپذیر و ناکامی در راهی که در پیش گرفته بودند آزار می داد؛ بالاخص پرتاب شدن به دره ی نیستی از جانب مردم به شکلی کشنده آن ها را از درون ذره ذره می خورد و نابود می ساخت و آنها را نسبت به عقایدشان سست می کرد. در مقابل پدیده هایی قرار گرفته بودند که قابل تصور نبود. در زمان حکومت سابق چنین اهانت و بی توجهی و سرکوب را شاید در زندان های رژیم پهلوی نسبت به مبارزین اسلحه بدست وروشنفکران می شد دید ولی چنین رفتاری از مردم؟...از جهتی دگراندیشان غیرمذهبی در مباحثه با مردم چه افراد عادی و خواه افراد با دانش ریشه ی همه چیز و همه کس را از بیخ و بن می زدند و حرف ها درجا خفه می شد؛ به صورتی که فردی که آن را در ذهنش مهیا دیده بود و در دهانش می چرخاند کم کم با گذر زمان باورش را نسبت به آنچه می گفت از دست می داد و به تدریج حس می کرد حرف هایش آب در هاون کوبیدن است و بیشتر از پیش خود را منزوی و مطرود حس می کرد. مخالفین رژیم حاکم به نحوی صحبت می کردند که گویی طرف صحبت می بایست استدلالات آنها را بی چون و چرا بپذیرد و این گاهی با خشونت در لحن و بی توجه به شرایط غالب موجود و میزان دانش فرد مخاطب صحبت صورت می گرفت. و بگذریم از این ویژگیِ روحیه ی فرد ایرانی که بخصوص اگر سیاسی باشد یا هنرمند همواره تصور کرده است هرچه می گوید حکم مطلق است و همه باید آنرا بپذیرند و همواره خواسته است درس بدهد. در کشورهای غربی مردم اغلب با تربیت دموکراتیک پرورش یافته اند و هرکس عقاید خودش را حکم مطلق نمی داند انعطاف در تصحیح و تغییر آن دارد و حتی چندی بعد خود ممکن است همان اعتقاد را مردود بشمارد و به همین رو با نظرات دیگران برخوردی سخت و یک سویه و مردود آمیز

نمی کند و جا می گذارد برای اینکه شاید جنبه هایی از آن صحت داشته باشد یا شاید همه ی جوانب آن.

ضربه بسیار سنگین بود. سرنگونی رژیم پهلوی آرزوی اکثریت شد ولی حکمروائی آخوندها با قوانین پانزده قرن پیش آرزو نبود. اینکه اکثریت مردم مخالفین را بدینگونه پست و رذیلانه به زباله دانی پرتاب کنند، آنها را در موضعی دفاعی قرار می داد بویژه که اغلب دانش کافی برای استدلال نداشتند به ندرت کتاب های دکتر شریعتی را خوانده بودند نهج البلاغه را قران را کتاب های کوفی را و دیگر منابعی که بتواند پایه ی بحث های علمی را فراهم کند. حتی در زمینه ی کار مهم حکومت داری استدلالی جدی و محقق وجود نداشت تا عملکرد گردانندگان موجود را براساس داده ها و تجربیات مورد نقد قرار بدهند. مخالفتشان گاه نوعی کینه ورزی بود از این که کمونیسم نتوانست پیروز شود. حتی در میان تئوریسین ها به ندرت قادر بودند استدلال بیاورند که بالاخره چگونه می توان ثابت کرد که خدایی وجود ندارد و خلقت این همه کهکشان ها و عجایب در طبیعت چگونه توجیه می شود. با توجه به این مسائل و هم به این لحاظ که مخالفین نیز روح توتالیتاریستی قرون گذشته را با خود حمل می کردند واضح است که گاهی رو در رویی و تعارض با مردم تا به آنجا کشیده می شد که حتی خواهر و برادر یکدیگر را دشمن می داشتند. انقلاب گردید عامل جدایی و تلاشی بسیار از خانواده ها و در این میان کینه ها و دشمنی های شخصی سال ها پیش از این نیز تازه شد و مزید بر علت...مشکل فقط این نبود که دگر اندیشان می خواستند عقاید کلیشه ای خود را در شرایطی که بیست میلیون نفر زیر پرچم خمینی و اسلام سینه می زدند تحمیل کنند، بلکه تحمیل فرامین مائوتسه تونگ در کتاب های سرخ که هر حرکت و خواست فردی را در میان افراد تشکیلاتی بورژوایی تلقی می کرد، در زندگی با مردم نیز گویی در یک خانه ی تیمی از جانب اعضاء و هواداران نمونه های رفتاری معمول بود.

شیوه ی زندگی و رفتار چه گوارا، میراث دوران مبارزات چریکی که در خانه های تیمی و در روابط تشکیلاتی بسیار مهم تلقی می شد از جانب دگر اندیشان به مردم عادی حقنه می گردید. اگر چریک فدایی خلق با کفش و لباس می خوابید تا برای زمان رزم آتی آماده شود و به تغذیه اهمیت نمی داد که در صورت زندانی شدن غذا نخوردن را تجربه کرده باشد، و از ازدواج دوری می جست تا به مسئله ی مهم مبارزاتی بپردازد و خواهر و مادر و خانواده وهمه کس را فدای فعالیت های تشکیلاتی می کرد، از دیگران نیز انتظار داشت که چون او عمل کنند و به سبب فداکاری هایش به نفع مردم و هم از آنجا که تصور می کرد این تنها روش برای فراهم کردن زندگی بهتر است، خود را ورای دیگران می دید و گاه به نوعی طلبکارانه احترام و تبعیت را از جانب مردم طلب می کرد...چنین دیدگاه هایی را مردم به خوبی حس می کردند و به طور طبیعی واکنش های منفی از خود نشان می دادند و حتی اگر چندان هم موافق با رژیم نبودند به علت چنین کنش هایی حتی اگر بارقه هایی از اصول و منطق بر نظرات سیاسی - اجتماعی این مخالفین ملاحظه می گردید آن را با دیده ی تردید می نگریستند...و جالب اینکه روشنفکران سیاسی، هم غیر مذهبی

و نیز مذهبی موافق یا مخالف در این موارد اشتراک داشتند. خواهر من می نوش و شوهرش که با طرفداری از دکتر شریعتی در چند سال قبل از انقلاب به خیل مبارزین برعلیه رژیم پهلوی پیوستند، از این نظر گاه سر آمد بودند...می نوش هنگام خوردن غذا دیگر از چنگال استفاده نمی کرد: بورژوایی است. خیلی اوقات سفره ای می انداخت روی زمین غذا می خورد...حرکت های مبارزاتی و مخالف خوانی در درون خود حرکت های ارتجاعی شدید به همراه داشت. نفی حاکمیت جدید همراه بود با نفی تمدن و تجدد و هر آنچه زندگی را بهبود ببخشد. و بدین ترتیب بود که دگراندیشان و بویژه افراد غیر مذهبی چپ گرا و مذهبی های مخالف رژیم نه صرفاً به دلایل سیاسی بلکه نیز به علت رفتارهای غیر طبیعی روزمره از جانب مردم عادی طرد می شدند.

محمود فلینی مرا با موریس در چهارراه استانبول دیده بود. به جواد اطلاع داد که من به کارخانه نرفته ام و با موریس توی خیابان ها پرسه می زنم. جواد در جلسه ی تشکیلاتی در فاصله ای کوتاه اشاره کرد که به علت درگیری با مسائل مهم تر- انشعابات گروهی در پاریس و مسئله ی آمدن یا نیامدن به ایران - ما با تو نتوانستیم برخورد کنیم...در آن جلسه نیز صحبتی در این زمینه نشد. باز هم مسائل مهم تر دیگری بود که رابطه ی من با موریس را تحت الشعاع قرار می داد. گمان می رفت موریس ماندگار نیست باز می گردد و این از شدت مسئله می کاست. اما آنچه در ته ذهن جواد موج می زد و مسئله ایجاد می کرد یکی بر قراری ارتباط من با فردی بود که گرایشات مائوئیستی داشت و ما با این گرایش موضع داشتیم. لذا ارتباطات فردی نیز انتظار می رفت در خدمت نظرگاه های تشکیلاتی باشد و نیز پس از جریانِ لورفتن خانه ی تیمی در پاریس، فاصله ای که بین من و موریس افتاده بود نمی بایست با شل شدن بندها و از بین رفتن تشکیلات در زمان دعواهای درونی و اوج گرفتن مبارزات در ایران از بین برود...
هنوز در ماه های اول انقلاب حجاب اجباری نبود. مجالس زنانه - مردانه نشده بود. روحیه و روش زندگی زمان قبل از انقلاب کمابیش برقرار بود. موریس می گفت تهران به لبنان می ماند و لبنان را قابل قیاس می دانست با شهرهای بزرگ اروپایی. می گفت زن ها و دخترهای خویشان من همه بورژوایند. منظور او نحوه ی پوشاک و رفتار آزاده ی آنها بود. از اینکه خانواده ی من نزدیک و دور به راحتی او را به عنوان دوست پسر من پذیرفته بودند و با او رفتاری بسیار مهربانانه داشتند، برایش در مقایسه با آنچه در کشور پدری اش تونس جریان داشت تعجب بر انگیز بود...خواهر تازه محجبه ی من مهری را در پاریس دیده بود و گمان می برد ایرانیان همه چون اویند و تصور می نمود که من به علت زندگی در پاریس اروپایی شده ام. وقتی خواهر ناتنی من ملیح را دید با یک پیراهن تنگ مشکی کوتاه با چاکی که بیش از نصف سینه هایش بیرون زده بود، و وقتی خاله سهیلا را دید که هیچ اختلافی بین زن و مرد نمی شناخت و با همه راحت صحبت می کرد و وقتی دختر خاله پریوش را دید که با مردی زندگی می کرد که هنوز شوهرش نبود، تصوراتش تغییر کرد. حتی

می نوش که مقنعه سرش بود و رخسار زیبایش چون تابلویی در میان قاب به اطراف نور می پراکند، با او ساعت ها می نشست و در باره ی هر مسئله ای صحبت می کرد. می نوش برای او یک روشنفکر مدرن بود با روحیه ای که هیچ شباهت به یک فرد مذهبی معمولی نداشت...پس از چند روزی که موریس با اقوام گذراند، من یکی دو روز مرخصی گرفتم با او باشم. ولی این مرخصی همان و باز نگشتن به کارخانه ی قرقره زیبا همان. مرا چه به کارخانه. هر کسی را کاری. به علاوه قصد این بود که با محیط پرولتاریا آشنا شوم که شدم با کارگرانی رابطه برقرار کنم که کردم. ضرورت بیشتری حس نمی شد. هم چنین حسی درونی به من می گفت در مقابل اتفاق بزرگی که رخ داده و همه ی کمونیست ها و مردم را منتر خود کرده است این نوع فعالیت لنگ می زند. بیشتر برای اینست که حس عقب ماندگی جبران شود یا به هر حال کاری صورت گیرد. البته نگاه من از این منظر حکمیت نداشت و منسجم نبود حسی بود و این حس مصادف شد با حضور موریس یا حضور موریس بهانه ای شد تا توهمات ذهن من از چگونگی کار فرهنگی برای افزایش معلومات طبقه ی کارگر اندکی دست کاری شود. چرا طبقه ی کارگر که خود نیز نقش فعال داشته است در برقراری حکومت جمهوری اسلامی می بایست با زمزمه های چند تا روشنفکر در مقطعی که آتش انقلاب اسلامی به شدت شعله ور است جهت حرکت خود را تغییر دهد. با کدام منطق مسیر تاریخ را بدین سرعت می توان تغییر داد؟

موریس می خواست به برخی از شهر های ایران سفرکند. فرصت مناسبی بود تا اوضاع و احوال مناطق دیگر را از نزدیک ببینم. اصفهان در ماه های اول بعد از انقلاب هنوز همان رنگ سابق را داشت. در فصلی که ما به آن جا رفتیم از توریست خبری نبود. منارجنبان را تعمیر می کردند. در کافه ی جوار سی و سه پل موریس قلیان می کشید. دودی که بر می خاست رشته ی خیال مرا به تهران می برد غافل از آن چه در آینده گریبان همه را خواهد گرفت. از اینکه در ایران هستم و برای حصول هدفم حضور دارم رضایتی قلبی بر من حاکم بود. دود خاکستری در آسمان آبی پراکنده می شد و من حضور موریس را فراموش می کردم. او را درک نمی کردم آن گونه که باید عزیز نمی داشتم ارج نمی نهادم. آن چه در ذهنم می پروراندم از آینده ای که می بایست ایران با حکومت پرولتاریا "متشکل ترین طبقه ی جامعه" به دست آورد اجازه نمی داد این لحظات زیبایی را که هیچ گاه دیگر نمی توانست تکرار شود بیاشامد...در هتل شاه عباس هنگام خواب به جواد تلفن زدم. نگفتم از اصفهان زنگ می زنم و نگفتم با چه کسی هستم. و به موریس نیز نگفتم که آنها نمی دانند من با او هستم. برای موریس مفهوم نبود این مخفی کاری. از مکالمه ی ما به زبان فارسی چیزی نمی فهمید. تردیدهای دیرین سر بر آورد. تبدیل به یقین شد. چیزی نگفت. من توضیحی ندادم. از بوسه های گرم آن زمان های گذشته تر در آن شب چیزی به خاطر نمی آورم. قطعاً آن بوسه ها بوده اند؛ اما برای من که ذهنم در چند جا کار می کرد، دیگر آن بوسه ها نمی توانست به خوش مزه گی آن هایی باشد که آن زمان ها ما را برای مدت ها در حالت خلسه نگاه

کوه کمر شکن

می داشت...چیزی که در اصفهان به یاد دارم لنگ های من است که موریس باز می کند. من به پشت روی تخت خوابیده ام. رخسار موریس زانوها برروی تخت سرخ است چون لبو. احساس خشم و غبن و حال نزار همه را با هم در چهره دارد. به گمان او فرد آن سوی سیم مردیست که من در ایران با او رابطه ای عاشقانه دارم. هیچ گاه با این همه حدت در من فرو نکرده بود. برمن می کوبید می کوبید. گویی تنها وسیله ای بود که با آن می توانست مرا بکوبد: این همه راه آمده ام تمام عشقم را می خواهم نثارت کنم. نمی دانم تو در ایران چه می کنی. دست کم وقتی با من هستی توی رختخواب...از آن شب فقط این کوبیدن ها در ذهنم به جا مانده است. آیا او آمد...من آمدم...سپس آیا چون همان ایام تنگ یکدیگر را در آغوش گرفتیم و تا صبح خوابیدیم یا نه چه شد به یاد نمی آورم.

سفر بعدی عزیمت به کردستان بود. شب حرکت کردیم. توی اتوبوس به جز راننده و کمک راننده و من و موریس دو ـ سه نفر مسافر بیشتر نبودند. چه کسی در این موقعیت به کردستان می رود؟ پس از یکی ـ دو ساعت کمک راننده رفت و در انتهای ماشین خوابید. راننده مشغول رانندگی بود و مسافرین در انتهای اتوبوس خروپف می کردند. من و موریس مالک مطلق این سفینه ی زمینی تنها زمانی است که کاملاً به یکدیگر تعلق داریم. در صندلی فرو می رویم تا نگاه راننده را در پشت صندلی از خود دور کرده باشیم. بدنمان در تماس با یکدیگر در آتش است. این آتش به سرعت شعله می گیرد. شعله اش تا سنندج افروخته است. حتی تمایل به اینست که کاش هیچ گاه به مقصد نرسد و ما برای همیشه سرنشینان این سفینه می ماندیم و به هیچ دلیلی مجبور نمی شدیم از یکدیگر جدا شویم...در سنندج غوغا بود. در هر گوشه تظاهرات اعتصابات تحصن. کردها از پا ننشسته اند. با حکومت مرکزی با قاطعیت مبارزه می کنند. جنگ مسلحانه است و حکومت مرکزی از زمین و هوا نیرو می فرستد برای سرکوب آن. یکی از اقوام خلبان ارتش را به مأموریت می فرستند به کردستان. تار و مار می کند کردها را ولی از خود او نیز چیزی باقی نمی ماند. حالا تمام بدنش فلج شده است چهره اش کاملاً دفرمه. کردها او را لت و پار کرده بودند. او درون هواپیما و آنان در زمین. از او چند تا دست و پای شکسته و یک چشم کور و صورت کج و کوله به جا گذاشته بودند. دیگر هیچ کاری از او بر نمی آید حتی رفتن به دستشوئی. هوش و حواسش اگر چه برقرار است اما زندگی دیگر نمی دانم برای او چه معنایی دارد؟...موریس با چهره ی شرقی ـ غربی آرتیستی اش بسیار انگشت نما بود. هر جا می رفتیم تابلو بودیم. ولی رفتار نامناسبی ندیدیم. حتی کردها تا می توانستند ما را راهنمایی می کردند. یک پسر بیست و چهار ساله تا وقتی که از شهر بیرون آمدیم ما را ول نکرد. مثل کنه به ما چسبیده بود و در واقع به من چسبیده بود. در خیالش موریس خارجی بود و به حساب نمی آمد و خود را محق می دانست خودش را یک جوری صاحب مال بداند. ما را همه جا هدایت کرد همه چیز را نشان داد همه ی مسائل را توضیح می داد نیروهای جوراجور مبارزاتی را به ما شناساند از مواضعشان و نیروهایشان صحبت کرد. اما ورای همه ی این محبت ها قصد او در نزدیکی بیشتر از نوعی دیگر با من از همه قوی تر بود

118

و موریس این را حس می کرد...به موریس کارد می زدند خونش در نمی آمد. چند بار گفت او را رد کن برود. از او می خواستم آرام باشد. به او می گفتم در این بلبشو خوبست که یک نفر بومی ما را همراهی کند. ولی موریس دلگیرتر از آن بود که به این جنبه از قضیه بیاندیشد و نمی توانست بفهمد که در این شرایط ایجاد روابط عاشقانه و جنسی و از این قبیل تنها امریست که من به هیچ رو به آن فکر نمی کنم...شبی را که در هتلی در سقز گذراندیم تا صبح نخوابیدیم. به طور دائم صداهایی از راهروها و راه پله ها می آمد. مثل اینکه کسی یا کسانی را از اطاق های هتل بیرون می کشیدند و با خود می بردند. و ما هر آن منتظر بودیم که نوبت به ما نیز برسد. موریس چشمانش را تا سپیده نبست. در تاریک روشن کبود سحر گفت پاشو بریم اینجا امنیت ندارد. هراس وحشتناکی به جانش افتاده بود. حسی غریزی به او می گفت اگر به علتی او را گیر بیاندازند زندگیش برای همیشه نابود می شود...حضور من نیز در آنجا مورد نداشت. ریخت و قیافه ام به کردها نمی رفت. خانواده ای در آنجا نداشتم دوست و آشنایی را در آنجا نیافتم. در تهران کردها را ضد انقلاب می نامیدند و کردها به غریبه ها اطمینان نمی کردند...با یک مینی بوس بین شهری به آذربایجان رفتیم. آذربایجان نیز از همان آغاز انقلاب به مخالف خوانی برخاسته بود. هرچه لطیفه برعلیه آخوندها را ترک ها ساخته بودند. آذری ها که مشروطیت را با مبارزات ستارخان و باقرخان و ملهم از برخی جوانب انقلاب کمونیستی بلشویک ها پایه ریخته بودند و آخوندها این آغاز حرکت مشروطه خواهی را به انحراف بردند، به سختی می توانستد مشروعیت جمهوری اسلامی را بپذیرند...یکی از اقوام از ما در اطاق میهمان خانه با گچ بری های مزین به سنگ های زمردین و طلایی سقف بلند و مبلمان آنتیک ایتالیایی پذیرایی گرمی کرد. آن ها با موریس گرم صحبت شدند و من بی قرار در انزوای خودم فکور بر جا ماندم. چای در استکان های کوچک کریستال با پایه ی طلایی از سماور نقره ای روسی و کنگره هایی که تعدادشان شاید به پنجاه می رسید و بره ی کبابی توی باغ تا وقتی که به تهران بازگشتیم از زبان موریس نمی افتاد...هم کلاسی ایرانی موریس در بوزار پاریس که حالا برای تعطیلات به تبریز برای دیدار خانواده آمده بود، ما را به خانه ی خود برد. جمع خانواده بساط عرق خوری به راه انداخته بودند. مادر دوست موریس می گفت ببین او خارجی شماها ایرانی لب به مشروب نزد...آن ها مشغول بودند و من به حیاط کوچک فرو شدم. همان حالت غم زده ی مستاصل آوینیون در خانه ی پسر خاله ی موریس در این جا باز به سراغم آمد. این روزها فراموش نشدنی بودند. نمی بایست از دستشان داد. از حادثه ی زیبا می بایست محافظت کرد به جان خرید دل به آن داد گرامی اش داشت. ارزش این زیبائی ها را اگر چه غریزه حس می کرد، "من" نمی سنجید. حس قوی تر "من" در جستجوی ناشناخته ها با توهم وعده های عسلی و بوی گل مریم و کمانی رنگین در آسمان بی ابر، می خواست این غریزه را که هم عسل بود و هم بوی گل مریم و هم رنگین کمان در آسمان بی ابر در خود بخشکاند...این دو حس چون دو برادر همزاد حضور خود را در لحظه اعلان می کردند. حس قوی تر در پی نا شناخته ها غالب بود. حس مغلوب اما گم نمی شد فراموش نمی شد. حتی

کوه کمر شکن
قوی تر پنجه می کشید بر جان من می گریست بر مزار من می نالید در عزای من زجه می زد از روح ناشناخته ای که می بایست هستی را بکشد. خاله سهیلا وقتی می دید بار لازم را به موریس نمی دهم یک بار گفت تو همه اش باید دنبال هرچه آب حوضی بری. منظورش هرچه فقیر و بدبخت و لات توی خیابان بود. نمونه ای را که در نظر داشت بیشتر علی تک بود که من عاشقش بودم و به خاطرش از همه ی میهمانی های خانوادگی می زدم از مسافرت هایم. اجازه نمی دادم کسی پشت او حرفی بزند به هرچه خواهان داشتم از میان دوستان و اقوام پشت پا زدم...نادر پسر خاله ی مامان چند سال عاشقم بوده نفهمیده بودم. به قول همه یک تکه آقا اهل ادبیات کم حرف و سنجیده گو خوش برو رو. فقط یک بار در خانه ی مادر بزرگ وقتی خاله سهیلا توی اطاق عقبی نماز می خواند او روی مبل خواست مرا در آغوش بگیرد. دیگر طاقت نیاورده بود. یک پسرِ محجوبِ آرام و ساکت می شود یک گلوله آتش...حرارت بدنش وقتی مرا به خود می چسباند، از روی لباس بدنم را می سوزاند. آن موقع فهمیدم. حس شیرین زیبایی به من داد. از زیر دستش در می رفتم و او مرا دنبال می کرد. خاله سهیلا نماز می خواند ولی حس می کرد بازی گرگم به هوای ما را در اطاق دیگر. یک اشاره کافی بود. ولی من اهل اسارت نبودم...یک بار دیگر که در بیمارستان بستری شده بود به دیدنش رفتم. بودجه ام کفاف خرید بیشتر از یک شاخه گل را نمی داد: یک شاخه گل مریم. می گفتند گل را لای کتابش خشک کرده بود. بخش هایی از کتاب ادگار آلن پو را برایم خواند و کتاب را داد به من. او بعد از آن سال ها با خیال من و آرزوی من زیسته بود. از بیمارستان که در آمدم او را فراموش کرده بودم... جلال، برادر پسر پسر عمه ی مامان از آلمان آمده بود. یک میهمانی به افتخارش برپا کرده بودند در خانه ی مادر بزرگ. صندلی خالی برای نشستن نمانده بود. تعدادی از میهمانان روی زمین نشسته بودند دور تا دور. خاله سهیلا از برادر او پول خرد خواسته بود. همه ی جیب هایش را خالی کرده بود مشروط بر اینکه خاله سهیلا کاری کند من دو کلمه با او حرف بزنم. جلال برادر او نیز جرات نمی کرد خود قدم پیش بگذارد. وقتی من می رقصیدم و او دلش به قول خاله سهیلا غش رفته بود به خاله گفته بود با خودم می برمش آلمان... خاله سهیلا می دانست که عاشق آن هنرپیشه یی شده بودم که کتاب های پلیسی دوزاری می نوشت همان که اولین درآمدم را بابت شغل راهنمای خارجی ها در نمایشگاه آسیایی بالا کشیده و بعد گم و گور شده بود. می دانست رمضون یخی پسر پانزده ساله ی همسایه در کرج عاشقم شده بود و تابستان ها در کوچه پس کوچه های دور باغ و توی جالیزها و کنار نهر مدام پرسه می زدیم. به او دل می دادم و قلوه می گرفتم و هنوز نفهمیده بودم که این بده و بستان همان است که از آن به نام عشق یاد می کنند. " نمی فهمم این یخه چرکی ها چی به تو می دن؟" خاله سهیلا گفته بود...در ترمینالِ اتوبوس از پشت شیشه موریس چشمهای عسلی درشت نمناکش را از من بر نمی داشت و من و دایی وسطی آن پائین ایستاده بودیم. اتوبوس که حرکت کرد به قصد ترکیه و آهسته از در بزرگ ترمینال بیرون رفت، نگاه اشکبار موریس برای همیشه در ذهن

من حک شد. "هیچ دختری از او نمی گذرد" دایی گفت. موریس از دیده ها ناپدید شد.

فکر اینکه بروم در جایی استخدام بشوم به هیچ رو در ذهنم نمی گنجید حتی تصور کار در روزنامه یا مجله ای برای مطبوعات. ادامه ی حرفه ی خودم کوچکترین جایی در خیال نداشت. خودم را کسی می دانستم که گویی از کره ی مریخ آمده و با زمینیان کاریش نیست. آنان از جنسی دیگرند آنان مرا دفع می کنند. من نمی خواهم به هیچ رو قاتی شوم بخشی از آنان باشم. همه چیز و همه کس را در اختیار و زیر نظر مرتجعین مذهبی سرمایه دار می دیدم. نمی خواستم فکر کنم که مردم مردمی که برایش از همه چیز و از همه کس می گذرم، در این میان زندگی می کنند با همین مرتجعین و سرمایه دارها سرمی کنند ناسازگاری می کنند گاهی تا میکنند زندگی می کنند باید زندگی کنند؛ خود چه بسا جزء آنان اند یا در خدمتشان. به گمانم همه چیز می بایست از بیرون عمل کند. نیرویی بری از هر آن چه ظالمین را در بر می گیرد نیرویی عالم بر همه ی مظالم نیرویی آگاه به حقوق ستم دیدگان نیرویی که جان می گذارد تا مردم را به حقوقشان برساند نیرویی که باید مردم را به این حقوق آگاه سازد و فقط این نیروی بیرونی می توانست به این مهم دست یابد...اما نمی شد بیکار نشست. می بایست به کاری مشغول شد تا نیروهای سیاسی خود را جمع و جور کنند. یک کلاس عکاسی در آتلیه ای برگزار شده بود تا یکی دو نفر را برای کار استخدام کنند. من نیاز به چنین کلاسی نداشتم ولی عکس هایم بیشتر فتو ژورنالیسم بود. کسی را می خواستند برای مجالس عروسی عکس برداری کند. این کلاس بسیار موثر بود در توسعه ی دیدگاه هنری من در عکاسی. به دو ـ سه مجلس عروسی رفتم و عکس برداری کردم. دستمزد قابل توجهی نیز دریافت کردم. اما ادامه ندادم. عکاسی برای خانواده هایی که دستشان به دهنشان میرسد برای عکاسی خرج کنند؟! بعدش چی؟!..آدرس خانه ی فقیر ترین افراد خانواده را بخصوص آنها که در کارخانه های صنعتی کار می کردند پیدا می کردم و به آنها سر می زدم. برای آنها شگفت آور بود که من دختر قرتی پارتی برو که حالا از پاریس برگشته روز جمعه چند تا اتوبوس و مینی بوس سوار شود و برود ده فلان در جاده ی کرج از طبقه ی کارگر و حقانیت آنها بر حکومت در جامعه صحبت کند. کارگر بیچاره یک روز جمعه را داشت که زیر آفتاب حیاط کوچک محقرشان لم بدهد...حضور مرا گرامی می داشتند اما حرف هایم را با ناباوری گوش می کردند...روز اول عید خاله سهیلا ایراد گرفته بود که چرا چون سابق بر این به خانه ی مادر بزرگ نرفته ام برای دست بوسی و رفته ام کجای ساوه فلان دختر عمه ی آقاجون را که سال ها پیش در وضعیت بدی زندگی می کرد ببینم. دختر عمه حالا با شوهرش در یک باغ بزرگ زندگی می کردند و در خانه ی بی در و پیکری که می شد در آن چند تا کارگر را اسکان داد...داماد پسر عمه ی آقاجون از ارثیه ی پدری صاحب خانه ای شده بود و زندگی نسبتا مرفهی داشت...یکی از اقوام مامان ـ آن که طبیعت هیچ چیز زیبایی در چهره ی او نیافریده و شوهرش قاچاقچی از آب در آمده بود و می گفتند قتلی صورت داده و سال ها در زندان به سر برده

بود - از دیگر کسانی بود که من به سراغش رفتم. پسرش به سازمان مجاهدین خلق پیوسته بود. دخترش "رعنا" که زیبائی اش شهره ی عام وخاص بود، نمی دانم چطور به صنعت سینمای آمریکا راه یافته بود و نقش مهمی را در یک فیلم بازی می کرد.
پسرعمه محمد قاسم همیشه سویچ المثنای ماشین فرانسوی من سیمکا را در دست داشت و هرگاه در هوای گرم تهران ماشین جوش می آورد و وسط چهار راه را می بست، کافی بود یک زنگ کوچولو به او بزنم. ماشین را با کمک لات های سرچهار راه که آماده بودند برای یک دختر تو دل برو با یک وجب مینی ژوپش هرکاری بکنند، کنار می زدم و ماشین را همانجا می گذاشتم. و پسر عمه بقیه ی کارها را خودش انجام می داد و کارش که تمام می شد ماشین را خود یا یکی از کارگرها صحیح و سالم و برق انداخته می آورد توی حیاط خانه می گذاشت. حالا او سنش بالا رفته بود و زنش می گفت دیگر پسر عمه آن پسرعمه ی سابق نیست. سال ها مسئولیت مادر و خواهر ها و برادر ها و حالا بچه ها او را به کلی از پا انداخته بود به بهای زندگی خوبی که برای آنها مهیا کرده بود...دایی کوچیکه حالا کاملا در هروئین غرق شده بود. خاله ها و مادر بزرگ با هر مصیبتی بود او را تحمل می کردند تا بلکه روزی به راه آید. دایی کوچیکه همراه پارتی های شب جمعه ی من بود وقتی هر دو پانزده - شانزده ساله بودیم. فکر کردم با او برویم یکی از بچه های پاریس را در اصفهان ببینیم. در این سفر می خواستم کمک کنم که او از اعتیاد به دور باشد اما علت اصلی چنین برنامه ریزی هایی این بود که در بلاتکلیفی به سر می بردم. نمی دانستم چه باید بکنم. و نیز گمان می بردم شاید دیدار آن رفیق مرا به شکلی به اهدافم پیوند می دهد. با دایی کوچیکه به اصفهان و یزد و نائین رفتیم. در سفر هروئین نمی کشید ولی همیشه خمار بود. چند تا قوطی از قرص های جایگزینی هروئین متادون با خودش همراه آورده بود. من گاهی او را در یک گوشه روی شن های کویر رها می ساختم و می رفتم از آثار باستانی و آتشکده های زرتشتی دیدن کنم. او دوست داشت در بادگیرهای توی یزد بنشیند و چرت بزند. در آن هوای کویری خشک و گرم یزد در باد گیرهای بلند وقتی درها را در پائین باز می کردند، نسیم بهشتی از دریچه های بالا دست عطر گلدان ها ی شمعدانی و یاس را در کنار حوضچه ی هشت ضلع میانی در فضا منتشر می ساخت...آن رفیق در اصفهان اگر رو در بایستی نمی کرد، وقتی فهمید به آنجا می روم بهانه ای می آورد. کاملاً روشن بود که می خواهد خودش را از جریان های سیاسی دور نگاه دارد. از آن روزها و از بچه های سیاسی کلمه ای سخن نمی راند. اوقات ما اغلب به میهمان بازی می گذشت و مراسمِ بزن و بکوب. ساعت هایی را کاملاً متفاوت با آن چه که در پاریس با او گذرانده بودیم سپری کردم. او حتی مرا به دیگران معرفی نمی کرد. مانند شبحی که به هرحال حضور دارد آن چند روز را سر کردیم. آرزو می کرد که من هرچه سریع تر شرّم را کم کنم.

همه چیز اندک اندک برای مردم روال عادی خود را می یافت. مردم نوعی همزیستی مسالمت آمیز با رژیم در پیش گرفته بودند در انتظار رایگان شدن

پول نفت و بنزین و وعده و وعیدهای دیگری که داده شده بود. از حکومتی که گمان می کردند مردمی است پشتیبانی می کردند. حتی زمانی که فالانژهای مذهبی اعتصابات و تظاهراتِ مخالفان چپ غیر مذهبی را سرکوب می کردند، مردم در دفاع از رژیم بر می آمدند و می گفتند که باید از دولت حمایت کرد تا بتوانیم در مقابل ضربه های آمریکای جهانخوار مقاومت کنیم...اعتقادات مذهبی با خواست های سیاسی ضد آمریکا به شکلی جدا ناپذیر در هم یکی شده بود.
افراد چپ گرا دولت آمریکا را به علت سیستم سرمایه داری حاکم بر آن و نقش امپریالیستی و سلطه ی حکومت خود بر جهان محکوم می ساختند. روشنفکران مذهبی به طور عمده آن بخش از لیبرالیسم کشور آمریکا را که "مظهر فساد و پلیدی" نامیده می شد، مد نظر قرار داشتند. اسلام هیچ گاه با سرمایه مخالف نبوده است. اسلام پانزده قرن پیش که اساساً اسلام امروز نیز از دیدگاه های آن نشأت گرفته است، از اسلام عربستان سعودی تا مصر و الجزایر و...چیزی به نام سرمایه نمی شناخت. پدیده هایی چون طبقات تولید جمعی کارگران پرولتر و حکومت سرمایه داری حاصل تحول شیوه های تولیدی و نهادهای اجتماعی است در طی قرون. مخالفت حکومت اسلامی با آمریکا در شیوه ی آزاد زندگی است که برای شهروندان خود قائل شده است. و این شیوه ی آزاد در قوانین این حکومت اسلامی جایز نمی باشد و رژیم پهلوی از جانب سردمداران حکومت اسلامی منفور نبود به علت اینکه به مثابه ی یک دولت سرمایه داری از دولت آمریکا تبعیت می کرد، بلکه به این لحاظ که آزادی های فردی را آنگونه که در سیستم های لیبرال غربی رواج می داد...سئوال در اینجاست که اگر آمریکا کشوری بود با عقاید مذهبی و از ملایان داخل کشور ایران حمایت می کرد، همانگونه که از شاه حمایت کرده بود، آیا باز شعار "مرگ بر آمریکا" می توانست بر زبان تظاهرات میلیونی در سراسر خیابان شاهرضا با رهبری آیت الله خمینی آسمان تهران را بلرزاند؟
نیروهای کمونیستی از همان آغاز دولت بازرگان را با عنوان دولت سرمایه داری مورد حمله قرار می دادند و مذهب را با بیرحمی می کوبیدند: افیون ملت ها. و از دولت به عنوان دولت خرده بورژوازی که گرایش به سرمایه داری و سرکوب طبقه ی کارگر دارد نام می بردند...این مواضع برای تئوریسین های مکتبی و روشنفکرهای مذهبی چون دیدگاه دشمنان درجه یک رژیم جمهوری اسلامی تلقی می شد. بسیاری از آنها بدون آنکه علناً تئوری تکامل داروین را زیر سئوال ببرند، همواره این سئوال را مطرح می کردند که مبنای کائنات و هستی و کهکشان چیست؟ یا سیستم های تولید اقتصادی را که از نظر مارکسیسم طی پروسه ای از آغاز بشریت از برده داری آغاز می شد و پس از طی مراحل فئودالیته و سرمایه داری به سوسیالیسم خاتمه می یافت، مورد تردید قرار می دادند و با نمونه هایی سعی می کردند به اثبات برسانند که در بسیاری از کشورها چنین پروسه هایی طی نشده است. برخی از آنها تشکیلات کمونیستی را دیکتاتوری تلقی می کردند از جمله بر خورد انشعابیون کمونیست سازمان مجاهدین خلق با آن بخشی که حاضر نشده بود گرایشات مذهبی خود را رها سازد و معتقد بودند که منشعبین کمونیست تعدادی از مسلمانان سازمان مجاهدین را توی گونی انداخته و به دریاچه ی قم پرتاب کرده اند...کشتارهای

کوه کمر شکن

استالینی که به نظر کمونیست ها فقط یک اشتباه تلقی می شد یکی دیگر از مواردی بود که روشنفکران مذهبی بر آن تکیه می کردند...جدایی طلبی ملیت های گوناگون در داخل کشور نیز که از جانب کمونیست ها با الگو برداری از تئوری های لنین مطرح می شد و تحلیل مشخص از شرایط اقتصادی کل کشور و ملت های ترک و کرد و لر و غیره کمتر در آن یافت می شد، از دیگر مواردی بود که روشنفکران مذهبی بر آن دست می گذاشتند...روشنفکران مذهبی بیشتر از هر مسئله ای کمونیست ها را محکوم می کردند که در این وضعیت حساس بعد از انقلاب آنها با اعتراضات خود سبب می شوند که آمریکا و دیگر کشورهای امپریالیستی بتوانند ضربه های بیشتری به کشور وارد کنند و از آنجا که نیروهای کمونیستی خود مواضع ضد آمریکایی داشتند، بر روی این مسئله تأکید بسیار می شد و استدلال دم دست و بی درد سرتری بود که آن را بر سر کمونیست ها بکوبند و کمونیست ها به طور عمده تحجر مذهب را مد نظر قرار می دادند و عقاید مذهبی سالیان سال مردم را زیر سئوال می بردند و حکومت اسلامی را مبلغ و حامی ارتجاع مذهبی می نامیدند...مردم عادی از طرفی پس از کشتارهای خونین و اعدام ها و تیرباران ها و از دست دادن بسیاری از عزیزان و هم چنین تنش های شدید چند سال آخر قبل از انقلاب که کشور را به حالت تعلیق اقتصادی و اجتماعی در آورده بود، دیگر زد و بندها و بگیر و ببندهایی از این دست را تاب نمی آوردند و از جانب دیگر به دولت حاصل مبارزات خودشان اعتماد داشتند و به کمونیست ها که نتوانسته بودند قدرت را در دست بگیرند نمی خواستند اعتماد کنند. این عوامل سبب می شد که مردم اغلب دم به دم روشنفکران مذهبی بدهند و اگر چه گاهی به علت روابط خانوادگی و دوستی حرمت کمونیست ها را نگاه می داشتند، ولی در نهایت هیچ مرتبتی برای آنها قائل نبودند.

بدین ترتیب در بحث های درون و اطراف دانشگاه ها در ادارات درمدارس در خانواده ها کمونیست ها مطرود بودند. و این وضعیت بویژه برای کسانی چون من که محصور شده بود در میان خیل مذهبیون تئوریزه با افکار دکتر شریعتی و با طاغوتی های طرفدار رژیم سابق و هم چنین چادر چاقچوری ها و نان به نرخ روز بخورهای امروز که تحت تاثیر جو حاضر عقاید موجود را بلبل وار قورت می دادند و قرقره می کردند بسیار ناگوار بود...من در خانه و بیرون از خانه به غریبه ای می ماندم یک مریخی که به کره ی زمین فرود آمده و دیگران همه اورا پس می زدند. و تشکیلات سیاسی حرکتی آهسته داشت. یک بار جلسه در هفته و برخی حرکت های فردی برای افزایش تعداد هواداران چیزی نبود که یک سیاسی حرفه ای را ارضا و مشغول کند...حس غربت بی اندازه و رخوت بی عملی سبب شد که پیشنهاد بدهم تشکیلات مرا به خارج از تهران منتقل کند. آنها یک بیوگرافی از من خواستند و بلافاصله با پیشنهادم موافقت کردند. نه سئوالی نه بحثی نه ارزیابی خاصی نه صحبتی در باره ی موارد کار برد توانایی هایم با خصوصیات ویژه ی فرد من در شهرستان...این انتخاب قبل از هر چیز به این دلیل بود که گفته می شد مردم آن شهر با رژیم جمهوری اسلامی مخالفند. بنابراین تصور می کردم آنجا با مردم راحت تر هستم کسی مرا طرد نمی کند کافر و نجس و دشمن مردم نمی

124

خواند. آنها را مردمی می شناختند به صراحت گویی به کم تر دورویی و تزویر. مغرورتر و متعصب تر از آن بودند که بخواهند هم چون برخی از مردم با آمدن نو، نان را به نرخ روز بخورند. شهامت و جسارتشان را در ابراز نظر در داد خواهی در اعتراض به بی عدالتی تاریخ تجربه کرده است...برخی از اقوام نیز در آن جا زندگی می کردند...بی آنکه بخواهم تکیه ای و امیدی به خویشان داشته باشم، این امر می توانست عاملی محسوب شود برای اینکه چنین تصمیمی بگیرم...دیگر اینکه آن ایالت را نمی شناختم. انتقال من به این استان می توانست مرا با منطقه ای که اتفاقات تاریخی بسیاری در آن بوقوع پیوسته بود، آشنا سازد.

ترمینال شلوغ بود ولی نیاز به نشانی خاصی نبود تا "او" مرا پیدا کند. بعدها که دو ـ سه کلمه ای با من حرف زد گفت از درب ورودی ترمینال که وارد شدم، حدس زدم خودت باشی...من روی نیمکتی نشسته بودم. "او" قیافه ای مهربان داشت با چشمانی اندک اریب ترکمنی، موهایی کوتاه اندک تاب دار، راه می رفت اندک کج به سمت چپ و بیشتر به سمت جلو بس که افتاده بود و همیشه در خدمتگزاری آماده. اندکی خسته به نظر می رسید و بیشتر نگران بود از آن نوع نگرانی که ته دل همه ی ما را به جِز و وِز می انداخت نوعی حس تعلیق. افق روشن بود ولی در ذهن ما، افق واقعی را ابرهای خاکستری پوشانده بود...نگفت چشمهایت را ببند. گفت سرت را پائین بیانداز. تنها سخنی که به زبان راند. من در هر صورت جایی را در آن شهر نمی شناختم. به خانه ای یک طبقه وارد شدیم. درب بزرگ خانه را از راه دور باز کرد. در وروری به حیاطی با اندازه ی متوسط و یک باغچه ی کوچک شنی بی گل و گیاه باز شد. خانه ای بود دو خوابه با یک هشتی بزرگ بی مبلمان و کف موکت پوش. اطاق خواب مزین بود به دو ماشین چاپ یک ماشین استنسیل و دو ماشین برقی تایپ و بسته های کاغذ و مرکب. همین...دختری بلوند و سفید رو با موهای ژولیده و بلوز و شلواری که بیشتر به پیژاما می مانست، به جز "او" می توانست رخسار مرا نظاره کند بق کرده با چهره ای دمغ. اولین منظر خانه ی تیمی در ایران چندان روی خوشی نداشت. او نیز سخنی نمی گفت. شهر متعلق به تو دارها بود. شهر زنده های بی روحی که می جنبیدند تا کارهایی صورت دهند. روح و احساس و گرمی و سردی و هیجان پشت پلکهای سنگین نگاه های یخ زده حرکت هایی بی اشتیاق پنهان شده بود. همه دنیای فردی خود را در سرزمین نسیان دفن کرده بودند...فرد دیگر خانه ی تیمی مرد بلند قد و لاغر و استخوان محکمی بود. او نیز از مرکز منتقل شده بود. "او" اهل تبریز بود. فارسی را با لهجه ی ترکی بسیار شیرین سخن می گفت و بعد ها وقتی با بیژن تبریزی ترکی حرف می زد، دلم می خواست بپرم چند تا ماچ آب دار از لبانش بگیرم...آن مرد بلند قد نمی بایست چهره ی مرا نظاره کند ولی من می توانستم او را ببینم. او هر روز صبح می آمد به خانه و بعد از ظهر می رفت. هم چون کارمندهای اداره. با حضور او من بورکایی به سر می کردم که رو بند داشت و از دو سوراخی که در آن تعبیه کرده بودم می توانستم از دو دیده بهره ی کافی بگیرم. آن دختر بی حرف نیز صبح ها می آمد و بعد از ظهرها می رفت. من

شب ها تنها می ماندم. "او" گاهی شب ها بخصوص به لحاظ اینکه من تنها نباشم آنجا می خوابید...مرد کارمند و دختر بی حرف می آمدند و کارها را به اتمام می رساندیم و می رفتند. دختر گاهی با اتومبیل بیرون می رفت و بعد ها فهمیدم برخی کارهای توزیع را نیز انجام می دهد. "او" مسئول اغلب کارهای توزیع و ارتباط گیری و بسته بندی بود و تهیه ی مواد خورد و خوراک خانه. اطلاعیه ها را که آماده می کردیم، "او" آنها را در جعبه های بزرگ جا می داد با بندهای پهن نیمه فلزی می بست و با یک ماشین دستی کوچک بست محکمی به آنها می زد. من گاهی اوقات که کارش خیلی زیاد بود، به "او" کمک می کردم. اندک اندک در بسته بندی تبحر پیدا کرده بودم...مرد کارمند تنها کسی بود که زبان به صحبت می گشود. از اتفاقاتی که در مرکز می افتاد و از مسائلی که در تشکیلات می گذشت به طور عموم صحبت می کرد. او می خواست این جو خشک و بی روح را برهم بریزد صحبتی حرفی حرکتی راه بیاندازد...اطلاعیه ها یا برخی مقالات نشریه ی تشکیلاتی را تایپ می کردیم برایش تیتر می گذاشتیم استنسیل می کردیم و آن را به چاپ می رساندیم. گاهی ماشین خوب کار نمی کرد. مقدار زیادی کاغذ حرام می شد و دست و بالمان رنگی. اما همگان کمک می کردیم کار را سروقت به اتمام برسانیم...آدم هایی آهنی بودیم که وظایفی را هر روز انجام می دادیم مثل کارگران ساده ی یک کارخانه. تنها خلاقیت ما در چگونگی صفحه آرایی اطلاعیه ها بود که با امکانات محدود بدون عکس می بایست بهترین جلوه را برای جلب توجه مردم داشته باشد. مطالب چاپی و اطلاعیه ها از بالا دست انتخاب و نوشته می شد. هیچ اعتراضی نبود. ما همه خود را خدمتکار مردم می دانستیم و مسئولین را آدم های بی نقص با انگیزه های صد در صد فداکارانه برای خدمت به خلق...مرد کارمند می خواست این جو را بر هم بریزد. و تا حدی موفق می شد. آن زمان این دیدگاه در ذهن ما بود که اگر کسی بخواهد زیاده از ته و توی قضیه ی کار و زندگی رفقا سر در آورد و کنجکاوی بیش از حد از خود نشان دهد نشانه ی ضعف ایدئولوژیک است زیرا این خصلت "بورژوایی" عدم توانایی در حفظ خود و سر پوش گذاشتن بر روی کنجکاوی های فردی می تواند منجر به لو رفتن افرادی و نهادهایی در هنگام دستگیری بشود؛ به عبارتی تلویحاً این امر پذیرفته شده بود که انسان ها می توانند در شرایطی خاص تاب تحمل شکنجه و زندان و توهین وتهمت را نداشته باشند و رفقا و تشکیلات را لو بدهند امری که منجر شده بود به توداری و به طور عملی عادت به پرس و جو را از بین برده بود و حتی حس تأثر پذیری را و یا شگفت زدگی از امری را. هیچ موردی سئوال بر نمی انگیخت یا مسئله ای مورد انتقاد قرار نمی گرفت. حرکت و جنبش خود به خود از بین رفته بود و برای ما و بخصوص من که ارتباطمان با خارج عملاً قطع شده بود، منبع اطلاعاتی ما نشریه ی سازمانی و اطلاعیه هایی بود که درآن فعالیت می کردیم و گاهی نشریه ی سازمان های دیگر که اغلب آن ها را به علت مشغله ی زیاد نمی خواندیم یا سرسری نگاهی به آن می انداختیم و گاهی از برخی از آن ها به لحاظ تکرار گفتار با بی تفاوتی می گذشتیم...نوعی اطمینان صد در صد وجود داشت و آن چه در آن مقطع برای ما یا برای من مهم بود،

انجام دادن هر مرحله از کار بود تا هرچه سریع تر قدم بعدی را برداریم. حتی یک تلویزیون در خانه نداشتیم یا یک رادیو یا ضبط صوتی برای شنیدن موسیقی. گویی از یاد برده بودیم چنین پدیده هایی نیز در جهان وجود دارند. شاید چون همیشه گرفتار بودیم و سر وقت می بایست کارهایی را آماده می کردیم و شب ها خسته و کوفته سر بر بالین می گذاشتیم...این نوع زندگی مخفیانه را برای حفظ خود و تشکیلات و ضرورت ادامه ی مبارزه پذیرفته بودیم و این نوع زندگی ما را از همه چیز دور نگاه داشته بود. و هم اطمینان داشتیم کسانی هستند که در جریان اوضاع قرار دارند. ما فردیت خود را در تشکیلات گم کرده بودیم پنهان کرده بودیم هیچ کرده بودیم خود را قطره ای می دانستیم در دریا دریای خلق که آن چنان برای ما عمیق و گسترده و پرارزش بود که این قطره که هرکدام از ما باشیم نمی بایست به حساب آید...این نوع زندگی دست کم برای من که تازه وارد این تشکیلات شده بودم شاید چندان هنوز سئوال برانگیز نبود ولی در مرد کارمند که به گمانم سال ها در خانه های تیمی به سر برده بود، پدیده هایی از آن شاخک های تردید او را قلقلک می داد. اگر چه پذیرفته بود این مراحل می بایست طی شود ولی ادامه ی آن به تدریج خسته کننده و یک نواخت می شد...هیچ گونه مطالعه و بحث های تئوریک در میان نبود. ما تعدادی اکتیویست بودیم که نان و آبمان را می دادند و در خانه ای ما را زندانی کرده بودند که حمال و چاپچی نظرات دیگران باشیم. گفته می شد که فقط اعضاء می توانند در جلسات تئوریک شرکت داشته باشند. اما مانع از آن نبود که ما به عنوان هوادارانی که چاپخانه ی یک شهر بزرگ را اداره می کردیم بفهمیم اوضاع درونی از چه قرار است. می شد دست کم برنامه ای در نظر گرفته شود برای انجام برخی بحث های تئوریک گفت و گو در باره ی دستورالعمل ها یا فرامین و گزارشاتی که در نشریات سازمانی نوشته می شد...این سئوال بعدها برای من مطرح شد که چطور افرادی که چنین وظایف پر اهمیتی را در دست دارند - ما در خانه ی چاپ - از هواداران به شمار می روند. من حتی چندی بعد که وظیفه ی سرپرست چاپخانه را به عهده داشتم هنوز عضو سازمان نبودم. آیا چون روزنامه نگار بودم و آنان تصور می کردند به امور چاپی آشنایی دارم مرا در این هسته به کار گمارده بودند؟ کپی در آوردن چند تا اطلاعیه که متخصص نمی خواهد آن هم روزنامه نگار که قرار نیست اجباراً از امور چاپ اطلاع داشته باشد. آن مرد کارمند چه؟ مگر نمی گفتند از نظر ایدئولوژیک ضعف هایی دارد - هیچ گاه مستقیماً این مسئله را مطرح نکردند ولی از برخی صحبت ها و عملکرها چنین حسی را گرفته بودم. چاپخانه یکی از مهمترین بخش های فعال سازمان بود. اگر خللی بر آن وارد می شد، هر کاری می خوابید. افرادی که چاپخانه را اداره می کنند اگر عمیقاً به مبانی تئوریک آشنائی نداشته باشند و ندانند کدام موتوریست که سازمان را می چرخاند و چه وضعیتی برآن حاکم است مثل این می ماند که پایه هایش را برروی آب بنا کرده باشند.

فقط یکی دو بار که از شدت کار خسته شده بودیم، فرصتی پیدا شد تا من و آن دختر زیر آفتاب در حیاط خانه بنشینیم و هوای بیرون را نفس بکشیم. آنها سر غروب از خانه بیرون می رفتند. برای من درون و بیرون تفاوتی نداشت. انجام

به موقع کارها از هر هوای تازه ای جان بخش تر بود. اما همین یکی - دو بار نیز که در کنار یکدیگر نشستیم، حس غریبگی در هر دوی ما خانه داشت. گویی بودن در تشکیلات یعنی زیر تعدادی فرمول به نام خط و مشی مشترک سازمان زندگی کردن. همین...و هر مورد دیگر به بهانه ی حفظ مسائل امنیتی - که بخشاً صحت داشت - می بایست نهفته بماند. نه از زندگی شخصی نه از گذشته نه از اقوام نه از عملکردها نه از علائق از هیچ چیز سخنی برای گفتن جایز نبود. ما فقط با برخی از خصوصیات فردی یکدیگر آشنا می شدیم که در هنگام کار خود را نشان می داد ویژگی هایی که خود به خود رو می شد. و این ویژگی ها می توانست دو نفر را به یکدیگر نزدیک کند یا دور سازد..."او" در همان برخورد اول در ترمینال قاب مرا گرفت. صداقت و صمیمیتش را در همه ی کارها واقعی و عمیق می دیدم...از این دختر بلوند حس صمیمیتی نگرفتم....با مرد کارمند چنین حصاری وجود نداشت. چهل سالی از سنش می گذشت. قطعاً تجربه های تشکیلاتی چندی را از سر گذرانده بود. حساب و کتاب هایی که دختر بلوند با خود می کرد و شیر یا خط هایی که می انداخت چیزی نبود که از ذهن مرد کارمند نیز نگذشته باشد. اختلافش در این بود که دختر بلوند فقط منتظر یک تلنگر، یک اتفاق بود که اوضاع را به نفع خود به پایان برساند و خود را خلاص کند. مرد کارمند اوضاع را به همین صورت موجود پذیرفته بود و گذاشته بود که سرنوشت برای او تصمیم بگیرد.. این بود که تا آن زمان سر برسد می خواست خشکی و بی روحی فضا را در روال عادی زندگی تشکیلاتی که در واقع روال عادی زندگی ما شده بود رنگ و جلایی بدهد...من با بورکا و او رو باز. چندان عادلانه نبود. این حرکت به طور خود به خود می توانست این معنا را داشته باشد که آن طور که باید به او اطمینان نیست و برای منِ تازه وارد "انگیزه های مبارزاتی" بیشتری قائل شده اند. این امر را ظاهراً پذیرفته بود چرا که در تشکیلات می بایست امری طبیعی باشد که همه نمی توانند از یک سطح و میزان خواست و انگیزه در خدمت مردم برخوردار باشند و از خود مایه بگذارند...او دست ها و ران های لخت مرا می دید و گاهی سینه ی بازم را وقتی بورکا بالا می رفت؛ دامن کلوش بلند هنگام نشست و برخاست های مکرر روزانه حرکت های خرامان بدن مرا در معرض نگاه می گذاشت؛ شلوار جین برجستگی های بدن مرا در قالبی هوس آلود حس ناظر کنجکاو را بر می انگیخت...او در حین کار، فعالیت های همیشگی روزانه را با بازی های کودکانه رنگ می زد. ناگهان بسته کاغذی را که می خواست به دست من بدهد، از دستش بر روی زمین رها می کرد. و وقتی هر دو خم می شدیم تا بسته را از روی زمین برداریم، به گونه ای دستش را در تماس با دست من قرار می داد...نمی توان گفت که چه میزان از این حرکت به علت انگیزه ی خواست نزدیکی یک مرد با زنی است که هر لحظه با اوست به تدریج با اخلاق و روحیات او آشنا شده است صدایش همواره در فضا جاریست ولی چهره اش چون رازی بر او پوشیده می ماند. دختر بلوند از چنین انگیزه ای برخوردار نبود. او یک ماشین رباط بی احساس محض بود و من برای او رباط دیگری بودم که تفاوتش با او در بی چهرگی است. به سختی می شد فهمید تا چه اندازه اخلاق و روحیات و رفتار مرا در محیط تنگ

اجباری یک خانه زیر ذره بین گرفته باشد...من برای مرد کارمند در این فضای بی رنگ و بی صدا شده بودم یک راز، رازی که هر روز بیشتر به کشف آن علاقه می یافت. یک بار وقتی روی زمین روبروی هم نشسته بودیم و اوراق چاپ شده را ردیف می کردیم و منگنه می زدیم تا برای توزیع آماده کنیم، بسته که آماده شد دستم را دراز کردم آن را به او بدهم و او هنگامی که بسته ها را می گرفت عامدانه آنها را برد زیر بورکای من و وقتی دوباره خواست بسته را به طرف خودش بلند کند، بورکای من بالا رفت. و این همان چیزی بود که مدت ها ذهن او را به خود مشغول کرده بود. برق رضایتی در چشمانش درخشید ولی نفهمیدم درخشش به علت موفقیت در دیدار رخسار من بود یا زیارت رخسار زیبای من در او چنین رضایتی را برانگیخت و یا شاید هر دو.

هم زیستی ما سه نفر با یکدیگر چندان ادامه نیافت. یکی از سرکرده ها ی شهر که دختر بلوند نیز به شکلی به او وابسته بود ـ وابستگی علت روابط شخصی داشت یا سیاسی نفهمیدم ـ خط مشی سازمان را مورد نقد قرار داده و سپس با چند نفر دیگر از سازمان انشعاب کرده بودند. این انتقادات شامل چه مواردی می شدند و آیا از همان دست بود که من دیرتر خود به آن رسیدم یا از نوع دیگر نمی دانم. ولی هرچه بود این اتفاق همان نقطه ی عطفی بود که دختر بلوند در انتظارش بسر می برد...جای او را یک دختر از تبریز پر کرد. صدای کلفتی داشت و پراز شادی و نشاط بود. از لرزش خنده هایش فضای خالی خانه را لرزشی جان بخش فرا می گرفت. هرچه در اندرون داشت عرضه می کرد. بی اطلاعی اش را از هر حس و پدیده ی ناشناخته ای با هیجان و هیاهو برملا می ساخت. و این بی ریایی و زنده بودن روحیه از همان لحظه ی آشنایی نزدیکی صمیمانه و خودمانی بین من و او بر قرار کرد...زنی شوهر دار بود. شب ها به خانه می رفت ولی گاهی پیش من می ماند. شب اول با بلوز و دامن و جوراب رفت توی رختخواب. وقتی دید من همه ی لباس هایم را در آوردم و فقط با یک شورت و کرست خوابیدم و موهای بلندم را ول دادم روی شانه ها...

- اوه چه لعبتی مردم خبر ندارند در این خانه ی چاپ چه می گذرد؟

سپس گفت تصور می کردم در این خانه باید همیشه آماده و حاضر به یراق باشیم تا اگر عوامل کمیته ریختند توی خانه بتوانیم به سرعت دست به کار شویم و فرار کنیم...گفتم ببین روزها مقنعه و روبند سرم می کنم و نفس نمی توانم بکشم حالا تو انتظار داری شب ها هم با لباس بخوابم؟ خوب بگو برو بمیر دیگه. اگر ریختند خوب به سرعت یک خاکی به سرمان می کنیم...سرزندگی او مرا هم تکان داد. یک روز "او" نیز حضور داشت و صحبت از کشتی گرفتن دو ـ سه نفر از بچه های هسته ای دیگر شد. بی اختیار گفتم فکر بدی نیست کشتی بدنمان را به حرکت در می آورد. دختر تبریزی گفت دخترها که نمی توانند کشتی بگیرند. گفتم چرا نمی توانند می خواهی همین الان من و "او" با هم کشتی بگیریم؟...پسر محجوب که تا به حال دستش به هیچ دختری نخورده بود، رنگش سرخ شد سفید شد ولی تن داد. من از فنون کشتی گیری اطلاعی نداشتم. او نیز. من رفتم به اصطلاح زیر خم او. بدنم

اگر چه از خود قدرت نشان می داد ولی او رعایت حال مرا می کرد؛ بخصوص چون سعی می کرد دستهایش با پستان های من تماس نگیرد و لای پاهایم نرود. و من هرچه زور داشتم می زدم. می دانستم با او نمی توانم برابری کنم ولی از پا نمی افتادم...دختر تبریزی مرا تشویق می کرد و هوراهایش آنقدر اوج گرفت که "او" گفت آرام از بیم اینکه صدا به گوش همسایه ها برسد. اگرچه خانه در محلی قرار داشت که از این نظر کاملا مصون بود...مسئله ی کشتی گرفتن ما را "او" برای سرپرستش تعریف کرده بود و بعدها که مرا فردی با خواسته ها و عملکرد ها ی بورژوایی ارزیابی کرده بودند، این مسئله را نیز به عنوان یکی از عوامل بورژایی علاوه کردند. و "او" وقتی از محتوای بیوگرافی من در گذشته اطلاع یافت، پس ازمواضعی که بالا دستی ها گرفتند با چشم دیگری به من نگاه می کرد.
یک بار یکی از رهبران سیاسی سازمان از مرکز به هسته ی ما آمد. از رنگ صورتش ویتامین می ریخت. چاق و چله و سر حال بود با شکمی به اندازه ی یک زن شش ماه حامله. هم چون حاجی آقا قوم و خویش آخوند شوهر خاله نشست بالای اطاق روی یک تشکچه. گویی به میهمانی آمده و اوضاع همه به مراد است هیچ مویی لای درز نمی رود هیچ ابری آسمان روشن و آبی ما را تیره نمی کند...او رو باز بود و من هم چنان با بورکای سوراخ دار بر سر کار بودم. مرا که از هواداران به شمار می آمدم، از یک عضو رهبری می پوشاندند. این امر به نظر بسیار احمقانه می نمود. اگر از میان من و او کسی می بایست مخفی تر بماند، او بود که از رهبران سازمان به حساب می آمد و به خطر افتادن جان او می بایست از جان من که نه تئوریست سازمان بودم و نه عضو رهبری و حتی نه یک عضو عادی مهم تر باشد.
مجید هم بود. سرپرست هسته ی ما که شاید سه بار بیشتر او را ندیدم. صحبت از فردی از اعضای یک هسته به میان آمد که "نمی کشید" یعنی خللی در انگیزه های مبارزاتی او پیش آمده بود. به من مأموریت دادند که با او کار کنم. مجید با نگاه معنی داری گفت که من از پسش برمی آیم. من این تعریف - کنایه را حمل بر تحسین خود نکردم. اگرچه او نمی توانست توانائی های مرا نادیده بگیرد، و البته با همان زاویه دیدی که دیگران مرا به سبب آن بورژوا خوانده بودند...در زندگی نامه ی خود همه ی تاریخ زندگیم از دوران بلوغ تا زندگی در پاریس را مو به مو ذکر کرده بودم. همه ی اسرار مگویی را که شاید هیچ کس به دلایلی نخواسته بود برای نزدیک ترین کس خود بازگوید. در این زندگی نامه به طور مختصر از روابط خود با مردان نیز یاد کرده بودم. منطق من در این کار این بود که در یک سازمان کمونیستی فعالیت می کنم و این سازمان هر آن چه که گذشته ی من نمی بایست بر آن تکیه نماید و نقاط ضعفی از آن بر علیه خود من اقامه کند. بخصوص که من در زندگی ام هیچ نمونه ای سراغ نداشتم که در آن به کسی زیانی رسانده باشم. انتظار داشتم یک سازمان مارکسیست - لنینیستی که منتخب آثار لنین را چون کتاب مقدس و رجوعی همیشه مد نظر دارد، ذهنی روشن و باز داشته باشد. در این اثر که برروی هر جمله اش تصور می رود به اندازه ی یک کتاب کارشده است، همه ی افراد جامعه ی تحت ستم سرمایه داری و تمام هواداران مکتب مارکسیسم -

لنینیسم از جمله بی خانمان ها بی سرپرستان ولگردان و غیره می توانند به عضویت حزب کمونیست در آیند. مهم خواست آنهاست و آن چه می بایست در نظر گرفته شود پذیرش اصول تشکیلات کمونیستی و تلاش برای محقق کردن و رشد آن است...و مجید نیز که از دیدار رخسار من محروم بود در جایگاه سرپرست هسته زندگی نامه ی مرا عمیقاً مطالعه کرده بود...آن فردی که "نمی کشید" مرد جوانی بود بلند قامت بلوند با چشمان آبی از اهالی شهر رضائیه.
آیا تصور کرده بودند فقط یک دختر تو دل برویی که تجربه ی رابطه با مردان را داشته است می تواند با این مرد خوش چهره در هیبت آرتیست های سینما برخوردی مناسب بکند؟ مرا سهل الوصول و اسیر آنی هواهای دل شناخته بودند؟ این را در نگاه مجید خواندم و در رفتارهای بعدی او...تنها چیزی که نمی توانست ببیند آن کیمیای مغناطیسی بود که می بایست دو نفر را به هم جذب نماید. آن چنان گرفتار کمبودهای بر آورده نشده ی جنسی خود و در بند پیش داوری های رایج در باره ی آزادگی های جنسی در خارج از ایران بود که صراحت من در نگارش روابط عاشقانه ام در گذشته به او اجازه نمی داد تصور کند خوش سیما و جذاب ترین فرد بدون آن مغناطیس نمی تواند در دل جایی بیابد...چنین حرکتی را جواد نیز در تهران با من آزمایش کرده بود. یکی - دو بار وظایفی مشترک برای من و فردی به نام خلیل در نظر گرفتند. در یک هسته فعالیت نمی کردیم و چنین وظایفی دور از اصول تشکیلاتی محسوب می شد. او را از پاریس می شناختم و در سفری سه روزه به کارلسروهه در آلمان برای شرکت در یک سمینار سیاسی. او نیز از همراهان بود. یک مرد ریزه اندام متفکر و با مطالعه کم حرف. تا آن زمان حتی یک بار با یکدیگر صحبت نکرده بودیم. فقط هنگام سخنرانیِ یکی از اعضاء، من به منظور کاری در پی سرپرست سازمان آن شهر به زیر زمین ساختمانی که سمینار در آن برگزار می شد رفتم. در اطاق را زدم یک بار دوبار سه بار. بار چهارم در باز شد. دکمه های پیراهنش را می بست. و در زیر پتو توی تخت خواب یک نفره بدن کسی موج بر می داشت. "آقای رهبری هنگام سخنرانی توی رختخواب است." این جمله را خلیل بیان می کند. او نیز برای کاری سراغ آن فرد آمده بود...در تهران، من برای انجام یک وظیفه ی سازمانی به خانه ی او رفتم. خانه ی پدری او بزرگ بود ویلایی در میانه ی باغی مفرح و پرگل و درخت و چشمه های مصنوعی و...کارمان که تمام شد او خواست مرا با اتومبیل برساند.
نخواستم. مرا پیاده تا ایستگاه اتوبوس همراهی کرد...هیچ حس خاصی نبود که بتواند مرا به او وصل کند. بچه ی خوبی بود و دارای جذابیت های قابل توجه اما نه برای من. او نیز با چنین برداشتی دست کم از جانب من هیچ کلامی در این باره از دهانش در نیامد. به اندازه ی کافی مجرب بود که بی راه نرود...اگر ما دو نفر به هم متصل می شدیم، خیال جواد از موریس راحت می شد. به گمانش زوج تشکیلاتی می توانست بار بیشتری برای تشکیلات داشته باشد با مشکلاتی کمتر و امکاناتی بیشتر. چه بسا ازدواج هایی که به همین علل صورت گرفته بود. چند فرمول سیاسی مشترک به عنوان خط و مشی سرسپردگی و هواداری از یک تشکیلات سیاسی واحد و فراموش کردن هر آن

چه با "زندگی" ارتباط داشت، عامل ازدواج افرادی می شد که گاهی به فاصله ی خورشید و زمین از هم دور بودند...
محل قرار ملاقات با آن فردی که "نمی کشید" در پارکی بود با بیشه های تک افتاده در این جا و آن جا و دشت سر سبز مغز پسته ای در میان و درختان سپیدار سر به آسمان کشیده حصاری بر میدان دور از نظر. نسیمی سبکبال و لطیف می وزید و نوازشگرانه درختان تبریزی بلند قامت محاط در گستره ی محل دیدار را به این سو و آن سو می لغزاند. آیا آشنایی داشتند با چنین مکان رویا برانگیزی تا ملاقات عاشقانه ی دو دلداره را صحنه آرایی کرده باشند؟...هنوز سازمان مبارزه با منکرات تاسیس نشده بود. لذا نهاد ویژه ای برای جلوگیری از چنین ارتباطاتی وجود نداشت اما روابط آزاد دختر و پسر در یک شهر کوچک چندان رفتار معمولی به شمار نمی رفت. با مشاهده ی چنین صحنه آرایی، او به سرعت وضعیتی به خود گرفت تا منظر نخستین دگرگونه بنماید. وضعیت آدمی را داشت که نفس این دیدار برایش تردید آمیز است. شاخک هایش به سرعت نور هدف از این دیدار را باز شناخته بود: "آمده اند سر به راهم کنند مرا از برزخ این وسط صندلی بیرون آورند. آمده اند مرا باز با خود همراه سازند". با وضعیت آدمی که او را از هر جهت محاصره کرده اند و تحت کنترل دارند، زیرچشمی و با گردنی کج محتاطانه و هراسان به چپ و راست نگاه هایی بریده و کوتاه می انداخت...حالا ما نه منظر دو دلداده را داشتیم و نه دو آشنای دیرین یا خویش نزدیک را. تنها تصور ممکن از نظاره ی ما غریبگی ما بود. هر کدام در گوشه ی دو هره ی بالا آمده ی یک باغچه ی بزرگ نشسته بودیم در فضایی محصور در میان درختان سر به فلک کشیده در یک زاویه ی نود درجه. قسمتی از سمت راست پشت من با قسمتی از سمت چپ پشت او به هم چسبیده بود و نگاه هرکدام در جهتی دیگر...او هراسان و مضطرب سخن می گفت. آبی چشمانش در گردش بی وقفه ی تردید و بیم جان دودو می زد. "آیا کسی ما را تعقیب نکرده است؟ کسی جاسوسی ما را نمی کند؟ " و این همان اتفاقی بود که هراس از پیش آمدِ آن در طول ماه های اخیر ذهن او را در هر دیدار و هر فعالیت تشکیلاتی تن و جان او را مثل خوره فرسوده و ناتوان ساخته بود و حالا در او به "مسئله" تبدیل شده بود...مجید چیزی از وضعیت مبارزاتی او به من توضیح نداده گذاشته و رفته بود. من می بایست اطلاعاتی ازخود فرد کسب کنم. دست کم یک ـ دو دیدار ضرورت داشت پیش از هر کنشی. من هر چه کوشش کردم وضعیتی طبیعی به این دیدار بدهم، پاسخی نمی گرفتم. مثال او مانند فردی بود که از بالای پرتگاهی آویزان است و هر آن خطر سقوط او را تهدید می کند و حالا کسی بیاید و از او بخواهد که به آبگوشتی خوشمزه فکر کند که آن گوشه توی دیگ روی آتش سوزان قُل می زند. تردید به حدی در او خانه داشت و چنان غوغایی در درونش در تلاطم بود که این صحنه سازی و دیدار ساختگی نمی توانست فرصتی مناسب باشد تا شناختی اقلّ کم مقدماتی برای آشنایی بیشتر فراهم آورد. چه بسا او در کشاکش های درونی تصمیم نهایی را اتخاذ کرده بود. تازه مگر می توان با توصیه و صحنه پردازی کسی را به اتخاذ تصمیمی معین واداشت آن هم تصمیم برای زندگی یا مرگ برای چشم پوشی از همه ی

مظاهر و رنگ و بو و زیبائی های بشری...دیدارمان به همین یک بار اختتام یافت.
گاهی که فرصت دست می داد و وقتی شب بچه ها به خانه و زندگی خود می رفتند، من خود را با مطالعه مشغول می کردم. خط مطالعاتی کماکان چندان از مرز مسائل سیاسی و انقلابات اجتماعی و فلسفه با مفاهیم کلی جهان بینی لامذهبی و ارتباط آن با انقلاب های اجتماعی عبور نمی کرد...یک بار که مجید به هسته آمده بود، کتابی را در دست من دید. آن را نخوانده بود. من او را به سمت قفسه ی کتاب بردم که کتاب دیگری را نشانش بدهم در بسط توضیح متنی که در دست مطالعه داشتم. روی زمین نشستم تا کتابم را در پائین قفسه جستجو کنم. مجید نیز نشست...او رو باز بود. من بورکای دوچشمی به سر داشتم. حالت های چهره ی او را نظاره می کردم. او نمی فهمید که سرخ و سفید شدن رنگ چهره اش را می بینم و سیر نگاهش را دنبال می کنم که به پاهای لختم بیرون زده از زیر دامن دوخته شده است....کتاب در دست، تمام ذهن و حواسش به من بود. از خود خارج شده و در وضعیتی قرار گرفته بود که اگر نشان مختصری از همراهی با او از خود نشان می دادم همانجا مرا می خواباند می چلاند می چپاند...در یک لحظه ناگهان به مردی تبدیل شده بود که در آن دم فقط می بایست فرو کند و تفاوتی بین او و تمام مردهایی که به بدی از آنها یاد می شود و آنان را حشری می خوانند دیده نمی شد. باری اگر چه آن لحظه به یکباره بر او فرو آمده بود، اما پی آمد برداشتی بود که از مطالعه ی زندگینامه ی من می توانست در او ایجاد کرده باشد. و سپس ملاقات من که اگر چه روی ماهم را نمی توانست ببیند ولی می توانست از نشست و برخاست و حرکاتم حدس بزند که چه تکه ای می توانم باشم. و این ها همه به اضافه ی توانائی ها و بخصوص قاطعیتم در راهی که در پیش گرفته بودم، سهل نبود اگر شاخک هایش نجنبند و در چهارچوب بسته ی هسته هایی که در آن زندگی تعطیل است پیش خود فکر کند چرا که نه؟...و شوری که مطالعه ی کتاب ها در من ایجاد کرده بود و اشتیاقم به مشارکت با او برای صحبت درباره ی آن چیزی که در فضای اکتیویسم و عمل گرایی سازمان کمتر دیده می شد ناگهان مرا به پدیده ای ـ در ذهن او ـ تبدیل می سازد؛ پدیده ای دلخواه و جانفزا به طوری که تنها واکنش او فقط می توانست در بر گرفتن من باشد؛ ترکیبی از جزئیات به زبان نیامدنی که در مجموعه ای از شرایط تاب نیاوردنی در ذهن پدیدار می شود و این گمان حادث می گردد که اوست که همه چیز را در خود جمع دارد، مادینه ای که چه بسا در این برهوت خشک و فشرده و بی رنگ و بو در آبیاری نهالی که سال ها کار دارد تا تنومند شود این راه دراز را با من همراهی کند...ولی مورد این مادینه اندکی متفاوت بود. گذشته ی زندگی این مادینه یا به گفته ی مسئول بعدی هسته "زندگی بورژوایی" او اجازه نمی داد توانایی ها و انگیزه های نیرومند وی برای مبارزه واقعی جلوه کند. کسی که در پانزده سالگی با دوست پسرش خوابیده کسی که در روابطی آزاد با یک نفر مدتی زندگی کرده باید جائیش قطعاً بلنگد، یک چیزیش بودار است. و من این احکام "لنگ" و "بودار" را لحظه ای که مجید رنگ به رنگ می شد و نگاهش را از طول ساق پای من در خیال به آنجا می برد که شهوت وی را سیراب می

توانست بکند، در چهره ی سفید خون گرفته اش در بینی قلمی اش که کشیده تر شده بود و تا روی لب و لوچه های آب افتاده آویزان در ته کلّه ی تخت رشتی و در موهای مجعد بورش، از پشت بورکایم می خواندم که بسی دور بود از آن عشق صاف و خالص توأم با احترام که همواره مرا کت بسته اسیر خود کرده است...به سرعت از روی زمین برخاستم. می بایست تمام ذهنیاتش را به هم زده باشم و شاید نه. دشوار است فهم برخی انسان هایی که جور دیگری زندگی کرده اند. آدم ها هر کس را با تجربیات خود با ذهنیات خود با پیش داوری های خود می بینند. و شاید آری. گاهی یک حادثه حکم جرقه ای را دارد که تمامی مفاهیم گذشته را درذهن تغییر می دهد.
یک گروه مطالعاتی را - همه دختر - در شهری دیگر به من سپردند که با آنها کار کنم. هفته ای یکبار روز جمعه صبح زود سوار اتوبوس بین شهری می شدم و به آنجا می رفتم...دخترها محل دور افتاده ای را در شهر، میان دشت و دمن در نظر می گرفتند و همه روی چمن ها می نشستیم. از قبل برخی متون مطالعاتی را گزینه می کردیم تا هرکس به طور جداگانه آن ها را مطالعه کند و در نشست هفتگی آن را به بحث می گذاشتیم. محلی که انتخاب می کردند آنقدر دور از چشم بود که هر رهگذر اتفاقی متوجه می شد که چند تا دختر با دفتر و کتابی که جلوی رویشان روی زمین گذاشته اند و بسیار جدی بحث می کنند چه کار ممکن است انجام دهند...آب و هوا نیز اغلب ثبات نداشت. اگر چه دچار ریزش باران و برف نشدیم ولی باد خشکی می وزید و تمرکز و تداوم کار را مشکل می ساخت. با این وجود سعی می کردیم وقفه ای بین جلسات بوجود نیاید...یک جلسه ی مطالعاتی دیگر نیز داشتم با یک مرد سی و چند ساله.
بخشی از وقت جلسه می رفت پای توضیحات او از کار هایش در عرض هفته. اگر چه با طی مسافتی چنین دراز فرصت درد دل هایی از این دست نبود، می گذاشتم هر حرفی می خواهد بزند. حس می کردم شاید من تنها فرد تشکیلاتی رابط او هستم. کم کم مشکلات خانوادگی اش را نیز مطرح می کرد. به ادبیات علاقه داشت. رمان هایی را با خود می آورد و تکه هایی از آن را برای من می خواند...جلسه ی با دختر ها پس از مدتی تعطیل شد زیرا یکی از آنها را شوهر دادند. دیگری را خانواده برای بیرون آمدن او از خانه مشکل ایجاد می کرد و در نفر سوم چندان انگیزه وعلاقه ی جدی به کار نمی دیدم که بخواهم تنها برای او و صرف این همه وقت و نیرو به آن شهر سفر کنم. و هم در آن مرد انگیزه هایی می دیدم به جز فعالیت های سیاسی...عیب و ایرادی در این علاقه که به تدریج بوجود آمده بود نمی دیدم. ایراد در این بود که من یک چنین حس مشابهی به او نداشتم. ادامه ی این جلسات می توانست به علاقه ی او نسبت به من بیافزاید...به صراحت برداشتم را از احساس او به خود گفتم. فهمید چه چیزی در ادامه ممکن است بگویم. نفی کرد. حضور من نفس من برایش غنیمت بود. مطالعاتش را دقیق و جدی ادامه می داد. حتی بیشتر از میزان مقرر کار می کرد.
مشابه چنین ارتباطی قبل از اینکه خودم را تبعید کنم اتفاق افتاده بود. در یک میتینگ سیاسی با پسری آشنا شدم. از موقعیت تشکیلاتی یکدیگر برای حفظ جنبه های پنهان کاری صحبتی به میان نیاوردیم و به همین دلیل آگاهانه هر دو

از صحبت در باره ی برخی مسائل خودداری می کردیم. حتی برای پوشش خود از ارائه ی نظریه هایی که وابستگی و گرایش ما را به سازمان تشکیلاتی ما برملا می ساخت، حذر می داشتیم. آنچه می ماند برخی اخبار بزن و بگیر بین نیروهای حزب اللهی رژیم و مخالفان حکومت بود و برخی دستگیری ها و اعدام های ماه های اول انقلاب. بنابراین موردی برای ادامه ی دیدارمان دیده نمی شد. . .یک بار یکدیگر را ملاقات کردیم. پارک کوچکی بود در کنار میدان بهارستان. این بار نیز بهانه ملاقات سیاسی بود. برای او ولی ملاقاتی از نوع دیگر نیز مد نظر قرار داشت. گفت که از اهالی مشهد است. در تهران تنها زندگی می کند. الان در پی مکانیست برای زندگی. ناخواسته خیلی از ناگفته هایش را مطرح کرد عمداً یا سهواً تا نزدیکی بیشتری برقرار شود...حتی در تصورم نمی گنجید که بخواهم دستش را لمس کنم بوسیدن لب هایش را که کاملاً فراموش کن. و می دانستم که این نزدیک شدن ها چقدر خطرناک هستند؛ زیرا خواست نزدیکی فقط برای ارضای نیازهای عاطفی و جنسی کوتاه مدت نبود...در شرایطی که ما بسر می بردیم، اغلب سیاسی کارها علاقه داشتند هرچه زودتر به سر و سامان برسند. پیدا کردن فردی که فعال سیاسی باشد و عقاید و راه مشترکی را با آنها در زندگی مشترک در پیش بگیرد در شرایط دموکراتیکی که در اوایل انقلاب بوجود آمده بود، این امکان را تا حدودی فراهم می کرد...دیگر او را ندیدم و هر ملاقات دیگری را نیز با چنین قصدی پس می زدم. آیا این ها آدم هایی نبودند که توجه مرا جلب کنند؟ آیا مبارزات سیاسی را جدا از این روابط می خواستم؟ آیا در افراد سیاسی آنچه را می خواستم نمی یافتم؟ آیا...آیا نوعی بی نیازی مطلق به سبب آن مشغولیات ذهنی نبود که دربست خدمت به مبارزه در من بوجود آورده بود یا بی نیازی به دلیل گرمای عشقی بود که از حضور هنوز موریس مرا از هر نوع تماس با دیگری دور نگاه می داشت...عشق آیا می توانست عمیق تر ملموس تر صاف تر و بی ریا تر از آن باشد؟ و آیا من اصولا فکرم را به این مسائل مشغول می کردم؟ قبل از اینکه مجید جای خود را به یک دختر تهرانی بدهد و آن مسئول بالا نشین جایش را به بیژن تبریزی، ترتیبی داده شد تا در یک جمع مطالعاتی شرکت کنم...مرد کارمند نمی دانم به چه دلیل ـ نه کنجکاوی می کردم و نه کسی راجع به آن سخن می گفت ـ از هسته بیرون رفت. حتی دریغ از یک خداحافظی به علت محدودیت های تشکیلاتی؛ دختر تبریزی نیز ناگهان گم و گور شد. جای آن دو نفر را "شریف" پر کرد و یک پسر ارمنی و من به عنوان مسئول وظایف هسته در چاپخانه تنها پای ثابت بودم...از "شریف" و پسر ارمنی رو نمی گرفتم. بالاخره نفهمیدم این رو گرفتن ها و نگرفتن ها از افراد گوناگون چه دلایلی داشت. حس می کردم که منطق درستی پشت آن نیست و با تعویض مسئولین شکل رفتاری نیز تغییر می کرد...در یک جمع مطالعاتی خارج از هسته ی خودمان، چیزی بیش از یک دوجین دختر و پسر از اعضاء رده بالای مقیم در آن شهر شرکت داشتند. جمع آن چیزی نبود که انتظار می رفت. مباحثی در می گرفت ولی نه براساس مطالعات آکادمیک و برنامه ای منظم و از پیش تعیین شده بلکه براساس مطالعات فردی پراکنده؛ بیشتر گپ و گفت بود تا یک کار جدی آکادمیک و فلسفی...مشکل می شد از پانزده نفر یک

کلاس آکادمیک فشرده بوجود آورد. یک معلم کارآمد و جدی و سخت گیر با ذهنی باز و هم دمکرات لازم بود تا این نفرات را اداره کند. چه بسا لازم بود آنان را به چند گروه تقسیم می کردند. مطالعات و بحث ها در جمع های کوچک تر صورت می گرفت و این مطالعات و مباحثی که بر روی آن کار فکر و تبادل نظر شده بود، یک بار دیگر در جمع بزرگ تر مرور می شد...من دیگر در آن جلسه شرکت نکردم. نه به این لحاظ که در آن شکل ویژه اش نیاز مرا برآورد نمی کرد، چرا که می شد رفت و شاید تلاش برای تغییرات دلخواه موثر واقع می شد؛ بلکه به این علت که مسئول جدید بیژن تبریزی با مطالعه ی زندگی نامه ی من تشخیص داده بود که من فردی با گرایشات قوی بورژوایی هستم...من البته با همین گرایشات قوی بورژوایی سمت خود را به عنوان مسئول چاپخانه حفظ می کنم اگرچه کماکان یکی از هواداران منسوب می شوم.
شریف از آن کسانی بود که در تمام زندگیش با بیش از چند زن از جمله خواهر و مادر و نزدیکان صحبت نکرده بود. یک اکتیویست کامل. ندیدم کتابی توی دستش. کارش را انجام می داد و گوشه ای می نشست. لبخندی بر چهره اش نشکفت. بین دو ابرویش را همواره چین خم تا می انداخت. از نوع آدم هایی بود که نگرانی از وضعیت حکمرانان غم زندگی اسف بار مردم و وضعیت رفقایی که هر روز زندانی و اعدام می شدند به طور دائم در او خانه داشت. انگار حق نداشت و اجازه نداشت اندکی خوشحالی بر خود ببیند. حس می کرد نوعی خیانت به مردم و مبارزین در بند است و بی عدالتی است اگر لحظه ای با درد و رنج آنان دمخور و غمخوار نباشد...عوامل دیگری نیز دخیل بود. زندگی دائمی در چاپخانه ی یک سازمان کمونیستی بزرگ هر لحظه در معرض خطر قرار داشت خطری که می توانست گریبان همه را بگیرد. لذا دست یابی به این مرکز در صدر برنامه ی حکمرانان برای مقابله با "ضد انقلاب" قرار داشت. این کار شوخی بردار نبود و شریف جدیت کار و خطرات آن را عمیقاً حس می کرد. پاک باخته بود. این امر را بعدها وقتی خبر اعدامش را می شنویم اثبات می کند. چرا که در همان شرایط بسیاری از رهبران و بالا دستی ها زیر شکنجه های روانی و جسمی در زندان اسرار و افراد را لو می دهند که زنده بمانند...علتِ دیگر سکوت او، زبان محاوره بود. من ترکی را به سختی صحبت می کردم و او فقط ترکی حرف می زد. اما این زبان گویش نسبت به زبان همدلی در درجه ی بعد تر قرار می گرفت. کماکان مخفی نگاه داشتن اسرار زندگی شخصی از عوامل موثر بود ولی حتی بدون این نیز اگر خوانایی باشد زبان خود به خود باز می شود. فرهنگ بسته ی شهرستانی که او در آن زیسته بود با آن فرهنگ آزادی که من در خانواده ام بر گرفته بودم، فرسنگ ها فاصله داشت. تجربه های زندگی او با مال من در دنیاهایی متفاوت آزمایش شده بود...پسر ارمنی اما روحیه ای داشت کاملا متفاوت...از همان روز اول با هم اخت شدیم. همکاری تنگاتنگ از دقایق اول، یگانگی قشنگی ما بین من و او بوجود آورد. کار مشترک ما خود به خود هم آهنگ می شد. نیازی نبود که توضیحات اضافی بدهیم. اساس کار را سر ضرب هر دو با مفاهیم یکسان به جان می خریدیم. هرکدام گوشه ای از کار را می چسبیدیم و بدون

هیچ مشکلی کارِ تمام شده را به کنار می گذاشتیم...او مسئولیت های بیرون از خانه را نیز برعهده داشت. در حین کارهایی که در درون خانه با یکدیگر انجام می دادیم، لحظه ای نبود که با یکدیگر سخن نگوئیم. او تنها فرد از میان سیاسی کارها بود که بودن با او بس شیرین بود. علتش می توانست این باشد که شاید ارمنی بود. گاهی یک بطر عرق می خرید و می آورد خانه. ذهنیات خود را بی محابا عیان می کرد نشان اینکه با آدمهای گوناگون و از جمله با دخترها با آزادگی معاشرت داشته است و این امر ارتباط گیری را روان می ساخت.
غذاهای ناشی گرانه ی من در آوردی مرا با چه به به و چه چهی تعریف می کرد و می خورد و هم بی غل و غش می گفت که در بیابان لنگه ی کفش نعمتی است. اگر با نحوه ی کار مخالفتی داشت با خنده و بی تکلف بدون آنکه احساس بزرگ نمایی کند یا کوچکترین حس تحقیر در آن باشد شیوه ی کار خود را نشان می داد. چیزی به نام مسئول و زیر مسئول نمی فهمید. آنچه می دید تفاهم در کار بود و انجام کار به بهترین شکل. جدیت من در کار و بخصوص ابتکاراتی که من در پیشبرد امور به کار می بردم او را دچار شعف و شگفت زدگی می کرد. برخی از رفتارهای مرا مرتب برای شریف و سرپرست می گفت و باز می گفت و در واقع برای خود تکرار می کرد...قدردانی نبود.
تعریف اضافی هم نبود. ابراز احساساتش تنها یک واکنش بود. واکنش یک فرد با رفتاری طبیعی بی هیچ پیش داوری بدون آنکه بخواهد انگیزه ی خاصی برای رفتارهای گوناگون داشته باشد. حس آنی خود را منعکس می کرد...به تدریج، تکرار چنین مشعوف شدن هایی در مدار متسلسل خود به یک عادت یا رفتار روزانه تبدیل شد. گاهی تصور می رفت که او بیشتر هوادار من است تا هوادار سازمان. شده بود مدافع سرسخت و بدون چون و چرای من در موارد نادری که سرپرست حضور داشت...شریف همواره پشت ماشین چاپ کار می کرد. من و پسر ارمنی مثل بچه ها با هم بگو بخند داشتیم. قدی بلند داشت قلمی و بلوند بود با چشمانی به رنگ سبز خاکستری و عارضی ظریف گل بهی که گویی آفتاب بگی نگی آن را برنزه کرده است و لبان کوچک و لطیف به رنگ گلبرگ های گل محمدی. دو ـ سه سالی از من کم سن و سال تر بود ولی اصرار داشت که او حداکثر پنج شش سال از من مسن ترست...نمی دانم به چه علت داده بودم یک عکس شش در چهار ازمن گرفته بودند. یک عکس نه در دوازده اضافی نیز به من دادند. ارمنی عکس را قاب گرفت و گذاشت بالای طاقچه. هرچه شریف می گفت: "هیچ می دانی ما کجا هستیم؟ داری مدرک ردیف می کنی دست دشمن می دی؟" او به خرجش نمی رفت. در عوض کلاه کپی لبه دار خودش را روی سرِ من می گذاشت و می گفت ببین با این موهای بلند صاف چه خوشگل می شه؟ می بایست عکسی هم با این کلاه بگیره...یک بار که با موتور سیکلت می رفت بیرون خرید کند، من هم با او رفتم. چادرم را به کمر بستم و پشت او روی موتور توی خیابان ها چه مانوری می دادیم. دودی که از لوله ی اگزز موتور در می آمد هم چون اکسیژن در هوای بارانی شمال مطلوب بود. هم از زندان خانه ی تیمی رها شده بودم هم وقتی که ارمنی را سفت می چسبیدم که نیفتم، باد موهای او را و لبه ی چادر مرا پشت سر موتور به چرخش در می آورد و من و او را نیز به پرواز.

بیژن تبریزی وقتی به من انگ بورژازی زد، هنوز شریف و پسر ارمنی در خانه شروع به کار نکرده بودند. مسئول جدید - دختری تازه منتقل شده از تهران - و بیژن تبریزی توی اطاق بودند و من در آشپزخانه. هشتی خانه حائل بود بین ما...من در آستانه ی در آشپزخانه روی زمین نشسته بودم و آنها توی اطاق کنار در روی زمین. درب آشپزخانه باز بود درب اطاق آنها نیمه باز. من هیأت بیژن تبریزی را می دیدم با چهره ای سرخ و سفید مثال دهاتی های زنجان و هیکلی درشت و ورزیده چون اصطبل داران. یک پایش را خمیده خوابانده بود روی زمین. پای دیگر را روی زمین گذاشته بود زانو رو به بالا حمایل دستی که برآن تکیه داشت. سرش اندکی رو به جلو بود و طرز نگاهش و شیوه ی حرف زدنش با دیگرانی که من از پشت در نیمه بسته نمی توانستم رخسارشان را ببینم، منظر حاکمی را داشت که حرفش یک کلام است و روی سخن او کسی نباید کلامی بگوید...مبحث اول در باره ی مسئول تازه بود: دختر کوتوله ای که عرض و طولش با هم رشد کرده بود، با چهره ای خوش رو و پر مهر. "مشکل تو به عنوان مسئول اینست که روحیه ی هدایت گری نداری. هر کس می تواند تو را مجاب کند هر کس می تواند تو را دنبال خود بکشد. روی نظراتت محکم نیستی..."...بیژن تبریزی بیش از نیم ساعت همین نکته را با جملاتی دگرگونه تکرار می کرد. حتی مثالی برای اثبات نظر خود نمی آورد...دختر چیزی نمی گفت. دیگران نیز. مبحث بسته شد. من از دختر مسئول شناختی نداشتم. یکی دوبار آمد دستورالعمل هایی صادر کرد که ما خودمان آنها را انجام می دادیم. چه بسا بیژن تبریزی درست می گفت. ولی این صحت و سقم گفتار او نبود که عجیب می نمود، این که می برید و می دوخت و دیگران هم بدون گفتاری آن را به تن می کردند عجیب بود...مبحث دوم در باره ی "گرایشات بورژوایی" من بود: "بنا برگذشته ای که داشته تحلیل ما بر اینست که گرایشات بورژوایی در او بسیار قوی است."...هیچ نمونه ای از زندگی گذشته ی من مطرح نکرد. آنها نیز نپرسیدند. بحث بسته شد. من اجازه نداشتم در این جلسه حضور داشته باشم در جلسه ای که برای محاکمه ی من تشکیل شده بود تا حکم بورژوا بودن مرا صادر کنند...تاریخ چنین محاکمه ای را به یاد ندارد. حتی در دوران شاهنشاهی قرن ها پیش از این، اگر کسی یا کسانی حتی ظالم ترینشان حکمی جاری می ساختند، دست کم بر طبق قوانین حکم خود را رسمیت می بخشیدند و بدین منظور محکوم در محاکمه ی خود حاضر می شد و مردم نیز حضور داشتند. حالا در یک سازمان کمونیستی به طور غیابی و یک جانبه و آمرانه جوری که نباید هیچ گونه اعتراضی بر آن قائل بود حکم را حاضر و آماده و بسته بندی شده تحویل می دهند به افرادی که مستقیماً و به طور روزمره با فرد محکوم کارمی کنند و نه افراد هسته های دیگر که بهانه ی پنهان کاری و این حرف ها در میان باشد...بیژن تبریزی حتی به طور مستقیم و رو در رو کلمه ای با من حرف نزد نگاهی به من نیانداخت. حتی با من دست نداد و سلام و علیک نکرد و نه حتی خداحافظی. من برای او یک کرم بورژوا بودم که در تشکیلات آن هم در یکی از مهمترین ارگان هایش می لولیدم. این کرم کثیف و چرکین است بوهای بدی از او در فضا منتشر می شود. حتی

نزدیک شدن به او مباهات دارد...می دیدم به چشم یک تفاله به من نگاه می کند. این نگاه حتی چون نگاه مردم عادی به فاحشه ها نبود. زیرا دست کم مردم "فواحش" را یک جوری دوست می داشتند نیاز هایشان را با آنها برطرف می کردند بعضی مردها با رویای آنها برانگیخته می شدند استمناء می کردند؛ اگر حس تعلقی به آنها پیدا می کردند رفتار محترمانه ای درپیش می گرفتند...من در چشم بیژن تبریزی کسی بودم که می بایست فقط او را به کار گرفت او فقط باید اطاعت کند هر تهمت و انزوا و بی توجهی را به جان بخرد و دم برنیاورد. اگر می خواهد به خدمت خلق در آید باید تاوان "کرده هایش" را بدهد.

چنین نگاهی را من در شوهر اول می نوش نیز مشاهده کرده بودم. یک بار در روزهای اول انقلاب می خواستند در اکسیونی شرکت کنند. در آن زمان هرروز تظاهراتی یا یک سخنرانی از جانب حاکمین اسلامی جدید در نقطه ای از شهر برگزار می شد. و بیشتر آنها در باره ی خطاب و هشدار به سازمان های چپ کمونیستی بود. به طور معمول تعدادی از افراد خانواده گله ای به دنبالشان می افتادند از جمله خاله سهیلا تا بیشتر ثابت کنند که هوادار انقلاب هستند. شوهر می نوش شوهر اولش در مقابل همگان آمرانه به من گفت تو بچه ی خاله سهیلا را ببر به پارک. این بچه را البته من بسیار دوست می داشتم زیرا از دوران کودکی فکر و ذکرش به مطالعه بود و کوشش می کرد که دنیای اطرافش را بهتر بشناسد. به بچه های هم سن و سال خود هیچ شباهتی نداشت. مادرش خاله سهیلا همیشه می گفت به شما ها رفته است. می خواهد عمق همه چیز را دریابد. به مادر و اطرافیانش مشابهتی نداشت. او پدرش را همواره جلوی چشم من می آورد بخصوص که در کودکی او را از دست داده بود و با اینکه کمتر کمبود پدر را با وجود این همه آدمی که دورش را گرفته بودند حس می کرد اما از این لحاظ با ما نیز که پدر را در کودکی از دست داده بودیم وجه مشترکی داشت...شوهر می نوش که با پا گرفتن حکومت مرکزی قدرت گرفته بود، حالا گمان می کرد برای خود کسی شده است و برای زندگی همگان برنامه ریزی می کرد. یک فالانژ کامل بود با این ذهنیت که آنچه باور دارد تنها باور حقیقی است و بنابر این چون هر متحجری به خود اجازه می دهد حکم کند که هر کسی با باور دگرگونه کافر است آری کافر. باری، بچه در پارک تأتر شهر بازی می کرد و من روی نیمکت او را می پائیدم و به این فکر می کردم که ببین هر کون نشوری به خود اجازه می دهد به من بگوید چه کنم یا نکنم...

دیده اید مسلمانان دبش را که اگر زنی دگمه ی پیراهنش باز باشد چگونه سرشان را پائین می اندازند نکند نگاهشان به سینه ی باز زن بیافتد و خدای ناکرده گناهی مرتکب شوند و در آتش جهنم بسوزند؟ حالا بیژن تبریزی نیز از بیم آتش جهنم از هر نیم نگاهی یا نگاه زیرچشمی با من خودداری می کرد و هم حالا که ادعا می کند کمونیست شده است و خدایی وجود ندارد و بهشت و جهنم قاعدتاً باید دروغین باشد، در اینجا در این چهاردیواری که مقر حکومت وی شده است می خواهد برای من جهنمی فراهم آورد تا من در شعله های داغ سوزانِ آن به حکم "گناهان" گذشته بسوزم...این همان "کرم بورژوا" ست که

تمام منافع شخصی خود را به باد فراموشی سپرده و از پاریس راست به این تشکیلات فرود آمده است و هیچ جایی در این دوران از زندگیش نمی توان یافت که او بخواهد برای حفظ منافع آنی و آتی خود اقدامی کرده باشد و هرچه امکانات را رها ساخته است تا در خدمت این تشکیلات قرار بگیرد و این "کرم بورژوا" خود را زندانی شبانه روزی این هسته ی پرمخاطره ساخته است تا پاسخ بدهد به آرمان های سازمانی...حکمی که برای من صادر کرده بودند از نوع بدترین نوع بیماری کشنده بود که یک کمونیست می توانست به آن مبتلا باشد. اما من می دانستم صدور چنین حکمی از کجا ناشی می شود. آنچه آزادی روابط زن و مرد خوانده می شود همراه با دیگر آزادی ها در انقلاب صنعتی اروپا و حاکمیت بورژوازی، پیروزی بر اصول متحجر فئودالی و قدرت کلیساهاست. در دوره ی فئودالی طبیعی ترین و آزادانه ترین رفتار جنسی زن و مرد در سال های آغازینِ بعد از تحول میمون به انسان - که در آن حتی نمایش بدن عریان و آمیزش جنسی در صحنه های تآتر در یونان امری معمول محسوب می شد - تبدیل به رفتاری یک سویه می شود به نفع قدرت مطلقه ی مردان و محرومیت زنان ازحقوق مساوی اجتماعی...حال حکمی که روابط آزاد زنان را با مردان بورژوایی تلقی می کند که او را محکوم نماید، به طور قطع حتی یکی از کتاب های رجوعی مارکسیسم را نیم نگاهی نینداخته است؛ کتاب هایی که بسیاری از مارکسیست - لنینیست ها از آن چون کتاب مقدس یاد می کنند و گفتارشان را برمبنای نقل قول های بزرگان مارکسیسم حکمیت می بخشند...یکی از اصول محوری تئوری مارکس این است که پایه های سیستم اشتراکی سوسیالیسم در سیستم تولید سرمایه داری ریخته شده است و لنین تا آنجا پیش می رود که می گوید روزی بچه ها دیگر از آن والدین خود نیستند و توسط آنها بزرگ نمی شوند تربیت نمی شوند. این جامعه است که با نهاد های گوناگون اساس و پایه ریزی شخصیت و رفتار کودکان آنها را بنیاد می گذارد. زنها و مردها به یکدیگر تعلق ندارند. نهادی چون خانواده نقش مرکزی نخواهد داشت...این گفتار با نمونه هایی که ما اکنون در جوامع سرمایه داری اروپا و آمریکا شاهد هستیم کاملاً تطابق دارد. بر اساس این واقعیات از نظر لنین حتی روابط آزاد زنان و مردان که در جامعه ی بورژوازی در آغاز گامی به پیش بود، در جامعه ی سوسیالیستی دیگر آوانگارد نیست. و حالا این متحجر که زیر نام یک سازمان کمونیستی این حکم را برای من صادر می کند، ارتجاعی ترین احکام عقب مانده در دوران فئودالیستی را رقم می زند به این دلیل که من با دوست پسرم روابط جنسی داشته ام؟!...اینجا محکومیت گرایشات بورژوایی برعلیه سوسیالیسم نیست. محکومیت آزاده ای است که قوانین و سنن ارتجاعی را در یک جامعه ی سنتی شکسته است پی آمدهای آن را به تن مالیده است فردیت خود را شناخته و در فضایی که آزادی زن برای پاسخ گویی به نیازهای عاطفی و جنسی فساد و فحشا نامیده می شود و آن فرد در جامعه از جانب همه ی اقشار طرد است، آزادی خود را جامه ی عمل می پوشاند...چندین بار قصد کردم میان صحبت ها برخیزم و اعتراض کنم؛ ولی حسی ناخودآگاه به من می گفت سودی حاصل نخواهد شد. ذهن بیژن تبریز متحجرتر از آن است که این اعتراض بتواند مؤثر واقع شود. تصمیم گرفتم این

حکم را نگذارم به پای همه ی تشکیلات خواستم این مسئله را زمان حل کند. آنچه اهمیت داشت وظایفی بود که می بایست حالا صورت گیرد. چه باک اگر تصوری دگرگونه از من ارائه شود. رفتار های خود را می شناختم. کم ترین تردیدی در صمیمیت و صداقت راهی که در پیش گرفته بودم در خود سراغ نداشتم. هیچ نقطه ی مبهم و مشکوک و کوری در آن وجود نداشت...گذاشتم این را آینده روشن کند...اما این چنین برخوردی سبب شد که پایه ها ی اعتقاد من به رهبری سست شود.

برنامه ی مطالعاتی قطع شد و سفر به آن شهر دیگر نیز دیگر موردی نداشت و هم فرد مسئله دار شهر ما برای همیشه زندگی شخصی خود را به زندگی سازمانی ترجیح داد...پس از اتمام کار روزانه و رفتن بچه ها از خانه، مطالعه در شب های تنهای چهار دیواری بسته تنها مشغولیت من بود. به تدریج احساس کردم نیاز دارم با محیط خارج ارتباط برقرار کنم. با "او" در میان گذاشتم و "او"، تنها کسی که شاهد تنهایی من و نبود هیچ گونه ارتباط با آدم ها و هر پدیده ی دیگری که خارج از مسائل تشکیلات مرا مشغول کند بود، با یکدیگر توافق کردیم که من شب ها به منزل فردی از اقوام سریه بروم...این مسئله را نیز همچون بسیاری موارد ریز و درشت ما خودمان تصمیم گرفتیم و حل کردیم. دیگران ـ مسئول هسته و دیگر مسئولین ـ تغییر می کردند می آمدند می رفتند؛ نقش چاپارهایی را داشتند که از این شهر به آن شهر در سفر بودند و حامل نظرات بالا دست برای چند دستور کلی. ما همیشه بودیم و خودمان هر کاری را پیش می بردیم...چند شب در خانه ی سریه سرکردم. سریه مهندس معماری چیزی حدود سی سال داشت. مادرش فوت کرده بود و او با خواهر و دو خواهر زاده اش در خانه ی قدیمی پدر زندگی می کرد. خانه با گچ بری های مزین به سنگ های قیمتی فضایی هنرمندانه ایجاد کرده بود از آن نوع که گمان می بردی در یک قصر بسر می بری. حمام بخاری قدیمی و آبی که از چاه با تلمبه برای شستشو بیرون می آمد و تغارهای محبوبه ی شب و یاس عین الدوله سر برآورده از قرنیز دیوارهای گلی باغ در نظر من بهشتی می نمود که دستی نامرئی ناگهان مرا از زندان بی همه چیز هسته ـ اداره به آن پرتاب کرد...پدر مردی ادیب و شعر دوست بود و وقتی همه از جمله پسر و دختر خواهر سریه ـ دو تین ایجر دوست داشتنی و اهل مطالعه و موسیقی ـ می نشستیم دورِ کرسی، او اشعار شعرای کلاسیک ما و اشعار بخصوص شهریار را با کلامیِ دلنشین دکلمه می کرد. هم از کلیله و دمنه و عبید زاکانی و تاریخ بیهقی پاره هایی برای ما قرائت می نمود...هیچ گاه از من نپرسیدند در آن شهر چه می کنم کجا هستم آدرسم کجاست. بدون آنکه کسی چیزی به آنها گفته باشد، متوجه بودند که این مسائل پرسیدنی نیستند. از آنجا که با حکمرانان دولتی موجود سر موافقت نبود و مذهب نیز در خانه ی آنها چندان محل اعراب نداشت و هم چنین به سبب فضای هنر ی خانه، این شب ها جلوه ی تازه ای برای من داشت. برای نخستین بار پس از ورود به ایران در یک جمع خانوادگی حضور داشتم که همه آزادانه سخن می گفتند. کسی نبود که کمر به مخالفت تو بسته باشد و هر کلامی تبدیل بشود به دیالوگ ها و بحث های

طولانی مدت با قصد اجبار در پذیرش قطعی سخن. هیچ صدایی نگران از نکند کسی با آن مخالفت کند بلند نمی شد. قطرِ رگ هیچ گردنی بالا نمی آمد. چنین فضایی به تهران تعلق داشت که در آن مباحث تنها نتیجه اش خستگی کوفتگی پشیمانی دلگیری و بسی اوقات تنفر بود. و نکته پردازی های پدر از ورای شعر و قصه و اساطیر جان دار و زنده زندگی را رنگ می داد. این شب های دل انگیز برای همیشه در ذهنم ماند...ولی رفتن به خانه ی آنها اگرچه در آغاز دلچسب بود و هم آنها و هم من از هم نشینی یکدیگر لذت می بردیم، این آمد و شد ها نمی توانست در ادامه فضای دلنشین روزهای نخستین را داشته باشد. دست کم در ذهن من روال طبیعی خود را از دست می داد. کم کم حس می کردم به آنجا می روم صرفاً برای اینکه با فضای بیرون ارتباط داشته باشم برای خارج شدن از مدار تکراری و خسته کننده ی هر روزی برای استشمام زندگی به آنجا می روم. اما معذوراتی وجود داشت. من جایی را می خواستم که در آن مجبور نباشم کسی یا چیزی را رعایت کنم ناگزیر نباشم اجباراً به سخنانی گوش دهم ساعتی به رختخواب نروم که همه قصد می کنند بخوابند.

از هفت خواهر، برخلاف دو خواهر بزرگ تر که از دوران کودکی اوقاتشان را به نماز و روزه و شرکت در هیأت ها در مساجد می گذراندند، سه خواهر کوچک تر در تمام شهر شهره بودند به لامذهبی. هر سه با موهای نیمه کوتاه بلوند روشن به سبک مریلین مونرو بی چادر با لباس های آخرین مدل در اقشار گاه سخت متعصب شهر سر بالا می گرفتند و اینجا و آنجا پرسه می زدند. شهرت زیبایی و سنت شکنی آنان در یک خانواده ی مذهبی بخشاً اولترا خرافاتی به تهران نیز رسیده بود...رضیه خاله یکی از آنها بود. وقتی به تهران می آمد و لطیفه های ضد مذهبی خود را در باره ی فتواهای آخوندها در مورد طهارت و غسل و جنابت و صیغه برای ما می گفت، حتی مذهبی های دبش چند طبقه نیز قادر نبودند از قهقهه های بی ارادی خود جلوگیری کنند. حتی در خانه ی خاله سهیلا در حضور خویشِ آخوندِ شوهر او بی محابا هر چه از دهانش بیرون می ریخت تا آخوندها را که حالا بر دوش های ما سوار شده اند و بر خصوصی ترین رفتار آدم تسلط یافته اند بچلاند. خاله سهیلا با چشم و ابرو اشاره می کرد که یعنی حالا مثل زمان شاه نیست مواظب حرف زدن خودت باش. ولی او حرفش را می زد و آقای آخوند حرف های او را می گذاشت پای اینکه بگذار پیرزن دلش خوش باشد به چند تا لغازی که می خواند...زن های خانه دار نیز از تیغ نیش و کنایه های رضیه خاله در امان نمی ماندند. "حالا چه کاریه حتماً باقلا پلو بخوریم. یک روز باید باقلا را از غلاف در آورد و بعد آن ها را به دو نیم کرد بعد نمک پاشید و ساعت ها مغز باقلا را از پوسته درآورد که آقا تشریف بیاورند و کوفت کنند یک لیوان آب رویش بخورند یک آروغ هم بزنند یک دستت درد نکند هم نگویند." یا "حالا نمی شود این مربای آلبالو را نخورد؟" یک روز باید هسته هایش را در بیاوریم بعد یک شبانه روز توی شکر بخوابانیم که آب بیاندازد و بعد بالا سرش بایستیم که نکند سر برود و همه ی فایده و مزه اش به بیرون پرتاب شود"...این حرف ها نه که کسی را دلگیر نمی کرد، بلکه فضایی شاد و دلچسب بوجود می آورد. هر

جا که به میهمانی می رفت او را برای مدتی پیش خود نگاه می داشتند که فقط بنشیند و خزعبلات ببافد و دیگران را بخنداند. باکی نبود که دست به هرکاری که می زد باعث دو باره کاری می شد. ظرف ها را چرب یا نصفه آب کشیده توی جا ظرفی می گذاشت. جارو که می کشید، خاکروبه را یک جایی زیر فرش رها می ساخت...حتی این سمبل کاری هایش مایه ی خنده و نشاط بود. او خود قبل از دیگران گُل کاری هایش را با قهقهه نقل می کرد و دیگران بدون آنکه بخواهند کمترین بی احترامی نسبت به او قائل بشوند این نمونه ها را بارها و بارها با ورود هر تازه واردی ذکر می کردند و فضای نشاط را باز برقرار می ساختند. خلاصه حضور او سراپا مزاح و تفریح بود...کمونیست ها را به علت لامذهبی بودنشان دوست داشت. وگرنه چیزی از حکومت کارگری و سیستم تولید سوسیالیستی و غیره نه می فهمید نه علاقه ای به فهم آن داشت. حتی نوعی حس تحقیر نسبت به طبقات پائین دست داشت و با اینکه خودش وقتی از شوهرِ دومش نیز طلاق گرفت و به جز ملک پدری که در آن خانه داشت و بهره ای از میوه ها ی توی باغ ایضاً پدری به او نیز می رسید و برخی اوقات با دوختن لباس برای در و همسایه مبلغ ناچیزی کسب می کرد و در آمد چندانی نداشت و زندگیش را با چترانداختن در خانه ی این و آن می چرخاند، ولی در نهان معتقد بود اگر کارگر و سپور و رختشوی و فروشنده وجود نداشته باشند چه کسی به مردم تحصیل کرده و ثروتمند خدمت کند. از رضیه خاله بیشتر از این اطلاعاتی نداشتم. پسرعمه اش را نیز می شناختم شهره به قماربازی قهار در کازینوها و زن بارگی. یک بار نفهمیدم به چه منظور به خانه ی ما آمده بود. ما سه تا خواهر را که دید گفت بیایید شما را ببرم کازینو...ما نرفته بودیم ولی دایی بزرگ که در آنجا حضور داشت، گویا بعد به قول خودش حال او را جا آورده بود که مردیکه ی قرمساق فکر کردی خواهر زاده های من هم اون دخترخاله اشرف "خوشگل" تواند که شب ها بری سراغش بگی "روت رو بپوشون تنبونت رو بکش پائین من کارم رو بکنم"؟ و اونم بیاد همه ی ماجرا را از سیر تا پیاز تعریف کنه و بگه "ایچینَه گیرمَمیش سوئو چیخدی؟".

رفتم پیش رضیه خاله گفتم می خواهم بیایم اینجا زندگی کنم یکی از اطاق هایت را به من کرایه بده. بوی اسکناس که به مشامش رسید نرمه های گوشش پرید ولی اطاقی به من نداد. گفت میهمان من باش آن اطاق ها را قرار است اجاره بدهم. قبول کردم. کرایه ی یک ماه اطاق را به او پرداختم. دو سکه طلا داشتم گذاشتم پیشش به امانت که هیچ وقت به من برنگرداند: "آنها را گم کرده ام."...هفته ای دو - سه شب می رفتم به خانه اش. هر بار به اندازه ی میوه و گوشت و حبوبات و غلات یک هفته ی یک خانواده برایش خرید می کردم و می بردم. بیشتر سعی می کردم بیرون غذا بخورم. نمی گذاشت در کارهای خانه کمکش کنم. می گفت تو مایع ظرفشویی زیاد استفاده می کنی. و یک بار که خواستم خانه را جارو بزنم گفت جارو برقی خراب است. می ترسید پول برق زیاد شود. یک لامپ بیست واتی از سقف آویزان کرده بود و تا هوا کاملاً تاریک نمی شد، کلید برق را نمی زد. راهروها و دستشوئی و حمام لامپ نداشتند و شب ها می بایست دو - سه بار سکندری بخورم و کورمال کورمال به

مستراح بروم...از مواد غذایی آنچه می خریدم کمتر آنها را رو می کرد مگر خودم هندوانه ای برای رفع تشنگی می بریدم یا نوشابه ای باز می کردم. آن چنان قارچ هندوانه را گاز می زد که انگار از قحطی آمده است...پول دوستی از خصائل ویژه ی این خواهران بود. حتی آنها که پول از سر و رویشان می ریخت یک ریالی را با تیر روی هوا می زدند. به همین جهت رضیه خاله در آغاز با تردید و ناباورانه به نحوه ی پول خرج کردن من می نگریست. جانش به پول وابسته بود. "چه طور می شود کسی برای پول ارزشی قائل نباشد و برای هر چیزی جیبش را خالی کند؟"...هربار با دست پُر تَر به خانه می آمدم. مهم نبود او چه رفتاری دارد. مهم این بود که من در آنجا راحت بودم. پول در میان بود و چشم او به جیب من. و او از حضور من به عنوان یک کمونیست در محله ای که همه از چم و خم و زوایای باریک یکدیگر به خوبی آشنایی داشتند، اضطرابی نداشت. نمی ترسید بودن من وضعیت زندگی او را به مخاطره بیاندازد. من نیز او را مثل مادر بزرگم با همه ی ایرادهایی که پیر زنان می توانند داشته باشند می پذیرفتم و تر و خشک می کردم...آن اطاق ها تا وقتی من آن جا بودم اجاره نرفت و خاله رضیه نگذاشت یک اطاق مستقل داشته باشم نکند که لامپی روشن کنم و یا یک وسیله ی برقی حتی رادیو ضبط صوت. اصراری نداشتم. یکی ـ دو بار از مردی جوان صحبت کرد که در آنجا خانه داشت. وقتی از او حرف می زد، چشمانش اشکبار می شد. مثال اینکه از عاشقش یاد کند...شاید نمی خواست جای او را کسی پر کند. شاید خاطره ای از حضور وی در آن خانه داشت که می خواست همان گونه حفظ نماید و نمی خواست کسی در این یاد بود سهیم باشد. اگر چه فکر نمی کنم او پول را با هر چیز دیگر تعویض می کرد. من می دانستم که اینجا موقتی خواهد بود و نیز بودنم در آن شهر و حتی این نوع پنهان کاری ها در تشکیلات. قرار نبود وضعیت همیشه بدین منوال بماند. نباید می ماند. باوری توهم آمیز؟ شاید. ولی مردم در این سطح آگاهی نمی بایست بمانند و دست حکمرانان روزی رو خواهد شد.

روزی مرا با خود به خانه ی یکی از همسایگان برد. من یک جعبه شیرینی خریدم و آن را دادم به خاله که دست خالی نرویم. گفت ما از این رسم ها نداریم. منظورش این بود که چرا خودمان نخوریم. جعبه شیرینی را گذاشتم توی خانه. سوار تاکسی شدم. رفتم مرکز شهر یک جعبه ی دیگر برای آنها خریدم. در خانه ی آنها، خاله از آغاز ورود شروع کرد به تعریف از کمونیست ها و با افتخار از من صحبت می کرد...همسایه زن گنده ای بود با غبغب آویزان و چربی های لایه لایه و صورتی شل و وارفته. او را ایستاده یا در حال حرکت ندیدم. همیشه روی تشکچه ای بالای اطاق کوچکشان می نشست. دختر بزرگ تر که دیپلمه ی بیکار بود، کارهای خانه را انجام می داد. مادر فقط دستور می داد دختر ها چه کنند. دختر کوچک تر سال آخر دبیرستان را می گذراند. پدر روی یک چرخ در میدان شهر میوه می فروخت و پول قابل توجهی در می آورد. آخر شب پول ها را تا ریال آخر می آورد خانه و می داد دست زنش. و زن بی هیچ دستت درد نکندی لیوان آبی استکانی چای قبل از هر چیز شکم و باسن گنده اش را به زحمت همان جایی که نشسته بود تکان

می داد و خم می شد تا پول ها را جرینگ جرینگ بشمارد و بدون آنکه به روی خودش بیاورد برق رضایت در چشمانش می درخشید و نرمه ی گوش هایش می جنبید...سپس به دخترها امر می کرد میوه های فروش نرفته و لهیده و فاسد را چگونه برای مربا و ترشی و سرکه آماده کنند...مرد بلند قامت لاغر اندام و سر بزیر، وقتی پول ها را تحویل زن می داد، آرام و بی حرف می نشست در گوشه ای از اطاق تا دخترها چایی برای او بریزند و سفره ی غذا را بچینند...رضیه خاله می گفت خانم خودش را گنده می کند و یکی ـ دو ماجرا از خوابیدن آن زن با مردی را در غیاب شوهرش تعریف کرد.
یک روز وقتی تنها به خانه ی همسایه رفتم، به اصرار دختر بزرگتر شب در خانه ی آنها خوابیدم. وقتی همه به خواب رفته بودند، پنهانی اطلاعیه ای به من نشان داد و گفت که با یکی از دوستانش آن را در محله پخش می کنند. پس از آن بعضی شب ها هنگام خواب به خانه ی آنها می رفتم. من از کار روزانه در هسته خسته بودم ولی او مرا بیدار نگه می داشت تا برایش حرف بزنم. از کمونیسم سوسیالیسم مبارزات طبقه ی کارگر انقلاب های جهانی سازمان های کمونیستی در ایران...کم کم اطلاعیه ها و نشریه ی سازمان را برایش می بردم. کتاب هایی را که به او می دادم با ولع می خواند و شب ها راجع به آن بحث می کردیم...او نیز هیچ گاه نپرسید من در آن شهر چه می کنم. مادرش یک بار کنجکاوی کرد. گفتم کارهای روابط عمومی شرکتی را انجام می دهم. از طریق او با دختر دیگری که پدرش یکی از کارخانه دارهای شهر بود آشنا شدم و حالا سه نفری در خانه ی این دختر گرد هم می آمدیم و صحبت می کردیم. این دختر ها به تدریج کار آگاهگرانه ی محل را در دست گرفتند. با همه جا و همه کس آشنا بودند. با افراد مستعد ارتباط برقرار می کردند...چادر به سر می کردم و به آن محله می رفتم ولی دختر ها بلوز و دامن معمولی می پوشیدند با روسری گلدار و رنگی...کارشان به راحتی صورت می گرفت زیرا گرایش ضد رژیم حاکم در میان مردم قوی بود و آنها خود از افراد آشنای محل بودند. از کودکی در محل زندگی کرده بودند تافته ی جدا بافته به حساب نمی آمدند و از ولایت و محله ی دیگری به آنجا فرود نیامده بودند تا انگشت نما شوند. در عزاها وعروسی ها شرکت داشتند و درمیان مردم می توانستند مؤثرتر واقع شوند با تردید های کمتر...یک بار دختر بزرگ خواست مرا به یک مجلس عروسی ببرد. در واقع خواهر عروس مرا دعوت کرده بود. به رضیه خاله گفتم. ابروهایش توی هم رفت. ناراحت شده بود که چرا به او نگفته اند و من دعوت شده ام. به عروسی نرفتم. عاقلانه تر بود که خودم را زیاد همه جا نشان ندهم بخصوص با این دخترها...رضیه خاله از آن به بعد بر رفت و آمدهای من حساس شده بود. یک بار وقتی دختر بزرگ در غیاب من آمده بود سراغم مرا ببرد به خانه ی خود، خاله خود سرانه گفته بود او دیگر نمی خواهد به خانه ی شما بیاید. و از این بابت صحبتی با من نکرد. روز بعد دختر بزرگ را در کوچه دیدم. او فهمیده بود رضیه خاله حسادت می کند. رضیه خاله می گفت آنها تو را می خواهند چون چربشان می کنی...با رضیه خاله رفتیم کارگاه قالی بافی محل را ببینیم. هفت ـ هشت ده تا دختر ده ـ دوازده ساله نشسته بودند پشت دار قالی و نقش می زدند. پسر دوازده ساله ی قالی باف نیز آنجا می

پلکید. پدرش گفت امسال شش تا تجدیدی آورده اگر درس نخونه رفوزه می شه...روز بعد مادر پسر را در محل دیدم. ملتمسانه از من می خواست به پسرش درس بدهم که رفوزه نشود. گفت اگر درس نخواند فردا مثل پدرش می افتد دنبال این زن و آن زن. اگر درس بخواند برای خودش آدمی می شود بی آبرویی نمی کند. فکر کردم بد نیست یکی دو ساعت به او درس بدهم و از این طریق توی محل نیز بیشتر جا بیافتم...ساعتی که می آمد پیش من درس بخواند، رضیه خاله می رفت بیرون. خواسته بودم در اطاق دیگر به او درس بدهم راضی نشد. می رفت پیش در و همسایه منزل برادر خودش. می رفت توی باغ آنها گشت می زد...بچه فسقلی با نیم وجب قد، چشمان هیزش دودو می زد روی دستان بی آستینم روی پاهای بی جورابم وسط یقه ی بازم. روز اول با جدیت به او گفتم یکی دو روز به طور آزمایشی به تو درس می دهم اگر خوب گوش کردی و تکالیفت را به موقع انجام دادی باهم کار می کنیم وگرنه من اوقاتم را ضایع نمی کنم. توی محل پز داده بود که فامیل رضیه خاله یک دختر خوشگل تهرانی معلم من است. قبل از شروع درس تکالیفش را نگاه می کردم و غلط هایش را باهم تصحیح می کردیم. سئوالاتی از درس قبل از او می پرسیدم و درس بعدی را آغاز می کردیم. یک زنگ تفریح یک ربعه نیز به او می دادم. خودش از من این را خواسته بود تا برود به خانه برای من نوشابه ای خنک با شیرینی و میوه بیاورد. بچه ی باهوشی بود. با تکالیفی که برایش تعیین می کردم صبح تا شبش گرفته می شد...رضیه خاله بد قلقی می کرد. منتظر می شد او بیاید. ده دقیقه ای وقت ما را ضایع می کرد بعد بیرون می رفت. گاهی زودتر از وقت باز می گشت. یک روز دید پنجره را باز کرده ام. باد پرده ها ی توری را بالا می برد. وقتی به درون اطاق آمد با لحنی تند گفت پنجره ها را چرا نبستی؟ من هیچ نگفتم. روزهای آخر تدریس بود. وقتی کارنامه ی قبولی اش را گرفت، یک قواره پارچه ی اعلای ابریشمی از طرف مادرش برایم به هدیه آورده بود برای خودم لباس بدوزم. با دو دستی که پارچه را به طرف من دراز می کرد انگار همه ی محبتش را در طبق می گذاشت و یک دنیا غم در نگاهش موج بر می داشت.

- شما تا کی اینجا می مانید؟
- ...
- همه می گن شما کمونیست هستید. آیا همه ی کمونیست ها مثل شما هستند؟
- ...
- معلم های ما هیچ کدام مثل شما خوب نیستند
- چرا همه ی معلم ها خوب هستند. تو خودت باید همت کنی درس بخونی
- اجازه می دین باز هم بیام شما رو ببینم؟

دختر بزرگه ی میوه فروش می گفت رضیه خاله توی محل همه جا نشسته و گفته که تو کمونیستی...می دانستم غرضی نداشته است. خواسته بوده از کمونیست ها تعریف کند. آن قدر عقلش نمی رسید که بفهمد این کار چه

مضراتی دارد. به او گفته بودم که حرفی نزند. گفته بود غلط کردند. نمی فهمید. کاریش نمی شد کرد. بدقلقی ها و فضولی هایش نیز کم کم اذیتم می کرد استقلال مرا داشت به هم می ریخت...دیگر به خانه ی او نرفتم. گاهی می رفتم سری به دختر میوه فروش می زدم که این رفت و آمد نیز با افزایش کارهای هسته به تدریج قطع شد.
پس از مدتی که در کار هسته جا افتادم، ماهی یا دو ماهی یک بار با اتوبوس به تهران می رفتم چادر به سر. هرچه سعی می کردم، از دور فریاد می زد که چادر عاریتی است. نصف موهایم همیشه بیرون می ماند یک طرف چادر روی زمین کشیده می شد طرف دیگر تا به قد کمرم می رسید. هیچ گاه نتوانستم همه ی بدنم را با چادر آشنا کنم. تکه ای از دامنم پاهایم بلوزم یا سینه ام بیرون می ماند...اغلب شب ها سفر می کردم. وقتی سوار اتوبوس می شدم، اغلب راننده ها از توی آینه چشم از من بر نمی داشتند. با هر خیالی قصد بلند کردنم را در سر می پروراندند. دو صندلی پشت راننده مخصوص عزیز کرده ها اغلب خالی می ماند. مرا دعوت می کردند که بیایم و جلو بنشینم تا بتوانند با من صحبت کنند و راحت تر از آینه مرا دید بزنند. برای شام مرا دعوت می کردند که با آنها غذای مخصوص رستوران برای راننده ها بخورم. من دعوت آنها را با رویی ترش رد می کردم...از وقتی به خانه ی رضیه خاله رفته بودم و با مردم عادی معاشرت داشتم، برخی احساسات غریزی گاهی سر بر می آورد: نگاه های معنی دار قالی باف رفت و آمدهای بی دلیل برخی مردهای مجرد اقوام به خانه ی خاله رضیه و حتی دو دو زدن مردمک چشمان پسرک شاگردم؛ دخترهایی که اطلاعیه در محل پخش می کردند، وقتی شب ها در میان خرده بحث های سیاسی احساساتشان را نسبت به پسرهای محل و اقوام و شیطنت ها و آرزوها و آمالشان توی رختخواب چاشنی پچ پچ های شبانه ی ما می کردند - زمانی که خرو پف مادر فضا را پر کرده بود و نفس هایش از میان تنه ی لش بی عار خرناسی را می ماند - به یادم می انداخت که من نیز زمانی آدم بوده ام و سنجاقک های آدمیتم با چراغ سبزهایی که نرینه ها می دادند به حرکت می افتادند. پسر ارمنی در هسته نیز شدت این احساسات را در من افزایش داده بود...گاهی شب ها با خیال آخرین هم خوابگی ها با موریس با خودم بازی می کردم و خودم را می خواباندم. در خانه ی رضیه خاله یک بار که او در خانه نبود، شمع بلند و قطوری را خوب شستم و پس از مدت ها مزه ی اصطکاک یک جسم خارجی را با جداره ی واژنم تجربه کردم. اما شمع که نشد آن غضروف انعطاف پذیر که با تماس اولیه شکلش را با شکل اندرون من تطابق می داد و کم کم سفت تر و سفت تر می شد مثل سنگ و آن بالا تماس لب ها با صورت من با گردنم با سینه هایم مرا گر می زد و عضلات شانه و پشت و دمبه های او زیر دستان من می لرزید همراه با حرکت های نوسانی و آن برو بیایی که من و او را مرتب به هم وصل و از هم جدا می کرد و در یک پیوند غریب یگانه ی وصف ناشدنی بی همتا ما را از همه ی دنیا فارغ می ساخت...راننده های اتوبوس بین شهری به علت نوع حرفه شان، کم تجربه ی آشنایی با زنان را ندارند و آدم های با تجربه اغلب بیشتر قاب مرا می گرفتند تا افراد کم رو و سر بزیر و آن ها که به زور دو کلمه ی مهربانانه از زبانشان در

می آید یا یک قرن طول می کشد تا پروسه ی نزدیکی را پیش ببرند...اما تجربه ی این راننده ها بیشتر با زنان خیابانی است، با زنانی که به قصد خوشگذرانی با آنها سر می کنند. به آنها به چشم زنان "بد" می نگرند نگاهی که حس مرا خشک می کرد...در هر حال به راه های نزدیکی با زنان آشنایند در برقراری ارتباط جسور هستند و معطلش نمی کنند و شاید این جا پاسخ خاله سهیلا باشد که می گفت من نمی فهمم این آب حوضی ها چی به تو می دن...توجه و ملاطفت راننده های اتوبوس برایم خوش آیند بود. حتی یکی از آنها ریخت و قیافه و رفتارش به طور شگفت آوری نه فقط به راننده ها نمی خورد بلکه اگر بیرون از اتوبوس او را می دیدم، مقامی کمتر از یک مهندس تحصیل کرده ی خارج و خوش بر و رو به او نمی دادم. آیا اگر معذورات تشکیلاتی برای خودم قائل نمی شدم و این سفر فقط برای یکی دو - بار بیشتر نبود و می شد به نحوی هرگاه بخواهم قال قضیه را بکنم و ارتباط را قطع کنم به شکلی آتشم را که به تازگی سر برآورده بود خاموش می کردم؟ گمان نمی کنم. آن حس پرجاذبه را نتوانسته بودند هیچ کدام به من منتقل کنند.

در یکی از این سفرها به تهران، شوهر خاله سهیلا در دریای خزر غرق شده بود. همان که تا ته استخر مذهب را در کنار اقوام آخوندش رفته بود همان که در دوری از همسر در خارجه دچار تنهایی و در نتیجه جنون شده بود همان که در تهران در تیمارستان به سر می برد و یا در خانه با قرص های حیوان افکن آرام نگاهش می داشتند همان که من بسیار دوستش می داشتم...مجالس عزا در خانه ی ما بود همانگونه که مراسم عقد آنها نیز در خانه ی ما برگزار شده بود. دو - سه روزی در تهران ماندم. خاله سهیلا در خانه ی ما به عزا نشسته بود و مردم مرتب می رفتند و می آمدند...این مراسم عزا جنبه های مثبتی نیز دارد و از جمله عزادار تنها نمی ماند دورش را می گیرند تا غم ازدست رفته را حس نکند. حسن دیگرش در اینست که سر و کله ی کسانی که سال ها فرصت دیدارشان نبود، در این مراسم پیدا می شد و بسیار خاطره ها زنده می گردید؛ بویژه حالا که همه چیز تغییر کرده بود. بسیاری از افراد را من از چندین سال قبل از انقلاب ندیده بودم...مراسم چندان به عزاداری شباهت نداشت. من از دیدار اقوام دور و نزدیک خوشحال بودم. عزاداری یک حرکت زنده ی مردمی بود. نشان با همه بودن یکدیگر را خواستن یکدیگر را پاس داشتن. و همین نشانه ها ست و همین پاس داری ها که آخوند ها از آن آینده ی خود را می سازند. روزهای سالگرد تولد و وفات و چهلم امام حسین بزرگترین بهانه ی جمع کردن ملت میلیونی است. آیا ملیّون هیچ گاه از روزهای ملی پر افتخار ما کمک گرفتند مردم را گرد آورند؟ روز ملی شدن نفت روز تولد و مرگ مصدق روز انقلاب مشروطه روزی که کوروش بزرگ اعلامیه حقوق بشر را پس از فتح لبنان نوشت و مردم را آزاد گذاشت تا مراسم مذهبی و سنتی خود را هر آن گونه که می خواهند برگزار کنند روزهای بزرگی که تاریخ ما را ساختند ولی در پس پرده ها پوشیده ماند...باری در این روزهاست که زنان اشک چشمشان جاری می شود و مردان سینه های لختشان را در عزای امام حسین برای شهدای انقلاب زخم و زیلی می کنند...من بلند بلند می خندیدم. خاله

سهیلا گفت ببین بس که او خنده رو بود عزایش هم پر نشاط است...نوع مردنش را غیر طبیعی نمی دانستم. او عملاً وجود نداشت. زنش مال کسی دیگری بود. از دستش کاری بر نمی آمد. به این بازی خاتمه داده شد. زنش دیگر مجبور نبود به خاطر خدا و بهشت و جهنم و حرف دیگران و دلسوزی و وجدان و این حرف ها ظاهر سازی کند. چه بسا خودش را غرق کرده بود. او مثل یک بچه بود نمی بایست تنهایش می گذاشتند او مراقبتی دائمی می خواست...شِری نوه ی عمه ی خواهر ناتنی مرا که دید گفت: دیدی آنقدر شعارهای بی تربیتی مرگ بر شاه دادند تا این بلا سرمان آمد؟ زن مطلقه ی داداش ناتنی من که زن با سواد و فهمیده ایست و داداش من با چشم هیزش که دنبال هر زنی دو دو می زد لیاقت حفظ او را نداشت، با احترام خاصی از جایش بلند شد و مرا بوسید. اخگر خواهر ناتنی بزرگه اشک از چشمانش سرازیر شد: قربونت برم الهی. از دوستان می نوش و شوهرش خبری نبود شاید به این دلیل که شوهر خاله متولد قم و بزرگ شده در میان آخوند ها از هرچه آخوند متنفر بود واز هواداران سفت و سخت مصدق...دایی ها و زن ها همه افسرده و خموده بودند. شوهر خاله با وضعیتی که داشت از مدت ها پیش مرده بود. اما آن چه بر سر دیگران آمده بود نیز با اختاپوس مرگ تفاوتی نداشت. با بلا تکلیف بودن وضعیت اقتصادی کشور و سوار شدن ریشوها برهمه ی امور وضعیت خانواده ها به هم ریخته بود و برخی تا مرز ورشکستگی نزول کرده بودند. دایی فراهان که راه به راه به شمال می رفت و عیش و نوشش براه بود، دمغ و بی قرار گوشه ای نشسته بود. دایی کلارگ گیبل که مدیریت کاباره ها را داشت بیکار شده بود. دایی بزرگ با بسته شدن عرق فروشی ها ناسزا بود که به جان آخوند ها نثار می کرد. دایی وسطی باد به غبغب می انداخت که در هیچ یک از تظاهرات شرکت نکرده و دخالتی در برقراری این بلبشو نداشته است. تنها دایی کوچیکه شکایتی نداشت. بازار هروئین و ماری جوانا کساد نشده بود.

کار انتشارات با شروع انتخابات مجلس نفس می گرفت. سازمان در هر استانی یک یا چند نماینده برای شرکت در انتخابات کاندید کرده بود. در برخی از استان ها که در صد مخالفت مردم با رژیم از اغلب استان های دیگر بیشتر بود، این توهم را در میان لیدرها بوجود آورده بود که مردم به نمایندگان این سازمان ها رای می دهند و آرزوی انتخاب این نمایندگان از جانب مردم رهبران سازمان های چپ را قلقلک می داد. فعالیت های تبلیغاتی در همه ی شهرها هرجا که امکانات امنیتی و مردمی اجازه می داد رونق گرفته بود و پخش اعلامیه ها برای معرفی کاندیدا ها از وظایف پر اهمیت به حساب می آمد. لذا ما به جز چند ساعت در شب که نعش خود را از شدت خستگی روی زمین می انداختیم، لحظه ای بیکار نبودیم. سیاست شرکت در انتخابات بر پایه ی این مسئله استوار بود که چرا از چنین امکاناتی برای تریبون سازمان استفاده نشود. در این که چنین سیاستی در آن مقطع تاریخی غلط بود یا درست نیاز به بررسی همه جانبه دارد. در پی پیروزی امام خمینی و غلبه ی مذهبیون بر دستگاه های حکومتی، رهبران همه ی گروه های سیاسی چپ مذهبی و غیر مذهبی را بر آن داشت تا از هر فرجی برای اتخاذ حقوق نادیده گرفته شده ی

خود بهره گیرند...فعالیت هایی چون شرکت در انتخابات در هر حال می توانست مهر تائیدی تلقی شود بر حقانیت موجودیت کسانی که بر ایران حکومت می کردند. هم چنانکه اشغال سفارت آمریکا و شرکت و پشتیبانی اغلب نیروهای مخالف از این امر و هم چنین پشتیبانی این نیروها از تظاهرات میلیونی مردم در عزاداری مراسم درگذشت آیت الله طالقانی از جمله فعالیت های مشابه شرکت در انتخابات محسوب می شد. علت شرکت در این مراسم عزاداری پشتیبانی و قدردانی از مبارزات وی در زمان رژیم پهلوی بود، اما از جانب رژیم اسلامی نوعی تزویر تلقی می گردید کوششی از جانب مخالفان تا جایی برای خود در دل مردم باز کنند. رژیم اسلامی اکنون مخالفان رژیم بویژه سازمان های غیر مذهبی را بیشتر از آمریکا که او را شیطان بزرگ می نامید دشمن می داشت و پس از آسودگی از کشتار ماموران ساواک و گردانندگان درجه اول رژیم پهلوی، کمونیست ها در صدر مهدومین قرار گرفتند به طوری که به تدریج رژیم حاکم با محکم کردن جای پای خود و ایجاد تاسیسات و بنیادهای مربوطه به منظور اجرای قوانین حفظ "انقلاب"، دستگیری زندان شکنجه و تیرباران مخالفین را در دستور کار قرار داد...هر اندازه مخالفین بویژه سازمان های غیر مذهبی کوشش می کردند به عنوان بخشی از جامعه در پی سال ها مبارزه جای خود را در کشور بیابند، گردانندگان رژیم اسلامی با آگاهی کامل از مقاصد نهایی آنان که قصد برانداختن رژیم سرمایه داری و بر چیدن مذهب به عنوان عامل تعیین کننده ی حرکت های سیاسی کشور هدف غائی آنان بود، هوشیارانه یک به یک حقوقی را که در شرایط دموکراتیک بعد از انقلاب به دست آمده بود باز پس گرفتند و این امر دامن تمامی سازمان های مخالف مسلح غیر مسلح مذهبی غیرمذهبی را گرفت به گونه ای که کوچکترین انتقاد از چگونگی حرکت گردانندگان حکومتی و ارتجاع مذهبی و تفکرات متحجرانه ی اجتماعی - اقتصادی نمی توانست قابل تحمل باشد...درشهر ما تظاهراتی برگزار شد برعلیه رویزیویسم شوروی. پس از سخنرانی یکی از اعضاء در حیاط بسیار بزرگ یک دبیرستان در نقطه ای دورافتاده در بیرون از مرکز شهر حدود صد و پنجاه نفری که جمع شده بودیم، راه افتادیم توی کوچه پس کوچه های خاکی سراشیبی و سر بالایی یکی از محلات فقیرنشین تا بر علیه شوروی رویزیونیست شعار بدهیم. حتی به من که رنگ آسمان و رنگ مردم را نمی دیدم و اهل محل نبودم و ریخت و قیافه ام داد می زد که خودی نیستم، ابلاغ شده بود که در راه پیمایی شرکت کنم...نفهمیدم این فکر چگونه پرورانده شده بود. بعدها به نظرم می آمد که انگیزه های فرصت طلبانه در پردازش چنین اقدامی بی دخالت نبوده است اگرچه به طور قطع این حرکت ها گاه واکنش هایی عمدتاً ناخودآگاه بود به ناچیز شمارده شدن. شعار ضد شوروی، از آنجا که کمونیسم نخستین بار به صورت عملی در شوروی پایه گذاری شده بود، می توانست ذهن مردم را که با بی خداها مرز بندی داشتند پاک کند و این تصور را در آنان بوجود آورد که گویا تظاهر کنندگان را با بی خدایی کاری نیست تا شاید گرایشاتی در آنان ایجاد شود و چه بسا در تصمیم گیری آنها در رأی به نمایندگان مؤثر واقع گردد...حتی اگر تصور شود آدم ها احمق و نادان هستند، سوء استفاده از

کوه کمر شکن

حماقت و نادانی حرکتی نیست که از مدعیان خدمت به مردم انتظار می رود. چنین اقداماتی اگر در کوتاه مدت بتواند به نتایجی نائل آید، در دراز مدت انگیزه ی عوامل طرح آن برملا می شود و ناسره بودن ذهنیات بد سگال آن از پشت ابر بیرون خواهد آمد...مردم کوچه پس کوچه های محله های دور افتاده در این شهر حتی شاید هیچ گاه به طور فعال در براندازی رژیم پهلوی دست نداشته اند با پدیده هایی چون تظاهرات و راه پیمایی و...چندان آشنا نبوده اند. آنها چه بسا در این انتخابات مجلس که برای نخستین بار به شکلی به میان مردم راه یافته بود، با بیگانگی این حرکت را نظاره می کردند. به سختی بتوان تصور کرد که موضوع رویزیونیسم شوروی در ذهن آنها معنا داشته باشد و گمان برند این امر اساسی ترین مسئله در آن مقطع زمانی بشمار برود؟ در این ماه های اول انقلاب که هنوز دگرگونی های سیاسی ـ اجتماعی تاثیر مستقیم دست کم مشهود در اقتصاد و وضعیت خانوادگی مردم نگذاشته بود، آن ها چندان از فعالیت های مبارزاتی ـ انتخاباتی متأثر نمی شدند. چه بسا با بی تفاوتی به آن نگاه می کردند...کوچه از پس کوچه، چند گذر را محتاطانه شانه به شانه رد کردیم با پلاکاردها و شعارهای ضد شوروی رویزیونیستی و با هراسی نهفته در تک تک ما. هر آن منتظر حادثه ای بودیم. یقین داشتیم به حدوث در گیری دستگیری. اما عملی بود که می بایست صورت پذیرد. دستور بود. این نیز جزء مبارزه است. دستگیرشدن هم دارد. اما...حرکت آیا کور نبود؟ من که کور بودم. وقتی حرکت را نمی شناسی، چه انتظار از واکنشی صحیح واکنشی صریح واکنشی صاف و پوست کنده. مردم حیران به ما می نگریستند...اندکی به جلو خیز برداشتیم. شعار هایمان طنین بیشتری در فضا پاشید. بیشتر بیشتر تا اینکه تق... تیر هوایی. ماموران رژیم سر رسیدند...از کجا؟ معلوم نبود. با چوب و چماق و تفنگ. آنها به سرعت می دویدند. ما به سرعت پراکنده می شدیم. هرکدام به سویی رفتیم تا خود را از معرکه خارج سازیم...من که ساختم.

هسته به فعالیت های هر روزی خود مشغول بود تا اینکه ناگهان یک شب دیر وقت خبر آمد خانه لو رفته است و هر آن عوامل "کمیته ی انقلابی" بر سرمان فرو خواهند ریخت. شریف رفت...من و پسر ارمنی تصمیم گرفتیم این سنگر را صبح فردا ترک گوئیم سنگری که همیشه می دانستیم موقتی است و روزی می بایست آن را ترک می کردیم تا در پایگاهی دیگر سنگر بگیریم در انتظار شرایطی دموکراتیک تا نیازی به مخفی گاه نداشته باشیم...ما از طریق مطالعه ی نشریات سازمان و اطلاعیه هایی که خود به چاپ می رساندیم و توزیع می کردیم، تا حدودی می فهمیدیم که موقعیت مخالفین روز به روز وخیم تر می شود اما در یک چهار دیواری زندگی می کردیم و هیچ رابطه ای با مردم نداشتیم نمی دانستیم در بیرون چه می گذرد. انگار در خارج از کشور بودیم. حتی بسته تر از آن. در آنجا دست کم جلسات عمومی تشکیل می شد که حتی به عنوان یک فعال مخفی می توانستی گاهی در آن شرکت کنی می توانستی شاهد تظاهرات باشی بچه ها یی را که با بیرون تماس داشتند ببینی. در این خانه حتی رادیو و تلویزیون نداشتیم روزنامه نمی خواندیم. همه ی رسانه ها را

151

کوه کمر شکن

ارتجاعی و وابسته به رژیم حاکم می دانستیم. آیا نمی فهمیدیم که برای مبارزه
با دشمن باید دشمن را از حرکت هایشان از رسانه هایشان شناخت؟...یک
جزیره ی "امن وامان" برای خودمان ساخته بودیم در قلب "ضد انقلاب" یک
اداره ی شبانه روزی که سر وقت کارهایش را تحویل می دهد. به تدریج شکل
و شمایل کارمندهایی را پیدا کرده بودیم که زمان را با انجام وظایف معمولی
سپری می سازند و دل خوش از این داشتیم که وظایفی را که در اختیارمان
گذارده اند به تمام و کمال به پایان می رسانیم...ما در جزیره ای دور افتاده، از
امواج عظیم در اقیانوس بی کران بی اطلاع می ماندیم. ما در روزمرگی
همیشگی اسیر بودیم آن چنان که گه گاه غذا خوردن و خوابیدن را نیز فراموش
می کردیم و موقعیتی پیش نمی آمد اندکی به خود فرصتی آزاد دهیم ذهنمان را
رها کنیم ببینیم کجا هستیم و چه می کنیم و کجا می رویم. شاید هنوز برای این
باز اندیشی زود بود. مدت زمانی می بایست سپری شود تا ما به نتایجی ـ مثبت
یا منفی ـ از کارهایمان برسیم. بالا دستی ها نیز، غافلگیر از آنچه پیش آمده بود
و حیران از این حادثه این دگرگونی این طوفان قلع و قمع که کمترین حقوقی
برای یک شهروند نمی شناخت و کمر به نابودی اش بسته بود، گاه سرگشته و
دست پاچه و بسیاری از اوقات بدون ارزیابی علمی مشخص و هم نگران و
هراسان از چگونگی حفظ سازمان و چگونگی تحقق راه حل های مناسب برای
پیشبرد اهداف، فرصت رسیدگی به نزدیکترین افراد در خانه های مرکزی در
تهران را نیز نداشتند چه برسد به ما...جزیره ی ما به یکباره یتیم شد. ما که پدر
و مادرمان را در نزدیکی خود نداشتیم، فاجعه را عمیقاً حس نمی کردیم. آرامش
جزیره ما را در خلسه ای گمراه کننده فرو برده بود.

من ماندم. کجا می رفتم در آن نیمه ی شب. پسر ارمنی صرفاً برای اینکه من
تنها نباشم آنجا نماند. او مطمئن بود که این آخرین شب است. فردا دیگر فردا
نبود...من برای او یک رفیق مبارز و دوست داشتنی بودم. یک دلی و هم
خوانی ما در انجام وظایف روزمره و عادی و تکراری و خسته کننده، تمام کره
ی زمین را در این جزیره برای ما گرد آورده بود. خورشید و ماه و باد و دریا
را همه در یک جا متمرکز کرده بود. ما کارمندان وظیفه شناس و وقت شناس
زندگی خود رها کرده و خود را در این جزیره در قفس محبوس ساخته بودیم
و این قفس به اندازه ای مجموع بود که نه میله های اطراف خود را می دیدیم و
نه آن سوی میله را...پتوها را مثل همیشه به جای تشک پهن کردم روی زمین.
دم اسبی ام را از کش رها ساختم. دستانم خزیدند در میان موها تا هوا را در آن
جاری سازند. احساس می کنم موهایم گیر کرده اند. گمان می برم هنوز کش
رشته های مو را در حلقه دارد...

- عجب موهای ضخیمی، مثل یال اسب است.

از زیر دستش در رفتم. او در آن سمت اطاق ایستاده است و من سوی دیگر...نه
تردید نه هراس نه شرم نه اضطراب هیچ کدام را در چشمانش نمی بینم.
درخواست نیست اجازه نمی خواهد. قاطعیتی بی برو برگرد است در حقانیت
آرزویی که دارد.

- چشمهایت هم مثل چشمان اسب است

از آن سوی اطاق به سمت من خیز برمی دارد. من به گوشه ی دیگر می جهم. دستانش به دور کمر من حلقه می شوند. هر دو به روی زمین می غلطیم.

- اسب هم گاهی مثل تو سرکش می شود

خودم را از میان دستانش رها می سازم. باز گرفتارم می کند. هر دو بر روی زمین می غلطیم. خواهش دو تن جذابیتی انکار ناپذیر دارد ولی هردو می دانیم. تراژدی در راه است. دست تقدیر می بایست بر علیه این جذبه و کشش عمل کند آرزویی را که همراه با صدای تق تق ماشین چاپ در تهیه ی هر اطلاعیه ذره ذره در ما درآویخته در تاریخ چال کند...پیش آمدِ ناغافل، معذورات استخاره ها شیر یا خط انداختن ها همه را پس می زند در انتظار فرصتی مناسب فرصتی که مال خودمان باشد فرصتی که از کار سازمان نربوده باشد برای ریختن آب به آتشی که هی شعله می کشید و می سوزاند می سوزاند در پاسخ به آنچه این جزیره ی خشک و بی آب و علف را آبیاری کرده بود بارور کرده بود سبز کرده بود. همه را پس می زند. ناگهان شعله بر می کشد: انصاف نیست...حالا این چیست که فرمان می دهد. مغز که تکه پاره ی بی خردیست. قلب، هم هست هم نیست. بدن سوزان است. دو بدن سوزان...ما زنجیریان امیدهای مه آلود در آرزوی آرمان شهر در زنجیره ای از عقاید بسته در چهارچوبی از فرمول های بسته در محدوده ای از ناگزیری روزگار و بیشتر محدوده ای که خود برای خود ساخته ایم، رفتار زیبای شخصی ترین احساس آدمی را موکول به چه چیز کرده ایم؟ این احساس و آرزو از که فرمان می برد؟...او همه عشق است و اشتیاق و من... آیا هراس از پاسداران است که هر آن از راه سر رسند؟ هراس دارم به بورژوا بودنم مهر تاکید بیشتر بزنند؟ آیا چون مدت زمانی است تجربه ی تماس دو تن را حس نکرده ام، دست و پایم بسته است؟ اما این بازی دو غزال با شیرینی تمام لحظه هایی که عشق را به جان هم ریخته اند، فرصت تصمیم گیری نمی گذارد. دریغ اگر در این لحظات واپسین...دست های باریک و کشیده و پر قدرتش را چنگ زده است توی موهای من. من به پشت خوابیده برروی زمین، صورت کشیده و ملتهبش را در میان دستانم گرفته ام. توصیفش سینمایی است. در نگاهش در درنگش درنگ آخرین لحظه پیش از اینکه پایت را به حریم خود محروم کرده ات بگذاری، حسرت است و اشتیاق توامان. اندک اندک به لبان ملتهب من نزدیک می شود... صدای زنگ هردوی ما را از جا می جهاند...آمدند...وحشتزده یکدیگر را می نگریم. پشیمانی؟ گناه؟ فقط وحشت و...لحظه ای بعد در باز می شود. مبهوت بر جای ایستاده ایم...شریف در آستانه ی در ظاهر می شود.

- حسی به من می گفت شما از این جا نرفته اید. دستور اکید است که همه چیز را همین طور بگذاریم و برویم.

ارمنی مرا می برد به خانه ای که مردش در خانه نیست. نه آن روز و نه روز های دگر. به احتمال از افراد مبارز سیاسی است جایی در خدمتگزاری به سازمان...زن بافتنی ها و پارچه های پشمی را ریز ریز می کند تا از آن تشکی

بسازد. قیچی بزرگ انگشتانی قوی می خواهد. چند روز به درازا می کشد تا دو نفری کیسه ها را پر کنیم و تشکی را که سه بچه قرار است روی آن بخوابند تمام. مشغولیت خوبی است تا روزها را به شب برسانم. نمی دانم قدم بعدی را کجا باید بردارم. ذهنم خالی است. نمی خواهد با چیزی پر شود. نمی دانم چه بر سر خانه آمده است. با زن حتی کلامی سخن نمی گویم. او نیز. نمی دانم می شود چیزی از او پرسید یا نه. برنامه ی بعدی چیست؟ کار بعدی کدامست؟ اهمیت ندارد. مسلم راهیست که باید رفت...پس از چند روز زن به من گوید دیگر نمی توانم در آنجا بمانم. سئوال نمی کنم کجا بروم؟ فقط باید بروم. می روم. نمی دانم چرا فکر نمی کنم شاید وضعیت آن چنان نا بسامان شده باشد که هیچ کس را نتوانسته اند به سراغ من بفرستند. آیا هراس داشتند از اینکه هرکسی تحت تعقیب باشد و یک بی احتیاطی کوچک بقیه را گرفتار کند؟ حکماً به این علت ارتباطات را قطع کردند. با خود گفته اند هرکس فکری به حال خود بکند. اما نه. نمی دانم چرا حسی به من می گفت حسی از مجموعه ی حرکت ها ی پیشین به من می گفت سهل انگاری بوده است بی توجهی بی اهمیتی به جان افرادی که ستون تشکیلات بودند...اما کماکان هیچ گاه این کم و کسری ها را نه به دل گرفتم و نه هیچ گاه به آن فکر کردم. همواره کمبودها را می گذاشتم پای شرایط موجود حرکت های خود بخودی ناگزیر استیصالی که پس از انقلاب در سازمان های چپ بوجود آمده بود. می خواستم به بچه ها وقت بدهم خود را پیدا کنند...ولی...همه چیز سریعتر از آن پیش می رفت که وقتی برای باز یافت خود یافت. رژیم پایه هایش را هر روز مستحکم تر می کرد و سازمان های "ضد انقلاب" تا به خود بجنبند سرکوب آغاز کرد چون بختکی به ناگهان بر سر فرود آمد.

برای اولین بار فرصت می یابم خیابان های شهر را گز کنم. بازار را ده ها بار از این سر به آن سر می روم. حالا گوشه گوشه ی شهر را می شناسم. چادر به سر همه ی سینما ها فیلم ها ی صد تا یک غاز را می بینم. به تنهایی. ندیدم زنی در تنها به سینما برود. در تهران نیز ندیده بودم. و چون روزها به سینما می روم، صندلی ها اغلب خالی اند. جایی در آخرین ردیف پیدا می کنم و می نشینم. آیا گمان می برند از چه صیغه ای هستم؟ آیا می فهمند دستی در سیاست دارم؟ آن طور که سفت و سخت چادرم را زیر چانه می فشارم و قیافه ام را می پوشانم گمان نمی کنم تصور کنند که خیابانی باشم. اصلاً زن خیابانی در سینما چه می کند؟ دو - سه بار نگاهی جستجوگر مشتاق مرا می پاید. خشمی توام با غیظ و هراس پاسخی سریع است به این تمنا. بازی سایه روشن بر روی پرده ی سینما، کله های تک افتاده در میان ردیف صندلی ها را گاه پدیدار می کند و کله ی من خالی است. باز خالی است. من نیستم که تصمیم می گیرم. باید منتظر بمانم تا بگویند چه کنم. سرگردان غریب نا آشنا. در این انتظار دستم و ذهنم به جایی بند نیست...روزها را این چنین به سر می کنم و شبها به خانه ی سریه می روم یا میوه فروش. شهر کوچک است. چهار خیابان اصلی بیشتر ندارد. چند بار که از هر خیابان گذر کنی انگشت نما می شوی. در محله ها نیز همه یکدیگر را می شناسند. می فهمند غریبه ای. نمی دانم تا چه زمان می بایست در این شهر بمانم...حمید آخرین مسئول هسته را به طور اتفاقی در

خیابان می بینم. پیاده رَوی ما در کوچه پس کوچه های شهر از دور تابلو است: من چادر به سرِ ناشی او نگران و مضطرب. در چند دقیقه دیدار پایان می گیرد برای تعیین آخرین قرار تشکیلاتی در این شهر. او حضور دارد و من و پسر ارمنی به منظور جمع بندی از حرکتمان و در واقع انتقاد از حرکت ما دو نفر وگرنه جمع بندی از حرکت سازمان در هسته را چه به کار ما دو نفر؟!

- چرا - رو به ارمنی - او را به خانه ی آنها بردی؟ او نمی بایست آن جا را بشناسد.
- ...
- چرا هسته را در شبی که می بایست ترک نکرده بودید؟

ارمنی هیچ نگفت. من نیز. اگر حرف می زدیم باید می گفتیم که مغناطیس کیمیای تک تک سلول ها ی بدن ما ما را میخکوب کرد. باید می گفتیم این تن و بدن خواهش هایی داشت. باید می گفتیم شیرینی با هم بودن تنها پاداشی بود که می خواستیم به خود بدهیم پس از مدت ها کار بی وقفه در جزیره ی خشک و بی سبزینه در تشکیلات. باید می گفتیم روح زندگی را ما در یکدیگر یافته بودیم و در این لحظات آخر نمی شد این روح را از خود دریغ کنیم. باید می گفتیم در این جزیره وظایف تشکیلاتی تکرار شده بود. تکرار تکرار. ما در خود تازگی را دمیده بودیم باید می گفتیم...باز گویی این احساسات به معنی اولویت دادن به منافع شخصی در مقابل منافع تشکیلات بود. به معنای نابودی خود و هسته و بقیه ی افراد به معنای...هر معنایی که آنها می خواستند برای این زندگی و این شور و شوق بیابند باکی نبود. من که تردیدی به خود و راهی که می رفتم نداشتم. من فقط در انگیزه هایم زندگی را نمی توانستم بمیرانم. زندگی وقتی مرد، دستگاه های ساز و کار بدن دیگر کار نمی کنند...ارمنی سرش رو به پائین زیر چشمی مرا می نگریست. نمی خواستیم در رازمان خللی وارد شود. بر این زندگی جاری در خون خشک جزیره حرمتی بس ارزشمند قائل بودیم. شکستن آن بی حرمتی بود به پیوند بی غل و غش. پیچ و مهره های تشکیلاتی را مرده تر از آن می دیدیم که بخواهد به حریم اسرار زیبای ما دست بیازد...در توافقی ناگفته رازمان را در سینه حبس کردیم. احساساتمان را به نفع تشکیلات در خود کشتیم. خود را کشتیم. سهیم شدیم در کشتن زندگی در سازمان.

این بار به یاد ندارم چه کسی آمد ترمینال مرا ببرد. احتمالاً سرپرست خانه بود و سرپرست شهر جدید و رابط اصلی. همان که مرا سپرده بودند به او تا با من مبارزه ی ایدئولوژیک راه بیاندازد و افکار "بورژوازی" را از من بزداید. رودخانه ی گسترده آرام و شفاف اولین منظر از این شهر است که به یاد دارم و سپس خانه های قدیمی و ساده یک طبقه زمین های خاکیِ رها شده بی مصرف شاید زمین بازی فوتبال بچه ها. دیرتر، زمانی که شهر را ترک می کردم یک بار دیگر از این رودخانه گذشتم. هیچ گاه فرصت نشد یا نخواسته بودند به علل مخفی کاری مرا برای تماشای آن ببرند یا هیچ گاه من درخواست نکردم که سواحل آن را کشف کنم سرچشمه اش را شاید بیابم. دیرتر برایم

تعریف کردند که چقدر در آب پر عمق و رمز دار آن شنا کرده اند. چه داستان ها که از این رودخانه می گفتند...و سپس خانه را به یاد دارم مثلاً خانه ی تیمی را. سرپرست بود و دو - سه نفر دیگر. همه کنجکاوِ دیدار تازه وارد. همگی روی زمین نشسته بودند. محل دیگری نبود که بنشینند. در آغاز فکر کرده بودم لابد گمان می برند مبل و میز و صندلی طاغوتی و بورژایی است که در اطاق اثری از مبلمان نیست. پرده ای ولی پنجره را می پوشاند. لابد آن نیز برای مخفی کاری. دیرتر دریافتم اغلب در شهرستان این چنین زندگی می کنند...من خسته از راه پشت دادم به دیوار و پاهایم را دراز کردم و روی هم انداختم. سپس یک وری روی یک آرنج تکیه زدم. آن موقع این رفتارِ مرا به حساب بی احترامی به دیگران گذاشته بودند. اما دیرتر فهمیده بودند که نحوه ی نشست و برخاست من با آنان متفاوت است. راحت بودم قصد بی احترامی نبوده است...خانه ی تیمی مکانی برای زندگی یک خانواده بود. همان روز سرپرست مرا هدایت کرد به زیر زمین. از دری مخفی با نردبانی چوبی. روشنایی کافی داشت و آنقدر فضا بود که یک ماشین تایپ و یک ماشین استنسیل و یک ماشین چاپ در آن کار بگذارند. در هر گوشه اعلامیه و روزنامه های "ضد انقلاب" پراکنده بود و همه چیز به هم ریخته...اما این آخرین روز اقامتشان در آن خانه بود. روز بعد رفتیم در خانه ی دیگری اسکان کنیم. یک حیاط قدیمی. درِ ورودی از کوچه می خورد به یک ساختمان کهنه ی دو طبقه با سقف های کوتاه و یک راهروی باریک و پلکانی تنگ که به اطاق طبقه ی بالا راه می یافت. و اطاق چهارگوشی دراز با برشی ارک مانند در میان از جنس گچ که اطاق را به دو نیمه تقسیم می کرد. در طبقه ی پائین نیز اطاقی با همان شکل و شمایل قرار داشت. یادم نمی آید آشپزخانه داشتند یا نه. وسایلی در زیر زمین بود که ظاهراً می بایست از آنها برای آشپزی استفاده شود. اطاق طبقه ی اول را جهت استفاده به عنوان آشپزخانه و اطاق ناهار خوری در نظر گرفتیم. یک میز چوبی ساده و چند صندلی به آنجا آوردیم و چند قفسه با تخته های موجود ساختیم که وسایل اندک آشپزخانه در آن جای بگیرد. چند پله به سمت پائین ما را به حیاط درازی هدایت می کرد که در باغچه های آن هیچ گیاهی نمی رویید. یکی - دو درخت قدیمی و یک حوض کوچک پیش ساخته هفتاد - هشتاد سانتی متر بالاتر از کف حیاط در میان به چشم می خورد. در آن سوی حیاط اطاقی طویل با یک هشتی کوچک به عرض کل زمین خانه قرار داشت که به دولابچه ای باریک هم عرض اطاق در پشت راه می یافت و گویا از آن به عنوان آشپزخانه استفاده می کرده اند. خانه به نظر می رسید که مدتی غیر مسکونی بوده است...به یاد نمی آورم از اطاق ها ی جلوی خانه استفاده ای کرده باشم. یادم نمی آید کجا می خوابیدم. یادم نمی آید اصلاً خوابیده باشم...اولین کارمان ساختن مخفی گاه برای کار بود. دولابچه متروکه بود با دیوارهای کاهگلی نمور و کف زمین خاکی و خیس که در بعضی قسمت های آن آب جمع شده بود. سرپرست همه کاری از دستش برمی آمد. دری از سمت هشتی به این آشپزخانه راه داشت. سرپرست در را به کل از چهارچوب کند و با دیواری از آجر آن قسمت را پنهان ساخت و دریچه ای در قسمت پائین دیوار درست کرد. سپس تمام قسمت پائین دیوارِ اطاق را تا یک متر با پلاستر پوشاند نه انگار که

دریچه ای وجود دارد. هیچ کس نمی توانست متوجه شود که از ورای آن بتوان به مخفی گاه راه یافت. با یک قالی بزرگ تبریز کف زمین را فرش کردیم و پرده هایی نسبتا آبرومندانه برای پنجره های بزرگ آویزان. همین. اطاق پذیرایی با آداب و رسوم و سنت های آن شهر. نیاز به وسیله ی دیگر ی برای تزئین نبود. شاید یکی دو پتو روی زمین کنار دیوار در قسمت بالای اطاق و چند پشتی. همه ی این کارها را سرپرست و من با یکدیگر انجام دادیم.

عید نوروز بود. من حالا دو سال است که نوروز را با مامان و بچه ها در تهران به سرنمی برم. پدرِ سرپرست فوت شد و او به تهران می رود برای مراسم ختم و عزاداری. من و زن سرپرست دیوارها را با کاغذ دیواریِ کرم رنگ و نقش های هندسی لوزی پوشاندیم و اطاق جلایی گرفت. برای رنگ سقف سرپرست از تهران برگشته بود. دو بشکه ی بلند را روی هم گذاشتیم و به نوبت من و سرپرست می رفتیم بالا آن سقف بلند را رنگ بزنیم. یک نفر بشکه را نگه می داشت نفر دیگر رنگ می زد. یک بار که من بالای بشکه بودم گفتم این بالا خیلی داغ کرده. سرپرست گفت خودت داغ کرده ای. راست می گفت. بشکه ی بالایی روی بشکه ی پائینی لق می زد و من نمی توانستم خودم را کنترل کنم. بقیه ی سقف را خودش رنگ زد...از همان روز اول در دولابچه ی مخفی شروع به کار کردیم. در واقع من شروع به کار کردم چون زن سرپرست می رفت سرکار و قسمتی از کارهای توزیع را نیز انجام می داد. سرپرست بیشتر اوقات در سفر بود و در نشست های سیاسی با دیگر افراد مسئولین شهر. یک ماشین تایپ و چاپ روی میزی گذاشتیم و من شروع به کار کردم. هم زمان نوسازی و تعمیر را نیز پیش می بردیم. سرپرست دیوارهای دولابچه را دوباره کاهگِل گرفت و تا مدتی با یک بخاری کوچک برقی رطوبت دیوارها را می گرفتیم. روی کف زمین الوارهای بلند به فاصله ی بیست و پنج سانت با زمین کار گذاشتیم و بعد روی آن را تخته کوب کردیم که روی زمین نمناک راه نرویم. من خود با این دستان نازنین و یک اره ی دستی تخته ها را بریدم. اما تا این کارها انجام بشود، از آنجا که دوازده - سیزده ساعت در آن دولابچه ی نمور کار می کردم، بدنم صدمه ای دید که در تمام دوران زندگی مرا عذاب داد. شانه هایم نم کشید و بعد در تماس با اندکی باد به درد می آمد. و سپس در مقاطعی دیگر به علت این ضعف و هم فعالیت های شدید تر گردنم درد داشت و طرف چپ بدنم گاهی از کار می افتاد. با اینکه بدنی قوی داشتم ولی حالا که شکنندگی پیدا کرده بود با اندک بی ملاحظگی گاه مرا به زمین می انداخت...کارها را طوری ردیف می کردم که همه چیز به صورت زنجیره ای به موقع انجام بگیرد. تایپ مطالب چاپ منگنه زنی بسته بندی به موقع برای توزیع...توزیع کنندگان می بایست نه زودتر و نه دیرتر خود را می رساندند و ما می بایست سر وقت بسته را آماده می کردیم. یک بار که سرپرست از مسافرت برگشته بود، ساعت دو بعد از ظهر و وقت صرف غذا بود. پانزده - شانزده بسته ورق "آ چهار" روی زمین پخش بود. هر بسته یک ورق از نشریه ای بود که تهیه کرده بودم. می بایست آنها را روی هم ردیف می کردیم و سپس منگنه می زدیم. نیم ساعت دیگر اولین توزیع کننده در آستانه ی در ظاهر می شد. سرپرست گفت ناهار. گفتم خبری نیست تا این کار

انجام شود. به مساعدت آمد و روزنامه به موقع پخش شد...خستگی نمی شناختم. آخر شب بعد از شام همانجا در اطاق پذیرایی کنار سفره ای که زن سرپرست می انداخت دراز می شدم و نمی فهمیدم چه زمان خوابم می برد تا صبح که بیدار شوم...اما برنامه ی غذا خوردن هم ماجرایی برای خودش داشت. بودجه محدود بود. یعنی ما سعی می کردیم با حداقل هزینه به سر کنیم. ولی من شورش را در می آوردم. یک بار آبگوشت پخته بودیم. سرپرست راهی سفر بود. آبِ گوشت را آوردیم سر سفره ترید کنیم و بخوریم. گفت پس گوشتش کو. گفتم برای فرداست. گفت من که فردا اینجا نیستم. گفتم به هر حال جیره ی فرداست. عصبانی شد چون معلوم نبود چه زمانی دیگر فرصت خوردن گوشت پیش خواهد آمد. با من دیگر حرف نزد و بعد از ظهر وقتی می رفت من تازه با زنش از حمامِ بیرون آمده بودیم به خانه و من لباس هایی را که در حمام شسته بودم، روی بندِ حیاط پهن می کردم. او با اخم و تخم مرا نگاه کرد و بی خداحافظی رفت بیرون...اما می دانستم که با تحسین همه ی کارهای مرا زیر نظر دارد. یک شب که خسته ازکارِ بی وقفه ی روزانه بعد از شام دور سفره نشسته بودیم و بر سر مسئله ای خنده و مزاح برقرار بود، نمی دانم چه گفتم که او تسبیحی را که در دست داشت به سمت من هول داد. واکنشی لحظه ای و بی اراده. ولی معنا داشت. یک نوع خواهش دل بود که بدین ترتیب خودش را نشان می داد...یک بار دیگر نیز رفته بودیم به تاکستان های اطراف. شاید این تنها باری بود که برای هواخوری به بیرون از خانه رفته بودم. تاکستان ها به صورت تپه های کوتاه طویلی بود که در میان آنها دره مانندی کم عمق چون جوییار قعر کرده بودند. زنش آن سوی تاکستان بود و ما مشغول انگور چینی در میان دو ردیف تاک بلند. طوری به من نگاه می کرد و به لبان من خیره شده بود که اگر از من مطمئن بود همان موقع مرا می بوسید...یک بار دیگر وقتی من مشغول کار بودم سرپرست آمد تو. موهایش را کوتاه کرده بود و یک شلوار تنگ روشن پوشیده بود مثل جوانک های تین ایجر ده سال پیش از این و موهایش را که از پیشانی تا وسط سر تاس شده بود به عقب رانده بود مثل یک دهاتی که بخواهد خودش را شکل بچه شهری درآورد. من با دیدن او پقی زدم زد زیرخنده. گفت زهر مار. خود را ساخته بود برای من و واکنش مطلوبی را می خواست. من آب سرد ریختم روی سرش...این حرکت او در عین حال نشان از آن داشت که او چون بسیاری از مبارزین در پوشیدن لباس تعصب ندارد. یک بار کسی به او ایراد گرفت که چرا کت پوشیده است. گفت خوب پس چی بپوشم عبا؟ سئوال کننده قصد داشت اظهار کند که کت و شلوار بورژوایی است. پرولتاریا نه که وسعت تهیه ی کت و شلوار را ندارد، که در شأن طبقه ی آنها نیست که چنین لباسی مظهر سلیقه ی بورژوازی بپوشد...همه قائدتاً می بایست هم چون اعضای یک خانواده به حساب می آمدیم و برای اقوام و دوستان، من به عنوان دخترخاله ی زن او معرفی شده بودم. یکی ـ دو کلاس آموزش تئوریک ترتیب دادند که من اداره اش بکنم. در یکی از آنها که همه زن بودند، مخفی کاری صورت نگرفت ولی در میان مردان پرده ای در میان گذاشتند. من در این سوی پرده مطالب تئوریک را مطرح می کردم و از آن سو سئوالاتی مطرح می شد. معلوم نبود این چگونه مخفی کاری ای بود که فقط می

بایست در میان مردان رعایت شود. آیا زن ها دهانشان را محکم تر نگاه می داشتند؟ آیا باورهایشان بار قوی تری داشت؟ آیا علت در زمینه های افکار مذهبی بود یا بعضی از افراد رهبری نقش پدرخوانده را بازی می کردند و مثلاً فرشاد که سرپرست فعالیت دانش آموزان و معلمین بود به دلایلی کاملاً شخصی بدین صورت جلسات را برنامه ریزی کرده بود؟ شرکت کنندگان در کلاس مردانه به هر حال می فهمیدند که فقط یک زن فارسی زبان، "دخترخاله" ی زن سرپرست در شهر هست. و این را نه فقط افراد سیاسی بلکه گمان کنم تمام خویشان و همه ی اهالی شهر می دانستند. شهر کوچک بود. کافی بود دو ـ سه بار از خانه بیرون آمده باشم تا همه مرا از قیافه ی نا آشنایم و ناشیانه چادر به سر کردنم از دیگران متمایز کنند. بیش از دو ـ سه بار این کلاس ها تشکیل نشد.

سرپرست به شکلی رئیس همه بود یک جور کدخدا. حرفش بین خانواده و همه ی اقوام حرف بود. چه بسا بدین علت آن شهر را برای فعالیت برگزیده بود. اما اداره ی "خانه" بی چون و چرا در دست من بود. من آنقدر قاطعانه و با پشتکار برنامه ریزی می کردم و خود در اجرای کارها فعالی خستگی ناپذیر بودم که مدیریتم خود به خود بر همه تحمیل شده بود. زنِ سرپرست فقط دنباله روی می کرد و هیچ اراده ای از خود نداشت. انگار بود برای اینکه زن سرپرست بود. با خود لابد این طور اوضاع را توجیه می کرد که این دختره هم از خارج آمده و هم از تهران. قابلیت هایی دارد و مرا در رده ی بالاتری نسبت به خود می دید. در تشکیلات هِرَم کلاس بندیِ مقام و مرتبت حکمروایی می کند و مخفی کاری نیز مزید بر علت است؛ لذا سئوال در هیچ مورد، موردی ندارد. افراد از بالا انتصاب می شوند و پائین دستی ها باید او را بپذیرند. زن سرپرست یک نوع وظیفه ی تشکیلاتی برای خود می دانست که بخواهد از من تبعیت کند. حتی تا وقتی که سرپرست به طور جدی مسئله ی طلاق با او را مطرح نکرده بود، حرف های دلش را برای من باز گو می کرد. می گفت مادر بزرگم مرتب ایراد می گرفت دماغت گنده است. اعتماد به نفس نداشت. به گفته ی سرپرست به طور مصلحتی ازدواج کرده بودند. حالا انجام وظیفه می کرد و به گمانم مخارج خانه را نیز او می پرداخت...سرپرست از این که کسی مثل من هست و همه ی کارها را بی کم و کاست و با جدیت و علاقه انجام می دهد، بسیار خرسند بود. با خیال راحت می رفت و چند روز پیدایش نمی شد. یک بار با اعضاء سازمان یک پیاده روی چند روزه در جنگل های شمال ایران داشتند. به آنها خوش گذشته بود. سرود و آواز و...خلاصه هر نوع برنامه ی هنری برقرار بود. نمی دانم که موسیقی نیز در میان بود یا نه. سال ها بعد فهمیدم که او هم تار می زد و هم سنتور. اما هر گاه می رفت خیلی زود با کله بر می گشت...من کارمند شبانه روزی آن خانه بودم. دو ـ سه نفردیگر اجازه داشتند که به این خانه رفت و آمد کنند از جمله صَفَر. دلش می خواست توجه مرا به خود جلب کند. یک بار مقاله ای نوشته و آورده بود به من بدهد تا نظرم را به او بگویم. گاهی می آمد از قفسه ی کتابی که در آن پستو درست کرده بودم کتاب هایی می برد. بچه ی خوبی به نظر می رسید ولی خیلی دورتر از آن بود که جزئی از او بخواهد به دلایل سیاسی یا شخصی چشم مرا بگیرد. در

کوه کمر شکن

روزهای آخر فعالیت من در آنجا زن و شوهری آمدند تا در کارهای چاپ به
من کمک کنند. زن مرا می شناخت بدون اینکه من او را بجا آورم.
مدت زیادی از اقامت من نگذشته بود که تصمیم گرفته شد یک نشریه ی محلی
منتشر کنیم. پس از دو ـ سه شماره برخی از مطالبش را من می نوشتم و به
عبارتی اکنون تایپ صفحه آرایی چاپ و بخشی از نگارش همه را خود انجام
می دادم. منگنه زنی و بسته بندی و توزیع به عهده ی زن سرپرست بود. من
هیچ گاه از خانه بیرون نمی رفتم مگر برای شستشو به حمام عمومی با زن
سرپرست. گاهی که کار به مرحله ی توزیع می رسید و کارها همه ردیف شده
بود، من خودم را به گل کاری در باغچه ها مشغول می کردم. تعدادی بوته ی
گل زنبق و محبوبه ی شب در حیاط کاشتم و دانه های سبزی خوردن که به یاد
نمی آورم آیا بهره ای از آن بردیم یا نه. سرپرست یک بار به فرد دیگری به نام
سیامک که می توانست به خانه بیاید و بعدها فهمیدم که او نیز از اعضاء
رهبری شهر بوده، مطلبی را که در برخورد با نظریات یکی دیگر از سازمان
های مخالف در شهرنوشته بودم به او نشان داد و با افتخار گفت ببین چه مطلبی
نوشته است. سیامک هیچ نگفت. نفهمیدم که آیا هیچ از مطلب سر در می آورد
یا نه یا که آدم خود داری بود مثل خیلی از ایرانی ها یا در برخورد با من، با
خصوصیات فردی که او تا به حال هیچ گاه برخورد نکرده بود نمی فهمید باید
چه واکنشی داشته باشد...این فرد یک روز پیاله ای کوچک سمنو برای ما
آورد. گفتم این چیه آوردی، من سمنو خیلی دوست دارم زیاد بیار. برگشته بود
با یک کاسه ی بزرگ.
سمنوپزان یکی از مراسم بسیار زیبای این شهر است. بدین ترتیب که هنگام
بهار با جوانه زدن گندم مردم جوانه ها را درو می کنند و با آن سمنو که یکی
از سین های سر سفره هنگام نوروز است را می پزند. عمل آوردن سمنو کار
مداوم چند ساعته می خواهد. به همین علت افراد خانواده یا همسایه ها جمع می
شوند و جوانه ی گندم را می کوبند و عصاره ی آن را می گیرند. به طور دست
جمعی هیزم لازم را برای آتش فراهم می کنند و سپس در پاتیل های گنده در
حیاط خانه ای یا در دشت و دمنی مجاور به نوبت آن را با چوب بلندی مرتب
هم می زنند که سر نرود و ته نگیرد و فردی مراقب است که آتش زنده و اندازه
نگاه داشته شود. و این کار چند ساعت ادامه می یابد تا سمنو رنگ بگیرد و جا
بیافتد. این کار جمعی آداب و رسومی را نیز بوجود آورده است. همگان در
هنگام پخت سمنو با یکدیگر غذا می خورند آواز می خوانند لطیفه می گویند.
و ورود بهار و نوروز را در طبیعت و با جوانه زدن گندم و شادمانی آغاز می
نمایند. برخی برنامه های نمایشی فی البداهه نیز گاهی انجام می گیرد. گفته می
شود یک بار کسی از پوست گوسفند برای خود سر حیوان درست کرده بود و
با برنامه های نمایشی آواز معروفی را که در این موقعیت خوانده می شد همه
با هم می خواندند...یک روز در میهمانی خانوادگی آنها شرکت کردم. من کنار
زن سرپرست روی زمین دور سفره ی بزرگی که انداخته بودند نشستم. هیچ
کس با من حرف نمی زد. گویا همگان بدون اینکه کلامی با یکدیگر ادا کرده
باشند با هم پیمان بسته بودند که با من حرف نزنند. حتی نیم نگاهی به من نمی
انداختند. حتی صحبتی ما بین خودشان چندان برقرار نبود. گویی وجود من

دهان همه را بسته بود یا که ذهنشان را قفل زده بودند. نمی دانستند با این پدیده چه کنند. همه جور معذوراتی بود که آنها را کوپ کند. کنجکاوی و هراس و فاصله های تربیتی و فرهنگی همه فراهم بود تا من آنجا یک تافته ی جدا بافته باشم. ظاهراً به عنوان دختر خاله ی زن سرپرست در آنجا حضور داشتم اما همه می دانستیم که این یک عنوان مصلحتی است برای فریب خود. چرا نمی خواستیم واقعیت را ببینیم؟ مثل فُک سرمان را کرده بودیم زیر برف. چرا من دست کم پرسشی برایم ایجاد نمی شد؟ همه کار را سپرده بودم به بالا دستی ها. من یک اکتیویست کامل بودم که بی چون و چرا چشمانش را بر روی همه چیز می بندد و مهم تر از همه ذهنش را نمی خواهد اندکی به کار بیاندازد ببیند چه می گذرد.

همه چیز ظاهراً به آرامی پیش می رفت تا اینکه یک شب از طرف کمیته ی پاسداران شهر آمدند خانه را جستجو کنند. زنِ سرپرست در خانه نبود. من و سرپرست در اطاق پذیرایی نشسته بودیم. من با چادر کودری منقش در سمت بالای اطاق و سرپرست درست پشت به دریچه ی مخفی. سرپرست خونسرد و با حالتی حق به جانب و گلایه مند با فرد کمیته برخورد کرد. آن فرد پرسید آیا نواری کتابی دارد؟ سرپرست گفت دارد. تعدادی نوار موسیقی هست. آن نوارها را بردند. سرپرست شاکی بود که حق ندارند چنین کاری بکنند. من نفسم در سینه حبس شده بود. خوشبختانه حتی یک کلمه با من حرف نزدند از مزایای تعصبات مذهبی - شهرستانی که مرد با زن غریبه صحبت نمی کند تا وقتی که مرد در خانه است. دست کم این یک بار کار آیی داشت. مرد وقتی رفت، من و سرپرست مدت زمانی بی حرف و سخن همانجایی که نشسته بودیم مات و مبهوت بر جای ماندیم. من در حال هضم خطری بودم که از بالای سرمان گذشته بود و هیجان زده از اینکه سرپرست با خونسردی کامل با ماجرا برخورد کرد. و سرپرست ناگهان بدون مقدمه از من خواستگاری کرد. نمی دانم در چه فکر و خیالی بود. شاید متوجه شد که حرکت او مرا تحت تأثیر قرار داده و ارزش هایی در او برای من ایجاد کرده است. شیوه ی برخورد کاردانانه ی او با فرد کمیته برای من تحسین برانگیز بود. وقتی با من حرف می زد، صورتش سرخ شده بود. خودم را در یک لحظه با او در مرحله ی دیگری دیدم. به نتایج این وصلت اگر صورت می گرفت فکر می کردم. خون درون رگهایم با سرعت بیشتری به گردش آمد. قلبم سریع تر می زد. پرسیدم برای چه این پیشنهاد را می کنی. سئوال بی مزه ای بود. خود پاسخش را می دانستم. اما انگار بد نشد چنین سئوالی از او کردم. گفت پشتکار کاردانی عشق به راهی که برای رسیدن به هدف دارم تجربه مدیریت اطلاعات تئوریک اتکاء به نفس دیدگاه انتقادی براساس بینش ها و اعتقاداتم و بخصوص قاطعیت در تصمیمی که برای زندگی به عنوان یک مبارز گرفته ام. از زیبائی رخسار و آن آنی که کمتر مردی در من از آن می گذرد چیزی نگفت. استدلالش را می پذیرفتم. زیرا اینها خصائلی بودند که در من وجود داشتند. من هیچ گاه در ذهنم خطور نکرده بود از ظاهر آراسته ام بهره بگیرم برای جلب نظر او یا هر کس دیگری و مطمئن بودم بدون خصائل برشمرده از جانب او زیبائی های من

نمودی نمی توانست داشته باشد. زیبائی در اعتماد به نفس است. یک آدم زشت با معیارهای معمول جامعه کافی است که خود را باور بدارد. خوشگل پسند ترین آدم ها را به سوی خوب جلب خواهد کرد...ماجرای ازدواج مصلحتی خود را قبلا برایم تعریف کرده بودند. مسئله ی طلاق نیز چند بار به صورتی مطرح شده بوده است...یک شب وقتی که سرپرست از سفر برگشته بود، صبح فردا اولین کلام زن او با من بعد از صبح بخیر این بود که شب قبل آنها با هم خوابیده اند. این امر را با خوشحالی می گفت...سرپرست قبل از سفر به نحوی کاملاً جدی مسئله ی طلاق را با زنش مطرح کرده بود قبل از خواستگاری از من. به طور قطع در نظر گرفته بود از من خواستگاری کند. من همان روز خواستم که جلسه ای بگذاریم و انتقاد کردم که اگر مسئله ی طلاق جدی است آیا این هم خوابگی چه علتی می تواند داشته باشد. سرپرست گفت خوب کنار هم خوابیده بودیم اتفاق افتاد. به صراحت گفتم که یعنی از او به عنوان یک فاحشه استفاده کرده ای وسیله ای که تن خود را با آن ارضا کنی بدون اینکه به فکر عواقبش باشی و فکر نکردی چه تأثیری در روحیه ی زنت که عمیقا خواستار طلاق نیست بگذاری. گفت خوب او هم خواست. گفتم زیرا او تو را دوست دارد و امیدوار است که طرح مسئله ی طلاق چون سال های گذشته جدی نبوده باشد. سپس پرسیدم آیا هنوز خواستار جدایی هستی؟ پاسخ داد هستم.

آن شبِ پس از خواستگاری از من وقتی زن سرپرست آمد، ما در طبقه ی دوم سمت جلوی خانه ماجرا را با هیجان برای او تعریف کردیم. در واقع من حرف می زدم. سرپرست و آن فرد کمیته آن چنان عادی و خودمانی با هم حرف زده بودند که انگار برای دیدار خانوادگی به خانه ی ما آمده است. در واقع آن فرد از نزدیک سرپرست را می شناخت. چه بسا یک نسبت خویشاوندی داشتند چه بسا خاطراتی از دوران کودکی هنگام شنا در رودخانه یا زمان بالا رفتن از میان سنگلاخ ها جهت رسیدن به سرچشمه، آنها را به شکلی به یکدیگر ارتباط می داد...من در تعریف ماجرا خرسندی خود را از آنچه گذشته بود به نمایش می گذاشتم و به اکتشافی که به آن دست یافته بودم. برق نگاه های تحسین آمیز و هم بسیار خواهنده ی سرپرست به دهان من و به حرکات نمایشی بدن من دوخته شده بود. حضورِ زنِ سرپرست بهانه ای بود تا من بیرون بریزم همه ی هیجاناتم را...نه اینکه خواسته باشم پاسخی مثبت به خواستگاری داده باشم؛ اما نا خودآگاه درخواست او در من برخی خواست های نهفته را در این دوره از زمان باز برای من زنده کرد. نیازی که حالا اگر صورت می گرفت با هر فرد تشکیلاتی به طور قطع می توانست فعالیت مرا ساده تر کند. یک ازدواج تشکیلاتی ایدآل خوب در این شرایط می توانست بسیار مفید باشد. چه می دانم ازدواج به عنوان یکی از رفتارهای اجتماعی معمول که "به هر حال شتری است که دم در خانه ی هر دختری خوابیده است"، در این موقعیت برای من مطرح می شود. اگرچه می دانستم خواست نهانی من نیست. هیچ گاه نبوده است. من هیچ گاه پیشبرد زندگی ام را وابسته به وابستگی به کسی ندانسته بودم. ازدواج همواره برای من یکی از اخلاقیاتی بوده که بشر حیوان دوپا برای خودش اختراع کرده است. اما در هرصورت قلقلکی بود. بخصوص که این سرپرست مأمور مبارزه با خصائل "بورژوایی" من، بیوگرافی مرا زیر

دستش داشت و از همه ی روابط من مطلع بود. از این بابت برایم جالب بود که از میان این همه "کمونیست شیعه" یک نفر برایش اهمیت نداشته است که من از دوران نوجوانی شیطنت می کرده ام. به احتمال کیفیت ها و قابلیت ها و انگیزه های قوی مرا در راه طبقه ی کارگر که از نزدیک دیده بود مد نظر داشت...هیجانات من به حس دیگری، حس نه، کشف دیگری نیز ارتباط می یافت. من همواره دیواری قطور و بلند ما بین این طرفی ها یعنی ما مخالفین حکومت و مدافعین آن بخصوص سر سپرده هایشان می کشیدم و هراسی مبهم از آنها به گونه ای در دلم بود و آنها را جانورانی می شناختم که اصلاً نمی شود کلامی با آنان رد و بدل کرد. رفتار حساب شده و حق به جانب و حتی شاکی سرپرست نمونه ای از رفتار را در برابر من قرار داد که بسیار آموزنده بود...زن سرپرست ساکت بود. همیشه ساکت بود. گاهی متفکر می نشست و به گوشه ای خیره می شد. برق نگرانی همواره در دیدگانش سوسو می زد. گذشته و آینده اش را در مقابل می گذاشت. آیا می دانست که بزودی تنها خواهد شد؟ اما از زندگی تنها نیز مطمئن نبود که چگونه خواهد بود. بودن با سرپرست را می خواست. مدت زمانی را با هم سرکرده بودند. نمی شد به سادگی آن را به فراموشی سپرد. و من اتفاق بدی بودم که در سرِ راه او قرار گرفته بودم. شاید هم خوب. شاید من اگر نمی بودم سرپرست همانگونه که در سال ها ی گذشته با زنش هم زیستی می کرد. این چنین زندگی البته از دیدگاه من نمی توانست هیچ ارزشی داشته باشد. ولی خود خواهی است که بخواهم از دیدگاه خود مسئله را ارزیابی کنم. چه بسا زن به همان زندگی قانع بود. بلند پروازی های من و خواست های عدالتخواهانه ی من که معلوم نبود کی به ثمر می رسد می توانست برای زن سرپرست هیچ جای معرابی نداشته باشد. چه بسا او بود که عمیق تر مسائل را می دید واقعی تر به مسئله نگاه می کرد. او شاید پایش روی زمین سفت تر قرار داشت...سرپرست تمام مدت روی صحبتش با من بود چه هنگام بحث در موارد تشکیلاتی یا در زمان گفت و گو های روزمره که به طور معمول در میان افراد خانواده در می گیرد. زن سرپرست در هیچ زمینه ای فعال نبود ولی حالا به گمانم نگرانی از دست دادن سرپرست تنها مشغولیات ذهن او شده بود. از همان آغاز، ورودِ من خبر از واقعه داده بود. در یک خانواده ی معمولی زندگی نمی کرد که به شکلی از شر من خود را خلاص کند. امر امر تشکیلات بود و تشکیلات شرایط از هم پاشیدگی زندگی او را فراهم کرده بود.

بعدها وقتی سرپرست جدی تر مسئله را مطرح کرد، به او گفتم که از دیدگاه مردم درست نیست که من به خانه ی تو آمده باشم و تو زنی را که چندین سال با او زندگی کرده ای به یکباره تصمیم بگیری طلاق بدهی. نگفتم که بنظرم رفتارش فرصت طلبانه است اگر او را نمی خواسته است می بایست زودتر از اینها از او جدا شده باشد. در هر صورت شرایط تغییر کرده بودند. این زن هم زنی نبود که خواست های مبارزه جویانه ی او را برآورده کند. و نیز نازا بود. سرپرست خود مدعی بود که علاقه ای در کار نبوده است. پس او را برای چه نگه داشته بود. می شد در ظاهر همسر او باشد مثل من که حالا دختر خاله هستم...خواستگاری از من در این شرایط حتی مرا به تردید می انداخت که چه

کوه کمر شکن

بسا موضع گیری او در باره ی گذشته ی من نیز از روی فرصت طلبی بوده باشد. به عبارتی چه بسا در باره ی دختری که قصد ازدواج با او را در سر نپرورانده بود می شد که قضاوتی چون دیگران ارائه داده باشد...نگفتم به او که تا کنون از زنش سوء استفاده کرده است. این زن نیز تن داده بود و چه بسا آرزو می کرد اوضاع به همین منوال بماند و آنها به همین صورت با یکدیگر زندگی کنند. به عبارتی بودن با سرپرست تنها علت زندگی در خطرناک ترین بخش یک سازمان چپ برای او بود. وگرنه شاید مدت ها پیش از این بریده بود. اما این سرپرست که می دانست روزی از او جدا خواهد شد، در اولین فرصت می بایست تقاضای طلاق می کرد. هم در سیاست و هم در زندگی شخصی با او و با احساساتش بازی کرده است. این رفتار آن چیزی نبود که من از یک مسئول سازمانی یک شهر انتظار داشتم...از طرفی حتی اگر من نیز به آن خانه قدم نمی گذاشتم چه بسا چرخ روی پایه ی دیگری از همین نوع می چرخید. زن سرپرست جایش آنجا نبود. و من بیشتر به فال نیک می گیرم که اگر چه سرپرست به کام نرسید ولی زن او آزادی اش را یافت. برای همیشه از قید این نگرانی که نکند شوهر را از دست بدهد، خلاص شد و زندگی را واقعی تر لمس نمود...من اما علت اصلی تردیدم همان بود که تمام زندگی بدون آن با کسی رابطه نداشتم. هیچ کششی او در من ایجاد نمی کرد. مغناطیسی نبود. این را دیگر نمی شد قاطی سیاست کرد.

فردای آن روز سرپرست برای همیشه شهر را ترک می گفت. آیا علت این بوده که کمیته ی پاسداران اخیراً بیشتر به مخالفین گیر می داده است؟ من که از اوضاع داخلی سازمان و از فعالیت های دولت در برابر سازمان های مخالف چندان اطلاعات موثقی نداشتم. کسی حرف نمی زد از وضعیت موجود. و من بیشتر از آن گرفتار اکتیویسم شده بودم که بخواهم سئوالی کنم. گمان می بردم وظایفم را انجام می دهم. هرکس باید کار خودش را بکند. البته دو ـ سه ماهی بیشتر نبود که من در آن شهر فعالیت می کردم. هنوز خودم را باز نیافته بودم...اما اکنون روشن بود چرا سرپرست درست یک روز قبل از عزیمتش از من خواستگاری کرد. یادم نمی آید که از ما خداحافظی کرده باشد بس که همه چیز مخفی بود. به یاد دارم که در صندلی جلوی اتومبیل یکی از رفقا دو خانه آن طرف تر در همان کوچه ای که ما خانه داشتیم نشسته بود. من سرم را از در خانه بیرون بردم. چشمانش با دیدن من از خوشحالی برق می زد. افق برایش بسی روشن جلوه می کرد. هم گمان می برد یار زندگی اش را یافته است و هم تغییر و تحولات تشکیلاتی به نظر می آمد که هیجان انگیز باشد. او اطلاع نداشت که چند روز بعد، شاید به یک هفته نکشید که خبر می آورند باید خانه را تخلیه کنیم...اوضاع بس ناجوانمردانه وخیم است. رژیم اسلامی پس از دو ـ سه سال رفتار کجدار و مریز دیگر تاب و توان تحمل رشد سازمان های مخالف را نیاورد. به یک باره آغاز کرد تار و مار همه ی سازمان ها را...دستگیر شدگان را زیر شکنجه های جسمی و روانی به اقرار واداشت و یکی یکی افراد به دام افتادند. همه چیز به یکباره فرو پاشید. ما بلافاصله شروع کردیم به پاکسازی... در این یک هفته غیبت سرپرست، فضای خانه نیز کاملا

164

دگرگون شد. سیامک عضو دیگر رهبریِ سازمان در شهر، جایگزین سرپرست شده بود.
"مشکلات بورژایی" من ظاهرا می بایست حل شده بوده باشد. اما بلافاصله زن سرپرست به گونه ای دیگر با من برخورد می کند و هم چنین سیامک. به محض اینکه سیامک به مقام سرپرستی نائل می شود، داوری های خود را جامه ی عمل می پوشاند در باره ی "مشکلات بورژوایی" من. گاه شمار زندگی گذشته ی مرا که می بایست مخفی بماند، برای زن سرپرست رو می کند. و زن سرپرست حالا که سرپرست نیز بدون اینکه هیچ پاسخ مثبتی از من شنیده باشد در میان خانواده و خویشان منتشر ساخته که می خواهد با من ازدواج کند و نیز از آنجا که برای اولین بار قاطعانه از زنش تقاضای طلاق کرده بود، همه چیز را به حساب همان "مشکلات بورژوایی" می گذارد و حکم قطعی در ذهنش جای گرفته است که همه ی این وقایع را گویا من با نقشه پیش برده ام. حالا دیگر کلامی با من صحبت نمی کند و عملاً فعالیت های خانه تعطیل است...چه بسا خطراتی که داشت سازمان ها را تهدید می کرد، فعالیت های کل واحد ها را به نوعی دچار وقفه کرده بود. اما این امر نمی توانست دلیلی باشد بر اینکه هر رابطه ای آنهم در مهم ترین بخش به هم بریزد. سیامک حتی کلامی با من حرف نمی زد. فقط زیر آبی عمل می کرد. دیرتر شنیدم که قدرت طلبی در او بسیار نیرومند بوده است و وقتی دور دست او می افتد بهترین فرصت را می یابد که اعمال قدرت کند - کاری که در حضور سرپرست امکان ناپذیر بود. و من اولین سندانی بودم که می بایست پتک بر سرش فرود آید زیرا عمیقاً در باره ی من همانگونه فکر می کرد که سرپرست آن یکی شهرستان مسئول تهران در آنجا و بسیاری دیگر. حالا می فهمم چرا هرگاه به خانه می آمد هیچ سخنی نمی گفت. در آن زمان نمی دانستم چه برداشتی نسبت به من دارد. رفتارش را نمی توانستم حلاجی کنم. حرف نمی زد. چانه اش همیشه اندکی رو به پائین بود و از چپ و راست یا بالا به من نگاه می کرد. حرف نزدنش را شاید می شد به حساب مخفی کاریش بگذارم. ولی نگاهش، نگاهی پرسشگرانه بود. اما حالا می فهمم علت در چه بوده است. در ذهنش مرا می کشت و چه بسا دلگیر، نه، دلگیر کلمه ی ساده ایست، دلخور یا حتی می توان گفت خشمگین بوده است که این بورژوای نمی دونم چی همه ی کارها را در دست دارد و حتی سرپرست بطور دائم او را ستایش می کند...
به علت امکانِ وقوعِ خطرهای احتمالی از جانب قدرت مداران مملکت و شرایط ویژه ای که نه فقط تک تک ما که کل جنبش چپ را در آچماز قرار می داد، روابط در بالا نیز تق و لق می شود. حالا هرکس حرکت خود را پیش می برد و زمانی است بسیار مناسب تا بدون تشکیل جلسه ای یا دستوری از بالا ، دست به اقداماتی زد. آثار "جرم" را می بایست از خانه پاک می کردیم. حتی گُل هایی را که در باغچه کاشته بودیم با ریشه از توی خاک در آوردیم و الوارهایی را که روی کف زمین دولابچه کار گذاشته بودیم و پلاسترهای پائین اطاق پذیرایی را. بعدها سرپرست گفته بود خوب دیوارهای خانه را هم می گندید دیگر؟...منظره ای دیدنی بود وقتی که من و زن سر پرست و خواهر و پسر خواهر سرپرست این همه را روی یک چهارچرخه - تخته ای بزرگ

سوار بر چهار چرخ با دسته ای بلند - قرار دادیم و دسته جمعی به سوی خانه ی خواهرش حرکت کردیم. به گمانم کسانی نیز که چیزی نفهمیده بودند حالا کاملا از ماجرا بو می بردند...چند روزی در خانه ی خواهرش سرکردم. شوهر او چند سال پیش از این فوت کرده بود. حالا این خواهر با حقوق شوهر فرزندانش را بزرگ می کرد. این اتفاق بهترین رویدادی بود که می توانست در زندگی این زن بیافتد چرا که او را به فشارِ خانواده به این مرد داده بودند؛ در حالی که او عاشق فرد دیگری بوده است...نبودِ داماد، خانه ی این زن را کرده بود مأمن همه ی خانواده. و او به گرمی آغوشش را برای آنان باز می کرد...او مرا بسیار دوست می داشت. اما مادرش به من از آن نگاه هایی می کرد که تواماً چند حس را با هم داشت. عقلش نمی رسید بفهمد من آنجا چه می کنم ولی می توانست حدس هایی بزند. مرا به عنوان یک فرد سیاسی خطرناک می دید و به طور غریزی حضور من اذیتش می کرد. سخنی نمی گفت. جرأت نمی کرد حرفی بزند. حالا با چشم مادر شوهر نیز به من نگاه می کرد و با دیدگاه های عقب مانده ی یک مادر بیسواد شهرستانی که مادر نیز بالای سرش نبوده و متأثر از تربیتی که جامعه به او داده بود، می بایست به قول معروف گربه را دم حجله بکشد. بسیار دورتر از فهم خصوصیات اخلاقی من بود که سیاره ها فاصله داشت با آنچه آنها در آن زندگی کرده بودند. گمان می برد من زندگی پسرش را به هم می ریزم؟...اما در مجموع خانواده ای گرم و مهربان به نظر می رسیدند و من خوشحال بودم که حالا با کسانی رفت و آمد دارم که تعلق به طبقه ای پائین از جامعه دارند. هنوز البته نمی توانستم بفهمم که چه فاجعه ای رخ داده است. هنوز تمام این وقایع را جزئی از مراحل کار برای رسیدن به مقصد می دانستم.

روانه ی تهران شدم. بقیه می بایست از خانه و زندگی و شهر خود زاوِراه شوند. بعدها داستان چگونگی فرارشان را یک به یک می شنیدم. یکی از آنها از این پشت بام به آن یک می پریده و از جایی سر در آورده که نتوانند دستگیرش کنند. آن دیگری روزها و شب ها در میان تاکستان ها مخفی شده بوده است تا اندکی سر و صدا ها بخوابد...فرشاد و زنش معلم دبستان هستند. یک روز وقتی به خانه بر می گردند، می بینند که در خانه را مهر و موم کرده اند. زن فرشاد به خانه ی خواهر می رود فرشاد به یک شهر مجاور. از آنجا که تمام ترمینال های اتوبوس و قطار را افراد بسیج و پاسداران قرق کرده بودند، فرشاد تصمیم می گیرد اول جاده بایستد و با کسانی که قصد سفر به این شهر را دارند عزیمت کند. شهر کوچک است و همه یکدیگر را می شناسند و می دانند چه کسی فعال سیاسی است و چه گرایشی دارد و در کجا زندگی می کند. فردی از آشنایان در شهر از جلوی او می گذرد. چند متری می راند و آنگاه دنده عقب می گیرد و جلوی پای فرشاد متوقف می شود.

- اینجا چرا ایستادی. بسیجی ها همه به دنبال تو هستند.
-
- بیا بالا

در شهر مجاور فرشاد گمان می کند که شرایط بزن و بگیر موقتی است و دو باره افراد سیاسی کار خود را آغاز می کنند. اما پس از دو ـ سه ماه می بیند که همه چیز به هم ریخته است. تشکیلات سیاسی همه ی سازمان های چپ متلاشی شده است. با زنش تصمیم می گیرند به تهران سفر کنند. در تهران افراد گم می شوند. هر محله چون شهری دیگر است. آدم هایشان متفاوتند و به راحتی می توان در جایی دور افتاده پناه جست...اما تهران نیز خصوصیات خود را دارد. بچه ی هفده ـ هجده ساله ای از هواداران یکی از سازمان های چپ به تهران می رود تا در امان بماند. برای تماس با پدرش در شهرستانی که در آن زندگی می کرد، به اداره ی مخابرات می رود به پدر تلفن کند. از قضا در کابین هم جوار یکی از افراد کمیته ی پاسداران سخنان او را می شنود. در جا او را دستگیر می کنند و پس از مدتی کوتاه خبر اعدام او می رسد...یکی دیگر از همین نو جوان ها حس می کند که در هرجایی از ایران جانش در خطر است. تصمیم می گیرد برود و خود را معرفی کند. حتی با رفقای تشکیلاتی این تصمیم را در میان می گذارد و در مورد چگونگی کار از آنها مشورت می خواهد. سرانجام در شهر خودشان به دفتر بسیج می رود. از او می پرسند چرا این کار را می کنی. می گوید نمی خواهم دیگر هیچ فعالیتی بکنم. او را از جانب دفتر بسیج می فرستند به جبهه ی جنگ با عراق. می گویند حالا که منصرف شدی برو در خدمت خلق و خدا و جمهوری اسلامی...یکی دیگر از فعالین سیاسی که با پدر و مادرش مشکل داشته است به علت هدفی که در پیش گرفته بود و نمی تواند در خانه ی خود به زندگی ادامه دهد، باغی اجاره می کند که در آن جلسات سیاسی برگزار می شود. انگور زیادی که در این باغ به عمل می آمد به جمع های دیگر نیز فرستاده می شد. این باغ شده بود مرکز پخش و دفتر توزیع. او را فرستادند برای کار چاپ به شهرستانی دیگر. خانه ی چاپ لو می رود و این فرد نیز اعدام می شود...جمعی دیگر خانه ای اجاره می کنند که مارک دار بوده است. به عبارتی یک جمع سیاسی دیگر پیش از این در آن خانه به سر می بردند و افراد کمیته ی پاسداران محل را نشان کرده بودند. تمام رفقای جمع نوین دستگیر و اعدام می شوند. یکی از رفقا چاقویی همراه خود داشته است با این فلسفه که اگر دستگیر شوم در هرحال جان سالم به در نخواهم برد پس چه بهتر که من نیز کاری انجام دهم. می گویند به احتمال در گیری دو جانبه ی شدید بوجود آمده است. خبر این واقعه را رفیق دیگری که می خواهد اطلاعی از آنان بگیرد از زن همسایه به دست می آورد. زن گفته بوده که آنها را توی پتو برده بودند...دو رفیق دیگر بر سر قرار خوابشان می برد که دستگیر می شوند و هر دو توبه می کنند. یکی از آنها را سال ها بعد از زندان آزاد می کنند. دیگری به کشور سوئد رفت.

تعداد زیادی از فعالین سیاسی در آن دوران دستگیر می شوند تعداد زیادی اعدام. دو ـ سه سالی بیش از انقلاب نگذشته است. هنوز مردم به این رژیم باور دارند. تمام نهادهای دولتی در دست عوامل رژیم است. و مردم که در کشاکش تغییر رژیم هنوز نمی دانند در کجا قرار دارند و چه کسی محق است، اغلب بی طرف باقی می مانند و این در مجموع به نفع نیروهای تار و مار "انقلاب" تمام می شود...تهران بهترین مکان برای پوشش است. شهری است بزرگ و بی در

و پیکر. محملی می یافتند و در جایی به طور پنهانی زندگی می کردند. به زن و شوهرها به راحتی خانه اجاره می دادند. اما افراد مجرد به سختی موفق به یافتن مکانی مناسب می شدند. آنها برای اینکه سوء ظن کسی را سبب نشوند معمولاً به نام مادر یا یکی از نزدیکان خود اطاقی اجاره می کردند. به هر فردی در آن زمان به راحتی مظنون می شدند. اغلب وضعیت مالی خوبی نداشتند. شغل خود را یا به منظور فعالیت ها ی سیاسی رها کرده یا از کار اخراج شده بودند و یا پس از فروپاشی تشکیلات و خطر دستگیری و زندان و اعدام راهی جز دست کشیدن از کار نداشتند. درتهران به هر کاری کارهای پست به طور معمول مشغول می شدند. افراد متأهل زندگی بسیار سختی را برای تامین معاش می گذراندند. مجبور شده بودند در محله هایی در نقاط فقیر نشین زندگی کنند تا از عهده ی پرداخت اجاره خانه بر آیند.
سرپرست را یکی دو ماه بعد در تهران دیدم. سراسیمه بود. تصمیم گرفته بود به خارج برود. تهران نیز دیگر امنیت نداشت. من چادر به سر با او سوارِ اتوبوسی شدیم و چند دقیقه ای صحبت کردیم. به گمانم رسید که فرار می کند. اعتقاد داشتم که می بایست ماند و حضور داشت. "مبارزه" در خارجه را من تجربه کرده بودم. معتقد بودم هر عمل جدی می بایست در داخل صورت گیرد؛ اگرچه گاهی تبعید لازم است برای اینکه نیروها جمع آوری شوند راه هایی برای زنده کردن تشکیلات بوجود آید و خط و مشی چگونگی ادامه ی راه مطالعه و ارزیابی شود تا نیروهای سیاسی سرشان بیهوده زیر تیغ قاتلین نرود. در مورد سرپرست احساس می کردم که هیچ امیدی برای او باقی نمانده است هیچ روزنه ای نمی بیند. چه بسا او درست می اندیشید. او در کادر اعضاء رهبری شهر از نزدیک می دانست در چه وضعیتی بسر می بریم. از وضعیت گردانندگان تشکیلات اطلاع داشت و نیز می دید که چگونه دارند خانمان بر می اندازند...دیرتر فهمیدم در خانه ی یک زن و شوهر مبارز در تهران پناه جسته است و با آن زن روی هم ریخته اند و دست شوهر را توی حنا گذاشته اند. آن زن در بحبوحه ی بگیر و ببند های افراد چپ گرا پایش را توی یک کفش می کند که از شوهرش طلاق بگیرد و به عقد سرپرست در آید. نطفه ی پسرشان در مدت اقامت سرپرست در خانه ی آنها در تهران بسته می شود. شهرها و کشورها را با هزاران سختی سپری می کنند و تازه به آمریکا قدم گذاشته اند که این زن با مرد دیگری به مکزیک برای گردش می رود.

سه

چه کسی مرا لو داده بود؟ آیا وقتی از شهرستان راهی تهران شدم مرا تعقیب کردند؟ این نمی توانست صحت داشته باشد. زیرا اطلاعاتی که آن دو مرد ریشو و قد بلند کمیته ی پاسداران می دادند نمی بایست صرفا با تعقیب کردن من بدست آمده باشد. گیرم که سیامک حرف هایی زده باشد. اطلاعات او از ارتباطات خانوادگی من صفر بود مثل بقیه ی افراد در تشکیلات. هیچ کدام از هم رزمانِ من چه در خارج و چه در ایران اطلاع از زندگی شخصی من نداشتند. یکی از دو مرد ریشو وقتی که مامان نمازش را رها کرد و بچه به بغل آمد به بیند با دخترش چه کار دارند، به او گفت که این دختر شما اعتقاداتش با دیگر افراد خانواده متفاوت است. از چنین شناختی فقط افراد کاملاً نزدیک فامیل می توانستند اطلاع داشته باشند...دوستان خواهرم و شوهرش نمی دانستند که من در این مدت کجا بوده ام چه زمان برگشته ام. هیچ کس هنوز از ورود من اطلاع نداشت. و من اطمینان صد در صد داشتم که خواهر و برادرهایم کم ترین اطلاعاتی به آنان نداده اند. آیا رضیه خاله آنها را مطلع ساخته بود؟ او چه می دانست من کجا هستم و چه می دانست که من در این روزِ عیدِ فطر به خانه برگشته ام...می بایست به طور قطع از جانب افراد بسیار نزدیک خانواده که از آمدن من اطلاع داشتند این اطلاعات را گرفته باشند. هرکس خبر چینی کرده

کوه کمر شکن

بود می خواسته است دیگر افراد خانواده را از خطر مصون نگاه دارد و به همین دلیل اولین مسئله ای که مطرح می کنند اینست که فقط من در این خانواده اعتقادات مذهبی ندارم داده ای که هیچ کدام از هم رزمان من از آن اطلاع نداشت. اطلاعات از یک منبع بسیار نزدیک به آنها داده شده بود...نمی توانم پاسخ به این سئوال را بیابم. وقتی کار از کار گذشته است و من از آن روز به مدت سه ـ چهار سال در زیر زمین زندگی می کنم، تنها سئوالی که برایم مطرح نمی شود اینست که چه کسی مرا لو داده است. این سئوال دیر خیلی خیلی دیر زنده می شود زمانی که با وقوع حادثه ای برای مامان، دست فردی از خانواده کاملا رو می شود. من همه ی تکه ها را کنار هم می گذارم و پازل حل می گردد.

شب قبل از راه رسیده ام. سر ظهر آماده می شویم که برویم به خانه ی مادر بزرگ. بزرگ خانواده است و همه در این روزِ عیدِ فطر در آنجا جمع می شوند. من هنوز به خود نیامده ام. اهمیت فاجعه را هنوز نمی بینم. فکر می کنم تشکیلات به موقع دست به کار شده است و ما توانسته ایم دست کم خود را نجات دهیم. خوشحالم که دستگیر نشدم تا مبادا زیر شکنجه بخواهم افرادی را لو بدهم یا سال ها در زندان سپری کنم و چه بسا اعدام شوم. هنوز نمی دانستم که اگر دستگیر شوم چه بلایی به سرم خواهد آمد. کسانی که در آن زمان گرفتار شده بودند گاهی بدون آنکه مقام مهمی در سازمان داشته باشند، اعدام شدند شکنجه شدند بدون هیچ محاکمه. به زنان کمونیست تجاوز می شد که کافر به حساب می آمدند و فرو کردن در آنان دروازه ی بهشت برین را برای عاملین باز می کرد. بدترین رفتار ها را با زندانیان سیاسی داشتند...زیاد ناراضی نیستم که دیگر در تشکیلات کار نمی کنم. آن تشکیلات پس از رفتنِ سرپرست برای من شده بود جهنم. هم چنین من آدمی نیستم که مدتی طولانی در یک جا بند بشوم. باید تغییر کند. شکل کار در مراحل گوناگون باید به صورتی دیگر در آید. قرار نیست همیشه در یک وضعیت در جا بزنیم. این گونه زندگی کرده ام. انتخاب شغل روزنامه نگاری را بر این اساس انتخاب کرده بودم که هر روز با روز دیگر متفاوت است هر گزارش با گزارش دیگر فرق می کند. و تو نیز با این دگرگونی ها خودت را می سازی و با شخصِ روزِ قبل متفاوت هستی... از کار شبانه روزی خسته شده بودم. از اینکه بنا بر برنامه ریزی تشکیلات تمام فکر و وقت و نیرویم را داو بگذارم خسته شده بودم. خوشحال بودم که حالا می توانم برای مدتی خودم باشم اندکی اوقاتم را با خانواده بگذرانم و بدون نگرانی از انجام کار انجام نشده ای با آرامش مدت زمانی سپری کنم. نه که بریده باشم یا نخواسته باشم به مبارزه ادامه دهم یک زنگ تفریح می خواستم. خودم را محق می دیدم پس از این همه تنش ها و وقایعی که در این سه سال گذشته کشور را در بر گرفته بود، نفسی بکشم. بی اراده انگار خوشحال بودم که رها شدم. احساس آزادی می کردم.

داداش کوچولو رفته بود سربازی. داداش بزرگ تر در نبود دایی فراهان کارخانه را اداره می کرد. دایی فراهان را به علت همکاری با یک دختر مجاهد به زندان انداخته بودند. دایی اگرچه افکار مبارزه جویانه ی حزب توده هنوز

در سرش می جوشید، اما حالا با داشتن یک کارخانه ی بزرگ و تعداد زیادی کارگر نمی توانست چندان با افکار چپ هم خوانی داشته باشد. بخصوص که این دختر مجاهد باورهای مذهبی داشت و دایی را با مذهب کاری نبود. یک بار که به خانه ی مامان آمده بودند، دایی که از همان روز اول انقلاب در لجاجت با آخوندها هیچ گاه بدون کراوات او را نمی دیدیم، عطر خوش بویی استفاده کرده بود. گفتم به به چه بویی. نفهمیدم چقدر کنایه آمیز بود کلام من. گفت بله عطر زده ام چی، می خواستی گُه به خودم بزنم؟ پاسخی از این بهتر نمی شد به من داد که تلویحاً همان سخنی را باز گفته بودم که امام خمینی بیان کرده بود و شده بود شعار همه ی دیوارهای شهر: "بوی عرق کارگران از هر عطری معطرتر است". گفته اش اگر چه مرا به فکر انداخت ولی می بایست سال ها بگذرد تا بفهمم چه می گوید... علت دستگیری او این بوده است که به مجاهد فعالی در سازمان مجاهدین خلق کمک مالی می کند. من به طور قطع می توانم بگویم که دایی با کمک مالی به آن دختر بیشتر خواسته است جلب توجه شخص او را بکند تا اینکه سازمان مجاهدین چندان اهمیتی برایش داشته باشد. دختر را دستگیر می کنند و دختر او را لو می دهد. دایی کاره ای نبود ولی یک سال حبس می گیرد. با امیر انتظام و تعداد دیگری از بزرگان رژیم سابق هم بند بوده است. وقتی آمد بیرون می گفت ببین چه مغزهایی را در زندان انداخته اند.
تب و تاب های اولیه ی انقلاب تا حدودی فروکش کرده است. حالا من کار تشکیلاتی در ایران را نیز تجربه کرده ام. بهتر می توانم تصمیم بگیرم که چگونه به راهم ادامه دهم. دیرتر وقتی به فلسفه ی حرکت امواج در کیهان اعتقاد پیدا می کنم به نظر می رسد خواست های درونی من آن چنان قوی هستند که خیلی سریع عمل می کنند و جهان به سرعت به آن پاسخ می دهد... برخوردهای تحقیرآمیز و خرد کننده ی مسئول جدید و تغییر رفتار ناگهانی زن سرپرست به معنای طرد کامل من بود و اختیار هیچ مسئولیتی را به من نمی دادند و در واقع مرا کنارگذاشته بودند، عواملی که سبب شده بود من از دنیای خارج و نیز از درون تشکیلات دور نگاه داشته شوم. با خود گفته بودم این نیز می گذرد. باید بود. باید ماند. در شهرستان و هم در دو ـ سه سال آخر اقامتم در خارجه من با یک زندانی هیچ تفاوتی نداشتم. اما به دلخواه. با خواست و علاقه و عشق خود را در چهارچوب خانه های تیمی اسیر کرده بودم. طبیعی می دیدم اگر تغییراتی در نوع فعالیت من بوقوع می پیوست. یقین داشتم فعالیت های مبارزاتی تنها راه زندگی من است... وجود من در آن شهر پس از تلاشی همه چیز فقط خطر آفرین بود. به خانه برگشتم که گمان می کردم در آن زمان از هر مکانی امن تر است. هیچ کس نمی تواند از من بپرسد در خانه ی خودت چه می کنی. نه مجبور بودم چادر به سرکنم نه مجبور بودم در خانه حبس شوم. خوشحال بودم که دست کم برای مدتی نفس خواهم کشید. آزاد هستم هر کار می خواهم بکنم.
مامان نیز از داشتن دوباره ی من خوشحال بود. بودن من در شرایطی که آن تلاطمات انقلابی اندکی رنگ باخته بود، قلب همیشه نگران او را اندکی تسکین می داد. برای من درهمان چند ساعت حس زیبای داشتن کسی در کنار خود زمان که می دانی تو برای آن شخص جگر گوشه ای که هر تپش قلب تو

شاخک احساسات رفیقش را تیز می کند و در رگ هایش خونِ دلنگرانی به جوش می آورد، هستی ات را دوباره برپا می دارد. این حس بسیار زیباست. گمان می کنی با او دنیا را فتح خواهی کرد. غم مخور. او چون فرشته ای همه جا با تو هست. در این چند ساعت او را می نوشیدم. چه گوارا بود...هیچ کلامی به اعتراض نگفته بود. هیچ گاه سئوال نکرده بود کجا بودم چه می کردم. هیچ گاه توصیه ای که بیایم بروم یا پرسشی در اینکه با آینده ام چه خواهم کرد مطرح نکرده بود. او بود فقط برای اینکه باشد. برای اینکه بودنش را وظیفه می دانست عشق می دانست. بودنش یعنی اشعه مغناطیس نیروی زنده و انرژی به توان هزار. و من کودک خانه را بازیافته بودم. مامان بود که همه چیز آماده باشد. گمان می کردم وقت آن است که حرکت هایم بیشتر آگاهانه سنجیده و بخردانه باشد. هنوز طرحی نریخته بودم هنوز فرصتی برای تفکر نیافته بودم. نخواسته بودم اندیشه ای از جنس دیگر این حس لذت بخشِ بودن در خانه و حس آزادی را از بین ببرد. می رفتم که در این اولین روزِ آزادی خویشان را زندگی کنم.

سر ظهر افراد کمیته می آیند که مرا ببرند. مادرم شیرزن با غریزه ی مادرانه از بزرگترین وظیفه ی دینی اش نماز دست کشید تا در مقابل آنان که جگرگوشه اش را می خواستند معلوم نبود به کجا ببرند نجات دهد. او می خواهد آنان را مجاب کند که بچه اش شیری پاک تر از آن خورده است که بخواهد "ضدانقلاب" به معنای ضد مردم نامیده شود. او قصد نداشت مرا فرار دهد. او گمان نمی کرد - بس که صادق بود و قلبی داشت به پاکی همه ی چشمه های زلال کوه پایه ها - که اینان که از انقلاب پاسداری می کنند نتوانند تشخیص بدهند که دخترش فقط عدالت برای جامعه می خواهد می خواهد که مساوات برقرار شود حاضر نیست کوچکترین صدمه ای به کس برسد او آزادی و برابری را برای همگان خواهان است. مامان از کجا می دانست که حس عداوت آن چنان عمق پیدا کرده است و نحوه ی نگرش به چگونگی بهبود زندگی مردم آن چنان بسته و محدود است که هر آن کس که با اسلام و دولت اسلامی توافق نداشته باشد پاسخش نابودیست؟ نمی دانست که من فکر فرار به سرم می زند...حس غریزی به من می گفت که باید بروی. زندان و شکنجه تنها موردی در تمام زندگی ام بود که نمی خواستم تجربه کنم. من بیمار تجربه بودم اما می دانستم با این تجربه چیزی از من باقی نخواهد ماند که بخواهم روی آنچه را که برایش زندگی ها گذاشته ام باز ببینم. فرار کردم...من با چادر سیاهی که از "طاغوتی" های انتهای کوچه ی بن بستِ دربِ پشتیِ خانه گرفته بودم و پنجاه تومانی که در دستم گذاشتند، یک تاکسی گرفتم و راهی خانه ی دایی شدم. دو- سه تاکسی عوض کردم تا به خانه ی آنها بروم. به اندازه ی کافی مخفی کاری کرده بودم که مراقب باشم کسی تعقیبم نمی کند...مامان را می برند به مقر کمیته ی پاسداران. بیست و چهار ساعت او را نگاه می دارند. نمی دانم مامان چه به آنها گفته بوده است. در هر صورت باور نمی کنند. مامان می خواهد آنجا نماز نیمه کاره اش را بخواند نمی گذارند. می گویند نماز خواندنت دروغین است همه ی آن کتاب های مذهبی و عکس های خمینی و طالقانی و

مطهری در خانه ات دروغ است تو باعث فرار او شدی...یکی از آشنایان که پست مهمی در یکی از سازمان های دولتی داشت ضمانت می کند و مامان را از آنجا بیرون می آورند. رهایش می کنند. رها؟...
حس زیبای زندگی در خانه در من در اوج بود. و این حس مانند شهابی در یک آن از آسمان به زمین افتاد و شکست و همراه با خردشدنش من نیز برای اولین بار نه تنها در دوران مبارزات سیاسی که در تمام زندگی مزه ی تلخ و ناگوار بریدن نفس را تجربه کردم. دختر سوپر آزاد در خانواده ای سوپر دموکرات که هیچ خدایی را بنده نیست در منگنه ای دچار شده است که حالا سر گشته به دنبال سرنوشت به واکنش های طبیعی برای بقا دست می یازد. یک باره نقشه ی فرار به ذهنم رسید. مامان برای اینکه آنها را متقاعد کند که دست روی بد کسی گذاشته اند، بدون هیچ نقشه ای از پیش آنها را مشغول به دیدن کتاب ها ی مذهبی خانه کرد. حقیقی بود حقیقی تر از باور همه ی افراد بی شیله پیله و خالص جهان...عشق مامان آن چنان قدرت داشت که هر حرکت مخربی را در جا خنثی می کرد. حتی گمان می کنم هوشیاری من در لحظه ی فرار متأثر از اشعه های این قدرت مامان بود. سلول های من به کار افتاد و در زمانی کمتر از یک میلیونیم ثانیه مرا به حرکتی واداشت که تا ابد مرا مدیون مادرم سازد.
از آن مهلکه بیرون آمدم. مامان خودش نمی دانست چه کرده است. نمی دانست من چه کرده ام. نمی دانست آیا کار درستی بوده است یا نه. نمی دانست عواقب دستگیری من چقدر می توانست وخیم باشد...حس غریزی مرا واداشته بود که خود را به دست آنها نسپارم. نمی دانستم چقدر زیر شکنجه تحمل خواهم کرد. می خواستم باشم و مفید باشم. من به آن معنایی که بسیاری از مبارزان در زندان و زیر شکنجه و در تبعید با هراس و نگرانی و آینده ای مبهم روبرو بودند آشنا نشده بودم. اگر مرا دستگیر می کردند، به طور قطع اعدام می شدم. افرادی در سطح من یا حتی در رده های پائین تر نیز نتوانسته بودند از تیغ اعدام در امان بمانند در آن شرایطی که همه ی نهاد های وابسته به رژیم چون ماری زخم خورده به جانِ از جان گذشتگان افتاده اند. بسیاری از عوامل دستگیری شکنجه و اعدام اعتقادی راسخ داشتند بر اینکه تنها راه درست از آنِ آنان است و همه باید از آنان پیروی کنند. کوچکترین اعتراضی خیانت به مردم و همکاری با "شیطان بزرگ" آمریکاست.
به یاد ندارم درخانه ی دایی چه واکنش هایی شد. من گیج و مبهوت و هراسان از فاجعه بودم. اما هنوز نیم ساعتی از بودنم در آنجا نمی گذرد که زنگ تلفن به صدا در می آید. می گویند دارند می آیند به سراغ من. زن دایی سراسیمه فریاد می زند ای وای خانه ام بر باد رفت. از آنجا رفتم. اما باز در آن زمان و تا سال ها بعد از خود نپرسیدم چه کسی ممکن است به این سرعت از مخفی گاه من اطلاع پیدا کرده باشد یا کنجکاوی کنم که مگر برای دستگیری یک "خلاف کار" که از دستشان گریخته است، از قبل به او اطلاع می دهند که می خواهند بیایند و او را دستگیر کنند بخصوص که حالا چون اژدهایی زخم خورده از دست یک "ضدانقلاب" که گمان می بردند حالا او را گیرآورده اند، خشمی دو چندان بر آنان غالب است. چنین ضربه ای غرور آنها را شکسته است

کوه کمر شکن

بخصوص که از یک "ضعیفه" خورده اند یک زن کافر یک زنی که باید او را کرد و بعد او را کشت و با انهدام این کافر به بهشت رفت...نرفتن مامان به خانه ی مادر بزرگ در روز عید فطر بسیار چشمگیر بود و غیبت دایی نیز که من در خانه اش پناه جسته بودم، طبیعی به نظر نمی رسید. تماس با خانه ی ما ممکن نبود زیرا مامان را افراد کمیته برده بودند. آن کس که به دایی زنگ می زند می بایست از جانب کسی حرف زده باشد که همه ی ماجرا را دنبال می کند...

رفتم به رستوران دایی کلارک گیبل با چادر به سر. وقتی از رستوران بیرون می رفتیم که به خانه ی او برویم، او از جلو می رفت. زنی که بعدها او را گرفت سانتی مانتال و شیک پوش پشت او گام بر می داشت و من از پس آنها می رفتم چون کلفتی که پشت آقا و خانم راه می رود. حتی در آن لحظه که فقط یافتن مکانی برای پنهان شدن برایم مهم بود این صحنه در ذهنم حک شد...یک بار که از پاریس آمده بودم، همین دایی مرا سوار ماشینش کرد و جلوی خانه یا محل کار هر کسی که می شناخت نگاه می داشت تا آنها خواهر زاده ی خوشگل و تو دل برویش را که از پاریس آمده نظاره کنند و او پز مرا بدهد. حالا همان خواهرزاده به وضعیتی خود را در آورده است که مایه ی سرافکنی می شود...از کجا به فکرم رسید که نزد این دایی بروم و چگونه آدرس رستورانش را پیدا کردم نمی دانم. در این لحظات همه ی حواس به کار می افتد تا راهی برای مشکل یافت شود...آن زن با ما به خانه ی دایی نیامد. من تنها آنجا می ماندم. دایی بعد از ظهرها وقتی رستوران خلوت می شد برای من غذا می آورد. فکر می کردم که تا مدتی به هیچ رو نباید در بیرون دیده شوم. نمی خواستم حتی همسایه ها مرا ببینند. به یاد نمی آورم که روزها و شب ها آنجا چه می کردم هیچ. حتی کتابی نمی خواندم نمی نوشتم. در خلائی که خود نیز جزئی از آن شده بودم گرفتار آمده بودم...یک روز آن زن و خواهرانش با شوهر هایشان به خانه ی دایی آمدند. ظاهراً یک میهمانی ساده بود. اما بعد فکر کردم که این میهمانی برای این بوده است تا روابط دایی با آن زن را رسمیت بدهد. زن قصد کرده بود دایی را تور کند. آداب و رسوم جامعه ایجاب می کرد که مراتب رسمی به جا آورده شود. پیش از اینکه من بیایم به احتمال آزادانه به آن خانه می آمده است. حالا من مانع بزرگی شده بودم. اما انگار این مانع نمی توانست برای او کم پرسود بوده باشد. حضور من سبب می شود که او بخواهد در عین حال عقد ازدواج را با رسمیت بخشیدن به مسئله سرعت بخشد...نمی دانم دایی تا چه اندازه تمایل به این کار داشت. دایی های من از سادگی خاصی برخوردارند تابع احساسات می شوند و تمایل دیگران می تواند آنها را به راه هایی ببرد که اگر خردشان را بکار بگیرند چه بسا تبعیت نکنند و طریقه ای دگر پیش گیرند...این میهمانی برای دایی نیز از جهاتی چندان بی فایده نبود. زیرا که خانواده ی دایی چندان راضی نبود که او زنش را بخواهد طلاق بدهد و طبعاً ازدواج مجدد او بدون حضور آنها صورت می گرفت. من در آنجا عضوی از خانواده به حساب می آمدم. دایی وقتی خواستند عکس بگیرند با آب و تاب توضیح می داد که این کار حرفه ی من است. سعی می کرد آن

روزها ی سابق بر این مرا برای آنها مجسم کند تا تصویری که در حال حاضر آنها به احتمال از من گرفته بودند به عنوان یک فرد ذلیل و دور از شأن خانواده ی آنها تغییر یابد...این زن فهمیده بود که من به آن خانه پناهنده شده ام و این مسئله را با خانواده اش در میان گذاشته بود. چه بسا اگر در وضعیت دیگری مرا می دیدند رفتاری متفاوت پیش می گرفتند. حالا مرا به دید آدمی می نگریستند که حقیر و بیچاره شده و مجبور است خود را در جایی پنهان کند و اتفاقا این جا مکانیست که خواهرشان را از آنجا دور کرده است. من خیلی ساده لباس می پوشیدم. حتی دیگر ابروهایم را برنمی داشتم. آنها خوش پوش بودند و معیارشان برای پذیرش آدم ها چشمشان بود...در شرایطی مرا دیده اند که بزرگترین ضربه را خورده ام ضربه ای که برای اولین بار روح مرا خورد. در بدترین وضعیت سرم را بالا می گرفتم زندگی مبارزاتی را چندان مشکل ندیده بودم حس نکرده بودم این همه از نزدیک گرفتاری را. حالا مرا مجبور کرده بودند زندانی شوم در جایی زندگی کنم که هیچ چیزش با من جور در نمی آید با کسانی معاشرت کنم چون چاره ای جز آن نیست. این روح سرگشته نه می تواند خودش باشد و نه می تواند با آنها هم خوانی کند. یک نوع سرگردانی وجودش را تحلیل می برد. درعین حال می کوشد هنوز زنده باشد و با زنده ها محشور باشد. با خود می گفتم این ها هستند بخشی ازتوده هایی که برایشان مبارزه می کنی. اعتقادات مذهبی ندارند که بگویی در مسیر دیگری هستند از طرفداران رژیم گذشته نیز نبودند. اما این توده تره برایت خورد نمی کرد. آنچه در زندگی در پیش گرفته و همه ی وجودم را برای آن داو گذاشته بودم به هیچ رو مد نظر قرار نمی گرفت. انگار هیچ اتفاقی در این شهر نمی افتد. به تنها موردی که فکر نمی کردند فردی مثل من بود که در زیر زمین ها رطوبت تنش را گرفته است و مغزش را عطر خیالی مدینه ای فاضله مدهوش می کند و در توهم ایجاد جامعه ای بی عیب و نقص در میان ابرها می غلطد. آنان زندگی خود را پیش می بردند زندگی روزمره ی خود را با حساب و کتاب هایش آینده نگری هایش و رعایت اخلاقیاتی که جامعه به آنان تحمیل کرده بود. و در نهایت با پذیرش آن طرح زندگی می ریختند...آن زن می خواست جای پایش را محکم کند. دایی با سال ها زندگی مشترک و سه پسر که حالا هرکدام اکنون مردی بودند و خانه و زندگی داشتند، تجربیاتی بسیار از سر گذرانده بود و این زن یک زندگی تازه را می خواست شروع کند. گاهی ادای دخترهای بیست ساله را در می آورد. قهر می کرد. دایی نمی توانست او را بفهمد. آن گونه که در میان خویشان ما مطرح می کردند بخصوص از جانب خاله سهیلا دایی فردیست بی مسئولیت و فرصت طلب. این زن کسی بود که مسئولیت و توجه کامل از دایی می خواست. روابط به نحوی بود که تصورمی رفت دایی هر کار می کند برای رضایت خاطر آن زن است نه اینکه خود خواهان انجام آن امر باشد. هیچ چیز مشترک یا هم خوانی در میان آنها نمی دیدم. نمی فهمیدم چه رابطه ای برقرار بود. احتمالاً نیاز به سکس از جانب دایی یا وجود کسی که فکر کند تنها نیست. اما زندگی مشترک با مسئولیت هایش دورتر از آن مظاهری بود که من می دیدم. حتی آن زن این امر را حس می کرد. شوهر خواهرش را دیده بود که چگونه به خواهر مهر می ورزد.

کوه کمر شکن

پیوند های محکمی بیش از زندگی اجباری دو نفر را در زیر یک سقف در آنان مشاهده کرده بود. از رفتار طبیعی و محبت دو جانبه ی آنان گمان می رفت شوهر خواهر یکی از بچه های خواهر است آنقدر که این خواهر به کوچکترین نیاز او توجه می کرد و شوهر سرشار از قدردانی، گاهی خود را کاملاً به دست همسر می سپرد. این دو از نظر دیگران به دو پرنده ی عاشق می ماندند که برای یکدیگر می میرند...این زن از دایی توقع چنین رفتاری داشت. اما نمی فهمید که او و دایی در دو دنیای متفاوت به سر می برند. اما دایی در هر صورت تن داده بود. زن به نظر می رسید پایش را توی یک کفش کرده است و دایی به دنبال حوادث در توری افتاده که نمی تواند از آن بیرون بیاید. و زن که به هیچ رو به نظر نمی رسید عشق و دلدادگی در میان باشد در جستجوی به هر حال یک شوهر، آن هم شوهری که شبیه به کلارگ گیبل است ـ اگر چه سنی از او گذشته است ـ و هیچ زنی از او نمی گذرد، خر تر از دایی من کسی را گیر نیاورده بود.

زن سابق دایی نیز از آن قشر افرادی بود که به هیچ رو با خون من جور در نمی آمد. به ظاهر بسیار خوشرو بود و خیلی محترمانه با ما حرف می زد. خانواده ی من نه به علت اینکه او در کاباره با دایی آشنا شده بود بلکه به علت خصایصی که عمدتاً رنگ روستایی داشت و با تزویر شهر نشینی آمیخته بود چندان او را قابل آدم حساب نمی آورد. اعمالی که از او سر می زد برای من چندش آور بود. بعد از انقلاب چادر به سر کرده بود و نان به نرخ روز می خورد. با خود می گفتم لابد حالا که سرش کچل شده است و بَرو رویی ندارد که خود را مثل آن زمان ها در کاباره عرضه کند مذهبی شده است...تا زمانی که بچه هایشان کوچک بودند کسی آنها را ندید. فقط زمانی که سر و صدای طلاق بلند شد ما آنها را زیارت کردیم. ظاهراً دعوا و مرافعه های دائم بر سر خانم بازی های دایی بوده است. اوایل انقلاب بگو مگو های چند ساله به طلاق قطعی منجر می شود و زن دایی حالا مقنعه سرش می کند و در روضه خوانی هیأت های مذهبی شرکت دارد و خلاصه طرفدار سفت و سخت رژیم اسلامی می شود...پس از انقلاب قبل از اینکه من خودم را به شهرستان منتقل کنم دایی که مدیریت یک رستوران را به عهده داشت، بیکار شده بود و بیشتر در میان خانواده دیده می شد. حتی به خانه ی ما و خاله و مادر بزرگ بیشتر سر می زد...یک بار دایی و زن سابق و بچه ها خواستند به شمال ایران سفر کنند. نمی دانم چرا با آنها مسافرت کردم. گمان کنم مهمترین دلیل این بود که خواستم از محیطی که همه مرا با رفتارهایشان طرد می کردند مدتی دور بشوم. دایی با مذهب و عبادت و این حرف ها میانه ای نداشت. فکر کردم دست کم چند روز با آدم هایی که بیشتر با من خوانایی دارند سر کنم. از همان آغاز که توی ماشین نشستیم که راهی شویم زن سابق دایی چهره ی اصلی خودش را نشان داد. رفت نشست پشت رل. می خواست به من بفهماند که ماشین از آن اوست دایی دخلی در خرید آن نداشته است. در حالی که همه می دانستند دایی خوب پول در می آورد و بخش مهمی از در آمدش را به زن می داد. خانه ای که هم الان در آن زندگی می کردند با پول دایی خریداری شده بود اگر چه سند به اسم زن بود. برای دایی این مسائل اهمیت نداشت. به طور قطع اتومبیل را نیز از مبالغی که

راه به راه از دایی تیغ می زد خریده بود. اما حالا که دایی بیکار شده بود طوری رفتار می کرد که انگار دایی همیشه سربار بوده است. هر گاه دایی آغاز به سخن می کرد حرفش را قطع می کرد که نشان دهد هیچ ارزشی برایش قائل نیست. گمان می کرد با این رفتار مرا متقاعد می کند که دایی آدم غیر مسئولیست. برعکس مرا متقاعد کرد که چرا دایی نتوانسته است با او سر کند...در پارک جنگلی میان راه اطراق کردیم که ماهی کباب کنیم برای ناهار. من به زن او در شستن ماهی کمک کردم. اگر زمان ها ی گذشته بود اجازه نمی داد به چنین کاری دست بزنم. می دانست که ما دخترها مثل شاهزاده ها بزرگ شده بودیم. آقاجون می گفت بچه ها باید به درس و تفریحشان برسند. به اندازه ی کافی آدم دور و بر مامان بود که تحت فشار نباشد...کمکش کردم زیرا نخواستم هیچ منتی بر سرم داشته باشد. در همین وضعیت احساس می کردم بیهوده اینجا هستم. با خود می گفتم "دنیا ببین چه فیسه خرچوسونه رئیسه".
دایی را پیش من خوار می کرد. با خودش لابد می گفت خوب خواهرزاده اش نیز عزت و احترام سابق را ندارد. با تغییراتی که انقلاب در جامعه بوجود آورده و خود نیز مقنعه و چادر به سر کرده بود تا با انقلاب همراهی کند، با این چادر مرتب به سر شوهرش می زد که روزی کاباره داشته است و خوشحال بود که دیگر ندارد و گمان می کرد دارد او را ذلیل می کند، هم چنین به نحوی مثلاً به من شیر فهم می کرد که اگر یک روزی تو ما را آدم حساب نمی کردی حالا خودت ذلیل هستی...مقنعه به او قدرت داده بود...یک مراسم عروسی در روستا داشتند. اندکی با اهالی ده که دسته جمعی با دامن ها ی چین دار رنگارنگ دست به دست دایره ای درست کردند و قاسم آبادی رقصیدند پای کوبیدم. عروسی سه شبانه روز ادامه داشت. همه ی اهالی ده در عروسی شرکت داشتند اما من چون شبحی آنها را نظاره می کردم...در ویلای برادر زن دایی در میان باغ بزرگ نارنج، پنجره ها را که از همه جانب باز می کردند هوای لطیفی از هر سو می وزید که بسیار دلچسب بود. با این برادر که در کنار دریا بزرگ شده بود و با دایی یک شب تا وسط دریا رفتیم. کف دریا به شکل تپه بود. چند متر عمیق می شد سپس آب پائین می رفت تا زیر گلو. شنا می کردیم و کمی بعد استراحت. مطمئن بودیم که یک فرد بومی همراه است و می داند ما را کجا می برد...می توانست این سفر خیلی خاطره انگیز باشد. ولی نبود. اینها همه را من انگار چون غریبه ای نظاره می کردم. نه لذتی می بردم از هم صحبتی نه می دانستم چرا آنجایم.
اکنون که دایی با این زن دوم قاطی شده است، می توانم بفهمم که چرا آن زندگی سابق بر این نمی توانست ادامه پیدا کند بخصوص که آن زن بیش از پیش ظاهراً اعتقادات مذهبی پیدا کرده بود و حالا که خانواده ی من و خاله ها در این راه قدم گذاشته اند، اغلب با آنها رفت و آمد می کند تا بدین طریق هم خودش را در دل خانواده جا کند هم دایی را از چشم آنها بیاندازد. دایی را با نماز و دعا و هر روز هیأت و مسجد و گریه و زاری کاری نبود...پس از چند روزی که از اقامت من در خانه ی دایی می گذرد، شب ها پس از تعطیل رستوران دایی او را با خود می آورد به خانه. من با آمدن او در آشپزخانه می خوابم. یک بار زن روی تخت خوابیده است و دایی پستان های بزرگ او را

می چلاند. چراغ روشن است. من هنوز نخوابیده بودم. می دانستند بیدارم. ولی دایی دیگر طاقتش تمام شده بود.
زن از دایی خیلی جوان تر بود. یک روز شناسنامه اش را به من نشان داد و گفت ببین کنار نام و نام فامیل نوشته دوشیزه. من حتی نیم نگاهی به شناسنامه نیانداختم. در آن زمان حتی حواسم جمع نبود که فکر کنم آیا مگر توی شناسنامه کلمه ی دوشیزه یا بانو را ذکر می کنند. تازه خوب که چی خیلی زن ها ظاهراً دوشیزه اند و هزار کاری را که زنان مزدوج با آن آشنائی ندارند، آنها تمام کرده اند. برای من اهمیتی نداشت این گونه مسائل. پاسخی به او ندادم. رفته رفته متوجه شده بودند که مجبور نیستند در حضور من جانماز آب بکشند. اتفاقاً اگر می دانستند که همین جانماز آب کشیدن آنها را از چشم من می اندازد شاید راحت تر همان که بودند را از همان آغاز رو می کردند...این زن دوم نیازهای دایی را از حیث قیافه ی ظاهر و بی اعتقادی به مذهب تامین می کرد. زن خانه دار و باسلیقه ای بود و با سلیقه ها و رفتارهای دهاتی منش زن سابق تفاوت داشت. اما دایی چطور با رفتار خاله زنکانه و بسیار عامیانه ی یک زن بی دانش معمولی می خواست سرکند همین بود که اختلافات رو می شد...روزی یکی از دوستان دایی آنجا میهمان بود و اتفاقاً آن دوست از همان آغاز متوجه تفاوت ها شد. بحث هایی در زمینه های مختلف سیاسی - ادبی داشتیم. حالا زن کم کم به نکته هایی دست یافته بود و خودش را جمع و جور می کرد. وقتی ملاحظه کرد من و آن دوست و دایی مشغول صحبت هستیم و او چیزی بارش نیست که بخواهد در آن شرکت بکند، احساس کرد از جانب دایی به او بی توجهی می شود یا وقتی دید آن دوست با احترام خاصی با من حرف می زند شاید انتظار داشت به همان اندازه از جانب آن مرد به او توجه شود. نفهمیدم چه چیز را بهانه کرد و از دایی دلخور شد و از خانه زد بیرون. دایی رفت سراغش...چند روز بعد وقتی در باره ی برخی مسائل سیاسی صحبت می کردیم، دایی به من گفت تو هم اگر در ایران بودی با آن ها هم عقیده می شدی. منظورش این بود که مثل خواهرم و بقیه مذهبی می شدم. احساس کردم انگار از حضور من در آنجا خسته شده است. و چند روز بعد به من گفت کاش خودت بری بیرون مواد غذایی بخری غذا بپزی. حق داشت. مشکل بود هر روز برای من غذا بیاورد. ولی من تنها کاری که در آن وضعیت حال و روح انجامش را نداشتم غذا پختن و خرید بود. بخصوص هنوز نمی خواستم به هیچ رو در بیرون دیده شوم، اگر چه خوش بختانه خانه در یکی از محله های اعیان نشین قرار داشت و کمتر افراد کمیته در این اماکن به دنبال "ضدانقلاب" می آمدند...احساس کردم مزاحم هستم. آنها می خواهند راحت باشند بدون من با هم زندگی کنند. خانه کوچک بود. یک اطاق خواب داشت و یک آشپزخانه که میز ناهار خوری را نیز در آنجا گذاشته بودند. یک بالکنی نیز داشتند در پشت بام خانه ی همسایه. برای جفتی که تازه به یکدیگر رسیده اند هر کس دیگری حضورش کم زیادی نبود. رفتم. اما هیچ گاه محبت های دایی را فراموش نمی کنم. او مرا در بدترین وضعیت پناه داد. بسیار مهربان بود و نگران حال من...هیچ کس حتی مامان و خواهر و برادرها و دایی ها و خاله ها نمی دانستند که من کجا هستم.

در خانه ی دایی بزرگ همه چیز ساکن بود همه چیز امن و امان. زن دایی به موقع غذاهای بسیار لذیذ می پخت. دو پسر نو جوان دایی گاهی لباس های نو می خریدند. بحثی در می افتاد در قیمت و شکل آن. و دختر کتابی در دست می گرفت و در گوشه ی اطاقش مشغول می شد. فقط خنده های بلند دایی که در فضا پخش می شد روح به در و دیوارهایی می داد که تابلویی بی روح از طبیعت بنا به رسم معمول آن را پوشانده بود...دو سالن پذیرایی و ناهار خوری انگار ساخته شده بود که تا ابد دورافتاده و بی سرنشین بماند. غذا آماده می شد. همه می آمدند سر میز. بعد از غذا کمک می کردند بشقاب ها را توی لگن ظرف شویی بگذارند. سپس هرکس می رفت توی لاک خودش...به دایی همه ی خواهرها و برادر ها کمک کردند تا وامی با نرخ ارزان دست و پا کند و این خانه را در طبقه ی آخر ساختمانی طاغوتی در خیابان کاخ بخرد...شب ها در پشت بام می خوابیدیم و گاهی با همسایه ی بغل دستی کلامی رد و بدل می شد. تنها سر و صدای خانه از دیگ های بخاری در می آمد که دایی جون در آنها کشمش می ریخت و توسط لوله هایی که به آن وصل کرده بود این کشمش ها پس از اینکه در دیگ ها شروع به جوشیدن می کردند بخارشان از توی لوله عبور می کرد و تبخیر شده اش را در شیشه ای آن طرف لوله دایی تحویل می گرفت. عرق دست اول فراهم می شد گاهی با درجه ی الکل بسیار بالا که دایی نوش می کرد و صورتش سرخ می شد. زن دایی قُر می زد که تو بالاخره خودت رو می کشی و دایی هیچ نمی گفت. زن دایی ادامه نمی داد. و خانه ی دایی شده بود مرکز عرق خوری مسیو قاراپتیان و گاهی سفارش هایی از اینجا و آن جا می گرفت. البته بی هیچ مزد و مخارجی این لطف را شامل آشنایان می کرد و بسیار لذت می برد...تنها زن و شوهری بودند که دیده بودم در باره ی هیچ مسئله ای نه بحث می کردند نه اختلاف داشتند. محبتی عمیق و پنهانی در خانه روان بود. محبتی که در خون بچه ها نیز همیشه جاری ماند. همان مهر بی غش و بی اندازه ای که دایی بزرگ وقتی من به آنجا رفتم گفت باید از روی نعش من رد بشوند تا بیایند و ترا ببرند...معروف بود به خرید میوه های نوبرانه. خیار قلمی گل به سر ظریف را از بازار می خرید آن را می شست می گذاشت توی یک زیر دستی و سپس دو دستی جلوی من می گذاشت. خودش می نشست کنار من و با عشقی بی انتها منتظر می شد که من خیار را بخورم. مبارز توده ای سابق، هر زمان که میهمانی دعوت می شد و او هم تا خرخره زده بود، بی محابا می کشید همه را به باد فحش و ناسزا. خیلی فاصله داشت با افکار پرورش یافته و دانشمندانه که بخواهد در مبارزات سیاسی آن زمان های دور حزب توده رقمی باشد، حتی در حد هواداران اندکی متفکر. اما صداقت و خلوصش هیچ جای تردیدی باقی نمی گذاشت و او را خالصانه وامی داشت به ابراز تنفر از ناخالصی ها دورویی ها تبعیض ها زورگویی ها. روزی در تبریز می خواسته است سوار تاکسی شود. یک اتومبیل شخصی مسافر کش جلوی پایش ترمز می کند. روی صندلی عقب دو نفر نشسته اند. یکی از مسافرین که آخوند است و عمامه به سر، از کنار در جنب نمی خورد تا جا برای دایی باز کند. دایی می گوید "گوتووی چَک اویانا" (کونت رو بکش

کنار). آخوند که دلگیر شده است می گوید: "آقا گُت حرف خوبی نیست مودب باشید" دایی با صراحت تمام می گوید: "خوب گُتَه گُت دیلَردا" (به کون کون میگن دیگه) و حرص می خورد که خواهرهایش اکنون روز و شبشان در عزاداری است و مسافرت هایشان به اماکن مذهبی. می گفت: " آنها هر روز صفحه ی تسلیت روزنامه ها را می خوانند ببینند چه کسی مرده است بروند به عزایش...حتی در مورد زنش نیز کوتاه نمی آمد. یک بار که زنش بیمار شده بود و دایی وسطی به آنها زنگ می زند احوالش را بپرسد گفته بود: " دیلینَن سُوای هر یِری ناخوش دی" یعنی که به جز زبان همه جایش ناخوش است یعنی خیلی قُر می زند...وقتی برای دایی فراهان که سه ـ چهار سالی کم سن و سال تر از او بود کار می کرد، مسئولیت رنگرزی جوراب ها در کارخانه را داشت. حالا موهای کنار گوشش را رنگ می زد. به گمانم با همان رنگ هایی که جوراب ها را رنگین می ساخت یا شاید حنا و معجون های دیگری نیز با آن مخلوط می کرد. رنگین کمانی بود از رنگ های سفید و آبی و سورمه ای و بنفش و مشکی کنار گوشش.

اکنون از خانه نشینی آمده بودم بیرون. روزهای نخست با چادر بیرون می رفتم. سپس فکر کردم در آن محله ی بالای شهر تهران که همه شیک و پیک بیرون می روند، چادر به سرکردن بیشتر جلب توجه می کند. روپوش و مقنعه ای می پوشیدم که نصف ابروها و لپ ها و چانه ام را نیز می پوشاند. در خانه ی دایی بزرگ هیچ کس نمی پرسید کجا می روم از کجا می آیم. علاوه بر اینکه به خود جرآت نمی دادند بخواهند از من باز جویی کنند، هیچ خطری آنها را نگران نمی ساخت. نه که چندان اوضاع موجود را نمی سنجیدند، علت اصلی در این بود که هیچ مسئله ای برایشان سئوال برانگیز نبود. انگار این دنیا فقط خلاصه شده بود در آن رابطه ی بی حرف و بی تفسیر. انگار راضی بودند از اینکه خانه ای دارند و سفره یی رنگین و همه سالم هستند...زنِ دایی جون از کودکی در خانه ی عمه هایش بزرگ شده بود. در ازدواج با دایی خانه ی خودش را به دست آورد. و دایی زیر بار تحقیر های دایی فراهان، با انگ های بی دست و پا کارخراب کن و غیره، نیاز به کسی داشت که دربست او را بپذیرد. و زن دایی آن فرد است. و همین کافی است برای احساس خوشبختی کامل. نه چیزی کمتر و نه چیزی بیشتر. قهقهه های دایی جون بسیار واقعی بود بی غل و غش از صمیم قلب. شادمانی کامل. و آن مرد مهربان که در آن چند ماه مرا در دامان خود گرفت قابلیت برخورداری از این آرامش را داشت. دایی بدِ کسی را نمی گفت به همه محبت داشت حتی به آنان که سر سپرده ی وضعیت فعلی شده بودند. گاهی اوقات به منظور ستایش بیش از حد از چیزی، اغراق می کرد. یک بار سخن از شرابی غلیظ بود که از خارجه آورده بودند. دایی گفت "او............ن که چیزی نیست. ما در رضائیه شرابی داشتیم که با چاقو می بُـــــریدیم". روح همه را با این حرف ها شاد می کرد. بعضی از اقوام با تمسخر و تحقیر از این سخنان یاد می کردند ولی در مجموع محبوب همگان بود. او اغلب دهانش به دهان دیگران بود. با دیگران هم خوانی می کرد که به آنها احترام گذاشته باشد ولی حرف خودش را بدون کینه ورزی و تکبر می زد.

یکی دو ماهی گذشت. بودن در خانواده برای من یک جور مرخصی بود پس از سال ها کار سیاسی. و آرامش و سکون خانواده ی دایی این موقعیت را برای من در آغاز فراهم می کرد. اما حالا نمی دانستم کجا هستم چه کسی هستم. یک نوع حس ول معطلی بود حس هدر رفتگی حس غبن. هیچ ارتباطی با بچه ها ی تشکیلات نداشتم معلوم نبود چه می گذشت. هرکس لانه ای پیدا کرده بود و در آن مخفی شده بود. بسیاری از افراد سازمان های سیاسی مخالف را اعدام کردند بسیاری دستگیر شدند و به زندان افتادند. چه بسا من نیز اگر فراری نمی شدم، در یکی ـ دو ارتباط اولیه با رفقا گیر می افتادم...گاهی شیوه ی تفکر مذهبی برمن مستولی می شد. می گفتم حکمتی بوده است. مسئله را گاهی این چنین در ذهنم پرورش می دادم که چه بسا آنگونه که باید جان باخته نبودم یا مبارزه را مانند بسیاری در جان باختگی نمی دانستم. تفکر مشی چریکی در بسیاری کسان اساس حرکت بود تفکری که با تفکر شهادت در اسلام کم شباهت نداشت...آنچه در جنگ ایران و عراق جوانان چهارده ـ پانزده ساله را به شهادت رساند، این باور بود که با شهادت در راه خدا (جنگ اسلام با کفر- جنگ جمهوری اسلامی با صدام) راه بهشت باز است. هدف، شهادت و رسیدن به بهشت بود. این که جنگ را چه کسی به راه انداخته است و چه کسی عملاً از این جنگ منعفت می برد موردی نداشت...برای چریک فدایيِ کمونیست شهادت نشانه ی ایمان کامل به مبارزه بود. مبارز واقعی از مرگ برای خلق نمی هراسید. حتی با رواج مشی خط سه نیز که ظاهراً با مشی چریکی مرزبندی کرده بود و راه هایی پیش پا می گذاشت که بی گدار به آب نزنیم بیهوده خود را به دست دشمن نسپاریم و با هدف آگاهی کارگران و طبقات زحمتکش از هر عملیات لحظه ای کشتار شخصیت ها و خراب کردن مؤسسات بنیادی خودداری کنیم، اما کماکان برای کسانی که جان خود را کاملاً به خطر می انداختند و بی باکانه به هر اقدامی دست می زدند ارزش زیادی قائل می شدند. این شعار که از خون یک شهید لاله ها می روید در سازمان های چپ کمونیستی نیز مایه ی حرکت اصلی بود و بر این باور استوار که با کشته شدن هر رفیقی به دست رژیم حاکم، سبعیت گردانندگان مملکت بیشتر برملا می گردد و افراد بیشتری به جبهه ی مخالف جلب می شوند...من نمی خواستم بمیرم. هیچ گاه فرمول خاصی برای استدلالم طراحی نکرده بودم. یادم نمی آید کدام یک از بچه ها در پاریس مطرح کرده بود که راحت می شود سیانور زیر زبان گذاشت و در یک آن خود را خلاص کرد ولی بتوانی مثل صمد بهرنگی سال ها بمانی و در میان مردم و با سختی های موجود به مبارزه ادامه دهی اصل است. من نمی خواستم بیافتم توی زندان و از مردم جدا شوم...اگرچه در شرایط کنونی نیز دست و بالم کاملا بسته بود ولی گمان می بردم هنوز خیلی راه ها باز است و می شود شیوه های عملی تر مبارزه را یافت. به علاوه مگر جانم را مفت به دست آورده بودم که بخواهم به رایگان به دست کسانی بدهم که حاضر نبودند کوچکترین نظر مخالف شیوه ی زندگی فرد مخالف را بپذیرند و دیکتاتوری ولی فقیه را برهمه اعمال می کردند. با زندانی شدن و با مرگ من و ما، دستمان هرچه بیشتر بسته می شد و چنین هم شد. با اعدام و دستگیری بسیاری از افراد ـ رهبران و هواخواهان ـ سازمان های سیاسی از هم پاشیده

شدند. همه را از تیغ زدند...جنگ نیز بهانه ای شد تا این نیروها بیشتر سرکوب بشوند. هر فرد نیرویی برای حمایت از سرکوب بشمار می رفت. کشور احتیاج به اداره ی امنیتی مثل ساواک و از این قبیل نداشت. هر کس خود هم قاضی بود و هم مجری و چوب تکفیر در دست هرکس و ناکس بلند بود...نفهمیدم چطور شد که تصمیم گرفتم خانه ی دایی را ترک کنم. مشکلی از جانب او نبود. حتی برای زنش. دایی جون راه به راه وضعیت مالی اش رو به نزول می رفت. از عهده ی پرداخت اجاره خانه بر نمی آمد. مدتی در باغ کرج سر کردند. مدتی در یکی از دستگاه های طبقه ی بالای خانه بزرگه زندگی می کردند. مامان همیشه همراه و همیارشان بود. نمی گذاشت زندگی برای آنها مشکل شود. بچه های دایی مامان را بیش از هرکس دوست می داشتند. مامان من یک جور مامان آنها نیز بود...اما آنها دنیایی بس متفاوت داشتند و من در حال گذار بودم. نمی دانم گذار به چه چیز. زندگی من از این رو به آن رو شده بود. از سراسر شور و شوق و امید به نا کجا آبادی ختم شده بود و همواره در تلاطم و اضطراب به سر می بردم.

خانه ی خاله ها یک صحرای بی انتهای بی در و پیکر بود. مادر بزرگ نیز آنجا زندگی می کرد در طبقه ی دوم با خاله فروغ و دایی کوچیکه. خاله سهیلا با پسرش کسری در طبقه ی پائین می زیستند. یادم نمی آید که آیا عمر شوهرِ مغروق خاله سهیلا کفایت داد که این خانه را ببیند یا نه....قبل از اینکه به این خانه بیایند، مامان خانه ای برای خاله فروغ در جاده ی قدیم پیدا کرده بود. خاله فروغ پس از سال ها کار در وزارت کار به عنوان کارشناس مهندسی به اندازه ی کافی پس انداز کرده بود که بتواند یک آپارتمان دو خوابه ی شیک و مرتب بخرد. مبالغی نیز وام از اداره گرفت و از خانه ی دایی فراهان به خانه ی جدید منتقل شد. هم زمان با او خاله سهیلا و شوهرش نیز از خانه ی دایی فراهان به آن خانه رفتند...از آن خانه من فقط دو - سه صحنه به یاد دارم. تابستان برای تعطیلات از پاریس به تهران آمده بودم. به خانه ی آنها رفتم. حمام کردم و با حوله ای که به سر بسته بودم و حوله ای دیگر به دور تن از حمام خارج شدم. شوهرِ خواهر با دیدن من بلافاصله خیلی غلیظ گفت ماشاءالله. صادق تر از آن بود که به خاطر دلِ خاله احساسش را در دل نگاه دارد. به علاوه تنها چیزی که ته آن ذهن مهربان و وجود شریف نمی شد پیدا کرد این بود که بتواند کوچکترین منظور خاصی نسبت به من داشته باشد...بار دیگر زمانی است که موریس به ایران آمده بود. یک شب در خانه ی خاله قرار دیدار داشتیم. جواد خواهر زاده ی شوهر خاله سهیلا نیز آنجا حضور داشت. وجود او در آن زمان چندان غیرعادی به نظر نمی رسید. در خانه ی دایی فراهان و به عبارتی خانه ی مادر بزرگ همیشه کسانی میهمان بودند. به اندازه ی خدا تا خاله ها و دایی ها و عمه های خاله ها پسر و دختر داشتند که هر کدام سالی یک بار هم اگر می خواستند سری به مادر بزرگ بزنند، خانه ی آنها هرروز میهمان داشت. و خانه ی مادر بزرگ که کانونی بود از پنج پسر معذب خوش تیپ و خوش برخورد و سخی و دو دختر جوان که همه ی میهمانان را به جان پذیرا بودند، بود مکانِ رفت و آمد دائمی اقوام. گاهی در روزهای تعطیل بیست - سی نفر

دور تا دور در دو اتاق پذیرائی کوچک تو در تو در خیابان انتظام می نشستند و داولنا به راه بود. از مرد و زن شصت ساله تا بچه های هفت ساله بازی می کردند. در گوشه ای دیگر بساط بازی ورق را چیده بودند. فقط عرق را در بیرون از خانه می زدند که مادر بزرگ سخت پایبند مذهب و نماز و روزه بود و مسجدش هیچ گاه از یاد نمی رفت.
در این مدتی که من خودم را به شهرستان تبعید کردم و بعد در خانه های مختلف مخفی شدم، خاله ها خانه ی جدیدی خریده بودند و مادر بزرگ و دایی کوچیکه را نیز به آنجا منتقل ساختند. خاله فروغ با فروش خانه اش می توانست مخارج یک طبقه از این خانه ی دراندشت را، با توجه به اینکه نه شوهر داشت و نه فرزندی، بپردازد. درواقع اگر وجه اولیه ی فروش خانه ی قبلی نبود امکان خرید خانه ی جدیدی به این بزرگی به هیچ رو فراهم نمی شد. بی شک دایی فراهان کمک مالی کرده بوده است. بخصوص که مادر بزرگ و دایی کوچیکه نیز حالا قرار بود با آنها زندگی کنند. البته اینکه منابع مالی خرید چنین خانه ای از کجا تامین شده است هیچ گاه برای من سئوال نبود. همواره گمان کرده بودم این گونه مسائل ما بین خاله ها و دایی های من نمی تواند مطرح باشد. مال من و تو جایی در ذهن هیچ یک نیست. این سئوال بعد ها مطرح می شود خیلی دیرتر و در کنار خیلی مسائل دیگر معادله هایی به دست می آید و حاصلش: آن تصوراتی که در همه ایجاد شده بود که گویا خاله ها و بویژه خاله سهیلا چقدر از خود گذشته اند که مسئولیت مادر پیر و برادر کوچک تر معتاد به هروئین را تقبل کرده اند به کل از ذهن پاک می شود...خاله سهیلا گویا همیشه می گفته است که دوست دارد خانه ای بزرگ داشته باشد، از آنها که در میانش ستون هایی به عنوان پایه ی سقف کار گذاشته اند خانه ای که بی شباهت به قصر شاهان نباشد. هر طبقه ی خانه سه خوابه بود و سالن آن به اندازه ی یک سوم حیاط خانه ی ما. حیاط بزرگی در جلوی خانه داشت و یک حیاط خلوتی جادار در عقب خانه که به آشپزخانه راه پیدا می کرد و بعد ها شد محل پخت و پز و شست و شوی دیگ های غذایی که برای هیأت های
عزاداری در خانه تهیه می دیدند. چند دست مبل کهنه که از خانه ی خویشان به تدریج به آنجا منتقل شده بود نتوانسته بود فضا را پر کند...این خانه ی بزرگ آرزوهای خاله سهیلا را برآورد می کرد با توجه به اینکه در دوران کودکی همواره از این خانه به آن خانه اسباب کشی کرده بودند و در یکی دو اتاق کوچک با پدر و مادر و این همه خواهر و برادر زندگی سختی داشته اند....وقتی دایی فراهان عروسی کرد چهار خانوار با هم زندگی می کردند. به خاله و شوهرش یک اطاق در طبقه ی بالا کنار اطاق پذیرایی داده بودند. خاله فروغ سه پایه و بساط نقاشی و معماری اش را در زیر زمین پهن کرده بود.
دایی و زن دایی در اطاق بزرگ طبقه ی پائین تختخوابشان را گذاشته بودند و دایی کوچیکه و مادر بزرگ نیز در اطاق عقبی می خوابیدند؛ جایی که محل انداختن سفره برای ناهار و شام نیز بود و در واقع اطاق نشیمن همگان و مادر بزرگ و خاله سهیلا آنجا نماز می خواندند...زمانی که بسیار کم سن و سال بودم و آقاجون بزرگ هنوز زنده بود، آنها مدتی در خانه ی ما، حیاط کوچیکه ی خیابان فخرآباد زندگی کردند. دو اطاق آقاجون به آنها اجاره داده بود. بعدها

خاله سهیلا یا دایی فراهان نمی دانم کدام یک از آنها می گفتند که آقاجون یک بار کتابهایشان را آتش زده بوده. نفهمیدم چه اتفاقی افتاده بوده است. آقاجون تربیت شده ی روسیه بود و با اینکه سواد زیادی نداشت، تنها تلاشش این بود که ما همه تحصیلات دانشگاهی داشته باشیم و چنین شد. حالا به چه دلیل او کتاب ها را آتش زده بود نمی دانم. آیا این امر اصولاً صحت داشته است؟ یک بار وقتی آقاجون می بیند که یکی از دایی ها تا لنگ ظهر خوابیده، عصبانی می شود و کاسه کوزه شان را می ریزد به هم. احتمالاً نتوانسته بودند به موقع کرایه ی اطاقشان را بدهند و آقاجون غیرتمند بود و در آن خانه به جز دایی کوچیکه که هنوز بچه بود، بقیه ی دایی ها همه بالغ بودند و او نمی توانست بفهمد که پنج تا مرد گنده نتوانند از عهده ی کرایه ی ناچیز آنجا برآیند.
این خانه ی جدید که من به آن پرتاب شدم، بزرگ بود و همیشه درهم و برهم. همه می رفتند سرِ کار. مادر بزرگ هنوز جان داشت و می توانست غذاهای خوشمزه بپزد. ولی برای تمیز کردن خانه ای به آن بزرگی یک نفر می بایست به طور دائم دستمال و جارو به دست باشد...خاله سهیلا ولی راهش را بلد بود. همیشه کسی از اقوام در آنجا اطراق می کرد. این کیست رضیه خاله از شهرستان، آن دیگری افخم دختر آن خاله ی دیگر آرایشگر سرسبیل.
پسروسطیِ دایی بزرگ مدتی آنجا بود. و دایی ها مرتب می آمدند با زن و بچه ها...پسر خاله داور با زن آبادانی اش وقتی آن شهر در جنگ ویران شد به تهران آمدند و تا سر و سامان بگیرند مدتی در طبقه ی بالا ـ خانه ی خاله فروغ ـ اقامت گزیدند. همه، میزبان و میهمان همیشه همه جا بودند. به طور دائم درهای خانه روی پاشنه می چرخید. یکی می رفت یکی می آمد. همه جور آدمی با سلیقه ها و اعتقادات و شیوه های زندگی متفاوت...همه در هر صورت میهمان بودند و میهمان نوکر میزبان بود نه حبیب خدا. هرکس می آمد و مدتی در آنجا می ماند و به بهای اقامتش در آن خانه بخشی از کارهای خانه مثل شست و شو و جارو و نظافت خانه را انجام می داد. خاله سهیلا گاهی غذا می پخت. روابط به گونه ای بود که همه آن خانه را بیشتر خانه ی خاله سهیلا می دانستند تا خانه ی مادر بزرگ یا خانه ی خاله فروغ. احساس می شد که اداره ی عمومیِ خانه زیر نظر اوست...مادر بزرگ پس از سال ها هنوز حسرت خانه ی انتظام را می خورد: مساجدش را حمام های عمومی اش را با خزینه محله ی شلوغ و مغازه های کوچکی که دم دست بودند. با کراهت می رفت توی وان که حمام کند. لباس های خودش را که توی ماشین رختشویی شسته بودند می انداخت توی وانِ پراز آب کُر می داد. انگار که حوض است توی حیاط.
وقتی من به آنجا رفتم، جواد هم تقریباً همیشه آنجا بود. کارهای سنگین خرید خانه بردن کسری به مهد کودک و برگرداندن او از جمله کارهایی بود که جواد انجام می داد. خاله سهیلا می گفت کسری خیلی جواد را دوست دارد. کم بی راه نبود. جواد پسرعمه ی کسری با سن و سال اندک حکم برادر بزرگتر او را داشت. قطعاً پر حوصله تر بود. ظاهراً با شوهر خاله نیز وقتی که زنده بود نزدیک بود. خاله سهیلا چپ و راست از او تعریف می کرد. شب ها ولی آنجا نمی خوابید. بعد فهمیدم که قبل از اینکه من به آنجا بروم گویی بعضی شب ها

آنجا می خوابیده است و چه بسا هر شب. کسی که نمی فهمید. آن دیگران خاله فروغ و مادر بزرگ و دایی کوچیکه در طبقه ی بالا زندگی می کردند و شب در هر حال هر کس به لانه ی خودش فرو می رفت. وقتی من به آنجا رفتم، در آغاز با خاله سهیلا روی تخت دو نفره اش با هم می خوابیدیم... دایی کوچیکه در بدترین وضعیت اعتیادش بسر می برد. آقا مصطفی یکی از دوستان دایی وسطی نیز که خود مدتی معتاد به هروئین بوده و ترک اعتیاد کرده بود، می آید به خانه ی خاله تا کمک به دایی کوچیکه کند برای ترک عادت. یک شب که دایی کوچیکه تنش سیم پیچی شده بود و می خواست برود بیرون به سراغ دوا، آقا مصطفی به کمک دایی بزرگ و جواد به زور دست و بالش را می بندند. تا صبح تنش می لرزد و عرق می کند. روز بعد کمی آرامش دارد. آقا مصطفی آنجاست آجان دایی. و فقط او بود که می توانست نگهبان و در واقع زندانبان او باشد. تمام رفتارهای معتادین را می شناخت. هم قوی بنیه بود و هم بسیار خونسرد و کاردان و هوشیار. از زنِ اول ارمنی اش دو پسر داشت که در تیم آرارات فوتبال بازی می کردند. زنِ دومش زن جوانی بود که گویا اخیراً اختلافاتی با هم پیدا کرده بودند. می گفت هر شب عادت دارد روی دستش سرِ یک زن باشد. شنیده بودم که در محل ما خانه بزرگه در عنفوان جوانی گرد و خاک زیاد می کرده است. بیلیارد باز خوبی بوده و هم عرق خوری قهار. با موهای جو گندمی و اندام ورزیده و متناسبش هنوز می توانست دختران جوان را جلب کند. یک شب وقتی دایی کوچیکه خمار در آن سوی سالن روی صندلی چرت می زد، او ابیاتی از ایرج میرزا را که مربوط به آخوند ها بود، برای من می خواند.

خانه هرکی به هرکی بود. می آمدند و می رفتند. صاحب خانه ها هر کس در اداره در آشپزخانه در اطاق خود در گوشه ای به کار خود مشغول می شد. شب ها بخصوص همه خسته و کوفته به رختخواب می رفتند. در این میان دایی کوچیکه و آقا مصطفی و من بیکاره های خانه بودیم. انگار تعطیلات بود همه چیز مهیا. غذایی پخته می شد خاله فروغ بخصوص یخچال ها را هر روز می رفت و از تعاونی اداره به خیال خودش به قیمت ارزان می خرید و پر می کرد. من مثل بچه ی خانه بودم و دایی کوچیکه نیز که همیشه بود...دو - سه شب دیگر نیز شعر خوانی تکرار شد با اندکی چاشنی بحث های سیاسی. این هم صحبتی برای من جالب بود حتی سور پرایز. یادم نمی آید قبل از آن چه زمان چنین نشست هایی داشته بودم...آنچه در آقا مصطفی مرا جذب می کرد بیش از هر چیز دور بودنش از کلیشه بود. البته در آن زمان من نمی توانستم علت این جذابیت را بفهمم. او اگر چه مواضع سیاسی قاطعی نسبت به گردانندگان تازه وارد داشت، اما نقطه ی حرکتش نه از مخالف خوانی های کلیشه ای رایج سیاسی بلکه از زبان حساس ترین های روی زمین یعنی شاعران بود. آن قصه ی معروف در شعر ایرج میرزا را در باره ی زنی که با صورت پوشیده لنگش را برای آقا باز می کند، برای من خواند. ادبیات قوی ترین زبان برای بیان هرنوع احساس و اطلاع رسانی است. بیهوده نیست که شکسپیر و سروانتس و هوگو و مولیر را پس از قرن ها همه می خوانند و بخوبی از آن یاد می کنند

ولیکن هیتلر و موسولینی را خیلی از ملت ها و افراد دشمن می دارند. نوای آهنگین و ظریف شعر نمی تواند دروغ بگوید. تو را می نشاند در همان جا که باید. برو بر گرد ندارد. هر خواننده ای را مجذوب می کند. اشعار ایرج میرزا در مدرسه درس انسان دوستی می دهد. آن چه را که در شعر او مستقیماً به مذهب مربوط می شود در مدارس باز گو نمی کردند. آقا مصطفی که به نظر می رسید اهل بخیه است دست روی نقطه ی حساس می گذارد...وقتی پوشش زنان در جمهوری اسلامی مطرح می شد می گفت من پای زن را بی جوراب دوست دارم. می توانست بفهمد که این دختر جوان که روبرویش نشسته است اگر چه مثل زمان های سابق آلامد نیست و به سر و صورتش نمی رسد چشم و گوشش بسته نیست که در نبود هر نوع نشان از زندگی، سیاست جای همه چیز را برایش گرفته باشد. در عین حال رگ خواب او را هم خوب شناخته بود به خیال خودش. دختر سیاسی است. دست می گذاشت بر آن قسمتی از اشعار ایرج میرزا که جنبه های سیاسی ـ اجتماعی را مطرح می کند. شعری انتخاب می شود که وجهه ی سکسی نیز داشته باشد...دایی کوچیکه حواسش جمع بود و یک بار که او برای من شعر می خواند، متوجه نگاه پرسشگرانه و نفرت انگیز او در آن طرفِ سالن پذیرایی می شوم. او تا آخرِ خط را خوانده بود و به من فهماند که بَبو نیست. انتظار می رفت که آقا مصطفی بیشترین وقت را با او بگذراند ولی حالا...در عمل معالجه نیمه کاره ماند. دایی کوچیکه یک جور نا صداقتی در آقا مصطفی دیده بود. نمی توانست دیگر از او حرف شنوایی داشته باشد. و دنبال بهانه بود. من جای دختر آقا مصطفی به حساب می آمدم...وقتی دایی کوچیکه سوسوی آن نگاه ها را به من پراکند، گوشی دستم آمد. نفهمیده بودم. من پس از مدت ها یک هم صحبت یافته بودم و او لذت می برد که من می توانم پا به پای او به گفت و گو بنشینم. اما از این بیشترش را از جانب او دایی کوچیکه فهمیده بود. خودم را جمع و جور کردم. حالا وقتی با آقا مصطفی حرف می زدم می دانستم خواست های دیگری نیز در میان است. صحبت ها دیگر آن شیرینی را نداشت. در من حسی نبود. شاخک های او می جنبید...دایی که سهل است، پدر من نیز هیچ گاه به من نگفته بود چرا با کسی حرف بزنم یا نزنم کجا بروم یا نروم چه کنم یا نکنم. ولی خوب دایی بود. هم سن و سال خودم. با یکدیگر در نوجوانی شب ها می رفتیم به پارتی به جشن تولد دوستان به بساط تریاک و هروئین او. من گاهی دوست پسرم را همراه خودم می بردم. یادم نمی آید او هیچ گاه دوست دختری داشته باشد. خوشگل و خوش تیپ بود و بسیار خوش مشرب. آرام و ساکت حرف هایی ظاهراً معمولی می زد ولی قهقهه ی همه به هوا می رفت. با هیچ کس مصالحه نداشت. حرفش را رک و راست می زد. یک بار نمی دانم کدام یک از زن دایی ها دسته گلی به آب داده بود، گفت زن داداش های من همه اسکاری هستند...یک روز دیدیم دایی کوچیکه یک قالیچه ی کوچک ابریشمی را تا کرد و گذاشت لای کتش و به طرف در خروجی راه افتاد. آنقدر خراب بود که نمی فهمید همه دارند او را نظاره می کنند. نصف قالیچه از کتش بیرون زده بود. تعداد زیادی دور تا دور نشسته بودند و او را تماشا می کردند. وقتی دید که همه زل زده اند و او را نگاه می کنند خود خنده سر داد و سپس همه غش غش خندیدند... هرچه طلا های

مادر بزرگ را کش رفته و برای هروئین آب کرده بود. ظروف نقره ای و برنجی و طلایی از توی اشکاف ناپدید شده بودند. بس که همه چیز در آن خانه خر تو خر بود، تا مدت ها کسی از این سرقت ها با خبر نمی شد. گاهی که مورد خاصی پیش می آمد، می فهمیدند که چیزی را دایی کش رفته است. اما دیگر دیر شده بود و معلوم بود که جایش پر نخواهد شد. استدلالش این بود که این طلاها بی مصرف به چه دلیل مانده اند یک گوشه و کسی از آن ها استفاده نمی کند قرار نیست که آن ها را با خودشان به گور ببرند...دایی کوچیکه چند بار به زندان افتاده و هر بار ترفندهای تازه تر برای دستیابی به مواد پیدا کرده بود و هر بار تخصص بیشتری در استفاده از انواع مواد مخدر...چند بار دایی ها و خاله ها او را در بیمارستان بستری کرده بودند. تا مدتی بهبود می یافت ولی افاقه نمی کرد. انگار چندان هم بد نبود. نشئگی بعد از ترک بیشتر مزه می داد. کنار رختخوابش همیشه قاشقی سرنگی کاغذ آلومینیومی ولو بود. همیشه خمار بود و نشئه. همه می دانستند در چه وضعیتی است. عادت کرده بودند او را داشته باشند با همان وضعیت. هر گاه که به زندان می افتاد، مادر بزرگ کله ی همه را کچل می کرد که بروند و او را بیاورند...خاله سهیلا می گفت مادر بزرگ بیشتر از همه ی ما هوای او را دارد. برخی می گفتند خود شما مقصرید او را در پناه گرفته اید. بیاندازید او را بیرون. خوب برادر بود. دیگر اینکه به گمانم دایی فراهان هزینه ی زندگی مادر بزرگ و دایی کوچیکه را تأمین می کرد. نمی خواستند جیره بریده شود. این بار دایی بزرگ ضمانتش را با سند خانه کرده بود. اینکه چرا از اینهمه خواهر و برادر که همه وضعیت مالی بهتری داشتند، دایی بزرگه ضمانت او را می کند، علتش همان مهر و صفایی است که فقط در او می شد سراغ کرد...باری، اگر دو باره او را می گرفتند خانه ی دایی به خطر می افتاد. این بود که اصرار می کردند دست کم این دفعه حتما باید ترک کند تا وقتی او را می برند برای آزمایش خونش تمیز باشد. وگرنه سال های سال بود که او را در همین وضعیت نگه داشته بودند.

برای خیلی از افراد فامیل سئوال بود - البته هیچ کس این سئوال را از خود آنها نمی پرسید - که چه صیغه ای است که آن خانه می بایست معجونی از همه ی آدم ها باشد. هیچ تفاهمی در کار نبود همیشه تداخل در کارهای یکدیگر داشتند هیچ کس حس نمی کرد زندگی مستقلی دارد. همه به هم وابسته بودند و همیشه از هم شکایت داشتند و به دیگران از افراد خانه ی خود گلایه می کردند. همه جور آدمی در میهمانی های خاله سهیلا یافت می شد در هیأت های مذهبی و در جشن تولد هایی که برای بچه هایش می گرفت. خاله سهیلا هفتاد - هشتاد نفر از هر قشری دعوت می کرد. از مذهبی دبش و پا منبری نشین ملاهای قم تا افراد اولترا مدرن در میهمانی هایش حاضر بودند: بازرگانان و فرهنگیان کارمندان غیبت گوی اداره اقوام هفت پشت آن طرف تر با طرز تفکر و نوع زندگی متفاوت تحصیل کرده بی سواد آلامد دهاتی مذهبی لامذهب کاسب خانه دار بیکار اقوام دوستان دوستانِ دوستان...کسانی که با او زندگی می کردند، هرکدام حامل ضعف هایی بودند که خاله سهیلا را در مرتبتی بالاتر قرار می داد به صورتی که عملاً نظرگاه های وی مایه ی حرکت اصلی در آن

خانه می شد...خاله فروغ هیچ گاه به عنوان فردی که بداند مصلحتش چیست و چه باید بکند و اصولاً چه می خواهد زندگی نکرده بود. در کودکی به بیماری سرع مبتلا شده بود و بسیار حساس بود. با کوچکترین مسئله ای ماه ها قهر می کرد و بخصوص برادر ها لی لی به لالای او می گذاشتند. خاله سهیلا برعکس حرکاتش کاملاً حساب شده و روشن بود. وقتی که با یک دیگر هم خانه شدند، تمام برنامه ها و رفتار های خاله فروغ را خاله سهیلا تعیین می کرد به گونه ای که تصور می رفت حتی چگونگی آب خوردنش را نیز وی زیر نظر دارد...مادر بزرگ یک زن بی سواد در نه سالگی به خانه ی آقاجون بزرگ آمده بود. تمام مدت با یکدیگر مرافعه داشتند برسر اینکه آقا جون بزرگ که هر شب کتاب های مولانا و حافظ می خواند و نوحه خوان معروف روز عاشورا بود چرا عرق شبانه اش ترک نمی شد. مادر بزرگ او را سر تا پا نجس می دانست و قرقر دائمی اش در خانه هم چون صدای وِز-وِز زنبور زنگ می زد. نمی دانم مادر بزرگ چطور با این همه اختلاف دوازده شکم زائید...خاله سهیلا، در غیبت مادر بزرگ که عمده وقت خود را در مساجد می گذراند، به عنوان دختر کوچک تر در خانه همیشه غذا می پخت شست و شو می کرد و در عین حال به مسابقات بین المللی هم می رسید درس هم می خواند. حالا مادر بزرگ گرچه از هیچ کس نمی خورد و با قرقرهایش حرفش را پیش می برد، اما خاله سهیلاست که او را نیز زیرِ کَتِ خود دارد...دایی کوچیکه وضعیتش روشن است. کار نمی کند. شب و روز خمار است. یعنی سر بار. کسی نیست که محل معرابی باشد. دایی کوچیکه اگر چه بسیار باهوش است و هرچه در خانه می گذرد زیر ذره بین دارد، اما چون نیازمند است و گرفتار دست کم در مورد بخصوص خاله سهیلا دم بر نمی آورد. اگر زن داداش ها را با صراحت چوب می زند، حتی خاله فروغ یا مادر بزرگ را اما جرات نمی کند در باره ی خاله سهیلا کلامی بگوید...خاله سهیلا زبانش روی برادران دیگر نیز دراز است به عبارتی گاد فادر همه هست. ظاهراً مدعی است که هم از مادر و هم از برادر نگهداری می کند. منت بر سرشان دارد که زندگی خصوصیش را برای آنها داده است. برادرها بخصوص دایی فراهان که هم وضعیت مالی خوبی دارد و هم دست و دل باز است و هم دانش و بینش درستی نسبت به روابط عمومی ندارد، اغلب خود را دربست در اختیار خاله سهیلا می گذارد...حتی پس از اینکه خاله ها بعد از انقلاب مقنعه به سر می شوند و نماز مغربی نیست که در مسجد نخوانند و پاشنه ی در هیأت های مذهبی را از جا کنده اند، و دایی فراهان با اینکه از همه ی این به قول خودش خریت ها نفرت دارد، باز حرف خاله سهیلا حرف است. و خاله سهیلا که همیشه از جانب دایی فراهان چرب می شود، بعدها می بینیم که همیشه پشتیبانی خود را حتی نسبت به زنِ دایی فراهان فراموش نمی کند. او ترجیح دارد به ما خواهر زاده های تحصیل کرده و ناز کرده ی دایی ها و کسانی که او ادعای مادریشان را دارد...

بیرون از آن خانه مسائل برای من به گونه ای دیگر است. من پایم روی زمین محکم نیست. هنوز که هنوز است با اینکه اینجا و آنجا فراری بوده ام فاجعه را درک نمی کنم. شاید علت در این است که هیچ گاه در زندگی در یک جا بند

نبوده ام و انگار این جا بجایی ها جزئی از زندگی معمولی من هستند...در خانه ی پدری مرتب از این سرِ خانه به آن سر می رفتیم. از این طبقه به آن طبقه. آقاجون تصمیم می گرفت در یک قسمت بنّایی کند و ما را پرتاب می کرد به سمت دیگر. در آن خانه ی بزرگ، در همه ی دستگاه ها و طبقاتش از زیرزمین تا طبقه ی سوم اسکان گزیده بودیم. تا می خواستیم به یک قسمتی از ملک عادت کنیم، آقاجون طرحی می زد که معماری آنجا را تغییر دهد اطاقی را خراب کند تا تراسی بزند. حتی خواهرها و خواهر زاده های خودش نیز که اغلب در یکی از دستگاه ها اسکان داشتند، از این امر در امان نبودند. یک بار چهار خانواده در یک دستگاه زندگی می کردیم. هر دستگاه یک آپارتمان بزرگ چهاراطاقه بود با بالکنی وسیع رو به خیابان و بالکنی دیگر رو به حیاط. آقاجون می خواست دو طبقه در آن قطعه ی دیگر ساختمان بسازد و می بایست کل دستگاه ها تخلیه شود. حالا عمه کوچیکه با پنج تا پسرِ رشید توی یک اطاق زندگی می کردند. دخترعمه و پاپا و دخترشان توی یکی از اطاق ها. خواهر ناتنی ملیح با مادرش در اطاق کوچیکه. ما نیز پنج تا بچه با آقاجون و مامان در یک اطاق دیگر. بساطی بود در آن زمان...مادرِ خواهر ناتنی شب ها یک جفت از کفش های او را بیرون درِ اطاقشان می گذاشت یعنی که در خانه است. پسر وسطی عمه کوچک به دخترِ دختر عمه مثلاً درس می داد و هر آن از اطاق خودشان به اطاق آنها می رفت و پس از یکی دو سال سرانجام نامزدی خود را اعلام کردند. یک روز در اطاق عمه کوچک پسرعمه ها دور تا دور نشسته بودند و من یک کودک شش - هفت ساله در گوشه ای آرام بودم. روزنامه ای را در سکوت و با نوعی مخفی کاری آشکار به یکدیگر رد می کردند. عکس تعدادی از افراد را به علت سرقت قالپاق ماشین در روزنامه انداخته بودند. و عکس دایی وسطی من نیز در میان آنها بود. آنها ظاهراً نمی خواستند من آن عکس را ببینم. نفهمیدم چرا عکس را دور می گرداندند. یکی از پسرعمه ها اتفاقاً کم بدش نمی آمد که من از مسئله آگاه بشوم. ماجرا نمی توانست آن جور که در روزنامه ها نوشته بودند باشد. این دایی من تنها کاری که به او نمی ماسید کار خلاف و از این حرف ها بود. یعنی به هیچ کدامشان نمی رفت که دست به چنین کارهایی بزنند. قطعاً اشتباهی رخ داده بود. این دایی دوستان زیادی داشت. بیلیارد بازی می کرد. با ارامنه معاشرت داشت و در میهمانی های آنها شرکت می کرد. با شعرا و هنرمندانی چون ویگن و کارو برادر ویگن معاشرت داشت. بسیار مهربان بود و...نه او این کاره نمی توانست باشد. دیرتر خیلی دیرتر وقتی خاله سهیلا آن روی خود را نشان داد، این دایی از میان بقیه ی دایی ها تنها کسی بود که از حقیقت دفاع کرد. او تنها پشتیبان ما بچه هایی بود که این بار کاملاً یتیم شدیم...باری در تمام مدت کوتاه زندگی من در خانواده شاید در هفت - هشت قسمت از خانه زندگی کردیم. انگار بارها به خانه ای دیگر اسباب کشی کرده باشیم. مسئله ای عادی بود که از مدرسه بیاییم خانه و مامان را در یک قسمت دیگر خانه ببینیم آشپزی می کند یا مثلاً ببینیم آقاجون یک مستراح دیگر در انتهای حیاط کار گذاشته باشد...آقاجون به جز اینکه در این خانه و در باغ کرج مرتب تغییراتی می داد، همانگونه که گفتم دو - سه سال یک بار می زد به سرش برود و زمینی در یک

کوه کمر شکن
نقطه ی دور از مرکز تهران در نقطه ای بی آب و علف بخرد و آنجا را آباد کند. این بود که در شمال و جنوب و شرق و غرب تهران ما املاکی داشتیم که آقاجون مرتب خودش را سرگرم آنها می کرد...و هر سال ییلاق و قشلاق هم می کردیم. تمام تابستان را می رفتیم کرج. من بین تهران و کرج هرروز در رفت و آمد بودم. آقاجون در تهران می ماند که طرح هایش را پیاده کند. در هرحال من کمتر خود را در خانه بین افراد خانواده به یاد می آورم. در مدرسه بودم یا در زمین های ورزشی یا در پارتی ها یا مسافرت برای مسابقات. ما با خواهر و برادرهای ناتنی که یک جایی در آن خانه ی در اندشت اندکی دور از ما زندگی می کردند و اقوام که همیشه در خانه به مامان یاری می رساندند و به کارهای آقاجون می رسیدند، هیچ کدام در یک جا مستقر نبودیم و این تغییر مکان ها اساساً امری چندان جدید نبود...و اما مهمترین امر در اینکه من هنوز فاجعه را نمی توانستم بفهمم آن بینش عمومی بود در ادامه ی راه مبارزاتی که همواره گویی امری طبیعی است که با خود فراز و نشیب ها و چم و خم های فراوان داشته باشد. هرجا که می رفتم خود را با محیط منطبق می ساختم.

خاله سهیلا کم کم روی خودش را نشان داد. یک بار در حضورِ من پسر پنج ساله اش کسری را به کُش زد. عصبی بود و نمی فهمید چه می کند. آیا نمی دانست که چه تأثیر بدی روی من می گذارد؟ روز دیگر دو کیلو پسته ی تازه را یک ریز پوست می کند و می خورد. دو نفری سر میز نشسته ایم. کلامی نمی گوید. من او را در حالتی نمی یابم که بخواهم حرفی بزنم. عامدانه آنقدر خودش را بسته است که انگار اقیانوس ها فاصله بین من و اوست...به یاد ندارم که چطور شد من پس از چند روز رفتم به اطاق سومی که خالی بود و آنجا خوابیدم...جواد همیشه آن جا بود. و من هنوز حضور او را طبیعی می دانستم تا اینکه یک شب خاله سهیلا و جواد و من و کسری رفتیم بیرون برای قدم زدن. انتهای خیابانی که آن ها در آن زندگی می کردند خالی ازسکنه بود با درخت هایی بلند و جوی آبی پهن که به نهر می مانست. هیچ چراغ برقی آنجا را روشن نمی کرد. روی جدول کنار جوی آب نشستیم. جواد بین من و سهیلا نشسته بود. احساس کردم دستش را به سوی خاله سهیلا دراز می کند. سهیلا بی صدا حرکت او را پس می زند. امید وار است که من این حرکت را ندیده باشم....چند روز بعد اقوام شوهر مغروق او به خانه ی خاله آمدند. آنها سراغ جواد را می گیرند. من می گویم که او دو ساعت پیش اینجا بود. وقتی آنها خانه را ترک می کنند، خاله سهیلا سرِ من فریاد می کشد که چرا چنین حرفی زده ام. پاسخی ندادم. سئوال نکردم که چه عیبی دارد. هیچ گاه خاله سهیلا به خود اجازه نداده بود با من این گونه صحبت کند...یک بار نیز که من از دایی فراهان صحبت کردم، به صراحت گفت که او مسائلش را خود می تواند حل کند به عبارتی تو که دم از کار و طبقه ی کارگر می زنی لازم نکرده برای دایی فراهان که می گویی سرمایه دار است دل بسوزانی. پی بهانه می گشت که به من بگوید بشین سرجات حالا که ما مجبوریم تو را تحمل کنیم دیگر حرف زیادی نزن...هم چنین وقتی یک بار زنِ آباداني پسر خاله داشت پیازها را خُرد می کرد - همراه با میهمانانِ دیگر که هریک در آشپزخانه کاری انجام می دادند

- خاله سهیلا ایستاده بود و به هرکس دستور می داد که چه کار کند. به زنِ پسرخاله آمرانه گفت آنقدر درشت خرد نکن. آن زن سرخ شد و سفید شد ولی حرفی نزد. انگار با کلفتش حرف می زد. درست که آنها در آنجا اقامت کرده بودند ولی من که می دیدم به اندازه ی هزینه های سنگین هر دو طبقه مایه می گذاشتند. تا آن زن کمتر احساس ناراحتی بکند گفتم حالا انقدر سخت نگیر. خاله سهیلا گفت تو اگر خوابت می آد برو بخواب یعنی خفه شو...من حالا این خانه را نه محلی دائمی برای خود که بخشی از سفرم به مقصد می دانستم. آنجا بودم چون چاره ای نداشتم. در آغاز فکر کرده بودم من بچه ی آنها هستم و مهم نیست اگر برخی ویژگی های آنان با من خوانایی نداشته باشد. اما حالا احساس می کردم اضافی هستم. خیلی از شب ها را نیز دیگر در آنجا نمی خوابیدم. روزها می رفتم سر کار و عصرها وقتم را در خیابان با زهره پر می کردم.

کاری پیدا کرده ام در یک خیاطی برای راسته دوزی. کار طراحی را کس دیگری انجام می دهد. برش کاری برای سری دوزی است. یعنی از یک طرح گاهی صد تکه برش می زنند. چرخکارِ راسته دوز باید بداند به چه ترتیبی تکه ها را به هم وصل کند و با دوخت انواع زیپ و جیب و یقه نیز آشنا باشد...دو چرخکار آنجا کار می کردند. من به عنوان دستیار یکی از آنها استخدام شدم. چند تکه پارچه به من دادند تا مهارتم را آزمایش کنند. اولین بار بود پشت ماشین صنعتی می نشستم. سرعتش خیلی زیاد بود ولی همان سیستم ماشین های خانگی مدرن را داشت. من با چرخ خیاطی سینگر مامان که حامد بعدها یک پدال برقی برایش کار گذاشته بود، خیاطی می کردم. چرخ را می گذاشتم روی میز و پدال را روی زمین و گاز می دادم. ده برو. اما پدال ماشین های صنعتی سرعتش زیاد است. یکی دو درز را کج رفتم ولی بعد درست شد. اوستا ی من یک مرد جوان خوش بر و رو بود. در آغاز تصور می کرد فقط راسته دوزیِ پهلوی بلوز و شلوار و این نوع کارهای ابتدایی را بلدم. به من دستور می داد همه ی تکه های لباس را برایش ردیف کنم تا او سریع تر آنها را چرخ کند. بعد دید دست کم از خودش ندارم. پس از یکی دو روز دو برابر آنچه کار می کرد تحویل دادیم. مزد کار در مقابل تعداد لباس هایی بود که در آخر روز آماده می شد. با دمش گردو می شکست زیرا دستمزدی که به من می داد بسیار اندک بود...دستیارِ اوستای دیگر بیشتر کار یک پادو را انجام می داد. یک دختر درشت هیکلِ قد بلند بود. اوستا پس از یکی - دو روز هنگام ناهار با آن خیاط دیگر می آمدند و کنار من می نشستند با هم غذا می خوردیم. هر کس از خانه برای خودش غذا می آورد. من نان و پنیری ماستی از بیرون می خریدم. اوستای من با دخترک ور می رفت. دختر چیزی نمی گفت. تصور کردم می ترسد حرفی بزند که نکند کارش را از دست بدهد یا شرم دارد از اینکه اعتراضی کند. دو روز حرفی نزدم. روز سوم به دخترک طوری که اوستا هم بفهمد گفتم چرا اجازه می دهی. اوستا فهمید. نگذاشت روز به آخر بکشد. مزد چند ساعت کارم را داد و گفت دیگر نمی خواهم بیایی...حس بدی داشتم. خیال کرده بودم که حالا من چون یک فرد سیاسی هستم باید حرفم پیش برود. به نحوی تصور می کردم لابد من قیم دیگران هستم و مدافع آن ها و باید مراقب

کوه کمر شکن

باشم کسی نکند خطایی از او سر بزند. هم چنین این لاس زدن ها را یک نوع
بی احترامی به زن می دیدم و نه خواست دو جانبه در شأن جنبش کارگری.
کارگران در نظر من می بایست از هر بدی بری باشند...شیوه ی تفکرات
مذهبی عقب مانده نیز به نحوی داشت در من خانه می یافت. انگار خواسته
باشم یک جور تلافی گذشته های خود را کرده باشم. و یا به عبارتی در گذشته
ی خود یک جور خطا و گناه احساس می کردم. حالا می خواستم مانع هر
رفتاری از این دست بشوم. به نوعی بر طبق دیدگاه های مذهبی و معیار های
اجتماعی معمول مناسب نمی دیدم که آن اوستا با دخترک لاس بزند، دیدگاهی
که هیچ گاه در سرتاسر زندگی من وجود نداشته است. این مسائل نکاتی هستند
که ربطی به مبارزات کارگران و خواست های آن ها ندارد. رفتار هایی هستند
شخصی حتی اگر تحقیر آمیز باشند یا با قصد سوء استفاده. تنها راه آن تربیت و
آموزش اجتماعی و خانوادگی است تا هرکس رفتاری پیش گیرد که به غرور و
شخصیتش صدمه ای وارد نشود. آن اوستا خیلی بجا مرا سر جای خود نشاند.
از کار بیرونم کرد که دیگر از این دخالت های بی جا نکنم...یک بار دیگر نیز
در خانه ی خاله سهیلا وقتی شنیده بودم که دایی کوچیکه پنهانی یک زن معلوم
نیست چه کسی را شب به خانه آورده است، اعتراض کرده بودم. علت
ظاهریش همان بود که همه شاهدش بودند. او یک بیکاره ی معتاد بود. دیگران
می آوردند و او می خورد. حالا فقط مانده بود که زن بیاورد خانه. شیوه ی
تفکر من بسیار مستبدانه بود و به هیچ رو نمی خواست تفکیک کند مسائل را.
او یک مرد جوان، نیاز هایی داشت. حالا من اگر خودم را از همه چیز محروم
کرده بودم و یک سر و وضع کلفتی برای خودم ساخته بودم تا هیچ کس نگاهی
به من نیاندازد معنایش این نیست که دیگران باید همه کاری را تعطیل کنند یا
حق کاری را داشته باشند اگر همه چیز درست باشد. اصولاً چه ارتباطی به من
داشت این مسائل. در این جا نیز دیگران توجهی به حرف من نکردند. داداش
گفته بود برایش خوب است اگر زنی در زندگیش باشد. آقا مصطفی حتی ترتیب
داده بود که چنین برنامه هایی صورت بگیرد. دایی کوچیکه جوری با من رفتار
کرد که از قیافه اش معلوم بود که می خواهد بگوید تو دیگر چرا؟ خوبست با
هم می رفتیم پارتی و تو همیشه توی بغل دوست پسرت بودی و شب هم با هم
به خانه ی او می رفتید...آیا تشکیلات و تفکرات عقب مانده ی افراد سیاسی و
افکار مذهبی جامعه داشت در مجموع از من موجودی می ساخت ضد هر
رفتار طبیعی؟ مرا چه می شد؟...فکر کردم دختر اعتراض می کند. هیچ نگفت.
چه بسا خودش نیز چندان ناراضی نبود. مرد زن داشت. اما چه فرقی می کرد.
چه می شد حالی هم به او بدهد؟ اصلاً تو رو سنه نه...

یک روز عمه بزرگ مامان آنجا بود. مامان و مادر بزرگ نیز بودند و هم
چنین خاله فروغ. همه روی قالی نشسته بودند. جواد در مقابل دیگران خطبه ی
عقد خودش و خاله سهیلا را همانجا خواند و انگشتری رد و بدل شد و یعنی که
آنها به عقد هم در آمدند. سپس خاله سهیلا رفت و یک چادر سفید گل دار
کودری سرش کرد و با صورت سرخ و سفیداب مالیده توی هال با تکبر مانور
می داد مثل عروس های چهارده ساله. دست کم بیست سال از جواد مسن تر

194

بود. و شب جلوی چشم همه رفتند توی اطاق...اختلاف سن به هیچ رو مسئله نبود. نه برای من و نه برای خانواده. عمه بزرگ مامان چندین سال از شوهرش مسن تر بود. یکی از خواهر های ناتنی من از شوهرش مسن تر بود. می نوش از شوهرش مسن تر بود...تظاهر و دو رویی او بود که اذیت می کرد. یعنی جواد این همه سال که وجودش در کنار خاله سهیلا حرام بود، این خطبه را تا به حال نخوانده بود؟ یعنی آنها با هم نخوابیده بودند؟ ماماان یک بار در سفری به مشهد آن ها را دیده بود در راهروی باریک قطار بیرون از واگن با هم ور می روند. آن موقع به همدیگر حرام نبودند؟...احساس کردم سالن و همه ی وسایلش دور سرم می چرخند. همانجا روی زمین دراز شدم. خاله سهیلا که از دوران کودکی فکر می کردم با من خیلی نزدیک است و همه ی حرف هایش را با من در میان می گذارد، آن چنان نقشی بازی کرده بود که من با اینکه چیزهایی حس کرده بودم ولی تصور نمی کردم به اینجا ختم شود. او حتی یک کلمه راجع به این واقعه ی مهم با من حرف نزده بود. احساس کردم که حالت تهوع دارم. نتوانستم دیگر آنجا بمانم...رفتم بالا دیدم دایی کوچیکه هم توی هم رفته است. گفت تزویر نه چیز دیگری گفت گفت هرکس خلاف کار است سطحش فرق می کند. احساس کردم دلش می خواهد برود و به قول خودش آن یک وجبیِ کچل کوتوله را که ایستاده از در تاکسی تو می رود و هیچکس او را قبول ندارد و همه او را نه چیزی بیش از پادوی خانواده نمی دانند خفه کند. شاید تنها زمانی بود که آرزو می کرد کاش قدرتی بود... دیرتر خیلی دیرتر است که متوجه می شوم بودن و رفت و آمد هرکس به آن خانه به این دلیل است که همه چیز در خدمت خاله سهیلا باشد و مشروط بر اینکه دست بسته در اختیار او قرار بگیرد این او باشد که آنها را هدایت می کند آنها را زیر نظر دارد...عمه هایش عمه های ماماان نیز چنین رویه ای داشتند. به آنها امر مشتبه شده بود که همه باید در خدمتشان قرار بگیرند. وضعیت مالی خوب این موقعیت را در آنها مستحکم می کرد. عمه کوچیکه با شوهر دوم و شش دختر از شوهر اول و یکی یک دانه پسر روابطی بوجود می آورد که همه دست بسته پیش او زانو بزنند. هیچ چیز خاصی نداشت به جز آن هیکل گنده ای که نمی توانست از روی پشتی بلند کند و کلفت و نوکر و راننده به او می رسیدند و تعدادی دستمال دور قاب چین همیشه بودند که مجیزش را بگویند. این شوهر دوم نیز افسر راهنمائی و رانندگی همواره دست به سینه بود.

دخترهایش نیز برای اینکه به هر حال بی نصیب نمانند از مال و اموال در خدمتگزاری حضور داشتند. یگانه دخترش از شوهر دوم بود که با خیال راحت زندگی می کرد و نگرانی نداشت از اینکه سر بی کلاه بماند...عمه بزرگ ولی قابلیت های بی شمار داشت. از کودکی در فعالیت هایی که پدرش پیش می برد، راه به راه با او رفته و با او زندگی کرده بود. عمه کوچک با سواد بود و اولین مهد کودک ایران را در تبریز آنطور که می گویند بنا نهاده بود. عمه بزرگ سواد نداشت ولی دریایی بود از تجربه و اندیشه و بینش. با اینکه حتی یک شکم نزاییده بود، سه نوزاد از شکم زنان قوم و خویش در آورده بود. ساعت ها در پای صحبتش می نشستی و خسته نمی شدی. او تنها کسی بود از میان اقوام ماماان که آقاجون در ایام عید نوروز ما بچه ها را برمی داشت و به دیدنش می

رفت. او حکم یک ملکه را داشت. وقتی به خانه ای قدم می گذاشت، ابهت حضور او فضا را می گرفت. همه را به احترام وا می داشت...همواره از دختر بچه ای در خانه نگهداری می کرد که به کارهایش رسیدگی کند و هنگام بلوغ برای او شوهری می یافت و جهیزیه ی مختصری نیز بابت خدماتی که برایش انجام داده بود در نظر می گرفت...شیرین سخن بود و حاضر جواب. دنیا دیده بود و پرتجربه. بسیار غیور بوده است. در زمان انقلاب مشروطه در تاکستان های تبریز در میان گودی تپه های کوتاه سربازان فراری و تفنگ هایشان را پنهان می ساخته و با لباس عامیانه فرار می داده است...این خصائل را نمی شد نادیده گرفت اما خصوصیاتی داشت که او را از چشم من می انداخت...یک بار من داستان یکی از میهمانی های عمه را قصه کردم و آن را در جمع خانواده خواندم. خاله سهیلا گفت آبرویمان می رود. قصه از این قرار بود که توی سفره ی به چه بزرگی در خانه ی عمه بزرگ چند ظرف پر از پسته و گردو گذاشته بودند. انواع پشه روی خشکبار مِهی غلیظ بوجود آورده بود. خشکبار را همه کرم زده بود. با خود گفتم نه خودش خورده نه آنها را به کسی داده است. شرم ندارد آنها را توی سفره می چیند. املاک زیادی از پدرش به او و خواهرش رسیده بود. باغ های برزگ میوه و تاکستان در تبریز داشتند. در تهران نیز خانه ی شخصی او ارزش زیادی داشت. شوهرانش او را ترک کرده بودند زیرا که برایشان نمی توانست نوزادی بیاورد. شوهری در بساط نبود بچه نداشت اما چهار چنگولی به مال و منالش بسته بود. پس از مرگ او، خواهر دیگر املاکش را تصاحب کرد. می توانست در زمان حیات ثروتش را هزینه کند برای ساختمان یک مدرسه یک درمانگاه. می توانست مخارج تحصیل چند نفر بی بضاعت را فراهم آورد...می گویند که وصیت نامه ای نوشته بوده و خواهرش آن را سر به نیست می کند تا به مال و منالش دست بیازد. گویند هنگامی که او در بیمارستان نفس های آخر را می کشیده، شوهر عمه کوچک و فرد دیگری عتیقه های خانه ی او را به سرقت بیرون می بردند. کلید خانه اش در دست خاله فروغ بوده است. حال چگونه آنها به درون خانه راه پیدا کرده اند، گفته می شود به احتمال در را شکسته اند. و این گویش ها چه میزان صحت دارند، خدای خودشان داند. نیز گفته بودند که وصیت نامه را به یک آخوند سپرده بوده است و او آن را رو نمی کند. آیا آخوند را عمه کوچک و شوهرش خریده بودند؟ چرا وصیت نامه را به یک مرجع رسمی ثبت اسناد نسپرده بود یا احتمالاً به خاله سهیلا که این اواخر همراه حمام و گلستانش بود. یا در بیمارستان هنگام مرگ چرا حرفی به خاله سهیلا و فروغ نزده بود؟ اعتماد به کسی نکرده بوده است؟ یا اینها همه حرف است از جانب کسانی که از این خان طرفه ای نصیبشان نشد. می گفتند - از ذهن چه کسی بیرون آمده بود روشن نیست - عمه گفته بوده است نمی خواهد یک سر سوزن به خواهرش برسد. شاید هنوز گمان می برد سال های سال زنده خواهد ماند و فرصت باقی هست برای راست و ریز کردن اموال پس از مرگ...وجه مشترک او و خاله سهیلا رفتار حقارت آمیز بود نسبت به هرکس که گمان می برد حالا در موقعیت ضعیفی قرار دارد و به تعریف و تمجید اضافی از فردی بر می خاست که او را با معیارهای خودش می پسندید...عمه به خانه ی خاله نیز مرتب به

میهمانی می آمد. به عبارتی می رفتند جواد می رفت و او را می آورد. یک بار آنها در اطاق خواب خاله سهیلا با هم حرف می زدند. من نیز در اطاق بودم. بیشتر پچ پچ بود. عامدانه بود از طرف خاله سهیلا که من حس کنم مرا به حساب نمی آورند تا حس کنم قابل داخل شدن نیستم...
وقتی جنگ ایران و عراق به تهران نیز کشیده شد - در اولین روز حمله ی موشک های دور بر عراق به تهران - بر طبق معمول در خانه ی ما انقلابیون مذهبیِ دوستان می نوش جمع بودند و هم تعدادی از اهالی خانواده از جمله عمه بزرگ و خاله سهیلا و...دور سفره نشسته بودند که صدای برخوردن موشک به نقطه ای از تهران زمین را به لرزه در آورد. همه موش شدند. کسی لب به غذا نزد. در لاک خود فرو رفتند. من به سرعت رفتم بیرون. عمه نیز به شتاب خود را به خیابان رساند. بی کفش و کلاه. مردم به خیابان ریخته بودند. عمه که زندگی مبارزاتی اش را در کنار پدر با این پدیده ی جدید مرور می کرد، خودش را در دختر جوانی در من می دید که نمی تواند خود را از جریانات سیاسی دور نگاه دارد. با افتخار به من گفت: " قهرمان گیزیم"...تلاطم و هیجان و سرگشتگی و هراس در خیابان ولوله داشت. عمه این رژیم را دوست نمی داشت. می گفت برای مبارزات پدرم احترام قائل نمی شوند. مقبره ی پدرش را ویران ساخته بودند. حتی قبر ناصرالدین شاه را نیز با خاک یکسان کردند. و آرامگاه رضا شاه را به آبریزگاه تبدیل ساختند. عمه به کرده ی آنها اعتراض کرده بود و شخصاً به دفتر آخوند مسئول وقت رفته و داد و بیداد راه انداخته بود. آنها دست به سرش کرده بودند. پاسخ درستی نگرفت و از شکایت خسته شد و پی گیری نکرد...حالا طور دیگری به من می نگرد. نمی توانست این حرکت از آنِ خودش باشد. دیرتر خیلی دیرتر است که دختر من می گوید وقتی بچه بودم و با دختر خاله سهیلا بازی می کردیم یک روز او به من گفت مادرم گفته است یعنی خاله سهیلا که ما یعنی من و دخترم کافر هستیم نجس هستیم. رفتار خاله سهیلا اگرچه حرف ها داشت، اما هیچ گاه من تصور نمی کردم که تا به این اندازه بد خواهی در وجود او نسبت به من خانه داشته باشد.
او چگونه می توانست از آن نوع افرادی باشد که طرز تفکر من عزیزترین او همانگونه که همیشه ادعا کرده بود، دلیلی باشد برای اینکه مرا کافر بخواند به این معنا که می بایست او را طرد کرد به همان شکل که فالانژ های دست به یراغ برای سر به نیست کردن کفار عمل می کنند؟ او به طور قطع تنها برای دخترش چوب من و دخترک معصوم مرا نزده بود. او به هرکس که از راه رسیده بود از من به بدی یاد کرده بود مرا در نزد او خوار ساخته بود. من در آن زمان برای خاله سهیلا فقط عامل خطر بودم. من برای او ماده ی منفجره ای بودم که می توانست هر آن بترکد و خانمان او را بباد دهد. من می بایست به گونه ای از دور خارج شوم.

یک روز وقتی همه در طبقه ی پائین - طبقه ی خاله سهیلا - نشسته بودیم، خاله فروغ سراسیمه پس از ساعتی که از اداره برگشته بود، ناگهان می آید پائین و می گوید جلیل همکارش شوهر یکی از هم رزمان سابق می نوش، گفته است که از طرف کمیته ی پاسداران به او گفته اند می دانند من کجا هستم و دارند

می آیند به سراغم. به سرعت وسایلم را جمع می کنم و می روم. کتاب هایم را سر به نیست می کنند توی نهری که اندکی آن سو ترک از خانه ی خاله جاری بود...در آن لحظه به هیچ رو فکر نمی کنم به صحت و سقم گفتار خاله فروغ. اما دیرتر خیلی دیرتر با فاجعه ای که رخ می دهد به آن ماجرا بر می گردم. فکر می کنم مگر می شود کمیته برای دستگیری یک "ضدانقلاب" او را خبر کند؟ اگر بفهمند بی معطلی سر می ریزند ـ بلافاصله و بی خبر ـ و این مفسد فی الارض را که دو ـ سه سال پیش آنها را ناکام گذاشته است، می کشند و قبل از اینکه نفسش را ببرند این "کافر" و "نجس" و "بی همه چیز" و "خراب" و "فاسد جامعه" را همگی از دم ترتیب می دهند. آنها اشتباه را دو باره تکرار نمی کنند. این بار هر در و پنجره و هر درز و کوچکترین سوراخ را تا چند کیلومتر مسدود می نمایند که من جایی برای در رو نداشته باشم...نقشه بود. و این نقشه فقط می توانست از جانب خاله سهیلا طرح شده باشد. خاله فروغ هیچ گاه از خودش حرکتی نداشته است. حرکت از آنِ خاله سهیلا بود.

رفتم به خانه ی زهره . پیش از آن بیرون یکدیگر را می دیدیم. ماجرا را به او گفتم. تا به حال به او حرفی نزده بودم. که هستم چه می کنم از کجا می آیم چه کرده ام و چه وضعیتی حالا دارم. او نیز نپرسیده بود. دیگر جایی نمانده بود که بخواهم پناه ببرم. گفت باشد اندکی با تردید. چاره ی دیگری نبود...زهره را در کارگاه خیاطی شناخته بودم. از همان لحظه ی نخست دیدار دوستی عمیقی بین ما جاری شد. دو ـ سه سال پیش از دانشگاه فارغ التحصیل شده بود. شرایط پا در هوای انقلاب و هم افکار "انقلابی" در زهره نیز او را به این مکان کشانده بود. او نیز خیاطی صنعتی را تجربه نکرده بود. من و او جداگانه به عنوان چرخکار در آن کارگاه استخدام شده بودیم ولی پس از آشنایی کار را با یکدیگر در دست گرفتیم. دونفری سری کاری را شروع کردیم و دو برابر خیاط های دیگر می دوختیم. هیچ مشکلی در کار پیدا نمی کردیم. اشاره ای یکی از ما می کرد و آن دیگری در جا می گرفت. هیچ کدام سرسری کار نمی کردیم و تا کار به پایان نمی رسید فکر و حواسمان به جای دیگر نمی رفت. ساعت کار دست خودمان بود. فقط می بایست حداقل کار را به آنها تحویل می دادیم...در آغاز اندکی دقت می خواست تاهمه چیز خوب از کار در آید ولی اندک اندک وقتی راه افتادیم، انگار اساساً کار نمی کردیم. سری کاری این حسن را دارد که مثلاً درز یک سمت پنجاه بلوز را اول چرخ می کنیم و بعد درز دیگر را و بعد آستین ها را به هم متصل می سازیم. می بایست پیش از اتصال قسمت ها ی مختلف به بدنه ی لباس مثل جیب زیپ یقه و هر روکاری دیگر، آنها را جداگانه آماده می کردیم. بدین صورت کار ساده می شود و در عین حال تمیز از آب در می آید. دستِ آخر، وقتی همه چیز آماده شد، تکه های آماده را به یکدیگر وصل می کنیم. دگمه دوزی و پرچ و از این نوع دست کاری ها را نیز کارگران دیگر انجام می دادند. برای دوخت یک درز، دو تکه را روی هم می گذاشتیم و بعد سر آن را زیر سوزن قرار می دادیم و با دو دست یکی بالای سوزن و دیگری پائین سوزن پارچه را نگاه می داشتیم و همراه با فشار پا برروی پدال روی زمین که سوزن را به حرکت در می آورد،

پارچه را به زیر آن هول می دادیم. وقتی متبحر شده بودیم با دو فشار سریع بر روی پدال یک درز در چند ثانیه دوخته می شد و بدین ترتیب چرخکاریِ درزِ پنجاه بلوز در عرض مدتی کوتاه به پایان می رسید. آنگاه یک دستیار تکه های به هم پیوسته را پس از چرخ کاری جدا می ساخت و آن ها را آماده می کرد برای مرحله ی بعد. بدین ترتیب همواره در حال چرخ کردن بودیم. کاری بود ساده و متنوع. هر بار مدل جدیدی طرح می زدند و ما تجربه ی تازه ای می اندوختیم. هر چه مهارت بیشتری پیدا می کردیم، امکان صحبت ضمن کار با یکدیگر را بیشتر می یافتیم. لذا کار در کارگاه برای ما کار تلقی نمی شد...در این هم صحبتی های دائمی بود که پیوستگی عمیقی به سرعت بین ما ایجاد شد. زبان انگلیسی را خوب یاد گرفته بود. از طریق برادرش مهیار که در کانون پرورش فکری کار می کرد، او نیز در برنامه هایی که برگزار می کردند شرکت کرده بود. از هیچ و پوچ عروسک هایی درست می کرد که اگر می خواست بفروشد نمی شد قیمتی بر روی آنها گذاشت. وقتی با یکدیگر در خیابان راه می رفتیم چشمش به هر جا بود و هر شیئی را که به نظردیگران آشغال می آمد جمع می کرد تا یک کار دستی هنرمندانه از آن خلق کند. حتی از ناخن های دست و پایش چند تابلوی بسیار زیبا درست کرده بود...شنا را خوب می دانست و این یکی از تفریحاتی بود که بعد ها بیشتر ما را سرگرم می کرد. خوش لباس بود. با ترکیب و هماهنگی رنگ ها آشنایی داشت. با پنج برادرش بزرگ شده بود و در خانواده آزادی نسبی برقرار بود و مشکلی در ارتباط گیری با مردان پیدا نمی کرد. خاله زنک نبود پشت این و آن غیبت نمی کرد به آدم ها بدبین نبود بدِ کسی را نمی خواست. مجموعه ای از خصوصیات در او به اضافه ی بی غل و غش و خالص بودنش در دوستی به سرعت آن کشش لازم را در یگانگی ما بوجود آورد. آشنایی با زهره در آن زمان یکی از اتفاقات مهم زندگی من به شمار می رفت. من و او حالا مثل دو خواهر هر کاری با هم می کردیم. خود بخود علائق و نیاز هایمان با یکدیگر خوانایی می یافت...دو ـ سه بار محل کارمان را عوض کردیم. می گفت تو چرا همیشه مرا می اندازی جلو. دقت نظر و ظرافت او در کار حرف نداشت. زهره طوری کار می کرد که انگار برای خودش لباس می دوزد...در خانواده به نظر می رسید چندان او را تحویل نمی گیرند. خواهر بزرگترش زن خوشگلی بود و با یک دکتر تحصیل کرده در فرانسه یک استاد دانشگاه ازدواج کرده بود. زن برادر ها، داداش ها را چهار چنگولی چسبیده بودند. گمان می کردم مادر پیر زهره پسر ها را بیشتر از دخترها دوست می دارد بیشتر هوای آن ها را دارد؛ آنچه که در فرهنگ ایرانی بیشتر معمول است. چه بسا به دلیل این که مخارج زندگی او و پدرش را برادر ها تأمین می کردند آنها را بیشتر تحویل می گرفت...برادر کوچک به نظر می رسید سوگلی مادر است. کار می کرد. ماشین داشت. از کارهای روزمره و علائق و خرده رمزهای تکنیکی اسکی روی برف و مشکلات بی اهمیت مکانیکی اتومبیلش حرف می زد. یک عادت خانوادگی بود. خواهر زهره و نیز خود او کم از او در پرحرفی نداشتند. گویی هیچ مسئله و مشکلی در زندگی ندارند به جز آنچه ذهنشان را در لحظه اشغال کرده است. همه ی زوایایش را باز می کردند. هر چه در ذهن صاف و ساده و خالص گاهی فکر

نکرده و نسنجیده بیرون می ریخت. حرف زدن یکی از بزرگترین تفریحاتشان بود...من به عنوان میهمان میهمان ناخوانده به حکم ادب پای صحبتشان می نشستم و آن ها همین را می خواستند. متوجه نمی شدند که من چه مشکلاتی را با خود حمل می کنم. مادر زهره می دید که ما بیشتر وقتمان را با هم می گذرانیم. به ما می گفت دختران سعدی حالا که زهره کمتر در خانه پیدایش می شد...مهیار از میان برادرانش تنها کسی در خانواده بود که زهره با او خوانایی داشت. او بلد کوه ما بود. او و زنش همه ی سوراخ سنبه ها ی کوه های تهران را می شناختند. در آن زمان کوهنوردی یکی از فعالیت های سیاسی به شمار می رفت تا اینکه تفریح باشد در ضمن اینکه نسبت به دیگر فعالیت ها تفریح نیز به حساب می آمد. زیرا آن بالا دور از بگیر و ببند های توی شهر بچه ها احساس آزادی بیشتری می کردند. روسری از سر برداشته می شد پاچه ی شلوارها بالا می رفت دختر و پسر دست یکدیگر را می گرفتند آواز می خواندند. کوه فقط محل مناسبی برای افراد سیاسی نشده بود بلکه جوان ها با گرایشات معمولی نیز برای اینکه آزادانه بتوانند به نیازهای عاطفی خود پاسخ دهند، "کوهنورد" شده بودند و دست کم تا یکی ـ دو قهوه خانه بالا می آمدند. به طوری که به تدریج افراد کمیته دَرروی ِمحل های کوهنوردی را کنترل می کردند و گاهی حتی آن بالا موی دماغ جوانان می شدند...به هر رو هواداران سازمان های چپ گرا سختی بالا رفتن از کوه را به جان می خریدند تا در سفرهای یک روزه سه روزه و گاهی هفتگی تجربه هایی به جز بحث های جدی سیاسی را نیز از سر بگذرانند. در این سفرها خیلی از دختر و پسرهای سیاسی یکدیگر را پیدا کردند برای زندگی مشترک. در بالای کوه دور از چشم ماموران کمیته و نهی از منکر اگر روابطی صمیمی تر بر قرار می شد گاهی ماچ و بوسه و نوازش نیز به راه بود...به نظر نمی رسید که مهیار هوادار یکی از تشکیلات سیاسی چپ آن زمان باشد. دیدگاه های بسیار متعادلی داشت. اغلب با آرای چپ گرای موجود کنار نمی آمد. علتش این بود که هنرمند بود عکاس...و جهت تأمین معاش برای موسسات صنعتی عکس برداری می کرد. به کارهای دستی چوبی شیشه ای سفالی علاقه داشت. با فیلم و نمایش و کتاب آشنا بود و با کلیشه و هم شکل سازی نا سازگار...چندین بار با من که گاهی چپ می زدم بحث کوتاهی کرد. زیاد صحبت نمی کرد. اصراری نداشت که قطعاً نظرش را بقبولاند. یک نوع حس بی تفاوتی به برخی مباحث داشت. انگار که کاملاً آنهایی را که چپ می زدند می شناخت و یکی بدو با آنها را بی فایده می دانست. خیلی قاطعانه در یکی دو جمله حرفش را می زد و تمام. یعنی که هرچه گفته می شود بی هوده است. رفتارش را به حساب غیر دموکراتیک بودنش نمی گذاشتم اگرچه دلگیر می شدم. بعدها وقتی به آن فکرمی کردم به نظرم می رسید که از دیدگاه های یک بعدی و سطحی خسته است. یک بار صحبت از شاملو شده بود. اگر اکنون در باره ی شاملو صحبتی باشد، من در مورد او می گویم که گاهی اشعارش فقط شعارهای زیبائی اند چیزی که هنر را بر نمی تابد. آن موقع به او ایراد می گرفتم که چرا در این اوضاع نابسامان سیاسی نیست چرا مستقیماً مسائل را مطرح نمی کند...گاهی در بحث با مهیار حس می کردم نظراتم به هیچ گرفته می شود. یک سو نگری های من در زمینه

ی ادبیات و هنر و هم چنین بینش های دگماتیک نسبت به مسائل موجود با من عجین شده بود. کسی مثل مهیار می خواست که بی آنکه هم رزم من در سازمان سیاسی باشد، با من در تعارض بیافتد. عمق دیدگاه او با بینش دموکراتیک و چند بعدی خود به خود او و مرا در دو سوی خط قرار می داد. من هیچ گاه نتوانستم رابطه ای نزدیک با او برقرار کنم...یک شرکت گرافیک به تازگی باز کرده بود و با زنش آن را اداره می کردند. یک بار که قله ای را زده بودیم - قله ی چندان بلندی البته نبود، اما برای من که عموماً کوه نورد نبودم آن قله قله بود. کوه پوشیده از برف بود در بلند ترین نقطه ی روی زمین. آن قدری فضا بود که ما چند نفر بتوانیم اندکی خود را جا بجا کنیم. از شدت شعف زنش را روی دو دستش بلند کرد. اورا چرخاند و چرخاند. بعد یکدیگر را بوسیدند. خیلی زیبا بود این حرکت. چه سعادتمند بودند آنها که این همه یکدیگر را دوست می داشتند. شاخک های احساسات رقیقم به کار افتادند. خاطرات شیرین از عشق های جانانه زنده شدند. حسادت نمی کردم غبطه می خوردم...اما حسی نبود که در من ماندگار شود. من در دنیای مبارزاتی خود غوطه می خوردم و این هیجانات را متعلق به دنیایی دیگر می دانستم...مهیار سرنوشت تراژیکی داشت. توی تاکسی سکته می کند و در بیمارستان می میرد. نمی دانم چه میزان سرانجام زندگی او را می بایست تا حدی به زنش ارتباط داد. زنش فرد بسیار قابلی بود. اما در مقایسه با مهیار سفت و سخت. مثل اغلب ما در خیلی موارد چپ می زد. حالا که مدتی از انقلاب گذشته بود و برخی هواداران تشکیلات چپ به زندگی معمولی رو آورده بودند، مهیار از زنش خواسته بود که در زندگیش تعادل بیشتری به خرج دهد. درخواست زیادی از او نکرده بود. از او خواسته بود که مثل خواهرش اندکی به خودش برسد. اعتقاد داشت زیبایی نباید مخالفتی با دگرگونی های جامعه داشته باشد. زن او کماکان موهایش را از پشت می بست لباس های چپ روانه ی گل و گشاد مدِ سیاسی آن زمان را می پوشید کمتر آرایش در صورتش دیده می شد...زن او خصوصیات ویژه ی مخصوص به خود را نیز داشت. یک بار در قهوه خانه ی سر راه شیر پلا انگشت کوچکش رفت توی استکان چای. به سرعت پیش از اینکه کسی بخواهد اعتراضی بکند استکان چای را خالی کرد. دستانش را لحظه ای پیش شسته بود. از این نوع رفتارها به گفته ی زهره کم در زندگی آنها وجود نداشت. به نظر می آمد که رفتارش به یک مرض تبدیل شده است. دیگران حس راحتی با او نداشتند. احساس می کردند آنها را نیز بهداشتی تلقی نمی کند. این امر رابطه ی نزدیک را مخدوش می کرد...مهیار اما بسیار متین بود و می خواست که زنش همانطور که راحت است زندگی کند...صبح روزی که مهیار سکته کرد، زنش او را از خواب بیدار کرده بود که برود و کله پاچه بخرد. مهیارمی پذیرد تا خواست او را برآورد کند. نمی گوید خسته است نمی گوید کسالت دارد. کله پاچه را می خورند. مهیار حال و هوای چندان خوشی ندارد می بایست ولی سرکار برود. به محل کار نرسیده در تاکسی حمله ی قلبی در می گیرد...داستان فرزند پسر او نیز تراژدی است. تا مدت ها بچه دار نمی شدند. یک سال قبل از مرگش با یکدیگر به انگلستان می روند تا زنش معالجه شود. زن او پس از سال ها درمان آبستن می شود. وقتی مهیار می

میرد، زن او یک پسر پنج - شش ماهه در دل دارد. مهیار سال ها انتظار این بچه را کشیده بود. زن او می بایست اوقات بسیار دردناکی را با مرگ شوهرش گذرانده باشد. اما ماجرا به اینجا ختم نمی شود. چند سالی بعد وقتی پسر هفت - هشت ساله با زهره و حامد و دخترهایشان به کنار دریا می روند، زن مهیار و زهره با مادر و خواهر و بقیه مشغول صحبت هستند. حامد با بچه ها آب تنی می کند. ناگهان بچه بچه ی مهیار در دریا ناپدید می شود. موجی زیر پایش را خالی می کند و او نمی تواند خود را بالا بکشد. دختران زهره با شنا آشنایی دارند خود را وفق می دهند در بازی با امواج آب. او نمی تواند. یک لحظه بیش به طول نمی انجامد تا این همه حادث شود. اثری از بچه نیست. از آن پس حامد گم می شود. سر به نیست. شرمندگی نیست احساس گناهی است نابخشودنی نا علاج حتی مرگ نیز نمی توانست این تراژدی را ببخشاید. حالا دیگران در پی او تمام شهر ساحلی را گز می کنند. سرانجام شوهر خواهر زهره حامد را می یابد و حامد راضی می شود با یک پتو پشت دیوار خانه ی ویلایی آنها شب را به صبح بیاورد...خواهر زن مهیار پریشان و دیوانه وار مرتب رو به زهره می گفته است پس چرا آب دختران تو را نگرفت؟ این بچه ی بی پدر را اگر نمی توانست مراقبت کند چرا با خود توی آب برد؟ زهره هیچ نمی تواند بگوید. سر به پائین اشک می ریزد. و زن مهیار مادر بچه ی مغروق و زنِ شوهر سکته کرده ساکت و آرام نشسته است مبهوت همین که هنوز زنده مانده بود خیلی حرف دارد.

آشنایی با من در زهره شادمانی بخصوصی به بار آورده بود. احساس می کردم صورتش بشاش تر شده است چهره اش بیشتر به تبسم روشن می شود. و این شادمانی زیبایی خاصی به او می داد. گاهی یک خط چشم و اندکی سرخاب روی گونه چهره ی مهربان او را بسیار دوست داشتنی تر می کرد. یک بار قاب یکی از خیاط ها را گرفته بود. خیاط ها هیچ کدام کارگر ساده نبودند. اغلب دیپلم دبیرستان داشتند همانطور که صاحب کارها نیز غالباً از طبقه ی متوسط و گاهی مرفه برخاسته بودند و روابطی نسبتاً متمدنانه تر و بازتر بین همه برقرار بود. نوع کار نیز از آنجا که دستمزد بر اساس میزان دوخت لباس تعیین می شد خیاط ها مثل کارگران ساده هراس از صاحب کار نداشتند. خود تصمیم می گرفتند چه موقع زنگ تفریح داشته باشند برای خوردن غذا و کشیدن سیگار و مدت زنگ تفریحشان را نیز خود تعیین می کردند. یک نوع آزادی برقرار بود که محیط را برای علاقمند به این کار تاحدودی دلپذیر می ساخت. هنگام خوردن ناهار امکان صحبت و گپ و گفت پیش می آمد...این کارگر از زهره خوشش آمده بود. زهره صورتش گل می انداخت وقتی با او صحبت می کرد...روز اول که او را دیده بودم مختصر آرایشی کرده بود و بسیار جدی و بی توجه به کسی چشمانش را به بالا و پائین رفتن سوزن می دوخت و پایش را روی پدال فشار می داد. آن روز به چشمانش سرمه کشیده بود و به نظر بسیار زیبا می آمد...پسرک خواسته بود که با هم قرار ملاقات بگذارند. زهره خوشحال بود. ریخت و قیافه ی پسر به کارگرها نمی خورد اگر چه تفکر دوستی و ازدواج با فردی از طبقه ی کارگر در ذهن ما سیاسی کارها در هر

صورت موجود بود. زهره نفهمیدم سر قرار رفت یا نرفت. بعدها وقتی این مسئله را با او در میان گذاشتم گفت نه چیزی وجود نداشته است...به گمانم پنهان کاری می کرد معذوراتی را رعایت می کرد زمان که با شوهرش مسائلی داشتند؟ با مرد های ایرانی شوخی نمی شود کرد...

وقتی در کارگاهی دیگر مشغول شدیم، صاحب کارگاه مرتب می آمد و با ما صحبت می کرد. ظاهراً آدم روشنی بود. با مذهب میانه ای نداشت و با محدودیت هایی که در زمینه ی حجاب و از بین بردن اماکن تفریح و عیش و نوش بوجود آمده بود ناراضی به نظر می رسید. از اهالی رشت بود. بیست و هفت ـ هشت ساله. یک روز به من گفت بیا بریم شمال. یک اطاق اجاره می کنیم و به آب دریا می زنیم. گفتم باشد...مدت ها بود آب دریا را ندیده بودم مدت ها بود برای تفریح سفر نکرده بودم. می توانست فرصتی نیز باشد که از تهران و از مخفی کاری دور باشم. با کرایه های شمال عازم شدیم. شبانه رسیدیم به آنجا. اطاقی در یک خانه در ساحل دریا کرایه کرد. در هتل و مسافرخانه این کار امکان ناپذیر بود. می بایست زن و شوهر می بودیم تا بتوانیم با یکدیگر اطاقی در هتل بگیریم. اما صاحبان خانه های شخصی که از آنِ افراد بومی در ساحل دریا بودند، طبق رسم معمول گذشته ها هنوز اطاق های خود را اجاره می دادند. مرد در این خانه ها هیچ گاه دیده نمی شد. زنان بودند که با اجاره ی اطاق به مسافران تهران مخارج زندگی خود را تأمین می کردند. همه جور امکانی در خانه ی محقر که در میان حیاطی مصفا و پرگل و درخت ساخته شده بود، در اختیار آنها می گذاشتند. این خانه ها معمولاً در فاصله ی کمی از دریا قرارداشت. چند دقیقه پیاده روی از میان جنگل ما را به دریا پیوند می داد. برای مسافرین و بخصوص خانواده ها این اطاق ها بهترین محل و هم ارزان ترین جهت اقامت در طی سفر بود. جفت ها ی ازدواج نکرده نیز می توانستند برای چند روزی بی سرخر خوش بگذرانند. ظاهراً هنوز چنین امکانی تعطیل نشده بود. اگر مشکلاتی از جانب برخی افراد محلی بوجود می آمد، به یک شکلی آن را طبیعی و قانونی جلوه می دادند. در هرحال هیچ مرجع قانونی وجود نداشت که بخواهد بیاید و بازجویی کند. هیچ کس نمی توانست ثابت کند که این زوج آیا مزدوج هستند یا نه...اطاق بزرگ بود و چند دست رختخواب روی هم تل انبار. او دو تشک کنار هم انداخت. من برای خود آن سوی اطاق کنار پنجره رختخوابی انداختم و خوابیدم. درست نمی توانستم بخوابم چون بوی نفتالینی که به رختخواب زده بودند تا بید آن ها را نزند مرا از یاد برد که به شمال ایران با آن هوای تر و تمیز آمده ام. حتی لباسم را از تن در نیاوردم. متوجه شد که احساسی به او ندارم. رفتار قاطعانه ام در جا او را متوجه ساخت. اصراری نکرد. صبح گفتم برگردیم تهران. حتی با او در قهوه خانه صبحانه نخوردم. اشتها نداشتم. یک کلمه با یکدیگر حرف نزدیم. دوباره با ماشین های کرایه برگشتیم...این هم از آن کارها بود. چه فکر می کردم؟ که او مثل یک دوست معمولی مرا بردارد و برای تفریح به شمال ببرد؟ یا گمان برده بودم می تواند چیزکی بین ما بر قرار باشد. خودم را نشناخته بودم؟ نمی دانم. مدت زمانی اجازه نداده بودم احساساتم دستخوش هیجانات شوند. نیاز

داشتم دلم به یک عشق بند باشد. تنم تماس پوستی گرم را طلب می کرد. هیچ چیز دیگری نبود که جایش را پر کند. کار راسته دوزی در خیاط خانه ی صنعتی داشت به مکرراتی خرفت کننده تبدیل می شد. یک حرکت می خواستم. تنوع از جنسی دیگر. و آن مرد اهل شمال ایران نخستین وسیله ی دم دست بود تا شاخک های مرا بجنباند...آخرین کارگاهی که با زهره در آن کار می کردیم، در خیابان نادری بود. وقتی کار تعطیل می شد، در چهار راه استانبول و فردوسی و منوچهری می چرخیدیم. هله هوله می خریدیم و توی خیابان می خوردیم. حرف می زدیم و غش غش مثل لات های سر چهار راه می خندیدیم. با یکدیگر به گمانم از زیباترین اوقات زندگیمان را لذت می بردیم. من و او چندان با یکدیگر اخت شده بودیم که هیچ چیز نمی توانست بین ما فاصله اندازد. او در آن شرایط تنها فردی بود که مرا کاملاً می فهمید و موقعیتم را درک می کرد. انگار من خود او بودم و او مرا، یعنی خودش را همیشه در بر داشت. کشش ما به یکدیگر نیازی بود دو سویه که خود بخود این رابطه را زیبا می ساخت. شاید او اگر یک مرد بود و یا ما لزبین بودیم با هم می خوابیدیم با هم عروسی می کردیم. او در این مقطع از زندگی من در اوج تنهایی و بی کسی و بلاتکلیفی مرا زنده نگاه می داشت.

باری وقتی خاله ها مرا از خانه ی خود بیرون انداختند، زهره گفت بیا خانه ی ما. مادرش نگاهی نگاهی سرد به سراپای من انداخت. سر و وضع مرتبی نداشتم آرایشی در کار نبود. به گفته ی زهره تابلو بودم. هر کس اگر کمترین بینشی نسبت به حرکت های اجتماعی داشت می فهمید من در چه رده ای می گنجم. مادر زهره نداشت البته این بینش را. تردید داشتم در اینکه برایش مهم باشد که هرکس چیست و چه در چنته اش می گذرد. بیمار بود و زهره می گفت با پدر بیمار مثل خواهر و برادر می مانند. برای خودشان این روزها را روزهای آخر تلقی می کردند. دنیا دیگر هیچ نداشت. من ندیدم تبسم کوچکی در گوشه ی لبان. بیشتر نیشخند بود نیشخند به روزگار...گله و شکایتی بر زبان نمی آمد. خورد و خوراک برقرار بود سرپناه گرم و نرمی هم بود که شب تار سحر شود. آنچه می بایست باشد نبود. با ضعف جسمانی همه چیز هیچ می شد به صورتی که پسرها و دخترها و نوه ها انگیزه و هیجانی بر نمی انگیختند و شاید حس مرگ هر هیجانی را خاموش ساخته بود. پدر همواره آرام در گوشه ای می نشست. مادر کارهای روزمره ی خانه را انجام می داد. خرده دستورهایی به زهره می داد و زهره همواره آنجا بود. دیرتر پایگاه اجتماعی واقعی مرا شاید شناخت. اما تفاوتی نمی کرد. من چون هر عنصرِ جان دار و بی جانی برای او نشانی از زندگی به ارمغان نمی آوردم.
تک اطاقی داشتند در طبقه ی آخر در پاگرد پشت بام. تختی یک نفره در آن اطاق قرار داشت که رختخواب های اضافی را روی آن تل انبار کرده بودند. آن شب من و زهره رفتیم بالا روی آن تخت خوابیدیم. از شدت سرما در آنجا به خود پیچیده بودیم. هر دو با شال و کلاه تا سحرسر کردیم. وقتی صبح پائین آمدیم، من گمان می کردم آنجا زیادی هستم. مادرش سرد بود. سردی در درون خودش بود برودتی که زهره نیز بی شک از آن رنج می برد. برودت آنقدر

سنگین بود و مادر چندان در رنجیدگی ضعف جسمانی و بیشتر روحی افسرده و پژمرده و نا امید و خسته که مشکل بخواهد پدیده ای جدید را بپذیرد. و من در شرایطی نبودم که دست کم بخواهم کوششی کنم تا بلکه تصرفی در این روح خسته بنمایم که شاید تغییراتی در آن بوجود آید. آنجا جای من نبود. نمی خواستم کوچکترین خللی در زندگی بی حرکت و بی هیجان آنها بوجود بیاورم. به این نوع زندگی عادت کرده بودند و من قرار نبود با تحمیل خود به آنان عامل تغییراتی ناخواسته در پایان عمر این زن و مرد بشوم. نماندم.

صبا را یکی دو بار دیگر پس از کار در کارخانه ی قرقره زیبا دیده بودم. یادم نمی آید چگونه او را پیدا کردم. وقتی که در به در شدم در زمان غیبت من از تهران آنها در جاده ی ساوه زندگی کرده بودند. جاده ی ساوه و قم در آن زمان مرکز بسیاری از افراد سیاسیِ فراری از شهرستان ها شده بود و پناهگاه کسانی که نمی خواستند در تهران مورد تعقیب قرار بگیرند. هم چنین محل نسبتاً مناسبی بود برای کسانی که در آن وضعیت ناگوار، پیدا کردن شغلِ در خور امکان نداشت. آنان اغلب به کارهای سبک کم درآمد مشغول می شدند. توانایی پرداخت کرایه خانه در تهران نبود...شوهر صبا حالا، پس از چند سال که دیگر اثری از هیچ حرکت مبارزاتی باقی نمانده بود، در یکی از بانک های خصوصی کاری پیدا کرده بود. وانتی که در سال های اول خریده بود، نمی توانست منبع در آمد همیشگی باشد اگرچه درآمدش چندان پائین نبود. گمان نکنم خانواده اش کمکی در این راه به او کرده باشند. تا آنجا که می دانستم خواهرها و برادرش وقتی صحبت از پول و کمک مالی می شد یکدیگر را نمی شناختند. برادرش یک مغازه ی خوار و بار فروشی داشت و به گران فروشی معروف بود. می گفتند حتی توی میهمانی ها از صادرات برنج صحبت به میان می آورد و یک قرانی را با تیر توی هوا می زد. وقتی پسرش در جبهه شهید شد عَلَم طرفداری از اسلام را بلند کرد و شد شیخ و از اعضای شورای محل. تنها پدیده ای که نمی شناخت مذهب و خدا و شهادت و از این حرف ها بود ولی نمازِ جمعه اش اکنون در مسجد محل قطع نمی شد. باندرول های بزرگ بر سر در مغازه اش نصب کرد و دارامب و دورومب که پسرمن شهید شده است و از قِبَلِ آن هر چه سهمیه ی دولتی برای خرید زمین مغازه اتومبیل و غیره گرفت و آنها را به چند برابر در بازار آزاد فروخت...علت دیگری که صبا و شوهرش رفتند و در جاده ی ساوه اقامت گزیدند، امکان ایجاد برخی اقدامات معترضانه برعلیه رژیم حاکم بود. زیرا صبا در یکی از مدارس محل دست به برخی اقدامات سیاسی می زد. و به اصرار صبا بود که آنها در آنجا زندگی می کردند. وی به هیچ رو دست از مبارزه بر نمی دارد و می خواهد در هرحال کاری انجام بدهد. زندگی برادر او همه در مبارزه غوطه ور است. صبا تحت تأثیر برادر و با انگیزه ای قوی، بدون آنکه خود چندان دانش لازم در باره ی انقلاب و شرایط ویژه در ایران برای راهی که در پیش گرفته بود داشته باشد، زندگی اش را سراسر مبارزه تا ابد می داند. برادر برای او همه پیامبریست بی چون و چرا...وگرنه شوهر صبا همواره در تردید بوده است. همیشه وسط دو صندلی. آن موقع می گفتند بریده است. لاغر شده بود و تنها پوست و استخوان از او

مانده بود. ما بین اینکه آیا مبارزه را ادامه دهد یا دست بکشد با خود به طور مداوم جنگ می کرد. روحیه ای ضعیف و نامصمم پیدا کرده بود. تا سال ها پس از متلاشی شدن گروه های سیاسی، با هول و هراس در خط مبارزه مانده بود. سال ها فعالیت مبارزاتی را به راحتی نمی شد شست و کنار گذاشت. عمری بر پای آن سپری شده بود. به حساب چه کسی می بایست سال های هدر رفته را نوشت. نگرانی و اضطراب در درون شوهر صبا همواره او را می خورد و از درون زندگی را برایش ناگوار می ساخت...آنچه در تشکیلات های سیاسی به مغز ما فرو شده بود این بود که یا خلقی هستی و از همه چیز و از جمله خطر مرگ می گذری و برای مردم کار می کنی یا که آدم منفعل و به درد نخوری که چون مردم عادی به زندگی تکراری روزمره ادامه می دهی...باری صبا برخی فعالیت های مبارزاتی در جاده ساوه به راه می انداخت. با افرادی دیگر تا مدتی حتی تظاهراتی به راه انداختند. در مدارس تحصن کردند. ارتباط هایی با معلمین داشتند. اعلامیه پخش می کردند جلساتی با یکدیگر برگزار می کردند. شوهر صبا با وانت خود برخی کارهای مربوط به این فعالیت ها را هر چند محدود انجام می داد: انتقال رفقا از این خانه به آن خانه حمل برخی اطلاعیه ها خرید لوازم مورد نیاز و...اما آنجا نمانده بودند. چرا که تا شهر خیلی فاصله داشت و هم چنین این منطقه نیز اکنون بیشتر مورد کنترل و شناسائی قرار می گرفت.

من نشستم کنار دست او. گفت سرت را بینداز پائین. نمی بایست بفهمم خانه ی آنها کجاست. من آن محله ها را نمی شناختم محله های فقیر نشین تازه ساز شهر را. به علاوه حتی اگر آن ها را چون کف دستم می شناختم، آنقدر حواسم را با مسائل دیگر پرت می کردم که هیچ نفهمم از کجا سر در آورده ام. بعد ها وقتی صبا گفت که کجا خانه داشته اند به یاد آوردم که من آنجا برای ملاقات یکی از خویشان دور رفته بودم و زیاد هم رفته بودم...چند روز آنجا ماندم. صبا مرتب میهمان داشت. میهمانان همه رفقای هم رزم بودند که حالا نمی توانستند در خانواده ی خود زندگی کنند تحت تعقیب قرار داشتند از شهرستان آمده بودند و...از این رو او همیشه در حال پخت و پز و شست و شو بود. در دومین روز اقامت من در خانه ی آنها شوهرش رفته بود بازار بار فروش ها انواع سبزی های قرمه سبزی و آش و کوکو را بسته بسته خریده بود و حالا صبا سبزیِ فکر کنم چند ماهش را می خواست پاک کند و بشوید و خرد کند و بگذارد توی فریزر. من او را کمک کردم و دو ـ سه روز با هم سبزی پاک می کردیم. گوشت را نیز کیلو کیلو می خرید. این مهم را گزیری نبود. بسیاری از مواد غذایی اساسی از جمله گوشت کوپنی شده بود و قصاب محل یا برخی سازمان های دولتی آن را در روز خاصی پخش می کردند. مردم گاهی از صبح زود تا ساعت ها در بعد از ظهر صف می بستند تا بتوانند گوشت کوپنی خود را که گاهی سهمیه ی یک ماه بود بخرند. صبا رفت گوشت خرید و دو نفری آن را تمیز کردیم و بسته بسته گذاشتیم توی فریزر. گوشت گوشت یخ زده ی خارجی بود که تا به دست مشتری برسد نیمی از آن آب می شد. مردم می گفتند این همان گوشتی است که امام خمینی می گفت حرام است و کرم زده و سنگین هم هست و ما باید پول کرم و یخ را بدهیم نه گوشت را. حالا گیرم

که این گوشت ها کرم نیز اگر نداشتند، وقتی آب می شدند هرچه باکتری مضر را در درون خود می پروراندند. در هر حال گوشت های کوپنی از بدترین نوع گوشتی بود که مردم می توانستند استفاده بکنند. میزان آن نیز کفاف مصرف خانواده ها را نمی داد. از این رو از سویا به جای گوشت استفاده می کردند. سویا را که از حبوبات است چرخ می کردند و خشک به دست مردم می رساندند. وقتی پخته می شد شباهتی به گوشت پیدا می کرد. حالا برخی زنان از هنر و تجربه های آشپزی خود استفاده می کردند و به سویا پیاز سرخ کرده و انواع ادویه می افزودند و با افتخار می گفتند که هیچ کس نفهمید که این گوشت است یا سویا. و این در حالی بود که افراد متمکن بره ی تازه ی دشت گرگان خریداری می کردند و توی صف نمی ایستادند.
اداره ها ی دولتی تبدیل شده بود به دکان بقالی و کارمندان به حساب اینکه اجناس را ارزان تر در آنجا تهیه می کنند، گوش به زنگ بودند ببینند تعاونی ها چه در انبار دارند. به سرعت کارشان را رها می ساختند بروند از شامپو و صابون تا کرفس و شیر و گوشت و غیره را برای خانه خریداری کنند. صندوق خانه ی خانه ها شده بود مغازه ی خوار و بار فروشی. هنگام ظهر کارمندان می بایست یک ساعت دست از کار بکشند برای نماز کاری شاق برای بی نمازها که می بایست حفظ ظاهر کنند تا توی لیست سیاه نوشته نشوند. و گاهی نیز به علت سخنرانی یکی از روحانیون و یا فردی از مدیریت در باره ی مسائل دینی یا مملکتی و اداری، کارمندان به آمفی تآتر خوانده می شدند.
تعدادی راه جیم شدن را بلد بودند. بهترین فرصت برای خرید در تعاونی. البته خبرچین ها و دور قاب چین ها همیشه حی و حاضر انجام وظیفه می کردند "در راه خدا" و خیلی اوقات در راه خود شیرینی و از این طریق چرب کردن دهان و جیب...مردمی که اهل اداره نبودند یا در کارخانه کار نمی کردند گاهی نیمه های شب در صف های کیلومتری زنبیل جلوی مغازه ی بقالی می گذاشتند برای خرید یک بطری شیر و صبح زود به زنبیل های خود می پیوستند...برنج نیز از جمله مواد غذایی کوپنی بود. حالا دیگر برنج های ایرانی شالیزار های شمال ایران طلا شده بود. و انواع برنج ها ی پاکستانی و فیلیپینی و هندی بد کیفیت را با سهمیه ی کوپن به فروش می رساندند. نه بوی برنج ایرانی را می داد، نه به آن اندازه رِی می کرد و اغلب شفته و خمیر از آب در می آمد. مردم پس از مدتی روش های پخت این نوع برنج ها را به تجربه آموختند و مثلاً کمتر از یک بند انگشت آب روی برنج می ریختند. برای پخت آن برخی افراد یک قاشق سوپ خوری سرکه اضافه می کردند. کته از توی سفره ی ایرانی ها برچیده شده بود. برنج را وقتی آبکش می کردند اندکی شبیه برنج خودمان شاید در می آمد...صبا حتی مایع ظرفشوئی اش را نیز خود می ساخت. مدتی مایع ظرفشوئی نایاب و در نتیجه بس گران شده بود. او پوست مرکبات را می جوشاند و جوشانده اش را که مایعی غلیظ بود و اسیدی، کاملاً چربی ظرف ها را از بین می برد...شرایط جنگی در آغاز عامل بوجود آمدن چنین وضعیتی شده بود. دولت خود در آغاز مبتکر سیستم کوپنی بود برای اینکه طبقه ی زحمتکش "مستضعفان" مجبور به پرداخت قیمت گزاف برای خرید مایحتاج اولیه در زمان جنگ نشود و مردم از بیم اینکه همه چیز نایاب بشود، مرتب در

حال خرید بودند. و این امر جیب برخی اقشار جامعه را پرتر و پرتر کرد. حالا جلوی خانه ی بقالی و قصابی و سبزی فروش دو ـ سه اتومبیل پارک شده بود در حالی که یک استاد دانشگاه همیشه هشتش گرو شش بود. عده ای از فرهنگیان معتقد شده بودند که آنها آخرین نسل فرهنگیان خواهند بود. وقتی بی سواد های مملکت صاحب همه چیز می شوند دیگر چه سری درد می کند این همه سال زحمت بکشی و دکترا بگیری بعد آدم های بیسواد که نمی توانند الف را از ب تشخیص بدهند همه ی امکانات را داشته باشند و روی سر آدم سوار شوند...این وضعیت انتظار می رفت پس از جنگ تغییر کند ولی هم چنان ادامه داشت و تمام فکر و ذکر مردم کماکان شده بود تهیه ی مواد غذایی. امری که برخی کارشناسان سیاسی را بر آن داشت که بگویند برای اینکه سر مردم را گرم کنند تا آنها به مسائل جدی تر نپردازند و در پی ریشه یابی مشکلاتی که روز به روز زیادتر می شد نشوند، اول جنگ را علم کردند و حالا به طور دائم هراس در دل مردم می اندازند که نکند فردا گرسنه بمانند و با راه انداختن کوپن جیب های گشاد آخوندیشان سنگین تر و سنگین تر می شد...در این میان بازار فساد به راحتی رواج یافت. گوشت را، قسمت های خوبِ آن را قصاب می گذاشت کنار با دو ـ سه برابر قیمت جهت کسانی که دستشان به دهان می رسید یا مقام و رتبه ای در یک پست دولتی داشتند یا کسی آنها را از یک بنیاد دولتی سفارش کرده بود...میوه را درهم می فروختند. کسی حق نداشت از میان آنها انتخاب کند. میوه فروش میوه های خوب را جدا می کرد و در پستو می گذاشت که به متمکنین بفروشند. این امر چندی بعد بصورت علنی انجام می گرفت. میوه فروش با وقاحت می گفت خوبش را داریم. قیمتش فلان مقدار است. می خواهی برایت بیاورم؟...خرید اتومبیل و وسایل خانگی نیز مشمول سهمیه بندی می شد و مردم توی لیست انتظار قرار می گرفتند. کسانی که فرد آشنایی در میان نهاد ها و موسسات دولتی و انقلابی نداشتند قید داشتن اتومبیل به سهم دولتی را می زدند. اختلاف قیمت یک خودروی وطنی ـ پیکان ـ آکبند از کارخانه با قیمت دولتی چندین برابر کمتر از قیمت رایج در بازار به فروش می رسید. همه می دانستند که نور چشمی ها در به دست آوردن اتوموبیل ارجحیت داشتند و چند برابر آن را در بازار به فروش می رساندند. مادران طبقات زحمتکش نیز هر آن گوش به زنگ بودند که کجا کدام وسایل خانه را با قیمت ارزانتر تعاونی و سهمیه ای می توانند بخرند که فردا جهیزیه را با دختر دم بخت روانه ی خانه ی شوهر کنند. در این گیرو دار ازدواج های دست جمعی دولت برای کاهش هزینه ها به گفته ی برخی از صاحب نظران توهینی بزرگ بود به یکی از صمیمی ترین پیوند ها. گوشت کوپنی برنج کوپنی شیرکوپنی ازدواج کوپنی... بسیاری از خانواده های تهی دست کوپن ها را می خریدند و در برخی مراکز پر رفت و آمد مثلاً در مقابل فروشگاه های بزرگ زنجیره ای، روی زمین بساط فروش اجناس کوپنی را باز می کردند. فکرش را بکنید گوشت یخ زده ای که دست به دست بچرخد و آخر سر در هوای آزاد پذیرای انواع مگس و پشه باشد چه خواهد بود. چنین کاری ظاهراً برخلاف قانون بود و به محض رؤیت مامور شهرداری ولوله می افتاد و بساطی ها به

یک باره هیچ اثری جز زمینی کثیف و خیس و آلوده و انواع حشرات از خود باقی نمی گذاشتند.

آشپزخانه ی صبا کوچک بود. لذا صبا یک سفره ی بزرگ روی فرش می انداخت و ما نشسته روی زمین کار می کردیم. من با علاقه هر کاری را که او می خواست انجام می دادم. او نیز به انواع خرده کاری های خانه داری و میهمان های ناخوانده و عجیب و غریب با مسائل امنیتی شان می رسید...بس که خرده کاری داشت به شتاب می خواست کار را تمام کند. تصور می رفت که آشپزی او چندان تعریف ندارد. گاهی که با حوصله غذا می پخت مثل یک بار که کوفته برنجی پخت غذا بسیار خوشمزه بود. سالاد اولویه را توی مخلوط کن می ریخت و له می کرد. اینکه این پدیده ی له شده از کجا ممکن است در آمده باشد گمان به بعضی جاهای چندش آور می رفت. همه ی مزه اش را نیز از دست می داد. حبوبات را با دقت پاک نمی کرد. از توی عدس پلویش یا عدسی سنگ در می آمد. مسئله ای که شوهرش غیرمستقیم چند بار ذکر کرده بود...حتی همیاری من نیز نتوانسته بود وظایف او را کاهش دهد. همواره رفت و آمدهای پیش بینی نشده از جانب رفقا با مشکلاتشان موجود بود. هم چنین مشکل مالی همواره دست و پایش را می بست و او را بیشتر وادار به تلاش می نمود. لذا خیاطی نیز برای تأمین معاش می کرد. لباس بچه برای زن همسایه می دوخت: پیراهن های ساده. برشکاری بلد نبود. دیمی برشی به پارچه می داد و اهل محل نیز همین بس که لباسی بر تن کنند. زنان زیر چادر می خواستند پوششی داشته باشند و صبا بسی ارزان حساب می کرد...حالا من اندکی از کار خیاطی او را نیز انجام می دادم. حتی یکی ـ دو تا کت و شلوار و دامن با طراحی خودم برای مشتری هایش دوختم. اما یک بار، کشِ چند شلوار بچه را درز گرفته بودم. از تن بچه بالا نمی رفت. بی حوصلگی بخرج داده بودم. احتمالاً در یکی از آن لحظاتی قرار گرفته بودم که فکر می کردم من دارم چه می کنم و از یاد برده بودم که این کار مشتری اوست و ممر زندگی صبا...و تدریس نیز از جمله مشغولیاتش بود: ریاضیات و املاء دبستان به بچه های محل. دستمزد اندکی نیز از این راه به دست می آورد...چند روز بیشتر آنجا نماندم. صبا مهربان ترین و فداکارترین فردی است که من در تمام عمرم شناخته ام. بودن من با او ناگزیر بود. در طی روز صحبت چندانی با یکدیگر نداشتیم. چه صحبتی؟ مسائل مخفی آشنایان را که نمی شد پیش کشید. حتی در مورد خودمان نیز لب به سخن نمی گشودیم. گاهی به ندرت حرفی ظاهراً بی مسئله زده می شد. وگرنه من و او مثل دو کارگر بودیم که می بایست وظایفی را در خانه انجام دهیم. هیچ کار سیاسی نمی شد پیش برد. شوهرش که زمانی فعالیت سیاسی تمام زندگیش بود، حتی یک کلمه حرف نمی زد. صبح با وانتش می رفت و شب ها موقع شام یکدیگر را می دیدیم...تمام فکر و ذکر من و صبا سیاست بود ولی مجبور بودیم فاصله ها را حفظ کنیم. فاصله ی فرهنگی ـ تربیتی نیز وجود داشت و علائق و دلبستگی ها و بینش های متفاوت و شخصیت های دور از هم. آن گونه که او با عشق تمام مایه می گذاشت هیچ کس نمی توانست افق را تیره و تار ببیند. در افق کمانی رنگین نقش بسته بود با ابرهای جادویی رقصان که از خورشید عشق و زیبایی و رنگ و جلا می

گیرند و گویی بهشت برینِ آرمان شهر دنیای بی غم و بی دغدغه و بی اختلاف طبقاتی همین جا جلوی پای ما پهن شده است.
پس از اینکه هیچ کدام از ما دیگر در کارخانه ی قرقره زیبا کار نمی کردیم قبل از اینکه من خودم را به شهرستان تبعید کنم او گاهی به خانه ی ما می آمد. یک روز که با شوهرش به خانه ی ما آمدند، انقلابیون مذهبی هم رزمان و همکاران مطبوعاتی می نوش و شوهرش همه در خانه ی ما جمع بودند. از صبا و شوهرش در اطاق ورودی پذیرائی کردم. مامان چند نوع غذای خوشمزه پخته بود. بگمانم زرشک پلو و باقالی پلو و قیمه پلو. شوهر صبا انگشتانش را لیس می زد. می گفت به عمرم غذایی به این خوشمزگی نخورده بودم. صبا مامان را از آن زمان می شناسد زمانی که هنوز همه بودیم و هنوز خطری هیچ یک از ما را تهدید نکرده بود همه زنده بودند و ما هنوز معنای عزا را و اندوه از دست دادن عزیز را نفهمیده بودیم. مامان یک پارچه زندگی و شور و امید بود. صبا این همه را در مامان شناخته بود. از دیدگاه او مامان من یک فرشته بود یک مادام ترزا یک ژاندارک...
این بار وقتی رفتم به خانه ی آنها کماکان با چشمانِ خیره بر روی نوک کفش هایم توی وانت شوهرش روزی بود که صبا پسرش را به دنیا آورده بود.
خواهر بزرگترش آنجا بود اما به لحاظ کارهای ساختمانی یک پایش آنجا بود و یک پایش در خانه ی خودشان. لذا من شدم تیماردار زائو. حتی دستکش برای شستشوی کهنه های بچه در خانه نبود و تا شوهرش آن را تهیه کند، دو ـ سه روز کهنه های انینه ی بچه و هم رخت های خونی خودش را مجبور بودم با دست بشویم و هر کار دیگر را نیز انجام می دادم. غذا را خواهرش می آمد می پخت و می رفت. خوشحال بودم که آنجا هستم و صبا احساس بی کسی نمی کند...اما نمی دانم چه میزان روح او را می توانستم تقویت کنم. حرف نمی زدم. بسیار حوادث از سر گذشته بود. وضعیت اکنون کاملاً فرق می کرد. آرزوها به خاک نشسته بود. آرزومندان هیچ کدام جای خود را نداشتند. من که بر خلاف بسیاری از رزمندگان قِصِر در رفته بودم، در گیر و دار یافتن جا و مکانی بودم که اندکی خود را دریابم. حالا هر مکانی را که تصور می کردم می تواند به طور موقت مرا در بر گیرد آزموده بودم. تا چه مدت می توانستم پیش صبا بمانم؟ خیلی از رفقا به خانه ی صبا رفت و آمد داشتند. محمل آنان زن و شوهر بودنشان بود و ظاهراً زندگی عادی خود را پیش می بردند. ولی هیچ تضمینی وجود نداشت که با روابط گسترده ای که صبا برقرار کرده بود آنجا نیز به خطر نیافتد. دیگر اینکه شوهر صبا به طور قطع نمی توانست بپذیرد که من برای مدتی طولانی تر بخواهم آنجا بمانم. او به اندازه ی کافی همواره هراسناک بود. وجود من وضعیت را به مراتب وخیم تر می کرد. حالا من فقط یک هوادار ناشناخته نبودم که بتوانند مرا به عنوان قوم و خویش جا بزنند. می دانستند که فراری هستم. نمی توانستند حدس بزنند که میزان خطر چه اندازه است. من نیز نمی دانستم. اما خطر آنجا بود. او کلمه ای با من حرف نمی زد. نمی دانم به صبا چیزی در باره ی من گفته بود یا نه ولی کاملاً مشخص بود که او نمی تواند حضور مرا در آنجا تحمل کند.

بازگشتم به خانه ی خودمان. هرچه بود خانه ی خودم بودم. حضور مامان همه ایمنی بود. احساس می کردم اگر باز اتفاقی بیافتد در زیر سایه ی او امن و امان هستم. گم گشته ای را سرگشته ای را می ماندم معلق در ناکجا آباد. ریسمانی رشته ای باریک می خواستم با وجود هم خون خود تا مرا تا پایم را به زمین محکم متصل سازد تا گرمایی به تنم بدمد که دوباره برخیزم و آسمان خاکستری با آتش خورشید به رنگ نارنجی و مغزپسته ای درآید تا دریچه های زمردین از میان ابرهای تاریک نمایان شوند در بدنم خون واقعی جریان یابد...هیچ گاه در تمام عمرم این همه حس نکرده بودم به مامان نیازمندم...پا در هوا بودم. نمی دانم چه چیزی را انتظار می کشیدم. که وضعیت به صورت معجزه آسایی تغییر یابد و ما بتوانیم از طریق تشکیلات به مبارزه ادامه دهیم؟ کمتر به انتهای راه می اندیشیدم. انتهای راه بسیار مبهم بود. در این چند سال گذشته تربیت شده بودم ابتکارِ عمل را دیگران در دست داشته باشند. نمی دانم در آن زمان چه نقشی داشتم. من در این میانه چه می کردم؟...هیچ آینده ای برای خود تصور نمی کردم. آینده برایم مفهومی نداشت. آینده ی من سال ها در ارتباط با آینده ی مردم پیوند خورده بود. مردمی که برایم آن موقع توده ای مظلوم بودند که می بایست برای آن حق خواهی شود توده ای بی شکل و شمایل با خصوصیاتی نامعلوم. من خود را وقف کرده بودم. آن چه که مردم برای کسب امنیت آتی درگیرش بودند چون ازدواج بچه خانه و زندگی، برای من مطرح نبود. گمان من این بود که در زمان موفقیت می توان به موقع به آن فکر کرد. تلاشی تشکیلات های مخالفِ رژیم را در روند مبارزه امری غیر معمول نمی دیدم و امیدوار بودم که تشکیلات ها دوباره برپا خیزند. اما این روح سرگردان حالا تردیدهایی به دلش راه می داد. مواردی بود که با تصورات من جور در نمی آمد. هیچ نشانی از سرگیری زندگی در افق ذهن من روشن نمی نمود...این وضعیت فقط یک وضعیت بلاتکلیف در آن مقطع نبود. اگر آنچه ذهن را به تردید می انداخت واقعیت می داشت، معنایش از دست دادن بهترین سال های زندگی در این راه بود. غلط بودن راهی که گمان می بردی تو را به مدینه ی فاضله می رساند. بس دشوار می دیدم راه پیروزی را. شکست کشورهای کمونیستی یکی پس از دیگری مأیوس کننده بود. من اما هنوز معتقد بودم که باید باشیم. ما در کشور خود می بایست راه خود را بیابیم. آنچه در آن مقطع بیش از هر چیز از من یک روح سرگردان ساخته بود، افساری بود که داده بودم نمی دانم به دست چه کسان. زمانی که تصمیم گرفتم به صف از خودگذشتگان بلاشرط بپیوندم، هنوز برایم روشن نبود که رشته ها یی نامرئی مرا به سویی می کشاند که همه مسخ روح است. پایم در هوا بود. میان زمین وهوا. زمین برایم نا آشنا. آسمان ابرآلود. حس شکستی دردناک به تدریج داشت خانه می گرفت. اطرافیان هرکس زندگی خود را پیش می برد. زندگی همگان زندگی "خلق" جاری بود: عشق کار پیشرفت تلاش برای بودن برای پیروزی. من در میان زمین و هوا بال بال می زدم... نه مامان و نه خواهر و برادر هیچ نمی گفتند. نه نظری نه اعتراضی نه پیشنهادی. به خود حق نمی دادند برای من راه و روش تعیین کنند و نیز به اندازه ای برای من ارزش قائل بودند که تصمیم من هرچه که باشد قابل احترام است، اگرچه متفاوت با تمام

افکار آن ها. به علاوه من در خانه ی خود در خانه ی موروثی پدر به سر می بردم. سر بار کسی نبودم یا در خانه ی کسی زندگی نمی کردم که زندگی من در دست این و آن باشد. و شرایط، شرایط گذار بود که هیچ نمی شد گفت. از جایی نمی دانم از کجا از یک چاه به چاهی دیگر سقوط کرده بودیم. ولی هنوز نمی دانستیم کجائیم. یعنی مردم نمی دانستند. آنها همه چیز را مطلوب می دیدند. نابسامانی ها را امید داشتند که انقلاب سامان بدهد. من ما ولی در میانه دستمان به هیچ رشته ای بند نبود. فقط امیدی مبهم بود به پاگیری دوباره ی مبارزه. آنقدر در خودمان فرو رفته بودیم که حتی نمی خواستیم فکر کنیم چرا چنین وضعیتی ایجاد شد.
با تلاشی نیروهای مخالف، رژیم قدرت می گرفت و مردم احساس می کردند که یک دست می شوند. جنگ با عراق و شهدایی که هر روز به خانواده ها افزوده می شدند و سر هر کوچه سوسوی چلچراغی برای شهادت یک پدر یک پسر یک برادر خبر از حادثه می داد، از شهادت امری مقدس و تنها وظیفه ی مردم ساخته بود. همگان را آنچنان به خود مشغول می ساخت که فردی چون من اساساً به حساب نمی آمد. حالا دو سالی می گذرد از آن قلع و قمع های خانمان برانداز. همه ی تشکیلات های سیاسی "دشمن اصلیِ" مردم، تار و مار شده اند. جنگ ایران وعراق اکنون موتور محرک رژیم برای حفظ "یکپارچگی" مردم و "حفاظت" از ایمان آنان به انقلاب و سردمداران است.
همه چیز تحت الشعاع جنگ و "دفاع از اسلام" قرار دارد. تمام توجه به جبهه و شهداست. سردمداران نیروهای مخالف برخی اعدام شده اند برخی توبه کرده اند و نمایش های تلویزیونی توابان سر زبان مردم است. بسیاری به خارج از کشور فرار کرده اند...در این شرایط است که من به خانه ی پدری باز می گردم. برادر کوچک که با ورود شوهر خواهر به خانواده روش و مسلک شریعتی را از سالها قبل پیش گرفت و شهادت برای رسیدن به خدا را پیشه ی زندگی کرد، از جبهه ی جنگ با دست فلج برگشته است...حالا مامان یک "ضد انقلاب" مخفی درخانه دارد، یک فلج در راه خدا و یک کودک: یتیمِ داماد شهید که مادرش مشغول حفاظت و پاسداری از انقلاب اسلامی است. خانه حکم هتلِ سر راه را دارد. مسافرخانه. مسافرخانه؟ سفر برای برادر به سوی خداست.
برای من سفر به خودآ یا از خود درآ. هر دو جان باخته حاضر به یراق برای فدای جان. چگونه است که همه چیز را فدا می کنی؟ برای او سهل تر می نمود. بهشت در پیش داشت. یعنی کمترین تردیدی وجود نداشت در ذهنش. برای من راه بسیار صعب و دشوار می نمود. او در جریان بود با آب جاری. من خلاف جریان می رفتم. آیا کار دیگری می توانست از این مهم تر باشد؟ راه برگشتی برای خود نمی توانستم ببینم. حتی آن موقع فکر نمی کردم یعنی به این نتیجه نرسیده بودم که کاش راهی را که می رفتم راهی بود برای دموکراسی برای آزادی واقعی برای باز کردن راه برای همگان تا به طور مساوی علائق و استعداهای خود را به محک بگذارند. نمی دانستم که من نیز برای دیکتاتوری کار می کنم. و این در واقع دیکتاری برای تحمیل دیدگاه های من است. و در واقع برای اینکه مهر خودم را بچسبانم...پذیرش این همه مصیبت بخشی از کوره راه بود که می بایست طی می کردم برای رسیدن به قله. تا جائی تله

اسکی هست. تا چند پناهگاه در قهوه خانه ی سرِ راه استکانی چای داغ اندکی گرما و نیرو می بخشد. پس از آن تو می مانی و صخره های بلند کوره راه های بی انتها سلسله کوه های پیچ درپیچ گرگ های گرسنه یخ بندان های طولانی. و توشه ای که زمانی به پایان می رسد کفش و لباسی که مرطوب می شود و تا بن استخوانت را می سوزاند. زندگی در این خلاصه شده که این راه باید رفته شود. در به دری من نتوانسته است خللی و تردیدی در پیش روی من وارد کرده باشد...انتهای سفر برای هر دوی ما خوبی و زیبایی است تا داداش کوچولو در این راه رضایت خدایش را جلب کرده باشد و من دیگران را نیز خوب و زیبا ببینم، همگان را...هیچ کدام، نه من و نه داداش کوچولو نمی دانیم این آخرین اقامت گاه ما در مهربان ترین مکانیست که می توان در تمام عمرمان یافت. و مامان نمی داند که آخرین روزهای طلائیش را با حضور همه ی کودکانش در یک جا پس از مرگ آقاجون طی می کند...آقاجون که رفت مامان لبخند و شادمانی از رخش پر زد. "گلین خانم" بود. عمه ها و دخترعمه ها همه ی کارها را ردیف می کردند. او برای خودش می چرخید. آقاجون هر ضروریتی را مهیا ساخته بود. مامان خوشگل بود و جوان و آقاجون غیرتمند. همین که مامان پایش را گذاشت به خانه ی آقاجون، آقاجون گفت که چادرش را از سر بردارد. مامان پانزده سال بیشتر نداشت. مقاومت چندانی نکرده بود. فقط وقتی بیرون می رفتند، توی خیابان چادر به سر می کرد. در خانه ی خودمان و اقوام از مردها رو نمی گرفت. وقتی پشتیبان و عزتی به قدرت کوه دماوند آقاجون رفت مامان تنها شد. همه خود را کنار کشیدند. آدم ها زبان در آوردند. کنترل خیلی چیزها از دست مامان رفت. اما مامان از کوه دماوند فرا گرفته بود که باید بایستد. هنوز در دهه ی سی زندگیش بود. ولی برای ما ماند تا ما سر پا بایستیم...نمی دانم اگر آقاجون بود، در انتخاب راه سیاسی مثل موارد دیگر ما را این همه آزاد می گذاشت؟ مامان امیدوار است داداش کوچولو دستش بهبود پیدا کند جنگ تمام شود من زندگی معمولی خود را پیش گیرم...داداش کوچولو هر کارش را خود انجام می دهد. حتی نمی گذارد زیپ شلوارش را ببندیم. مامان از او پرستاری می کند. و من نیز گاهی. بچه است. آنقدر در ذهنش نسبت به ما بد گفته اند که نمی دانم آیا دوست دارد من به او در کارهایش یاری رسانم یا نه. به ندرت با من حرف می زند. "دشمن" در خانه دارد و این دشمن خواهر است خواهری که تا کنون محبوب همه بود و حتی خود او و می دانست که این کافر چه دل رقیقی دارد. نمی دانست با من چه کند. باورهایی قوی تر از آن داشت که بخواهد گوشه چشمی به انگیزه های قوی من برای عدالت خواهی بیاندازد...من با این دیدگاه که برادرم را اینان نفله کرده اند به او نگاه می کنم و او مرا گمراهی می بیند که به ملت و دولت خیانت می کند. هر دو در راهمان فالانژ هستیم. من او را این بچه را چون جانم دوست می دارم. او آخرین بچه ی خانه بود و سوگلی آقاجون. در دو دانشگاه مهم تهران: "شریف" و "پلی تکنیک" قبول شده بود. جزء نفرات اول. سال پنجم بود هنوز که در امتحانات کنکور شرکت کرده بود. کاپیتان بسکتبال تیم دبیرستان البرز، یک کتابخانه از چوب گردو توی اطاق تلویزیون درست کرده

بود کارِ کارستان به مهارت یک نجار کار کشته. و این عزیز خوشگل با دست افلیج منتظر بود کمی بهبود یابد و دوباره بازگردد برای شهادت...

...وقتی داداش کوچولو دوباره رفت به جبهه، در صد برگشتنش اندک بود. زن داداش ناتنی شخصاً رفته بود جبهه به اعتراض و پسرش را برگردانده بود. او یک زن بی سواد از انگیزه ی مادری حرکت کرده بود. با سرپرست گروهشان داد و بیداد راه انداخته بود که ما زن و شوهر هر دو پیر هستیم و این پسر می بایست باشد و به ما برسد. دروغ گفته بود. آقاجون به اندازه ی کافی برای همه ملک و املاک گذاشته بود که به هرحال زندگی راحت تری داشته باشند...مامان این کار را نکرده بود. نگفته بود بچه بشین سر جات تو با دست فلج چه کار می خواهی بکنی. جرأت نمی کرد بگوید. قبل از هر چیز خواسته ی بچه برایش اهمیت داشت. فهمیده بود داداش کوچولو فاطعانه قصد کرده است برود. یک بار که از درِ پشتی خانه با اتومبیل رفقای مبارز آمده بودند توی حیاط، رفتم به استقبالش. دوستش داشتم بسیار. بلوند بود با موهای صاف لخت که می ریخت توی چشم هایش. زیبا رو بود و حالا رزم راسخ برای مرگ در چهره ی معصومانه اش موج می زد. رنگ مات و نورانی قرابت با خدا به گونه ای که گویا حس می شد او این جهانی نیست تنها توصیفی است که می توان بر آن نازنین همیشه متفکر و کم حرف به کار برد. در آن زمان که من می مردم او را در آغوش بگیرم حس کردم او نمی خواست من به استقبالش بروم. انگار قیافه ی من تبرک نداشت. من دشمن شماره یک بودم. اما هیچ گاه حتی یک کلام زشت، تحقیرآمیز از او نشنیدم...وقتی پسر اخگر در جنگ شهید شد، تمام ذهنش پیش او بود. خواهر ناتنی اخگر اینجا و آنجا تلویحا حرف هایی زده بود مبنی براینکه شوهر"می نوش" آمد ذهن همه را خراب کرد و حالا بچه ی من می بایست فنا شود. یعنی که چرا داداش کوچولو هنوز زنده است...بچه های سیزده ـ چهارده ساله می رفتند به جبهه. تبلیغات رژیم برای شهادت بسیار قوی بود. بخصوص که امام خمینی شهادت یک پسر سیزده ساله را نمونه ای برای زندگی معرفی کرده بود. اما فقط طرفداران کم سن و سالِ امام خمینی نبودند که خود را به شهادت می دادند. بچه های کم سن و سال به سازمان مجاهدین خلق نیز پیوسته بودند که یک سازمان مذهبی مخالف رژیم بود با هدف جنگ مسلحانه. به سازمان های کمونیستی نیز ملحق شده بودند. هر کدام از این بچه ها تحت تاثیر خواهر برادر یا دوست و خویش نزدیکی که به این یا آن ایدئولوژی گرایش یافته بود، هوادار این سازمان ها شده بودند...عدالت خواهی مهمترین مشغولیت ذهنی در آن مقطع از زمان بود. و هواخواهِ هر گرایشی گمان می برد او و تنها راه درست را پیش می برد. در بسیاری از خانواده ها از هر گرایش یافت می شد و افراد خانواده ظاهراً همزیستی مسالمت آمیز داشتند ولی در نهان تره برای یکدیگر خرد نمی کردند. در خانواده ها چند دستگی ایجاد شده بود. هر فرد مبارزی خانواده را فدای گرایشات سیاسی خود می کرد. در سازمان مجاهدین خلق در سازمان فدائیان خلق و دیگر سازمان های ایدئولوژیک سیاسی نیز ما چنین پیش مرگانی می شناسیم. اینان قربانی اعتقاداتی بودند که هیچ کدام از دیدگاه علمی محقق نمی توانست ارزش این همه

فداکاری را داشته باشد. ولی هرچه بود صداقتِ در اوج بود. تظاهر نبود پیروی از مد روز نبود.
داداش برخلاف داداش کوچولو مکتبی نبود و کسی که بخواهد در این راه جان بدهد در راه اعتقاداتش. ولی خدا را و این رژیم را باور داشت. به عنوان پسر بزرگ مامان که شوهر نداشت می توانست از خدمت سربازی سر باز زند. ولی رفته بود. بی چون و چرا. با علاقه. به سنندج او را فرستاده بودند مرکز جنگ های خونین بین کردها و رژیم حاکم...مامان هنوز نمی دانست چه اتفاقی افتاده است. خیلی از افراد نمی دانستند که چه اتفاقی با انقلاب افتاده است. من نیز نمی دانستم. این اتفاقات بخشی از زندگی تلقی می شد. آنقدر که خدا و شهادت در راه خدا جنگ برای خدا و مردن برای خدا تبلیغ شبانه روزی بود، مردم حتی گمان می بردند در مرحله ای ورای اعتقادات دینی شان قرار دارند. بهشت را در هر قدم که بر می داشتند به خود نزدیک تر می دیدند...مبلغین حالا خود مردم بودند. شاهکارهایشان را با آب و تاب برای یکدیگر تعریف می کردند. جلسات فاتحه خوانی و برگزاری هیأت های مختلف و هرچه بیشتر به رنگ مذهب در آمدن، شده بود یک مسابقه چشم و هم چشمی. هرکس می خواست قدمی جلوتر از دیگری در این باب بگذارد. اسم کوچه ها و خیابان ها را یکی یکی به نام شهدا تغییر دادند...مخالفین شهامت ابراز نظر نداشتند حتی در میان خانواده های خود. من و می نوش گاهی با یکدیگر به بحث می نشستیم. ولی هر دو قاطعانه از ایدئولوژی خود دفاع می کردیم بدون آنکه بخواهیم دیگری را بکوبیم و یا خرد کنیم. اما در ذهنمان یقین داشتیم آن دیگری از مرامی دفاع می کند که برای جامعه مضر است. دیدگاه های ما اگر چه در دو جبهه ی مخالف بود ولی هر دو از یک باور در واقع دفاع می کردیم. او در آن زمان که امام خمینی هنوز زنده بود مشکلی با ولایت فقیه نداشت...خداپرستی او با دیکتاتوری پرولتاریای من در یک جا به یک نقطه می رسید. خداپرستی او به آن جا ختم می شد که کافر کافر است نمی تواند هیچ جایی داشته باشد. و تز دیکتاتوری پرولتاریای من هر که مخالف این دیکتاتوری را زیر تیغ می برد...هر دو با احترام و ملاحظه بحث را پیش می بردیم. هیچ گاه صحبت ما به دعوا و مرافعه و قهر و بی احترامی منجر نشد. برخلال مباحثات من با کمونیست ها که اغلب صحبتمان به جدل می کشید. در کمونیست ها با گرایشات مختلف لنینیسم مائوئیسم تروتسکیسم و با برداشت های گوناگونی که هرکدام در جنبش کمونیستی از هیأت حاکمه داشتند، حوصله دانش و توانایی شنیدن هیچ دیدگاه مخالفی نبود. و به محض اینکه کسی مسئله ای را اندکی متفاوت مطرح می کرد بلافاصله به او انگ های مرتجع رویزیونیست رفرمیست سازشکار و غیره می چسباندند...مامان به دنبال بهشت یا به دنبال هر پدیده ی مادی دیگری نبود. فخر فروشی نمی کرد و یا دنبال این و آن نمی افتاد با هدف خوردن نانی به نرخ روز. بهشت مامان ما بودیم. تک تکمان با اهدافمان. هر چه بیشتر ما به خواسته هایمان نزدیک می شدیم، او با ما احساس شادمانی عمیق تر می کرد. نمی دانم آیا او نهایتاً و عمیقاً می دید که بچه هایش یکی یکی پرپر می شوند؟ شاید می دید. نمی خواست باور کند. در نهایت پذیرفته بود و

هیچ اعتراض نمی کرد. آیا این مهم را حس می کرد که جگرگوشه هایش در راهی سخت پا گذاشته اند؟

درِ خانه را که می زنند، من به سرعت می روم توی اطاقم ـ اطاقی که اکنون از آنِ داداش است. دو ـ سه دقیقه ای طول می کشد تا تازه وارد دربِ بیرونی سمت خیابان اصلی را تا دری که به دستگاه ما باز می شود طی کند. در اطاق می مانم تا در را باز کنند و اگر خودی باشد از مخفی گاه بیرون می آیم وگرنه آنقدر همانجا بی حرف و بی حرکت می نشینم تا میهمان برود...گاهی ساعت ها مجبور می شوم در اطاق ساکت و بی حرکت حبس شوم. گاهی مامان پنهانی برایم ناهار و شام می آورد. گاهی توی یک شیشه یا لیوان ادرار می کنم...اقوام نزدیک تقریبا همه می دانند که من آنجایم. اطمینان می کنم. هیچ کدام خبر نمی دهند. پس از اینکه من فراری شدم گویا خیلی تحقیق کرده بودند اطلاعاتی راجع به من پیدا کنند. نتوانسته بودند. چه بسا اگر خود را از تهران تبعید نکرده بودم راحت تر می توانستند مرا پیدا کنند. عمده فعالیت در تهران بود. لذا تهران را بیشتر تحت نظر می گرفتند. ردِ پای فعالیت در تهران سهل تر و سریعتر یافت می شود. کافی است کسی گرفتار شود. احتمال لو رفتن دیگران نا ممکن نیست...آنها ولی حتی نفهمیده بودند که من به شهرستان رفته بودم نفهمیده بودند که تازه از خارج َآمده ام. دفتر تلفن خانه را برده بودند ولی نتوانسته بودند به هیچ اطلاعی دسترسی پیدا کنند. این را یکی از آشنایان گفته بود که معاون بود در یکی از وزارت خانه ها در آن سال های اول. شاید به همین دلیل بود که چند بار به خانه سر زده بودند و دیگر خبری از آنها نشد. به خانه ی هیچ یک از اقوام نیز نرفتند برای پی گیری ماجرا. پرونده را ظاهراً بسته بودند. چه بسا سرشان آنقدر شلوغ بود به بگیر و ببند و اعدام و کشتار که فرصت نمی کردند به دنبال کسی بروند که هیچ اثری از فعال بودن او نیافته اند. شاید خود نیز گرفتار شده بودند به جبهه رفته و کشته شده بودند. شاید پرونده ی من گم و گور شده بود. مخالفین نیز بیکار نمی نشستند. وقتی رفقایشان یکی پس از دیگری دستگیر و گاهی حتی در رده های پائین بی هیچ محاکمه ای اعدام می شدند، چه بسا آنان نیز دست به کار شده بودند. سازمان مجاهدین خلق به طور قطع چنین واکنش هایی نشان می دادند اگر موقعیتی به دست می آوردند. اگرچه رژیم به یک باره آن چنان بسیج شده بود که اجازه ی نفس کشیدن به هیچ سازمان "ضد انقلاب" ی نمی داد.

به مامان در کارهای خانه کمک می کردم. معلوم نبود چه بودم و چه می کردم. چادر به سر می کردم و از درپشتی می رفتم بیرون. گاهی شب ها نیز به خانه نمی آمدم. با زهره پس از کار خیاطی می رفتیم ولگردی یا فیلم خوبی اگر روی اکران بود به سینما می رفتیم. گاهی شب ها می رفتم به خانه ی او...اگر تا مدتی کار جالب بود و در خیاطی صنعتی مهارت پیدا کردیم و با محیط کارگاه های کوچک آشنا شدیم، ولی بیش از آن چیزی نداشت. چند تا چرخکار بودیم و یک صاحب کار. صاحب کار معمولاً از کار ما کم راضی نبود. چرا راضی نباشد از کار دو آدم تحصیل کرده که با نظم و دقت کار می کنند و هر

دو بسیار دقیق و با پشتکار هستند...ولی خوب در نهایت چه. ما به پول احتیاج نداشتیم. من نداشتم. به چنین پولی احتیاج نداشتیم. اصولاً برای کسب درآمد اینجا نبودیم. این بینش عملاً بین ما و دیگران فاصله می انداخت. اگر واقعاً برای کسب درآمد کار می کردیم می بایست به کاری در سطح توان و تحصیلات خود می پرداختیم. دیگر اینکه فاصله ی فرهنگی آنقدر زیاد بود که با دیگر چرخکارها چندان وجه مشترکی برای صحبت نبود. به علاوه آنچه ما برایش مبارزه می کردیم ایجاد یک دولت کارگری بود. منظور از دولت کارگری، دولت پرولتاریای صنعتی است که در آن کارگران در کارخانه های بزرگ به تولید محصولات می پردازند. در این کارخانه ها اکثر کارگران از تخصص خاصی برخوردار نیستند. هر کارگر گوشه ای از کار را انجام می دهد و مسئله ی اصلی در اینجاست که کارگران به طور جمعی تولید کنندگان اصلی هستند و سرمایه داران به جز مخارجی که برای اداره ی کارخانه و مواد خام و ماشین آلات و نگهداری وسایل و از این قبیل صرف می کنند، چیزی حدود نیمی از درآمدِ حاصل از فروش محصولات را به جیب می زنند و در آمد کارخانه در مجموع در واقع از آن کارگران صنعتی است...در کارگاه های کوچک نیز چنین قانونی عمل می کرد به جز آنکه در صد ارزش اضافی حاصله به آن اندازه نبود. روابط کارگران چرخکار با صاحب کار چیزی بود مثل رابطه ی بیشتر دو همکار. با یکدیگر هر روز رو در رو بودند. برطبق آنچه ما از مطالعات تئوریک خود از مارکس گرفته بودیم، اینجا جایی نبود که بتوان از آن انتظار شورش و انقلاب داشت. به جز ما دو نفر گاهی فقط دو ـ سه نفر دیگر کار می کردند. توانستیم بخصوص با چند نفر کارگر جوانتر و مجرد که نگرانی و مشکلات زندگی خانوادگی نداشتند صحبت هایی بکنیم. آنها را حتی با خود هم رأی کردیم. دو ـ سه نفر از آنان ما را در کوه پیمائی های هر از چند گاهی همراهی می کردند. با یکی از آنها "پی روز" رفت و آمد خانوادگی نیز برقرار شد. بچه ی آذربایجان بود. مثل بز کوه را می جهید و بالا می رفت. من هن و هن می کردم. او کوله پشتی مرا می گرفت و حمل می کرد. خانواده ای در تهران نداشت. ما شده بودیم خانواده ی او. هیچ از مشکلاتش و این که چرا تنها در تهران زندگی می کند نمی گفت از هیچ چیز شکایت نمی کرد. همواره لبخند برلبانش بود. گویی دنیا بوجود آمده است تا بر ما بخندد و ما بر آن بخندیم. شانزده ـ هفده سال داشت اما فهم و احساس مسئولیتش از یک مرد کامل کم تر نبود. با قدی بلند و خوش قواره و بدنی استخوان سخت، دنیا را به وسعت همه ی کوه سارانی که با هم زیر پا می گذاشتیم و به پهنای آسمانی که در بالا ما را در بر گرفته بود، در مقابل خود می دید؛ و از این گذرگاه مخلوقات این دنیا را نیز بسی با مهر و با شکرگزاری از نعماتی که طبیعت و کهکشان به ما هدیه داده است از نظر می گذراند...با وجود او کوهنوردی بسی آسان تر جلوه می نمود. او در چشم به هم زدنی خود را به بالای بلندی رسانده بود و چون عقابی دیده به پائین می دوخت تا چه زمان ما خود را به او برسانیم. گویی پرچم فتح را آن بالا برمی افراشت بدون آنکه برد و باختی در میان باشد یا حس برتری چیره شود. همچون بلد راه مانند راهنمایی که جان رهنوردان با جان او بسته است، با قد رسایش در

نوک قله ما را اهرمی بود ریسمانی قطور تا سنگلاخ ها را در سربالایی سهمگین به هیچ بگیریم و به او بپیوندیم. زهره چند جلسه به نوروز درس الفبا داد.
اما خوب این که نشد کار. فقط از این جهت که مرا مشغول می کرد و وقت را می کشت، تا مدتی سودمند بود. سبب می شد من جایی داشته باشم بروم و در خانه نمانم. و بودن با زهره جای همه چیز را پر می کرد. کارِ مشترک با یکدیگر ما را به یکدیگر نزدیک و نزدیک تر می کرد. اکنون تقریبا همیشه با یکدیگر بودیم در کار در خانه در کوه در سفر...اما من نتوانستم. نمی توانستم. آدمی نبودم که کاری را که مسئله ی اصلی من نبود، به طور دائم برای چند ساعت چند روز چند ماه ببرم جلو. حتی اگر میلیون ها تومان به جیبم می ریخت...صاحب کار گفته بود اگر از شرکت بیمه کسی آمد سئوالی کرد بگوئیم فقط یک ماه است که این جا کار می کنیم. بعد از دو ماه و نیم کار وقتی از شرکت بیمه برای بازرسی و پرس و جو آمدند، من گفتم نزدیک به سه ماه کار کرده ایم. صاحب کار با عصبانیت آمد و گفت مگر نگفته بودم بگوئید یک ماه؟ بلافاصله ما را اخراج کرد. زهره پرسید چرا این جور گفتی؟...گمان می کردم ـ بخصوص این روزهای آخر ـ که روی میخ نشسته ام. اینجا چه می کنم؟...پرسش زهره را پاسخ ندادم. او نیز هیچ نگفت. گذاشت با مسائلم خود کنار بیایم. روزی شاید به او می گفتم. نه از من دلگیرشد و نه شاکی بود.
احساس می کردم فکرمی کند هرکاری می کنم درست است. و آنقدر فهمیده بود که مرا به حال خود وابگذارد.
من ولی خود می دانستم. با خود گفتم من که خیاط نیستم نمی خواهم خیاط باشم. بهترین لباس ها را طراحی می کنم و می دوزم ولی کار من این نیست. زبان خارجی می دانم. چقدر تجربه ی انواع و اقسام کارها را دارم. اینجا چه می کنم؟...از راهی که می رفتم پشیمان شده ام؟ نه. در عمل به این رسیده ام که این کار بیهوده است. دیگر نمی کشیدم...خرج و مخارجی نداشتم. نه بچه نه شوهر. خورد و خوراک در هرجایی تا به حال تأمین شده بود. به هر حال در صورت نیاز فکرش را می کردم. می توانستم کاری برای خود دست و پا کنم که با شخصیت من با آنچه از خود ساخته بودم با آنچه پدرم و مادرم این همه زحمت کشیده بودند که از من بسازند، جور در بیاید. از تشکیلات و این حرف ها که دیگر سر و صدایی در نمی آمد و هرکس به گوشه ای فراری شده بود...واقعیت این بود که نمی توانستم تحمل کنم صاحب کار بیاید و با من مثل یک کارگر صحبت کند. اگر چه می فهمیدند که کلاس ما با دیگران فرق می کند، ولی ما در حد کلاس خود با آن ها مراوده نمی کردیم. کلاسمان را به سطح پائین تری می لغزاندیم. لباس هایمان لباس طبقه ی پست تر بود. از خودمان بیرون آمده بودیم و آنچه که از ما، ما ساخته بود را داشتیم به کل از یاد می بردیم...زهره هیچ نگفت. حتی عصبانی نشد تحقیر نکرد. در شرایطی که او مشغولیت دیگری نداشت، دستمزدی که می گرفت برای او می توانست مفری باشد. اما مطمئنا ترک این کار برای او نیز سودمند بود. او نیز قطعاً روزی به این نتیجه می رسید که حرکتی چون من داشته باشد. رفتار من حرکت او را تسریع کرد تا در جای خودش بایستد. حرکت من او را نیز بیشتر به فکر انداخت از خود

بپرسد که جای واقعیش کجاست. گرچه تلاشی تشکیلات و هم گذر زمان خود هرکس را به جای خود می نشاند بخصوص زهره که مشکل امنیتی نداشت در پیدا کردن کار و دختر بسیار لایقی بود.
خانه نشین شدم. هیچ گاه در زندگی شرایط موجود مانع تصمیم گیری در کارم نشده بود. نمی دانستم چه کار می شود کرد برای اینکه همه چیز دوباره فعال شود. به گمانم هنوز در انتظار حرکتی از بالا بودم...بعدها با خود فکر می کردم که هر تشکیلاتی سازمانی قانونی که قدرت تفکر و حرکت را از تو بگیرد و از تو فقط یک آکتیویست و عمله ی تئوری لیدرها بسازد، یعنی که می خواهد جماعتی گوسفند وار تربیت کند تا حرف و عمل خود را پیش ببرد. در تشکیلات یاد گرفته بودیم که پیرو بالادست خود هستیم. انگار وحی الهی بود و حال که تو سرسپرده ای اوامر را باید مو به مو اجرا کنی و کوچکترین تعللی کفر است...یک روز مامان آشپزی می کرد. دستش بند بود به ظرفشویی. بچه ی یتیم می نوش روی میز نشسته بود و من از او مراقبت می کردم که نیافتد. مامان عدس پخته بود که نمی دانم حلیم بادمجان بپزد یا عدس پلو یا توی آش ماست بریزد یا به بچه ی می نوش بدهد. نفهمیدم حواسم کجا رفت همه ی عدس را ریزه ریزه خوردم. تمام شد. مامان حتی یک کلمه نگفت چرا خوردی. نگفت من آن را لازم داشتم. کمی بعد باز نفهمیدم ذهنم کجا کار می کرد و بچه از دستم لغزید. او را در میانه ی راه محکم گرفتم. اما سرش بسیار خفیف به کنار سکوی آشپزخانه خرد. مامان خیلی ناراحت شد. گفت بچه ی مردم توی دست ماست. راست می گفت. ولی برای اولین بار حس کردم با لحنی صحبت کرد که انگار من خودی نیستم. انگار غرضی بوده است یا آگاهانه من سهل انگاری کرده ام. می توانست همانگونه که اتفاق افتاده بود سُرخوردن بچه را از دست من یک اتفاق ببیند. ببیند که من خود چقدر ناراحت شده ام. بچه که خوشبختانه سالم مانده بود. احساس کردم تنها مسئله ای که برای او مطرح نیست حالت روحی من است. حس کردم به نحوی انگار او نیز دارد زیادی مرا تحمل می کند.

داداش کوچولو به جبهه رفته بود. باهمان دست فلج. و می نوش گرفتار انقلاب بود مثل همیشه. البته من نمی دانستم او کجاست. سئوال نمی کردم. دیرتر خیلی دیرتر خودش به من گفت. قبل از انقلاب او و شوهر شهیدش وقتی امام خمینی در پاریس بود، آمدند به دست بوس او در نوفل لو شاتو. از آنجا به لبنان رفته بودند برای تعلیمات چریکی. می نوش پس از شهادت شوهر نیز یک چنین مسافرت هایی داشت... شرایط من بسی خراب تر از آن ها بود. زندگی آن ها نیز در خطر بود ولی اقداماتشان از جانب همه کس حمایت می شد. راهی را می پیمودند که مخالف جریان موجود و مردم نبود. افتخار جامعه بودند. هر جا می رفتند جا داشتند. هر کار می کردند مورد تحسین قرار می گرفتند. آنها با فعالیت هایشان با نوع زندگیشان به رژیم اسلامی حاکم یاری می رساندند که پا بر جا بماند. اما من هیچ جا جایم نبود. آدمی بودم زیرزمینی که قاچاقی نفس می کشد...شاید مامان خسته شده بود از قایم باشک بازی های من. برای اولین بار احساس کردم حساب های دیگری غریزه ی مادری را تحت الشعاع قرار

داده است. احساس کردم مامان نه تنها در کنه ذهنش راه و روش مرا نادرست می دانست، بلکه برای اینکه از این اوضاع خارج شوم شویم چه بسا دلش می خواست که دست از عقایدم و افکارم بشویم و...و این مسئله تاثیر می گذاشت در حس مادریش در آن حس دموکراتیکی که ما را دربست همانطور که هستیم بپذیرد...اما چیزی به نظرم عجیب می آمد. نمی بایست این چنین باشد. مامانِ من نمی بایست این گونه باشد. دیرتر خیلی دیرتر فهمیدم که عامل فقط آن جو حاکم نبود. عواملی دیگر عاملی دیگر از این جو استفاده کرده بود تا دوران را براساس طرح و منافع خود پیش ببرد. آب گل آلود بود...یک روز که قرار بود خاله سهیلا و طایفه به خانه ی ما بیایند، من خانه را مرتب کردم در دکوراسیون خانه تغییراتی دادم. وقتی آمدند طوری رفتار می کردند که حس کردم انگار من در آن خانه حضور ندارم. روی صحبتشان با مامان بود یا با داداش و دیگران. من در این میانه گویی یک شیئی هستم. یک بار نگاهم با نگاه خاله سهیلا تلاقی کرد. نگاهی به گلدان ها که محلشان را تغییر داده بودم انداخت و نگاهی به من نگاهی که یعنی حالا این کارهایت دیگر چیست. حالتی که به اعتراض می گفت دیگه اینجا موندگار شدی. انگار او می بایست تعیین کند چه کسی کجا باشد و چه کسی نباشد مرا زیادی می دید. سیاسی کارِ طرفدار دو آتشه ی حکومت نبود که بگویم با من چون یک ضد انقلاب عمل می کند در خانه ی خودش نیستم که بگوید برایشان خطرآفرین هستم... یعنی دلش برای مامان می سوخت که اگر مرا دوباره در اینجا گیر بیاورند زندگی او در خطر بیافتد؟! این تنها علتی بود که نمی توانستم به آن فکر کنم...نمی فهمیدم... نزدیکان من خواهر و برادر های خود من نمی فهمیدند بر من چه می گذرد متوجه نمی شدند من در چه حالی هستم. نقطه ی حرکت آنها در آن زمان تمام مسائلی بود که به اسلام و حکومت اسلامی و حفاظت از آن ارتباط می یافت. جوی بوجود آمده بود که هر نوع مخالفت با مذهب گناهش بیشتر از هر حرکت دیگری است. نمی دیدند که در پس این تفکر چه جنایت هایی در حال شکل گیری است که خود آنها بویژه می نوش و داداش هیچ هم خوانی نمی توانند با آن داشته باشند...بخصوص مامان اساساً درک نمی کرد اوضاع بر چه اساس پیش می رود. انگار مسخ شده بود یا شستشوی مغزی داده بودند او را. قطعاً از منبعی دیگر سرچشمه می گرفت که من در آن زمان به هیچ رو نمی توانستم بفهمم چیست. همه چیز برایم مبهم بود. و این ابهام بیش از هرچیز مرا می کشت...یک روز با یکدیگر فیلمی در تلویزیون نگاه می کردیم. می نوش و داداش راجع به فیلم صحبت می کردند. تصور می کردم اصلاً نمی فهمم آن ها چه می گویند. نمی توانستم در بحثشان شرکت کنم. آیا فیلم را درست نگاه نکرده بودم؟ آیا فیلم را نفهمیده بودم؟ آیا قدرت بررسی فیلم را نداشتم؟ آیا جرأت نمی کردم در بحثشان شرکت کنم چرا که آنان از دیدگاه مذهبی حرف می زدند یا من پدیده هایی را که آنان از آن صحبت می کردند نمی شناختم؟ یا آنقدر احساس غربت می کردم که خودم را باخته بودم؟ از آسمان به زمین افتاده بودم خرد شده بودم خرد. همان تفاله ای شده بودم که رژیم حاکم تفکر حاکم می خواست از ما بسازد... احساس می کردم چیزی از من باقی نمانده است. احساس می کردم هیچ ام هیچ. بادام کوهی از توی بشقاب برمی داشتند ومی خوردند.

داداش در یک آن وضعیت ناهماهنگ مرا درک کرد. نه که درک کرده باشد احساس کرد دگرگونگی مرا. انگار من طور غریبی به آنها نگاه کرده بودم. دیواری قطور و بلند ما بین من و آنها کشیده شده بود. شاید فهمید غریبی می کنم آنقدر که در خوردن بادام با آنها شرکتی ندارم. پرسید نمی خوری؟ پرسش او بیشتر مرا آزار داد.

لوازم خانه و اتومبیل و بقیه ی وسایل منزل را مردم به قیمت گران می خریدند. گاهی از سهمیه های دولتی اگر احتمالاً به آنها تعلق می گرفت. این وسایل را فراهم می ساختند و چه دست و پایی که گاه شکسته نمی شد. چه بند بازی هایی نبود که به طرفند به کار نمی رفت. رشوه خواری و پارتی بازی و فساد از بالا تا پائین بی داد می کرد برای فراهم آوردن وسایلی که گاه ضرورت فوری نداشت. برخی افراد اگر می توانستند تعداد بیشتری از این لوازم را تهیه کنند، آنها را می خریدند و انبار می کردند تا بعدها با قیمتی مناسب تر آن را در بازار آب کنند. بازار سیاه همه جا راه باز کرده بود...می نوش به عنوان همسر شهید می توانست لوازم منزل از جمله تلویزیون و اتومبیل با قیمت دولتی بخرد. جزء نفرات اول لیست قرار داشت. در آغاز مخالفت کرد که ما شهید نمی دهیم که در عوض وسایل خانه بگیریم. ولی راضی شد. وقتی عروسی کرده بود هیچ به عنوان جهیزیه نخواسته بود. اکنون نیز با اینکه استاد دانشگاه بود چندان درآمدی نداشت که بخواهد با آن یک اتومبیل بخرد. می بایست سر کار برود. فعالیت های مافوق بسیار داشت و هم بچه ی کوچکش را می بایست اینجا و آنجا جا به جا کند. داداش با خوشحالی اتومبیل را آورد. خوشحالیش از این بود که می نوش را شاید خوشحال کند. می نوش آیا از این ظواهر زندگی خوشحال می شد؟ چه کسی می دانست او در اندرونش چه می گذرد. شوهرش اولین مرد زندگی او، او را حلواحلوا می کرد دورش می چرخید. باید هم. می نوش یک جواهر بود. و می نوش یاد گرفته بود که شهید میهمانِ خانه ی خدا در بهشت است. پذیرفته بود و ظاهراً می بایست خوشحال باشد که شوهرش پدر بچه اش حالا در بهشت است. و...که او شهید شد تا پلیدی از بین برود تا مردم به راه راست هدایت شوند...ظاهراً حتی گریه نمی کرد. او حالا از شوهر شهیدش صد برابر بیشتر به مبانی مذهبی چسبیده بود و با رنجی که بعد ها در زندگی متحمل شد، بیشتر از شوهر سابقش به شهادت رسید. شهید زنده هم او بود...داداش وقتی اتومبیل را از در پشتی به درون حیاط آورد، همه رفتند اتومبیل را ببینند. این امکانات وسایل رفاه بود و لازم برای زندگی. و آن ها زندگی می کردند حتی با شهیدشان با غم واندوه از دست رفته. این شهادت با مرگ معمولی تفاوت داشت. این شهید افتخار و سربلندی نیز می آورد. از می نوش همه به عنوان زن شهید نام می بردند و بچه اش بچه ی شهید بود. دور و برش همیشه پر بود هیچ گاه تنها نمی ماند...کشته ها واعدامی های کمونیست یا سازمان مجاهدین خلق را اما حتی اجازه ی دفن نمی دادند. بعدها قبرستان آنها را خراب کردند. بازماندگانشان فقط بطور مخفی درمیان خود عزاداری می کردند و اشک می ریختند. و من حس می کردم حتی صِفر زیر صِفر نیز به حساب نمی آیم. چه باید می کردم؟

داداش کوچولو از خدمت سربازی معاف شده بود به علت فلج شدن دست. این بار از جانب سازمان بسیج پاسداران به جبهه رفته بود. آنها نگفته بودند بچه بشین سرجات. اما چه توقع بیجایی. مگر ما توانستیم او را سر جایش بنشانیم که آنها آنها که شهادت هدف نهائیشان در جنگ بود، قادر به چنین کاری باشند.
مدتی خبر از او نبود. اما وقتی خبری از او نبود یعنی هیچ نمی شد گفت که آیا زنده است یا مرده. خبر می آمد که کیف لوازم شخصی سرباز یا یک فرد بسیجی را آورده اند در آستانه ی در خانه به مادرِ نگون بخت تحویل داده اند.
یکی از دوستان داداش کوچولو از هم رزمانش را از جبهه آوردند. موجی شده بود. این دوست بعدها شهید می شود. روز به روز بر تعداد شهدا آسیب دیدگان جنگ ویلچری ها افلیج ها و موجی ها بر خانواده ها افزوده می گردد...عزاداری شده بود عادت روزمره ی مردم. هیچ کس جرأت نمی کرد برعلیه رژیم حرفی بزند. بلافاصله دهانش را قفل می کردند که خفه شوید حالا وضعیت جنگی است باید از وطن دفاع کرد باید اسلام را حفظ کرد. تا دهانت را باز می کردی بگویی این جنگ جنگ زرگری است کسانی آن را به راه انداخته اند تا سودهای کلان مالی ببرند تا موقعیت خود را در منطقه حفظ کنند تا در این میان از آب گل آلود ماهی بگیرند و حتی وقتی توضیح می دادی که هیأت حاکمه را نیز می خواهند تضعیف کنند و مردم دو کشور در این میان نابود می شوند، گارد می گرفتند. بخصوص اگر این حرف ها را "ضد انقلاب" کافر و نجس، دشمنی شماره یک مثل من می زد. جنگ در واقع پس از انقلاب بهانه ای بود که رژیم حاکم روز به روز سخت گیری های شدیدتری بخصوص بر مخالفین روا دارد...مخارج عزاداری شهدا و دفن و کفن و دیگر هزینه ها را دولت می پرداخت. قطعه هایی مخصوص شهدا در قبرستان بهشت زهرا بوجود آمد که روز به روز بزرگ تر و بزرگ تر می شد. چشمه ای به رنگ خون در ورودی بهشت زهرا ساختند و بعد از ماجرای هفت تیر که در آن هفتاد و دو تن از اعضاء حزب جمهوری توسط سازمان مجاهدین خلق در ساختمان حزب در میدان هفت تیر به قتل رسیدند، هر کس از مقامات خارجی به ایران می آمد، در آغاز او را به بهشت زهرا برای عیادت شهدا می بردند...از مناطق جنوبی ایران سیل جنگ زدگان به سمت شهرهای شمالی بخصوص تهران هجوم می آوردند. تمام کشور بسیج شده بود برای اینکه شهید بپرورد. و کار دیگری نبود جز اینکه جوانان رامرتب با تبلیغات رسانه ها و مساجد و نمازهای جمعه و سخنرانی ها برای جنگ بسیج کنند امکانات لازم برای ارسال افراد به جنوب فراهم آورند و سپس مراسم دفن و کفن و عزاداری شهدا را سامان دهند.
آواز خوانی اگر پس از انقلاب قدغن شده بود، مرثیه های مذهبی بر سرزبان ها بود. فردی به نام آهنگران با خواندن نوحه هایی که اندکی به آواز می مانست بدین لحاظ در آن زمان مشهور شده بود. او را به میدان های جنگی می بردند تا تشویقی باشد برای بسیجیان و سرباز ها برای آمادگی بیشتر. نوار آوازها و سرودهایش به طور دائم از رادیو و تلویزیون و فروشگاه های فروش نوار پخش می شد.
من خانه نبودم وقتی خبر شهادت داداش کوچولو را آوردند. جسدی در کار نبود. کیسه ای بود از استخوان بدنِ معلوم نبود چه کسی. شاید از آنِ یک فرد

ایرانی نبوده و به سربازی از کشور عراق تعلق داشته است. دوستان می نوش از چند روز قبل خبر داشته اند و نمی توانستند این خبر را برای مامان و می نوش بیاورند. اما تا چه زمان می توانستند سکوت کنند؟ سرانجام تصمیم می گیرند دسته جمعی به خانه بیایند: همان افرادی که در زیر زمینِ خانه کوکتل مولوتف درست کرده بودند تا با تانک های رژیم شاهنشاهی پهلوی در روز و شب بیست و دو بهمن سال هزار و سیصد و پنجاه و هفت مقابله کنند، همان کسانی که روز و شب مامان برایشان شام و ناهار تهیه می کرد که به وظایف انقلابی خود عمل کنند...در آغاز به می نوش خبر می دهند. می نوش می رود در صندوق خانه ی پشت اتاق تلویزیون ناله هایش را در گلو خفه می کند. تا ساعتی آنجا می ماند و اشک می ریزد و سپس آرام آرام خود را به آشپزخانه می رساند. مامان خودش را به در و دیوار می کوبد می کوبد می کوبد...مراسم عزاداری آغاز می شود. شب سوم و هفتم و چهلم برگزار می شود. در واقع هر روز در خانه ی ما عزاست و سفره های چهل - پنجاه نفری باز. هر روز درِ خانه از بازدیدکنندگان روی پاشنه بند نمی شود. مامان پائین پنجره آنجا که هر تازه واردی چشمش به او می افتد می نشیند و قرآن می خواند و آواز "گلی گم کرده ام ..." از زبانش نمی افتد. در ملأ عام چندان اشک نمی ریزد. مثل پشه توی گوشش وز وز می کنند که داداش کوچولو رفته است توی بهشت همان جایی که می خواسته است برود. شاید هم چندان بی ضرر نیست. اما من که می دانم مامان در درونش چه می گذرد. مامان نیز با داداش کوچولو می میرد می میرد. برای همیشه می میرد. برای ابد می میرد. او دیگر همان مامان نیست سایه ایست از مامان که راه می رود می نشیند. شاید لقمه ای چون پرنده به دهانش می گذارد. آیا مگر خواب به چشمانش می آید؟ با جگرش با جگر گوشه اش سیر و سیاحت می کند از لحظه ای که نطفه اش در شکم او بسته شد و سپس تمام لحظاتی را که در نزدیکی او و چه دور از وی زندگی کرده بود جلوی چشمانش مجسم می کند...خاله سهیلا همواره چون حاجی خانم ها کنار مامان نشسته است. هرکس می آید به مامان تبریک و تسلیت بگوید، به او هم می گوید. عزیزترین بازماندگان در گوشه و کنار گرفتار رتق و فسق امور هستند. این همه آدم را هر روز پذیرایی کردن کار می خواهد. داداش در بست در خدمت است. می نوش همین طور...من نمی توانستم خودم را علنی کنم. حالا دیگر هرکسی، همه ی کسانی که ممکن بود شکار از دست رفته را دوباره باز بیابند سر و کله شان پیدا می شد. دلم می خواست بمیرم و با استخوان های غریبه ی داداش کوچولو به زیر خاک بروم. من چرا می بایست این اندازه نگون بخت باشم که نمی توانم حتی در عزای عزیزم شرکت کنم. چه کسی را می بایست شماتت می کردم؟ نمی دانم. فقط باید می ساختم با این فاجعه...می دانستیم امروز و فردا ممکن است خبرش بیاید. چرا فکر می کردیم این واقعه برای ما اتفاق نمی افتد، برای داداش کوچولو اتفاق نمی افتد. شیر پاک مامان او را از خطر مصون می ساخت یا غیرت و مروت آقاجون یا دست افلیجش یا قلب صاف کودکانه اش مهرو محبت بی اندازه اش مسئولیتش نسبت به همه و به خانواده و به مامان...یک تنه خود او یک آقاجون بود برای...و من می بایست دچار باورهای مذهبی می شدم و می گفتم مگر من

مرتکب چه گناهی شده بودم که نمی بایست با مادرم با برادرم با نزدیکانم بنشینم و زار زار گریه کنم...یادم نمی آید من کجا بودم. سر خاک ولی حاضر شدم. پی همه چیز را به دل مالیدم. مامان خود را می کشت روی خاک. رفتم که او را آرام کنم بلندش کنم دورش کنم. داداش آمد و با خشونت مرا از او دور کرد و خود کنار او نشست. چنین خشونتی را از او هیچ گاه به یاد نداشتم. مرا لایق دلجویی از مامان نمی دید؟ من "ضد انقلاب" را عاملی می دانست در شهادتِ برادر؟...هرچه در جمهوری اسلامی منفور بود و او در من سراغ داشت حالا به باور او تبدیل شده بود و در اینجا خود را عیان می ساخت؟...خود را در قبرستان در میان این همه آدم تنها یافتم تنهای تنها...یک کتابچه برای داداش شعر نوشته بودم. من که شاعر نبودم. ولی فقط با شعر بود که می توانستم غم و اندوه این تراژدی را که هر روز در سر هر کوچه و برزن تکرار می شد بیان کنم. تا خبر داداش کوچولو را نیاورده بودند، این همه از این جنگ خانمان برانداز برانگیخته نشده بودم. داداش کوچولو همه ی فاجعه را هر لحظه جلوی چشم من تکرار می کرد.
قطعه ای از باغ کرج را که به نام من بود فروخته و پولش را داده بودم به داداش. می خواست کارخانه ای بزند. گفتم بگذار به کارش برسد. برخی می گفتند این کار را کرده ام چون باک دارم از اینکه بیایند و آن را مصادره کنند. می توانستم با آن پول به نام مامان خانه ای در جایی دور افتاده برای خود بخرم و از این همه در به دری در آیم خانه ای که هر سال بر قیمتش افزوده می شد و بعد ها می شد مرا از فلاکت بیرون آورد. چنین فکری هیچ گاه در ذهنم پرورش نیافت. هیچ چیز را متعلق به خود نمی دانستم. قبل از هرچیز بچه ها برایم مهم بودند. فکر می کردم تا تک تک آنها به جایی نرسند چنین اقدام هایی از جانب من فقط خودخواهی است...عقلم نمی رسید. هیچ کس نگفت به نفع تو و همه ی خانواده است که زندگی خودت را بسازی. در واقع کسی یک کس نبود یا به خود اجازه نمی داد به من بگوید چه کنم. بس که همیشه خود رأی و خود مختار عمل کرده بودم. اگر چنین کاری می کردم خانواده کمتر در گیر مسائل من می شد خود مستقلانه به کارهایم می رسیدم. با این کار حتی به خواهر و برادرهایم چه بسا بیشتر می توانستم رسیدگی کنم. نکردم. بعدها زهره می گفت کسی چه می داند شاید اگر تنها می رفتی و در خانه ی خودت زندگی می کردی، تویی که ما می شناسیم خانه ات می شد مقر هر چه خلاف از دیدگاه رژیم حاکم و مردمی که با ذهن عقب مانده حامی آن بودند. آیا در آن شرایط باز می توانستی جان سالم به در ببری؟ دیگر مامانی آنجا با تو نبود که سینه سپرکند و راه نجاتی بیابی...راست می گفت. چه بسا در آن صورت من فعالیت های سیاسیم را گسترش و باز گسترش می دادم و کسی چه می داند. سرم بر سرِ هیچ و پوچ زیر خاک می رفت...از پاریس همواره شیک ترین و گرانبهاترین لباس های آخرینِ مد را برای داداش می فرستادم. از همان جا نگران بودم که آیا مامان بچه ها را به موقع به دندانپزشکی می برد از همانجا همواره نگران بودم آیا رشته ی خوبی برای درس انتخاب کرده است. این بچه ها مثل بچه های خودم بودند...آیا داداش هم خسته شده بود از مخفی کاری هایی که به خاطر من آنها و بخصوص مامان مجبور بودند متحمل شوند؟ باید فکر

می کردم همه شستشوی مغزی شده اند؟ یا اینکه در آن وانفسا که داداش کوچولو نزدیک ترین همدم داداش از دست رفت، من کوتاه ترین دیوار بودم تا خشم او نیز بر سر من خالی شود. شاید خود او نیز نمی دانست کجا باید اندوهش را غضبش را این مصیبت را اندکی فروکش کند...دیرتر خیلی دیرتر است که فکر کردم داداش از حرکتی از رفتاری دلگیر بوده است. توی دلش نگه داشته بود و حالا آن را عیان می سازد. این داداش مثل همه ی ما خیلی تودار است. بعد ها کشف می کنم که کینه ی بعضی رفتارها را عمیقاً در دل نگاه می دارد. آن چیز چه می توانست باشد؟...

بعد از سرو صداهای اولیه، یک روز تصمیم گرفتم که بروم و در جمع عزاداران شرکت کنم. دیگر نمی توانستم در تنهایی اشک بریزم. این لحظات را در این دنیا اگر آن گونه که می خواهی سپری نکنی، دنیا دیگر چراست؟ به تنها امری که نمی اندیشیدم این بود که داداش کوچولو ناخودآگاه عامل تقویت رژیمی بوده است که من با آن مبارزه می کنم رژیم خودکامه ای که می گفت فقط حرف من هیچ اندیشه ی دیگری در اینجا جا ندارد. رژیمی که نه راه و روش سیاست می دانست و نه از اقتصاد سر در می آورد و نه روابط بین المللی می شناخت و تیغ اعدام و تیرباران هر مخالفی اولین دستور کارش بود. داداش کوچولو برای من پاسخی بود با تمام وجود به باورهایش. بسیار متفاوت بود با تازه به دوران رسیده هایی که با ظهور حکومت اسلامی رنگ عوض کردند و تنها منافع شخصی خود را در نظر می گرفتند. او آب زلالی بود که حتی به آن بهشت برینی که می گفتند در آن هیچ نقصانی وجود ندارد و همه شادی است و لذت و زیبایی فکر نمی کرد. او به خدای خود می اندیشید که گمان می برد آفریننده ی جان اوست و می خواست به او بپیوندد. درست یا نادرست او اعتقادی راسخ داشت و شهادت تنها باورش بود برای دستیابی به چنین خواسته ای. برای من او مدافع رژیمی نبود که من و همانند مرا و هر فردی با کوچکترین دگر اندیشی را نمی توانست تحمل کند. او برای من ارزشی داشت والا ارزشی که یک هزارم آن را برای برخی از رفقای کمونیست خود که افکار و مشی مرا داشتند، قائل نمی شدم برای آنهایی که فقط حرف می زدند اما پایش که می افتاد جا می زدند رفقایی که مرا مرتد خواندند و انگ بورژوا زدند و برایشان اهمیت نداشت که مرا در بدترین شرایط رها سازند و هر بلایی که بر سرم می آمد نه تنها نگرانشان نمی ساخت بلکه مرا در اعماق وجودشان سزاوار آن بلایا می دانستند...کتابچه ی اشعارم را وقتی دیرتر به فرشاد نشان دادم، با تحقیر و تمسخر گفت او شعر گفتن ندارد. یعنی حقش بود که بمیرد. این "کمونیست دو آتشه" هیچ بویی نه از انسانیت نه از روح خالص یک فرد نه از باورهای بی ریا و نه از دل های پاک و زلال نبرده بود...هر دو اطاق پذیرایی و اطاق تلویزیون پر بود از جماعت نشسته دور تا دور روی زمین روی پتوها پشت به پشتی. این اطاق تلویزیون اطاقی بود که حکم اطاق نشیمن را داشت و مانند چهار راهی به همه جای خانه راه پیدا می کرد. با یک در شیشه ای مات از اطاق سابق من مجزا می شد. از همان سمت دری این اطاق را به تراس بیرونی هدایت می کرد و این تراس با چند پله پائین می رفت به حیاط و از روبرو به در آشپزخانه ای بزرگ و این آشپزخانه خود از دو

نبش با پنجره های بزرگ به دو سمت حیاط باز می شد. ضلع شمالی اطاق تلویزیون با یک پرده از یک صندوق خانه ی تاریک و دراز و مرتفع مجزا می گردید و این صندوق خانه از طریق دری به اطاق دیگر که به آن اطاق ورودی می گفتیم راه داشت. در انتهای صندوق خانه یک قفسه ی بزرگ چوبی قرار داشت و درون آن هر چیز که ذهن بتواند تصور کند یافت می شد. از انواع شیرینی و آجیل تا هر نوع وسیله ی الکتریکی و مکانیکی و انواع پارچه های زری و حریر و غیره...اطاق تلویزیون با در بزرگ دیگری به وسعت تمام عرض اطاق از میهمان خانه مجزا می گردید و این در که از دو طرف تا می شد همیشه باز بود و اطاق تلویزیون و اطاق میهمان خانه در مجموع به یک تالار طویل و عریض با سقف بلند به فضایی گسترده مبدل می گردید که ما بیشتر دوران کودکیمان را در آن جولان داده بودیم و به نوبت محل عروسی داداش ناتنی خاله سهیلا مراسم عقد می نوش و مهری و هم مکان عزاداری مرگ آقاجون شوهر خاله سهیلا و شوهر می نوش بوده است. این جایی است که دوباره خویشان را گرد هم آورده با رنگ سیاه مرگ. نام گذاری این اطاق به اطاق تلویزیون، به این علت ساده بود که تلویزیون در آنجا قرار داشت و هنگام صرف ناهار و شام در این اطاق در عین حال تلویزیون را نیز گاهی روشن می کردیم. این اطاق بیشتر از هر قسمت دیگری در خانه همه ی ما را در خود جمع می کرد. حتی میهمانان نزدیک یا دور نیز اغلب در این اطاق جمع می شدند.
های های گریستم بی باک از جمع مردان در آن اطاق دیگر، مردانی که می توانست در میانشان کسانی باشند که بلافاصله حضور مرا راپورت دهند. ندادند...روز چهلم نیز به مسجد رفتم. مسجدی در نزدیکی خانه نه مسجدی اسم و رسم دار مسجدی که خانواده های فقیر در آن مجلس ختم می گرفتند مسجدی که مراسم عزای بچه های شهید محله نیز در آنجا برگزار شده بود، بچه هایی که به کتابخانه ی داداش کوچولو در گوشه ی حیاط می آمدند بچه هایی که مرید او بودند سپس هم رزمش شدند و حالا یا شهیدند یا زخمی جنگ یا موجی و یا در جبهه می جنگند. خانواده های آنان نیز حضور داشتند. اغلب حضار در مجلس ختم را نمی شناختم. با همه به نماز ایستادم. در وقت نمازم همه داداش کوچولو بود که از مقابل چشمانم دور نمی شد. هنوز از دوران کودکی حمد و سوره را از بر داشتم. از آن زمانی که از سر عادت به علت همراهی با باور های جمعی، گاهی سر سحر با مامان بیدار می شدیم که روزه بگیریم و در مدرسه به بچه ها بگوییم که روزه ایم...مامان صبح خیلی زود یک ساعت پیش از نماز بیدار می شد. غذایی را که از غذای افطار شب گذشته باقی مانده بود گرم می کرد. توی سماور آتش می ریخت سفره را می چید و وقتی همه چیز مهیا می شد نخست عمه بزرگم را بیدار می کرد. گاهی برادر ناتنی نیز روزه می گرفت. آقاجون اهل این حرف ها نبود. مامان آخر از همه مرا اگر شب قبل از او خواسته بودم، بیدار می کرد. من خواب آلود در سرمای صبح زمستان پتویی به دورم می پیچیدم و می نشستم سر سفره. اشتهایی نبود ولی می دانستم که نباید صبحانه بخورم و از ناهار نیز خبری نیست. برخی از هم کلاسی هایم روزه ی گنجشکی می گرفتند یعنی ظهر غذا می خوردند. من

اگر روزه می گرفتم روزه ام کامل بود. از مدرسه به خانه می آمدم. هنگام افطار همه حاضر بودند. اغلب آقاجون هم بود با استکان عرقی که مامان با زبان روزه کماکان برایش می ریخت...حس قشنگی بود این هماهنگی با مامان و نیز غروری دلپذیر در توانایی غلبه بر گرسنگی. در این ماجرا تنها امری که دخالت نداشت خدا و پیغمبر و بهشت و جهنم بود هم چون روزهای عاشورا و تاسوعا که برای همه یک واقعه ی فراموش نشدنی جلوه می کرد با کاروان هایی رنگارنگ از علم ها و پرچم ها به رنگ زعفرانیِ عاشورای امام حسین مهیب و سنگین و پرعظمت با علی و اصغر خونین سوار بر اسب. عاشورای تهران ما را پرتاب می کرد به تاریخ. و چه زیبا بود نگهداری این رسوم اگر در همان حد خود باقی می ماند و با آزادگی های جانبی اش شکوه و جلال و عظمت خود را به نمایش می گذاشت از آن به عنوان وسیله ای برای قدرت بهره گرفته نمی شد.
باری...در مسجد نیز احساس غربت با من بود. حس می کردم به دنبال آنها کشیده می شوم کارهایی را که آنها انجام می دهند تقلید می کنم. نمی دانم چرا به آنجا رفتم. می خواستم نشان بدهم که من به باورهای همگان احترام می گذارم و به شکلی به آنان بفهمانم که در زندگی دموکراتیک باید همه گونه عقایدی را پذیرفت. ولی عامل مهم برادرم بود علت اصلی عشق عمیق من به او بود...مسئله ی دیگری نیز به گمانم وجود داشت. بس که از هر جا طرد می شدم و خیلی اوقات تنهایی و عزلت و غربت احساس مرگ به من می داد، انگار می خواستم به گونه ای با شرکت در مراسم آنها این حس را از خود دور کنم. اما با حس بدتر دیگری مواجه می شدم. آنها از سویی با تحقیر به من می نگریستند زیرا که اندیشه هایی دگرگونه دارم یا خاک توی سر شده ام و تحت تعقیب هستم و از جانب دیگر از اینکه مرا کشانده اند به جاهایی که می دانند با آن کوچکترین خوانایی ندارم لذتی عمیق سراپایشان را فرا می گرفت. با خود می گفتند ببین مجبورش کرده ایم دنبال ما راه بیافتد.

در روزنامه آگهی زده بودند برای ترجمه ی کتاب نیاز به مترجم دارند. آگهی از طرف مدیر و صاحب یک شرکت مهندسی بود که دو ـ سه سال پیش از آمریکا به ایران بازآمده بود. یک کارخانه ی بزرگ داشت و در صدد بود یک کتاب دو جلدی در باره ی دیگ بخار از انگلیسی به فارسی ترجمه کند. سئوال کرد چه مقدار برای ترجمه می خواهی. گفتم هر اندازه پرداخت کنید. توفیری نداشت. کاری بود نزدیک به آنچه که دوست داشتم. کاری در زمینه ی نگارش. با قلم و کاغذ و فرهنگ لغت سر کار داشت. منافع مالی حتی اگر در برنداشت، دست کم وسیله ای بود تا زبان انگلیسی به باد فراموشی سپرده نشود. مهم تر از آن مرا مشغول می کرد و چه بسا مقدمه ای می شد برای اینکه به سراغ علائق واقعی خود بروم...چند صفحه از کتاب را خواندم. هیچ نمی فهمیدم. جملات ظاهراً مفهوم بودند ولی من آنها را نمی فهمیدم. هرچه می خواندم در باره ی لوله و زانو و واشر بود و نحوه ی کار دیگ های بخار. امکان نداشت بتوانم آن را ترجمه کنم. از آقای مهندس خواستم مرا ببرد به کارخانه از نزدیک کار دیگ های بخار را ببینم. یک هفته مرا صبح می برد و عصر باز می

گرداند...پس از چند روز شدم یک پا کارشناس دیگ های بخار. در باره ی هر بخشی با متخصص مربوطه صحبت کردم و آنها هر چه می دانستند به طور عملی روی دستگاه ها نشانم دادند. وقتی برگردان دو بخش از کتاب به پایان رسید، مقدار اندکی از دستمزدم را پرداخت کرد. در دفتر شرکت کار می کردم. آقای مهندس گفت می توانم در خانه ترجمه کنم. نمی دانست که من جایی می خواهم که مرا از خانه دور کند. در دفتر کار او هر نوع فرهنگ لغت فارسی و انگلیسی عمومی و فنی وجود داشت. خود او نیز گاهی حاضر بود و در برگردان واژه های فنی و تکنیکی به من کمک می کرد. آقای مهندس اغلب اوقات می رفت به کارخانه و من تنها در دفتر کار می کردم. برای صرف ناهار، آقای مهندس اگر در دفتر حاضر بود، می فرستاد برای همه ی کارمندان غذا می آوردند. گاهی می رفتم بیرون و خوراک ساده ای می خوردم. از خانه با چادر بیرون می آمدم و از محل که دور می شدم، در کوچه ای خلوت چادر از سر بر می گرفتم و سر و وضعم را مرتب می ساختم. مرتب البته چه عرض کنم. از بیم اینکه کسی از آشنایان مرا شناسایی نکند، مقنعه ای محکم به سرم می بستم روپوش می پوشیدم و عینک دودی بزرگی بر چشم می گذاشتم. حتی توی دفتر آقای مهندس گره ی روسری را شل نمی کردم. گفت و گو را در سطح صحبت های ضروری حفظ می نمودم و تا آنجا که می شد از دادن اطلاعات درز می گرفتم...آقای مهندس حدس هایی زده بود. آن طور که به طور علنی با دیگران صحبت می کرد، میانه ی خوبی با مذهب و حجاب و خرافات و این بند و بساط هایی که راه انداخته بودند نداشت...آسته برو آسته بیا بود روش کارم. همین که ترجمه را پسندیده بود، کفایت می کرد. بخصوص از همان آغاز، با پیشنهاد بازدید از کارخانه فهمیده بود آدمی نیستم که بخواهم کار را سرسری بگیرم. کار زیاد بود. درعرض دو- سه ماه تمام نمی شد. من نهایت سعی خود را می کردم. در ترجمه ی بخش های اول مشکل داشتم. سپس راه افتادم و خیلی سریع پیش می رفتم. حالا دیگر همه ی واژه ها برایم مفهوم و روشن بودند. و هر پیچ و خم لوله و فشارِ آب و شدت بخار و غیره را خیلی خوب می توانستم حس کنم و به فارسی سَلیس بنویسم آنگونه که هر بیسوادی بخواند و شیر فهم شود. و کل ترجمه فقط همین بود به همین سادگی. گویی مشق شب می نوشتم. گاهی پیچ ها انحنایش کمتر و زمانی بیشتر می شد نوع سوپاپ فرق می کرد. سوپاپ های اطمینان و چگونگی محافظت نیز تقریبا در همه یکسان بود. کتاب های اجتماعی ـ ادبی ـ فلسفی، مثل زندگی آدم ها مثل هر مقطع از زندگی هر جمله اش با جمله ی دیگر متفاوت است. نه که جمله بندی متفاوت باشد. اگر آنچه را که نویسنده گفته است حس نکنی هرلحظه اش را با او زندگی نکنی نمی توانی آن را ترجمه کنی. خیلی کار می برد. چند ترجمه از یک متن توسط چند نفر هر کدام به صورت های مختلف نوشته می شود. انگار نویسنده ی دیگری کتاب را باز نوشته است. اما در کتاب های فنی همین که اصل قضیه فهمیده شود و کار را بشناسی تمام است. حتی ضرورت ندارد که در زبان اصلی آن طور که در ترجمه ی کتاب های اجتماعی، تبحر عالی داشته باشی. فقط کمی تجربه می خواهد و زبان فارسی خوب تا آنچه گفته شده است را به زبان ساده و راحت و مفهوم باز نویسد...نمی فهمیدم روز

چگونه به آخر می رسد. احساس می کردم از همه چیز خلاص شده ام. در یک چهارچوب امن و امان هستم که هیچ احدی نمی داند من کجایم. با خیال راحت نشسته ام و کار می کنم. ارتباط شخصی یا خانوادگی با کسی وجود ندارد که این یا آن حرکت ایجاد ناراحتی کند کسی دلخور شود خشمگین شود. کار را خود من به تنهایی باید انجام دهم...به همین منوال کار ادامه دارد تا اینکه تصمیم می گیرند دفتر شرکت را به کارخانه منتقل کنند به جاده ی ساوه. راه درازی بود تا آنجا. و رفتن به آن نواحی نه چندان خالی از خطر. بسیاری از افراد فراری در اطراف تهران و از جمله در جاده ی قم و ساوه مسکن گزیده بودند. اینجا و آنجا می دیدی حرکت های مبارزاتی خود جوش چند تا آدم را که کنار یکدیگر جمع شده اند و اقداماتی می کنند مثل پخش اطلاعیه و برگزاری تظاهرات. می بایست چادر به سر می کردم و هزار جور رعایت مخفی کاری. خطرش بیشتر از توی خانه نشینی بود...

یک روز جمعه که هیچ کس در خانه نبود، به در کوفتند. باز نکردم. پس از یکی ـ دو دقیقه سر و صداهایی شنیده شد. در ورودی بیرون را باز کرده و وارد هشتی شده بودند. سپس احساس کردم در ورودی دستگاه را فشار می دهند که به درون خانه بیایند. درب خانه می بایست قفل بوده باشد. به خود گفتم بازمی گردند. اما حس کردم کلیدی توی قفل می چرخد. به سرعت رفتم توی اطاق سابق خود و مخفی شدم. صدای چند نفر توی خانه پیچید. بایکدیگر با صدای بلند صحبت می کردند. صدای "مهران" دوست می نوش را شناختم. به محض ورود یکی از آنها گفت من صدایی در خانه شنیدم. آن دیگری گفت من نیز. از درب اطاق تلویزیون بالکنی را طی کردند و رفتند به آشپزخانه. من در این فاصله به سرعت به زیر تخت پناه بردم. سپس درب اطاق مرا باز کردند ببینند آنجا خبری هست یا نه. نبود. رو تختی را بلند کردند و مرا دیدند .خود مهران بود. من هیچ نگفتم. مهران بسیار شرمنده شد. رو تختی را پائین انداخت و بلافاصله خانه را ترک گفتند...خانه ی ما هم چون مسافرخانه های سرگذر بود. دوستان و آشنایان و اقوام می دانستند چطور درِ بیرونی را باز کنند. بعدها فهمیدم که زنگ طبقات بالا را زده بودند و همسایه ها در را باز کرده بودند. می دانستند اگر یک وسیله ی نوک تیز بیاندازند لای در و در را هل بدهند، در باز می شود. مهران که با می نوش بسیار نزدیک بود حتی می دانست که کلید را مامان کجا مثلاً پنهان می کند. از زمانی که به خانه برگشته بودم، مامان کلید را بیرون نمی گذاشت. این بار به احتمال فراموش کرده بود...من تا ساعت ها پس از رفتن آن ها سرم را توی دستانم گرفتم و پشت به دیوار روی زمین نشستم. مهران کسی نبود که گزارش دهد یا با دیگران در باره ی این مسئله صحبت کند. خانواده ی آنها نیز خود مشکلاتی از این دست داشتند. یکی از اقوام مهران از اعضاء سازمان مجاهدین خلق بود که بیشتر از سازمان های دیگر با رژیم حاکم رو در رو می شد. به علت اعتقادات مذهبی این سازمان عوامل رژیم نمی توانستند با انگ های ضد خدا کافر نجس مهدوم النفس فی الذاته و غیره وجهه ی بدی از آنها به مردم ارائه بدهند. این سازمان که برخی افراد می گفتند علت مخالفتشان با رژیم حاکم آنست که هیچ کدام نتوانستند مقام و مرتبتی در رژیم حاکم بیابند، حرکت ها ی اقتصادی ـ اجتماعی دولت جدید را

به نقد می کشیدند و سعی می کردند به مردم نشان بدهند که سردمداران فعلی مملکت کسانی نیستند که انتظارات انقلاب و این همه کشته و زخمی و أعدامی را پاسخگو باشند. اندک اندک رژیم حاکم با استفاده از احادیث اسلامی و داستان امامان و دشمنان آنان، این سازمان را منافق نام نهادند تا توجیه موثق تری داشته باشند برای اینکه سر آنها را زیر آب کنند...اما من بیش از این نمی توانستم به این وضعیت ادامه دهم. دیگر حتی نمی توانستم برای ترجمه ی کتابم تمرکز داشته باشم.

چهار

کشف زندگی مخفی من در خانه ی پدری و در زیر تخت اطاقی که دوران نو
جوانیم را در آن سر کرده بودم از طرف دوستان می نوش حادثه ای نبود که
بتوانم به سادگی از آن در گذرم. هشداری بود تا اساسی تر به فکر چاره بیفتم.
بهترین راه حل در آن زمان چه بسا تهیه ی یک خانه ی شخصی بود...بیش از
هر چیز این ذهنیت در من وجود داشت که مبارزه در راه عدالت آسان نیست و
هزاران پستی و بلندی دارد. خود را از امکانات مالی ام محروم می کردم. بر
این بودم که برای بهبود زندگی افراد محروم تلاش می کنم. قرار نیست من در
وضعیتی بهتر از آنها قرار داشته باشم. خانه ی مستقل شخصی مرا در مرتبه
ای بالاتر از آنان قرار می داد...علاوه بر آن انتخاب هر راهی از جانب من
نمی بایست زندگی را برای مادر و خواهرها و برادرانم دشوار کند. نمی
خواستم به خاطر من کاری که شاید آنها دوست نمی داشتند، انجام گیرد. دلم می
خواست اگر روزی قرار باشد تغییراتی در مالکیت آنچه از پدر به ارث رسیده
بود صورت گیرد، همه در آن دخیل و ذینفع باشند و می خواستم که زمان آن را
تعیین کند. راضی نمی شدم به خاطر راهی که برای عدالتخواهی در پیش
گرفته بودم خدشه ای صدمه ای در زندگی آنها وارد شود. در راهی که من در
آن قدم گذاشته بودم هیچ گونه منافع مادی نمی بایست جایی داشته باشد...از

کوه کمر شکن

تشکیلات سیاسی چیزی باقی نمانده بود. ارتباط من با قوم و خویش سرپرست صَفَر نیز قطع شده بود. مدتی او در میان چند کیلو سبزی خوردن، توی یک کیسه ی نایلونی برای من اطلاعیه هایی می آورد بدون آنکه حرفی بزند و یا من کلامی بگویم. چند قدم با یکدیگر در خیابان شاهرضا مقابل دانشگاه در نزدیکی میدان بیست و چهار اسفند راه می رفتیم و او کیسه ی سبزی ها را با قیافه ای اخمو و گرفته و هراسان به سرعت به من می داد و می رفت. رفتار او به گونه ای بود که جای پرسشی باقی نمی گذاشت. با چهره اش به من می فهماند که حرف بی حرف. مثل دو غریبه ای که انگار می توانند دشمن هم باشند ولی چاره ای در دیدار یکدیگر ندارند. لحظه ای همدیگر را می دیدیم و از هم جدا می شدیم. تعدادی از مبارزین زیر شکنجه رفقا را لو داده بودند. این بود که هرکس از نزدیک ترین رفیق خود هراس داشت. کسانی که زیر یک پرچم هر کدام در گوشه ای با یک هدف نفس می کشیدند راه می رفتند و امیدوار بودند که افقی روشن از پنجره ی باورها و از خودگذشتگی ها برتابد، سایه ی خود را با تیر می زدند. در اطلاعیه ها حرف خاصی زده نمی شد رهنمود ویژه ای در آن نبود معلوم نبود چه کسانی آن ها را نوشته اند چقدر خط سازمانی در آن جاریست. ظاهراً عده ای از بازماندگان تشکیلات متلاشی شده هنوز به امید زنده ماندن، این اطلاعیه ها را نفس می کشیدند...تا وقتی که در کارگاه خیاطی کار می کردم تمام دستمزدم را بی کم و کسر می دادم به دست صَفَر. او می گرفت و هیچ نمی گفت. نمی گفت دیگر تشکیلاتی وجود ندارد. این پول به هیچ مصرف تشکیلاتی نمی رسید. پول را خودش می خورد و شاید با یکی دو تن دیگر از رزمندگان که در آن شرایط بگیر و ببند به سختی امرار معاش می کردند. من هیچ نمی دانستم. بعدها با خود می گفتم ببین چه سوء استفاده ای از من می کردند. می بایست به من اطلاع می دادند که چه گذشته است.

چگونه آدرس خواهر سرپرست را که حالا خود و بچه ها را به تهران منتقل کرده بود، پیدا کردم و سری به آنها زدم به یاد ندارم. پیدا می شود. نمی شود گفت چگونه. ته ذهنم می خواست خبری از آنها بگیرد. این خواست مغزم را رهنمود بود. اعماق وجود من در پی چیزی بود که می بایست ادامه ی سرنوشت پر ماجرای زندگی من باشد. گوی آهن ربایی پاهای مرا به آن سو رهنمود می ساخت. رفتم. یافتم. زندگی در شهرستان برای این خواهر نیز چندان بی درد سر نبود. افراد کمیته و بسیج هر روز به خانه ی آنها می رفتند و سراغ برادر را می گرفتند...صَفَر اکنون با آنها زندگی می کرد. چاق شده بود. مثل یک حاجی آقا نشسته بود بالای اطاق تکیه به پشتی زده بود. او نیز از شهرشان فراری شده بود. نامه ای از محل کارش دریافت کرده بود که خودش را معرفی کند. نکرده بود. می ترسید دستگیرش کنند. می کردند...نوروز در راه بود. با پارچه هایی که زهره در خانه داشت، چند دست لباس برای بچه های خواهرش دوختیم و آنها را به هدیه برایشان بردم. با دیدن من رخسار صَفَر بر شکفت. معطل نکرد. مرا برد به اطاق پشتی و با اشتیاق شروع به حرف زدن کرد. حالم را که پرسیده بودند گفته بودم به هوای تهران حساسیت دارم آلودگی

232

هوا اذیتم می کند و همیشه آب بینی جاری است و پوست صورت می خارد. نگفتم که فراری هستم و در به در. به من گفت بیا بریم بندر. آنجا هوا خوب است. من چیزی نگفتم...در شهرستان خودشان، او تنها کسی بود که به راحتی می توانست به آن خانه ی مخفی بیاید. گویی خانه ی خاله است. آن زمان نگاهش به من به عنوان فردی بود در سطحی فراتر. دوست داشت خودش را برای من مطرح کند. نشان بدهد که چیزی بارش هست. رخسار زیبای من نیز قطعاً عاملی بود که او نمی توانست نسبت به آن بی تفاوت باشد...در من هیچ هیجانی برنمی انگیخت. ویژگی قابل توجهی نداشت که توجه مرا جلب کند تا بخواهم دو کلامی با او حرف بزنم. نمی دانم او را در کدام گوشه از سازمان می توانستم جا بدهم. او در نظر من می توانست همان توزیع کننده ی ساده ی اطلاعیه ها به این و آن باشد. حتی بعید می دیدم این کار را نیز به درستی انجام دهد و مثلاً اگر خطری او را تهدید کرد بتواند به درستی از پس آن بر آید. حالا بیکار از تدریس و دور از فعالیت های تشکیلاتی در این خانه روزگار می گذراند...ظاهراً از آن ذهنیات مخربی که جانشین سرپرست در شهرستان با جوسازی هایش در باره ی من در او نیز بوجود آورده بود، دیگر اثری دیده نمی شد. آن جانشین بیوگرافی مرا که می بایست بسیار مخفی باشد و هیچ کس به آن دسترسی نیابد، در اختیار همگان گذاشته بود تا ثابت کند که من به عنوان بورژوا چرا مرتد محسوب می شدم و می بایست طرد شوم. چه بسا همان موقع که دستمزد کار سخت مرا همین صَفَر با رفقا به جیب می زدند، ته دلشان می گفتند که این دختره ی بورژوا - این دختره ی جنده - باید تقاص پس بدهد و خود را محق می دیدند که من کار کنم و آن ها روی پشتی لم بدهند و دستمزد مرا بالا بکشند...آن زمان که به عنوان رابط در میان سبزی ها برایم اطلاعیه می آورد، از ترس می مرد که نکند ما را با یکدیگر ببینند و نیز تحت تأثیر جوسازی های جانشین سرپرست رفتارش برخورنده و زننده بود همان رفتاری که بعد ها از جانب ماموران امر به معروف و نهی از منکر مشاهده می شد...حالا تا بنا گوش سرخ شده بود و چشمانش برق می زد. آیا او هم نتوانسته بود نادیده بگیرد قابلیت های مرا در آن خانه؟ آیا هنوز درمن می دید قاطعیت حس مبارزه جویی را؟...چه حرف ها می زنم؟ هنوز در توهم به سر می بردم. دیگر این معیارها نمی توانست به هیچ رو مد نظر باشد. بخصوص از جانب او. چه بسا مصلحت و مشکلات زندگی مخفی ایجاب می کرد که شتر دیدی ندیدی. پیشنهاد زندگی در بندرعباس در ضمن نشان از آن داشت که در اینجا خبری نیست که امیدی نیز نیست که خبری باشد. پیشنهاد او پیشنهاد یک زندگی معمولی بود در این دنیا. و دورشدن از مرکز که اندکی آسایش به زندگی می آورد...دفعه ی بعد که یکدیگر را دیدیم در طبقه ی دومِ اتوبوسِ بی سر نشین از من خواستگاری کرد. من پاسخی ندادم. اما تصمیم گرفته شد. رفتیم یک حیاط یک اطاقه با یک آشپزخانه اجاره کردیم. او پیدا کرد. تخصص داشت دراین کار. زیاد اینجا و آنجا به نام اقوام نزدیک خانه پیدا کرده بود تا بتواند خود را مخفی نگاه دارد. تصور کنم از دایی فراهان بود که من بیست هزار تومان قرض کردم برای پول پیش خانه در یکی از جنوبی ترین و فقیرنشین ترین محلّه ها ی تهران. یک قالی برداشتم بردم کف اطاق انداختم و یک تخت

یک نفره و یک میزِ چهارنفره با یک گلدان در میان و دو صندلی. یخچال یک نفره ی اداریِ داداش را در آشپزخانه ی ته حیاط گذاشتم. با زهره یک پرده ی توری قشنگ برای شیشه های بلند و عریض دوختیم...زن همسایه در طبقه ی بالا وقتی فهمید تازه تشکیل خانواده دادیم چشمانش برق زد. آمدند با یک سینی استیل برای تبریک عروسی. می گفت تازه عروسی...وای؟ یعنی که هر شب بله...چند روز قبل از عید خانه حاضر شد و ما برای اولین بار در یک بعد از ظهر آمیزش داشتیم. اولین بار در زندگیم بود که با مردی که دوست نمی داشتم عشق بازی می کردم. او برای اولین بار بود که با یک زن عشق بازی می کرد. نمی دانم چه شد. چطور توی بغلش رفتم. حسی نبود. تن و بدن او برای من هیچ نداشت. انگار این عمل نیز در بسته بندی ازدواج می بایست بیاید. فقط نگذاشته بودم تویش بریزد که نکند حامله شوم. فردای آن روز اول صبح رفته بودیم خانه ی خواهر بزرگش. او احساس غرور می کرد. روی زمین نشسته بود زانوهایش را از هم باز کرده بود سینه اش را جلو داده بود سرش را بالا گرفته بود و غبغب توی گلو انداخته بود و طوری با همه حرف می زد که انگار دنیا را فتح کرده است. من با چادر به آنجا رفته بودم. همه با نگاهی مردد و بی تفاوت به من می نگریستند. خواهر زاده هایش بی حجاب بودند و خوش بر و رو. تخم جوجه های چند مرغ سر بریده را با جگر سرخ کرده بودند و دور سفره ای در یک اطاق کوچک نُه متری صبحانه می خوردند. این اطاق بلافاصله از در- پنجره ای به عرض اطاق به حیاطی به همان عرض در ته بن بستی به عرض نود سانتی متر راه داشت. بن بستی که از هر گوشه ی آن زنی از پنجره سرک کشیده بود و راه به راه زنانِ همسایه توی کوچه در آستانه ی خانه های کوچک پیوسته به هم ایستاده بودند... برخوردی به نشانِ خوشحالی از دیدارِ عروس در آنها ندیدم. این خواهر و مادرش سرعقد ما در محضر حاضر شدند. مات و مبهوت و گیج. این شکلی اش را ندیده بودند. بی دلنگ و دولونگ. نه مهریه نه شیربها نه شرط و شروط نه خرج عقد وعروسی نه شام و ناهار و از این حرف ها نه برو و نه بیا. توی اطاقک محقر دفترخانه خطبه ای خوانده می شود و تمام. بعدها دیدم که در عروسی هایشان بی اغراق هفت شبانه روز جشن بود و تمام مراسم آوردن خنچه و حنابندان تا جمع شدن جماعت پشت درِ اتاق خوابِ شبِ زفاف و پاتختی همه را بی کم و کسر انجام می دادند. مادر از سوزن خیاطی و لباس های زیر عروس و داماد تا فرش و یخچال و ظروف و همه ی لوازم مورد نیاز زندگی را تکه تکه با همان درآمد اندک کارگری شوهر از چند سال قبل می خرید و برای آنها کنار می گذاشت...آن دو نفر هنگامِ عقدِ من حتی یک شاخه گل با خود نیاورده بودند. می شد حدس زد که همه چیز آن چنان غیر عادی بود برای آنها که آچمز شده بودند... دیرتر نیز واکنشی برای خوش آمد گویی این عروس دیده نشد. می شد گفت که ما را همه نوع فعالیت و اقدامات ما را برای ازدواج غیرمعمول دیده بودند. غیر معمول بود...اما انگار این غیر معمول بودن برای آنان کم بی منفعت نبود. بخصوص که من هر نیازی را خود مرتفع کردم. حتی مخارج عقد را. انگار از خدا خواسته که رایگان و بی درد سر پسرشان صاحب عیال بشود. پسرشان صاحب زن و خانه ی مستقل شد و خیالشان راحت که دیگر مجبور

نیستند همیشه مراقبش باشند و پنهانش کنند که دستگیر نشود...در خانه ی خواهرش من حرفی نداشتم که بزنم. چه باید می گفتم از عروسی مان - شب زفاف - که خود نیز نمی دانستم چه بود؟ حتی نمی دانستم این زندگی به کجا خواهد کشید؟ با خود گفته بودم بگذار پیش برود تا بعد ببینیم چه می شود. آن ها نیز سخنی نداشتند که به من بگویند. من به این وصلت تن داده بودم که در میان فقرا باشم. ولی آن فقرا نمی فهمیدند من که هستم و چه می کنم. لابد رفته بودم که از آنها چه چه و به به بشنوم زیرا همه ی خواستگارها را رها کرده ام با برادر آنها زندگی کنم و در خدمتشان باشم. چنین اقدامی بدین شکلش از هیچ "خری" در ذهن آنها نمی گنجید. هیچ از گذشته ی من و زندگی ام نمی دانستند و نیز ارزش هایی که آنان از زندگی می شناختند بسیار زمینی تر از آنی بود که بخواهند مرا با توهماتم که معلوم نبود از کجا آمده اند بفهمند و تحویل بگیرند...احساس من سرخوردگی بود در برخورد با "توده". واکنش آنان در برابر من چیزی بود بسی ماوراء آن ذهنیاتی که من از خود ساخته بودم. آنها از مبارزاتی که برادرهایشان در آن قدم گذاشته بودند می خواستند که پول نفت را بیاورند و در آستانه ی در به آنها تحویل بدهند. امیدوار بودند زندگیشان بهبود یابد...حالا که مبارزه ای وجود نداشت، می بایست زندگی کرد. یک زندگی عادی مثل دیگران تا امکاناتش فراهم شود. صَفَر برای من آن کلیشه ای بود که ذهن ایدئولوژیکِ متوهمِ من می توانست بپذیرد: فرمول های سازمانی که ما را در یک جا قرار می داد. و او از همان طبقه ای برخاسته بود که من برایش سینه می زدم. مادرش مثل اغلب مادرهای افراد سیاسی خود را در بست در اختیار ایدئولوژی بچه هایش گذاشته بود. او حالا دیگر نماز هم نمی خواند. با بچه هایش و همه ی کسانی که در رابطه با آنها بودند مدارا می کرد. مرید چشم بسته ی نظرات سرپرست بود...سرپرست کیفیت های قابلی داشت. ظاهراً روشن بین و دمکرات بود و به حقوق فردی افراد آشنا. پذیرش ازدواج با صَفَر شاید بخشاً به علت شناخت از او نیز بود و گمان بر اینکه احتمالاً قوم و خویش نزدیک او چیزهایی از وی را با خود داشته باشد.

صَفَر با یک کلمه ی"اشّک" آب سرد ریخت روی سر من. قبل از اینکه برویم محضر عقد کنیم کاملاً از چشمم افتاد. اما من خواسته بودم بر اساس خط پرولتاریا حرکت کرده باشم و خود را با خانواده ای وصلت دهم که برای بهبود زندگی طبقه اش عمر و زندگی و امکاناتم را داو گذاشته ام تا همان طور که خواسته بودم با پوست و گوشتم آن را حس کنم بشوم جزئی از آن. کوچکترین حس عاشقانه مهمترین موتور محرک یک زندگی مشترک، در میان نبود. یک چنین چیزی با اهدافی که در سر داشتم لزومی نداشت که مطرح باشد. مبارزه را چه به عشق! مگر توده ی مردم با عشق عروسی می کنند؟...بالاخره یک جوری می بایست برای خود توجیه می کردم. چرا که در عین حال جایی می خواستم پایم را به راحتی در آن دراز کنم جایی که مال خودم باشد هر کار خواستم در آن انجام دهم هیچ کس را رعایت نکنم هیچ کس مرا رعایت نکند. حالا که تنها هستم و هر کسی به کار خود است و من در غربت خود جایی در دل هیچ کس ندارم بگذار در تنهایی راه و زندگی خود را بیابم...پیاده می رفتیم به دفتر محضر. من چادر به سر کرده بودم. قرار بود مامان نیز بیاید و داداش

و شوهر خاله سهیلا برای شهادت. مردی در پیاده رو آهسته راه می رفت و متوجه نبود که ما از پشت او می آییم و می خواهیم که او برای ما راه باز کند. صَفَر کند می کرد تند می کرد، تا شاید او را رد کند. نمی شد. کلامی نیز از زبانش بیرون نمی آمد تا مرد را از مقصودش مطلع سازد. عصبانی شد. به او گفت "اشک" یعنی "خر" به ترکی. هم چون یک روستایی که تازه به شهر می آید و گمان می کند مردی که جلوی او راه می رود واقعا خر است یا گاو است و باید با او چنین رفتار کرد. نمی دانستم که مدرک سیکل از دانشسرا دارد. می دانستم که در دهات چند تا کلاس اول تا پنجم را در یک زمان درس می داده است. در روستا با معلمی دیگر یک جور کدخدایی ده را می کرده اند. اما به هیچ رو تصور نمی کردم تا این حد برخوردش نسنجیده باشد. دیرتر فهمیدم که بی سواد است و نیز بینشی ضعیف و یک جانبه نسبت به همه چیز دارد...می رفتیم که خطبه ی عقد خوانده شود. بیش از آن مسخ شده بودم که بخواهم عقب گرد کنم. با خود می گفتم هر خری می خواهد باشد. مرا نجس و کافر و مهدوم الدم که نمی داند. تازه می خواهم بروم به خانه ی خودم. یک کاریش می کنم. واقعیت اینکه آن چنان این همه سال فرار و تبعید و در به دری عذابم داده بود که دیگر مهم نبود چه می کنم...پس از عقد با او نرفتم به خانه ی جدید. او رفت. من با مامان رفتم خانه ی خودمان. نمی خواستم او را. هیچ حسی او را به من پیوند نمی داد. او برای من یک کار تشکیلاتی بود. در نبود تشکیلات و نبود خانه ای که در آن اندکی به راحتی نفس بکشم، با او شاید می شد مکان امن تری یافت برای پیدا کردن مفری در آینده. با محملی به نام شوهر این امکان راحت تر شاید فراهم می شد. حال چه فرقی می کرد که او چه کسی باشد...هیچ کس نپرسید چرا نرفتی خانه ی خودت. عقد بر طبق رسم معمول صورت نگرفته بود. عروسی کرده بودیم - دخول صورت گرفته بود- یعنی که قَبِلتُ را گفته بودیم ولی اساساً خود را متعلق به او نمی دانستم. خود را زنی نمی توانستم تصور کنم که شوهر کرده باشد یا او را مرد خود تلقی کنم. از همان آغاز فاصله ای عمیق بین خود و او می دیدم...مامان و خاله ها و دایی فراهان هر یک سکه ای بهار آزادی به من دادند که به یاد ندارم با آنها چه کردم. چرا، یکی ـ دو تا از آنها را دیرتر به دردی زدم. اما لحظه ای که آقا ما را عقد کرد به هیچ رو در خاطرم نیست. مسخ شده بودم. مسخ کامل. انگار مرا هول داده بودند که برو این کار را بکن. مگر می شود این مهم ترین واقعه ی زندگی را این چنین سر و ته اش را به هم آورد؟ حتی به این فکر نمی کردم که این امر به من تحمیل شده است. همه چیز دست به دست هم داده است تا مرا به اینجا بکشاند...روز اول عید صَفَر آمد به خانه ی ما. همه آنجا بودند. خواهرها و خاله ها. این اولین عیدِ نوروز پس از شهادت داداش کوچولو بود. صَفَر نشست روی زمین در آستانه ی درِ اطاق تلویزیون. همه مدام در حال حرکت بودند. یک سلام و علیک معمولی با او کردند...خاله سهیلا مرتب به شوهرش می گفت جواد این رو بیار جواد اون رو ببر. آن موقع نمی فهمیدم که می خواست یک جوری چنین تفکری را جا بیاندازد که ما یک داماد داریم و آن هم دامادی که اگر همه به خاطر خاله سهیلا به او احترام می گذاشتند، اما او دامادی بود که جای خاصی برای کسی نداشت و انگشت کوچیکه ی دایی اش شوهر غرق

شده ی خاله سهیلا نمی شد. حالا در نبود او به خدمت خانه ی خاله ها درآمده بود و نگاه ها و متلک های همه جوره از هرکس را به جان می خرید...و شهادت داداش کوچولو جایی برای خوشی نمی گذاشت. من نه خوش بودم نه به دنبال خوشی. اما دلم حمایتی می خواست از جانب مامان. احساس می کردم برای آنها فرق نمی کند که چه می کنم. برای آنها مهم نیست که من به هر حال سر و سامانی به زندگی خود می دهم تا از آن وضعیت در آیم. می بایست خوشحال می بودند. می بایست این حرکت را به فال نیک می گرفتند. حس می کردم عمدی در این بی توجهی هست. نوعی بی توجهی که مامان هم نمی دانست چیست. انگار حرکت هایی صورت می گرفت که بسیار پنهانی بود سنجیده. طوری برنامه ریزی شده بود که من دیده نشوم. اما شاید این توقعی است بی جا. مگر من چقدر به این وصلت اجر می گذاشتم که از آنها انتظار برخوردی دگر داشته باشم. اساساً آیا می بایست خوشحال بود؟ همه ی آنها تا حدی حس می کردند که یک جور ناگزیری است این وصلت. می دانستند که چه موقعیت هایی را من نپذیرفته بودم. ازدواج من کاری مهم تلقی نمی شد.
کاری بود مثل همه ی کارهای من که به خود و به زندگی سیاسی خودم مربوط می شد. اموری که با زندگیِ دیگران ارتباط پیدا نمی کرد. صَفَر نیز که چندان مالی نبود. چه بسا مقایسه اش می کردند با موریس. آن زمان او را چون شاهزاده ای در برگرفته بودند. لذت می بردند او در جمع ما باشد. داداش با خوشحالی می گفت همه توی محل می گویند نامزد تو از پاریس آمده.
اما نه...چیزهایی از جایی آب می خورد که من نمی فهمیدم. ابروهایم را پس از مدتی که مثل خدمتکارها موهای سرم را از پشت می بستم و با روپوش کیسه ای می گشتم، برداشته بودم. خاله سهیلا با حالتی که نمی دانم چه خصلتی به آن بدهم گفت اوه ابروهایت را برداشتی! انگار ترجیح می داد من به همان گونه ادامه دهم و زیبائی هایم خود را نشان ندهند. نیشخندی بر گوشه ی لبش نشسته بود...از شهادت داداش کوچولو چند ماهی بیش نمی گذشت. همه ی دوستان می نوش و داداش کوچولو و شوهر می نوش و خواهرزاده ی ناتنی من یکی یکی می آمدند آنجا به مامان تبریک - تسلیت بگویند. مامانِ انقلاب دوباره عزادار شده بود. و هنوز صدای انقلاب بلند بود و جنگ برای آفرنیش شهیدان در راه خدا برقرار و مامان با جوی که بوجود آورده بودند ظاهراً افتخار می کرد که پسرش برای دین برای خدا شهید شده است.
به یک ساعت نکشید ماندن ما در آنجا. رفتیم به "ماه عسل". بالاخره می بایست جایی رفت جایی که خلأ را پر کند و اندکی حس کنم مثل آدم زندگی می کنم تا شاید آن بی تفاوتی و بی توجهی از نزدیک ترین افراد در پس ذهن گم شود. می خواستم هوای تازه را نفس بکشم اگر چه بودن من با صَفَر بی معنی بود. نه انگار همراهی دارم. هیچ حرفی برای گفتن با او نداشتم. به یک باره پدیده ای جدید کنار من سبز شده بود. مثل دخترهای نو جوان باکره ای که شوهر می دهند. تا مدتی نمی دانند که هستند کجایند چه می کنند. از خانه ی پدری با روابط آزادِ ویژه ی خود پرت شده اند به محیطی کاملاً جدید. مرا نیز انگار سرنوشت راست انداخت کنار او. او گرچه مرا دوست می داشت و به چشم یک همسر نگاه می کرد اما او را نیز سرنوشت اینجا گذاشته بود. سرنوشتی که می

بایست در مقطعی از زمان من و او کنار هم قرار بگیریم. در کنار هم بودن انگار تنها راه نفس کشیدنمان بود. و فقط همین...تصمیم گرفتم برویم شمال. خانه ی جدید را یک پدیده ی مجازی می دیدم محلی که فقط باید نامش باشد و مجوزی برای یک زوج که می خواهند در آن یک زندگی "عادی" داشته باشند همانگونه که همه دارند. مرد روز می رود سرکار شب می آید نانی با هم می خورند شب همدیگر را می کنند بچه به دنیا می آورند به کسی کاری ندارند آسته برو آسته بیا...من اما آن نوعروس بچه سال نیستم که چشم و گوش به دهان مادر شوهر و شوهر دوخته باشد. او تابع من است. هرچه که بگویم هر تصمیمی که بگیرم. آیا به این علت که حتی قِرانی تا کنون برای تشکیل این زندگی خرج نکرده است؟ دریغ از کمترین کوششی بی دریغ. برای پول ناچیز پیش خانه نیز گذاشته است که من آن را تهیه کنم. و حالا که به سفر آمده ایم من مقدار پولی را که دارم در جیب او گذاشته ام که خرج کند. آیا هنوز فکر می کند که توی تشکیلات هستیم و هرکس اگر امکاناتی دارد می گذارد وسط و من و تو ندارد؟ آیا رفتار قاطعانه ی من بود که او تبعیت می کرد؟ به گونه ای عمل می کردم که یعنی چون و چرا ندارد؟ با پدیده ای روبرو شده بود که با آنچه تا کنون در میان مادر و خواهرهایش و زن های توی ده دیده بود متفاوت بود و نمی توانست پا به پای او ذهنش را به کار گیرد؟ یا که خود نیز باور نمی کرد در یکی ـ دو روز همه چیز کن فیکون شود. حالا همه چیز فراهم است یک ثروت باد آورده خوشبختی ای که از آسمان نازل می شود...گذراندن ماه عسل در هتلی نزدیک کنار دریا به هیچ رو در ذهنم نمی گنجید. نه که نمی خواستم پول خرج کنم. اگر می خواستم امکاناتش مهیا می شد. ولی نمی بایست. فقرا مگر از این نا پرهیزی ها می کنند؟ آنان آیا به طور معمول به ماه عسل می روند؟ عقد و عروسی در خانه و بعد شب زفاف و سپس زندگی معمولی جاری می شود. حالا من می خواستم در عین حال متمدن هم باشم. چه جایی از کار ما به متجدد بودن می خورد، نمی دانم. هیچ جشنی برگزار نشد. من نمی خواستم. دیگران نیز رأیشان به دهان من دوخته شده بود که چه می کنم. خاله سهیلا برای رفع تکلیف پرسید می خواهی من یک میهمانی بدهم؟ گفته بودم نه. و او اصرار نکرده بود. می دانست جواب منفی است. خود نیز چندان جدی نبود. ماما مسخ واقعه ی شهادت بود. هیچ جشنی برایش معنا نداشت. برای دیگران نیز. گویی با سیاست هر نوع تفریح و خوشی می بایست از بین برود. این افکار از کجا گرفته شده بودند نمی دانم. افراد مذهبی هیچ گاه چنین عقایدی نداشته اند. آنها عزا و هم عروسی برگزار کرده اند. تفکر از مشی چریکی می آمد. از چه گوارا. فرد مبارز باید خود را از همه چیز محروم کند. در مقابل بدبختی و فقرِ مردم برپایی جشن معنا نداشت. غافل از اینکه همین فقرا همه کارشان به راه بود. خوب باشد...آنان افرادی عامی هستند ما روشنفکریم ما مبارزیم ما آگاهیم ما باید سختی را تحمل کنیم خوشی را از خود دور کنیم تا به آنان نزدیک تر شویم...آبگوشتی را که پخته بودم کوبیدم و گوشت کوبیده را با نان گذاشتم توی یک ظرف کوچک برای ناهار و رفتیم. با اتوبوس به ساری. در قهوه خانه ی سر راه پیاله ای ماست خریدیم و شیشه ای نوشابه که با گوشت خورده شود. صَفَر با اکراه با من همراهی می کرد...یک راست رفتیم به خانه

ی داداش گل بنفشه: کلبه ای بسیار فقیرانه و کوچک ولی بسیار زیبا در میان یک حیاط پر از درخت و گل. خانه عبارت بود از یک اطاق و بس. یک متر بالای زمین ساخته شده بود ـ طبق روال اغلب خانه های شمال تا از باران همیشگی آسیب نبیند. گل بنفشه هنوز در خانه های مردم کلفتی می کرد. داداش او با دختری زندگی می کرد و می گفت با هم ازدواج کرده ایم. شب بود که به آنجا رسیدیم. از ما به گرمی استقبال کرد. آهسته در گوش من گفت رفتین سانفرانسیسکو؟...توی اطاق حقیر شبی را سر کردیم. من و صَفَر یک طرف اطاق خوابیدیم و او با آن دختر در طرف دیگر. ما حتی در آغوش یکدیگر نخوابیدیم. پشت به پشت. در آنها نیز نشنیدم جنب و جوشی. نیمه های شب صدایی بیدارم کرد. برادر گل بنفشه بود می رفت بیرون. خواب از چشم پریده بود. من هم رفتم. صَفَر هیچ نفهمید. زن او نیز. رفتیم کنار ساحل. آسمان سیاه سیاه دریا سیاه سیاه در ورای بیشه هایی سیاه سیاه...صبح برگشتیم. با صَفَر حتی نرفتیم اندکی توی جنگل های زیبای شمال قدم بزنیم یا به کنار دریا برویم. حالا زن همسایه می گفت یعنی هر شب بله...فردای شبی که به تهران رسیدیم، رفتم به سراغ دکتر روستایی. گفت بی خود کردی که می خواهی جلوگیری کنی. خودش دیر ازدواج کرده بود دیر بچه دار شده بود. می گفت حاملگی یعنی زیبایی یعنی سلامتی تمام سلول های بدن به کار می افتند تخم دان ها که شروع به کار کنند زن زیباتر می شود زنده تر می شود با زایمان. حالا خودش سه ـ چهار بچه ی قد و نیم قد داشت...پیش از این ها قبل از مسافرتم به پاریس هر گاه بیمار می شدم به سراغ او می رفتم. از دوستان شوهر سابق خاله سهیلا بود. مردی بود با سواد از اهالی آذربایجان با لهجه ای بسیار شیرین مثل همه ی ترک زبان های اهل مطالعه. می گفت پسرم یک روز به مادرش گفت:" مامان، مامان، بابا به لوبیا می گه لوبیَه". آن زمان دکترها می گفتند کُلیت روده دارم و مرا از خوردن همه چیز محروم کرده بودند. می بایست غذا را آب پز بخورم طرف میوه ی خام نروم و خیلی ملاحظات دیگر. دکتر روستایی گفت برو همین الان یک کیلو انار بخور. تو هنوز بچه ای. این دردها چیست برایت درست کرده اند و از همه ی نعمت ها محروم شده ای. من دهانم باز مانده بود. گفت غلط کردند اون دکترها. از همان شب هیچ دردی در هیچ جای بدنم حس نکردم. اکنون به مناسبت هایی برای مداوا پیش او می رفتم و گاهی در باره ی مسائل مختلف با هم صحبت می کردیم بخصوص که حالا از خارجه آمده بودم و برای خودم "کسی" یعنی سیاسی شده بودم و نقطه نظرهایی داشتم و دوباره شروع کرده بودم به نوشتن. یک بار زن فرشاد را بردم پیش او. تخم دان هایش می سوخت و خارش داشت. دکتر روستایی گفت دو- سه دفعه در روز بشین توی یک تشت سرکه و نمک. زن فرشاد تردید داشت. اما همان روز اول نتیجه اش را دیده بود...حالا می گفت نه قرص می دهم نه دستگاه برید همین الان دست به کار بشید. گفتم باشد. ما که افتاده ایم توی خط و قاطی مرغ ها شده ایم، این یکی هم رویش...بلافاصله حامله شدم در همان یکی دو دفعه ای که کارهایی صورت گرفت. من اغلب پشتم را به او می کردم و می خوابیدم. گاهی چیزهایی تحریک می شد. از خوابیدن با او فقط چهره ی پر از پشم و ریش و سبیلش را به یاد دارم و موهای فرفری مجعد مثل قیرش که هر کدام سازی می

زدند. من به پشت خوابیده بودم و او از بالا به من می نگریست. احساس کردم یک گوریل توی من کرده است. با خود گفتم او کیست، من کیستم...

صَفَر کاری در نمی دانم حلبی سازی یا کجا پیدا کرده بود و من دوباره مشغول ترجمه ی کتاب شدم و آقای مهندس خرده خرده به جیب من می رسید. خرج و مخارجی نداشتیم به جز لقمه نانی که می خوردیم و چندرغاز اجاره ای که می دادیم...ماه اول زندگیمان یک بار مامان و خواهر ها و خاله ها را دعوت کردم به خانه. مادر صَفَر نیز آمده بود. سفره ای روی زمین انداختیم و پهلو به پهلو چسبیدیم به هم دور سفره. مهری گفت: ببینم غذاها را مادر شوهرت پخته و آورده؟ باور نمی کردند خودم این همه غذای خوشمزه پخته باشم...با خانواده ی صَفَر نیز گاهی معاشرت داریم. یعنی من دارم. به مناسبت هایی. با صَفَر وصلت کرده ام که با این طبقه نشست و برخاست کنم. اما صَفَر را حتی در خانواده ی خودشان نیز با خود به یاد ندارم. یادم نمی آید با او راه رفته باشم یا در جایی کنار او نشسته باشم. حضور او را در هیچ جای زندگی به یاد ندارم به جز مواردی که برایم سئوال ایجاد می کند...در خانواده ی آنها مراسم عروسی زیاد برقرار است - دست کم هر سال دو - سه تا. تا بخواهی مادر صفر نوه و نتیجه دارد و اغلب دختر و زیبا رو که بلا استثنا در پانزده - شانزده سالگی آن ها را شوهر می دادند. یکی از خواهرزاده های صَفَر زن پسری می شود که به شعر و شاعری علاقه دارد. عکس های عروسی آنها را من می اندازم. برای هدیه ی عروسی آلبوم زیبائی درست می کنم از وقتی که عروس در آرایشگاه است و بعد سر سفره ی عقد و بزن و بکوب و رقص. و حتی در زمان حنا بندان. مراسم هفت روز ادامه دارد. او دختر بزرگ ترین خواهر صَفَر است...شوهر خواهر در کارخانه ای کار می کند. این خواهر حواسش جمع است. در خانه تقسیم کار بر قرار می کند و هرکس وظیفه ای معین دارد...دخترِ دیگر او با پسرِ سرایدارِ مدرسه اش ازدواج می کند. اهل ساوه هستند. مرغ درسته را خام می گذارند لای پلو و چه غذای خوشمزه ای از آب در می آید. دختر بزرگ او خانه ای خریده است در اطراف شهر. از طرف کارخانه به شوهرش این خانه تعلق گرفته است و حالا تا آخر عمر باید وام پرداخت کند...همه خوب زندگی می کنند. میهمانی هایشان برقرار است و سفره ها رنگین. زن ها کمک می کنند در آشپزی. مردها می نشینند پای صحبت. مادر دامادها را دور و برِ خود دارد و لذت می برد. پس از یکی - دو سال خانه ی کوچکشان را در جوادیه می فروشند و در نزدیکی خانه ی دختر بزرگ خانه ای بزرگ تر با حیاطی بزرگ و حیاط خلوت می خرند...با خواهر دومی که در شهرشان با او آشنا شده بودم، بیشتر معاشرت می کردیم. دختر بزرگش را که بسیار زیباست سر کارگر کارخانه می خواهد. همه ی مقدمات جشن کوچک عروسی اش را من فراهم می کنم. حتی خود تراشش را من می خرم و به او می گویم شب عروسی خود را سفید کند. مادرش برخلاف خواهر بزرگتر با این مسائل چندان آشنا نیست...زندگیِ این خواهر با زن های معمولی تفاوت دارد. بدون شوهر زندگی کرده است. تا لنگ ظهر می خوابد. ساعت دو شروع می کند به آشپزی. خیلی راحت با هر موردی برخورد می کند و همیشه خندان

است و چهره ای زیبا دارد. جهیزیه ای نه برای این دختر و نه برای آن دیگری تهیه نمی کند. بهانه اش: بچه ها پدر ندارند از کجا بیاورد. هم چون بقیه ی زن ها در این خانواده در بیرون کار نمی کند. بیشتر اوقات آنها را نشسته روی تشکچه می بینی و ماشاء الله چه کون هایی...آن سرکارگر که به زودی به کار قصابی مشغول می شود، در عرض دو- سه سال بار خودش را برای همیشه می بندد. صاحبِ یک خانه ی دوطبقه می شود و بعد خانه ای بزرگ تر. مرتب میهمانی می دهد پدر و مادرش را از شهرستان به تهران می آورد. حالا برای خود کسی است. گاهی این دو نفر قبل از اینکه بچه دار بشوند و داماد فرصتِ سر خوراندن نداشته باشد، گاهی با ما به کوه می آیند. داماد قصاب مرتب می گفت تو می دونی چه موقعیتی داری؟ با کارت خبرنگاری می توانی در عرض مدتی کوتاه امتیاز های کلان بگیری...خواهر کوچک صَفَر در دوران انقلاب با یک لاتِ محلِ معتاد به هروئین آشنا می شود و با هم عروسی می کنند. پسر از خود هیچ ندارد. پدرِ داماد اطاقی در طبقه ی بالای خانه ی خود در جوادیه به آنها می دهد برای زندگی . خواهر صَفَر در واقع شده است کلفت خانواده ی داماد. شوهر معتاد مخارجی به خانه نمی آورد و سر بار است. کار نمی کند چشم و چالش دنبال این دختر و آن دختر است. زبانی هم دارد دراز. و این خواهر می سازد. برادر بزرگتر در خارج از کشور است و درپی گرفتاری خود...در هر صورت به تنها چیزی که نمی اندیشد اینست که خواهر را از آن وضعیت نجات دهد. صَفَر در خانه ی ما پول توجیبی اش را نیز به زور در می آورد. برادر وسطی اسیر زن خود است. خواهر ها هیچ کمکی نمی کنند. مادر دستش به جایی بند نیست. چنانکه بود نیز اقدامی نمی کرد...خواهر کوچک مجبور شد سال های سال در فلاکت زندگی کند. خانواده اش آرزوی مرگ داماد را داشتند. دیرتر داماد را به علت قاچاق مواد مخدر به زندان می اندازند و خواهر می تواند حکم طلاقش را بگیرد. اما تا طلاق بگیرد سال ها در بدری داشته است. مدتی همراه با بچه ها در خانه ی مادرش زندگی می کند و مدتی با خواهر دوم. همه با او رفتاری تحقیر آمیز دارند. حتی خواهر های خودش و برادرها و مادر او را تحقیر می کنند که خودت انتخاب کردی. ما گفتیم که زن او نشو...از روی ناچاری ازدواج کرد. نمی توانست چند دقیقه بیرون از خانه بماند. برادر ها و خواهر ها همه او را کنترل می کردند. حرف های رکیک بارش می ساختند. او را بدکاره و خیابانی می نامیدند. دختر خوبی بود و بسیار با لیاقت. خیاطی می دانست آرایشگری خوب بلد بود رخساری زیبا داشت خوب می رقصید خوب لباس می پوشید. مجبور شد به خاطر حرف های ی خانواده به گمان اینکه استقلالش را به دست می آورد از خانه ی مادری در واقع فرار کند. آن زمان مادر در طبقه ی اول خانه ی کوچک پدری در جوادیه زندگی می کرد. دو اطاق کوچک داشتند با یک حیاط چند متری...برادر سوم و زنش با سه دختر در دو اطاق کوچک طبقه دوم زندگی می کردند...زن برادر با اینکه می گفتند با همه ی بقال ها و مغازه دارها و سپور و غیره غش غش می خندد و حتی مادرشان می گفت گویا با کسی هم سر و سری داشته است، ولی هر حرکت خواهر کوچک را حرف می کند. اما بیشتر از او مادر و خواهرها او را عذاب می دادند. همگی او را شماتت می کردند. این دختر سال

ها بعد با سه بچه که حالا دخترش ازدواج کرده و پسرش برای خودش مردیست، همسر مردی می شود که چهل و پنج سال مسن تر از اوست. متمکن است واین دختر دلش خوشست که دست کم جا و مکانی محفوظ دارد و مجبور نیست به کاری پست در بیرون بپردازد و بچه ها نیز، اگرچه با مشکلات ولی با او زندگی می کنند. هر لحظه آرزوی مرگ او را دارد. یک چهارم ارثیه ی آن مرد به او خواهد رسید. اما مرد حشری هشتاد و پنج ساله بسیار سرحال است و به این زودی خیال مردن ندارد.

فرشاد مرا در شهرستان از پشت پرده می شناخت در آن کلاس های تئوریک مارکسیستی. از دوستانِ قدیمیِ سرپرست و صفر بود. اکنون روابط خانوادگی داریم. فرشاد گفت شما چطور توی این محله خانه ای به این زیبایی درست کرده اید. یک روز که او و زن و بچه اش به خانه ی ما آمده بودند شب در آنجا خوابیدند. زن فرشاد صبح زود رفته بود و صدای بچه ی چند ماهه در آمد. مهران...مهران. فرشاد خواب آلود توی رختخواب پهن شده بر روی زمین زنش را صدا می زد یعنی کجایی پاشو به بچه برس. صَفَر گفت مهران رفته است. گفت پس زنِ تو چی. گفت خوابیده. پرسید پس بچه چی؟ دیگر یادم نمی آید که صَفَر به بچه رسید یا فرشاد خودش مجبور شد بلند شود. صَفَر در همین مدت کوتاه متوجه شده بود که از من نمی تواند بخواهد آنگونه که زن های خودشان در شهرستان زندگی کرده اند رفتار کنم...فرشاد نمونه ای از کمونیست ها بود که تمام رفتار یک شهرستانی عقب مانده را با خود داشت. گمان برده بودم متفاوت است. دست به قلم بود. یکی دو تا از داستان های کوتاهش در مجلات هفتگی زمان رژیم سابق چاپ شده بود. رمان زیاد می خواند. او عاملی بود که من دو باره با ادبیات عجین شوم. بسیاری از کتاب هایی را که علاقه داشتم بخوانم دو باره در دست گرفتم. به علت علاقه به مطالعه صاحب نظر بود و این قابلیت در او در میان اطرافیان که کمتر به این امر می پرداختند یک نوع حس برتری به او می داد که در رفتارش مشاهده می شد. این حس آنقدر در او قوی شده بود که گمان می برد باید برای همه پدرخواندگی کند با عقایدی بس عقب مانده و با پیش داوری هایی یک سویه. این ارزیابی را البته دیرتر کشف می کنم. برای این حس در آن زمان چندان اهمیتی قائل نمی شدم. در من کار بردی نداشت و تاثیری در حرکت من نمی توانست داشته باشد. همین که کسی هست بتوانم در زمینه هایی بخصوص در ادبیات که مورد علاقه ی من است با هم صحبت هایی داشته باشیم سبب می شد برای او احترام قائل شوم...در کودکی هفته ای نبود که کیهان بچه ها نخوانم. کتاب هایی که اخگر و ملیح خواهرهای ناتنی من در آن موقع می خواندند همه جا توی خانه پخش بود. هیچ کس نبود که مرا کنترل کند که چه چیز بخوانم و یا نخوانم. همه جور کتابی می خواندم. ده ساله بودم که کتاب اروتیک "سیدنی" را از میان کتاب های پخش و پلا در خانه به دست گرفتم و برای اولین بار با خواندن آن موهای بدنم سیخ شدند. بدنم تیر کشید. شورتم به گمانم خیس شد. در همان دوران بود که پستچی بسته ای آورد. دو پاکت بزرگی بود که سرش را باز کرده بودند. وقتی آن ها را از پستچی گرفتم، محتوای بسته ریخت بیرون.

کوه کمر شکن

در روی جلد مجله عکس یک زن و مرد چاپ شده بود که لخت و عریان عشق بازی می کردند. بسته از آنِ داداش ناتنی بود. کنجکاو شدم مجله را نگاه کنم. مجله ی پورنو را با کنجکاوی ورق زدم. به داداش نگفتم که آنها را دیده ام. خودش به احتمال حدس زده بود...مدتی اخگر با شوهر و پسرش در یکی از طبقات بالای خانه زندگی می کردند. اخگر و من در دوران دبستان به طور شراکتی مجله ی زن روز و اطلاعات بانوان می خریدیم. من پول تو جیبی ام را پس انداز می کردم برای خرید مجله. در مجله ی زن روز مطالب "دوراهی" را خیلی دوست داشتم در اطلاعات بانوان داستان های کوتاه "مستعان" را. در دبیرستان نیز در رشته ی ادبی تا اندازه ای با ادبیات آشنا شدم. ولی در خارجه کتاب هایی که می خواندیم فقط مربوط به سیاست و اقتصاد و انقلاب های اجتماعی بود...اعتماد به نفس فرشاد البته قابل تحسین بود. هر زمان به خانه ی آن ها می رفتیم روی سخنش اغلب با من بود. صَفَر را در حدی نمی دید که با او سخن گوید. با زنش مهران نیز در باره ی مقولات جدی و ادبی به بحث نمی پرداخت. من و او بودیم که بیشتر حول محور هر مسئله ای صحبت می کردیم. آن دو نفر همیشه سکوت می کردند یا بدون ارزیابی از نظری جانبداری می نمودند. این گفت و گوها از دیدگاه آن دو نفر به گونه ای دیگر نیز تلقی می شد. از جانب من هیچ قصد خاصی وجود نداشت. فرشاد حتی در بیابان برای من یک لنگه ی کفش نبود. برای او چرا. یک بار در میان جمع گفت در اطاقی که پنجاه نفر مرد حضور داشته باشند، چهل و پنج نفرشان آرزوی مرا می کنند.

دو ـ سه ماه از اقامت ما در این خانه نگذشته بود که گفتند خانه ی فرشاد را شناسایی کرده اند. مجبور شدیم نقل مکان کنیم. صَفَر در مدتی کوتاه باز مکانی مناسب وضعیت مخفی ما با پولی اندک در نزدیکی همان محل پیدا کرد. وقتی تخت و میز را توی اطاق گذاشتیم، دیگر جای تکان خوردن نبود. دربِ اطاق در پنجره ای کوچک بود که به حیاط باز می شد و اطاق نور درست و حسابی نداشت مثل سلول یک زندان. تابستان بود. من هر کاری را توی حیاط انجام می دادم. آشپزخانه جای راه رفتن نداشت. از چهارچوب درِ آن، یخچال یک نفره ی داداش هم تو نرفت و ما آن را در فاصله ی بین اطاق و آشپزخانه در یک فرورفتگی در حیاط جا دادیم. هر کار آشپزخانه را توی حیاط انجام می دادم. حالا دیگر ویار هم داشتم...یک روز با شکم گنده نشسته بودم کف حیاط و پاهایم را باز کرده بودم و توی تشت لباس ها را می چلاندم. درِ ورودی خانه نیمه باز بود. مامان سرزده آمده بود مرا ببیند. به هیچ طریقی نمی توانست آمدنش را اطلاع بدهد. تلفنی در کار نبود و من خانه نشین بودم. همین یک بار بود که به آنجا آمد. دیگر نیامد. من حالا توی دنیای دیگری بودم. به آنها و به قشر و طبقه ی آنها تعلق نداشتم. آیا تصور می کردند این گونه در امن و امانم؟ خیالشان راحت بود؟ خاطره ای در دور دست بودم که شاید دیگر در ته ذهنشان هم نمی گنجید؟ دستمال کثیفی بودم و می بایست به دور انداخته شود؟ جایش فقط توی زباله دانی است؟ و آنجا که من زندگی می کردم آن پستو و آن حیاط که دور تا دورش دیوار های بلند کشیده بودند، اگر دستی از روی اجبار به سر و رویش نمی کشیدم فقط مناسب بود برای زباله دانی. خانه ی همسایگان نیز

وضعیتی بهتر از خانه ی ما نداشت به اضافه ی سر و صدای چند بچه ی قد و نیم قد توی کوچه و چرخ های گاری میوه فروش و ندای دوره گرد های دست فروش توی خیابان، نشانه هایی از زندگی...یک روز رفته بودم بیرون خرید بکنم. داداش برای کاری آمده بود مرا ببیند. کنارِ درگاهی منتظر ایستاده بود وقتی که من باز می گشتم. مثال زنان همسایه چادری کودری به سر کرده بودم و شلواری گل و گشاد به پایم بود با پیراهنی گشادتر که تا روی زانو آمده بود. نگاهش به من خیلی حرف ها داشت. من نیز با آن سر و وضع، وقتی او را دیدم از خود شرمنده شدم. این است آن پرولتاریایی که ما از آن صحبت می کردیم. که یعنی ما هم مثل آنها ذلیل و بد لباس و بد قیافه بشویم. داداش با آن قد و بالای سالار در آن محل به شاهزاده می مانست...رفته بودم خرید کنم. روی چرخ توی خیابان آلبالو می فروختند. پول نداشتم بخرم. ویار کرده بودم. دختر توی دلم از من آلبالو خواسته بود. شاید برای اولین بار در تمام عمر هوس خوراکی کرده بودم و نمی توانستم آن را داشته باشم. تا وقتی آقاجون زنده بود به یاد ندارم هیچ گاه میوه خریده باشیم. همیشه از باغ کرج صندوق صندوق برایمان گیلاس و گلابی و هلو و آلبالو می آوردند. هندوانه و خربزه هم با بارِ الاغ به خانه می آمد. خشکبار گونی گونی در گوشه و کنار خانه قرار داشت. ما چون شاهزاده ها زندگی کرده بودیم. حالا من با یک خانه و یک آپارتمان در پشت قباله ام آمده ام در کجا زندگی می کنم. خودم را دستی دستی به چه روزی انداخته ام...فقر و بی چیزی را با پوست و گوشتم حس می کردم. زندگی فقیرانه با مشکلات زندگی مخفی. همان که برایش دست و پا می شکستم. آسان نبود. آسان نیست برای کسی که همیشه در رفاه زندگی کرده است. برای آنان که عادت به این زندگی داشته اند شاید کمتر جای شکایتی باشد. زندگی از نوع دیگر را نمی شناسند...صَفَر ظاهراً مشکلی نداشت. خوشحال بود که زندگی اش سر و سامانی گرفته است. روی یک واشر برنجی ساعت ها کار کرده و یک حلقه ی عروسی برای من از آن درست کرده بود. بسیار زحمت کشیده بود که آن را صیقل دهد و برق بیاندازد. کارش ارزشمند بود. نشان می داد که به من علاقه دارد. اما آیا عقلش نمی رسید که برای این مهمترین نشان پیوستگی بیشتر مایه بگذارد، برود هر کاری بکند تا هزینه اش را مهیا سازد؟ یک بار دیگر یک توپ کوچک برایم خریده بود. از آنها که انگشتان را ورز می دهند. گفته بود می نویسی دستت خسته می شود. وقتی این کارها را می کرد از خودم بدم می آمد. او نمی بایست با من ازدواج کند. محبت دارد اما نمی شود با او دمخور شد. کسی نیست که دیگران بدِ او را بگویند. اغلب دوستش دارند اما او نه از آن جنسی است که مرا راضی کند. کاش این وضعیت پیش نیامده بود و او با یک همزاد و هم خون خودش همراه شده بود. یک بار نشده بود که کنار من بنشیند و از احوالم بپرسد بفهمد چه حالی دارم از چهره ام از نگاهم از رفتارهای پر از نگرانیم. هیچ گاه نپرسید بچه در شکم چه می کند. چه باید یا چه می تواند بکند که کمکم کرده باشد. تربیت نشده بود که در روابط بین انسان ها دقت نظر داشته باشد. یک لقمه نان و یک رختخواب برایش کافی بود. توی رختخواب هم که وقتی او میلش به چیزهایی می رفت وقتی من به ندرت به او اجازه می دادم کارش را می کرد و خروپفش در می آمد. نمی فهمید که من نیز هستم و حالا

که مرا یک جورهایی تحریک کرده، مرا نیز ارضا کند. نه می فهمید و نه وقتی
یکی ـ دو بار مطرح کردم اهمیتی داد. حرکت کاملاً حیوانی و یک جانبه بود.
حتی حیوانات قبل از آمیزش بوس و کناری با یکدیگر دارند و زمانی که هر دو
به اوج خواهش می رسند کار را می سازند. رختخواب یکی از مکان هایی
است که انسان ها جوهر تربیت و کردار خود را در آن نشان می دهند. در
جامعه ی مذهبی و مردسالاری ما زن در وهله ی اول یک سوراخ است برای
اینکه آتش آقا را خاموش کند. سپس برای بچه ساختن بچه بزرگ کردن و در
آخر تیمارداری آقاست در دوران کهولت و فرسودگی، زمانی که کاری از
دست و پای او برنمی آید. صَفَر نمونه ی یک چنین مردی بود. و من...
امکانات محدود و وضعیت حاملگی حال و حوصله ای برای من باقی نگذاشته
بود. یک روز زهره آمد به آنجا. دستی به ترکیب اثاث توی اطاق کشید تا
صورت مرتب تری به آن بدهد. اما من دل و دماغی نداشتم. آن خوشحالی اولیه
از بدست آوردن استقلال در خانه ی خود دیگر جایی نداشت...آن لانه ی
تاریک، در تنهایی و بی کسی مطلق برای من قابل تحمل نبود. و صَفَر نیز با
دیگر وسایل خانه برایم تفاوتی نداشت. گویا هیچ وقت حاضر نبود. شکایت و
گلایه ای نمی کرد. روزها در خانه نبود و نیز به چنین خانه هایی عادت داشت.
خانه ی پدری او در جوادیه از خانه ی فعلی ما بزرگ تر و روشن تر و تمیزتر
نبود. او به این زندگی عادت داشت.

با فرشاد نیز ارتباط چندانی برقرار نبود. از وقتی که فرشاد مشکل امنیتی پیدا
کرده بود ما دیگر به خانه ی آنها نمی رفتیم از بیم اینکه تحت تعقیب قرار
بگیریم. او گاهی با هزار جور مخفی کاری به خانه ی ما می آمد. حتی یک بار
دیگر مجبور شده بودند خانه ی خود را تغییر بدهند. این بار مسئله خیلی جدی
بود...ما فقط با فرشاد و خانواده اش معاشرت می کردیم. فکر می کردم آنها تنها
کس و کار ما هستند. حس غربت در خانواده را تا حدودی در میان آنها گم می
کردم. گاهی با فرشاد و خانواده می رفتیم پیک نیک. یکی دو بار دوستان دیگر
آنها نیز به ما پیوستند. در پیک نیک والیبال بازی می کردیم. می رفتیم استخر
برای شنا. یک بار که شب تولد دخترش بود، صَفَر و من حرفمان شد و صَفَر
قهر کرد و نیامد. من تنها به خانه ی آنها رفتم. مقدار زیادی میوه و شیرینی و
سالاد خریدم و بردم. فرشاد می گفت کاش یک جور او را می آوردی...فرشاد
وقتی گاهی تنها به خانه ی ما می آمد همواره شاهد بگومگوهای ما بود. مرافعه
های ما گاهی در حضور او بسیار شدید می شد. حتی یک بار فرشاد گفته بود
چه ضرورتی برای ادامه خوب طلاق را برای این مواقع گذاشته اند. یک بار
از او خواسته بودم بیاید و وساطت کند. صَفَر گمان برده بود که من قطعاً می
خواهم طلاق بگیرم. ولی من هنوز نمی توانستم تصمیم بگیرم. نوع دیگری از
زندگی را هنوز نمی خواستم تجربه کنم. آبستن بودم. تازه از در به دری
خلاص شده بودم. حوصله ی تغییر نداشتم. صَفَر وقتی دید طلاق را مطرح
نکردم نفسی به راحت کشید.

در مدتی کوتاه چند خانه عوض کردند. در محله های فقیر نشین اطاقی اجاره
می کردند. زن فرشاد در خانه می نشست و دو بچه را بزرگ می کرد و فرشاد
می رفت بیرون پول در می آورد. فرشاد به هرکاری دست می زد. در محله ای

که او را نمی شناختند، در گوشه ای از خیابان به تعمیر کفش نیز پرداخته بود. مدتی رانندگی می کرد. زندگی سختی را از سر می گذراندند. ظاهراً راضی بودند. آن ها نیز چه بسا این زندگی سخت را جزء زندگی مبارزاتی می دانستند. در شهرستان قبل از اینکه فراری شوند تدریس می کردند. در مدرسه یکدیگر را شناخته بودند و در جریان فعالیت های مبارزاتی تصمیم به ازدواج می گیرند. معلمین در همه جا بخصوص در شهرستان مورد احترام اطرافیان هستند جا و مقامی برای خود دارند دارای شخصیت وهویت هستند. فرشاد فراری شد. زن او نیز خود را از خدمت منفصل کرد. حالا فقط به امید اینکه فرجی گشوده شود و دوباره فعالیت مبارزاتی را آغاز کنند زندگی می کنند. زن فرشاد از پدرش املاکی به ارث برده بود. اما نمی توانستند در آن شرایط آن ها را بفروش برسانند و به احسن تبدیل کنند. دخترشان دو ساله و نیمه است ولی هنوز چهاردست و پا راه می رود. مادر زاد از لگن خاصره ناقص به دنیا آمد. نقص عضو از عواقب زایمان در بیمارستان دولتی بود یا اینکه بچه مادرزاد ناقص بود در هر صورت هنوز نمی توانست راه برود. چند بار او را برده بودند به بیمارستان های دولتی پایش را گچ گرفته بودند. افاقه نکرده بود. من از یک جراح معتبر در یک بیمارستان خصوصی قرار ملاقات گرفتم. گفت باید قبل از عمل هزینه را پرداخت کنید. سکه ی تمام طلا یی را که دایی فراهان بعد از عقد به من داده بود دادم که به بیمارستان بدهند. طلا نمی پذیرفتند. آن را صَفَر برد به مغازه ی جواهر فروشيِ یکی از رفقای هم شهری و به پول تبدیلش کرد. دختر را عمل کردند. نجات پیدا کرد.
وضعیت امنیتی فرشاد امنیت خانه ی ما را نیز دو باره به خطر انداخت. خانه ی جدید ما در تهران نو در طبقه ی دوم یک خانه ی بزرگ بسیار دلباز بود. پنجره ی بزرگی در یک اطاق مستطیل رو به خیابان باز می شد و چون در سطح بالاتری قرار داشت، از بیرون دید نداشت. لذا ما را از زدن پرده معاف می ساخت تا تلافی آن دخمه ی تاریک را کرده باشیم. وقتی از پله ها بالا می آمدیم، آشپزخانه ی نسبتا بزرگی در پاگرد با پنجره ی بزرگ رو به خیابان و کابینت های نو و جادار بسی با آن آشپزخانه های دو خانه پیش از این متفاوت بود. از آنجا سه پله می خورد به یک هشتی عریض که من از آن بیشتر از هر مکانی در خانه استفاده می کردم. پنجره های شیشه ای بسیار بزرگ آن رو به بالکنيِ وسیع روی پشت بام خانه ی صاحب ملک باز می شد و تا انتهای کریدور را آفتاب می گرفت. پس از آن خانه های تنگ و تاریک و کهنه، بخصوص این بالکنی و آن هشتی و گلدان هایی که من در آن پرورش داده بودم منظری متفاوت از زندگی بدست می داد...یک روز که فرشاد آمد گفت چه جنگلی درست کردی. از سقف یک گلدان پیچ و یک گلدان برگ پنجه اِی پُر پَر و پیمان آویزان کرده بودم و کنار نرده هایی که آن قسمت را از پلکان محفوظ نگاه می داشت راه به راه انواع گلدان ها با برگ هایی به طول نیم متر تا به سقف راه باز کرده بودند...محله ای تازه ساز بود. هنوز برخی زمین های اطرافش را نساخته بودند. گسترش افق درآسمان به وسعت همه ی شهر چشم انداز داشت. یک بار بدون روسری تا سر خیابان اصلی رفتم. به دو برگشتم.

یک بار دیگر هم چنان بدون روسری به مغازه ی نانوایی رفته بودم. نگاه های پرسشگر مرا متوجه امر نمود.

به دکتر "روستایی" گفتم که می خواهم در بیمارستان دولتی فارغ شوم. چشمانش گرد شدند. نمی فهمید چرا. خانواده ی ما را خوب می شناخت. می دانست تمکن مالی داریم. نگاه تردید آمیزی به من انداخت ولی هیچ نگفت. گفت ترتیبی می دهم که خوب به تو برسند. در بیمارستان شوش دکترها و نرس ها را می شناخت. برای من هرچه جنوب تر بهتر به خانه ی فقرا نزدیک تر...به خیر گذشت. ماما ن را در آخرین لحظه با خودمان بردیم. بیست ساعت درد کشیدم. مامان می گفت راه برو و نفس بکش. مرا فرستادند اطاق تراش. زن آبی پوش گفت لخت شو. یک روپوش آبیِ رنگ و رو رفته ی کهنه ای هم به من دادند که بپوش. زن آمرانه گفت بخواب پاهایت را باز کن. تا بیایم به خود بجنبم خود تراش را کشید وسط پایم. تصور کردم خودم و بچه را پاره پوره کرد. دکترِ ماما یک دختر نمکین بود و ماهر در کارش. وقتی بچه را از لای پای من بیرون می کشید، احساس کردم یک ماهی است که از میان آبراهی می لغزد و می رود و همه ی خزه های اطراف را نوازش می کند و چون نسیمی دست نوازشش هیچ کس را بی نصیب نمی گذارد. حس کردم جگرم، جگرگوشه ام را دارند از مجاری من بیرون می کشند. حتی حسی بود که انگار نمی خواستم او از شکم من بیرون بیاید. دوست داشتم او همیشه با من باشد تا گمان کنم تا ابد در دل من خانه دارد. سنگینی وزنم در ماه های واپسین حاملگی هیچ گله و شکایتی در من بوجود نیاورده بود. او انگار همزاد من بود. او را بی نهایت دوست داشتم از همان لحظه که نطفه اش در دلم بسته شد. از همان روز کتاب های زیادی در باره ی حاملگی و مشکلاتش خواندم و چگونگی پرورش یک کودک را تا بشود همان که باید: سالم و تندرست قدرتمند و متکی به خود...وقتی بچه در آمد، او را بردند و مرا به حال خود رها کردند. همان عملی که می بایست. این بهترین کاریست که پس از زایمان در حق زائو انجام می دهند. و من از حال رفتم. انگار با به دنیا آوردن دخترم من از دنیا به در شدم. کم بد نبود این بی خبری. کارت را به پایان رسانده ای. نه ماه عزیزت را با خودت همه جا برده ای. او در همه حال تنها همراه تو بوده است اندوه و غم و نگرانی هایت را شریک بوده است با سکوت خود به تو امید و هیجان داده است. حالا صحیح و سالم چشم به این دنیا گشوده است. دیگر چه می خواستم تا بی هیچ نگرانی فارغ از تمام نگرانی ها و سرگشتگی های این سال های گذشته چشمانم بسته شوند و به خواب طلایی فرو روم...ساعتی بعد ماما آمد و گفت حالا بخیه ای برایت می زنم که حظ کنی. زایمان طبیعی بود. گمان نمی کردم زایمان طبیعی به بخیه نیاز داشته باشد. بخیه زد. می گفت لازم بوده که زیاد بخیه بزند. محل را بی حس کرده بود. من فقط رد شدن سوزن را می فهمیدم. در کارش مهارت داشت. انگار هنوز خواب بودم. یادم نمی آید که شبی را در آنجا گذرانده باشم. وقتی رفتیم خانه مامان گفت دیدی چه کسانی آنجا می آمدند؟ منظورش زنان فقیر جنوب شهر بودند. می خواست بگوید که در شأن تو نبود آنجا باشی اینها به فقرا خوب نمی رسند به علت اینکه بیمارستان رایگان است. در بیمارستان

خصوصی زیر نظر دکتر خودت هیچ نگرانی نمی توانست وجود داشته باشد...حس نکرده بودم آنچه را مامان توصیف می کرد. فقط فکرم به بچه بود توی شکم. نمی دانستم با من چه کار خواهند کرد بچه چگونه بیرون می آید. تجربه یی نا آشنا بود. نگران مشکلات فنی و پزشکی اش نمی دانم چرا به هیچ رو نبودم. کار را چندان پیچیده نمی دیدم. خیلی زنان سابق بر این در خانه بچه را به دنیا آورده بودند. هم الان هنوز در برخی شهرستان ها و روستا ها مامای زن به بالین زائو می رود. بسیاری از زنانِ شمال کشور در شالیزار می زایند. این مسائل از ذهنم نمی گذشت. که نادرست بود. بعد ها شنیدم که چه اتفاقاتی در بیمارستان های دولتی افتاده و گاهی بچه ناقص به دنیا آمده بوده است. گاهی مادر به علت یک سهل انگاری کوچک زیر زا از دست می رفت و خیلی موارد دیگر...مامان گفت خدا رو شکر. این رفتار های دموکراتیکِ بیش از اندازه در خانواده گاهی آنقدر زیاده بود که تصور می رفت هیچ محبتی در کار نیست هیچ کس به فکر نیست. بگذریم که اگر کسی حرفی می زد من کماکان کار خود را انجام می دادم. چه بسا همه این را می دانستند و نمی خواستند دخالتی بکنند. بعدها که گزارشی از چگونگی زایمانم در بیمارستان نوشتم، مامان گفت پس بگو چرا آنجا زاییدی که بری یک گزارش از زایمان مردم فقیر تهیه کنی. پاسخی به او ندادم...چه پاسخی؟ کسی هنگام حاملگی حال و احوالی از من نپرسیده بود هیچ کس نمی دانست چه زمان بچه به دنیا می آید به کدام بیمارستان می روم چگونه از خودم مراقبت می کنم. هیچ راهنمایی از کسی نگرفتم. هیچ کس نپرسید آیا نیازی به کمک دارم.

مادر صَفَر نیز آمد به خانه ی ما. مامان برایم کاچی پخت. به من یاد داد که شیر اول پستانم را بیرون بریزم. چند بار آن ها را می دوشیدم بعد توی دهان بچه می گذاشتم. روز دوم مامان گفت باید بروم بچه ی می نوش را نگهداری کنم تا او به دانشگاه برود و خاله سهیلا و شوهرش نیز قرار است بیایند خانه ی ما...مامان برای بچه ی می نوش و نیز برای بچه ی خاله سهیلا تا روز چهل و بیشتر در خانه ی آنها مانده بود. بچه ی می نوش را خود او و آیا نمی توانست برای چند روز نگهداری کند یا خاله سهیلا و شوهرش آمدن به خانه ی مامان را نمی توانستند به تعویق بیاندازند؟...به مامان گفتم من نباید از جا بلند شوم بخیه دارم. مامان گفت مادر شوهرت هست. نگفتم من شرم دارم به او بگویم نیاز به کمک هایی دارم نگفتم که فقط با تو که مادرم هستی می توانم حرف بزنم. نمی خواستم به مادر صَفَر بگویم شورتم کثیف شده ملافه ام خونی است. به علاوه شیوه ی بچه داری او را قبول ندارم. او را نمی خواستم. مادر خودم را می خواستم. خودم اطلاعی از بچه داری نداشتم. نگفتم که فقط مادر خود آدم است که در این شرایط می تواند بیشترین کمک و مرهم برای زائو باشد که فقط حضورش همه پناه است و امنیت است و سلامت و خوشی. یعنی خود او نمی دانست؟ سرِ زایمان ما بچه ها پنج - شش نفر از او مراقبت کرده بودند. مادرِ خودش هیچ گاه هنگام تولد ما بچه ها حاضر نبوده است. آقاجون او را لایق نمی دید که به زائو رسیدگی کند. ولی عمه ها و دخترعمه های من همه دست به یراق در خدمت مامان بودند و آقاجون همواره بود که زیر نظر او هیچ چیز نمی بایست کم و کسر داشته باشد. و مامانِ من تیماردارِ همه کس بوده است.

برایم عجیب بود. مامان آن مامانی که من می شناختم نمی بایست چنین رفتاری داشته باشد.
مامان رفت و دو ـ سه روز دیگر آمد. می نوش روز پنجم به دیدن من آمد و خاله سهیلا به گمانم ده ـ دوازده روز دیرتر. مهری هیچ گاه پایش را به خانه ی من نگذاشت. داداش را به یاد ندارم به دیدن من آمده باشد. یک بزرگتر می خواست که آن ها را به خود آورد. اما جو حاکم طوری ردیف شده بود که گویا بهترین وضعیت بود برای بی توجهی به من. من آدمی نبودم که حرفی بزنم.
همه ی غم و اندوه را در درون خود می ریختم و تلاش می کردم تا می توانم زندگی ام را معنا دهم در تنهایی خودم. هیچ کس را ذره ای با خود همراه نمی دیدم که بخواهم با او هم نفسی کنم و به خود اجازه نمی دادم حرکتی کنم که آنها حس کنند طلب محبت می کنم یا طلب هر چیز دیگری...دایی فراهان نیز یک بار آمد. یک سال بعد با یک کیک بزرگ که از بهترین قنادی شهر خریده بود.
با داداش اختلاف هایی پیدا کرده بود. من خواسته بودم میانجی گری کنم. من از او خواستم بیاید وگرنه شاید هیچ گاه نمی آمد. فکر می کرد خواهرزاده برای خودش خانه و زندگی دارد. طبیعی نمی دید که من خودم این زندگی حقیرانه را پذیرفته باشم. این چه مرامی است که باید خود را از اولیه ترین نیازهای یک آدم محروم کنی. اگر تو مبارزه می کنی که مردم بتوانند به خواست هایشان برسند چه معنایی دارد که خود را حتی به سطحی پائین تر از آنها
برسانی...دایی فراهان دیگر نیامد. یک عدد صندلی نداشتیم توی خانه که روی آن بنشیند. تخت یک نفره ی من ته اتاق کنار دیوار بود رختخواب بچه نیز پائین تخت.
وقتی دخترم به دنیا آمد خاله سهیلا یک کهنه شوی خارجی از زمانی که بچه ی اولش از شوهرِ مغروق به دنیا آمده بود، در خانه داشت. آن را داد به من. ولی دو ماه بعد آن را پس گرفت. خود دختری به دنیا آورده بود. هیچ کس نفهمیده بود او چه زمان حامله شد و چرا به کسی نگفته است. حتی با شکم هفت ماهه به مکه هم رفته بود. مهارت زیادی داشت در پوشاندن شکمش. البته دیرتر معلوم شد که در پوشاندن همه ی مسائل تبحری بی نظیر دارد...خلاصه کهنه شوی را گرفت. در خانه ی خودشان چند ماشین رختشویی در هر دو طبقه ی خانه و زیرزمین داشتند.
مامان وقتی لباس های بچه و رختخوابش را برایم آورده بود، گریه کرده بودم. نمی خواستم برای بچه سیسمونی درست و حسابی تهیه کند. لباس و حوله و لحاف و تشک و دیگر احتیاجات بچه را خریده بود. زدم زیر گریه. می نوش هم آنجا بود. سه نفری با هم گریه کردیم. انگار که مردم عادی از این کارها نمی کنند. نوبرش را آورده بودم؟ یک انقلابی بودم و تافته ی جدا بافته و می بایست از همه چیز خودم را محروم می کردم؟ یا این زندگی را یک زندگی عاریه می دیدم؟...حس می کردم از مزیتی خاص برخوردار خواهم شد اگر مامان این وسایل را برای من فراهم کند. ذهن و روحم مسخ شده بود. خودم را در سطح فقیرترین قشر جامعه پائین آورده بودم. با خود می گفتم بدون مبلمان و تخت بچه و این حرف ها نیز می شود زندگی کرد...فرش دوازده متری قرمزی را که با قیمت مثلاً ارزانِ دولتی خریدیم، وسط اطاق پهن کردم. نمی خواستم

کوه کمر شکن

مامان امکاناتی برای من فراهم کند ولی سهمیه ی همان دولتی را که با آن مبارزه می کردم پذیرفته بودم با این حساب که به هرحال قیمتش را خودم می پرداختم...گریه ی ما سه نفر اما ریشه در خیلی دردها داشت. هیچ کدام زندگی نکرده بودیم. در آن لحظه که هر سه اشک می ریختیم هر سه ایمان داشتیم به درستکاری و صداقت یکدیگر. پرسشی ناگفته نهفته در اعماق ذهن هر کدام و تأسفی جبران ناپذیر درد را با اشک در می آمیخت.

زندگی با دخترم جای همه ی کمبود ها را پر کرد. چند ماه شیر خود را به او دادم ولی سیر نمی شد. نمی فهمیدم. اصرار داشتم فقط با شیر خودم او را تغذیه کنم. مامان یک روز گفت او گرسنه است. به او شیر خشک داد. بچه یک دل سیر خوابید. و شب مرا اذیت نکرد. حالا دیگر انواع غذاهای مفید و متنوع برایش می پختم...اندکی آب زیرپوستم رفته بود. آرامشی نسبی در زندگی یافته بودم. اغلب اوقات مجبور بودم برای نگهداری بچه در خانه بمانم. در هر حال کاری در بیرون نداشتم و نمی خواستم داشته باشم. با گلدان هایم ور می رفتم و با دخترم حال می کردم. از هر حالتش عکس می گرفتم از وقتی که چند روز مامان او را توی قنداق کرده بود موقع گریه خنده خوردن شیر و بعد هنگامی که روی لگن می نشست هنگام بازی با انواع اسباب بازی هایی که برایش خریده بودم. وقتی اندکی بزرگ تر شد او را توی کالسکه هنگام خزیدن چهاردست و پا راه افتادن و بالا رفتنش از میله های توی بالکن با دوربین ثبت کردم. خیلی زود قلم به دست گرفت و شروع به نقاشی کرد. از یک سالگی گوشش را با موسیقی کلاسیک آشنا کردم. نواختن فلوت را از سنین کودکی فراگرفت. سپس دیگر سازها را و در نهایت با ویلون کار می کرد. کتاب مهمترین اسباب بازی اش بود. برایش کتاب می خواندم. در این مدت دور تا دور اطاقش پر از کتاب های فارسی و فرانسه شده بود. کتابی در بازار نمانده بود که برایش نخریده باشم. پشه بندی دوختم به اندازه ی یک اطاق سه در سه متری. بند های آن را شب ها ی تابستان در بالکنی وصل می کردیم به میخ های روی دیوار و در آنجا می خوابیدیم در هوای طبیعی. به کولر حساسیت داشتم. پنجره های دو طرف خانه را نیز وقتی که باز می کردم جریان هوا مرا آزار می داد. ولی هوای یک دست بالکنی بسیار مطبوع بود. چراغی به آنجا کشیده بودیم و شب ها که دخترم را می بردم بخوابانم برایش کتاب می خواندم...با صاحب خانه و زنش هیچ هم خوانی نبود. وقتی خواستیم خانه را اجاره کنیم، من پذیرفتم که به ازای بخشی از کرایه خانه یکی دو ساعت در هفته به پسرشان درس بدهم. روز اول بچه را بعد از مدرسه فرستادند بالا. دو ساعت با او کار کردم. پس از اتمام وقت تدریس او کماکان آنجا ماند. فردا و پس فردا نیز او را فرستادند بالا. احساس کردم دارند از من به عنوان پرستار بچه استفاده می کنند. با صاحب خانه صحبت کردم. گفتم قرار شد دو - سه ساعت در هفته بچه بالا بیاید و اگر بیشتر لازم دارید باید بنیشنیم و در مورد هزینه اش صحبت کنیم. دیگر او را ندیدم...همسایه ی بغل دستی یک معلم دبستان بود. هم او و هم همسرش افراد فهمیده ای بودند. با یکدیگر گاهی رفت و آمد می کردیم و در باره ی مسائل مملکتی گپ می زدیم. هر دو از اهالی

سیاهکل بودند و با افرادی که واقعه ی سیاهکل را رقم زده بودند نسبت هایی داشتند.
صَفَر گاهی با بچه خودش را سرگرم می کرد. گاهی اوقات گیر می داد. یک بار گفت چرا بی روسری به بالکنی می روی کفتر باز چند ساختمان آن طرف تر چشم از تو بر نمی دارد. به او گفتم مطمئن باش من اگر بخواهم بپرم با کفتر باز نمی پرم. آقای کمونیست به من می گفت روسری سرکن...پیش از این ها وقتی هنوز دخترم به دنیا نیامده بود عروسی داداش را برایم حرام کرده بود. عروسی در خانه ی خاله سهیلا و خاله فروغ بود. زن ها پائین مردها بالا به احترام می نوش و مامان و خاله ها که حالا کاسه ی داغ تر از آش بودند. اغلب مردها ی فامیل که برای هیچ کدام مراسم جشن عروسی بدین صورت معنی نداشت، توی حیاط ایستاده بودند. طبقه ی بالا در واقع خالی بود. می نوش با ورود هر میهمان یک پیاله بستنی برایش می برد. من از یک ساعت قبل از ورود میهمانان سر سفره ی عقد از داداش و زنش عکس می گرفتم. مهری وظیفه داشت طلاها را جمع کند. دو کیف دستی پر از طلا جمع شده بود. طی شش - هفت سال گذشته همه آمده بودند به خانه ی ما برای عزاداری. هر سال یک مرگ داشتیم: غرق شده در دریا چند شهید راه خدا مرگ طبیعی مرگ به علت سکته. چند تبعیدی و فراری و...باری خانواده بزرگ است و دوستان و هم رزمان می نوش و شوهرش و داداش کوچولو نیز خود خانواده ای می شدند. از دور و نزدیک آمده بودند. مذهبی و غیر مذهبی طاغوتی چادر چاقچوری سیاسی غیر سیاسی از آذربایجان از خوزستان از کرمانشاه هواداران جان باخته ی رژیم مخالفان سر سخت هیأت حاکمه سلطنت طلب ها آخوندها، از قم از اراک از آمریکا از پاریس...حالا پس از این همه عزا یک عروسی داشتیم. حتی آنها که دعوت نشده بودند، خودشان را رسانده بودند. مامان را خیلی دوست داشتند و نیز داداش را. همه می گفتند او یک پارچه آقاست...وقتی خطبه ی عقد را خواندند و عکس های سر سفره را با میهمانان گرفتم، آمدم بیرون. جای سوزن انداختن نبود. شاید هزار نفر برای عروسی آمده بودند.
اخگر خواهر ناتنی به من گفت بگوییم موزیک بزنند وقتی عروس و داماد خواستند از اطاق عقد بیرون بیایند تو جلوی آنها برقص. نشد. هرکی به هر کی بود...در پاگرد پله ها داداش مرا گیرآورد و پرسید درهمش بکنیم؟ هم جامعه مذهبی شده بود و هم خانواده ی من. به احترام مامان و می نوش رقص و پایکوبی نیز زیر سئوال می رفت...اما معلوم بود که این جور عروسی در خانواده ی ما عاریه است. بخصوص که خانواده ی زنِ داداش و بویژه خواهرِ زنش فشار می آوردند که زن و مرد یکی شوند. وقتی رفتیم پائین دیدیم همه از زن و مرد جمع شده اند...ما خواهرها و دامادهای مامان دم در می ایستادیم که به میهمانان خوش آمد بگوئیم. پسربزرگه ی دایی کلارک گیبل پیدایش شد و به من دست داد و مرا گرم در آغوش گرفت. کمی بعد دیدم صَفَر لباس هایش را در آورده و در اطاق مادر بزرگ در طبقه ی بالا با عرق گیر روی تخت دراز شده است. گویا پسردایی با او دست نداده و او گمان کرده بود چیزی در میان هست. همان جا ماند و هر اندازه اصرار کردم پائین نیامد. کنارش ماندم تا وقتی همه ی میهمان ها رفتند. آن پائین پسر دایی فراهان یک رقص بِرِکِ خوشگل

اجرا کرده بود و پسرها و دخترها شلوغ کرده بودند. من نفهمیده بودم. هیچ نفهمیدم از عروسی تنها داداشم. از تنها خوشی پس از این همه اندوه...آشنایی نداشت با روابط راحت و آزاد در خانواده و هم نمی توانست بفهمد که این پسردایی ویژگی جالب توجهی نداشت که بتواند مرا به خود جلب کند. اگر داشت که تا به حال چرا منتظر مانده بودم. و نمی توانست فکر کند که پسر دایی او را نشناخته است. اغلب افراد فامیل او را نمی شناختند. شاید اکثریت به استثنای خویشان نزدیک. برای من در آن شلوغی معرفی او به مدعوین تنها کاری بود که فکرش را نمی کردم. و چه بسا همین امر بیش از هرچیز او را در هم کرده بود. احساس کرده بود او را به عنوان داماد کسی نمی شناسد و احترامی که باید دریافت نمی دارد. این گونه نبود. دیگران سعی می کردند به احترام من، کوچکترین بی احترامی به او روا ندارند. ولی در آن میهمانی که هیچ قسمتش به میهمانی های معمولی نمی رفت و از هر قشر و ایالتی آدم آنجا جمع شده بودند و نمی شد فهمید کی به کی است و میهمان ها در هم می لولیدند و عروسی شده بود محل ملاقات های غیرمنتظره و گردهم آیی دوستان و خویشان، چنین انتظاراتی بی جا بود...به علاوه او اگر ویژگی خاصی داشت، نیاز به معرفی من نبود. خود مورد توجه قرار می گرفت...باری کوپ کرده بود. سپس به من گفت که رفتار من به هیچ رو به یک زن شوهر دار نمی خورد. با شکم برآمده آزادتر از هر زن مجردی جولان می دهم...من خوشحال بودم خوشحال. راست می گفت. بسیار خوشحال بودم. عروسی تنها برادر عزیزم بود. سر از پا نشناخته بودم. احساس کرده بودم که خودم شده بودم. از یاد برده بودم هر نوع رفتار بدی را. عملاً همه ی کارها را در دست گرفته بودم. قاطعانه برنامه ریزی کرده بودم برای پذیرایی درست تر و منظم از میهمان ها. همه بی چون و چرا پذیرفته بودند که گوشه ای از کار را قبول کنند. خوشحال بودند از اینکه کسی هست که بفکر مدیریت چنین عروسی است. می نوش احساس می کرد یک آدم در خانه هست که فکر همه چیز را بکند. مهری نیز با همه ی گارد گرفتن هایش در مقابل من وظیفه اش را بخوبی انجام داد. خاله سهیلا و مامان مراقب بودند شام خوب پذیرائی شود. فقط زن دایی وسطی با اعتراض گفت پس تو چی؟ یادم نیست چه کسی پاسخ داد او عکس می گیرد و مراقب است دیگران کارهایشان را انجام دهند...ادا بازی صَفَر نگذاشته بود از عروسی برادرم لذت ببرم.

از این دست مسائل زیاد داشتیم که هر لحظه بر سر آن جدال کنیم. خیلی اوقات کوتاه می آمدم. اما اغلب مواقع غیر قابل تحمل بود. حرف هایش با خون من اصلاً سازگاری نداشت. او در دنیای دیگری بود من در دنیایی دیگر. زهره می گفت او در قرن چهاردهم زندگی می کند تو در قرن بیست و یکم.

کوچکترین تجربه ای از هیچ نوعش در زندگی نداشت. فرهنگ و تحصیلات و تربیت خانوادگی در ما متفاوت بود. و بزرگترین تفاوتش در آن بود که او در زمینه هایی بسیار عقب مانده در جامعه حرکت می کرد که من اساساً با آن خیلی دور بودم. تفاوت در بینش هایی از پس تجربه هایی متفاوت ناشی نمی شد که چه بسا بتواند ارزنده و حتی خلاق باشد و تکمیل کننده. ما حتی برای کلماتی که استفاده می کردیم معناهای گوناگونی دریافت می داشتیم. سخنان من انگار

با زبان دیگری بود...دایی فراهان تکیه کلامش بود " اوهَه" برای هر پدیده ی جالب توجهی که می دید. صَفَر چنین برداشت کرده بود که "اوهَه" را به گاو می گویند. لابد دایی خواسته است بگوید که تو گاوی. چه بسا ارتباط هایی مابین این مفاهیم وجود می داشت ولی هرکس برداشت خودش را در ذهن می پروراند. همین تکیه کلام باعث شده بود که صَفَر مدت ها توی هم برود. خیلی اوقات با خودش هم قهر بود. در آن مقطع زمانی آرامش نسبی برقرار می شد. من او را به حال خویش رها می ساختم شاید خودش متوجه بشود. ولی ذهنی بسیار بسته داشت. نمی خواست با پدیده های جدید آشنا شود. این امر را در خواهرها و خواهر زاده هایش نیز بعد ها دیده بودم. حس می کردم مادر بزرگ و مادر و دختر و نوه و نتیجه همه یک جور فکر می کنند یک جور زندگی می کنند. همه ی نسل ها شبیه هم هستند.
به تدریج توجه صَفَر نسبت به نوشته ها ی من کاهش یافت. اگر اولین بار که یکی از گزارش ها یم را - چاپ شده طی دوران تحصیل در مدرسه - برده بود و به همه ی اقوام و آشنایان نشان داده بود، حالا طوری رفتار می کرد که یعنی فکر نکنی پخی هستی. دوست داشت حرفی از من زده نشود و بدین ترتیب من در حاشیه بمانم. کم کم به خود اجازه می داد به هر چیز ایراد بگیرد تا یک جوری بگوید که او هم هست. کاش داشت و کاش حرف هایش حرف بود و بودن ما با یکدیگر اندکی معنا می یافت. طوری برخورد می کرد که انگار با یک روستایی هم ردیف خودش مثل کدخدای دهی که در آن درس داده بود و با همان نوع بینش. خودش در گرمای تابستان نیم تنه ی بالا را لخت می کرد و توی بالکنی گشت می زد. وقتی گفت چرا بی روسری می روی پشت بام گفتم تو چرا لخت همه جا می چرخی. گفته بود برای اینکه من مَردَم. وقتی دیگر گفته بود تو زندگی ات را کرده ای من نکرده ام. پاسخ هایش آنقدر روشن هستند که نیازی به تفسیر نداشته باشند قابل تحمل نبود...
با فرشاد چند اطلاعیه نوشتیم. تمام مراحلش را من خود انجام می دادم: نگارش و تایپ و صفحه آرایی. فرشاد حظ می کرد. می گفت چقدر خوب است که شما - نمی گفت تو که صَفَر را نیز یک جور مطرح کرده باشد - همه ی کارها را بلدید خودتان بکنید. احساس می کرد می توانیم هر فعالیتی را پیش ببریم نیازی به تشکیلات و تجهیزات و از این حرف ها نیست که کار کنیم. خودمان می توانیم تشکیلات درست کنیم. سپس اطلاعیه ها را می برد نمی دانم کجا چند نسخه در نقاطی از شهر می چسباند. چند جلسه ی مطالعاتی نیز تنظیم کردیم. مطالبی را مطالعه می کردیم و هر کس می بایست متونی بنویسد. صَفَر نمی توانست با ما گام بردارد. ما او را می کشاندیم. به هرحال افراد موجود عبارت بودند از من و فرشاد و صَفَر. زن فرشاد هیچ گاه نبود. آیا خودش علاقه ای نشان نمی داد یا مسائل امنیتی را رعایت می کردند یا فرشاد ترجیح می داد تنها در جمع ما باشد نمی دانم...یک دفعه که قرار بود من متنی بنویسم، گذاشتم صَفَر این کار را انجام بدهد. حس می کردم احساس کمبود می کند. متن او مبتدی و بس ضعیف بود. فرشاد پرسید چرا دادی مطلب را او بنویسد. به صراحت در حضور صَفُر گفت که او در حدی نیست که بخواهد چنین کاری از دستش برآید. می گفت مسئله فقط بر سر این نیست که قلمش ضعیف است ذهن

کار کرده ای ندارد که بخواهد چنین مطلبی را بپروراند. درست می گفت. صَفَر هیچ نگفت. اما عمیقاً دلگیر شده بود. چیزی بارش نبود و ادعا داشت و گمان می برد حق با اوست. من چندی با او یکی به دو می کردم اما از آن پس کار خود را انجام می دادم.

باز می بایست به خانه ای دیگر نقل مکان می کردیم. وضعیت نا امن فرشاد مرتب ما را آلاخون والاخون می کرد. یک شب پنج شنبه در خانه ی ما به سر برده بود. صبح سوار اتوبوسی می شود که به خانه ی خود برود. سرش به خواندن کتابی در طبقه ی دوم اتوبوس گرم است. هنگامی سر از خواندن بلند می کند که اتوبوس از حرکت می ایستد و مسافرین همه پیاده می شوند. راننده اعلان می کند که آخر خط است. وقتی فرشاد از اتوبوس پائین می آید با جمعیت ده ها هزار نفری نماز جمعه مواجه می شود...نماز به پایان رسیده است و جماعت بیرون آمده اند که سوار اتوبوس های رایگانِ مخصوصِ این روز بشوند و به خانه ی خود مراجعت کنند. فرشاد راهش را به سمت بلوار کشاورز (بلوار کرج) کج می کند. در یکی از کوچه پس کوچه ها ی اطراف دانشگاه تهران، جایی که نماز جمعه برگزار می شود، یکی از افراد بسیج جلوی او را می گیرد. کیفش را بازرسی می کند. حوله و وسایل شخصی و چند کتاب قانونی تنها محتویات کیف هستند. در حال صحبت هستند که فرد دیگری از بسیج با موتور می گذرد و می خواهد که فرد بسیجی را با خود ببرد. وی فرشاد را به فرد دیگری می سپارد. این فرد که گمان برده است به دلیل خاصی فرشاد را گرفته اند، او را به دفتر بسیج در بهارستان می برد...پس از دو روز او را به زندان اوین منتقل می کنند. به خانه ی فرشاد می روند. به محل کارش مراجعه می کنند. اطلاعات قابل توجهی به دست نمی آورند. ولی تا زمانی که همه چیز پاک شود، او دو هفته در زندان انفرادی می ماند. صاحب محلی که او در آنجا کار می کرد او را ضمانت می کند و آزاد می شود...آن زمان بسیج و دیگر نیروهای انتظامی چندان انسجام نداشتند. هیچ انسجام نداشتند. وقتی فرشاد در زندان اوین گرفتار شده بود، افراد کمیته در شهرستان پدری به دنبالش بودند. فرشاد قِصِر در رفته بود.

از اسباب کشی مداوم خسته شده بودم و نیز از فقر و فلاکت. بخصوص که احساس می کردم واقعی نیست. احساس می کردم این اقدامات را فقط برای دل خود انجام می دهم بر اساس توهماتی که از خط سیر اندیشه های سیاسی من نشأت گرفته اند. حس می کردم جاهایی می لنگد. اقوام فقیر صَفَر را دیده بودم که سعی می کنند وضعیت زندگی خود را بهبود ببخشند. نادرست نبود. وقتی آسایش نباشد آرامش نیز از بین می رود. نمی توان به هیچ کاری دست زد. می شد دست کم نیازهای لازم اولیه را فراهم کرد...شاخک هایی که می بایست خیلی پیش از اینها به کار افتاده باشند، مرا به هوش آوردند...خانه ای داشتیم کمی دور از مرکز شهر. آقاجون سال ها پیش از این زمین بزرگی در آنجا خریده بود. این بار سرش به سنگ خورد. دو ـ سه سال بعد از خرید زمین، بخشی از خیابان سی متری را به پادگان مجاور متصل کردند و از آن یک

خیابان ده متری در آوردند . دیوار پهن و بلند پادگان سرتاسر خیابان را گرفته بود. به عبارتی مغازه هایی که آقاجون ساخته بود و خانه ی پشت آن به جایی پرت شد که از نظرها دور ماند. اتومبیل ها به ندرت از آنجا می گذشتند و رهگذران راهشان را کج می کردند و از خیابان عریض مجاور به خانه ی خود می رفتند. گذر از کنار دیوار پادگان به علت نداشتن پیاده رو امکان نداشت...سمت دیگر خیابان غیرمسکونی مانده بود. هیچ کس حاضر نمی شد زمین های آنجا را بخرد. می گفتند که به علت باریک شدن خیابان ساختمان هایی که ساخته شده اند از جمله این ملک ما اصلاحی است و از بین خواهد رفت به منظور عریض کردن خیابان. لذا خورد سر قیمت مغازه ها و خانه...آقاجون کماکان ملک را نگاه می دارد. خواربار فروشی دو نبش را می دهد به دست کسی تا برایش کار کند. سرمایه از او کار از آنِ دیگری. بهره اش را هر دو نفر به طور مساوی بر می دارند...از دو سوم زمین در دو نبش چندین مغازه در آورده بود. یک حیاط کوچک پشت آن مغازه ها ساخته بود و سه اطاقِ کوچکِ تو در تو با سقف هایی بلند همانند اطاق های خانه بزرگه. آقاجون خانه را با سقف های بلند دوست داشت و دیوارهای قطور گاهی به میزان یک متر. این شکل معماری آن زمان بود که زمستان ها خانه را از سرما محفوظ می داشت و تابستان ها از گرما. سقف های بلند به تالارهای بزرگِ قصرهای شاهی می ماند. طاقچه های گچی وسط دیوار یا در سه گوش برای گذاشتن قاب عکس و گلدان و گچ بری های سقف و قسمت بالای دیوارها نمایی تاریخی به خانه می داد. هنر دست و ظرافت کار در هر گوشه روحی زنده و متحرک به جان منتقل می ساخت. و آینه برای آقاجون از طرح های داخلی اساسی در خانه بود. کمد های خانه را دری آینه دار مزین می کرد و آینه های قدی را قاب های چوب اعلا که برخی از آنان را خود از روسیه آورده بود. این نشانه های قدمت دیرینه که ارزش کار و هنر آدمی در آن متجلی می یافت، بودن را معنا می داد.

باری...یک تراس بزرگ به صورت حرف اِل انگلیسی مستقیماً با دو پله به حیاط راه پیدا می کرد. فضایی به اندازه ی یک اطاق نیز در سمت راست وجود داشت و یک مستراح یک در دو متری زیر پلکان های پشت بام مغازه ها. خانه در نبش دو خیابان قرار داشت...ساختمان یک طبقه است و درِ ورودی خانه از خیابان فرعی باز می شود به کریدوری که در سمت چپ آن سه اطاق تو در تو ساخته شده است و در سمت راست راه پله به پشت بام می خورد. در هر سه طرف حیاط دیوارهایی بلند به طول شاید ده متر بالا رفته است. آن سویِ دیوارِ شاید پانزده متریِ روبرو، قسمت انتهائی مغازه ی نانوایی قرار دارد و در سمتِ چپ ِ ساختمان، دیوارِ سه طبقه ی همسایه واقع شده است. از هیچ سو پنجره ای به حیاط باز نمی شود و در سمت راست نیز دیوارهایی قرار دارند که در پشت آن روزی مغازه های الکتریکی و کفاشی کار می کرده اند و حالا به علت کساد کار در محل، تعطیل هستند...وقتی رفتم آنجا را ببینم به نظرم رسید انگار آن خانه را به طور سفارشی برای من ساخته اند. از هیچ طرف دید ندارد. خانه یک طبقه است و در بست است برای خودم. نه همسایه بالایی نه پائینی. خودم و خودم. پیش از این ها خانه را اجاره می دادند. اما حالا هر چه

موش و سوسک و مارمولک از زیر پا سُر می خورند و حتی با ورود ما، زحمت پنهان شدن در سوراخ های خود را نمی دهند. آرام آرام می خرامند. آیا هیچ مکانی امن تر از اینجا؟ و عنکبوت ها برای خود قصرهایی تنیده اند که قدمتش را نمی توان حدس زد. دو پنجره ی بزرگ با شیشه های سفیدِ ماتِ گلدارِ برجسته به خیابان باز می شود. شیشه ها شکسته اند و میله های حفاظ پشت پنجره همه کج شده اند به اندازه ای که یک آدم با اندازه های معمولی می تواند خودش را جمع کند و از توی آن وارد خانه شود. راه به راه سرنگ و کاغذ آلومینیوم و ته سیگار و بطری مشروب و کهنه پارچه های کثیف و سیاه کف زمین پخش و پلاست. قسمت هایی از دیوارها فروریخته و پاره آجرها و گچ کاری های کنده شده در هر گوشه خانه را به صورت ویرانه ای درآورده است. رنگ های رویِ هم زده شده جا به جا کنده شده اند. این خانه تبدیل به محل بی خانمان های معتاد شده بود. خانه سال ها به دست فراموشی سپرده شده بود.

حامد همکار صَفَر گفت هرکاری که از دستش برآید انجام می دهد تا خانه برای سکونت آماده شود. او اکنون هم چون یک داداش است برای من...از دستش هر کاری بر می آید. به سرعت نادانسته را فرا می گرفت و شیوه های بهتر عملکرد آن را می یافت. همواره ذهنش آماده بود که پیشنهادات جدیدی ارائه دهد و با جان و دل کار می کرد. هم چون خواهرش به من علاقه پیدا کرده بود. مرا یک جورهایی دربست می پذیرفت. با کارگر سیمان کاری نیز سلطان از طریق وی آشنا شده بودم. درشت هیکل بود و قد بلند. هیبتش به تنها قشری که نمی خورد کارگر ساختمانی بود. در مورد حامد هم چنین بود. قیافه اش از یک مهندس تحصیل کرده در خارج کمتر نشان نمی داد. سلطان ریشش راهفت تیغه می زد و لباسش همیشه مرتب بود. وقتی از او خواستم سر و سامانی به خانه بدهد، بلافاصله پذیرفت بدون آنکه صحبتی از دستمزد بکند. با زن و بچه اش از شهرستان خود را به تهران منتقل کرده بودند. در جاده ی ساوه زمین کوچکی را به طور غیر قانونی تصاحب کردند و خود او خانه ی سی متری اش را ساخته بود با دو اطاق کوچک و یک حیاط نقلی. برق را از تیر چراغ برق خیابان و آب را از لوله ی شهرداری به قاچاق گرفته بود. انواع کار ساختمانی را به نحو احسن انجام می داد ولی در سیمان کاری تخصص اعلی داشت. از هیچ کاری برای تأمین معاش دریغ نمی کرد. نان لواش در خانه می پختند و او با اتومبیل پیکانش در مسیر شاهراه ها می ایستاد و نان ها را به مردم می فروخت. کوپن های مواد غذایی خرید و فروش می کرد و نیز دلار و سهام کارخانه ها...

آخر ماه از خانه ی قبلی نقل مکان کردیم. یک گوشه از اطاق انتهایی را من جارو کردم و گردگیری و یک گلیم همانجا انداختیم و مستقر شدیم. در تراس آشپزی می کردم. این بهترین شکل کار بود چون خودم می بایست بالا سر کار باشم و می خواستم که هرچه سریعتر خانه آماده شود. از اطاقک دست راست توی بالکن شروع کردیم تا از آن یک آشپزخانه درآوریم. سلطان گفت وقتی کنده کاری آشپزخانه تمام شد مرا صدا کنید. نسبت به هر گرد و بویی حساسیت داشتم. گرد و خاک دودِ سیگار آلودگی هوا بوی غذا آب پز یا سرخ کرده

و...ماسک روی بینی می گذاشتم و مرتب آب روی خاک های تل شده روی زمین و دیوار می پاشیدم که خاک بلند نشود. صَفَر نیز همکاری می کرد. هر کاری که لازم بود انجام می داد. ابتکاری از خود نداشت. نمی دانست که من چه طرحی برای خانه ریخته ام. سئوال حتی نمی کرد. روزها می رفت سر کار. لذا بیشتر کنده کاری را خود انجام دادم. او شب ها دو ـ سه ساعت کار می کرد. بودجه نداشتم کارگر بیاورم. از امکانات پدری نمی خواستم کمکی بگیرم. مگر سلطان کارگر آورده بود خانه اش را بسازد؟ پائین دیوار ها را کندم که سیمان کاری بشود و هم کف آشپزخانه را. کاشی کاری نمی توانست مطرح باشد. خرید موزائیک و کاشی گران تمام می شد. سلطان در حال حاضر خرج نداشت...چند ماه بعد از اینکه خانه روبراه شد، به خانه ی او رفتیم. من دو تا از سکه هایی را که زمان عقد به من داده بودند به هدیه به او دادم. یک گلیم زیبای روستایی کف اطاق انداخته بودند. گفتم خیلی زیباست. هنوز کلام از دهانم بیرون نیامده آن را لوله کرد و داد به دست من. تابستان بود و همسایه ها همه جمع شده بودند و از گوجه فرنگی هایی که از جالیزهای اطراف چیده بودند توی دیگ های بزرگ روی آتش هیزم رُب درست می کردند. هنگام برگشت چند شیشه کنار گذاشت که ما بیاوریم خانه. ربُ دو سالمان را تامین کرده بودند. وقتی آنجا رسیدیم زنش گفت ای وای ناهار نپختم. پخته بود. ماکارونی. ولی فکر می کرد باید سفره ای بس رنگین بچیند. بعد از آن هر زمان سلطان را می دیدم هر چه ته جیبم داشتم برایش خالی می کردم. کاری که او و حامد برای من انجام دادند قیمت نداشت. مثل این بود که یک خانه ی مرتب و کامل را دو دستی تقدیمت کرده اند...سلطان آن قسمت از دیوار اطاقک آشپزخانه ی فعلی را نیز که قرار بود در آن ظرفشوئی کار بگذاریم سیمان کشید. برق می زد مثل شیشه. بسیار ماهر بود. زمانی که او در آشپزخانه کار می کرد، من دیوارهای توی حیاط را آماده می کردم برای سیمان کاری. کاه گلی بود. نمی خواستم هر روز مجبور به شستشو و نظافت حیاط بشوم. باران کاهگل ها را می شست و زمین را مرتب گل آلود می کرد. مستراح یک در دو متری گوشه ی حیاط نیز دیوارهایش سیمان کاری می خواست. وقتی سلطان مشغول کار سیمان بود، من زیر سازی دیوارهای اطاق را انجام می دادم برای رنگرزی. حامد تمام مراحل کار را به من یاد داد. او هر زمان فرصت می کرد برای کمک می آمد. اما من منتظر هیچ کس نمی شدم...داداش چند سطل رنگ خرید. خود رنگ ها را مخلوط کرد تا رنگ دلخواه فراهم شود. رنگ را از صافی رد کرد و هفت ـ هشت سطل بزرگ آماده کرد برای رنگرزی. وقتی آشپزخانه آماده شد، ظرفشوئی آن را کار گذاشتیم. آشپزخانه مستقیماً به تراس می خورد و بوی غذا در آشپزخانه نمی ماند لذا نیازی به نصب هواکش در آنجا نبود. لوله کشی و برق کاری هایش را صَفَر انجام داد. شیر آب گرم و سرد به مستراح و آشپزخانه کشید. دو ـ سه میز دراز و باریک در کنار دو دیوار آشپزخانه مناسب بودند برای استفاده به عنوان سکو و از تخته چوب دیوارها را طبقه بندی کردیم به منظور گذاشتن خرت و پرت های آشپزخانه. جلوی میزها را نیز دیرتر با پارچه هایی که هنگام ازدواج به قیمت سهمیه ی دولتی به ما داده بودند، پرده کشیدیم تا آشپزخانه مرتب به نظر آید. چراغ خوراک پزیِ تخت دو

شعله ای را نیز که خاله فروغ از انباری خانه شان هنگام ازدواج به من هدیه کرده بود گذاشتیم روی یکی از میزها. حالا راحت می توانستم آشپزی کنم و غذاهای چرب و گرم برای سلطان و بقیه بپزم...سلطان دیوارهای حیاط را نیز سیمانکاری کرد و موزائیک های شکسته ی کف زمین را ترمیم نمود. در گوشه ی باغچه ی کوچک حیاط که خاکش مثل سنگ سفت شده بود، مامان یک نهال کوچک شاه توت کاشت که به سرعت تا طبقه ی دوم ساختمان همسایه بالا رفت و شاه توت هایش عیناً مثل شاه توت حیاط کوچیکه تو خیابان فخرآباد ترش و شیرین و آبدار بود. و در وسط باغچه مامان یک نهال کوچک یاس کاشت از آنها که برگ های بلند شمشیری دارد و ساقه ی گل تا یکی دو متر بالا می رود و گل هایی چون حباب های شیری به شکل لامپ می دهد و مدت ها عمر می کند. و پیچ انتهای حیاط در مدتی کوتاه تمام دیوارهای روبرو و سمت راست را گرفت. گلدان های توی اطاق را تابستان می گذاشتم در قسمتِ پائین این دیوار. این سمت آفتاب نمی خورد و هوای خنک آنجا رشد گیاهان را چند برابر می کرد. حیاطی که شبیه زندان بود تبدیل شد به گلخانه... بعضی قسمت ها ی خانه را می بایست سه بار رنگ می زدیم. رنگ هایی که روی هم زده شده و جا به جا کنده شده بودند، اغلب رنگ تیره داشتند. من رنگ شیری برای اتاق ها در نظر گرفته بودم. خیلی کار داشت. و پنجره های فلزی زنگ زده بود و نیز چرک و سیاهی سال ها روی آن ها آنقدر مانده بود که به سختی با سمباده صیقل می یافت. حرّه های جلوی پنجره ها همه کنده شده بودند. موزائیک کاری لازم داشت. خرده کاری زیاد بود. دو ماه در خاک وخُل زندگی کردیم تا همه چیز ردیف شد...دختر کوچکم در همه حال با من بود. هر کاری می کردم می خواست در آن شرکت کند. یک فرچه می گرفت توی دستش و می افتاد به جان دیوارها. خسته که می شد شروع می کرد با فرچه ها روی دیوار به نقاشی کشیدن همان گونه که روی کاغذ. تمام موضوع های نقاشی اش در آن زمان من بودم و خود و دیگران مشغول تعمیر خانه. هرکدام یک اثر هنری جان دار و سرشار از زندگی همان گونه که من و او در آن زمان...سه اطاق تو در تو را به سه اطاق مستقل تبدیل کردیم ـ با پارتیشن هایی که در وسط آنها کار گذاشتیم به عنوان کتابخانه. یک اطاق برای دخترم یک اطاق نشیمن و یک اطاق خواب برای خودمان. تخت خواب می نوش را آوردیم برای اطاق خواب دو تخت خواب یک نفره که او با شوهر شهیدش روی آن می خوابیدند...شوهر جدید هر چه مربوط به شوهر سابق را بیرون می ریخت. حتی اتومبیلی را نیز که به قیمت دولتی زیر پای می نوش بود فروختند چرا که آن اتومبیل را متعلق به شوهر می نوش می دانست. وجهی که بابت فروش اتومبیل چند برابر قیمت خرید دولتی دریافت شد البته به نظر می رسید که دیگر ربطی به شوهر سابق ندارد...مامان برای تخت دو تشک پشمی اعلا دوخت و یک لحاف دو نفره ی پشمی. مادر صَفُر نیز یک لحاف پشمی نازک دو نفره برای ما تهیه کرد که بی نهایت سبک و بسیار گرم بود. برای دخترم یک تخت خریدم. تنها موردی که برایش پول خرج کردم. حتی کتابخوانه اش را خودم با تخته ها قفسه بندی کردم که همه پر شده بودند...از سهمیه ی دولتی پارچه هایی برای پرده خریده بودم. زهره نیز از همان نوع خریده بود و هم زن

داداش او. اتفاق جالبی بود. انتخاب زیادی وجود نداشت ولی این که سلیقه ها ی ما سه نفر یک جور از آب در آید نشان از چیزها داشت...یکی از مغازه ها درست کنار درِ وروی خانه قرار داشت و نیم طبقه ی بالای آن واقع شده بود در بالای آشپز خانه ای که درست کرده بودیم. دریچه ی ورود آن به مغازه را مسدود کردیم و دریچه ای از سمت حیاط برای آن ساختیم. خیلی از کتاب ها و پرونده هایم را آن بالا جا می دادم و هرگاه لازم می شد با یک نردبان چوبی شش متری بالا می رفتم...یک بار که هیچ کس در خانه نبود و من به آن انباری رفته بودم در جستجوی مطلبی، هنگام فرود از آن من و نردبان هر دو از پشت سرنگون می شویم. یک لحظه همه چیز برایم تاریک شد. نفهمیدم چه اتفاقی در حال وقوع است. وقتی چشمانم را باز کردم خودم را دیدم پهن بر روی موزائیک های روی تراس. بدنم درد داشت به زحمت توانستم خودم را سر پا کنم اما جان داشتم. کمترین خراشی بر روی بدنم دیده نمی شد. هیچ استخوانی نشکسته بود. هیچ دنده ای از جا در نرفته بود. مادر بزرگم گفته بود ببین نه نماز می خوانی نه روزه می گیری ولی خدا تو رو خیلی دوست داره...مامان نیز چندین بار این حرف را زده بود. مامان می گفت بس که قلبت پاک و روشن است نمی مانی خدا همیشه با تو همراه است.

یک آب انبار زیر تراس بود که خرت و پرت های ساختمانی را در آن جا دادیم. با نردبان چوبی پائین می رفتیم. قبل از هر کار آن را سم پاشی کردیم تا هر چه مور و ملخ و خزنده ی احتمالی در آنجا از بین بروند...و کتاب های خلاف را لای کیسه های نایلونی چپاندیم و زیر خاکِ باغچه مدفون کردیم...بی وقفه کار کردیم. زمستان از راه رسیده بود. توی آشپزخانه وقتی غذا می پختم گرم بود ولی نمی شد توی اطاق ها بخاری کار بگذاریم. بلافاصله به عطسه می افتادم و پوستم شروع به خارش می کرد. یک کرسی گذاشتیم با یک منقل برقی. از خانه ی مامان تشک آوردیم و لحاف کرسی دوران بچگی مان را. از مخمل های قرمز سهمیه ی دولتی پشتی های راحتی دوختم. این کرسی با گلدان ها و نهال هایی که در گوشه ی اطاق کنار پنجره ی رو به حیاط را سبز کرده بود، فضایی گرم به اطاق می بخشید...در سفری که با زهره و حامد به شمال رفته بودیم، مامان خانه را در غیبت من داده بود لوله کشی گاز کنند. گفت بی خبر این کار را کردم. ترسیدم مخالفت کنی. حالا دیگر آب گرم هم داشتیم برای شست و شو. همه ی اطاق ها گرم بودند. توی دستشوئی یک دوش تلفنی کار گذاشتیم که می شد آن را به دیوار وصل کرد. حمام کردن در آن فضای تنگ و باریک که دست و بالت مدام می خورد به دستشوئی و به دیوارها شکنجه آور بود. ولی گلایه و شکایتی نداشتم. فکر کرده بودم بعد ها اگر فرصتی شد، از نیمی از آن تراسِ بزرگ یک حمام بزرگتر در می آوریم و این دستشوئی را هم ضمیمه ی آشپزخانه می کنیم. یک لباس شوئی سطلی نیز خریدیم از جنس وطنی. لباس ها را فقط می چرخاند و می شست. بقیه ی کارها را می بایست خودم انجام می دادم. آب لباس ها را می چلاندم. دستم را که توی سطل می کردم برق می گرفت حتی گاهی از روی دستکش. مکافاتی بود. اما باز بهتر از این بود که بنشینم و توی تشت آنها را چنگ بزنم...وقتی از توی اطاق به آشپزخانه می رفتیم می بایست از توی تراس رد شویم. هوا سرد بود و این

سرما توی آشپزخانه و اطاق ها می پیچید. نایلونی ضخیم تهیه کردیم و از پشت بام تا پائین تراس را با آن پوشاندیم. یک دررو هم گذاشتیم برای رفتن به مستراح. حالا هم نور داشتیم و هم از سرما و باد و باران محفوظ بودیم...از این تراس ولی در تابستان خیلی استفاده کردیم. بیشتر مواقع در آنجا سر می کردیم. یک میز بزرگ ناهار خوری از چند تکه تخته درست کردیم و چند صندلی آنجا کار گذاشتیم. غذا را مستقیماً از آشپزخانه به آنجا منتقل می کردیم. آنجا شده بود اطاق نشیمن ما. نورِ آفتاب فقط سر ظهر که خورشید وسط آسمان می تابید اندکی جلوی پنجره ی رو به حیاط اطاق را می گرفت وگرنه خبری از خورشید نبود. اما خورشید در دلم داشت گویا گرم می شد. بی وقفه کارکرده بودم. خستگی نشناخته بودم.

پشت بامی داشتیم به وسعت همه ی خانه و بام تمام مغازه های دور تا دور ساختمان. خانه یک طبقه بود و پشت بام آسفالت. از آنجا تمام منطقه را می توانستیم نظاره کنیم. این همه فضای باز و گسترده روح مرا باز و دلشاد می کرد. درخت هایی که آقاجون جلوی مغازه ها کاشته بود، شاخه های تنومندشان سر کشیده بودند بر روی بام و این مکان تبدیل شده بود به محلی خوش آب و هوا و مفرح. تابستان ها پشه بند را ردیف می کردیم و در آنجا می خوابیدیم. سر غروب با شلنگی که از توی حیاط به پشت بام کشیده بودم، درخت ها و زمین آسفالت را به فراوانی آب می دادم. بوی ییلاق به مشام می رسید. گاهی تصور می کردم می شود یک رستوران در آن بالا ساخت. طرحی بود به طور گذرا از ذهنم گذشته بود...در زمستان برف پشت بام را می پوشاند و من و دخترم شال و کلاه می کردیم و در آنجا با هم برف بازی. چقدرعکس از او در میان برف ها گرفتم.

مغازه ی کنار خانه نیز کم ویران تر از درون خانه نیست. حامد و صَفَر هر دو بیکار شده اند. مغازه را می سپارم دست آنها هر کار می خواهند با آن بکنند. تمام مراحلی که برای تعمیر خانه انجام دادیم آنها در مغازه صورت می دهند. وقتی همه چیز مرتب می شود، تابلوی الکتریکی می رود بر سر در مغازه و آن دو مشغول می شوند به تعمیر وسایل. حامد است که به طور عمده کارها را ردیف می کند و برقکاری منازل محل را صَفَر انجام می دهد. در آغاز در آنجا پرنده پر نمی زند. کم کم مشتری هایی پیدا می کنند. یکی ـ دوسالی در آن جا وقت می گذارند ولی ماحصل ارزش ماندن ندارد. رهایش می سازند...

کارکردن حامد با صَفَر در مغازه زهره را بیشتر به خانه ی ما می کشاند. زهره حالا بشاش تر شده بود بیشتر خنده بر لبانش می آمد. شوخ طبعی اش همیشه با ما بود. در حامد نیز آن شرم و حیای اولیه در برخورد با زهره رخت بربسته بود. احساس می شد یکدیگر را یافته اند...زهره قبلاً خواستگارهایی داشت. اما او نیز تحت تاثیر جو مبارزاتی و عقاید چپ گرا می خواست با کسی ازدواج کند که انگ بورژوایی و این حرف ها به او نخورد. ازدواج با یک مهندس زهره را در ردیف طبقه ی بورژوا می نشاند. حامد به نظر می رسید که خواسته های او را برطرف می کند. چرا که در عین حال هیچ به کارگرها نمی رفت و از این دیدگاه رضایت خانواده را نیز جلب می کرد. و نیز اگرچه فعال

سیاسی نبود، اما صاحب نظریات چپ بود و ضد مذهب و از این بابت خیال زهره راحت که با دیدگاه های عقب مانده او را آزار نخواهد داد. زهره نیز یک فعال سیاسی به حساب نمی آمد اگرچه شیوه ی زندگیش بسیار ساده تر از مدعیان امور بود...تا سر سفره ی عقد بنشینند البته کشاکش هایی بوجود آمده بود. و عامل اصلی: حامد. چرا روسری ات را این جوری بستی؟ اون کی بود بهش زنگ زدی؟ اون مرده چرا این طوری به تو نگاه می کنه...او یک مرد متعصب تمام عیار بود ناشی از افکار حاکم بر خانواده و جامعه و با معیارهای معمول عقب مانده ی مردسالارانه در ایران...زهره نیز به روش افراد چپ درآن زمان اعتقاد نداشت که طبق عادت معمول عروسی مفصل و جهیزیه و از این بند و بساط ها راه بیاندازد. وضعیت مالی حامد را نیز در نظر می گرفت. به عبارتی بورژوا بودن بسیاری از مظاهر زندگی برای هواداران چپ گرایی که امکان فراهم آوردن جشن و مراسم پرهزینه برایشان ساده نبود، می توانست بهانه ای باشد تا مراسم جشنی بی تکلف را طبیعی تر جلوه دهند و راحت تر از حرف و زبان رفقا در امان باشند...گرچه زهره بعدها اظهار پشیمانی می کرد. می گفت چنین خانواده هایی اگر برای عروسی پسرشان خرج نکنند فکر می کنند دختر لابد عیبی دارد. می گفت آنها آنقدر پرت بودند که حتی او را هم ردیف آن عروس دیگرشان هم طبقه ی خودشان نمی دانند؛ کسی که هر شب تا زیر لفظی از شوهرش نگیرد به او نمی دهد. می گفت آن عروس چندان زهر چشمی از مادر و خواهر شوهر گرفته بود که نُطُقشان در نمی آید. دست به عصا راه می رفتند که حرفی نزنند و به گونه ای عمل نکنند که عروس خانم را برنجانند...در مورد زهره وقتی که موش به تله افتاد یواش یواش زیر پای پسرشان نشستند آن زن های بیکاره و غیبت گویی های مخصوص قشر خودشان را زیر گوشش زمزمه می کردند. خیلی آرام و مهربانانه حرف می زدند و حامد را رام می کردند و او هم خوب آدم بود و حرف ها مؤثر واقع می شد...حامد در آغاز تحت تاثیر افکار چپ زهره و داداش او و دوستان دست به کارهایی می زد که همگان را حیران می ساخت. یک بار وقتی مادر و خواهر با دامادشان به خانه ی آنها آمده بودند حامد تشک بچه با پوشش نایلونی را کف سالن پذیرائی جلوی میهمان ها پهن کرد و بچه را روی آن خواباند تا پوشک او را عوض کند. اما کم کم برتری های زهره را انگار نمی توانست به جان بخرد. حالا زهره دبیر دبیرستان شده بود و ریاضیات و هم انگلیسی درس می داد. حامد نیز در شرکتی که کار می کرد به عنوان سرپرست انتخاب شده بود اما ته ذهنش خود را کمتر از زهره می پنداشت و در این وضعیت پچ پچ های مادر و خواهر راحت تر می توانست عمل کند...جشن عروسی با همه ی سادگی اش بسیار گرم برگزار شد. زهره برای خود یک لباس عروسی ساده دوخت. موهایش را داد آرایشگاه کوتاه کردند. صورتش را خودش آرایشی ساده داد. شام را تصمیم گرفتند سرد پذیرائی کنند که آفتابه لگن در بساط نیاورند. مادر حامد گفته بود من کوکو درست می کنم. مهیار رفت و مواد اولیه را تهیه کرد و زنش و داداش کوچک زهره و من یک سالاد اولویه ی پر ملاط برای شام درست کردیم...من هرکاری از دستم برمی آمد برای زهره انجام دادم که احساس تنهایی نکند. خود او از قبل

فکر همه چیز را کرده بود. از برادر شوهرش خواسته بود لباس ولایتی اش از لرستان را بپوشد. من یک دست لباس قاسم آبادی از زن همسایه ی خانه ی قبلی گرفتم. هرچه لباس محلی بود زهره جمع آوری کرده بود که روز جشن آنها را بپوشیم...از شب قبل دلی از عزا در آورده بودیم و چقدر قر دادیم. من یادم نمی آید آخرین باری که قبل از آن رقصیده بودم. شاید در یکی از جشن های سازمان چپ در پاریس بود...زهره یک دستمال باریک دور سرش بسته بود و موهای بلند فرفری اش را پریشان کرده بود روی شانه ها و با دامن چین دار وقتی می رقصید این واقعیت را که واقعاً مرحله ی زیبایی از زندگیش را آغاز می کند، به همگان منتقل می کرد...روز جشن برادر حامد دایره ی رقص را تشکیل داد. با قد بلند و لاغر اندام، دستمال به دست دایره را پیش می برد.
قشنگ ترین رقص لری بود که انجام دادیم. یکی دیگر از دوستان زهره نیز لزگی خوب می رقصید. من و او به گفته ی مادر زهره خانه را به لرزه درآوردیم. من تلافی عروسی داداش خودم را اینجا درآوردم و به یاد آن دورانی که در خانواده ی من هر گاه یکی - دو خانواده جمع می شدند پایکوبی و رقص نیز به راه بود، هیچ آهنگ رقصی را ناکام نگذاشتم.
چیزی ولی مرا در این جشن از درون عذاب می دهد. خوشحال بودم در عروسی زهره می رقصم. اما حس غربت و بی کسی رهایم نمی کند. حالا که می بینم زهره و حامد با یکدیگر این همه جور شده اند به خود می آیم. عشق در زندگی من کجاست. صَفَر جایی در زندگی من ندارد. کیست که من با او هم سر شده ام...همان شب رفتند به خانه ای که از یک ماه پیش اجاره کرده بودند. یک مبل چهار نفره ی کهنه ی خواهر زهره را حامد از وسط نصف کرده بود و حالا دو مبل دو نفره داشتند. زهره روکشی بسیار زیبا به شیوه ای کاملاً حرفه ای برای مبل دوخت. فاضل زیر آنها چرخ کار گذاشت و هر کار فنی دیگر را خود انجام داد. هیچ کس تصور نمی کرد که مبل ها ساخته ی دست خودشان باشد. حتی تصور نمی رفت که ساخت ایران باشد. یک دست میز ناهار خوری شش نفره نیز به اقساط خریدند که ماهیانه آنرا پرداخت کنند. با تابلو و مجسمه و گلدان و غیره خانه را زهره آنقدر زیبا درست کرده بود که خانواده ی جاده قمی حامد می بایست دهانشان باز مانده باشد. مادر حامد ولی با سیاست تر از آن بود که بخواهد به روی خودش بیاورد. طوری وانمود می کرد که این همه هنر دست آقا زاده است...و اما زهره حالا زنی مستقل متکی بنفس زنده و خوشحال است. او جای خود را یافته است.

دایی فراهان وانت راننده ی کارخانه را می خواهد بفروشد. یکی از مستأجرهای خانه ی حیاط بزرگه خانه می خرد و اسباب کشی می کند. چهل سال و شاید بیشتر در این خانه زندگی کرده بود. در واقع خانه زاد شده بود. از اقوام نزدیک نزدیک تر. از مهاجران روسیه بوده اند. اهل قفقاز. اهل بزن و بکوب...پول پیش را که مستأجر جدید پرداخت کرد من برداشتم وانت دایی فراهان را بخریم تا صَفَر بیاندازد زیر پایش و شاید نانی از آن در آورد؛ هم چون شوهر صبا و بقیه که داشتن وانت یکی از امکانات تامین معاش برای روشنفکرانی بود که در آن شرایط انتخاب چندانی برای پیدا کردن کار مرتبط با

تخصص خودشان نداشتند و نمی توانستند هر جا که بخواهند مشغول کار شوند...وانت سفید میتسوبیشی مثل گل بود. دایی فراهان آن را به قیمت خرید به ما می دهد. راننده ی او همه ی عمر در جاده ی پهلوی ماشین های کرایه ای می رانده و می دانست چگونه ماشین را تمیز نگه دارد. دایی فراهان در هر حال ماشین مسئله دار به من نمی دهد. وانت را به نام صَفَر می کنم که هر کار مربوط به آن را خودش انجام دهد. اولین بار است که پشت ماشین می نشیند. گواهینامه اش را یکی - دو سال قبل از ازدواج ما گرفته است. با فرشاد می روند و ماشین را از کارخانه ی دایی می آورند...به میمنت این وانت و به قول فرشاد به دولت سر من تصمیم می گیریم که دو خانواده با بچه ها به شمال برویم. من مدتی است که توی جاده رانندگی نکرده ام. به صَفَر اطمینان نمی کنم. فرشاد پشت فرمان می نشیند. شب حرکت می کنیم. دو نفر بزرگسال و یک بچه جلو کنار راننده می نشینند و یک بزرگسال و یک بچه در پشت وانت میان کیسه خواب ها و پتو ها و کولر و کیسه های پلاستیکی خرید...نرسیده به ساری در نزدیکی جنگل باران در می گیرد. نیمه های شب بود. کسانی که پشت وانتِ روباز نشسته بودند زیر باران خیس می شدند. می رویم توی جنگل زیر درختی پارک می کنیم و پوششی فراهم می سازیم به عنوان سقف قسمت پشت وانت. به نوبت محل خواب را تغییر می دهیم و هرکس هم جلو و هم پشت ماشین را تجربه می کند. دم صبح سر و صدای زن فرشاد بلند می شود که من می خواهم برگردم به خانه و رو به من و فرشاد که شما دو نفر توی ماشین خوابیده اید و اصلاً به فکر ما نیستید که زیر باران آن پشت چه می کنیم. بساط را جمع کردیم و رفتیم به سمت شهر ساحلی. به دریا که رسیدیم قبل از اینکه اطاقی بگیریم زن فرشاد بی آنکه به ما اطلاع بدهد به تنهایی رفته بود به ترمینال که سُوار اتوبوس بشود و به تهران بازگردد. صَفَر رفت سراغش. زن فرشاد با ابروهای توی هم رفته بازگشت. بساط صبحانه را در اطاقی که گرفته بودیم راه انداختیم و آنگاه رفتیم به سوی دریا برای شنا. خانه خصوصی بود از آنِ یکی از اهالی بومی و چند قدمی بیشتر با دریا فاصله نداشت و می شد که زن و مرد با هم شنا کنیم.

یک بار دیگر که با زهره و حامد به شمال رفته بودیم، در پلاژ شهرداری یک کابین گرفتیم. رفتن به دریا مثل این بود که به لجن زار می رویم. پرده ی بزرگی از جنس برزنت کلفت وسط دریا توی آب کشیده و دریا را به زنانه - مردانه تبدیل کرده بودند. هر دو طرف از جانب تفنگ به دست های زن و مرد محافظت می شد تا نکند آنها به حریم یکدیگر تجاوز کنند. و فقط در آن محدوده بود که مردم می توانستند شنا بکنند تا به راحتی قابل کنترل باشند...این همه جماعت که در روز تعطیل از گرمای دودآلود تهران به کنار دریا پناه آورده بودند، می بایست در یک تکه جا توی دریای به این بزرگی به آب بزنند. در این چند متر جا همه توی هم می لولیدند. هیچ جای حرکتی وجود نداشت. آب مثل مردابی بود و چربی کِرِم هایی که زنان به خودشان مالیده بودند روی آب زیر آفتاب به رنگ نفت و گازوئیل با امواج تاب برمی داشتند و هر آن احساس می کردی تنت را آب با مواد چرب و آب دهان و شاش این همه آدم کثافت مالی می کند. حتی سنده های درسته اینجا و آنجا روی آب موج می زد. دریا بوی گند

می داد. چند دقیقه ای به درون آب رفتیم همه با لباس کامل: روپوش و روسری و شلوار. پوست بدنمان از کثافت لزج شد. در پلاژ نیز جای سوزن انداختن نبود. تن و بدن زن ها به کِرِم آفتاب سوختگی و شن های مملو از آشغال میوه ها و غذاهایی که خورده بودند آغشته بود. بچه ها که صبرشان در صف طولانی مستراح های صحرایی لبریز شده بود، روی شن ها را به آبریزگاه تبدیل کرده بودند و مستراح ها حتی رغبت ریدن را از آدم می گرفت...در هتل های درجه یک نیز وضعیت به همین منوال بود. با این تفاوت که تراکم جمعیت به این حد نبود و جای نسبتاً بیشتری را بسته به وسعت هتل برای شنا در دریا اختصاص می دادند مزیتی که قشر مرفه از آن برخوردار بودند...مرفه تر از آنان صاحبان ویلاهای خصوصی ساحلی بودند که طبعاً بخشی از ساحل دریا ملک شخصی آنان محسوب می شد وهیچ کس را اجازه ی حتی گذر از کنار آب نبود و صاحب ملک و میهمانان با آزادی کامل از دریا لذت می بردند.
در این سفر با فرشاد و خانواده، در محوطه ی خصوصی با آزادی تمام در آب بازی می کردیم. مدت ها بود از این نعمت بزرگ طبیعت بهره نگرفته بودم. طاق واز می خوابیدم روی آب. بی خیال از اینکه آب مرا کجا می برد. می رفتم روی دوش صَفَر شیرجه می زدم توی آب. خیلی لذت داشت. یک بار به همه پیشنهاد دادم پاها یمان را باز کنیم و روی کف دریا بایستیم و به نوبت زیر آب از لای پاهایی که به صف ایستاده اند رد شویم و هر کس در انتها خود همان حالت را بگیرد برای نفر بعدی...من شروع کردم به شنا زیر آب و وقتی آمدم بیرون که به حالت پا باز بایستم، دیدم زن فرشاد دارد از دریا بیرون می رود. باز قهرکرده بود. زهر مار شد. آمدیم بیرون و به اطاق برگشتیم. حرف هایی می زد که برایم نامفهوم بود. طرف صحبتش ظاهراً فرشاد بود ولی جمع را و خلاصه تر من و فرشاد را مخاطب قرار می داد. می گفت شما بچه ها رو ول کردین و فقط به فکر خودتان هستید...و کلی خزعبلات دیگر که هیچ کدام موردی نداشت. من هیچ نگفتم. بقیه ی حرف هایش را نمی خواستم
بشنوم...صَفَر نیز با زن فرشاد هم آوایی می کرد. او نیز جرأت نمی کرد آنچه ته ذهنش هست بیرون بریزد...اولین باری بود که این چنین نزدیک در یک سفر با هم معاشرت داشتیم. زن فرشاد نمی فهمید که طبیعت من چنین است که با همه راحت باشم؟...شاید حق داشت تصوراتی بکند. من و صَفَر به همه چیز شباهت داشتیم بجز زن و شوهر. حتی یک کلمه با یکدیگر صحبت نمی کردیم. زن فرشاد نمی خواست به طور علنی حسادت خود را مطرح کند. واکنش های دیگری از خود نشان می داد...برگشتیم. همان یک شب کافی بود. من فهمیده بودم زن فرشاد رفتارش از کجا ناشی می شود. پاسخش را ندادم. با فرشاد نیز حوصله ی سخن نبود. اگر سال ها بی مرد می ماندم، فرشاد کسی نبود که من بخواهم کوچکترین حسی نسبت به او داشته باشم. هنگام بازگشت، فرشاد نیز قیافه ی حق به جانبی به خود گرفته بود. انگار زنش محق بوده و کار خطایی از من سر زده است...

جنگ بیداد می کرد. موشک های دوربرِ عراق تهران را نشانه گرفته بودند. تلویزیون و رادیو وضعیت خطررا اعلان می کردند. آژیر کشیده می شد و

جماعت به زیر زمین خانه ای یا زیرِ راه پله پناه می بردند. معلوم نبود آیا اگر ساختمانی را موشک می زد چگونه مردم زیر آوارش چال نمی شدند؟ ما می رفتیم زیر پله ای که به پشت بام راه داشت به امید اینکه موشک به خانه ی ما اصابت نکند و یا اگر اصابت کرد زیر پله ما را در پناه خود بگیرد. صَفَر بچه را بغل می کرد. می رفتیم زیر پله تا اینکه ظاهراً خطر رفع می شد و دو باره به اطاق باز می گشتیم...یک بار که حملات خیلی شدید شده بودند، با حامد و زهره رفتیم به ساختمانی در عباس آباد. مردم در پارکینگ بزرگ آن ساختمان عظیم در زیرزمین هر یک با کشیدن پرده در قسمتی از پارکینگ برای خود خانه ای ساخته بودند. حملات به طور عمده شب ها صورت می گرفت و مردم شب ها به پارکینگ پناه می بردند. ما فقط یک شب به آنجا رفتیم. جریاناتی همان شب پیش آمد که پشت دستمان را داغ کردیم. ترجیح دادیم موشک بخوریم تا اینکه این همه خون دل...شک و تردید های حامد، او را به بد زبانی واداشته بود. زهره نمی توانست تحمل کند. بلند بلند زد زیر گریه. سپس صَفَر اداهایی از خودش در آورد که من نیز تاب نیاوردم و گریه آغاز کردم. آن شب فکر می کردم تحفه ی خودم کم بود، زهره را نیز به چاه ویل انداختم.
خانه ی پدری صَفَر را در جوادیه موشک عراقی ها زد. هیچ کس آن زمان در خانه نبود. تلفات جانی نداشت. ولی خانه ی قدیمی خرد و خاکشی شده بود...و چه نعمتی بود جنگ برای آنها و بخصوص برای برادر دوم. برادر بزرگ و برادر کوچک در خارجه بودند. صَفَر هنوز جرأت نمی کرد دور و برِ خانه ی پدری بپلکد از بیم اینکه شناسائی بشود و دستگیر. بگذریم که در غیر این صورت نیز کاری از دستش بر نمی آمد. آنقدر ساده بود و بی اطلاع بود از همه ی روابط که دیگران درسته او را می بلعیدند. خواهران: در خانواده ی آنها تنها کاری که از عهده ی زنان بر می آمد، نشستن توی خانه و شوهر داری بود. مادر هنوز پس از سال ها زندگی در تهران بلد نبود فارسی حرف بزند و به تنهایی نمی توانست چند چهار راه آن طرف تر به خانه ی دخترش برود...برادر دوم کار را در دست گرفت. خانه را که جنگ زده بود با هزینه ی دولت ساخت. چهار طبقه. دو طبقه اش را بابت "زحمات" ی که کشیده بود خود برداشت. در یک طبقه خود و زنش و سه دخترش می نشستند و طبقه ی دیگر را نیز اجاره داد و پول پیشی که از بابت کرایه ی آن خانه گرفت چندی بعد شد اعتبار وامی برای خرید یک خانه ی جدید در خارج از شهر. و بکوب کار می کرد تا بار خودش را ببندد...یک طبقه را مادرشان در آن زندگی می کرد و طبقه ی دیگر را هم اجاره دادند که گویا کرایه اش ما بین بقیه تقسیم می شد و رقمی به حساب نمی آمد با کسر هزینه هایی چون مالیات و خرده هزینه های دیگری که مرتب لیست می شد...دیگر از آن حیاط کوچک خبری نبود. در عوض راه پله ای توی ساختمان کار گذاشتند. هر طبقه در واقع یک واحد بسیار کوچک مجردی بود. یک اطاق بزرگ با آشپزخانه در انتهای آن و یک حمام تنگ و باریک با دوش سرپایی و دستشوئی و مستراح. آن برادر اگر می توانست کل خانه را می فروخت و همه ی پول را بالا می کشید. ولی بدون وکالت دو برادر خارج رفته کاری نمی شد کرد. به نظر نمی آمد که فکر کند مادر بی خانمان بشود. او را روانه ی خانه ی این دختر و آن دختر می کرد و

اهمیت نداشت که داماد ها با چشم مادرزنِ سرخانه به او نگاه کنند. حتی هم اکنون مادرشان خیلی اوقات خانه اش را اجاره می داد تا کرایه اش را پس انداز کند و در خانه ی دخترهایش به سر می برد. یک جوری کلفتی داماد ها را می کرد. پای سفره ی آنها می نشست و زبانش کوتاه بود. دست به سینه کنار دیوار می نشست و زبان در دهان قفل می کرد...می شد که یک طبقه را بدهند خواهر کوچکتر بنشیند و از آن وضعیت اسف بار به در آید. نه آن برادر به فکر بود و نه دیگران. حتی برادر بزرگتر که حالا دست و بالش تا حدی در فرنگ باز شده بود و می توانست با اندکی کمک مالی خواهر را از آن وضعیت درآورد، هیچ کدام به فکر نبودند...خواهرها جرأت نداشتند حرفی بزنند. صدایشان در می آمد زن برادر صدایش را کلفت می کرد که خوب می آمدید جلو کارها را پیش می بردید منافعش را هم خودتان بر می داشتید. به صَفَر گویا چیزی تعلق نگرفت. من که هیچ گاه سئوالی از او نکردم. او هم چیزی را رو نمی کرد. بعدها به فرشاد گفته بود که همیشه پول داشته است...باری، از این همه تلفات انقلاب و جنگ این برادر است که خودش را بالا می کشد...با وانتی که زیر پای صفر گذاشتم، رفت بازار با برادرش کار کند. چند روزی که صبح می رفت و غروب می آمد کم کم شروع کرد به گله گزاری که آنجا همه لات و لوت هستند، همه مثل نقل و نبات فحش های خواهر و مادر می دهند. یک ماه نگذشته آمد و گفت وانت را فروخته و در عوض پنج تا چک گرفته است و بقیه را یک ماشین پیکان. ماشین نه اطاق داشت نه موتور. همه ی درهایش پوسیده بودند. هیچ نمی ارزید. می گفت برادرش گفته بود که هزینه ی وسایل یدکی ماشین تو بالاست. اگر تصادف کنی از پس تعمیر آن بر نمی آیی. من هم ترسیدم تصادف کنم آن را فروختم...حتی یک کلمه با من مشورت نکرده بود. وانتِ عروس را دادم دست او. به همین راحتی به بادش داد. برادر و زنش که نمی توانستند ببینند او ماشین به این خوبی می راند، زیر پایش نشستند و ماشین را از دستش درآوردند. به من حرفی در این باره نزدند. می دانستند که من مخالفت می کنم یا اگر قرار بود بفروش برود با شرایط بهتری این کار را انجام می دادم و با پول نقدی که بشود با آن کاری کرد و معامله ای صورت داد.

در این فاصله دو ـ سه بار فرشاد و زنش را بیرون در پارک دیده بودیم. فرشاد یکی ـ دو گزارش پیش از این مرا در مجلات خوانده بود. گفت چرا نمی روی با یکی از این مجله ها که الان دارند کار هایی می کنند فعالیت کنی. او هم حس کرده بود که خیلی توی خودم هستم که زندگی برایم بی معناست که نمی دانم چه کار می خواهم بکنم. حالا دیگر خانه ی مستقل خودم را دارم نوسازی خانه تمام شده کار ترجمه هم به پایان رسیده دخترم هم از آب و گل درآمده است. گاهی بچه را می گذاشتم پیش مامان یا زن دایی بزرگ و با بچه ها می رفتیم کوه. حالا که زهره ازدواج کرده بود گاهی به خانه ی یکدیگر میهمانی می رفتیم. صَفَر نمی دانم چه کارمی کرد کار می کرد نمی کرد. سرش به چه چیز مشغول بود نمی دانم. من بچه را برمی داشتم و هرجا که می خواستم می رفتم. اما انگار روی میخ بند بودم. هیچ چیز درست نبود. رژیم اسلامی می کوبید مردم را هم با خود می برد. به تدریج اینجا و آنجا شکایت هایی آغاز شده بود:

گفته بودند پول نفت را می آورند دم در می دهند پس چه شد؟ حتی افراد خودی درون رژیم حاکم کم کم صدایشان در آمده بود. بسیاری از افراد متدین و بخصوص روشنفکران مذهبی به اصطلاح مدرن، پست های دولتی خود را باز پس دادند. پیشبرد اقتصاد یک مملکت ساده نیست. کارشناسان و متخصصان رژیم سابق یا کشته شده و یا فراری بودند. اساساً روحانیون را چه به مسائل اقتصادی. دستِ بگیر را خوب بلد بودند دراز کنند و خوب چتر باز کردند تا جیب های یک متری عبا هایشان را پرکنند، ولی این که چگونه ثروت ملی را به کار گیرند تا رفاه عمومی برقرار شود مبحث دیگری است...در هرحال آنچه که اغلب آخوندها به خوبی با آن آشنایی داشتند، درس هایی بود که در مکتب طلبگی آموخته بودند و اصول مذهب اسلام که در پانزده قرن پیش از این در عربستان پا گرفت، تنها قوانین اصولی برای پیشبرد مملکت به شمار می رفت. در آن زمان به دلیل جهل مردم عربستان برخی رفتارهای مترقی در اسلام قابل توجیه بود و مثلاً دخترکشی را منع کرد بگذریم که برخی از اسلام شناسان می گویند این امر نیز معلوم نبود چه میزان صحت دارد. اگر در آن زمان دخترکشی رسم بود پس خدیجه ی بازرگان از کجا آمده بود؟ پس مردان عربستان سعودی از دل چه کسانی بیرون آمده بودند. یا شاید بگوئیم که مقابله با بت پرستی حرکتی پیشرو بوده است. در این مورد نیز برخی مردم شناسان با استناد به طبیعت پلی گامی بشر در آغاز خلقت بشر می گویند که مبارزه با بت پرستی حرکتی ارتجاعی است نه پیشرونده...اکنون در قرن بیستم اینان شیوه های من در آوردی خود را نیز به شروعی که در آن زمان شاید معقول به نظر می رسید اضافه کرده اند و هرگاه بخواهند تفاسیر من درآوردی خودشان را از آیه های قران پیاده می کنند بنا بر مصلحت و منافع خود کلاه های شرعی بر سر هر اصل تازه ای می گذارند...چادر بر سر زنان کردند. صحیفه ی امام خمینی که بعد ها می گفتند تز دکترای اوست، در خانه ها پخش شد. کتابچه ای بود که در آن توضیح می داد آفتابه را چگونه باید برداشت با کدام دست وسط پا را می بایست توی مستراح شست چگونه نماز قضا می شود و چه شود اگر تردید کنیم نماز را خوانده یا نخوانده ه ایم...و اصول مربوط به صیغه ی یک ساعته یک روزه یک هفته ای سه ماهه و غیره که اصل و اساس زندگی خصوصی افراد مردم می شود و عدول از این اصول حالا که تمام قوانین کشور براساس شرع اسلام است، جزای شرعی و نیز قانونی در بردارد...به تدریج همه تربیت می شوند که زندگی شخصی خود را با این رفتارها تطبیق بدهند و چنین شیوه ی زندگی می شود سیستم فکری.

شروع کردم به کار در یکی از مجلات...در یکی از سخنرانی های سمینار تصویر گری فرشاد و زنش نیز آمدند. من سخنرانی ها را ضبط می کردم و بطور دائم سرم مشغول صحبت سخنرانان بود...زن فرشاد گفته بود که من خیلی خوشحال به نظر می رسم و زندگی واقعی خود را پیدا کرده ام. حق داشت. انگار خود زندگی بودم. باز افتاده بودم توی خط خودم. بخش مهمی از خودم. دستمزدم زیاد نبود ولی هوایی که در آن می زیستم مرا زنده نگاه می داشت. دیگر یک روزنامه نگار بچه سال مدرسه ی روزنامه نگاری نبودم.

جهان بینی خاصی برای خود داشتم و خواست عدالت خواهی و انگیزه ای قوی برای بهبود وضعیت جامعه. کار را می بلعیدم. همه ی وجودم را در طبق می گذاشتم همه ی روح و جانم را. این تنها و بهترین وسیله بود که بخواهم با آن حرف هایم را بزنم و تنها وسیله ی سازگار با حرفه و علائق من...در دفتر مجله آزاد بودم. روپوش و روسری کنار می رفت. ولی بیرون از مجله با مردم هماهنگ می شدم. با مؤسسات دولتی سر و کار داشتم و نیز نمی خواستم چهره ام احتمالاً جایی شناسایی شود...اما آنها وضعیت درستی نداشتند. فرشاد و زنش را می گویم. تصمیم گرفتند که به خارج از کشور بروند. همه جور زندگی را امتحان کرده بودند. نشده بود. خود را به زحمت سر پا نگاه می داشتند. هر آن امکان دستگیری بود و هیچ موقعیتی برای مبارزه وجود نداشت. احتیاج داشتند مدتی نفس بکشند تا ببینند در کجا قرار دارند و شاید امکانات جدیدتری فراهم شود...بسیاری از مبارزین تنها راه را در رفتن دیده بودند. بسیاری از آنها چون سرپرست همان سال های نخستین بار را بستند و به تدریج دیگران وقتی همه ی درها را بسته دیدند چاره ای جز خود تبعیدی نداشتند...فرشاد و زنش، در به در این شهر و آن شهر و این خانه و آن خانه شده بودند. دستگیری او و زندانی شدنش در زندان اوین دیگر جایی نگذاشت برای ماندن. نمی شد دیگر نفس کشید. جایی برای زندگی نبود...تقاضای زن فرشاد برای صدور پاسپورت رد شد فرشاد که جای خود را داشت. او به طور قطع ممنوع الخروج بود. حتی کافی بود به اداره ی پاسپورت مراجعه کند و درجا او را دستگیر کنند.

وسایلشان را کسی خواسته بود به قیمت خیلی کمتری بخرد. من گفتم آن ها را بیاورید به خانه ی ما. بزرگترین چکی را که صَفَر بابت فروش وانت عروس میتسوبیشی گرفته بود، خرد کردم و به آنها دادم. صَفَر اعتراض کرد. فرشاد حکم برادر او را داشت. از کودکی با یکدیگر بزرگ شده بودند. ولی نمی خواست کمکی به آنها بکند. زن فرشاد پذیرفت. لابد فکر کرد می گذارند و از اینجا می روند. بگذار پولش را بگیریم کون لقش. چشم دیدار مرا نداشت.

وسایل آنها منفعتی برای من نیاورد. یک ماشین رختشویی سطلی و یک آب میوه گیری تنها چیزی بود که به قیمت نازل، دست فروشِ آشنای صَفَر آنها را از من خرید. مابقی اجناس خرت و پرت های آشپزخانه بود و مقدار زیادی رختخواب که اگر چه لحاف و تشک های خوبی بودند اما به کار من نمی آمدند و کسی هم آنها را نمی خرید. من از این امر آگاه بودم ولی با رضایت کامل این کار را کردم. نیز مبلغی خانواده ی زن فرشاد کمک کردند و آنها رفتند.

نیمه شبان پیاده از دل کوه و کمر راهی می شوند. در نیمه ی راه اتومبیلی از دل تاریکی سر می رسد و آنها را تا کوهپایه می رساند. سپس با یک قاچاقچی و دو اسب از میان کوهساران تا مرز می روند. قاچاقچی و یک بچه در روی یک اسب و زن فرشاد و کودک دیگر روی یک اسب آهسته آهسته در تاریکی کوه های پر چم و خم به سوی سرنوشت می شتابند. فرشاد که دونده ای و کوهنوردی کارکشته است پیاده راه را طی می کند. در چله ی زمستان کوه ها پر از برف و هوا یخ بندان است. در نیمه ی راه احساس می کنند دختر بچه یخ زده است حرف نمی زند و چون چوبی پشت کمر مادرش بر روی اسب خشک شده است. فرشاد کنترل از دست می دهد. دیگر اهمیت ندارد افراد گشت

یا دیده بانی های مرز آنها را ببینند. می شتابد که بچه را به مکانی گرم برساند. قاچاقچی او را آرام می کند. بچه را با ماساژ و پوشش اضافی گرم می کنند تا به تدریج نشانه های حیات در بچه پدیدار می شود. زن فرشاد نیز یک بار از اسب به پائین پرتاب می شود که به علت حجم زیاد برف صدمه ای وارد نمی شود. مرز ایران و ترکیه در بالا ترین نقطه ی کوه های زاگرس چینه ایست از سنگ های کوهی. در آن سوی مرز نیز امنیتی حس نمی شود. هر زمان مأمورین امنیتی دو کشور از راه شاید برسند و آنها را بازجویی کنند به کشور برگردانند یا دستگیر نمایند...سرانجام در آن سوی مرز در آخرین نقطه ی دور افتاده ی یک دهکده در مکانی چون طویله ی گاو و گوسفند اطراق می کنند. شبی در آنجا سپری می شود و آنگاه زن فرشاد با پوشش زنان روستایی "وان" همراه با بچه ها در یک مینی بوس از آنجا عزیمت می کنند و فرشاد مقداری از راه را با اسب می پیماید و سپس در آنکارا به آنها می پیوندد...اما نه همه کس توانسته اند پیروزمندانه از کشور خارج شوند. خواهر زن فرشاد و یک بچه و هم عروس آنها و کودکش با یک قاچاقچی در میان کوه و کمر راه را گم می کنند. زن ها و بچه ها یخ می زنند. مأموران گشت قاچاقچی را ولی سالم پیدا می کنند یخ زده در میان کوهساران برفی. در بیمارستان دو پایش قطع می شود ولی زنده می ماند. برادر زن فرشاد در اروپا تا سال ها تراژدی از دست رفتن زن و بچه و خواهر و کودکش را نمی تواند هضم کند و در سر درگمی کشنده ای معلوم نیست چگونه روزگار می گذراند.

صَفَر نیز چندان بی علاقه نبود مثل آنها کوچ کند. اما جرأت نمی کرد دهان به زبان بگشاید. من مصمم بودم. من در آن زمان داشتم در ایران همه ی آن چیزی را که می خواستم...بقیه ی چک ها را صَفَر گذاشته بود توی جیب پیراهنش. خواسته بود دولا شود محتوای جیبش خالی شده بود و از جمله چک ها. متوجه نشده بود. چک هایی که می بایست در سه - چهار ماه خرد شوند، یک سال و اندی به درازا کشید تا به پول تبدیل شوند و نه یک جا بلکه خرد خرد و به خرج های سر پایی بیهوده هزینه شد. ماشین قراضه ای را که به او انداخته بودند، چون فقط هزینه بود برای تعمیر، به قیمت ناچیزی فروختیم قبل از اینکه با ناشی گری صَفَر موتور نیز بسوزد یا دنده ها از جا در آید و همین هم توی دستمان بماند.

پنج

از ماجرای زایمانم در بیمارستان شوش یادداشت هایی برداشته بودم. گزارش کامل آن را نوشتم و یک راست رفتم به دفتر مجله. قیافه ی وی برایم آشنا بود. پرسیدم شما در تلویزیون کار نمی کردید؟ گفت نه. وقتی فهمید در مدرسه ی روزنامه نگاری درس خوانده ام گفت شاید مرا آنجا دیده ای. درآن زمان زیاد نبودند کسانی مثل من که هنوز مهرِ دیپلم دبیرستان خشک نشده وارد این مدرسه شده باشند. شاید پنج ـ شش نفر. بقیه هرکدام زندگی ها و تجربه ها دیده بودند و اغلب در یکی از روزنامه ها یا رادیو تلویزیون کار می کردند. عده ای با مشاغل گوناگون مانند افسر ارتش کارمند شرکت نفت یا شرکت های دارویی و به علت علاقه به ادبیات و هنر در کلاس های شبانه ی مدرسه ثبت نام کرده بودند...دو ـ سه دوره قبل از من درس می خوانده است. گفت خیلی کم به مدرسه می رفته در یکی از روزنامه های مخالف رژیم مشغول بوده است. او در واقع نیازی به دوره ی روزنامه نگاری و این حرف ها نداشته است و فقط مدرکی می خواسته که شاید روزی به کارش آید...عمق نگاهش را به من می دوزد و مرا به ارزیابی می نشیند. در همان دیدار اول به نظرم رسید با یک "گس" روبرو هستم..دفعه ی دیگر که می روم او را ببینم گزارش مرا خوانده است. از من می خواهد از دانشگاه آزاد گزارشی تهیه کنم. گزارش در مجله

چاپ می شود و من استخدام می شوم. موضوعاتی که انتخاب می شود کاملاً سنجیده است. سمینارهای اقتصادی جشنواره های هنری ملی و بین المللی نمایشگاه های کتاب تآتر کنسرت های موسیقی کلاسیک ایرانی و خارجی. و من سنگ تمام می گذارم. هیچ سخنرانی مهم را در سمینار ها و جشنواره ها از دست نمی دهم. برای برنامه های هنری از جانب تالارها و وزارت ارشاد برای ما بلیط کنار می گذارند و به عنوان روزنامه نگار من از تسهیلاتی برخوردارم. گاهی سه ـ چهار روز متدوام صبح تا شام به خانه نمی آیم. صَفَر یک بار گفت اسم تو را فقط نباید زیر نام مقاله هایت بگذارند. من بچه داری می کنم مامانت غذا می پزد. ما اگر نباشیم تو نمی توانی به کارت برسی... خیالات او را برداشته بود. سنگ هم از آسمان می آمد من کارم را به بهترین نحو انجام می دادم. راه هایش را پیدا می کردم. این کار زندگی من بود. پس از این همه بالا و پائین شدن، دوباره نفس کشیدن را تجربه می کردم...حالا تمام انرژی و افکارم را با امکاناتی که در اختیارم گذاشته شده بود به کار می گرفتم...نویسنده ذهنی بسیار باز داشت. کاملاً مشخص بود که او را با رژیم حاکم موجود کاری نیست. ولی چشمانش را نمی بست بر فعالیت های مثبتی که انجام می گرفت بر اشخاصی که صادق بودند و اعتقاد آنان به اسلام و مردان حکومت نمی توانست مانع از آن باشد که دیده شود در برخی زمینه ها سودمند باشند و با جان و دل وظایف خود را انجام بدهند...چقدر راحت بود کار کردن با او. خیلی زود فهمیدم که چقدر احاطه دارد به کارش. ادبیات را خوب می شناخت شعر را قصه را با مسائل اجتماعی و سیاسی کاملاً آشنا بود تمام زوایای کار در یک مجله ی ارزشمند را می شناخت و می دانست چه می خواهد و به همین دلیل قابلیت ها را تشخیص می داد. کم و کسری را در لحظه متوجه می شد و کار خوب را ارج می نهاد...من بیش از هرچیز فکر می کردم فقط برای او کار می کنم. خود را در حد وی نمی دانستم که بگویم با او همکارم. مرید او شده بودم. گمان می بردم هر تصمیمی می گیرد درست است. کلیشه نبود یک بعدی نبود ذهنی دمکراتیک داشت و سیاستمدارانه و مدبرانه کارها را پیش می برد. ساده نبود در آن شرایط که هر نشانی از مخالف اندیشی محکوم بود، بخواهی اندیشه هایت را به گوش مردم برسانی. های و هوی نمی کرد. طبل تو خالی نبود. هرکس در مقابل قابلیت هایش سر تعظیم فرود می آورد...در آن سال های انقلاب بسیار بودند افرادی که می خواستند انقلاب را به سویی هدایت کنند که سازنده باشد. در تمام زمینه های ادبی ـ هنری ما بسیار داشتیم از این اشخاص که هر کدام با فیلم خود با نمایش هایی که به اجرا در می آورد با سخنرانی هایش با نقاشی و مجسمه سعی می کرد حرف خود را بزند. آدم هایی داشتیم که در اقتصاد و سیاست ارزیابی های عمیق و درستی داشتند. آنها را می نوشتند بر روی صحنه می بردند فیلم می کردند. مخاطبانشان مردم بودند. به دست اندر کاران حمله نمی کردند. کمتر شکایت بود و بیشتر ابراز عقیده برای انجام کارها به آن نحو که تصور می رفت صحیح است...من به هر سوراخی فرستاده می شدم. می بایست گزارشی از سمینار اقتصادی تهیه می کردم. سه روز تمام در آن حضور یافته بودم همه ی سخنرانی ها را ضبط کرده بودم. مطلبی جامع تهیه کردم و کار را به نویسنده ارائه دادم. او نشست پشت میز

مطلب را بخواند. من انگار همه ی کار را کرده ام و حالا باید خستگی در کنم. روی مبل تکیه دادم. نگاهی تند به من انداخت و گفت بیا بشین اینجا. گمان کرده بودم کارم بی ایراد است. مقداری از آن را حذف کرد نکاتی را تغییر داد. آنگاه آن را فرستاد برای چاپ... بسیار ارج می گذاشت به کار ولی هر کاری را دربست نمی پذیرفت. کارش را بی نهایت عالی می شناخت. او برای من بهترین روزنامه نگاری بود که در زندگی شناخته بودم...کم کم مقنعه از سر برداشتم و روسری سر کردم. در آن زمان خاتمی وزیر ارشاد بود. دو- سه باری که با او روبرو شدم خوشرویانه با من برخورد کرد. روسری من تا وسط سر عقب رفته بود. شلواری تنگ می پوشیدم و به جای روپوش معمول زنان چند دست کت شنل مانند کوتاه و بلند برای خود دوخته بودم. کناره های آن گشاد بود و هیچ گاه دکمه ای را نمی بستم. هوا از اطراف به پوست می چسبید راه به راه از روی تنم کنار می رفت و برجستگی های بدنم را در زیر بلوز و شلوار تنگ نمایان می ساخت...یک روز با این هیبت در میدان امام حسین می خواهم به آن سمت خیابان بروم که موتور سواری از جهت مخالف ، در وسط خیابان به سرعت فرمان بر می گرداند و چون اجل معلق در مقابل من ترمز می کند. با لحنی که گویا در دادگاه محکوم به قتل یا جنایتی نابخشودنی شده ام می پرسد:

- این چه قیافه ایست که برای خودت ساخته ای؟

جماعت در میدان وول می زند. در یک لحظه دایره ای از افراد رهگذر و بیکاره ها و مغازه دارها مرا محصور می کنند. موتور سوار آمرانه با لحنی که فقط با یک زن خیابانی صحبت می شود می گوید:

- بیا سوار شو بریم کمیته

کسی از میان جمعیت ندا می دهد بابا ولش کن. دختر چهارده ساله که نیست. در این اثنا یک اتومبیل پیکان جلوی پای ما سبز می شود. کارتی نشان موتور سوار می دهد و می گوید من او را تحویل می گیرم. سوار اتومبیل می شوم. راننده میدان را دور می زند و سر چهار راه گرگان کنار می کشد و می گوید:

- پیاده شو. ولی مواظب لباس پوشیدنت باش

وقتی خودم را تنها در پیاده رو یافتم، باور نمی کردم این همه حادثه را در کمتر از یک ربع ساعت. و بیشتر از آن باور نمی کردم این چنین از چنگشان خلاص شده باشم. می بایست فرد صالحی در میان خود آنها در لحظه ای حساس بر من فرود آمده باشد. در غیر این صورت معلوم نبود از کجا می بایست سر درآورده باشم...

نویسنده شناخته بود جوهر مرا و ظرفیت های ناشناخته ی مرا. علاقه و پشتکارم برای او قابل تحسین بود. تمام زندگی اش در آن زمان مجله ای بود که منتشر می شد. نامش را که در شناسنامه ی مجله به عنوان یکی از اعضاء هیأت مدیره می آمد نمی خواست هیچ ناقابلیتی از ارزش والایش بکاهد. طراحی مجله هنوز که سال ها از آن گذشته است در میان مجلات ایرانی و

خارجی همتا نداشت. از طراحان بنام کار صفحه آرائی آن را انجام می داد. کار چندان پرتنش نبود در مقایسه با صفحه آرایی روزنامه ها و مجلاتی که با کمک های مالی دولت بی وقفه منتشر می شد. مجله ماهیانه بود ولی گاه به علت کمبود بودجه دو ماه یک بار چاپ می شد یا سه ماه یک بار. لذا صفحه آرا که گرافیست نام آوری بود فرصت داشت خوب بر روی آن کار کند. طراح ما هرچه خلاقیت داشت در آرایش مجله به کار می گرفت. با فضاهای خالی و مناسب کار نویسنده را ارج می نهاد و به خواننده فرصت نفس کشیدن می داد تا اثری که این همه بر آن کار شده است با میل خوانده شود و ارزش قلمی که آن را رقم زده است قدردانی گردد...طراح مجله بر روی گزارشی که از سمینار تصویر گری کتاب کودکان تهیه دیده بودم، دو صفحه ی بسیار زیبا آراسته بود. مطلب را خوانده بود و با دستیارش در مورد چند و چون طراحی مدت زمانی وقت گذاشته و صحبت کرده بودند...یک بار که طراح ما غیبت داشت من چند صفحه از مجله را بستم. اصول تکنیکی ویژه ای می بایست در طراحی مخصوص مجله رعایت می شد تا کار درست از آب در آید. کار با دست انجام می گرفت البته. زیرا هنوز اعجازهای کامپیوتری در کار گرافیک و صفحه آرایی انقلاب ایجاد نکرده بود. من اساس را می دانستم. مشغول شدم. نویسنده وقتی دید کار پیش رفته است، با تعجب به همه گفت من حیران ماندم. او در مدرسه اینها را یاد گرفت. ما یاد نگرفتیم...آن مجله بهترین بود در آن زمان و در هر زمان. چند تن از دوستان صمیمیِ دورانِ مدرسه را از آن طریق یافتم. خود را با کار در مجله باز یافته بودم جایم را یافته بودم جایی که تجربیاتم را محک بزنم جایی که کار و کوشش در آن به هوا نرود. زحمات و مطالعات و اندیشه ها و تجربیات سال های گذشته ام جایی پیدا کرده بود که خود را بروز دهد...نویسنده برای پیش برد کار ناگزیر بود هوای چند جبهه را داشته باشد. اینها را دیرتر فهمیدم. آن زمان بیش از اندازه در هیجان فعالیت های مطبوعاتی در زندگی جدید خود غرق بودم که بخواهم بیشتر از آن را ببینم...صاحب مجله نمی توانست اثری در مجله بگذارد. می خواست سطح کار را در حد سطح خود پائین بیاورد. می بایست سیاستی به کار برده می شد که هم حرف زده شود و هم موقعیت موجود و امکانات فعلی از دست نرود. یک نوع مبارزه ی پنهانی بود برای تضمین صحت کار و در پایدار ماندن مجله...برای کنسرتی که با شرکت چند تن از نوازندگان معروف ایرانی اجرا می شد نتوانسته بودم بلیط تهیه کنم. رفتم به تالار شهر شاید بتوانم به شکلی به محل کنسرت راه بیابم و برنامه را ببینم. در بیرون دروازه ی محوطه ی وسیع تأتر تا دقایقی پس از شروع برنامه توی خیابان ایستادم. نگهبان دلش برایم سوخت و گفت بیا برو تو. هیچ فکر نمی کردم بشود به آنجا راه پیدا کرد زیرا قبل از آن با یکی از کارمندان برنامه در تالار صحبت کرده بودم. جایی برای نشستن نبود. نشستم روی پله ها. وقتی صاحب مجله فهمید نگاهی به من انداخت که یعنی من که همه کاره هستم نتوانستم برم و تو رفته ای. مسخره بود. من خبرنگار بودم. اگر کسی لازم بود آن تو باشد آن شخص من بودم که می بایست مطلبی تهیه می کردم. حتی آن نویسنده مگر برای پیشبرد کار مجله از این امکانات استفاده نمی کرد...خانه ی خاله نبود یا میهمانی. من برای تفریح نرفته بودم. اگرچه هم

تفریح بود هم بر اطلاعاتم افزوده می شد و هم مرا با دنیای موسیقی و هنر بیش از پیش آشنا می ساخت؛ مواردی که در پاریس با جنبه ی یک بعدی و کلیشه ایِ "انقلابی" اش آشنا شده بودم...فرد دیگری نیز بود در مجله از صاحب نظران. به ندرت او را می دیدیم. از آنهایی بود که وسط دو صندلی می نشینند و می خواهند از همه جا بهره ای بگیرند. صاحب مجله تحت نفوذ او بود. کسی بود که می خواست خط فکری خودش را به خطِ فکری مجله تحمیل کند. با این فرد نویسنده نمی توانست به سادگی مقابله کند. سواد و دانش داشت. کتاب ها نوشته بود. سال ها در روزنامه و رادیو و تلویزیونِ آن رژیم و این رژیم کار کرده بود. کسی مانند نویسنده که از هر گوشه ی چشمی به کنه افکار او پی می برد می بایست حضور داشته باشد تا متوجه بشود که این فرد می خواهد به کجا ببرد مجله را...

مسافرت به کیش سرزبان ها بود. می گفتند آنجا همه آزادترند. کیش که زمانی محل قشلاق خانواده ی سلطنت پهلوی بود و ملک شخصی محمد رضا شاه، حالا شده است محل گردشگاه زمستانی بخصوص تهرانی ها و می گفتند که کیش حالا به مالکیت رفسنجانی درآمده است. هوای مطبوع و دلپذیر بهاری با نسیم روح افزایی که از دریا در فصل زمستان به این جزیره می وزد درختان مناطق حارّه ساختمان های مدرن در کنار کوشک های سلطنتی و دوری از مرکز و فضای فرهنگی نسبتاً باز، مشتاقان را به آن سو می کشاند...اما آنچه بیش از هر عاملی سبب شهرت روز افزون این جزیره شده بود و اهالی تهران را به آن سو می برد، بازار گرم خرید و فروش بود. بازار واردات در کیش بسیار گرم است و افراد زیادی را برای کسب و کار به آنجا کشیده است. وقتی می گفتند طرف رفته است کیش یعنی اینکه رفته است پولی به جیب بزند با خرید اجناس ارزان خارجی و فروش آن به قیمت گرانتر در پایتخت...تب و تاب رفتن به کیش چندان بالا گرفته بود که بلیط هواپیما و یا کشتی را می بایست یک سال قبل تهیه کرد یا رابطه ای نزدیک با یکی از دست اندر کارها داشت. و به عبارتی یک پارتی کلفت تا موقعیت سفر به این بهشت زمینی بدست آید. با شغل روزنامه نگاری امکاناتی برای من فراهم می شد. بلیط هواپیما برای برگشت از کیش را می توانستیم تهیه کنیم ولی برای رفت تنها وسیله ی موجود کشتی بود. فکرکردم فرصتیست مناسب. تجربه ایست. حتی فکر کردم حالا که من می خواهم بروم چه بسا زهره و داداش با خانواده و مامان را اگر بشود با خود ببرم. می خواستم آنهایی را که دوست دارم در خوشی خود شریک سازم. فکرکردم روی دوش من سوار نمی شوند. به علاوه مسافرت دست جمعی بیشتر خوش می گذرد. من با صَفَر می خواهم چه کارکنم. هم چنین من در سال های اخیر بیشتر مایه ی زحمت و نگرانی بوده ام برای مامان و داداش و برای زهره که اکنون نزدیک تر از هر کسی بود در میان همه ی خانواده. چون خواهر دو قلوی من در بدترین شرایط مرا صمیمانه همراهی کرده بود. گمان کردم شاید در مسافرت با خانواده آن فاصله ای که مابین خود و آنان حس می کردم از بین برود. بی تفاوتی های مامان را دلم می خواست معلول ناخودآگاه شرایط اولیه ی انقلاب ببینم. می خواستم آن صفا و

یکدلی و یک رنگی آشنا را دوباره به دست آورم. می خواستم باز همان کودک مامان باشم. گاهی حس کرده بودم امکاناتی که خاله سهیلا و خاله فروغ مهیا کرده اند شاید مامان را بیشتر به سوی آنها جلب کرده است. اتومبیل زیر پای هر کدامشان هست خانه ی بزرگ میهمانی هایی که راه به راه برپاست....یادم می آید که حتی یک بار این مسئله را با مامان در میان گذاشته بودم. مامان با لحنی که فقط از زبان یک بدخواه یک نفر که با تو دشمنی دارد یک نفر که هیچ چیز تو را با او پیوند نمی دهد به تندی پاسخ داده بود: خوب خودت خواستی این زندگی را خودت با همه دشمنی می کنی خودت باعث شدی همه از تو کناره بگیرند. پس از آن من ساعت ها در تنهایی خود گریسته بودم. به چه کس بگویم مادری که فقط فرشته ها شاید با او هم سنگ بودند این همه سنگدلانه با من رفتار می کند...قلبم می گفت که مامان به این حرف ها بند نیست نباید باشد. مگر اینکه جادویش کرده باشند. مامان را خیلی دورتر از این معیارها دیده بودم. آیا ارزش ها تغییر کرده اند؟ وقتی کودک بودم یادم می آید تمام جواهراتش روی این میز و توی آن کشو و آن طاقچه ولو بودند. مادیات برایش ارزش نداشت. آیا چون در آن زمان همه چیز فراهم بود و مامان در خانه ی آقاجون مثل ملکه ها زندگی می کرد؟ همه ی این مسائل برایم مبهم هستند. به نظرم اموری جریان دارد که من از آنها سر در نمی آورم. پی آمد این انقلاب می بایست این همه فاصله بوده باشد؟ نمی دانم چه بود. آیا او تحت تاثیر این همه تبلیغات برعلیه ما مخالفین بود؟ عامل شهادت داداش کوچولو را در من می دید؟ مجموعه ای از علل از ذهنم می گذشت. دیرتر خیلی دیرتر می فهمم که عاملی دیگر بوده است نه عاملی درونی بلکه عاملی از بیرون. مامان خیلی ساده دل بود. شرایط دست به دست دادند و آن کس که می خواست این شرایط را به نفع خود پیش برده بود.

از جانب مجله نامه ای نوشته شد برای تهیه ی بلیط و راه افتادیم. می بایست تا بندر لنگه با اتوبوس برویم و در آنجا با کشتی به کیش. هر خانواده جداگانه به ترمینال آمد. مامان با داداش و زن و بچه اش آمدند. در ترمینال مامان حتی یک سلام و علیک درست و حسابی با من و دوستانم نکرد. دخترم را در آغوش نگرفت و از او بوسه ای نستاند. من یک ماهه برای بچه ی دوم آبستن بودم. مامان از این امر مطلع بود. ویار بدی داشتم. آیا شما می پرسید چرا حامله شدم؟ برای خودم انگار روشن بود. به همان دلیل که ازدواج کردم. یک دختر که داشتم این هم رویش با بقیه خر با بارش. صَفَر که جزء اثاث منزل بود. گوشه ای افتاده بود و هیچ استفاده ای از آن نمی شد. مثل ملک پدری شده بود که خوب حالا هست روی قباله ات آش کشک خاله ته بخوری پاته نخوری پاته. فکر فردا در سر نبود. زندگی پیش می رفت. او بود و برای خود می چرید. می رفت می آمد هیچ نقشی نداشت. من زندگی را به همین شکل پذیرفته بودم. حالا که مجله همه ی زندگی بود و تمام اوقاتم در آنجا می گذشت، اهمیت نداشت که کسی در خانه هست و رقمی نیست. تمام نیازهایم را در مجله برطرف می کردم و انگار برای هر حس دیگری کاملاً مسخ شده بودم...خوابیدن با صَفَر نیز جزء همین زندگی شده بود. یادم نمی آید چه زمان با او می خوابیدم یا نمی خوابیدم یا چگونه با او همخوابگی می کردم. تنها

موردی که از خوابیدن با او به یاد دارم این بود که او هنوز دستش به من نخورده و هنوز سرِ کیرش در اول مسیر کس من می رفت که سُر بخورد، آبش می آمد و سپس مثل یک حیوان می گرفت و می خوابید. تمام. مهم نبود من چه می خواهم. هیچ رفتار ظریفی نبود که اندکی مرا مجذوب کند. روز بعد به شتاب صبحانه ای می خورد و من صدای آروغش را می شنیدم و حالم به هم می خورد.

باز حامله شدم. و این بار بیشتر برای دخترم که حالا همه چیز من بود. رحم آماده ی من نگذاشت به یک ماه بکشد. رگل نشدم. دخترم، بچه ی چهارساله از هم الان حس کرده بود که فردایی خواهد داشت نه هم چون دیگران. پدر رقمی نبود. هیچ یک از نیازهای او را بر طرف نمی ساخت. مادر مشغولیات دیگری نیز داشت که ذهنش را درگیر می ساخت. او یک داداش می خواست که در آینده تنها نباشد. کسی را داشته باشد...از همان دوران کودکی می دید که با وجود وضعیت بد مالی هر چه در توان دارم برایش می گذارم. وقتی شب ها خسته و کوفته از من می خواست که موقع خواب برایش بخوانم، کتابی را که چندین بار خوانده بودم در دست می گرفتم. یک خط در میان آگاهانه بندها را رد می کردم. او اما می فهمید و می گفت مامان رد کردی...گاهی او را با خود به سمینارها می بردم. در جشنواره ی نمایشگاه عروسکی او در اغلب نمایش ها همراه با من حضور داشت. در نمایشگاه های کتاب و نقاشی او همیشه با من بود. من مشغول تهیه ی گزارش می شدم و او سرگرم دیدن آثار هنری یا در گوشه ای می نشست به نقاشی. در مهد کودک همه عاشق او بودند. در هر کاری سر بود. می گفتند هم باهوش است هم علاقمند. و نیز آزارش به هیچ احدی نمی رسید. هفته ای دو - سه بار او را می بردم به نیاوران و زعفرانیه برای کلاس شنا و کلاس فرانسه و...این همه وقت می خواست و هزینه. صَفَر گاهی سر من منت می گذاشت و بچه را می رساند. در مورد هزینه اش می گفت خوب پول نداری نذار مگه بچه های دیگه چه کار می کنند. بچه از آغاز حس می کرد که همه ی وجودم برای اوست...گاهی بالاجبار او را در خانه تنها می گذاشتم. بچه ی سه - چهارساله بی آنکه مشکلی ایجاد کند به تنهایی خود را سرگرم می کرد. چند بار او را غافلگیر کردم وقتی که از میز و صندلی و دیگر مبلمان خانه شخصیت هایی درست کرده بود و تأتر بازی می کرد...کار من در مجله زیاد شده بود و کمتر به او می رسیدم. حس می کرد چیز دیگری نیز هست که من بر آن عشق می ورزم. گفت مامان من یک داداش می خوام. معطلش نکردم.

حالا یک ماهه حامله هستم. در ترمینال مامان هول و ولا داشت. دست پسر داداش را گرفته بود و به زن او گفت کیفت را بده من بیارم. زنِ داداش هیچ چیز اضافه ای حمل نمی کرد. داداش همه ی وسایلشان را به دوش می کشید. مامان نمی خواست زن داداش زحمت حمل کیف دستی را نیز به خود بدهد. من آن کنار ایستاده بودم با ساکی سنگین روی دوش و دست بچه توی دست و به این صحنه می نگریستم. پس من چی. مگر او مامان من نیست؟ او نمی بیند که صَفَر سرش با دمش بازی می کند و آدمی نیست که به فکر باشد که در هر موقعیتی چگونه باید عمل کند؟ او که می داند من حامله هستم. زن داداش

حمایت کامل داداش را داشت. چه نیازی به کمک دیگری...داداش رفته بود یک تحفه تر از مال مرا پیدا کرده بود. خواهر دوستش بود در نزدیکی خانه.
مادرش با همه ی مغازه دارها خوش و بش داشت. لباس دکولته با سینه های باز می پوشید و چادرش را پس می زد و سر تا پایش را بیرون می ریخت.
خانوادگی منیژه را منیجه تلفظ می کردند. مادرش دست هر سیاستمداری را از پشت بسته بود. وقتی چند سال بعد برای دیدار پسرش به اسپانیا می رود، زیر چادر آنقدر خاویار قاچاقی رد می کند که همه ی مخارج سفر از آن تأمین می شود...مادر دختر از آن تیپ زن هایی بود که حتی اگر مادرِ چند تا دختر کور و کچل، بهترین جا آبشان می کرد. زن داداش حتی با معیارهای معمول جامعه نیز قابلیتی نداشت که او را در جایی بنشاند. حرف زدنش حتی در سطحی بسیار نازل بود. سعی می کرد اظهارنظرهایی بکند و با توجه به اینکه می دانست خانواده با باورهای مذهبی زندگی می کنند، ماشاءالله و انشاءالله شده بود ورد زبانش و حرف هایی می زد که همه را به حال تهّوع می انداخت.
در گیر و دار اتفاقات بی شمار این چند سال گذشته ی بعد از انقلاب که زندگی همه را به هم ریخت، داداش برخلاف من و می نوش و داداش کوچولو مستقیماً وارد سیاست نشده بود. در روزهای پرتپش بهمن ماه و پس از آن ناخواسته عملاً در هر مرحله درگیر گرفتاری های مشکلات سیاسی تک تک ما شد...
داداش تنها کسی بود در میان ما که سعی می کرد زندگی خود را به طور طبیعی پایه ریزی کند درعین حال که همه جا بود همه جا...در یکی از آن شب های بهمن ماه هزار سیصد و پنجاه و هفت همه در خیابان ها بودند. خانه ی ما که در مرکز قرار داشت و هیچ اتفاقی در دوران انقلاب نبود که شهادت به آن نداده باشد، کماکان محل تجمع "انقلابیون" شد. در پیاده روی جلوی خانه آنها وول می خوردند. همه در هول و ولای اتفاقی که قرار بود بیافتد، حکم خاکستری را داشتند که زیر آتش پنهان مانده بود و با اولین جرقه شعله بر می کشید...من نیز بیرون آمدم با موهای بلند بر روی شانه ها و بلوز و دامن.
داداش به من گفت: " تو بهتره بری کتابت رو بخونی". جرات نکرد به صراحت بگوید بی حجابی این انقلاب را با بی حجاب ها کاری نیست و کاری هم که از دستت بر نمی آید. من نرفتم. فقط یک نگاه چپ به اوانداختم دیگر از این غلط ها نکند. ولی نمی توانستم ته ذهنش را تغییر دهم دست کم در آن شرایط دگرگونی همه چیز که هیچ کس نمی دانست چه اتفاقی دارد می افتد. به نظر نمی رسید که این حرکت عمومی او باشد و ظاهراً با گذشت زمان چنین رفتارهایی در او تعدیل می شد. به چادر و چاقچور اعتقاد نداشت و احترام می گذاشت به خواسته ی جمع. بسیار مهربان بود و بسیار خوش برخورد. هیچ حرف تحقیرآمیزی از زبانش بیرون نمی آمد. دل هیچ کس را نیازرده بود. همه به او افتخار می کردند. همه دوستش داشتند. خوشگل بود و خوش تیپ. همه پز او را می دادند.
هرکاری از دستش بر می آمد برای هریک از ما انجام می داد. در نبود شوهر می نوش برایش شوهر بود و برای بچه اش پدر برای داداش کوچولو جایگزین دست افلیج بود برای مامان آچار فرانسه ای که به هر کار می خورد. یک روز رفته بودم خانه ی مامان. هنوز مدت زیادی از تولد دخترم نگذشته بود که به

حرف افتاد. داداش می گفت از همه ی بچه های خانواده زودتر زبانش باز شد. همان شب بود که به گمانم از شدت خستگی خمیازه ای بلند کشیدم و ناگهان فکم قفل شد و دیگر نتوانستم دهانم را ببندم. با داداش تمام بیمارستان های شهر را با دهان باز و فک کجِ زیر پا گذاشتیم. سرانجام در بیمارستان بوعلی بود که یک دکتر بسیار جوان به فریاد من رسید. من نشستم روی صندلی. دکتر به داداش گفت برو بیرون. داداش نمی خواست بیرون برود. گمان می کرد وجودش را در کنارم لازم دارم. داشتم. دکتر توضیح نداد چرا او باید بیرون برود. سپس با یک پرستار پشت من ایستاد. کله ی مرا توی دو دستش گرفت و به طور مهربانانه ای جمجمه ی مرا میان انگشتانش نگاه داشت و در یک لحظه با یک حرکت ناگهانی فک مرا جا انداخت. دنیا را در آن لحظه به من باز گرداند. و آن زمان بود که فهمیدم چرا دکتر نمی خواست داداش آنجا باشد. کوچکترین اضطراب داداش می توانست تمرکز دکتر را از بین ببرد و نتواند کار را درست انجام دهد. این یکی از لحظاتی است که گمان می کنم زندگی ام را پس از مامان به داداش مدیونم و به آن دکترکه نظیرش کمتر در دنیا پیدا می شود...داداش همه ی امید مامان شده بود بعد از آن عزیز شهید. روحیه ای متعادل داشت. معنای زندگی را بیشتر از همه ی ما فهمیده بود...

باری...نه اهل هنر و ادبیات بودند ـ خانواده ی زن داداش را می گویم ـ نه گرایشات سیاسی داشتند و نه علاقه ای به تحصیل و مطالعه در آن ها مشاهده می شد. دختر بی پدر بزرگ شده بود. پسرهای جوانشان چشم به دنبال دختران داشتند و در اندیشه ی خارج شدن از مملکت...داداش که درایت و ذکاوتش شهره بود و در خانواده بسیار محبوب، رفته بود سراغ کسی که از هر چه تفکر و اندیشه و سیاست و جدیت به دور باشد. کاری از دستش بر نمی آمد. نه خیاطی می دانست نه آشپزی. حتی دکوراسیون خانه را داداش طراحی کرد. خواندن کتاب که سهل است دیپلم دبیرستان را نداشت. خوشگل بود رنگ پوست دورگه ی جذابی داشت نمکین با قدی بلند و باریک. چند ماهی البته از ازدواجشان نگذشته به قول زن دایی بزرگ پاهایش هرکدام به اندازه ی یک متکا شدند. چشمانی درشت داشت و مهم تر از همه مغزی پوچ. خوش رو و خوش برخورد بود و داداش همین را می خواست. می خواست زندگی کند...یکی از دستگاه های طبقه ی آخر خانه را داداش طرحی نو زد. از اطاق های به هم پیوسته سالنی شیک در آورد یک اطاق خواب بزرگ رو به آفتاب مهیا کرد. مهری پرده هایی گرانقیمت و شیک برایش دوخت. می نوش سه قالی بزرگ توی اطاق هایش انداخت. بقیه ی وسایل خود به خود آماده شد. من چند سال پیش از این قطعه باغ کرج را فروخته و وجه دریافتی آن را در اختیارش گذاشته بودم که کارش را راه بیاندازد. عروسی اش با جلال و جبروت پیش رفت. داداش را همه به شکل خاصی دوست می داشتیم. سفره ی عقدی که مهری برای او درست کرده بود حرف نداشت. این همه طلایی را نیز که حتی آشنایان بسیار دور برای او آورده بودند به علت محبوبیتی بود که داداش در میان همگان داشت...

مراسم به اصطلاح نامزدی یا آشنایی خانواده ها در خانه ی مادر زن آینده صورت می گیرد. برادرهایش با دیدن منِ بی حجاب که در عین حال بعد از

ازدواج آرامش نسبی آب زیر پوستم آورده بود، شگفت زده شده بودند. آنها می نوش و مهری و مامان و خاله ها - افراد نزدیک به داداش را - با مقنعه و روپوش دیده بودند. شوهر دوم خاله سهیلا جلوی روی او به مامان گفته بود که من خیلی خوشگل شده ام. داداش شاید از حضور من خوشحال بود تا یک جوری به خانواده ی زن آینده اش که لامذهب بودند نشان بدهد که خانواده ی او همیشه چادر چاقچوری نبوده اند. البته چندان تفاوت نداشت. آنها آنچه را که می خواستند زده بودند توی رگ و چتری باز کرده بودند که همه ی نعمات را یک جا برای آنها از آسمان باریده بود: یک پسر خوشگل و محبوب و متین و خانواده دوست که کار نبود از دستش بر نیاید و خواهران و مادری که حاضرند جانشان را فدای این پسر کنند...این دختر در عین حال در جایی گیر کرده بود که زندگی را برایش سخت می کرد. ما، من و بیشتر می نوش چپ می زدیم. از می نوش که هم شوهر و هم برادر را در جنگ از دست داده بود، در آن زمان گاهی رفتارهایی کاملا افراط گرانه سر می زد. گمان می برد که دیگران نیز باید دربست از اعتقادات او پیروی کنند. می گفت چرا زن داداش بلوز قرمز می پوشد وقتی این همه شهید داده ایم. می نوش مسخ شده بود. ولی فقط در همین حد بود و در مواردی بسیار نادر. وگرنه می نوش هر کاری برای داداش انجام می داد. ما هیچ کدام کسانی نبودیم که بخواهیم دخالتی در زندگی آنها بنمائیم یا زیر پای داداش بنشینیم و آنها را به جان هم بیاندازیم. و زنِ داداش البته دستورالعمل هایش را از مادر می گرفت و از خواهر که در بیمارستان پرستار بود و می نوش می گفت که چو انداخته در دانشگاه درس می دهد و به تنهایی ماری بود خوش خط و خال که از آستین همه بیرون می آمد...اما مهم تر از همه داداش بود که هوای او را داشت. یک بار در مقابل من به او گفت هر کس هر چی گفت بگو من گفته ام یعنی داداش. داداش طوری رفتار کرده بود که هیچ کس جرأت نمی کرد حرفی در باره ی او بزند. همین باعث شده بود که زن داداش هر جا که می توانست خودی نشان دهد، دُم در می آورد. یک بار با ماشین می نوش، داداش ما را می خواست جایی ببرد. او پیاده شد برای کاری. ماشین ها از عقب بوق می زدند. زن داداش با تکبری خاص رفت پشت رل نشست و ماشین را جابجا کرد. چه بسا همین حرکت او بود که مرا واداشت آن وانت، عروس دایی فراهان را بخرم. به خود می گفتم ما آگاهانه همه چیز را از خود سلب کرده ایم و حالا او با امکاناتی که ما برایش فراهم کرده ایم به ما فخر می فروشد...

اما داداش چرا می رود چنین زنی می گیرد. سفت و سخت نیست مثل ما که فقط راه زندگیش سیاست باشد اما در خانواده ی ما بزرگ شده است. زیر دست آقاجون و مامان. بسیار فهمیده و روشن است. حتی ریش سفید های قوم گاهی با او برای پیش برد کار مشورت می کنند به علت اعتمادی که به حسن نظر و حسن نیت او دارند. او به خدا و اسلام مثل هر ایرانی دیگری در حد معمول اعتقاد دارد. نماز نمی خواند روزه نمی گیرد در هیچ هیأت و روضه خوانی شرکت نمی کند اگرچه در برقراری هر مراسم مذهبی یار خانواده بوده است. معنای جذابیت و زیبایی و رنگ و نور و موسیقی را هنرمندانه می شناسد. اگر نه یک دختر روشنفکر مذهبی مثل می نوش و نه چپ گرا مثل من اما یک

دختر تحصیل کرده ی متعادل فهمیده قاعدتا می بایست مورد توجه او قرار بگیرد...اما داداش عاصی است. از هر چه سیاست و مذهب و تظاهرات و مخالف خوانی و سال ها عزاداری به شدت خسته است...همه جور اندوهی را داشته ایم و این همه سال عزادار بوده ایم. او از هرچه تفکر و اندیشه و جدیت بیزار شده است. او آرامش می خواهد. به کسی نیاز دارد که هیچ باشد عمق و حجم و بعد در او معنا و مفهوم نداشته باشد. هر چه سطحی تر بهتر. او نیز در این راه بسیار رنجیده است و شاید بسی بیشتر از ما. می نوش، داداش کوچولو و من با گذشت و ایثار و محروم کردن خود از هر چیز زندگی می کردیم و همین بود برای ما زندگی. با آن لذت می بردیم. بدون آن زندگی مفهوم نداشت. اما برای داداش اگر در زمان انقلاب به شوهر می نوش و به انقلاب امید بست مثل همگان، حال که تا ته استخرِ همه گونه مکتب و بینش و گرایش و باوری رفته است و از بر آورده شدن انتظارات چشمانش آب نمی خورد، این همه را پوچ می انگارد. می خواهد زندگی کند و زندگی را فقط می خواهد در سطح دوست داشته باشد در زیبایی چهره ی دختری که هیچ بارش نیست و فقط می خواهد زندگی کند برای شوهر برای رفاه و آسایش و بچه...مادر دختر همه جا چو انداخته بود که دامادم میلیاردر است. یک هندوانه ی گنده زیر بغل داداش که کسی انتظار کوچکترین مخارجی را برای شوهر دادن دخترش نداشته باشد. نیازی به این جوسازی ها نبود. داداش بچه ی مامان بود. دستِ بگیر نداشت. مثل همه ی ما فقط می بایست ایثار کند. در خانواده ی من گرفتن گویا گناه است. فقط باید بدهیم. اگر کسی لطفی به ما بکند تا ابد خود را مدیون او می دانیم. ترجیح می دهیم فقط بدهیم و با دادن هر آن چه به ما تعلق دارد، زندگی لذت بخش و پرمعنا می شود...این گونه بود که داداش می توانست نفس بکشد. به دختر گفته بود هیچ لزوم ندارد جهیز بیاورد و مادرش حتی یک جعبه سوزن و نخ و چند دست لباس زیر به او نداده بود...داداش گفته بود بگذار این دختر سطحی بیاید دست خالی هم بیاید. می دانست که خودش پیمانه ایست پر. احتیاج به هیچ کس و هیچ چیز نداشت که او را پر کند. آنقدر پر بود که می خواست تخلیه شود. و این دختر هر چه سطحی تر بیشتر کمک می کرد که این همه رنجی که در طی سال ها از خانواده و از انقلاب برده است، با چیزی متفاوت یک جورهایی فراموش شود...و دختر که پدر نداشته است و برادرهایش سرگرم کار خود هستند، در داداش هم پدر هم مادر و هم شوهر را جمع می بیند. و داداش بی اینکه برتری بی چون و چرایش مایه ی تکبری شود، مهربانانه این دختر ر ا در بر می گیرد. داداش یک حامی کامل است برای زنش.

حرکت مامان در این سفر "پاداشی" است به همه ی تلاش ها و کوشش های من در برقراری عدالت. از یک جهت می شد گفت که مامان نیز قربانی بوده است. قربانی انقلاب قربانی می نوش قربانی داداش کوچولو، قربانی جو حاکم که با آنچه قبلاً در زندگی با آقاجون تجربه کرده بود تفاوت داشت. او با حرکت های دگرگون کننده ی اجتماعی کشیده شده بود به نوعی از زندگی که زندگی خودش نبود. هیاهو و هیجانات و تبلیغات انقلاب او را نیز در این کشاکش همراه کرده بود بدون آنکه عمیقاً بداند چه می گذرد. آمده بود پا به پای انقلاب تا اینکه

جگرگوشه اش را از او می گیرند. در آغاز اطرافش پُر است و با قرآن خوانی و جماعتی که هی می رفتند و می آمدند هنوز سرش گرم بود. زمانی که تنها می شود فاجعه را اندک اندک فرو می بلعد...مرا زودتر از بقیه دفع می کند. آسان تر است. نوک حمله ی همگان به سوی من است. توجیه پذیر تراست بی توجهی او به من که کافر و نجس و دشمن اصلی به حساب می آید و موجودی است که می توانند همه ی مشکلات را به گردن او بیاندازند. می نوش نیز از این بی توجهی بی نصیب نمی ماند. شاید حالا عامل از دست دادن جگر گوشه را شوهر می نوش و می نوش می داند. چه بسا با خود فکر می کند اگر آنها نبودند داداش کوچولو از دست نمی رفت...مامان نیر مثل داداش یک زندگی آرام می خواست. این همه حوادث بسیار مهیب بود و شهادت داداش کوچولو وزنه ای سهمگین که همواره بر دوشش سنگینی می کرد. اکنون این فاجعه همیشه با مامان بود. مامان با شهادت داداش کوچولو شهید شد...از ما دخترها نیز که هرکدام می توانستیم با معیارهای اجتماعی موجود برای خود کسی باشیم امید بر بسته بود...آیا مامان به داداش که پسر بود علاقه ی بیشتری داشت طبق رسم خانواده های ایرانی؟ آقاجون که تا بود دخترها را بیشتر از پسران دوست می داشت. من هنوز هفده ساله بودم اتومبیلی زیرپایم گذاشت در حالی که داداش ناتنی را بعد از سربازی از خانه بیرون کرد که برو زندگیت را بساز...آیا علت گرایش بیشتر مامان به داداش این نبود که زندگی داداش طبیعی تر بود و به افراد معمولی جامعه نزدیک تر؟ اکنون آیا مامان، آقاجون و داداش کوچولو و همه ی زیبایی های خوب از دست رفته ی زندگی را در داداش می دید؟...اما از نظر مامان داداش نیز با ازدواجش داشت از دست می رفت. مامان داداش را دربست می خواست و داداش زندگی خودش را. این بود که مامان برای داشتن داداش، هرکاری می کرد. نمی دید و نمی فهمید شاید چه می کند. دخترهایش را در خیلی موارد نادیده می گرفت. به طور علنی عمدتاً نگرانیش را نسبت به داداش نشان می داد. فکر و ذکرش بیشتر پیش داداش بود. مانند یک عاشق کور هیچ چیز دیگر را نمی دید. گمان می برد داداش را نیز از دست داده است. اکنون کاملاً خود را بی کس و از دست رفته می انگاشت.
دیگر چیزی برایش نمانده بود که بتواند به آن امیدوار باشد...به خانه ی خاله ها می رفت. با آنها چندین بار به سفرسوریه و مکه و...رفته بود. انگار این تنها کاری بود که می توانست انجام دهد. می نوش گرفتار بود. باز بچه دار شده بود...و حالا در این سفر وقتی مامان داداش را کنار خود یافته بود، می خواست همه ی وجودش را نثار او کند.
یک قابلمه کتلت درست کرده بودم. کنار مامان در صندلی جلوی اتوبوس نشستم. من نیز موقعیتی یافته بودم تا مامان را در کنار خود داشته باشم. خواستم برای همه ساندویچ درست کنم. با دست کتلتی برداشتم. مامان گفت با دست بر ندار. کنار کشیدم. مامان خود با دست کتلت ها را برداشت و ساندویچ ها را درست کرد...سعی کردم آن حرکت اولیه در ترمینال را فراموش کنم. نشد. رفتم روی یکی از صندلی های عقب نشستم. نفهمیدم بالش چه کسی بود گذاشتم زیر سرم روی پشتی صندلی. خستگی روزانه برای فراهم کردن وسایل سفر و حال تهوّع ناشی از حاملگی نمی توانست مرا این همه بی حال کرده باشد. من

خستگی ناپذیرم. و در سفر وقتی روی صندلی می نشینم همه ی خستگی از تن به در میرود. تازه شنگول می شوم. همه ی کارها انجام شده است. می ماند که از مسافرت لذت ببرم...خستگی روح بود. یعنی مامان نمی فهمید رفتارش تأثیر بدی روی من می گذارد؟ اندکی بعد زن داداش آمد و گفت بالش را بده می خواهم بخوابم. ببین با چه کسانی به سفر آمده ام...نیمه های شب بوی گندی ماشین را پر کرد. دخترم توی شورتش ریده بود. اولین بار بود که چنین رفتاری از او سر می زد. روحیه ی خراب من او را نیز پاک افسرده کرده بود. کنار صَفَر نشسته بود. پدرش هفت خواب خوش در آن موقع می دید. داداش از راننده خواست اتوبوس را متوقف کند. رفتیم پائین دختر را در تاریکی بیابان اندکی دور از چشم مسافران، تا آنجا که امکان داشت تمیز کردم. با اندک آب موجود در فلاسک دست هایم را شستم تا اینکه برای صبحانه در قهوه خانه ی سر راه کثافت ها را از خود و از بچه بزدایم...از همان جا جمع دو تکه شده بود. میزها چهار نفری بود. مامان با داداش و زنش دور یک میز نشستند. می شد که دو میز را کنار هم بچسبانیم. ما و خانواده ی زهره سر میز دیگری نشستیم. انگار مسافرینی غریب کنار یکدیگر بودیم...هنگام کنترل مدارک در کشتی من عصبی بودم. زهره مشغول دختر و شوهرش بود. صَفَر نمی فهمید مرا چه می شود. نه سئوالی نه دلجویی. مثل گوسفندی دنبال گله می آمد. توی کشتی هر کس گوشه ای پیدا کرد و نشست. کشتی مجهز بود ولی خدمات صِفر. کثافت دستشویی را برداشته بود. توی لگن مستراح تا نیمه پر بود و دستمال های کاغذی همه جا پراکنده. نشیمن گاه رغبت شاشیدن را پس می زد. می بایست لباس های دخترم را عوض می کردم. صفحه ی تلویزیون مسافرین را مشغول می کرد. من با دخترم رفتیم به کابین کاپیتان با او مصاحبه ای بکنم. در آنجا او را شستشو دادم...کشتی وسیع بود و چشم ما به یکدیگر نمی خورد. هر کس گوشه ای پراکنده شد. بهترین محل کشتی توی سکو بود. کشتی آب را می شکافت و می رفت. من و دخترم به امواجی که آب سبز تیره رنگ دریا در خلیج فارس بوجود می آورد خیره شدیم. دخترم را سفت چسبیده ام که به لبه ی کشتی نزدیک نشود. نکند پایش سر بخورد و بیافتد. به اندازه ی کافی تا به حال در ترمینال و اتوبوس سُر خورده است. غذا در کشتی وحشتناک خراب بود. خوشبختانه من انواع کنسرو غذا با خود آورده بودم. حالا فقط برای خودم و دخترم قوطی های کنسرو را باز می کردم. برای مادرم که نجس بودم. این وحشتناک تر از هر حس دیگری بود. سعی می کردم این حس را از خود دور کنم. راه درازی داشتیم تا این سفر به پایان برسد...

هوای مطلوب و مرطوب جزیره در وسط روز با آفتاب درخشان نشاط آور بود. می بایست فضای گرفته ی ما را تغییر دهد. من و داداش رفتیم به دفتر مخصوص در کیش برای تهیه ی خانه. با نامه ای که از تهران با خود آورده بودم، یک خانه ی دو طبقه ی مجهّز به طور رایگان در اختیار ما گذاشتند با چهار اطاق در طبقه ی دوّم و هر کدام با حمام جداگانه و اطاق پذیرایی و ناهار خوری و آشپزخانه در طبقه ی پائین. بدین ترتیب هر خانواده استقلال خود را داشت...من از همان دم به سراغ تهیه ی گزارش رفتم و مصاحبه با مسئولین نهادهای گوناگون و دیدن هر گوشه و کنار جزیره و مؤسسات و ساختمان های

جدیدی که پس از رفتن شاه در جزیره ساخته بودند...وقتی شب خسته و کوفته از کارِ گزارشگری بازگشتم دیدم دست و بال دخترم کثیف است. مامان نکرده بود آن ها را بشوید. نمی دانم دخترم پیش چه کسی مانده بود. دختر افسرده بود. تنها در میان این همه آدم رها شده بود. نفهمیدم پدرش در آن میان چه می کرد...فردای آن روز داداش و زن و بچه و مامان رفته بودند به کنار دریا. دختر مرا نبرده بودند. صَفَر توی اطاق خوابیده بود. حس می کرد کسی به او توجه نمی کند. فقط صَفَر مانده بود که ادا در آورد...شب اول همه خسته بودند. غذا خورده شد و همگان رفتند بخوابند. من صبح زود از خواب برخاستم که به سراغ کار بروم. مامان بیدار شده بود. با حالتی که انگار با دشمنش حرف می زند گفت برای چی شب میز را تمیز نکرده ول کردید و رفتید. گفت که همه جا نجس بود. اولین بار در تمام مدت عمرم بود که مامان این گونه با من حرف می زد. هیچ نگفتم. رفتم بیرون. نگفتم کجا می روم. دیگر اهمیت نداشت که به او توضیح بدهم. انتظار داشتم مامان بپرسد دیشب ویار نداشتی؟ شب خوب خوابیدی؟ الان کجا می ری؟...نخواستم حتی توضیح کوتاهی بدهم که خوب همه خوردند. من که تا آخر شب کار می کردم. حامله هستم. و زهره و حامد میهمان ما هستند. هنگام صرف ناهار پسر داداش می خواست لیوان دختر زهره را بردارد. مامان داد زد: برندار نجس است...زهره پوشک دخترش را توی روزنامه پیچیده و انداخته بود توی تنها ظرف آشغال موجود. مامان با حالت بدی به من گفت بهش بگو این کثافت ها را آنجا نیاندازد. زهره می گفت کجا بیاندازم؟ گیرم که اشتباهی شده بود. آیا با عروسش هم این چنین حرف می زد یا با دوستان می نوش یا با خاله سهیلا؟...اخم هایش را مثل زن های جنوب شهری توی هم می کرد و زیر لب قرقر می کرد و از دوست من و بچه اش ایراد می گرفت. فقط یک بار همگی با هم رفتیم خانه ی قشلاقی شاه سابق "محمد رضا شاه پهلوی" را ببینیم و چند تا توپ و تانکِ قدیمی در کنارِ دریا را. آن ها هر روز می رفتند خرید. من مراکز خرید را فقط روز آخر دیدم. دیگران پول هایشان را به نحو احسن استفاده کرده بودند. روز آخر از حامد خواهش کردم صَفَر را ببرد ببیند چه می توانند بخرند که آبش کنیم دست کم خرج سفرمان در بیاید. از خرید خسته شده بودند. من نیز با این اوضاع و احوال دل و دماغی برایم نمانده بود...روز آخر یک شلوار جین خریدیم و یک تلویزیون برای خانه و دو سه قلم خرت و پرت که آن ها را مثلاً در تهران بفروشیم. همه را کادو دادیم و شلوار جین را نیز وقتی سلطان آمده بود خانه گفت زنش شلوار جین ندارد. دیده بودم زن او را با پیراهن گلدار چین دار بلند روی شلوار چیت گشاد. حالا تازگی ها جین پوش شده بود. حامد خوب فروش کرده بود و خرج سفرشان در آمد. ما ته مانده ی پول های ماشین فروش رفته را خرج کردیم...

برای بازگشت بلیط هواپیما داشتیم. خواستیم یک روز زودتر برگردیم. من دیگر طاقت نداشتم. فروشنده بلیط را لغو کرد و گفت فردا بیایید و بلیط های جدید را بگیرید. فردا روز از آن فروشنده خبری نبود و فروشنده ی جدید هیچ اطلاعی از خرید بلیط های جدید نداشت...در آن زمان که از یک سال قبل بلیط هواپیما برای رفت و برگشت به کیش رزرو می کردند، بلیط های ما طلا بود و

بی تردید فروشنده آگاهانه کلاه سر ما گذاشته بود. فقط همین یکی را کم داشتیم. تا مدت ها بعد برای تهران حتی بلیط اتوبوس پیدا نمی شد. تصمیم گرفتیم برویم به بندرعباس خانه ی خواهر صَفَر و از آنجا هواپیما یا اتوبوس برای تهران بگیریم. برای رفتن به آنجا نیز وسیله ای نیافتیم و مجبور شدیم سوار یک کامیون شویم. تا به خودمان بجنبیم، زنِ داداش بچه اش را بغل کرد و رفت روی صندلی جلو نشست و گفت که بچه هم مرا می خواهد و هم بابایش را.
حامد و زهره و دخترش رفتند بالا و داداش به من و مامان گفت بیائید کمک کنم بروید بالای کامیون. صَفَر در رکاب کامیون تا بندرعباس ایستاده بود و دختر من نیز کنار دستش...می بایست یکی از آن پتیاره ها مثل زن داداش و مادرش می بودم که همانجا آن زنک را پائین بکشم و به مامان می گفتم ببین چقدر حرمتت را نگاه می دارند. این را زهره گفت. داداش من خواهر حامله و مادر پیرش را می فرستد بالای کامیون کنار خرت و پرت ها بخوابند و زنِ به قول زهره بشکه راحت کنار راننده روی صندلی می نشیند. داداش بعد گفته بود غیرتم اجازه نمی داد زنم را آنجا تنها بگذارم. کسی می بایست به او گفته باشد که غیرت داشتی زنت را پیش راننده ی غریبه نشاندی یاخواهر حامله و مادر پیر را فرستادی آن بالا؟ به علاوه مگر فقط تو زن و بچه و غیرت داشتی. غیر از تو دو مرد دیگر هم آنجا بودند. من از آن پس هیچ کدام را لایق حرف زدن نمی دانستم.
یک بار دیگر نیز وقتی دخترم یک ساله بود، با زهره و داداش کوچیکه ی صَفَر به بندر عباس رفته بودیم. من و صفر در مورد مسئله ای در یک گوشه ی خانه گفت و گویی داشتیم. خواهرش از توی آشپزخانه مواظب ما بود و قیافه گرفت. صَفَر از او تبعیت کرد. خواهرش حتی مدرک سیکل نداشت. در درمانگاه های جنوب شهر کار لگن برداری و کمک های اولیه را انجام می داد. در ولایت پدری اش با شوهر فعلی که در آن زمان دانشجوی رشته ی مهندسی نمی دانم چه بود آشنا شده بود. تمام مدت کار کرده و هزینه ی تحصیلات او را پرداخت کرده بود...خواهر های صفر همه خوش بر و رو بودند. این یکی با قد کوتاه و پوست سیاه به میمون می گفت زکی. خواهر کوچک صَفَر به من گفته بود که این خواهرشان وقتی می خواست با این نامزدِ آن موقع دانشجویش ازدواج کند، خواسته بود که برای معاینه ی باکرگی من خودم را به دکتر نشان بدهم. دیرتر وقتی ازدواج کرده بودند، نقش کلفت خانه را داشت. شوهرش آن بالا می نشست و او تمام کارهای خانه را انجام می داد. شوهر امر می کرد .او فرمان می برد. بی هیچ حرف...باری در بندرعباس صَفَر که همیشه هر کاری را که لازم بود و من از او می خواستم انجام می داد، برای اینکه به خواهرش نشان دهد "مرد" است بد قلقی را شروع کرد. در آن سفر صد بار پشیمان شدم که با او جایی رفتم...یک بار دیگر در خانه ی خودمان وقتی مادر صَفَر در خانه ی ما میهمان بود، من از کار خسته و کوفته آمده بودم و غذایی به سرعت مثل فرفره درست کردم. سفره ای رنگین چیدم. بعد از غذا از شدت خستگی همانجا دراز شدم. صَفَر بلند شد که سفره را جمع کند. مادرش اخم ها را توی هم کرد. صَفَر از کار دست کشید. سپس وقتی رفته بود شورت بچه را بیاورد و به او بپوشاند، مادرش گفته بود تو چرا می پوشانی

و حالا هر دوی آنها اخم و تخم آغاز کرده بودند. برای من هیچ یک از این واکنش ها اهمیت نداشت. خلایق را هرچه لایق. مال بد بیخ ریش صاحبش. اصلاً بهتر بود که صَفَر می رفت و با مادرش زندگی می کرد. زبان و فرهنگ و سطح فهم و شعورشان با یکدیگر خوب جور در می آمد... بچه ی کوچک تر بود. خواهرها و برادر های بزرگ تر همه توی سرش زده بودند. کلاس اول دبستان بود که از شهرستان به تهران کوچ می کنند. فارسی نمی تواند حرف بزند. مورد تمسخر هم کلاسی ها قرار می گیرد. در خانه همه به او امر و نهی می کردند. چشم و گوش و حواسش به این بود که دیگران چه می گویند. همه جا تو سری خورده بود. دیگران برایش تصمیم گرفته بودند. نمی توانست خودش را جلو بکشد. کس دیگری همیشه می بایست او را راه ببرد. در شرایطی می زید که قدرت تصمیم گیری را از او می گیرند و او یاد گرفته است بنشیند دیگران به او بگویند چه کند. همان گونه که بعد ها فرشاد می گفت مثل کودکی منتظر می ماند که دیگران دست توی جیب کنند. هم جیبش فقیر بود و هم ذهنش...هیچ کس در میان اقوام من صَفَر را قبول نداشت. گرچه با تمام ناخوانی ها به کسی اجازه نمی دادم که بخواهد بی احترامی یا توهینی به او روا دارد یا حتی با من در مورد ذهنیات درونی اشان سخنی بگوید، اما او را کسی نمی پذیرفت. دایی فراهان چندین و چند بار گفته بود هرچه سیب سرخ داریم دست آدم چلاغه. این را در مورد شوهر اول می نوش گفته بود. در باره ی شوهر خاله سهیلا گفته بود. حالا معلوم بود منظورش چه کسی است. بگذریم که او با معیارهای خاص خود نسبت به هر کس نظر می داد و هرکس اگر کپی خود او نبود و رفتار و کردارش مخالف با کنش او، دربست کنار گذاشته می شد. اما حقایقی نیز در صحبت های او وجود داشت که نمی شد انکار کرد...توی اتوبوس هنگام بازگشت تا تهران گریه می کردم. فقط زهره که کنار من نشسته بود می فهمید چه حالی دارم.

سرم را به نوشتن گزارش گرم کردم. در طبقه ی پائین - زیرزمین - سرگرم نوشتن بودم که نویسنده آمد و نشست روی صندلی آن طرف میز. گفت بده ببینم نوشته ات را. هنوز دو- سه بند بیشتر ننوشته بودم. خواند. گفت بیان قشنگی دارد. مدت زمانی کوتاه نشست. بی هیچ صحبتی. و رفت. نوع نگاهش را به همیشه حضور او در همه جا مرتبط می دادم. به ذهن همیشه متفکر و همیشه حاضر او. و عمق گسترش دیدگاهش نسبت به همه چیز...گزارشم را که خوانده بود، سرشب به خانه زنگ زد که گزارش زیبائی است. دیر وقت بود. می شد که روز بعد به من زنگ بزند. اگرچه از نویسنده هیچ بعید نبود. برای پیش برد کار ساعت و دقیقه نمی شناخت. سپس گفت که در تالار شهر کنسرتی هست بیا بریم...پس از اینکه از کیش برگشتیم، به منظور اینکه مقدار اندک باقی مانده از وجه فروش ماشین به هدر نرود، تلفن زدم به پسر عمه ممد قاسم و گفتم یک ماشین می خواهم...پسر عمه ماشین تمیزی به ما داد و گفت بقیه اش را ماه به ماه بدهید. حالا من صبح ها دخترم را می بردم به مهد کودک و بعد از ظهرها پس از کار می رفتم سراغش و عصرها صَفَر در یک آژانس مسافری با ماشین کار می کرد. با اتومبیل قبلی نیز در یکی دو آژانس تاکسی رانی قصد کار کرده

بود. در هیچ کدام بند نشده بود. هر کدام را به بهانه ای که کار با آنها سخت است با آنان خوانایی ندارد، رها کرده بود. آخرین بار کار را ترک کرده بود به این دلیل که می گفت همه طاغوتی هستند یعنی طرفدار شاه و هم صحبتی با آنان غیر قابل تحمل است. بیشتر اوقات بیکار بود. حالا ظاهراً توانسته بود خودش را با راننده های آژانسی که از خود اتومبیل داشتند و اغلب بازنشسته بودند منطبق کند...ماشین را برداشتم و رفتم. هنگام پارک اتومبیل در نزدیکی تآتر، اتومبیل را انداختم توی جدول. دست و پا چلفتی شده بودم. سرشار بودم. از چه؟ نمی دانم. خوشحال بودم. نویسنده ای که وسع معلومات و دانش ادبی او را در حدی می دیدم که تصور هم نشینی با او در ذهنم نمی گنجید، از من خواسته بود با یکدیگر به کنسرت برویم. این بار گمانم بر این بود که به احتمال کنسرت می بایست خیلی ارزشمند باشد که خود نیز می خواهد آن را ببیند. از تعاریف زیاد او بر گزارشم، مورمور بر تنم افتاده بود. پس از آن کشاکش ها ی مرگ آور در کیش که اگر خودم را سفت و سخت نگه نمی داشتم معلوم نبود به چه روزی می افتادم، نگارش این گزارش و حالا قدردانی نویسنده مرا در هیجانی خوش آیند فرو می برد. نوشتن این گزارش در واقع نجاتم داد. فراموش کردم چه گذشت و چه نگذشت. مجبور بودم فراموش کنم. در تمام دنیا فقط مامان بود که گمان می کردم خون جاری در رگ هایم هنوز در او نیز جاریست. مامان بود و تصور می نمودم در هر شرایطی هست. اما روزگار رقمی دیگر زده بود. هرچه بود و سببش کدامین بود دیگر اهمیت نداشت. واقعیت چون آفتاب روشن بود اگر چه چون تاریکی شب سیاه...بیرون محوطه ی تأتر، تعدادی از روزنامه نگارها منتظر بودند تا اجازه ی ورود بگیرند. می گفتند همه ی بلیط ها به فروش رفته است و صندلی خالی موجود نیست. ما نیز اندکی منتظر شدیم. به نظر می رسید که مشکل بتوانیم داخل شویم. نویسنده گفت ول کن بیا بریم. گمان بردم کسر شأن داشت برایش که بخواهد از آن ها تقاضای بلیط کند. با خودم فکر کردم اگر کنسرت خوبی باشد، روزنامه نگار خود را به آب و آتش می زند که بتواند آن را ببیند. من گفتم نه باید ما را راه بدهند ما روزنامه نگاریم. به تنهایی رفتم جلوی گیشه و زودتر از بقیه ما را راهی کردند. نویسنده گفت بریم به بالکن. رفتیم. کنسرتی از موسیقی سنتی ایرانی بود که چنگی به دل نمی زد. نویسنده روزنامه ای در دستش گرفت...در جایی که نشسته بودیم، هیچ کس دیگر نبود. چند صندلی در پشت ما و دو ـ سه صندلی درجلو خالی بودند و رنگ قرمزِ مخملی در زیر نور کمرنگ انعکاسی رویایی داشت. دیوار سمت راست تا سقف بالا می رفت و در سمت چپ ستونی چهارگوش و بلند ما را از قسمت مجاور مجزا می ساخت. گویی سرایی جادویی و رویا برانگیز برای ما مهیا کرده باشند. ذراتی در فضا غوطه می خورد که آن را بس وهم آلود می ساخت. موسیقی در متن این فضا و حضور جماعت ناپیدا در آن پائین در ورای این ذرات محو می شدند. حسی در میانه بود که نفهمیدم از چه جنسی است. من نمی فهمیدم. او چرا. این ذرات مغناطیسیِ نیرومند که بین دو صندلی غوطه می خوردند انگار مولکول ها را جذب خود می کردند. جذبه هایی در این میانه بود. بی توجهی او به کنسرت مرا نیز از موسیقی دور کرده بود. با من حرف می زد. راجع به چه چیز؟ آن

ذرات نیرومند تر از آن بودند که حرف ها به یاد مانده باشد. هنوز کنسرت به نیمه نرسیده گفت بریم. هنگام بازگشت گفت مجله در آمده بریم دفتر چند تا از آن ها را به تو بدم. گفتم نه باشد برای بعد...من هنوز نمی فهمیدم او چه آرزو می کند. تغییراتی متفاوت در رفتارش می دیدم. این تغییرات را نمی فهمیدم...این نافهمی اما بیشتر از خودِ من بود. هر زنی، حتی کم تجربه ترین می فهمید در چه فضایی قرار گرفته است.

فردای آن روز پشت میزی که کنار دست نویسنده قرار داشت نشسته ام. و او مشغول مطالعه ی مجله ایست. مجله را به من می دهد که نگاهی به آن اندازم. سپس می پرسد نظرت چیست؟

- مجله ی خوبی است

می آید کنار من می ایستد و در حالی که من مجله را ورق می زنم او دستش را روی شانه ی من می گذارد. فشار محسوس انگشتانش بر روی شانه ی من از روی لباس چون کوره ای آتش مرا می سوزاند. حالا آن صدای گرم شب کنسرت در پشت تلفن نیز در خون من می جوشد و آن فضای جادویی بین دو صندلی تمام سلول هایم را به هم فشرده می سازد. من دیگر عکس ها و تیترهای مجله را نمی بینم. فقط الکتریستیه ای را که از انگشتان او بر بدن من منتقل می شود حس می کنم. بلافاصله با شعفی بیش از اندازه نویسنده به مدیر آن مجله زنگ می زند تا انتشارش را به او تبریک بگوید. بی شک او نیازی به نظرخواهی من نداشت. آن مجله نیز این اندازه شعف نمی خواست...روز بعد پشت میزم مشغول کاری هستم که ناگهان او را چون شبحی در کنار خود می یابم. تعداد دیگری از افراد نیز در دفتر هستند. نویسنده کنار من می ایستد و چند کلامی نمی دانم راجع به چه چیز به من نگفته انگشتانش را روی دست من می گذارد و فشار می دهد. من به سرعت نگاهی به اطراف می اندازم و دستم را عقب می کشم وسایلم را جمع می کنم و به زیر زمین می روم...حالا می فهمم چرا آن شب می خواسته است به کنسرت برویم و چرا می خواسته است مرا به دفتر ببرد و به من مجله بدهد. قلب من در تپش است. مدت ها بود از چنین نعمتی برخوردار نبوده ام. چون یک دختر چهارده ساله از خود بی خود شده ام. گویی چیزی از من می ریزد تخلیه می شوم. سنگینی قلبم را نمی توانم تاب بیاورم. گمان می کنم هم الان می میرم از شدت هیجان. چنین مرگی را چه کسی نمی خواهد؟ زیبائی های جهان باز رو به من دارند. هرچه گذشته ی تیره در جهان محو می شوند. چه خوشبختم من اکنون که حرفه و عشق و هر آنچه روح انگیز چون خورشید بر من می تابد. اندازه ندارد قدرت این نیرو و هستی. جانم به در می رود اما می خواهم بمانم در این وضعیت در این حال مرگ و حیاتِ دم به دم...آن کس که این تپش و فرایش و هست و شدن را در من سبب شده است، در این دوره از زمان خدای من است. چه موهبتی در این وانفسای تنهایی و بی کسی و غربت...زیبا رو نیست خوش تیپ و خوش هیکل نیست. در تمام مدتی که در مجله کار کرده ام تنها موردی که به فکرم نمی رسید این بود که روزی هیجاناتی عاشقانه مرا به او مرتبط سازد. او برای من یک نویسنده ی بی نظیر و انسانی یگانه بود. نه به دلیل اینکه کارش را خوب می

شناخت و با ادبیات و مسائل اجتماعی آشنایی داشت به دلیل اینکه چشم و گوشی باز داشت و خوب و بد و قابل و نا قابل را از هم تشخیص می داد. گمان می کردم فقط او در این مقطع از زندگی توانسته است تمام عشق و ایمان مرا به کاری که انجام می دهم درک کند. و فقط او که خود سراپا عاشق بود و بسیار غنی و خوب و بد دیده، می توانست مرا بفهمد...

روز بعد گفت بریم فیلم هاملت را در سینما تخت جمشید ببینیم. حرف نمی زد. در سالن انتظار قبل از اینکه به درون سالن سینما برویم روی پله هایی که به بالکن می خورد نشستیم. با حفظ فاصله. اینکه او مزدوج است و شاید نمی خواهد درمیان مردم ما باهم دیده شویم نمی تواند علت این رفتار باشد. چیزی این وسط عجیب است. به نظر می رسید که این رابطه خیلی فاصله دارد. نمی دانستم چه باید بگویم چه حرفی باید بزنم. می ترسیدم کلامی بگویم می ترسیدم حرفی بزنم که اشتباه باشد. او را علاّمه می دانستم. آگاه به بسیار نادانسته ها. نمی خواستم ناشی گری و بی اطلاعی خود را برملا سازم. در عین حال گمان می بردم در مقابل چنین آدمی که این اندازه برای من محترم است من چه می توانم بگویم که جالب باشد. فکر می کردم اوست که باید حرف بزند. اوست که باید سئوال بکند. او نیز سخن نمی گفت.

من آدم حرافی نیستم. او نیز نبود. در مجله به ندرت کلامی از دهان او در می آمد. حتی در مواقعی که چند نفر صحبت می کردند و نقطه نظرهایی ارائه می دادند، او بیشتر آن را در درون خود حلاجی می کرد. دیرتر وقتی او را بیشتر شناختم دیدم که یک آدم چند بعدی است. حکم قاطعی برای هیچ چیز نمی داد. جا می گذاشت برای هر موردی. این بود که خیلی اوقات دهان به زبان نمی گشود...توی تاریکی سینما یک لحظه به سرعت دستم را گرفت و گذاشت لای پایش. می خواست از شلوار بیرون بزند. قلب من به سرعت نور می زد. از فیلم چیزی نمی فهمیدم. به سرعت دستم را کشیدم. از سینما که آمدیم بیرون در روشنایی روز رنگ چهره اش به رنگ شیر بود مات به رنگ مرده. گفت بیا بریم. نرفتم. تمام تنم کش می آمد. قلبم می خواست از جا بدرد. خودم را چند بار توی سینما خیس کرده بودم. همه ی عیش را به گمانم نوش کرده بودم به اندازه ی همه ی این سال هایی که احساسات عاشقانه تنها موردی بود که در ذهنم جایی نداشت. محظوظ شده بودم. قلبم به شدت می تپید. تنم می لرزید. هراس نیز در این میان جایی داشت. از او می ترسیدم. نمی دانستم چگونه خواهد بود چگونه خواهد شد. مثل دختران باکره ی بی تجربه شده بودم که از بعد حادثه خبری ندارند ولی هیجانات آن کشنده است. و چه زیباست این هیجانات...نفهمیدم خودم راچگونه به خانه رساندم. رسیده ـ نرسیده زنگ تلفن به صد در آمد:

- دلم برایت تنگ شده است

و فردای آن روز

- دیشب خواب تو را دیدم.

نمایشگاه بین المللی کتاب برقرار است. می گوید با هم به آنجا برویم. من هنوز پیشنهاد دیدار را یک قرار ملاقات تلقی نمی کنم. هیجاناتم به شادمانی تبدیل شده است. پرواز می کنم. چند ساندویچ درست می کنم به خیال اینکه در فاصله ی بین غرفه ها اگر گرسنه شدیم به سراغ غذا سر صف نایستیم. گمان برده بودم می خواهد کتاب ها را ببیند و با من قدم به قدم تمام نمایشگاه را زیرو رو خواهیم کرد. غافل از اینکه او همه را حفظ است. می داند کدام انتشارات چه کتاب هایی را روی میز دارند...من زودتر رسیده بودم. با مدیر یکی از انتشارات مشغول صحبت شدم. می گفت کامکارها به طور خصوصی برای من ساز می زنند. در چه رابطه ای این مطلب را گفت یادم نمی آید. صحبت به درازا کشید. نمی بایست این مصاحبه را از دست می دادم...وقتی به محل قرار رسیدم نویسنده گفت تو مرا قال می گذاری که با یک نمی دونم چی چی صحبت کنی؟ ساندویچ ها را لب نزدیم. گفت بریم. نفهمیدم چرا آنجا قرار گذاشتیم. سوار کرایه های جاده ی پهلوی شدیم و بعد سوار یکی از آن تاکسی هایی که مستقیم می روند و قدم به قدم مسافر سوار می کنند. در صندلی عقب مردی در سمت چپ من نشسته بود. من مجبور بودم خود را جمع کنم. نویسنده مرا چنان محکم در بر گرفته بود که احساس می کردم دارد مرا خرد می کند. رفتیم به درون دفتر. من رفتم زیر زمین که آب بخورم. آب بخورم؟ اکنون می دانستم چه چیز در میان است...لیوان را از شیر آب پر می کردم که او چون شهابی سر رسید. من لیوان در دست، او لبانش را روی لبان من گذاشت و یک دستش را برد توی شورتم. رفتیم بالا. چند روزنامه روی موکت انداخت و مشغول شدیم. بقیه را هیچ به یاد ندارم. در شعف کامل بودم. نشئه ی مدهوشِ مست. حال که آن را می نویسم تمام لب چه های دور کسم می لرزند. لرزش به همه ی وجودم منتقل می شود...او مدت ها منتظر چنین لحظه ای بوده است. من نفهمیده بودم. آیا ازدواج و زندگی مشترک و این حرف ها بود برای من که خوب یعنی همه چیز تعطیل؟ مسخ شده بودم. عادت کرده بودم به پذیرش هر آن چه که هست برای هدفی خاص. هر حرکتی که این هدف را توجیه می کرد می شد ضرورت چاره ناپذیر. بر طبق عادت سال ها زندگی تشکیلاتی که در آن هر نوع زندگی تعطیل می شود و از تو یک آدم بی احساس و خشک می سازد، احساسات عاشقانه در اعماق وجود من دفن شده است به گونه ای که مرا کاملاً مسخ کرده و من چون مرده ای روان می مانم که هر چه حس طبیعی وغریزی را باید بکشد. و... ناخودآگاه شاخک احساسات عاشقانه در سکون می میرند حساسیت خود را از دست می دهند...در طی چند روز همه ی این شاخک ها بیدار شدند بیدار شدند زنده شدند. و من دوباره متولد شدم. دوباره من شدم من شدم زنده شدم.

یک روز بعد از ظهر آخر هفته قرار گذاشیتم در دفتر مجله یکدیگر را ببینیم. زمانی که همه کار را تعطیل می کردند. قبل از اینکه بروم سر قرار توی حمام اصلاح می کردم. صَفَر دید وسط پایم را می تراشم گفت بده من پشتت را بزنم تو خوب نمی زنی...زنگ در بیرونی دفتر را کوبیدم. کسی باز نکرد. مدتی صبر کردم. نیامد. بازگشتم. هفته تمام شد. نویسنده نمی آمد. از هیچ کس سئوالی

نکردم. نیامد. جسته گریخته شنیدم که اختلافاتی وجود دارد. وقتی سرانجام یک روز پیدایش شد پریشان و گم بود. صورتِ چون برف سفیدش به سرخی می زد. مثل اینکه چند بطر عرق زده باشد. چند دقیقه ای ماند و رفت. گفتند که نویسنده دیگر نمی آید. باز سئوالی نکردم. مسئول آگهی ها می گفت همه زیر سر همان فرد است که صاحب مجله نیز تحت تأثیر او قرار دارد. بعد ها نویسنده گفت که می خواستند مجله را در سطح خودشان نگاه دارند. نمی شد...دیگر نخواسته بود با آنها کار کند. من هم نرفتم. انگار مجله فقط در او خلاصه شده بود و دیگران هیچ بودند. دو- سه هفته از این ماجرا گذشت تا او با من تماس گرفت و در میدان فاطمی قرار گذاشتیم. مرا برد به دفتر دوستی که حالا گه گداری روزهایش را در آنجا می گذراند. پا را به درون نگذاشته شروع کرد به بلعیدن من. فرصت نداد آبی بخورم. سپس رفتیم در پستویی که انگار آن پشت مخصوص این کار درست شده بود. یکی - دو پتو انداخته بودند روی زمین. فقط یادم هست که مرا کرد و یادم هست که رفتم به جاهایی که همه ی دنیا و بدی ها و زشتی ها و مشکلات و خلاصه هرچه ناروایی را فراموش کردم. فقط شعف بود و بی خبری محض. حامله بودم و با خیال راحت از آبستنی همه ی وجودم را به او می دادم. با دادن همه ی خودم به او دنیا و زندگی و زیبایی را دربست از آن خود می کردم. تمام زندگی را در آغوش می گرفتم. با دادن خود به او همه ی آن چیزهایی را که این همه سال از آن محروم بودم می بلعیدم. بعد ها به من گفت بیشتر از هر زنی من از تو لذت بردم. گفت تو وقتی پیش من می آمدی همه چیز را از قبل آماده کرده بودی. از زمانی که از خانه بیرون می آمدی حتی از شب قبل که به فکر آمدن بودی به من می دادی. هر لحظه ات را به من می دادی. تو فقط می خواستی کیر من برود توی کس تو تا دادنت را تکمیل کنی. می گفت - دیرتر - که وقتی می گفتی آخ انگار داری خفه می شی. انگار من کیرم را تا حلق تو فرو می کردم که تو آن گونه له له می زدی. می گفت هیچ زنی را سراغ ندارم مثل تو. می گفت وقتی توی آن کس با حال تو فرو می کردم گمان می بردم من تنها کیری هستم که کس تو می خواهد...حامله بودم و تخمدان در حال کار و ساز. رحم نیز بزرگ شده بود. درست می گفت. قبل از هر چیز این من بودم که آنقدر می خواستم. و آنقدر که او را می خواستم، درون واژن من همواره منقبض بود و همیشه مرطوب...یک بار مرا می کرد. سپس از کتابخانه ی پر بار دوستش کتابی بر می گرفت و شروع می کرد به خواندن. من هیچ نمی فهمیدم. چرا که فقط در کنار او بودن مرتب خمار شدن و خواستن و نیاز به دادن بود. یک بار دیگر مرا می کرد و من می رفتم...تا او را دو باره ببینم همه شور بودم و اشتیاق. مجله ای در آن زمان در کار نبود. چه باکی. من همه ی زندگی ام را با او داشتم. گمان می کردم همه چیز با او مهیاست. بدن نحیفی داشت. کیرش بزرگ نبود. راست می گفت که من بودم همه چیز که آن کیر در کس من می شد شمش طلا. او در این مدت چیزی را، چیزهایی را به من داده بود که سیاست بخصوص در سال های گذشته در ایران نتوانسته بود به من بدهد. آیا یک کیر این همه اعجاز می کند؟ سیاست تمام معجزات زندگی را یک به یک از من گرفته بود. شاید آنها که طعم عشق را نچشیده بودند برایشان چندان توفیر نمی کرد. من تمام زندگی ام را با

عشق و احساساتی بسیار رقیق زیسته بودم. حالا این یگانه دوباره مرا به زندگی باز آورده است...اکنون به سر و وضعم می رسم. موهایم را به مدلی بسیار زیبا دادم کوتاه کردند. زیر روپوش لباس هایی می پوشم که هم سکسی و هم شیک هستند. صورتم همیشه گل انداخته است. خنده از لبانم جدا نمی شود. با همگان رفتاری متعادل دارم. از هیچ رفتاری دلگیر نمی شوم. مهم نیست که مامان نمی گذارد در خانه اش دست به ظرف ها بزنم نکند نجس بشود یا وقتی به خانه ی من می آید، به آشپزخانه نمی رود و بیشتر اوقات خودش غذا می پزد و می آورد. در دستشوئی وضو نمی گیرد ظرف های توی لگن ظرف شوئی در آشپزخانه را کنار می گذارد و دست و صورتش را آنجا می شوید. وقتی می خواهد نماز بخواند برایش جانماز باز می کنم. به اعتقاداتش احترام می گذارم و اهمیت ندارد که او با چه دیدگاهی مرا می نگرد. راه نمی روم بال می زنم. این روح و حال را همه حس می کنند و رفتار آنان خود به خود نسبت به من با رعایت و احترام بیشتر است. خاله سهیلا در یک میهمانی منتظر فرصت است که بگوید چقدر موهایت برق می زند. همه به شکلی می خواهند در احساس خوشبختی با من شریک بشوند یا یک جوری غبطه می خورند که چرا همانند من این همه شاد و خندان نیستند...جمال و مرجان هرگاه به تهران می آیند به ما سر می زنند. یک بار که هنوز مجله روبراه بود و او مقاله ای از من را در آن خواند و آن همه اتکاء به نفس و روان سلیس جاری در متن را کلمه به کلمه حس می کرد، احساس نزدیکی بیشتری با من می کرد. اکنون با من از تجربیاتش در این زمینه صحبت می کند. او را مردی فهمیده و دانا و دانشمند می بینم. با زنش هر دو حقوق خوانده اند و در دفتر اسناد رسمی یکی از شهرهای شمال کار می کنند. جمال رئیس اداره ی ثبت اسناد است و به اندازه ی تمام زمین ها و دشت و دمن های شهرهای کنار دریای شمال در این کار تجربه دارد...خواهر زاده ی شوهر صبا حالا برای خودش خانمی شده و هم دختر عموی فرشاد که از شهرستان برای تحصیل در دانشگاه به تهران آمده است. هرکدام می آیند و به ما و در واقع به من سر می زنند و افتخار می کنند که دوستی دارند که خبرنگار لایقی است.

بار دیگر که نویسنده در مرکز شهر است مرا با تاکسی به دفتر آن دوست می برد. دفعات بعد خودم به آنجا می روم. در روزهایی که دخترم کلاس نقاشی دارد. کلاس نقاشی در مجاورت آن دفتر قرار دارد. در فاصله ای که دخترم نقاشی می کند، من می روم به او می دهم و چو پرنده ای سبکسار به سوی دختر باز می گردم...تا اینکه دو- سه هفته ای باز گم می شود. یک بار که صَفَر دخترم را به کلاس نقاشی برده بود، نویسنده آمده بود به کلاس مرا ببیند. ماشین را توی خیابان دیده بود و دخترم را که با پدرش سوار آن شده بودند...ترک مجله در آغاز شاید پس از کشاکش های روحی تنش زا یک جور تعطیلات به حساب می آمد. بخصوص آن جور که من به او می دادم، مرهمی بود بر رنج های ناشی از مشکلات درون مجله. مشکلاتی که به هیأت حاکمه مربوط نمی شد به آدم هایی ارتباط می یافت که می بایست کوشش کنند هرچه مستحکم تر جا و مقام و موقعیت و سلامت خود و هم فکران را در شرایطی که همه ی درها برای مخالفین بسته است، حفظ کنند...اندک اندک اتفاقی را که افتاده است

هضم می کند. او یک خانواده را می چرخاند. در مجله ای کار می کرد که زحمت برایش کشیده بود. با بالا و پائینش ساخته بود. گاهی بودجه نمی رسید. ماهنامه به گاه نامه تبدیل می شد. نگذاشتند تعطیل شود. با درایت و دانش مجله را سرپا نگاه می داشتند. می شد که کارها با این مجله ی خوب صورت داد. نشد. نویسنده را همه دوست می داشتند. طرفداران زیادی پیدا کرده بود. این امر چشم بعضی ها را کور می کرد...خلاصه مسائل مملکت انقلاب سیاست وضعیتی که هیچ چیز در آن معلوم نیست و اینکه بالاخره در آینده چه باید کرد به تدریج ذهن نویسنده را مشغول می کرد.
شکم من گنده شده بود. یک بار توی آن پستو، وقتی مرا می کرد سرخ می شد و سفید می شد. تمام نکرده رها کرد. فکرش معلوم نبود کجا بود. یک بار دیگر که مرا برد به خانه اش، دختر همسایه دوست دختر نویسنده آمده بود آنجا. یک دختر تپلو و سرخ و سفید بچه سال شاید هفده ساله. حضور آن دخترک حسادت مرا تحریک می کرد. او برخوردی راحت و خودمانی با همه داشت. من تاب نمی آوردم آن برخوردهای صمیمانه را. دلم می خواست همه ی خوبی هایش را به من نثار کند. وقتی دختر همسایه رفت، توی باریکه ی بین اطاق های خواب پشت من به دیوار او با هیجانی غیر قابل کنترل یورش برد به زیر لباس من...که صدای زنگ در آمد. پسرش بود. نویسنده وانمود کرد که قصد دارد مرا ببرد به اتاق خواب کتابی نشان بدهد...یک روز گفته بود عموی من وقتی عاشق دختری شد، با او قهر کردم که چرا حرمت زن و بچه اش را نگه نداشته است. این را در سرزنش خودش گفت که یعنی حالا خود مرتکب همان عمل شده است و درعین حال می خواست بگوید که اکنون شاید حال و روز آن زمانِ عموی خود را می فهمد. در مورد زنش نیز گفته بود که خیلی خانم است و وفادار...ولی خوب...می خواست بگوید هیجانی نیست و از نظر فکری در فاز دیگری است...خیلی جوان بوده که عروسی کرده است. حالا آیا عاشق شده یا می خواسته به نیازهای جنسی اش پاسخ دهد نمی دانم. آتشش می بایست خیلی تند بوده باشد...در اطاق خواب زندگی می بارید برخلاف اطاق پذیرایی و ناهار خوری که سرد و خالی بود و فقط چند میز و صندلی پوشش آن و ماشین بافندگی زنش از پشت شیشه توی بالکنی فضایی کارگاهی به آنجا می داد. تخت خوابی شاهانه و بزرگ پایه کوتاه انواع کتاب در کتابخوانه ای زیبا در قسمت بالای تخت و اینجا و آنجا - نشان از حس و زندگی فردی که من می شناختم - همه حرکت بود و حس...آنقدر یادم هست که مرا روی تکه قالیچه ی کوچک بین تخت و کشو برگرداند و از پشت توی کس من کرد. اینکه مرا روی تخت نخواباند اذیت شدم. حسم خشک شده بود. نمی فهمیدم چه می کنیم. بعدها به من گفت شکمت بزرگ شده بود. نمی دانستم چه می کنم. نمی توانستم. هزار فکر توی کله ام می آمد...من این مسائل را در آن زمان نمی بینم. من فقط در این فاصله ی دو سه هفته ای غیبت وی منتظرم او با من تماس بگیرد.

نویسنده تصمیم می گیرد با مجله ی دیگری کار کند. وقتی نویسنده رفت آنجا کار کند طبعاً من نیز با او رفتم. دختر دیگری نیز که در آن مجله ی دیگر کار می کرد به او پیوست. و هم دختری که این اواخر می آمد آنجا. دختری که با

من در مدرسه ی روزنامه نگاری هم کلاس بود. همیشه با پسری که سر توی لاک خود داشت با هم راه می رفتند. ظاهراً با یکدیگر دوستی نزدیکی داشتند. ساده لباس می پوشید. ندیدم هیچ گاه آرایشی در صورتش. یکی - دوبار صحبت هایی کرد که من در آن زمان چندان سر در نمی آوردم. می گفت مجله ای که تو با آن کار می کنی اِلِه است و بِلِه است نماینده ی زنان مرفه و بی مسئله است...از واقعیت های اجتماعی سخن می راند. خیلی ساکت بود و حرف نمی زد...حالا لاغر تر شده است. موهایش را صاف کرده و رنگ زده است به رنگ شراب. لپ هایش را سرخاب می زند. سرمه ای بگی نگی بر چشمانش می مالد جوری که دوست بفهمد دشمن نه. اکنون در مجله ی جدید او و فرد دیگری کار ویرایش را انجام می دهند. دفتر کار نویسنده جداست. همگی با هم در یک سالن نمی نشینیم. من و دو ویرایشگر هر کدام میزی جداگانه داریم...این شکلش را دوست ندارم. دلم می خواست همیشه او را می دیدم. نویسنده به طور دائم ملاقات کنندگانی دارد. حسادت می کنم. مدتیست که یکدیگر را نمی بینیم. با خود می گویم سرش گرم شده است...

یک بار با دخترم به تأتر شهر رفته بودیم. او را با آن هم کلاسی می بینم که برای دیدن نمایش آمده اند. می گوید که کارگردان نمایش یک زن از او دعوت کرده است که بیاید و نمایش را ببیند. خود را می خورم. ببین با آن دختر هم کلاسی می رود ولی مرا نمی برد...بار دیگر با یکدیگر به دیدن نمایش "سی مرغ" رفتیم که اجرایی بود موزیکال همراه با رقص از قریب پور. از سی مرغی که با یک هدف قله ی کوه را نشان می کنند، فقط یک تن از آنان پس از طی روزهای سخت صعود از کوه های صعب و دشوار و در گیر با تمام موانع به مقصد می رسد. مرغ به تنهایی همان سی مرغ است...به نظر می رسید که نمایش چندان او را راضی نکرده است یا اینکه رفتار غریبانه اش چنین برداشتی را به من داده بود. هیچ با من حرف نمی زد. از خیلی چیزها می شد در باره ی نمایش صحبت کرد. او خود را جمع و جور کرده بود. آیا عامدانه می خواست چندان صمیمی به نظر نیاییم؟ عجیب است. با آن دختر خیلی گرم بود. انگار باید برعکس باشد. برای اینکه مردم چیزی سر در نیاورند رفتاری برخلاف عادت معمول از آدم سر می زند. گمان می رود مردم نمی فهمند. در حالی که مردم این بیگانگی را بیشتر لمس می کنند و از وراء آن آنچه که قصد است پنهان شود در می یابند کنه واقعیت را. در آن زمان من گمان می بردم با آن دختر یا کس دیگری گرم گرفته است و از این رو با من سرد برخورد می کند. اشتباه می کردم. آنچه را که در من یافته بود در هیچ کس دیگر نمی دید. بعدها خود این را اقرار کرد.

یک بار وقتی در آن مجله ی اول کار می کردیم، اجرایی با نور و تصویر از کشور لهستان در تأترشهر روی صحنه بود. من و او قرار داشتیم به آنجا برویم. دخترم را نیز با خود بردم. تصاویرِ وهم آمیز سایه ای از پشت پرده نورپردازی رویایی و موسیقی عاشقانه، نویسنده را بسیار هیجان زده کرده بود و دخترم سراپا گوش و چشم بود. من در میان این دو طیفی بودم که گمان می کنم جانم در آن زمان به آنها بسته بود در فضای رؤیا انگیز سالن تأتر. آرزوی او را داشتم و در کنارم گرمای تنش را حس می کردم. و شادمانی دخترم از

اینکه با من بود مرا به شعف می آورد. نویسنده در سکوت مطلق صحنه را نظاره کرده بود. آواز اروپای شرقی اگر چه ظاهراً زبانی متفاوت داشت اما چگونگی اجرا و موسیقی نفس در سینه نگاه می داشت.
یک روز من و نویسنده و آن دختر در اطاق مجاور اطاقی که بخشاً برای طراحی به کار گرفته می شد نشسته بودیم و صحبت از اشعار منوچهری دهقانی شد که چگونه از پروسه ی کاشت و برداشت تاک تا آماده شدن شراب شاعر آن را سروده است. روی سخنش بیشتر با آن دختر بود. حس حسادتی که برانگیخته می شد سبب می گردید تا من خود را گم کنم خود نباشم. نمی توانستم صحبت کنم. بیشتر توجهم به این امر بود که آنها دارند پیام هایی را در صحبت از این اشعار میان خود رد و بدل می کنند...یک روز دیگر دختری به دفتر آمد که قصه اش را قبلاً به مجله فرستاده بود. جوری که اول شب با او حرف می زد و نگاهش می کرد گمان مرا می برد بر اینکه می خواهد توجه او را جلب کند. تصور می کردم با هر زنی که به مجله می آید روی هم می ریزد یک جوری ارتباط برقرار می کند. نمی کرد. من دلم می خواست دخترک به سرعت حرفش را می زد و می رفت. دلم نمی خواست او به کسی توجه کند...مدت ها بود که با یکدیگر نخوابیده بودیم. من به شکم بر آمده ام توجه نداشتم. تمام فکر و ذکرم شده بود او که چرا همدیگر را نمی بینیم و هرکس بخصوص هرزنی که پایش به دفتر باز می شد، می گردید مایه ی حسادت من. حسادت حس تملک التهاب و دلنگرانی مرا اذیت می کرد...ولی فقط این نبود. او می دانست. می فهمید در درون من چه می گذرد. بسیار با هوش بود. او نیز مرا می خواست. گرچه به روی خود نمی آورد. خیلی خیلی دیرتر گفته بود من تو را آن زمان بیش از هرکسی در دنیا دوست می داشتم. راست می گفت...روزی رفته بودم به دفترش. او نشسته بود پشت میز. من کنارش ایستاده بودم. مرا نشاند روی پایش. چه جرأتی داشت. همین موقع صاحب مجله آمد تو. ما خود را جمع و جور کردیم. باید خیلی احمق می بود که نفهمیده باشد. آن مرد رفت و من در نزدیکی با نویسنده از تماس دست هایش با بدنم اختیار از دست داده بودم. او دستش را برد زیر پیراهنم. رنگش باز مثل گچ سفید شده بود. ولی نمی شد. گفت برو یکی را سر راه پیدا کن بکنه توش. برو صَفَر را پیدا کن.

پا به ماه بودم. همسایه ی خانه ی قبلی آنها که از تبار سیاهکل بودند، کسی را در ولایت می شناختند که می توانست کمک من باشد بعد از زایمان. می بایست پرستاری در خانه داشته باشم تا بتوانم به کارم در مجله برسم. دختری بود بی پدر و مادر و احتیاج داشت که کسی بالای سرش باشد. شانزده سال داشت و در سیاهکل زندگی می کرد. همسایه ها نیز اقوام خود را مدتی بود ملاقات نکرده بودند. زلزله ی اخیر که مناطق شمالی و بخصوص رودبار را به کل از بین برده بود آنها را نگران احوال نزدیکانشان کرده بود. من در عین حال مایل بودم منطقه را از نزدیک ببینم و شاید گزارشی از آنجا تهیه کنم. آن زن و شوهر و پسر کوچکشان و ما راهی شدیم تا با یک تیر چند نشان بزنیم...در مناطق زلزله زده قدم به قدم می ایستادیم. خانه های ویران را نظاره می کردیم. در برخی قسمت ها همه گذاشته و رفته بودند. از خانه ها فقط تلی از خشت و خاک

انباشته شده باقی مانده بود. در و پنجره های شکسته و بقایای وسایل خانه در میان دشت و دمن گسترده، از دور به این می مانست که قبری کنده اند و خاکش را در کنار آن ریخته اند تا وقتی مرده را در آن خاک کردند، دوباره خاک ها را سرجایش برگردانند. دو ـ سه هفته ای از واقعه می گذشت. کشته ها و زخمی ها را از زیر ویرانه ها در آورده بودند. راه به راه چادر زده بودند و زنان با دامن های بلند چین دار گل مگلی رنگارنگ این جا و آن جا می پلکیدند. حتی صدای لی لی لی لی عروسی از وراء آن کوه دیگر در فضا می پیچید...اقوام همسایه در سیاهکل همه اکنون در چادر زندگی می کردند. پدر همسایه بزرگ محله بود و برو بیایی داشت و همه دور او جمع بودند. با ورود ما بره ای کباب کردند و ما سر پا خوردیم. خانه ی سالمی باقی نمانده بود. از آنها اصرار که چادر مستقلی برای ما بر پا کنند شب را در آنجا سر کنیم. اما من قرار ماندن نداشتم. رفتیم دختر را دیدیم. به عقب مانده ها می مانست. موقع صحبت زبانش می گرفت. برای دراز مدت نمی توانست پرستار بچه باشد. ولی به گفته ی همسایه اطمینان داشتم که بچه ی سالمی است...همسایه ها ماندند نزد اقوام.
صَفَر لم داد به یک پشتی برای استراحت و من به بازدید خانه های زلزله زده رفتم. سپس دخترک را برداشتیم و غروب نشده با خودمان آوردیم به تهران. می گفتند سرش شپش دارد. در نگاه اول نیز این امر کاملا مشهود بود با آن موهای وزوزی به هم چسبیده. هنگام بازگشت به خانه، از داروخانه داروی ضد شپش خریدم. بلافاصله بردم او را به حمام. تمام لباس هایش را توی حیاط سوزاندم. دستکش دست کردم و موهایش را و بدنش را با دارو شستم. از لباس های خود به او پوشاندم. رختخوابی جداگانه با ملافه های تازه برایش جور کردم. سه روز این کار ادامه پیدا کرد. هر بار لباس ها و ملافه هایش را عوض می کردم و می سوزاندم. سپس او را بردم نزد دکتر و مطمئن شدم که تمیز شده است...هیچ کاری را درست انجام نمی داد. قاشق ها و چنگال ها پس از شستن ظروف، چربی رویشان می ماند. رختخوابش را چون تلی یک گوشه می انداخت...از خود می پرسیدم بچه وقتی به دنیا بیاید چه طور می توانم به او اطمینان کنم؟ مامان من بچه ی همه را نگهداری کرده بود. حالا من باید بروم یک بچه را برای پرستاری بیاورم. نمی شد به کس دیگری اطمینان کرد. یعنی من کسی را نمی شناختم. بچه ی خاله سهیلا توی بغل مامان بزرگ شده بود. نوزادِ داداش همه کارش را مامان کرده بود...می نوش وقتی دوباره ازدواج کرد، پسرش بچه ی یتیم شوهر اول بیشتر اوقات پیش مامان می ماند. بچه فکر کرده بود محبت مادرش نسبت به او کم شده است. رفتارش خشونت بار شده بود. همه را به اشکال مختلف اذیت می کرد. تا آن زمان همه ی توجه مادر به سوی او بود. حالا کس دیگری آمده است. شب ها دیگر مادرش پیش او نمی خوابد. فرد دیگری هست که مادر باید برایش غذا بپزد باید مراقبش باشد که به او بد نگذرد...شروع کرده بود شبها رختخوابش را خیس می کرد. شوهر می نوش اوایل سکوت کرده بود ولی بعد قوانین و تنبیهاتی برقرار کرده بود.
خواسته بود که بچه اول شب برود و به تنهایی در رختخوابش بخوابد...مامان ولی همواره بود و آزار و اذیت های بچه را به جان خریده بود. بعد از شهادت داداش کوچولو پسر می نوش به جان مامان بسته بود...رفته بودند کنار دریا.

بچه می ترسید توی آب برود. یک دفعه پدر ناتنی او را بلند کرده و به درون آب پرتاب کرده بود. استدلال کرده بود که ترسش با این حرکت می ریزد. پس از مدتی بچه ساکت شده بود و فرمانبردار. حس کرده بود چاره ی دیگری ندارد جز اینکه سر فرود آورد.
تجربه ا ی که از بودن مامان هنگام زایمان دخترم داشتم و بخصوص ماجرای مسافرت به کیش جایی نگذاشته بود که فکر کنم وقتی کار می کنم، مامان از بچه مراقبت کند. حتی نمی خواستم از او تقاضا کنم. به طور قطع می پذیرفت اما نه با رغبت. چطور بچه را بدهم به دست کسی که مرا و او را نجس می داند. از طرفی به هیچ رو نمی خواستم کارم را که حالا همه ی زندگی ام و بخصوص با این ماجرای عشقی در نویسنده خلاصه شده بود رها کنم...در طی دو ـ سه هفته ای که به وقت زایمان مانده بود تا می توانستم تعلیمات کافی به آن دختر سیاهکلی دادم. خانه را دوست داشت. کلبه ی محقر ما را در آغاز وقتی دید یکه خورد. گمان برده بود به خانه ای مجلل وارد می شود شاید. فکر کرده بود چه بسا وضعیت مالی خوبی دارند که پرستار به خانه می برند. اطاق مخصوص به خود نداشت. اطاق نشیمن آنقدر جا داشت که فقط چند تا نیمکت به عنوان مبل در آن کار بگذاریم و گلیمی روی آن بیاندازیم و چند تا کوسن. روی میز های کوچک قهوه خوری غذا صرف می کردیم و اگر همه باهم غذا می خوردیم، روی زمین سفره می انداختیم...در اطاق نشیمن شب ها جایش را می انداخت و می خوابید. می دید اما که دخترم از همه ی امکانات برخوردار است. کمبودی از نظر خورد و خوراک وجود ندارد و غذاهای خوشمزه و متنوع حالا که او نیز بود بیشتر می پختم. و شاید شیوه ی برخورد مهربانانه و دوستانه ی من رضایت او را جلب می کرد. از همان آغاز فهمیده بود که همه چیز تحت نظر من انجام می گیرد. نه صَفَر حرفی می زد و کاری از او طلب می کرد و نه او از صَفَر سئوالی می پرسید...خانواده ی من: مامان و می نوش و خاله سهیلا و بقیه نیز سری به من نمی زدند و نمی فهمیدند زندگی من چگونه پیش می رود. بعد از مسافرت کیش من ناخود آگاه حس می کردم که خودم هستم و خودم. هیچ کس را ندارم.
یک روز که با تاکسی به دفتر مجله می رفتم، دسته گلی بزرگ بر روی صندلی دیدم که مسافر قبلی توی ماشین جا گذاشته بود. آن را برداشتم و با قلبی پرتپش و دستی لرزان گل ها را روی میز نویسنده گذاشتم. از همان نگاه هایی که هزار معنا دارد به من انداخت از آن نگاه هایی که با آن می دانستی می فهمد چه حالی دارم می داند در چه وضعیتی به سر می برم، در عین حال که هزار فکر دیگر نیز در ذهن دارد. همان روز با یکدیگر از دفتر مجله بیرون آمدیم. مرا برد جلوی چند ویترین جواهر فروشی. گفت کدام یک را می خواهی. من چندان اهل جواهرات نیستم. و نمی فهمیدم برای چه این کار را می کند. من خود او را می خواستم. مثل آن موقع ها. گفت بگو چه می خواهی می خواهم چیزی برایت بخرم. من حرف نمی زدم طبق معمول...سپس مرا برد به یک کتابفروشی کتاب "دوزن" را برایم خرید. شرایط اجتماعی حکایت دو قصه ی زیبای "لیلی و مجنون" و "شیرین و خسرو" در این کتاب با قلمی خوش و ارزنده ارزیابی و مقایسه شده بود. بینش عمیقی که نسبت به کیفیت کتاب ها

داشت مرا وادار به تعظیم در مقابل او می کرد. شناخت و احاطه اش نسبت به ادبیات برایم حیرت آور بود...یک بار کتابی را روی میز گذاشته و مثلاً می خواندم. حواسم به او و رفت و آمدها و ملاقات کننده هایش بود. کتاب را دید. گفت این مزخرفات چیست می خوانی. گفت برو تاریخ بیهقی را بخوان. این کتاب را سپس خودش برایم آورد که بخوانم و به او پس بدهم. هیچ گاه فرصتی پیش نیامد که آن را به او برگردانم...من کارم در بیرون از دفتر بود و نگارش کارهایم را نیز به طور عمده در خانه انجام می دادم. اما دوست داشتم در دفتر باشم. همین که او را کنار خود حس می کردم خود همه چیز بود. یک بار نوار مصاحبه ای را در آن شلوغی دور میز کار دوازده نفره وقتی همه نشسته بودند گوش می دادم. آن دختر روزنامه نگار نیز آنجا بود. پرسید تو مگه چیزی می فهمی توی این شلوغی...راست می گفت. اما او که نمی دانست من در چه وضعیتی قرار دارم. تازه از خارجه آمده بود. از زبان انگلیسی کتاب هایی از یک نویسنده ی معروف را ترجمه می کرد و بر سر زبان ها افتاده بود.
روزنامه نگار قابلی بود و نیز با تجربه در رابطه با مردها. در آن زمان با مردی زندگی می کرد. لاغر اندام بود و مثل دخترهای تین ایجر لباس می پوشید. خوشگل نبود اما می دانست چطور به خود برسد و قابلیت هایش را می شناخت و به خود بسیار اطمینان داشت...یک روز دلمه پخته بودم. بردم به دفتر مجله برای ناهار. منشی مجله نیز که از آن مجله ی دیگرخود را منتقل کرده بود، غذایش را می خورد. حالا نویسنده بین من و او نشسته بود و از هر غذا لقمه ای می زد. دیرتر یک روز به من گفت من نمی دانم با این دیگر چه کار کنم. منظورش را آن موقع نفهمیدم. بعدها فهمیدم که او نویسنده را می خواسته است. از آن پیر دخترهایی بود که نه از روزنامه چیزی سرش می شد و نه از ادبیات. نمی دانم آنجا چه می کرد. یک روز عامدانه روسری را از سرش در آورد تا موهای وزوزی بلند پفی اش را نشانم دهد...

شبی که بچه به دنیا آمد، از صبح آن روز توی خیابان ها برای تهیه ی مطلب دویده بودم. برای کدام گزارش؟ به یاد نمی آورم. همواره نویسنده درذهن من بود. او همه چیز را تحت الشعاع قرار می داد. دلم می خواست بچه ای در کار نبود. گمان می کردم این بچه مرا از نویسنده دور خواهد کرد. اگر مثل زایمان اول چهل بخیه می خوردم، می بایست دست کم چهل روزی در خانه مواظب خودم باشم زیاد حرکت نکنم. آمیزش جنسی که مطلقاً تعطیل می شد...آن شب وقتی از دفتر مجله باز می گشتم، ماشین دست صَفَر بود. ده ـ دوازده کیلو از تره بار میدان فوزیه میوه خریدم و با اتوبوس و سپس پیاده تا خانه آمدم.
آبگوشت داشتیم. پرستار سفره را چید و همه نشستیم سر سفره. من هر لقمه ای که می خواستم بردارم، نا خود آگاه یک باد ول می دادم. نمی توانستم خود را کنترل کنم. فکر کردم از نخود های توی آبگوشت است. گمان بردم شکم من طبق معمول با خوردن حبوبات شروع به بمباران کرده است. بعد تصور کردم به علت سالاد خیار و گوجه فرنگی است...اما ول نمی کرد و کم کم با درد همراه شد. دیگر نتوانستم به خوردن شام ادامه دهم. رفتم مستراح. آن موقع نفهمیده بودم که کیسه ی آبم همانجا پاره شد. مامان را سر راه برداشتیم و رفتیم

بیمارستان. خواستند مرا بفرستند به قسمت رادیو لوژی. مامان گفت بچه داره می افته چه رادیولوژی ای! از آستانه ی درب ورودی بیمارستان تا اطاق عمل تمام راهروها را کثیف کردم. از من می ریخت. گوه و آن. کنترل خود را نداشتم. فقط بچه بود که نیافتاد. بلافاصله خوابیدم و ماما، پاهایم باز نشده بچه را گرفت. سپس مثل زایمان اول بچه را بردند و مرا تنها گذاشتند...برخلاف شکم اول که بیست ساعت درد کشیدم، هنگام زایمان پسرم بس که در این ماه های اخیر بدو بدو کرده بودم بچه خودش راهش را باز کرده بود. نه راه رفتنی نه فشار دادنی نه دردی. خاله سهیلا می گفت چشم های آقا صَفَر وقتی شنید پسر است برق می زد. یک جور طعنه توی لحنش بود. یک جور برخورد از بالا. مثل خانم خانه که می خواهد دستی به سر و روی نوکرش بکشد. مامان باز همان روز اول مرا گذاشت و رفت. باز گفت خوب مادر صفَر هست پرستار هم که داری...دیگر اهمیت نداشت که او می ماند یا می رود. اندوهش ولی توی جانم بود و چه اندوهی...بخیه زیاد خورده بودم. ولی بلند می شدم و بعضی کارها را خودم انجام می دادم. شرم داشتم از مادر شوهرم درخواستی کنم. به پرستار بچه غیر مستقیم می گفتم چه می خواهم و مادر صَفَر یا خود او انجام می دادند. یک روز که خاله سهیلا پس از چند روز مثل یک میهمان غریبه به دیدن منِ زائو آمده بود، من از رختخواب بیرون آمده بودم. گفت تخمدان هایت می افتند پائین ها انقدر راه نرو. هیچ نگفتم. خودش باید می فهمید. می شد که به تلافی این همه زحماتی که مامان من برای خود و بچه هایش کشیده بود بخشی از کار را در دست بگیرد. می توانست چند روز آنجا بماند.

یک روز هیچ کس در خانه نبود. نویسنده با ترس و لرز به اصرار من آمد به دیدارم. حقوق دو ماه من و به همان اندازه اسکناس هدیه برای تولد بچه آورده بود. مرا هیچ گاه با لباس سبک خانگی ندیده بود. گفت خیلی جوانتر شدی. از خربزه ای که بریده و روی میز در تراس گذاشته بودم چیزی نخورد و نه از شیرینی و میوه های دیگر و نه از شربتی که درست کرده بودم. حتی یک لیوان آب. گفت چه خانه ی گرمی! بچه تا او برسد گریه می کرد. او را تمیز کردم. شیرش را دادم و نگذاشتم بخوابد. وقتی نویسنده آمد تمام مدت خواب بود...مدت زیادی آنجا نماند. خواستیم عشق بازی کنیم. خودش را کنار می کشید. من روی لبه ی تخت نشستم. او مقابل من ایستاده بود. شلوارش را در آوردم. شروع کردم به مک زدن. دخول جایز نبود با این همه بخیه. گفت اگر نمی ترسیدم تا حالا دو سه بار می بایست آبم آمده باشد. نگذاشت تا آخر بروم. می ترسید. می ترسید هر آن صَفَر برسد. من نمی ترسیدم. آنها را به یکدیگر معرفی می کردم. طبیعی بود که همکارم به دیدار من بیاید...وقتی برگشتم به مجله به نظرم رسید در نبود من بسی دگرگونی بوجود آمده است. نویسنده توی اطاقش با مراجعین گاهی ساعت ها حرف می زد. می آمد توی سالنی که ما بودیم و با ویراستارها صحبتی می کرد و سریع بر می گشت به اطاقش. من گاهی احساس می کردم آنجا بیگانه ام. می خواستم بیاید و با من نیز چند کلامی سخن بگوید. حس می کردم احساس مرا او ندارد. احساس می کردم چیزی فاصله می اندازد...فهمیدنش چندان مشکل نبود. من شوهر داشتم. او زن داشت. این ارتباط

کجا می خواست برود چه آینده ای داشت. اما من که آینده نمی خواستم. من هم الان را می خواستم و پاسخ به نیازم را. همان تپش های قلب و منتظر شدن ها و هیجانات را می خواستم. این اتفاق به من زندگی دوباره داده بود. نمی خواستم پایان پذیرد. من هنوز چیزی از آن نیوشیده بودم. سیراب نشده بودم...یک روز می خواست برود و ماشین برادرش را از تعمیرگاه بردارد. با هم به آنجا رفتیم. نبود آن چیزی را که من می خواستم. فاصله می گرفت. با آن حالت متفکر و آن نگاه های عمیق هزار حرف داشت. اتومبیل حاضر نشده بود. با ماشین من برگشتیم. هر دو ساکت بودیم. آرزو می کردم مثل یک دفعه ی دیگر - وقتی من رانندگی می کردم - او دستش را می برد لای پای من. آن موقع نفهمیده بودم چگونه رانندگی می کردم. مرتب وسط پایم منقبض و منبسط می شد و تا به مقصد برسیم صد بار خود را خیس کردم...یک بار دیگر که دوستش ما را با اتومبیل شاسی بلند "رنجُورِ"ش به جایی می برد و داشت تعریف می کرد که از بچگی عاشق شده است و تعداد عشق هایش را بر می شمرد، نویسنده دستش را روی شانه های من گذاشته بود و محکم مرا به خود می فشرد. چقدر زیبا بود. این رفتار از دید دوستش پنهان نماند. این دوست یک بار به بهانه ی دادن کتابی یا نمی دانم چه چیز دیگری مرا به خانه اش برد. خانه ی بسیار بزرگی چون قصر داشت. زنش نیز در خانه بود. یک زن آلامد از خارج آمده. در راه به من گفت این یعنی نویسنده، جان می دهد که برود در دانشگاه های خارج همین درس های روزنامه نگاری را تدریس کند. یک جوری می خواست ارزش کار او را پائین بیاورد و بگوید کاری که می کند چندان اهمیتی ندارد. می خواست مزه ی دهان مرا بچشد. مقالاتی برای مجله در باره ی تکنولوژی و کامپیوتر و این حرف ها می نوشت...نویسنده موقع برگشت از تعمیرگاه گفت ما دیگه چیزی نداریم به هم بدیم. موردی برای دیدار ما نیست. من اصلاً حرف هایش را جدی نگرفتم. به خود می گفتم حالا چیزهایی دارد می گوید. احساس من دروغ نمی گفت. او مرا بی اندازه می خواست. حرفی بود زده شد. گاهی ته ذهنم می گفتم ببین دور و برش پر شده است از زن هایی که می آیند و می روند. دیگر من کهنه شده ام. غمی سنگین جان و روحم را گرفته بود. شروع کردم به نوشتن. یک بار گفته بود چیزی نوشته ای؟ شعری قطعه ای...نوشته بودم. اما هم اکنون بود که عمیقاً تمایل داشتم بنویسم. بیهوده نیست که شعر اغلب شعرا غم نامه است. یعنی وقتی ناکام و اندوهگین هستند به شعر رو می آورند...هر روز می نوشتم. کار در مجله چندان هم چون آن زمان پر کار نبود. از کسان دیگر نیز می خواستند که گزارش تهیه کنند. در آن یکی مجله من تنها خبرنگار بودم. سرم را توی هر سوراخی می کردم. و این رابطه ای دائمی بین من و نویسنده ایجاد می کرد و همین تنگاتنگی در کار نیز بود که ما را آن چنان تنگ در آغوش هم انداخته بود. در آن زمان خود او کارهایم را ویرایش می کرد. حالا آن دختر هم کلاسی ویراستار بود. هر ارتباطی با نویسنده قطع شده بود. می دانستم که او خود چنین می خواهد. قبل از زایمان احتمال می دادم که رعایت شکم گنده ام را می کند. پس از آن زائو بودم و مدتی همه چیز تعطیل بود. ولی حالا چه. نمی دانستم چه کنم. شیرم خشک شده بود. به دخترم نیز بیشتر از شش - هفت ماه شیر نداشتم که بدهم. مامان می گفت بهتر که ندادی.

می دید که همیشه نگران مسئله ای هستم. می گفت با شیرت نگرانیت را به بچه منتقل می کنی. اما با پسرم به یک ماه نکشید. گاهی فقط چند قطره ای شیر از پستانم بیرون می آمد. زهره دلداری می داد و می گفت ببین آمریکایی ها چه بلند قد و رشید هستند. هیچ کدامشان شیر مادر خورده اند؟ چاره ای جز پذیرش واقعیت نداشتم. تقدیر چنان بود که این بچه از کودکی چندان در بر من نباشد.
شیر دادن به بچه زیبا ترین پدیده ایست که در طبیعت می تواند وجود داشته باشد و فقط یک مادر از آن برخوردار است. حتی وقتی عاشق تو پستان هایت را توی دهانش می گذارد و آن ها را می مکد، نمی تواند چنان لذتی که نوزاد از مکیدن پستانت به جان می بخشد، تو را اغناء کند. به نویسنده گفتم شیرم خشک شده است. گفت مادر من توی شالیزار کار می کرد و مثل گاو شیر داشت که به بچه بدهد. یعنی نمی فهمید علتش چه می تواند باشد؟...
وقتی گفت ما باید مثل دو تا آدم متمدن با مسئله برخورد کنیم، به طور قطع سنگینی اندوهی جانگزا را در چهره ام خواند و بلافاصله گفت تو دختر خوبی هستی. من نمی خواهم زندگی تو را به هم بریزم. حرف های او اساساً برای من معنا نداشت...نویسنده از ذهنم بیرون نمی رود. او می خواهد عاقلانه به مسئله برخورد کند. من این چیزها را نمی فهمم. او نمی داند که من بعد از سال ها زندگی را اکنون نفس می کشم و حالا که در میان خانواده نیز غریب هستم و صَفَر وجود خارجی ندارد، او برای من همه چیز است...نویسنده از زندگی من هیچ نمی دانست. روابط مرا با شوهرم نمی شناخت. از برخورد خانواده با من خبر نداشت. گذشته ی سیاسی من برایش نا آشنا بود. او گمان می برد یک زندگی کامل و خوب زناشوئی را دارد برهم می ریزد. گمان برده بودم دارد مرا پس می زند. احساس می کردم که دیگر برایش جذابیت ندارم. در دفتر مجله نیز رفتارمان چون رفتار رئیس و کارمند بود. تنها کاری که از دستم برمی آمد این بود که بنشینم و احساساتم را بنویسم.

من رانندگی می کنم. ناصر در صندلی پشت نشسته است و صَفَر کنار او...صَفَر به عنوان دستیار ناصر مدت زمانی کوتاه در مغازه اش کار می کرد. فرشاد نیز در آنجا پشت میز به تلفن ها و مراجعین پاسخ می گفت. در واقع ناصر هر دوی آنها را در آنجا به کار مشغول کرده بود. ناصر و خانواده ی او تنها کسانی بودند که فرشاد اکنون با آنان مراوده و معاشرت داشت. در یکی از محلات فقیر نشین غرب تهران زندگی می کردند. اهل ساوه بودند. خانواده ای پر جمعیت که به طور دائم میهمان داشتند و بسیار مهربان و خوش برخورد و میهمان نواز. پدر باسواد بود و ناصر به شعر و ادبیات علاقمند و مطلع در علوم بخصوص در فیزیک. پدر اشعار زیادی از بر داشت بود. داماد آنها مردی خوش تیپ و تحصیل کرده به شکلی با تشکیلات سیاسی مرتبط بود. تنها خواهر خوشگل و سنجیده و پنج برادر خوش هیکل و خوش تیپ با آن دو هووی خانه دار و ظاهر روستایی و پدری کاردان و باسواد چندان خوانایی نداشت. پدر در حال موت بود وقتی به خانه ی آنها رفتیم. قصه ها داشت که برای ما بازگوید. فرشاد بعدها قصه ای از زندگی آنها نوشته بود.

کوه کمر شکن
ناصر را در نقطه ای پیاده می کنیم و هنوز یکی دو چهار راه نرفته، ناگهان با ضربه ای محکم از پشت روی صندلی بلند می شوم. ناخودآگاه پایم را روی ترمز فشار می دهم.

- جنده ی کثافت . پس بگو می رفتی دفتر مجله به اون مردیکه بدی

در میان یکی از خیابان های فرعی موازی با خیابان اصلی راننندگی می کنم که ترافیک در آن بس سنگین تر است. در پشت و جلو و دست راست و چپ، ماشین ها تا دویست متر سپر به سپر پشت چراغ قرمز ایستاده اند. قبل از اینکه او به خود آید به سرعت در را باز می کنم. کیفم را بر می دارم. خارج می شوم و ده بدو...او می ماند و ماشین در وسط خیابان. چاره ای ندارد جز اینکه آن را از توی ترافیک بیرون بیاورد و این دست کم یک ساعت طول می کشد. چند چهار راه آن طرف تر به دفتر مجله زنگ می زنم. نویسنده آنجا نیست. به خانه اش تلفن می کنم.

- فهمیده است و حالا دارد می آید به دفتر مجله
- بی خود (نویسنده هنوز ماجرا را نگرفته بود)
- شما را اگر ببیند می کشد. نباید مدتی در مجله پیدایتان شود.

تلفن را سریع قطع می کنم.

سپس هراسان و وحشت زده به زهره زنگ می زنم و ماجرا را مختصر برایش باز می گویم و از او می خواهم که با حامد و بچه چند روز بیایند خانه ی ما. به او گفتم اگر تنها به خانه بروم صَفَر مرا می کشد. تا من به خانه برسم آنها نیز خود را به خانه ی ما رسانده اند. صَفَر چند دقیقه بعد از ما می رسد. سراپا خشم است. خون چشم هایش را گرفته است. به محض اینکه می رسد به من حمله می کند. آنها سعی می کنند جلوی او را بگیرند. نمی توانند. من کلامی نمی گویم. دشنام است که بار من می کند و ضربه پشت ضربه وارد می شود. قصد کرده است مرا بکشد. هیچ نمی فهمد چه می کند. روی زمین افتاده ام و او با خشونت تمام لگد می زند. من صورتم را با دستهایم می پوشانم و او عامدانه چهره ی مرا نشان گرفته است. می گذارم مرا تا می خواهد بزند. فقط از این راه است که خشمش تا حدی فروکش می شود تا اینکه ضربه ای محکم به دماغم وارد می شود. یک لحظه هیچ نمی فهمم. خون جاری می شود. او خود را سرانجام کنار می کشد...زهره مرا به دستشویی می برد. نمی دانم چه مدت خون سرازیر بود. گمان می کردم استخوان دماغ شکسته است. درد شدید بود اما می بایست شدید تر بوده باشد. می بایست خیلی تحمل کرده باشم. نه زهره و نه حامد حرفی از بردن من به بیمارستان نمی زنند. من دم بر نمی آورم. خون بند می آید. دیرتر متوجه می شوم راسته ی دماغ قلمی ام اندکی به چپ تمایل پیدا کرده است.
زهره به شوخی می گفت دماغت سکسی تر شده.
بار اول نیست که دماغم مورد حمله قرار می گیرد. در پاریس رفته بودم مصاحبه ای بکنم با کسی که قرار بود مرا استخدام کند. فاصله ی بین پیاده رو و ساختمان را به سرعت طی می کنم. در ورودی تمام شیشه ای را از بیرون

نمی توان تشخیص داد. گمان بردم در را باز گذاشته اند. به حال دو به آن سو می روم و محکم صورتم با شیشه اصابت می کند. شیشه را صدمه ای وارد نمی آید ولی دماغ من متورم می شود. دردی و سوزشی شدید از استخوان وسط دماغم به همه ی جان تیر می کشد. با همان حال در مصاحبه حاضر می شوم. استخوان بینی اندکی بگی نگی در آن زمان انحراف پیدا می کند...یک بار دیگر نیز - سال ها بعد - به شتاب از این سر خانه به سمت آشپزخانه می دوم که کتری سوت زن را از روی چراغ بردارم. با لرزشی که حرکت پاهای من بر روی زمین ایجاد می کند، آینه ای قدی که کنار دیوار در مسیر گذاشته بودم راست روی دماغ من سرنگون می شود و خون به شدت از آن جاری. مرا به سرعت به بیمارستان می رسانند.

باری...نمی دانم هر لحظه چگونه می گذشت. شب بچه نفق شکم داشت. مرتب بیدار می شد و هربار که من می خواستم بلند شوم و او را آرام کنم صَفَر خشمناک به من حمله ور می شد. زهره و حامد هر دفعه از خواب بیدار می شدند و او را از کتک زدن باز می داشتند.

روز گذشته وقتی سر ظهر با ناصر آمدند خانه، از او پرسیدم چرا نگفتی که ناصر می آید تا غذایی بپزم. من داشتم آماده می شدم بروم به دفتر مجله. شنلم را اطو می زدم. او ماجرا را از شب قبل می دانست ولی هیچ نگفته بود. رفته بود سر کار و هنگام برگشت ناصر را با خود آورده بود. شاید می خواست ماجرا را در حضور ناصر مطرح کند. ولی بعد پشیمان شده بود. تصمیم گرفته بود مرا ببرد در دفتر مجله آنجا ما را با هم روبرو کند. طاقت نیاورده بود و به آنجا نرسیده عکس العمل نشان داده بود...شب قبل از آن او توی رختخواب بود و من می نوشتم. نامه ای به فرشاد. پس از اینکه به رختخواب می روم و خواب مرا در بر می گیرد، به نامه ای که نوشته بودم مشکوک می شود. می خواهد ببیند چه برای فرشاد نوشته ام. در جستجوی این نامه اشعاری را قطعاتی را که در باره ی احساساتم به نویسنده نوشته ام پیدا می کند. هیچ نمی گوید. صبح فردا من خواب هستم که بیرون می رود. بعد ها می گوید وقتی ریشش را می زده است، دستش می لرزید و نزدیک بود صورتش را با تیغ ببرد...بی تردید رفتار من در این اواخر به قدری تغییر کرده بود و بی تفاوتی من نسبت به او به اندازه ای عیان شده بود که مشکوک می شود. آدمی نبود که بتواند به راحتی بویی از مسئله ببرد. به فرشاد مشکوک شده بود بنا به تصوراتی که از قبل در ذهنش ساخته بود و گمان می برد من و او بسیار به هم نزدیک هستیم و می شود که از راه دور با هم تبادلاتی از گونه ای دیگر با هم داشته باشیم...وقتی می خواستند به خارجه فرار کنند و به پول احتیاج داشتند، صَفَر تمایلی نداشت به آنها کمک مالی کنیم. گدا صفت بود ولی علت اصلی در این بود که گمان می برد یک چیزهایی بین ما هست. نمی خواست از جانب من لطفی به او شود. آنقدر این مسئله برایش اهمیت پیدا کرده بود که دوستی خودش را با فرشاد از دوران کودکی در ولایتشان از یاد برده بود. آنقدر این مسئله ذهنش را اشغال کرده بود و آنقدر نفس خودش و جایی که به آن لم داده بود گرم بود که نمی توانست درک کند آنها دیگر در این کشور جایی ندارند که فرشاد همواره تحت تعقیب است و جانش در خطر که دستشان تنگ است. می بایست دست کم پولی

توی جیب باشد تا بتوانند خود را به طور قاچاقی به آن طرف مرز برسانند. ما که نمی دانستیم چه بلایی بسرشان خواهد آمد. آن موقع نمی دانستیم که آنها به چه مصیبتی قدم به قدم مجبور خواهند شد به قاچاقچی ها پول بدهند تا آنها را از کوه و دشت و دمن در میان گوسفند ها و با الاغ و اسب خودشان را به آن طرف برسانند. اما شنیده بودیم ماجرای بسیاری از افراد فراری را که با چه مکافاتی موفق شده بودند خود را نجات بدهند و نیز داستان هایی از افراد سیاسی فراری که به دولت جمهوری اسلامی تحویل داده و کشته شده بودند. فرشاد با زن و دو بچه به عنوان یک خانواده امتیازاتی داشت ولی در عین حال دستش از جوانبی دیگر بسته بود. آنها به هم وابسته بودند. هر خطری یکی از آنها را تهدید می کرد گریبانگیر بقیه ی افراد خانواده نیز می شد.

ماه ها بود - در طول تمام دوران حاملگی - با صَفَر نخوابیده بودم. تمام تابستان در پشت بام توی پشه بند او کنارم خروپف می کرد. من نگاهم به ماه تابان در آسمان قلبم برای نویسنده می تپید و در انتظار برآمدن خورشید سر به بالین می گذاشتم در آرزوی دیدارِ او...فقط نسیم جانبخشی را که از سوراخ های مشبک دیواره های اتاقک پشه بند توری بر من می نواخت حس می کردم. حتی آمد و شد صَفَر را به درون پشه بند متوجه نمی شدم. برای دخترم کتاب می خواندم او را می خواباندم و چشمهایم از دوندگی روزانه به سرعت روی هم می رفت. هیچ جایی نمی گذاشتم که او جرأت نزدیکی به من را داشته باشد. می توانست این دوری را به حساب حاملگی بگذارد یا چون دخترم در کنار ما خوابیده است. بگذریم که در تمام مدت زندگی شاید به تعداد انگشتان یک دست با او نخوابیده بودم...شب و روز کار می کردم. باعشق. عاشق کارم و روزنامه بودم و هم عاشق آن کس که به من زندگی دوباره بخشیده بود. من حالا حتی به خانه ی زهره نیز نمی رفتم. تمام حواسم و هم و غم من شده بود مجله. زندگی روزمره ی دخترم نیز حالا با این دنیای جدید من عجین شده بود...همه ی اینها - آنقدر که من حق خود می دیدم از چنین نعمتی برخوردار باشم - هیچ شکی برنیانگیخته بود تا اینکه سردشدن نویسنده در رفتار من تغییراتی از گونه ای دیگر بوجود آورد...پیش از این که صَفَر از ماجرا بو ببرد، یک شب وقتی از مجله آمدم پرستار بچه با چشم های اشک آلود آمد و به من گفت آقا...فهمیدم چه می خواهد بگوید. خواسته بود با دختر ور برود. اجازه نداده بود. این تنها موردی بود که این دختر انتظار نداشت. همسایه به او اطمینان داده بود که ما آدم های شریفی هستیم و من از او مانند خواهر کوچکترم مراقبت می کردم. کوچکترین بی احترامی به او روا نمی داشتم. تمام ایرادهایش را مهربانانه گوشزد می کردم. صَفَر غرولند می کرد که هیچ کار بلد نیست. کسی را پیدا کرده بود که فکر می کرد بی زبان است و زیردست و به او امر و نهی می نمود. صَفَر از او ایراد می گرفت. من بد رفتاری اش را جبران می کردم. کارها به او آموختم. به او دستور نمی دادم از او خواهش می کردم. از خواب خوش بیدارش نمی کردم. او خانه ی مرا مثل خانه ی خودش می دانست. احساس می کرد کسی هست که از او حمایت کند...با آن دختر خیلی حرف زدم. گفت فقط به خاطرِ شما می مانم. رفتار صَفَر حسادت مرا تحریک نکرد. نفرتی

نیز از او به دل نگرفتم. فرق نمی کرد که بخواهد با زن دیگری برود یا نرود. فقط بیشتر حالم از او به هم خورد...بیش از پیش ارزشش را در دیده ی من پائین آورد. خواسته بود به یک بچه تجاوز کند. احترام آن دوستان همسایه را نیز نگاه نداشته بود. فکر می کرد که زیردست است و می تواند هرکاری با او بکند. مثل کدخدای ده. دیگر نمی دانستم به چه چیز او می توانم بند شوم. فکر می کردم دست کم او که هوادار یک سازمان سیاسی بوده است نمی بایست مرتکب خطایی از این دست بشود. به خود گفتم از من جز سردی ندیده است خواسته است جبران کند یا می خواسته است زن دیگری را نیز دستمالی کرده باشد. من اولین زن زندگی او بودم. به عبارتی کمبودهای گذشته از یادش می برد که او به عنوان یک فرد سیاسی که مدعی بهبود زندگی مردم است تا آنها را از هر بی عدالتی نجات دهد، خود عامل تجاوز به بچه ای شود که به خانه اش پناه آورده است...چه بسا اگر این دختر اجازه می داد، کار او را می ساخت. یک دختر باکره را در این جامعه به بدبختی می کشاند. یک دختر را که سر پناه دیگری ندارد، با مشکلی بس بزرگ تر به جامعه تحویل می داد که فردا به جمع بقیه ی فاحشه ها بپیوندد یا درد خود را تا ابد به گور برد. برا ی او زندگی پایان می گرفت...این دختر بسیار زشت بود. گمان نمی کنم هیچ مردی به او نزدیک می شد. نخواستم فکر کنم که او حتی قابلیت های کلفتی در خانه را نیز نداشت. اما او را بسی محترم تر و شریف تر از صَفَر می پنداشتم. شما می پرسید خود من چی؟ نمی دانم. من صد در صد خود را محق می دیدم. هیچ گاه طرحی از پیش آماده شدم نریختم. پیش آمد. مثل هر اتفاق عاشقانه که غیر منتظره رخ می دهد. پیش آمد. پس از آن دیگر در دست من نبود. زمانی این حادثه رخ داد که من مسخ شده بودم. من زندگیم را برای هدف های والایم باخته بودم. من مردی در زندگی نداشتم. احساساتم تماماً خشک شده بود. به طور قطع بزودی مسئله را با صَفَر در میان می گذاشتم. اوضاع و احوال بسیار پیچیده شده بود. بخصوص این اواخر آن چنان گرفتار شده بودم که نمی فهمیدم چه می کنم...حتی اگر این رابطه به شکل دیگری نیز پایان می پذیرفت، من دیگر نمی توانستم به روال گذشته روابطم را با صَفَر حفظ کنم. من دو باره نفس کشیدن را آزموده بودم...صَفَر گفت خواستم او را امتحان کنم نکند یک دفعه با همسایه ای برود. خود نیز می دانست مزخرف می گوید. پس از کشف روابط من با نویسنده گفت حالا می فهمم چرا واکنشی در مقابل رفتار من با پرستار از خودت نشان ندادی.

از تمام نوشته های من صدها نسخه گرفت که ببرد و در میان مردم پخش کند. شواهد زنا را سند محکومیت مرا خواست در کوچه و برزن منتشر سازد که هم تن مرا تا کمر و هم تن نویسنده را تا گردن توی خاک فرو کنند و بعد چند کامیون سنگ بیاورند و مردم آنقدر سنگ بر سر ما بکوبند که نفس قطع شود و تا نفس قطع شود ما با هر سنگ صد بار کشته شویم. رفته بود ماجرا را به مامان نیز گفته بود...مامان را مدت ها ندیده بودیم. پس از مسافرت کیش دیگر برای من نه مادری وجود داشت و نه برادری. حتی با می نوش نیز فاصله زیاد بود. به مناسبت هایی - بیشتر برای شب تولد بچه ها - به خانه ی یکدیگر می رفتیم. شوهر دوم دوست داشت با همه معاشرت کند. با دست پر از گل های

کوه کمر شکن

مجلسی و هدیه های نفیس به خانه ی ما می آمد. همانگونه که به هر کجا می
رفت. بیشتر به گمان من تظاهر بود. بیشتر می خواست از این طریق دیگران
را وادارد به او احترام بگذارند. صفایی را که باید در آن نمی دیدم...می نوش
می گفت وقتی از جلوی ویترین مغازه ای رد می شویم و من چشمم به لباسی
می افتد بی حرف و سئوالی به درون می رود و لباس را برای من می خرد.
این برداشت را به همه داده بود که می نوش را بسیار دوست می دارد و هر
کاری برای او می کند. در آغاز زندگی، شوهر قاب می نوش را گرفته بود. آیا
ظواهر امر، لباس های نفیسی که برایش می خرید دسته های گل و غیره چشم
می نوش را گرفته بود؟ اینکه می نوش با این شوهر به تدریج تعدیل شده بود
نکته یی بود بس مثبت و از هر مسئله مهم تر بود. اما در ازاء آن خصلتی را
در می نوش تقویت کرد که دیرتر خیلی دیرتر فردیت و آزادگی اش را از او
گرفت. می نوش آرام شده بود. دست کم در میان جمع. دختر آرامی نبود. گاه که
عصبی می شد فریاد می کشید. می ریخت بیرون اعتراضش را. حالا به نظر
می رسید به درون فرو می ریزد. آن زمان کسی به خود جرأت نمی داد می
نوش را محکوم کند یا از عصبانیتش پیراهن عثمانی بسازد یا او را محدود
سازد که چنین یا چنان باشد. حالا یک ترمز کنترل کننده ی دائمی همراهش
بود. با نگاهش با واکنشی که در مقابل رفتارهای می نوش نشان می داد، او را
محدود می ساخت. این شوهر دوم بسیار باهوش بود. می دانست از کدام راه
وارد شود که حرکتش واکنشش طبیعی و منطقی و عاقلانه جلوه نماید. می
نوش عمیقاً انگار پذیرفته بود احکام او را. سکوت و فرمانبرداری او چنگ می
زد به دل من هرگاه او را می دیدم.

صَفَر رفت و به مامان گفت ماجرا را. مامان به او داستانی را چنین تعریف می
کند: مردی زنی را به نکاح خود در می آورد. در شب زفاف زن را درد به
جان در می افتد. زن کودکی در شکم دارد که می باید از آن فارغ شود. مرد
بدون آنکه کسی متوجه شود زن را به بیمارستان می رساند و بچه را پیچیده در
قنداق به خانه می آورد و به پدر و مادر و دیگر افراد خانواده می گوید که
کودکی از سر راه یافته است و می خواهد آن را به فرزندی بپذیرد. مامان به او
گفته بود برو آبرویت را حفظ کن. در این ماجرا قبل از هرکس خودت را
ویران می کنی. مامان در آن لحظه آن قسمت از مغزش، آن قسمتی که در
شرایط مشخص شاخک های باطنی عمیق ریشه دار به کار می افتند تا جگر
گوشه را از پرتاب به دره باز دارد کار کرده بود. بی واسطه. نه مهری نه
خاله سهیلا و نه زنِ داداش هنوز از ماجرا خبردار نشده بودند که دخالتی
بکنند. و تأثیر داشت صحبت های مامان در صَفَر، بسیار زیاد در رفتارهای
بعدی او...بعد ها مامان به من گفت صَفَر می گوید او یعنی من همه چیزش
تک است. حرف ندارد. ولی همین یک کار... این چقلی اما کار خودش را کرده
بود. همان هدفی که صَفَر می خواست برآورده شده بود. او می خواست مرا
ذلیل کند. در نزد همه...مامان بعدها یک روز که باز از حالت و روح و روش
خالص خودش خارج شده بود، علناً به من گفت یک بار جهیدی ملخی، دوبار
جهیدی ملخی...حرف خودش نبود. توی گوشش خوانده بودند. و او هم آن ها را

قرقره می کرد...حالا آنچه را نیز که قبلاً جرأت - جرأت که نه عادت، نه طبیعت خانواده ی ما رسم و روال و طبیعت آقاجون هیچ گاه به او اجازه نداده بود، بر زبان آورد. محیط آزادی که آقاجون برای ما فراهم آورده بود چنین سخنانی را بر نمی تابید. با سر کار آمدن هیأت حاکمه ی جدید و با رنگی که همه به خود زده بودند، حالا بخصوص مهری که چادر و چاقچوری شده و خودش را توی صد تا قبا می بندد و در چهارچوبی زندگی می کند که باید در آن زندان برای همیشه بماند، پشت سر من هی می گوید و می گوید. حالا داستان های عشقی من که آن موقع یک جور جاه طلبی و متفاوت بودن را برای همه در خانواده القاء می کرد می شود داستان هایی که چوب تکفیر باید برایشان برداشت. حالا این واقعه در کنار سوابق زندگی آزاد من شاهدی مکمل است برای آماده کردن سنگ هایی که نه از توی کامیون و توسط غریبه ها که از جانب نزدیک ترین کسان بر سر من به طور دائم کوبیده شود...نجس و کافر و ضد انقلاب بودم. حالا دیگر مهدوم الدم بلا تردید هستم. اما آیا مامان خودش را، خود واقعی اش را عرضه می کرد؟

هیچ واکنشی نسبت به کتک زدن هایش به دشنام هایش نشان نمی دادم. قدرت گرفته بود. قدرتی که هیچ گاه در زندگی نداشت. به ویژه در مقابل من. حتی گمان می بردی انگار چندان هم ناراضی نبود که چنین اتفاقی افتاده است و او حالا هر چه حس پائین بودن را که با من یا در جامعه و در خانواده گرفته بود اینجا خنثی می کند. و چه خوب است قانون جمهوری اسلامی برای این مرد که ادعای کمونیسم و ضدیت با هر مذهبی را دارد و حکم سنگسار مذهب اسلام را پرچم قله ای می کند که نه خود بلکه آن کس که قرار است قربانی شود آن را به دست او داده است و حالا از سر دولت قربانی شدن وی سینه سپر می کند صدایش را بالا می برد چوب تکفیر را بیشتر از تمام مدعیان حکومتی بر سر و روی این قربانی فرود می آورد...من هیچ نمی گویم. می گذارم خشمش فرو کشد. بی حضور حامد و زهره بی شک زنده از زیر لگد های او بیرون نمی آمدم. حامد می گوید او زن بی مسئولیتی نیست اگر بود که از خارجه وقتی که همه ایران را ترک می گفتند، باز نمی گشت. آن طرف که این حرف ها نیست. در آن جا زن اگر مردش را نخواهد، می رود. مرد حق ندارد دست روی او بلند کند. جرم قانونی دارد. می گفت این زن همه ی امکانات و امتیازات را ول کرد که بیاید در شرایط موجود زندگی کند تا شاید کمکی باشد در تغییر آن. این حرف ها را به صَفَر می گفت و پشت سرش به زهره گفته بود ببین خود صَفَر چه عیبی داشته است. او که در مقاطعی چند همکار و همسفر صَفَر بود، تمام خصایل او را به خوبی می شناخت. می گفت صَفَر حتی یاد گرفته های کلیشه ای را نیز نمی تواند به درستی انجام دهد. نمی تواند با هیچ مسئله ای برخورد مشخص بکند. حامد گفته بود که صَفَر از هیچ نظر قابلیت ندارد. انگار طبیعی می دید که من چنین کاری کرده باشم...همین ماجرا ولی سبب شد که بعدها حامد که این همه سخن وری می کرد و خود را دموکرات نشان داده بود زندگی را بر زهره زهر کند. او نیز که نسبت به زهره کمبودهایی حس می کرد، همواره می ترسید روی دست بخورد و به عملی دست زد که بعد ها همه چیز

را به هم ریخت...باری تسلیم شدن کامل من و واکنش قاطع مامان که آن چیزی نبود که صَفَر انتظارش را داشت و برخورد حامد و زهره که واقعه را نه آن گونه که صَفَر تصور کرده بود و نه آن طور که فکر می کرد همه برعلیه من بر خیزند و با او هم صدا مرا به زیر سنگسار بفرستند، اندکی خاموشش کرد. از انتشار کپی شعرها سرباز زد. زمان نیز او را اندکی سر عقل آورد...خشم که فرو نشست به زهره گفته بود ازش بپرس ببین هنوز مرا دوست دارد؟ حالا او خود اندک اندک به اهمیت فاجعه در درون پی می برد. قَدَر قدرتی جایش را می داد به اندوهی بس عمیق. درون چشمانش همیشه پر از اشک بود شانه هایش افتاده همواره بفکر. آینده اش زیر سئوال رفته بود زندگی اش. حال چه کند؟...و من یک مرده ی کامل بودم. نمی توانستم فکر کنم. با بچه داری خود را مشغول می کردم. تا مدتی تکان که می خوردم صَفَر به من حمله می کرد. روح و جان در بدن نداشتم. همه چیز برایم تمام شده بود. قدرت تفکر از بین رفته بود. خالی بودم خالی خالی مثل یک بشکه. زهره کنار من می خوابید. یک شب به او گفتم دلم می خواهد خودکشی کنم.

آن روز رفته بود به دفتر مجله. همه چیز را ریخته بود به هم . تمام ماجرا را به همه گفته بود. یکی از نویسندگان که حالا جزء هیأت دبیران دائمی به حساب می آمد گفته بود از فلانی بعید است یعنی از من. صَفَر هرچه ناسزا به نویسنده و به آن مجله ای که چنین نویسنده ای دارد حواله کرده بود و تهدید که باید سنگسار شود باید مجازات شود نویسنده پایش از آنجا بریده شد. مطلب مرا در باره ی آخرین گزارشم بدون اسم چاپ کردند و نام او را به عنوان یکی از اعضای هیأت نویسندگان از توی مجله حذف نمودند. صَفَر تلفن خانه اش را پیدا کرده بود. تلفن زده بود و هرچه دشنام نثارش. پسرش گفته بود زنت به او داده او هم او را کرده. خانواده اش از او حمایت کرده بودند...به دخترکم نیز ماجرا را گفته بود. به دختر پنج ساله. دخترم آن زمان به من نگفته بود که ماجرا را می داند. هیچ به من نگفته بود تا سال ها دیرتر خیلی دیرتر. بچه همه ی جانش به من بسته بود. انگار هیچ روح کودکانه در آن بچه وجود نداشت. گویا از آغاز یک بزرگسال عاقله زن متولد شده بود. بیش از آن که بتوان تصور کرد این دختر مرا پذیرفته بود و همه چیز خود می دانست که حرف های پدربتواند در او تأثیرات منفی نسبت به من داشته باشد. دیده بود مادرش عزیزش را پدر می کوبد زیر لگدهایش. با سکوتش از من حمایت کرده بود. با بودن زیبایش در کنار من مرا حمایت کرده بود. با بی تفاوتی به حرف های پدر و کماکان با تابعیت بی قید و شرط از من حمایت کرده بود. او صداقت را هزارها در صد در من تجربه کرده بود...یک بار او را بردم به نمایش یک فیلم از اپرایی که در وین اجرا کرده بودند. دختر من تنها کودک حاضر در آن کنسرت بود. آقایی که از فرنگ این فیلم را با خود آورده بود به دخترم گفت اگر تا آخر برنامه ساکت بنشینی هزار تومان به تو می دهم. من از دخترم اطمینان داشتم که می نشیند و جیک نمی زند. کنسرت که تمام شد، وقتی خواستیم بیرون برویم دست مرا کشید و برد پیش آن آقا. به او گفت هزار تومان مرا بده. آن آقا مانده بود که چه کند. حرفی زده بود و گمان نمی کرد دخترم ساکت

بنشیند و در غیر این صورت شرطی اش را طلب کند. اسکناس هزار تومانی نو از توی کیف پول چرمی اعلای جیب بغلش درآورد و به دخترم داد...دخترم از من یاد گرفته بود که حرف باید حرف باشد. او تلاش های مستمر مرا در پیش برد زندگی دیده بود. دیرتر خیلی دیرتر دخترم به من گفت فکر کردم حتما علتی برای این کار می بایست داشته باشی...حامد و زهره پس از فروکش خشم و غضب های اولیه و خوابیدن سر و صداها به سر زندگی خود رفتند.
صَفَر رفته بود همه ی دوستان مرا دیده و ماجرا را برای آنها گفته بود کماکان به قصد خراب کردن من. تیرش به خطا رفته بود. تصور کرده بود شاید در عین حال بتواند رابطه ای با آنها بر قرار کند. یعنی نمی فهمید؟ نفهمیده بود که اگر من و او خوانایی نداشته ایم، به علت اختلافات کهکشانی فرهنگ و تربیت و...بوده است؟ دوستان من همه تحصیل کرده ی دانشگاه و از خانواده های درست و حسابی بودند. رفته بود به "زیبا" و هم به خواهر زاده ی شوهر صبا ماجرا را گفته بود و کلی داستان سرایی کرده بود و دروغ بافی. "زیبا" که همه مهربانی بود و خوبی، موقرانه لباس می پوشید آرام صحبت می کرد اهل شعر و قصه بود. یک بار پیش از این در یک میهمانی در خانه ی زهره صَفَر سعی کرده بود حرف هایی بزند کارهایی بکند که توجه او را جلب کند.
توجهی ندیده بود. فکر می کرد چون من قبل از ازدواج روابطی داشته ام و او نداشته است، حالا او و فقط او می تواند حق داشته باشد که شیطنت کند. نفرت مرا نسبت به خودش بیشتر برانگیخته بود. با این فلسفه که من زندگی کرده ام به خود حق می داد که حالا او زندگی هایی داشته باشد. به این دلیل که او تا به حال زندگیش را توی دهات گذرانده و تاکنون نتوانسته یا نخواسته است زنی را به خود جلب کند یا آنقدر ذهن عقب مانده داشته که ارتباط را تنها در ازدواج می دیده است، حالا دلش هوس باز شده است. عرضه می خواست حفاظت از این طلایی که دم دست داشت...دوستان من همه او را پس زده بودند. این پس زدن ها او را بیشتر به درون خود فرو می برد. آیا نمی فهمیدم که هنوز نسبت به خودش توهم دارد که هنوز تفاوت ها را نمی بیند؟ دوستان من گفته بودند که اگر فلانی به دلایلی زن یک پا قبا و بی مغز شد، ما دیگر این کار را تکرار نخواهیم کرد. درکی از عشق و علاقه نداشت تا بفهمد برقراری ارتباط شیرین و عاشقانه چیزی نیست که با هرکس ایجاد شود. بسیاری عوامل زمانی مکانی مقاطع مشخص زندگی دو طرف می بایست با هم جور باشند که یک چنین مغناطیسی بوجود آید...اگرچه در عین حال نمی شد او را شماتت کرد. در وضعیت نابهنگامی افتاده بود و می خواست خود را از آن حالت بیرون آورد و به هر وسیله ای تمسک می جست. حرف از جدایی نیز نمی زد. تصمیم گرفته بود مرا در وضعیت معلق نگاه دارد و خود آزادانه بچرخد. با خود گفته بود من چرا خود را گرفتار بچه ها و مسئولیت هایشان بکنم. بگذار حالا که او چنین گهی خورده پایش تا ابد بنشیند. با این رسوایی هم که به بار آورده از کار کردن نیز خبری نیست. می خواست که من حالا به عنوان کلفت بچه ها توی چهاردیواری زندانی شوم.

من دیرتر شاید دو یا سه ماه بعد خواستم با نویسنده تماس بگیرم. چطور؟ به یاد نمی آورم. ارتباط مستقیم با خانه اش که امکان نداشت. او به دفتر مجله نمی رفت. خطرناک بود. صَفَر هر آن می شد که در آن جا سبز شود. نه در آن مقطع، که تا سال ها بعد نویسنده نتوانست در مطبوعات مشغول به کار شود. او آدم متشخصی بود. جامعه ی مطبوعات او را می شناختند. چنین "رسوایی" ای درها را به روی او نیز بست. خود او نیز نمی توانست قدمی بردارد. این حادثه تراژیک بود از هر دیدگاه که به آن نگریسته شود. فردی که از دوران جوانی یکی از سرآمدان مطبوعات ایران در بهترین رسانه ها بوده است، حالا باید سرگردان شود سرافکنده شود در میان اقوام و در جامعه. خطر سنگسار بیش از هر چیز او را از حرکت می انداخت. می بایست زمان بگذرد. و می بایست وضعیت جمع و جور شود...سرانجام با آن هم کلاسی ارتباط بر قرار شد. من پس از این که ماجرا از آب و تاب افتاد مرتب به او زنگ می زدم. چند بار رفتم در کوچه های اطراف محل دفتر مجله پرسه زدم به این امید که شاید نویسنده را ببینم. ولی خیالی بود واهی. او پایش از آن دفتر برای همیشه بریده شد. و برای من گویی زمان آخر زمان بود. چه باید می کردم؟ تازه شغلی را که با آن زندگی می کردم که با خون و جان من عجین شده بود که پس از آن همه در به دری و بی خانمانی و بی هویتی به دست آورده بودم، از دست رفت. نه که آن شغل هر شغلی که در این حیطه در جامعه ی مطبوعات می شد سراغ گرفت از دست رفت. من نمی دانستم چه باید بکنم. کسی نبود با او کلامی بگویم. کسی نبود بگوید به خود آ. جهنم بود. این اتفاق در شرایط موجود اجتماعی همه چیز را به ضرر من تمام کرده بود. این حادثه در جامعه جزایش مرگ بود. و زندگی من با مرگ تفاوتی نداشت. پولی در بساط نبود. پسرم هنوز راه نیافتاده بود. کار داشت تا او از آب و گل درآید و من بتوانم اندکی کمبودها را تأمین کنم...صَفَر حالا غریبه ای بود که هر زمان می خواست می آمد به بچه ها سری می زد. او نیز بسی غمگین و رنجیده بود. این اتفاق یک سونامی بود برای او گردبادی غیرمنتظره. در یک لحظه فرود آمد و همه چیز را فروریخت. صَفَر حالا حتی مرا کنترل نمی کند که مبادا بخواهم نویسنده را دو باره ببینم. او اکنون فقط به فکر چاره جویی برای زندگی خود است. و من فقط یک کلام از نویسنده می خواهم و یک دیدار...هم کلاسی یک روز با روسری وشیده تا روی چشم ها و عینک دودی بزرگ در خیابان با من قرار گذاشت. نفهمیدم برای مخفی کاری از چشم نامحرم از چشم توابانی که نکند او را ببینند و او را لو بدهند این گونه خود را پوشانده بود، یا نمی خواست با من در خیابان دیده شود...پیش از آن تلفنی چندین بار صحبت کرده بودیم. من اوضاع خود را برای او تشریح می کردم. او سعی می کرد مرا آرام کند و به صبر تشویق. من هوای نویسنده را داشتم انتظار دست کم کلامی که با آن زنده بمانم. یک روز مرا برد به خانه اش. یک آپارتمان دو خوابه در غرب تهران در مجمتعی بزرگ در میان فضایی گسترده. چندان حراف نبود. اما در اولین دیدار شکوه از برادر آغاز کرد: درِ اطاقش را باز می گذارد لخت می خوابد و جلق می زند. دست کم در اطاقت را ببند...او نیز مشکلات خود را داشت. یک بار با تعدادی دیگر از نویسندگان در دفتر مجله وقتی که از عشق سخن به

میان آمد پرسیده بود عشق؟!...آخرین باری که یکدیگر را دیدیم، از من سئوال کرد از چه چیز او خوشت آمده بود؟ انگار نمی فهمید عشق چه طور و چرا ندارد. پیش می آید. شک کردم که چرا این سئوال را می پرسد و تردیدهایی در دل من افکند. فکر می کردم نکند روابطی با یکدیگر دارند و شاید اصولاً به خاطر او بوده است که نویسنده مرا می خواسته ترک کند و صغری و کبری می چیده است. به آن دختر پاسخ دادم که او خیلی معلومات دارد با بینشی بسیار قوی در ادبیات. خود نیز می دانستم که مزخرف می گویم. اگرچه این عوامل بسیار اهمیت داشتند و شخصیت او از این موارد جدا نبود، اما نکته در جایی دگر بود در خیلی جاهای دیگر. این هم کلاسی و حتی نویسنده و شاید هیچ کس دیگر نمی توانست بفهمد. گفت نه این جور نیست که تو فکر می کنی. گفته بودم دید روشنی دارد. می گفت نه او خیلی دهاتی است. گفتم یک دیگر را می خواستیم. گفت برای او این چنین نبوده است. گفت نویسنده گفته است که عاشق زنی بوده و پس از ماجراهایی و جدایی آنها از یکدیگر حالا چون من دم دستش بوده ام خواسته است با من رابطه برقرار کند...تمـــــــام شد. همین کلام همه چیز را تمام کرد. حتی نخواستم فکر کنم در صحت چنین حرفی که نویسنده احتمالاً از دهانش خارج شده است. چه بسا این دختر از خود این دلایل را می تراشد. حتی پرسشی برایم مطرح نشد که آیا این همه اشتیاق از جانب نویسنده چگونه می توانسته است فقط برای آدمی باشد چون دم دستش بوده است؟ حتی نخواستم تصور کنم شاید این حرف را زده است که مرا از خودش دور کند و بگذارد همه چیز روال عادی خود را بگیرد. که...او کاملاً از ذهنم رفت. همه چیز او نامش قیافه اش. حالا فقط باید می نشستم ببینم چه خاکی به سرم بریزم.

شش

دوباره حامله شدم. خود را دربست گذاشته بودم در اختیار صَفَر. او خواست. من هم دادم. همین. باید می کشید بیرون. نکشید. وقت تخم گذاری نبود. اما در بحرانی که به سرمی بردم همه ی اعضاء و دستگاه های بدن من به هم ریخته بود. در شرایط عادی قاعدگی منظم است. در روزهای میانی بین دو قاعدگی پرهیز می بایست کرد یعنی منی نباید داخل شود ولی در طی بقیه ی روزهای ماه، اگر دوره ی قاعدگی منظم باشد بی نگرانی از آبستنی تداخل می تواند صورت بگیرد...تمایل به آمیزش تنها امری بود که نمی توانستم خواهانش باشم. ولی او تمایل داشت به شکلی که انگار بخواهد ثابت کند من در تصاحب او هستم من مال او هستم. رفتم زیرش. ماچ و بوسه ای هم اگر از طرف من به اجبار بود به یاد نمی آورم. ریخت تویش. و چه بسا عامدانه. او هیچ گاه نمی توانست موقعیت را تشخیص بدهد. شناخت او نسبت به مسائل محدود بود و آنچه در لحظه به ذهنش می رسید می شد مایه ی حرکت...دو- سه ماه پس از آن واقعه من در سه راهی نبش خانه تصادف کردم. دو موتور سوار در جهت خلاف می آمدند. من به سرعت از خیابان خودمان می پیچیدم به سمت راست. شاخ به شاخ شدیم. آنها پرتاب شدند به کنار دیوار. یکی از آنها پهن شد روی آسفالت. آن دیگری به سرعت با پای لنگان و دستی به شانه ی مورب به سوی

من آمد و گفت بزن کنار. من ولی حواسم جمع بود. گفتم تا پلیس نیاید و گزارش ننویسد من از اینجا تکان نمی خورم. پلیس آمد و گزارش از حادثه تهیه کرد. کاملاً مشخص بود که مقصر آنها هستند ولی می بایست فردای آن روز با برگه ی گزارش پلیس می رفتم به اداره ی آگاهی. با صَفَر رفتیم. مجبور شدیم ساعتی در انتظار بنشینیم تا افسر مربوطه سر و کله اش پیدا شود. انتظار طولانی شد. اما گزیری نبود. ناگهان صَفَر به خشم آمد و شروع کرد به فحاشی که این بی شرف ها کجایند و این همه ما را معطل می گذارند. گفتم مجبور هستیم بمانیم وگرنه ما را مقصر اعلان می کنند. گفت غلط کرده اند و برگه را از دست من گرفت و خواست آن را پاره کند. به موقع مانع این کار شدم و از او خواستم که برود خودم با افسر صحبت می کنم. سپس خود را شماتت کردم که او را همراه آوردم. آیا علت این بود که فکر می کردم به زن ها اهمیت نمی دهند و وجود یک مرد لازم است؟ از خود شرمسار شدم. سبب این نبود. می خواستم به نحوی او را به حساب آورده باشم...او اما مرد من نبود. هیچ گاه نبود. این همه اتفاقات نمی توانست ذهن مرا از این خوره ی دائمی پاک کند که من محق بوده ام. که تمام دوران زندگی با صَفَر فقط یک جور هم زیستی بدون عشق و احساس و همدلی و هم فکری بوده است. انگار با هم خانه ای زندگی می کنی که هیچ چیزش با تو جور نیست. ولی هست همیشه در کنار توست...صَفَر به خانواده ی خود و دوستانش هیچ از ماجرا نگفته بود. گمان کرده بود کسر شأن دارد. می زنند توی سرش که ببین زنت با تو چه کرد. بیشتر حقیر و ذلیل می شد. نمی دانستم با او چه کنم. او را ضایع کرده بودم...خانه جایی نبود که مرا در خود نگاه دارد من عشق را در جایی دیگر جسته بودم. این واقعیتی بود.
حالا این چه کاری بود که کردم. اول بدنم را زیر لگدهایش انداختم و سپس لنگ هایم را برایش باز کردم. چه بسا پس از این که آن دختر هم کلاسی آب پاک را روی من ریخت انگار باز حالت مسخ شده ام را باز یافتم. این عشق که مرا نجات داده بود، پایانش به این صورت می توانست دوباره مرا تا مدت ها درون خلاء و بلاتکلیفی نگاه دارد...پزشکی پیدا کردم که ده هزار تومان می گرفت و به طور غیرقانونی سقط جنین می کرد. ده دقیقه بیشتر به طول نیانجامید. گفت باید پس از آن کباب بخوری. در راه بازگشت، صَفَر به اندازه ی ده نفر کباب برگ و کوبیده و گوجه فرنگی خرید. حامد و زهره و دخترشان در خانه منتظر بودند با پرستار بچه و دختر و پسر کوچولویم...این پسر کوچولو در تمام دوران حاملگی وقتی توی شکم من بود، دلم برای نویسنده تاپ تاپ کرده بود. با خود می گفتم آیا روحیه ی عاشقانه ی من در این بچه تأثیر خواهد گذاشت؟ یک روز از نویسنده پرسیده بودم می شود که او شبیه شما شود؟ سئوالی احمقانه بود.
مطالبی خوانده بودم که برخی از جمله حامد معتقد بودند که احمقانه و غیرعلمی است. یک متخصص تغذیه ی ایرانی عقیده داشت حذف گوشت از غذا می تواند سبب شود که جنین در دو- سه ماه اول حاملگی در شکم تغییر جنسیت بدهد. بعضی افراد این باور را به تمسخر گرفته بودند. اما من اکنون دلم می خواست این نظریه درست باشد زیرا شاید در این صورت می شد که تغییراتی دیگر نیز چه بسا صورت بگیرد و مثلاً اگر روح و ذهن و جسم زن در این دوران کاملاً در اختیار مرد دیگری باشد آن بچه ریخت و قیافه و روحیه اش به او کشیده

شود...این مطلب از کجای ذهن پریشان من در آمده بود نمی دانم. نویسنده خوش قیافه نبود که بخواهم پسرم شبیه او بشود. پدرِ پسرم چندان بدگِل نبود. جزء جزء صورتش خوش ترکیب بود وقتی ریش و پشمش را می تراشید. حالا اگر آن آنِ لازمه را نداشت که به من بدهد یا علف به دهان بزی خوش نیامده بود بماند. در آن مقطع تنها آرزویم نویسنده شده بود. و این آرزو آن چنان قدرت داشت که گمان می بردم جنینی که دارد توی شکمم وول می خورد و خون مرا می نوشد و گرمای وجودم را می گیرد، می بایست این همه احساس عشق به نویسنده در جسم و روح او حلول کرده باشد. دو دوست صمیمی نیز، یا زن و شوهری که سال ها با یکدیگر زندگی کرده اند پس از مدتی شبیه هم می شوند. طرز تفکر و نحوه ی زندگی و شیوه ی خورد و خوراک مشترک آنها سلول های بدن را به طور مرتب تغییر می دهد سلول های جدید بوجود می آورد. خوب اکنون چرا نشود که در پسرم چنین تغییراتی رخ دهد...از نویسنده خواسته بودم اسم پسرم را انتخاب کند. او لیستی از اسامی به من داد. من "رخش" را پسندیده بودم. ولی صَفَر با حس غریبی که گویا این اسم مهر کسی دیگر را رویش دارد قاطعانه رد کرده بود. گفت تو اسم دخترمان را انتخاب کردی این یکی را من انتخاب می کنم.

تخت عمل من از قبل آماده شده بود. خانم دکتر تمام پنج انگشتش را در یک آن تا مچ کرد توی واژن من. بدن من تکانی شدید به خود داد. به کارش وارد بود. آشکار بود هر روز چند تایی کورتاژ غیرقانونی انجام می دهد. جنین هنوز خیلی کوچک بود ولی او تا من به خود بجنبم، موجود بیچاره را از جا کنده بود. با شکل و شمایلش آشنایی داشت و می دانست دقیقاً در کجای واژن خانه دارد. خونریزی شدید بود. مثل وقتی که بچه ای زاییده ام. مامان که به خانه ی من نمی آمد. من هیچ به او از آبستنی و سقط جنین نگفته بودم. زهره و حامد باز دو- سه روزی پیش ما ماندند و سپس پرستار بچه به کارها می رسید و صَفَر نیز یاری می رساند. اندکی آرام شده بود. حتی یک بار به پایش افتادم که مرا ببخشد و بیاید دوباره با هم زندگی کنیم...باز به حالت مسخ دچار شده بودم. حس می کردم در مملکت خود یک غریبه هستم. حالا همه ی درها را به روی خود بسته می دیدم. وقتی از خارجه باز آمدم، از بیم مأموران حکومتی نمی توانستم به خیلی مشاغل رو بیاورم. حالا حتی در حیطه ی شغل خودم جایی نداشتم. خبر به همه جا پیچیده بود. و من فردی همچون صَفَر بالای سرم بود. جرأت نمی کردم پا از خانه بیرون بگذارم. ولی اگر چنانچه شهامتی بود کجا می توانستم بروم چه کسی را ببینم چه کاری بکنم. بیشتر از هر چیز در این شرایط روحیه ی فعالیت بخصوص در مطبوعات و ادبیات نبود. حتی یک کتاب نمی خواندم. حس می کردم تنهای تنهایم. هیچ راهی پیش پای خود نمی دیدم هیچ چاره ای. فقط انگار می بایست بنشینم و بچه هایم را بزرگ کنم همان حلقه ی زنجیری که صَفَر خیال می کرد تا ابد مرا گرفتار خود کند. سرنوشت مرا او دوست می داشت این چنین نقش زند. حتی به درستی نمی توانستم از بچه ها مراقبت کنم...وقتی می دیدم که صَفَر نرم ترشده است می

گفتم خوب دست کم پدر است. ولی بیشتر از هر چیز حس گناه بود از ضایع کردن صَفَر.
ولی آیا می شد اوضاع را به حالت اولیه برگرداند؟ حالت غیر تدافعیِ من او را تسلی داده بود. اما او عمیقاً نمی توانست واقعه ای را که اتفاق افتاده بود از ذهنش پاک کند. لذا هم زیستی امکان ناپذیر بود. او حتی نمی توانست در تهران بماند. شغلش را رها می کند. کاری در جزیره ی قشم از طریق خواهرش ردیف می شود. تصمیم می گیرد به آنجا برود. چه بسا این بهترین تصمیم بود. تحمل یکدیگر در آن شرایط بسیار دشوار می نمود. هر روز چشممان به هم می افتاد. حادثه زنده می شد. هیچ چیز نمی توانست مثل سابق پیش برود. بهتر بود تصمیمی گرفته نشود تا همه چیز آرام شود. اگر قرار بود طلاقی در میان باشد او می بایست مطرح می کرد. می دانستم که طلاق تنها راه حل خواهد بود. ولی در حال حاضر هیچ چیز مهم نبود. یک بچه ی نوزاد داشتم که می بایست از آب و گل در بیاید. هر تصمیمی تغییر اساسی در زندگی من در آن شرایط نمی داد. به علاوه پیشنهاد طلاق از جانب من می توانست او را در حالت تدافعی بیاندازد و نتیجه ی عکس به دست آید. زمان می بایست همه چیز را حل کند.

پژمردگی و خمودگی من بخصوص از چشم خاله سهیلا پنهان نمانده بود. یک روز در یکی از آن میهمانی هایش به من گفت چرا شانه هایت افتاده اند. من هیچ نگفتم. نمی دانم مامان ماجرای مرا برای او گفته بود یا نه. آنها بسیار با هم سر می کردند و مامان حرف هایش را به خاله سهیلا باز می گفت. خاله سهیلا تیزهوش بود و می فهمید از حالت و روح مامان که خبرهایی هست و از زیر زبانش حرف می کشید. در هر صورت خاله بدش نمی آمد که دلمردگی مرا به رخ کشد. مامان نیز که ماجرا را می دانست حرکتی نکرده بود که بتواند مرا به حال خود باز گرداند. در جمع های خانوادگی احساس می کردم غریبه ام. حس می کردم هیچ کس نیست با او کم ترین خوانایی داشته باشم. گاهی با بعضی افراد که سر به تنشان می ارزید صحبت هایی می شد. اما بیشتر حس می کردم همه از من دوری می کنند. حتی پس از چند سال که از ماجرای فرار من می گذشت دیگران از یک طرف چون بچه ی مامان بودم و برای او احترام زیادی قائل بودند و هم به حرمت سال های پیش تر از این که مرا حلوا حلوا می کردند، نمی خواستند واکنش منفی از خود نشان دهند یا حتی جرأت کنند کلامی به زبان آورند که مرا برنجاند. ولی من برای آنها یک خطر بودم. حس می کردند بر زندگی و آینده ی آنها خدشه ای وارد می شود اگر یکی از افراد تغقیب کننده بو ببرد که احتمالا با من صحبتی داشته اند. آنگاه...حس بیگانگی بخصوص در میهمانی های خاله سهیلا به شدت در من بروز می کرد. بیشتر میهمانان یک جور دور قاب چین هایی بودند که خاله سهیلا قاب همه ی آنها را گرفته بود. به گونه ای رفتار کرده بود که گمان کنند او به نوعی کلانترِ نه فقط آن خانه که همه ی خانواده است...یک چیزی، یک چیزهایی در این میهمانی ها کم و کسر داشت. چه بسا بهتر است بگویم من کم و کسر داشتم. من نمی دانستم جایم کجاست چه کاره ام در چه مقامی با دیگران روبرو می شوم. هرکس

زندگی معمولی خود را داشت شغلی داشت محل کارش مشخص بود. من حالا ظاهراً دیگر یک فرد فراری نبودم و خانه ی مستقل خود را داشتم .اما خود نبودم. دیگران نیز به جز هراسی که از تماس با یک "ضد انقلاب" داشتند، این حس بی همه چیزی را در چهره ی من می خواندند. آن "کس" ی را که همواره از من سراغ داشتند دیگر نمی شناختند. مرا حالا یک بدبخت و بی چاره یی فرض می کردند که خوب دیگر به این روز افتاده است و دیگر ما را با او کاری نیست حال سرنوشتش چنین بوده است. گمان نکنم حتی یکی از آنها به ذهنش خطور کرده باشد که از خودگذشتگی ها و زندگی های سخت سیاسی مرا در جایی که حالا هستم نشانده است. حتی آنها که خود عزیزی داشتند از این دست که فراری این شهر و آن شهر شده بود یا توی زندان حبس و یا اعدامش کرده بودند، به آدمی مثل من چون یک غریبه ای می نگریستند که باید از او فاصله نگاه داشت...همه می دانستند که گروه های چپ متلاشی شده اند. کسی جرأت صحبت علنی از این گروه ها را نداشت. یا اگر حرفی زده می شد در گوشی بود. اکنون می خواستند با من در باره ی چه چیزی حرف بزنند. یا من با آنها چه می توانستم بگویم...یک بار در سالن میهمانی خاله سهیلا احساس کردم وسط سالن تنها روی زمین نشسته ام. در هر گوشه چند نفری مشغول صحبت بودند. جایم در میان هیچ کدام از آن ها نبود. حتی مخالفین با رژیم نیز در فاصله با من رفتار می کردند. می ترسیدند در تماس با من برای خود مشکل بوجود آورند. و این فاصله را چه بسا شاید خود من نیز ایجاد می کردم. در هیچ یک از آنها قابلیت همدلی نمی دیدم. نبود. حس نمی کردم. حتی با خواهرم می نوش نیز که به تدریج روابط ما پس از ازدواج دومش بیشتر شده بود این فاصله را احساس می کردم.

به خانه ی می نوش دیگر نمی رفتم. آنها از دستگاه طبقه ی دوم خانه ی پدری رفتند تا در خانه ای مجلل اسکان کنند. خانه ای چهار خوابه با دکوراسیون اعلای اشرافی و میز و صندلی ها و مبلمان گران قیمت. تخت خوابی توی اطاق خودشان و پسر اول می نوش نبود و نه میز کاری یا قفسه ی کتابی. اگر کسی از درِ فرضی پشتی به این اطاق ها وارد می شد گمان می برد وارد خانه ی غربتی ها شده است. ولی خارج از آن سالن پذیرایی و نشیمن دوپلکس با آشپزخانه ی اولترا مدرن به پنجره هایی باز می شد در آن سویش باغی فرح انگیز. مجسمه ها و تابلوهای نقاشی و عتیقه های گران قیمت روی دیوارها و پایه های نفیس را پوشانده بود...وقتی آن بالا در خانه ی پدری نشسته بودند، شوهر می نوش حس کرده بود برخی حرف در آورده اند که او داماد سر خانه شده است. برای اینکه دهن ها را ببندد دست بالا می گرفت. خیلی بالا. از کجا می آورد؟ پیش از این در وزارت دادگستری کار می کرد. از شواهد بر می آمد که دستش برای خیلی چیزها باز است. به گمانم خانه های مصادره ای عوامل هیأت حاکمه ی پیشین به گونه ای تحت نظر او بود. بسیاری از ویدئو فیلم های ممنوعه را در خانه اش ما می دیدیم. می گفت با می نوش می رویم خانه های قصرمانند طاغوتی ها را می بینیم. او نمی خواهد در آن چنان مکان هایی زندگی کند. ظاهراً می توانست یکی از آنها را به رایگان در اختیار داشته باشد. می نوش نخواسته بود. زندگی در چنین خانه هایی در شأن باورهای

ایدئولوژیک او نمی گنجید. با شوهر اولش ساده ترین زندگی را اختیار کرده بودند و افتخار می کرد به چنان زندگی. حالا نمی توانست شیوه ای کاملاً متضاد اختیار کند. مراسم ازدواج دوم نیز بسیار ساده بود. گویا دو نفری با حضور مامان و یکی ـ دو نفر دیگر از نزدیکان شوهرش عقد کرده بودند. من که خبردار نشده بودم. اما یک میهمانی کوچک غیررسمی در خانه ی مامان برگزار...از آن ها عکس گرفتم. می نوش و شوهرش در فاصله ی نیم متری با هم ایستاده بودند. نه انگار زن و شوهر هستند. در چهره ی شوهر می نوش لبخندی در گوشه ی لب نمایان بود لبخندی که بعدها نیز در رخسارش انگار حک کرده بودند و هزار کار می کرد. برای من که معنای خاصی نداشت. در چهره ی می نوش اندوه بیش از هر حس دیگری محسوس بود توأم با شرم؟ نمی دانم. تأسف؟ شاید. مقایسه با شوهر اول؟ بدون شک. با عشق دو باره ازدواج می کند؟ مطمئن نبودم. به دنبال پناهی بود؟ کسی که پشتیبانش باشد و زیر سایه ی او این همه اندوه را به پشت سر بگذارد؟ آنچه که با از دست دادن شوهر اول در جامعه انتظار داشت برقرار شود و راه زیادی می بایست پیموده گردد تا جامه ی عمل پوشیده شود با ازدواج دوم به فراموشی سپرده می شد؟ حتی لباسش را یادم نمی آید که در آن مراسم به رنگ روشنی انتخاب کرده باشد. یا شاید من آن را سیاه می دیدم...در ازدواج اول و هم در این ازدواج قلب من همراه او نبوده است و چه قلب بدی دارم من. قدرت امواج احساسات درونی من آیا می توانسته است در سرنوشت این دختر که من از جانم بیشتر دوست می داشتم مؤثر بوده باشد؟ من که آدم بدخواهی نیستم. نه. نیستم. اما قلبم بسیار شفاف است. انگار می خواند همه چیز را. آنقدر قوی هستند امواج که در جهان منتقل و پخش می شوند و خود را حک می کنند. حس من و عمق خواست من گویی جایی در کیهان ذخیره می شود و آنگاه زمان که ضرورت یافت خود را نمایان می سازد...نمی دانم می نوش آن زمان آیا از خود می پرسید که چگونه شوهری را برگزیده است که با باورهای او عمیقاً یگانه نیست؟ آیا با این انتخاب نمی توانست ببیند کجا دارد می رود؟ چه بسا او برخوردهای شوهرش را به عنوان یک ارزیابی کلی تلقی نمی کرد. امیدوار بود همه چیز همانگونه که گمان می کرد پیش برود و شوهر دوم خواست ها و نیازهایش را برآورد کند. شوهر ریش و سبیل داشت با موهایی که تا روی گردن را می پوشاند. در ظاهر موافق نظر حزب اللّهی ها بود در آن زمان. در یک نظر همگان می گفتند از مذهبی های دبش است. سپس دو ـ سه بار دیدم که در ماه رمضان می آید وسط روز در آشپزخانه ی مامان غذا می خورد. من سئوالی نکردم. بعدها از فردی شنیدم که می گفت چون در شهرستان زندگی می کرده است، تا ده سال جایز است در ماه رمضان غذا بخورد. حالا سه ـ چهار سالی از ازدواج او با می نوش می گذشت. قبل از آن نمی دانم چه مدت در تهران زندگی کرده بود. هر چه بود این قانون به نظرم بیشتر یک کلاه شرع بود. مامان و خاله ها در هر جا و هر زمان روزه می گرفتند. نمی دانم آیا می نوش خود چقدر تابع این قوانین بوده است...اما به طور قطع می توانست ببیند که فردی که حالا شوهر او شده است مرام و روش زندگی اش با شوهر اول اساساً متفاوت است.

اما می نوش به نظرمی رسید تن داده است. متعادل شده بود. این شوهر دوم خوب می دانست چگونه او را به راه بیاورد. حرف حرف او بود. می نوش حرفی در مقابل حرف او نمی زد. نمی دانم در خلوت آیا می نوش با او برخوردی داشت یا نه...اطاق بچه های می نوش از شوهر دوم بسیار زیبا بود با پنجره ای بزرگ رو به حیاط سبز و خرم و آفتاب گیر. هر کدام تختی از چوب گردو داشتند و میز کار و قفسه های کتاب جداگانه و انواع اسباب بازی های گران قیمت. اطاق پسر می نوش از شوهر اول در قسمت شمالی خانه قرار داشت. آفتاب رو نبود. با پنجره ای کوتاه رو به خیابان باز می شد و پرده هایی کم رنگ آن را می پوشاند. روی زمین می خوابید. سر ساعت شوهر مادر به او امر می کرد که وقت خواب است برو بخواب. او اطاعت می کرد. دیرتر وقتی فرزندان خود او به سن پسر اول می نوش رسیدند تا پاسی گذشته از نیمه های شب بیدار می ماندند. حالا شوهر می نوش می گفت باید بچه ها را آزاد گذاشت. نباید فشاری بر آنها بیاوریم. بعد ها که پسر اول می نوش بزرگ تر شده بود می گفت خیل لوسند. حتی غذای سفارشی نیمه شب از بیرون را یک لقمه بیشتر نمی خورند. و این پسر اول به یک شکل در خدمت این خواهر و برادر بود که البته دوستشان می داشت. هیچ کس جرأت نداشت به دو بچه ی کوچک تر حرفی بزند همانگونه که می نوش احساس می شد در بست خدمتگزار است. نمی دانم تا چه میزان با کمال میل به فرمان برداری می پرداخت. من هیچ گاه او را سرحال به یاد ندارم. اندوهی عمیق به گمانم همیشه در درونش او را آتش می زد...یک بار به خانه ی آنها دعوت داشتیم. از در که خواستیم وارد شویم پسر می نوش که حالا برای خود مردی شده است گفت "بابا" گفته کفش هایمان را در نیاوریم چون میهمان داریم. من در آوردم. مذهبی های دبش نجس پاک کن حالا خارجی بازی در می آورند. نفرت داشتم از تظاهر. معلم مهد کودک دخترش تحصیل کرده ی فرنگ، در آنجا میهمان بود. شوهر می نوش فقط با او حرف می زد. حتی مرا به او معرفی نکردند. هیچ از من با او سخن نگفتند...شوهر می نوش در مقابل آنها به من گفت برو پیش بچه ها وایستا عامدانه که من حس کنم آنجا هستم به عنوان پرستار یا کلفت بچه ها...سپس وقتی خواستیم به خانه ی خودمان برویم شوهر می نوش پیش آمد که کرایه ی ماشین را بدهد. اجازه نداده بودم. بیش از هر زمان احساس کردم که او فقط یک غریبه است و مثل زن داداش به جایی قدم گذاشته است که جای او نیست. هم از کیسه ی خزانه می خورد هم می خواهد همگان را خوار نماید و هم آقائی کند بر همه. دیگر به آنجا نرفتم.
با خارجه نیز تماس قطع شده بود. صَفَر ماجرا را به فرشاد نوشته بود و هم به سرپرست. فرشاد مدتی به نامه هایم پاسخ نداد و چند نامه ای که نوشت بسیار سرد بود و رنگ تحقیر داشت و حس دیگری که عجیب بود. انگار من زن خود او بودم که حالا خیانت کرده ام. همواره هنگام میانجی گری در اختلافاتی که با صَفَر داشتیم، فرشاد خود مطرح کرده بود که به هر حال طلاق هم راه حلی در زندگی است. آن گونه که سخن می گفت ظاهر متمدنی ارائه می داد. می گفت شما هر دو خوش قیافه اید و خوش برخورد و همه مایلند با هردوی شما رفاقت داشته باشند ولی خوب با هم نمی سازید. اما حالا که پای عمل رسیده بود،

نتوانسته بود عمق و ماهیت اختلافات را ببیند. او نیز مرا حذف کرده بود. در نهایت هر دو از یک جایگاه تربیتی برخاسته بودند و نیز بسیاری از مسائل در زندگی من بود که فرشاد با آن آشنایی نداشت. او مرا نمی شناخت و نمی توانست بشناسد...دیرتر خیلی دیرتر وقتی خود نیز مسئله ای را در زندگی شخصی تجربه می کند از نوع وابستگی به زنی دیگر، آنگاه از من می پرسد چگونه با صَفَر حتی در این مدت کوتاه زندگی کرده ای و در تأیید حرکت من مطرح می نماید اگر او را رها نمی ساختی تازه خودت زیر سئوال می رفتی.

در آن مجله ی اول، با نویسندگان ایرانی که در خارج از کشور زندگی می کردند ارتباط دائم داشتیم. از طریق آنها با کتاب های جدیدی که به زبان انگلیسی و فرانسه منتشر می شد آشنا می شدیم. یکی از این کتاب ها توجهم را جلب کرد. من در این مدت کتاب های خوب زیادی از خارجه دریافت کرده بودم و آنها را می خواندم. اما این کتاب بس متفاوت بود. کتاب توصیف جنبش کمونیستی سال های هفتاد میلادی بود بعد از حادثه ی ماه مه شصت و هشت پاریس در همه ی کشورهای جهان، و جنبش های دانشجویی کمونیستی در دموکراتیک ترین شهر دنیا "پاریس" در آن دوران و بازگویی روحیات افراد چپ نیروهای کمونیستی بود. من خود را کاملاً در آن کتاب حس می کردم. دست کم آن بخش مربوط به روابط تشکیلاتی - سیاسی و رفتارهای اولترا چپ کمونیست های کشور خودمان در داخل و در خارج...این کتاب که در عین حال با قلمی زیبا نوشته شده بود، طنزی دل انگیز در جای جای آن وجود داشت و دو - سه داستان عشقی را توأم با حوادث سیاسی و دگرگونی های اجتماعی سال های واپسین زندگی مائوتسه تونگ و اعتراض های دولت آلبانی به گرایش های کشور چین نسبت به آمریکا بسیار زیبا و روان و شیرین پیش می برد...نویسنده ی داستان کلیشه سازی و یک سان سازی های آدم ها را توسط مائوتسه تونگ و سخت گیری های زنش را که حالا پیر شده و زمانی هنرپیشه ی درجه سه بوده است با طنزی شگفت آور در هیبت حکایت هایی به یاد ماندنی خلق می کند. ماجرای قتل لین پیائو تا پایان شش صد صفحه کتاب به صورت اسراری باقی می ماند و مائوتسه تونگ و فقط اوست که می داند اوضاع از چه قراراست...و حالا در این زمان که من مرده ای بیش نیستم ترجمه ی این کتاب را در دست می گیرم که بخشاً تاریخ زندگی خود من است.
یکی از دبیران کنفدراسیون اسبق دانشجویان در خارج از کشور بخش اول کتاب مرا ویرایش می کند. او را مدتی پیش از این، در ماه های اول انقلاب دیده بودم که در مقام یکی از اداره کنندگان اصلی یک مؤسسه ی معتبر فرهنگی در تهران با دیگر مدیران در یک میز گرد تلویزیونی به بحث نشسته بود. آن زمان حرف ها که پشت سر او نزدند. می گفتند او که توانسته است به این راحتی در تلویزیون صحبت کند حتماً توافق هایی با حاکمیت موجود داشته است. منظور این بود که رفقایی را لو داده است...سخنان او در برنامه ی تلویزیونی مربوط به آموزش تدریس علوم در آن مؤسسه بود. او نمی توانست هیچ گونه همکاری با فردی داشته باشد. با سواد بود. در یک خانواده ی با فرهنگ تربیت شده بود. او را در تعدادی از مراکز فرهنگی پذیرفته بودند. وی

به لحاظ عمق دیدگاه هایش نسبت به حرکت های اجتماعی و بینش عمیقاً دموکراتیک در نتیجه ی سال ها زندگی در کشورهای اسکاندیناوی و دیگر کشورهای اروپائی، با صاحبان تمام ایدئولوژی های گوناگون به خوبی با احترام قلبی به آزادی فکر و اندیشه راه می آمد. احترام ویژه به هر فرد در کنه وجود او خانه داشت. قابلیت هایش تکبر و غروری در او ایجاد نمی کرد و در عین حال فردی بود بسیار کوشا و جدی. رفیق بازی و پارتی بازی نمی شناخت. معیارش برای همکاری دانش و قابلیت های هر فرد بود بلااستثناء. راهش را یافته بود و لذت می برد از کاری که انجام می داد و بیشترین تلاش خود را به کار می برد تا بتواند جبران مافات کند جبران زمان غیبت در خارج از کشور را جبران اوقاتی که حالا گمان می برد گاهی بس به بیهودگی گذرانده است اگر چه ناگزیر. او عاشق ایران بود. اعتقاد داشت که باید در همین شرایط کار کرد و تأثیر گذاشت. با این دیدگاه توانسته بود جای خود را بیابد. حالا تمام نیرویش را می گذارد برای اینکه مفید واقع شود. با وجود اختلاف اساسی که با حاکمیت و قانون وعرف و شرع موجود دارد آمده است که در همین شرایط سازندگی را پیشه سازد. او همان فردی است که در اواخر زندگی کنفدراسیون با افراد فرصت طلب خارج نشین بدین منظور مبارزه کرده بود...او از معدود دبیران کنفدراسیون بود که پس از انقلاب به ایران آمد. از کسانی بود که پرچم بازگشت به ایران را با کسانی که کماکان می خواستند در خارجه جا خوش کنند برافراشت. او را از طریق نوشته هایش شناخته بودم هنگام که نظریات رهبری را ما در خانه ی تیمی در پاریس تایپ می کردیم و همان شد که من و شیرین و حسین در سطح پائین تر پرچم مبارزه درون ایران را برافراشتیم و خانه های تیمی از آن پس از هم پاشید و ما راهی ایران شدیم. ادبیات را می شناخت آنچه که اغلب سیاسی کارهای کمونیست جنبش دانشجویی در پاریس بسیار اندک بویی از آن برده بودند، انگار که ادبیات خوره ایست به جان سیاست مگر آنکه در خدمت مستقیم آن قرار بگیرد. او با اندیشه های کمونیستی و هم سرمایه داری عمیقاً آشنا بود.

یکی از انتشارات معروف حاضر شد کتاب را منتشر کند. یک ماهی طول کشید تا چنین تصمیمی گرفته شود...خبر پذیرش انتشار آن مرا نجات داد. این کتاب مرا از بحرانی که در آن می زیستم بیرون آورد. بحران زندگی من بخشاً جدا از بحران حرکت ها و اقدامات سیاسی کشور و جهان نبود. من با رویه ای که پیش گرفته بودم خودم را از زندگی دور کرده بودم. زیرا این حرکت ها اگر چه با انگیزه های عدالت خواهانه، روش های ضد زندگی و غیر زندگی را پیش پا می گذاشت روش هایی که به مدت چند دهه روشنفکران جهان را از حرکت طبیعی زندگی دور ساخت...قراردادی بسته شد برمنبای دریافت در صدی از درآمد هر بار چاپ کتاب. و در هر مرحله از کار بخشی از آن به من پرداخت می شد...حالا من دیگر فقط یک کار دارم تا همه ی نیروهایم را برایش خرج کنم و آنقدر که متوجه نمی شوم سلامتی ام را از دست می دهم. به ستون بدنم صدمه ای وارد می کنم که تا همیشه برای من باقی می ماند. اما روح می گیرم دوباره متولد می شوم.

صَفَر از جزیره ی قشم یکی دوبار آمد به تهران مستقیم به خانه. سوغاتی هایی با خودش می آورد. یک شب می ماند و بعد می رفت. اما نتوانست در قشم طاقت بیاورد. برگشت به تهران. می رفت به خانه ی خواهر و مادرش و گاهی به خانه می آمد...یک روز جمال از شمال آمده بود سری به خانه ی ما بزند. من توی اطاق نشسته بودم. صَفَر و جمال با یکدیگر در آشپزخانه حرف می زدند. جمال به طور ناگهانی در اطاق را باز می کند و به درون می آید. حدس می زنم که صَفَر ماجرا را به او گفته باشد. غضبناک بود ولی بیشتر چهره ای تحقیرآمیز و سرزنش کننده داشت. با حالتی محکوم کننده گفت بچه ی معصوم را چرا گول زدی. آن موقع نفهمیدم صَفَر چه به او گفته است. بعدها می فهمم که به او گفته بود من هنگام ازدواج باکره نبودم و به او نگفته بودم...دروغ گفته بود. داستان های عشقی مرا همه می دانستند. خودم خود ساده و بی شعورم، در بیوگرافی ام برای تشکیلات زندگی ام را از سیر تا پیاز نوشته بودم. فکر کرده بودم آنها کمونیست هستند و من را دربست همان گونه می پذیرند و حتی تصور کرده بودم برای آنان گذشته ی من اعتباریست. اعتبار در اینکه یک دختر در آن شرایط سخت اجتماعی بی توجه به اخلاق عموم آزادانه شیوه ی زندگی طبیعی خود را برگزیده است. من که کار خلافی نکرده ام. به طبیعی ترین نیازهایم پاسخ گفته ام. و آنها پس از اینکه سرپرست به جایی دیگر منتقل شد، شرح حال زندگی مرا تمام و کمال به او گفته بودند. خط به خطش را که مرا خراب کنند. و کرده بودند...در آن دوران گاه وقتی صَفَر به آن خانه ی تیمی در شهرستان می آمد، از دیدن من غش می کرد چشمانش برق می زد. بعدها البته برای من حرف در آورده بود که من عامدانه موهایم را برای او پریشان می کردم. امر به او مشتبه شده بود. حتی به عنوان یک آشنای معمولی او را نمی پذیرفتم چه برسد به اینکه بخواهم او را اغوا کنم. بگذریم که اساساً هیچ گاه سعی نکرده ام کسی را اغوا کنم. بخصوص در آن سال های اوج زیبایی و جذابیت. بدون هیچ تلاشی نمی دانستم چطور از زیر نگاه های مردهای دور و بر خلاص شوم...حالا صَفَر این دروغ و خدا می داند چه دروغ های دیگری را نیز برای جمال سرهم کرده بود که مرا ضایع و ضایع تر کند...جمال بلافاصله آمرانه گفت که باید از این شهر بروید. از محل حادثه دور شوید تا او خیالش راحت باشد که تو دیگر نویسنده را نمی بینی. پاسخی به او ندادم. حرفی نزدم. سرانجام صَفَر کسی را پیدا کرده بود که بتواند مرا بکوبد توی سرم بزند جانب او را بگیرد حرصش را خالی کند. صَفَر می دانست که من برای جمال بسیار احترام قائل هستم. جمال از زمانی که در مطبوعات شروع به کار کردم و مقاله هایم چاپ می شد، به شکل دیگری به من نگاه می کرد. چه بسا پیش از این او مرا به چشم یک دختر معمولی قرتی دیده بود که خوب مثل این جوجه هوادارهای سازمان های سیاسی دنباله روی نظرات تعدادی افراد کلیشه ای است و حرف هایی می زند. خودش را دست بالا می گرفت و کسی را قابل نمی دانست برای هم صحبتی در باره ی مسائل جدی. از گذشته ی من مطلب خاصی نمی دانست. ما بیشتر چون آشناهایی دور در دو شهرستان همدیگر را می شناختیم. جمال اغلب ساکت بود. برای من مردی بود محترم که خانواده اش را بسیار دوست می داشت. و با ما من و زهره وقتی به

شهرشان می رفتیم، سرد و با فاصله برخورد می کرد. ما از نوع آدم هایی نبودیم که بخواهیم بنشینیم و در باره ی مسائل معمول روز همگان سخن بگوییم و از این و آن غیبت کنیم. زن او نیز. لذا دیدارها چندان گرم و دلچسب نبود. دیرتر وقتی که با خانواده و شوهرها و دخترهایمان به آنجا سفر می کردیم ناهاری بود و شامی و گردشی در کنار دریا و اسکله و از این دست. من بیشتر به او به عنوان یک فرد با دانش و کارآمد در کار وکالت و ثبت اسناد و املاک و با تجربه در زندگی و شناخت آدم ها احترام می گذاشتم و افتخار می کردم که چنین دوستی داریم...یکی ـ دو بار که با زهره به خانه ی آنها در شمال رفته بودیم و صحبت های سیاسی پیش آمده بود، مدارکی را از کتابخانه اش بیرون کشید تا به ما نشان دهد که خمینی رهبر جمهوری اسلامی راه حلی بود که از توی آستین آمریکائی ها در آمد تا بتوانند در مقابل جنبش های مردمی بایستند و نمونه ای سر کار بیاورند که راه را بر کمونیسم ببندد. اکنون او به خود اجازه می داد به من امر کند که باید خود را منتقل کنیم. سپس گفت یک کارخانه ی سیمان را در شهرشان دارند می فروشند. بیا با هم آن را به شراکت خریداری کنیم.

داداش باغی را که چندی پیش خریده بود می خواست بفروشد. همان باغی که بخشاً از درآمد فروش قطعه باغ من خریده بود و به همان میزان پول نیز مامان از یک سهم داداش کوچولو به او داده بود تا بتواند کارش را راه بیاندازد. چاهی در آن زده بود و قیمت باغ بالا رفته بود. نه من نه مامان ادعایی نداشتیم. داداش وقتی باغ را یازده سال بعد فروخت حتی از مبلغ اولیه نیز مقداری کمتر به ما بازپرداخت کرد. گفته بود چاه را خودم زده ام. انگار چاه را در آسمان زده است. اگر آن زمین نبود که چاهی نمی توانست وجود داشته باشد. می شد که هزینه های زدن چاه را کسر کند و دیگر هزینه ها را...مامان اعتراضی نکرد. حتی اگر همان مقدار را نیز به او نمی داد هیچ نمی گفت. از دوران کودکی وقتی که آقاجون مرد و ما همه صغیر بودیم، مامان وکالت ما را داشت و از آن زمان ما هیچ کدام وکالت او را لغو نکرده بودیم. هیچ گاه موردی پیش نیامده بود. آنقدر سر همه ی ما گرم مسائل سیاسی بود که برخلاف اکثریت مردم بعد از انقلاب که هرکس از موقعیت های به دست آمده ی تازه استفاده کرده بودند تا بار خود را ببندند، ما املاک را دست نخورده باقی گذاشتیم. اگر مسائل بزرگ و کوچک املاک موجود را به موقع حل می کردیم، پس از یکی دو سال دارایی ما به چند برابر می رسید و حالا هر کدام میلیاردر بودیم. جلوی اغلب خانه ها را آقاجون مغازه زده بود و هر کاری که می خواستیم با املاک بکنیم ـ بفروشیم یا دوباره بسازیم و آنها را به احسن تبدیل کنیم ـ می بایست سرقفلی مغازه ها را که حالا سر به فلک می زد می پرداختیم. اغلب این مغازه ها را نیز به علت عریض کردن خیابان ها، قرار بود شهرداری خراب کند. لذا خرید مغازه ها چندان صرف نمی کرد. برخی از املاک دو یا چند قطعه ای بودند و تفکیک آنها مشکل داشت. هر کدام از مغازه ها نیز خود مسائل خاصی داشتند که می بایست وکیل بگیریم تا مسائلشان را حل کنیم. یکی از مغازه ها خودسرانه بدون آگاهی ما دست به دست شده بود و نمی دانستیم آدم اصلی کیست که بر علیه او شکایت کنیم...این همه را مامان بعد از آقاجون می بایست رسیدگی کند. مامان

که این کاره نبود. مسئولیت پنج بچه را داشت و انقلاب و عوارض بعد از آن مثل طاعون فرود آمد و برای ما نیز که حالا پول آه و تُف شده بود، به تنها چیزی که اندیشه به آن راه نمی یافت رسیدگی به مال و اموالی بود که آقاجون با خون دل آجر روی آجر گذاشته بود تا پس از مرگش ما با آنها در آسایش زندگی کنیم. و مامان چندان عاقبت اندیش و کاردان نبود. وقتی در پانزده سالگی به خانه ی آقاجون آمد همه چیز مهیا بود. نه غم نان و آب داشت و نه غم آینده. تصور کرده بود آنچه موجود است و آن کسانی که هستند تا ابد به همان گونه خواهند ماند. هیچ بینشی نداشت از سن و سال که بالا رود از اینکه روزی موقعیت ما بچه ها عوض شود غریبه هایی در میان آیند - داماد و عروسی که از خود نیستند - خیلی مسائل دیگر...و همه چیز به هم بریزد...

فکر بدی نبود با جمال کارخانه ی سیمان را خریداری کنیم. چشمم از صَفَر برای اداره ی کارخانه آب نمی خورد. اما به جمال اطمینان داشتم. تصور می کردم به طور قطع کارخانه بیش از این ها قیمت دارد و او از چم و خم خرید و فروش املاک و بالا و پائین رفتن قیمت ها و ارزش حال و آتی آن اطلاع کامل دارد. از همه جا او را به عنوان کارشناس دعوت می کردند تا نظرنهائی اش را بدهد. با خود گفتم صَفَر زیر نظر جمال به کارها می رسد. چه بسا موفق شود و منبع درآمدی باشد برای ما. قرار داد ترجمه ی کتاب را برای یک سال بسته بودم و حالا تنها کاری که داشتم این بود که بنشینم کتاب را به تدریج ترجمه کنم. این کار را حتی توی بیابان می شد انجام داد. از تهران دور می شدیم.
صَفَر با خیال راحت به همراهی جمال به امور کارخانه رسیدگی می کرد و من کتابم را می نوشتم...پولی را که داداش قرار بود از بابت فروش باغ برای سهم من بدهد گفتم یک چک بنویسد به نام جمال. قرار داد بسته شد...در فاصله ای که صَفَر در شهرستان نزد جمال و خانواده به سر می برد که کارها را ردیف کند من ماشین را فروختم. برای انتشار آگهی در روزنامه جهت فروش اتومبیل می بایست یکی دو ماه در لیست انتظار می نشستیم. دوستی داشتم از زمان دوران دبیرستان. برادر او از دانشجویان حزب اللّهی در بلژیک بود. حالا شده بود سفیر ایران در بلژیک. برادر کوچکترش در روزنامه ی اطلاعات کار می کرد. از طریق او توانستم در عرض یکی دو روز یک آگهی در روزنامه چاپ کنم. خانه را دادیم به اجاره و مدتی بی خانه بودیم و بی تلفن. برای فروش ماشین من شماره تلفن خواهر صَفَر را در آگهی نوشته بودم. صَفر می بایست در خانه ی خواهرش بنشیند و به تلفن ها پاسخ گوید. اما برایش اهمیت نداشت. اهمیت نداشت بخصوص کاری را که من برنامه ریزی کرده ام انجام دهد.
گویی این کار نیز مثل همه ی کارهای دیگر فقط به خود من مربوط می شود.
او در حاشیه قرار داشت. چند مشتری را به همین ترتیب از دست دادیم. من در خانه ی مامان از کنار تلفن جنب نخوردم و در عرض کمتر از یک هفته ماشین به فروش رفت...خانه را که اجاره دادیم، پول پیش آن را نیز برای خرید ملک اضافه کردیم و بدین ترتیب سه دانگ از کارخانه قاعدتاً می بایست از آنِ من باشد...بیشتر وسایل خود را در بالاخانه انبار کردیم و هم در آب انبار قدیمی زیر تراس. جمال تمام مخارج محضر و دیگر مخارجی را که من به هیچ رو

در جزئیات و نه در کلیات آن دقتی در صحت و سقم آن نکردم، تا دهشاهی آخرش را حساب کرد. هیچ اهمیت نداشت که چند ده هزار تومان کم و زیاد باشد. او را آدم شریف و منصفی می پنداشتم. به نظرم می رسید که بدین ترتیب بحران تا حدی فروکش می کند. فکر کردم صَفُر یک نفر پیدا کرده است که از او حمایت می کند و رضایتش جلب شده است. حرصش تاحدی خوابیده است...ولی جمال از همان برخوردهای اولیه با صَفَر فهمیده بود که او نمی تواند نه طرف حساب و کتاب باشد و نه عرضه ی انجام کمترین کار را دارد نمی تواند چیزی را بالا و پائین کند حساب کتاب نمی داند چیست و فقط منتظر است که دیگران بگویند او چه باید بکند. بخصوص که خود او نیز دخلی در هزینه ها ندارد. پولی از جایی آمده است و حالا او قرار است مدیر یک کارخانه شود. امری که در تمام عمرش نمی توانست خوابش را ببیند. و هم اینکه آن چنان هنوز در گیر ضایعه است که فقط می خواهد خود و ذهنیاتش را خالی کند و از این حس غبنی که بر او مثل صاعقه فرود آمده است رها شود. اینست که همه کار را می سپارد به دست جمال. من نیز وضعیتی بهتر از او ندارم. من نیز همه کار را به جمال به عنوان قیم و وکیل و مجری و همه کاره ی این ماجرا می سپارم...صَفَر برای مدتی هیچ سخن نمی گوید. ظاهراً آرام شده است. به نظر می رسد که آمدن به شهرستان و مشغولیتش در کارخانه خشم و غضب و کینه و حس انتقام جویی را تا حدودی در او از بین برده است.

اما ماجرا یک روی دیگر نیز دارد که من از آن اطلاع ندارم تا اینکه برای انجام یک کار دفتری جمال مجبور می شود واقعیت را بگوید. با خونسردی می گوید که دو دانگ از سه دانگ سهم من را به نام صَفَر ثبت کرده اند و فقط یک دانگ به نام من است. و سپس توضیح می دهد که این کار را کرده است تا دست من بسته شود و احساس کنم که کاری از دستم برنمی آید و ناگزیر شرایط را تحمل کنم و بنشینم و بسازم. طوری این موارد را توضیح می داد که یعنی بودور کی وار و تو حقی در اعتراض نداری تو که قرار بود سنگسار شوی و حالا زنده ای باید بهایش را بپردازی...اکنون هر روز سنگسار می شوم. این جمال قاضی و مجری و زندانبان من است و زندگی من در دست اوست. او را اکنون دیگر به چشم سابق نگاه نمی کنم. به هیچ چشمی نگاه نمی کنم. سعادتمندم که به کتابم مشغولم. همه ی این سنگ هایی را که به سرم به طور دائم می خورد گویی اساساً حس نمی کنم. دیگر حسی آیا مانده است؟ سرم را به طور دائم توی فرهنگ لغت "رابرت" و "سعید نفیسی" فرو کرده ام و در تلاش برای صحیح ترین برگردان شرح زندگی هایی هستم که خودم را نیز جزء آن می دانم. جزء آن هستم. من حالا خود آن کتابم. و دیگرهیچ. غذایی می پزم اندکی به دخترم می رسم و به پسرم. پرستار اغلب اوقات از بچه نگهداری می کند. خرید خانه را صَفَر انجام می دهد. من رنگ بیرون از خانه را به ندرت می بینم. چهار دیواری اطاق ها و حیاط و گوشه ای از آسمان و نارنج های روی درخت توی حیاط از وراء پنجره گاهی که سر از کتاب بر می دارم چشم انداز من هستند. و در ورزشگاه محله هفته ای دوبار با تیم والیبال زنان مشغول می شوم تا عضلات همیشه نشسته ام را اندکی به حرکت در آورم...یک روز بعد از بازی کنار بچه دراز کشیده بودم که او را بخوابانم. نمی دانم چه

کوه کمر شکن

حرکتی کردم که وقتی خواستم برگردم و پایم را روی زمین بگذارم و بلند شوم حس کردم نمی توانم از جا تکان بخوردم. فلج کامل. با گردش بدن مهره های ستون فقرات به هم ریخته بود مثل حلقه ی زنجیر دستگاهی که یکی از حلقه های آن از جا در رود و چرخش کل دستگاه را به هم بریزد. مدتی همان طور ماندم شاید دو ساعت. نمی دانستم چه بر سرِ بدنم آمده است. نمی خواستم ریسک کنم. آهسته آهسته بدن خود را بلند کردم. سعی کردم با برخی حرکات نرمشی آرام بدنم را از آن حالت در بیاورم. کم کم بلند شدم. حالا دیگر نمی توانستم پشت میز بنشینم و کار کنم.

صبح روزی که این اتفاق افتاد من هنگام بازی والیبال لخت شده بودم. بازی سرد شد و بدن من نیز یخ کرد. در آن زمان هیچ مشکلی نداشتم اما وقتی یک وری کنار بچه روی تخت کوچک او دراز کشیده بودم اثر خودش را نشان داد...مجبور شدم سفری به تهران بکنم برای ملاقات دکتر. بچه ها را نیز با خودم بردم و هم پرستار بچه را. صَفَر هزینه ی سفر و بلیط قطار را تأمین نمی کرد. می گفت ندارم. نمی دانم داشت یا نه. نمی دانستم آیا درآمدی داشتند یا نداشتند. مسئله این بود که او می خواست مرا همیشه در منگنه نگاه دارد در سختی بدون وسیله و بدون پول که دستم از همه جا بسته باشد. می خواست مرا همیشه عذاب دهد بخصوص که حالا صاحب ملک من هم شده بود و مدیر کارخانه نیز بود. اینکه چه بلایی سر من بیاید اصلاً مهم نبود. حتی آرزو می کرد من به نحوی سر به نیست شوم. اهمیت نداشت که در سفر شاید مسئله ای برای بچه ها پیش بیاید. کور شده بود. نابینای کامل. تمام خصائل بد خانوادگی تنگ نظری گداصفتی و غیره در این جا صد درجه شدت یافته بود...دوا و درمان دکتر اثری نکرد. خودم را کشته بودم تا از دنیای خود خارج شوم. هر چه بیشتر در ماجراهای کتاب و هزاران بینوایی که چون من در پی عدالتخواهی زندگی را به باد فراموشی سپرده بودند و عامل انتشار عادت های ضد زندگی و غیر زندگی در میان مردم نیز می شدند فرو می رفتم. آنقدر در این زندگی ها غرق شده بودم که نمی فهمیدم گاهی هجده ساعت پی در پی کار می کنم. حالت نشسته ی دائمی مهره های ستون فقرات را از حالت معمول خارج ساخته بود...وقتی از تهران برگشتیم احساس می کردم یک جایی در بدنم پیچ خورده است و باید آن را از بین ببرم. شروع کردم به نرمش کردن. بدنم مرا راهنمائی می کرد که چه نرمشی لازم دارد. روزی دو ـ سه بار و هر بار یکی ـ دو ساعت نرمش پس از چند روز حال مرا جا آورد.

صَفَر در کارخانه خرابکاری کرده بود. رفته بود بی دلیل دو بار کامیون ماسه خریده بود. نه از مدیریت چیزی سرش می شد نه از کارخانه ی سیمان نه از برقراری روابط درست با کارگران. و مرا حساب نمی آورد تا کلامی با من صحبت کند و مشورتی بخواهد. در هر صورت من به تنها موردی که در آن شرایط نمی توانستم برسم اداره ی یک کارخانه بود. غافل از اینکه جمال نیز خود مرد این کار نیست. اگر کارشناس ماهری در خرید و فروش املاک است، در کار تولید کارخانه تجربه ای ندارد. او مرد پشت میز است و مرد معامله...چند ماهی مشغول بودند. من نمی پرسیدم کارخانه چگونه پیش می رود. حتی یک بار نرفتم ببینم آن کارخانه چه شکلی دارد. اهمیت نداشت که در

326

آنجا سرمایه گذاری کرده ام تا حواسم جمع باشد که بهره ای از آنجا در آید. تصور می کردم یک اسباب بازی برای بچه خریده ام که او را سرگرم کنم تا من کارم را به پایان برسانم کاری که فکر می کردم در این مقطع تنها وظیفه ی مهم جهان است و بدون انجام آن زندگی میسر نیست. به بقیه ی امور می شد بعدها رسیدگی کرد.
در روزهای آخر اقامتمان در آنجا وقتی سری به آنجا زدیم، باغ بسیار بزرگی دیدم در کنار دریا و یک کارخانه ی سیمان عظیم با سقف های بلند و دستگاه های پر هیبت سیمان سازی در میان آن. حتی اگر کارخانه ای در میان نبود، باغ خود ارزش داشت. می شد به عنوان یک ویلای کنار دریای بسیار مصفا از آن استفاده کرد...دخترم باید می رفت مدرسه. در بهترین مدرسه ی غیرانتفاعی - بخوان ملی به رغم سابق و خصوصی در عمل - بچه را ثبت نام کردم. زن جمال نیز به چشم و هم چشمی دخترش را در آن مدرسه نام نویسی کرد...کتاب مرا قدم به قدم آزاد و آزادتر می ساخت. بخصوص مباحث مربوط به ساختمان انسان های کلیشه ای و برخورد دانشجویان کمونیست سال های هفتاد بعد از ماه مه شصت و هشت در پاریس. ما نیز وقتی کتاب های سرخ مائو را می خواندیم یاد می گرفتیم که از کوچکترین برخورد یکدیگر انتقاد کنیم. شده بودیم آدم های مچ بگیری که فقط ایراد می گرفتیم با معیار های مشخصی که این کتاب ها به ما می آموخت. تمرین می کردیم چگونه کمونیست ها باید به یک شکل و شمایل در آیند یک شیوه ی زندگی داشته باشند والاّ آنها را باید در خط بورژوازی قرار بدهیم...بخشی از کتاب صحبت می کند از "انسان ویژه" ای که حتی شیوه ی مردنش را هم جلسات حزبی تعیین می کنند. بحث در می گیرد که او باید در تصادف با قطار بمیرد یا در هواپیما یا...در قسمتی دیگر از کتاب، زخمی که مهر نشان مائوتسه تونگ بر روی سینه ی فردی یک زخم ایجاد کرده است، می شود موضوع دعوای کسانی که به مداوای مدرن اعتقاد دارند در مقابل با کسانی که معتقدند نشان مائوتسه تونگ نمی تواند زخم ایجاد بکند و باید علت را در جای دیگر جست. این مجادلات به جایی می رسد که این دو گروه بیمار را رها می سازند و به جدل ایدئولوژیک می پردازند. آنوقت است که بیمار از هرچه چپ و راست و نیمه راست و یک چهارم چپ و غیره متنفر می شود...و بخش طنزآلود مزارع ماری جوانا که مائوتسه تونگ روز و شب را در آن سر می کند و یکی از زیباترین قسمت های کتاب است. وی در خیال چنین می اندیشد که همه ی دنیا، همه ی اروپا را با آن نشئه کند و بخصوص نویسندگان را تا خیال نوشتن آثار بزرگ از سر بیرون کنند که نکند باز غول هایی چون شکسپیر و تولستوی و داستایوسکی بوجود بیایند و برای همیشه برخلاف شاهان که از یادها می روند در تمام تاریخ نامشان ثبت شود...نویسندگان باید بروند و در شالیزارها کار کنند تا بفهمند که کار مهمی انجام نمی دهند که نامشان بر روی اثر مکتوب خود آورده شود مثل آن کارگر برنج زار که همیشه گمنام است و هیچ گاه نامی از او بر روی گونی های برنج ثبت نشده است...داستان زن مائو نیز با طنزی جذاب نگاشته شده است. او حالا زیبائی و جوانی خود را از دست داده است و به همین رو باید که عشق از بین برود و تنها عشق، عشق به حزب و تشکیلات و خلق است. پیراهن های گشاد کیسه ای برتن می کند تا

برجستگی های اندامش که اکنون بر اثر کهولت سن فرم خود را از دست داده نمایان نشود...و...دانشجویان کمونیست همه ی ملت ها در پاریس که همه ی زندگی آفتاب زیبا کنار دریا موسیقی دلنواز و هرچه زیبایی را ول کرده اند و در میتینگ های سیاسی به دنبال زندگی می گردند.
این کتاب در هر جمله هر صحنه و هر بخشش به من یاد آوری می کند که در زندگی تشکیلاتی ـ سیاسی چقدر از زندگی به دور افتاده بودیم. چقدر با کنار گذاشتن طبیعی ترین غریزه های زندگی، قبل از هرچیز بر علیه خود حرکت کرده بودیم. این کتاب به من یاد آوری می کند که واکنش های خانواده ی من بخشاً به علت شیوه ای از زندگی بود که من پیش گرفته بودم، شیوه ای که به نظر آنان با طبیعت بشر خوانایی نداشت. ما تافته هایی جدا بافته از جامعه بودیم با ادعای رسالت دگرگونی برای برقراری عدالت در جامعه...این کتاب مرا از همه چیز بری و بی نیاز می کرد. مرا از هر چه مایه ی رنج و حس غربت و تنهایی بود دور می ساخت: از آنچه در کیش گذشت از آنچه در مجله گذشت از آنچه با صَفَر گذشت و از همه ی آن ماجرا ها که بدون وقفه مرتب مرا سنگسار کرده بود. و حتی از تنهایی مطلق من در این شهر غریب و در این چهاردیواری زندان... با ترجمه ی این کتاب من خودم و مراحل زندگی سیاسی ام را که به تدریج واقعیات تلخش را در هر مرحله چشیده بودم ترجمه می کردم. خودم را در واقع می نوشتم. خودم را باز می نوشتم. خودِ فقرزده ی پرولترزده ی بی دانشِ دنباله روی یک جریان جهانی را در ابعاد مختلف باز می کردم و باز می کردم و در هر مرحله خود را با نقدی بی رحمانه در بستر زمان های دور رها می ساختم و گذشته ی خود را به شدت نفی می کردم. و با نفی مشی و خط و تشکیلات و همه ی آن چیزهایی که مرا اسیرخود کرده بود کم کم زنده می شدم. با نفی خود، خود گم گشته را بتدریج باز می یافتم.
این کتاب قصه ی زندگی من بود. این قصه می بایست بر زاویه ی دیگری بچرخد. من روی پاشنه ی دری ایستاده بودم که می بایست مرا از این دوزخ خارج کند وگرنه پشت آن در محکوم به پوسیدگی بودم و بس.

خانه ی دومی که در شهرستان به آن منتقل شدیم، یک خانه ی نوساز مدرن بود با سالن نشیمن و پذیرایی مدرن و اطاق های وسیع اما هم چنان همه خالی از مبلمان. این جا را خانه ای موقت برای خود می دانستم. همین که سر پناهی بود تا در آن به سر کنیم کفایت می کرد. پر کردن خانه و دکوراسیون و این حرف ها حتی آخرین اندیشه ی من در این شهرستان نمی توانست باشد. من و همه ی زندگی ام دود شده و به هوا رفته بود. به آینده حتی فکر نمی کردم که چگونه خواهد بود. نمی خواستم در حال حاضر به آن فکر کنم. حالا یک کار اساسی داشتم که انجام بدهم تا ببینم بعد چه پیش می آید. بقیه ی امور نه خوش آیند بود و نه حتی اندکی دل خوش کنک. دست سرنوشت و اوضاع و احوال و آن گوشه ی ذهن خردمند من این وضعیت را پذیرفته بود که اوضاع به هم ریخته را اندکی جمع و جور کند البته بی آنکه طرحی ریخته باشد برای آینده: نه تصمیم خاصی نه برنامه ای نه سیاستی هم چون کاری مثل خام کردن صَفَر یا آرام کردنش و حتی نه آرزویی برای کوتاه یا بلند مدت. آرزو و اشتیاق در من خفه

شده بود. ناخودآگاه ذهن من به سمتی کشیده شده بود که گمان می کردم بهترین کار ممکن در آن زمان بود. یعنی برگردان این شاهکارِ تمام دوران ها. این نیز خود البته به شکلی اسارت بود و اما این اسارت تنها درمان بینوایی من در آن زمان محسوب می شد.

مامان و داداش و زن و بچه و خاله سهیلا و خانواده یک سفر آمدند پیش ما. خوشحال بودم که می آیند. قبل از آمدن آنها تمام وسایل سور و سات را فراهم کرده بودم. گمان کرده بودم می آیند و حال و روحم را شاید این بار حس کنند شاید مرحمی باشند بر حال نزارم. من البته نه فقط شکایت به کس نبرده بودم، بلکه سعی کرده بودم ظاهر قضیه را حفظ کنم. نه برای حفظ آبرو و این حرف ها. نمی خواستم هیچ کس کوچکترین حس ترحمی برمن روا دارد. و چه بسا همین روحیه را بسیاری نمی توانستند بپذیرند. چه بسا اگر با سری خمیده و زبانی نالان به بالینشان می شتافتم مرا در برمی گرفتند به نحوی که گویا زیردستی را یاری برسانند. همان روشی که دورقاب چین های خاله سهیلا در پیش گرفته بودند و او نیز دست نوازشی بر سرشان می کشید...من بچه به بغل سر چراغ خوراک پزی غذا می پختم. زنِ داداش گفت خطرناک است. اظهار فضل می نمود. چاره ای نداشتم. بچه گریه می کرد و هم می بایست غذا برای میهمانان آماده می ساختم. صَفَر آن طرف آشپزخانه دست به سینه ایستاده بود و برای خودش می چرید. چون طلب کارها راه می رفت یک جوری که نشان بدهد هیچ ارزشی برای من قائل نیست و اهمیتی نمی دهد که دست تنهایم و از این همه آدم می بایست پذیرایی کنم. مامان اخیراً به کمر درد مبتلا شده بود. همیشه در حال نشسته بود. نمی توانست بلند شود. تا مدتی این وضعیت را داشت. رادیولوژی و سی تی اسکن هیچ نشانی از ناراحتی درد کمر و پا نشان نداده بود...حتی گفته می شد که اساساً دردی وجود ندارد و او تظاهر به درد می کند برای جلب توجه. در همین سفر، موقع برگشت گویا در ایستگاه قطار مامان روی نیمکت توی سالن انتظار نشسته بود که می گویند قطار آمد و خیلی سریع حرکت خواهد کرد. مامان که در این دوران همواره احتیاج به کسی داشت که زیر بغلش را بگیرد و او را از زمین بلند کند، مثل فرفره از جا می جهد و بدو خودش را به قطار می رساند. این مایه ی تعجب هم سفران شده بود و برداشت های گوناگونی را برمی انگیخت. پس از مدتی مامان می گفت خود به خود خوب شد. به طور قطع درد وجود داشته است. اما افسردگی و ناامیدی شدید او را از پا انداخته بود...باری مامان یک گوشه نشسته بود. آنقدر حواسش به داداش بود که حتی پس از مدت ها که مرا دیده بود نخواست پسرم را همانطور نشسته توی بغل بگیرد. گمان می کنم من تنها فردی در آنجا بودم که مطلقا به او توجه نمی شد...خاله سهیلا چون میهمانی رفت یک گوشه نشست. در خانه ی خودش همه را به کار می گرفت. او خاله ی من بود. می دید اوضاع را و بخصوص او خوب متوجه می شد که روابط من و صَفَر در وضعیت خوبی نیست...انتظاری بود بیهوده که او حرکتی رفتاری سخنی در پیش گیرد که مرا اندکی از آن حالت در آورد. از این وضعیت من بیشتر لذت می برد و می گذاشت که خودم مصیبت را تمام و کمال با خود به دوش بکشم...سر سفره استخوانی از ماهی توی گلوی من رفت. نزدیک بود خفه شوم. هیچ کس

واکنشی از خود نشان نداد. خاله سهیلا نگاهی به من کرد نشان از اینکه از حال من بخوبی مطلع است و اما انگار گناه بزرگی مرتکب شده ام و دارم جزایش را پس می دهم...شب زنِ داداش رختخواب خود و داداش و پسرش را انداخت توی اطاق پذیرایی بی مبلمان. درست آن وسط. یعنی هیچ کس دیگری نیاید آن جا بخوابد و خلوت شبانه ی آنان را به هم بریزد. میهمان بودند. نخواستم حرفی بزنم. اما این برخورد ها ناخودآگاه مرا در خود فرو می برد و چه بسا برخی واکنش های غیرارادی نادرست از من سر می زد. دیگران هر یک رختخوابی راه به راه توی اطاق نشیمن انداختند که بخوابند. صَفَر گوشه کناری نفهمیدم کجا، سرش را گذاشت و خر و پفش بلند شد. خاله سهیلا آمد توی اطاق من. گفت رختخواب بوی بد می ده بده پرستارت آن ها را بشوید. با حالتی که فقط تحقیر در آن بود. پاسخی ندادم. خوب بلند می شد کارها را در دست می گرفت تا شاید حس کنم کسی را دارم کسی از خانه ام به اینجا آمده است مرا شفقتی دهد اندکی به من روح دهد. اندکی به زندگی فروپاشیده ی من سر و سامان بخشد.

کارِ کارخانه پیش نمی رفت و درآمدی نداشت. اجاره ی خانه در آنجا چندان زیاد نبود ولی همان مبلغ ناچیز را نیز نمی توانستیم تأمین کنیم. زن جمال یک روز توی خیابان به من آموزش می داد که چطور با اسفناج و تخم مرغ می شود غذای خوشمزه ای پخت. منظورش این بود که وقتی گوشت گران است و نمی توانید تهیه کنید راه های دیگری هم هست. انگار خودم بلد نبودم چه کار کنم. یک بار مادر صَفَر آمده بود خانه ی ما. من چند جور غذای متنوع خوشمزه ی بی گوشت پخته بودم. اعتراف کرد که هنر این نیست که فیله ی کباب آماده را بگذاری روی کباب پز و بیاوری توی سفره از هیچ غذای لذیذ فراهم کردن هنراست...زن جمال وقتی یک روز در باره ی درد گردن و شانه و نصف بدنم که شدت یافته بود حرف زدم، گفت سنت بالا رفته این درد ها را داری. سن بالا در دهه ی سی؟ چون خانم رئیس ها با موهای پریشان نشسته بود پشت به پشتی روی قالی و جمال توی اطاق می پلکید و ظاهراً سرش را با چیزهای مختلف سرگرم می کرد...چند سال پیش وقتی یک بار با زهره رفته بودیم به شهر آنها و با یکدیگر رفتیم گل بنفشه را ببینیم، برادر گل بنفشه از من پرسیده بود مادرته؟ منظورش زن جمال بود که آن موقع خیلی چاق شده بود. طفلکی چند سال سنش بیشتر از من نبود. اظهارنظر او نیز مانند نکته پرانی خاله سهیلا خالی از غرض نبود. قصد پائین آوردن و خرد کردن روحیه ی مرا داشت...زن جمال یک جوری گفت برو با اسفناج غذا درست کن که یعنی خوب وقتی زندگیت را آن طور به باد دادی دیگر باید به هرفلاکتی تن بدهی. من کلامی با او سخن نگفتم...اما نبودِ در آمد در کارخانه نمی توانست بدین صورت ادامه یابد. کرایه ی خانه شهریه ی مدرسه ی دخترم و مخارج یک خانواده ی پنج نفره با یک پرستار می بایست تأمین شود. صَفَر ظاهراً کار و بار نداشت و بیشتر دچار تنش شده بود. به جای اینکه در جستجوی علت باشد و راه چاره بیابد، باز به درون خود فرو رفت و باز غرق شد در تنگنای حس غبنی که آن واقعه گرفتارش کرده بود. یکی دو بار مطرح کرد که من باید زن بگیرم. این

امر تمام ذهنش را مشغول کرده بود. فکر می کرد این تنها راه نجات از آن حس بد ضایع شدن است و فقط از این طریق است که می تواند به بهترین شکل جبران مافات را کرده باشد...جمال گفت بروید در خانه ی من زندگی کنید که دست کم اجاره خانه نداشته باشید. خانه ای داشت ویلایی و بزرگ که کسی در آن زمان در آنجا ساکن نبود. می توانست از آغاز چنین پیشنهادی بدهد که ما این همه خانه به خانه نشویم...
یک روز که من مشغول کار ترجمه بودم، آمد به آن خانه. در ورودی بزرگ خانه توی حیاط باز می شد. دقیقه ای طول می کشید تا از توی ساختمان به در برسم. در را باز کردم. آمد تو. پشت در ایستاد و همان جا بی مقدمه شروع کرد به حرف زدن: "حق با تو بود. او لیاقت تو را نداشت. او لیاقت هیچ کاری را ندارد. ببین کارخانه به چه روزی افتاده است؟ او نمی تواند هیچ چیز را اداره کند. حتی خودش را. اصلاً او کجا تو کجا. زیبایی تو به اندازه ی زیبایی زن من نیست ولی تو آنی داری که هر مردی را به سمت خود می کشد. من الان می خواهم از تو حمایت کنم."...بقیه ی حرف هایش را نمی شنیدم. حالا فهمیدم ما چرا در این شهرستان هستیم. او چرا آن گونه با غضب در تهران با من حرف زد و پیشنهاد آمدن ما را به شهرستان داد. ما به او اعتماد کردیم. با صَفَر مزورانه هم زبان شد و جانب او را گرفت تا حس کند کسی هست او را حمایت می کند یعنی که "حقانیت از آن اوست". او خودسرانه زمین ها را به نام صَفَر کرده بود تا مرا وابسته ی در واقع به خود نگاه دارد تا به خاطر به دست آوردن ملک خودم هم که شده وا بدهم. و اکنون که در خانه اش اسکان گزیده ایم، مرا دربست از آن خود می داند...کثافت به منتهی درجه...چهره ی زشتی داشت. ولی من او را زشت ندیده بودم. به نظرم مهربان بود دانش داشت مدبر بود اهل ادبیات و هنر و دنیا دیده بود. حالا چهره ی واقعی خود را نشان داد. با طرح و نقشه ی قبلی ما را در به در کرد که بتواند به خواست پلید خود برسد. گمان برده بود من به هرکسی هولی می دهم. فکر کرده بود به نویسنده همه ی وجودم را داده ام، به هر ناکسی خود را عرضه می کنم. بس که دستش توی اسناد و املاک بود و چه بسا چقدر اختلاس کرده بود و با زیرکی و با علم به قوانین مالکیت سر مردم را شیره مالیده بود، تصور می کرد مرا نیز بدین ترتیب مجبور خواهد ساخت که به زیرِخود بکشاند...شنیده بودم مدتی بیکار شده بوده است. سئوالی نکرده بودم. حتی گفته بودند که خیلی نگران است و به گونه ای متواری در اینجا و آنجا. با خود گفته بودم در این مملکت با خوبان به از این رفتار نمی کنند. آدم های درست و صادق جایی در این بوروکراسی فاسد ندارند زیر پایشان را خالی می کنند. اما حالا می فهمم که به طور قطع مسائلی در بین بوده است. آنها بو برده اند و او را از خدمت منفصل کرده اند. پس از آن گویا پست نازل تری به او می سپارند: کارشناسی املاک در محل. هر روز می بایست به این زمین و آن ملک سر می کشید قیمت گذاری می کرد یا نقائصش را ارزیابی می نمود...هیچ نگفتم. دریغ از کوچکترین واکنشی. اما قطعاً از چهره و نگاه من می توانست بفهمد چه فکر می کنم. ادامه داد: می دانی...زن من با مرد های دیگر می خوابد. یعنی خودم امکاناتش را برای او فراهم می کنم. چرا که نه. همه چیز به او می دهم. حال وقتی خواهان مرد

دیگری است چرا مخالفت کنم. گفت جوان ها را می پسندد. خوب قوی هستند. یک بار توی جاده می راندیم. سربازی دست نگه داشت. دیدم نظرش را گرفته است. پرسیدم می خواهی توقف کنم؟ با آن سرباز گرم گرفت و رفت پشت بیشه ها و من در ماشین منتظر او ماندم. یک بار دیگر با یکی دیگر توی اطاق خوابمان خوابید. صدای هن و هنشان می آمد...در تمام مدتی که او حرف می زد ساکت بودم و ذره ذره نفرت به منتها درجه در رگ هایم جاری می شد. او یک جانور بود. دروغ می گفت. این حرف ها را برای زنش در می آورد که مرا اغوا کند. هر رابطه ای را طبیعی و عادی جلوه می داد. خود جانورش اگر خطایی از زنش سر می زد بی شک او را می کشت. او کماکان به صحبت ادامه داد. توی خانه نیامد. خواست دستش را روی شانه ی من بگذارد. اجازه ندادم. رفت...یک بار مرا توی خیابان دید. گفت آستین کتت را بکش پائین. یعنی که نسبت به من غیرتی شده است. یعنی حالا ما انگار رابطه ای با هم داریم.
می رفتم دخترم را از مدرسه بیاورم. صَفَر آن روز نمی دانم رفته بود کجا مصالح بخرد. با من چند قدمی آمد و بی مقدمه صحبت از زندگی دانشجویی اش در تهران کرد و گفت که با صاحب خانه اش خوابیده بوده است. با مادر و هم با دختر. با تکبری خاص داستان هم خوابگی اش را به من توضیح می داد. مانند اغلب مردان ایرانی که با تعریف چنین اتفاقاتی واقعی یا غیرواقعی گمان می کنند هرچه بیشتر مردانگی اشان را به رخ می کشند.
این واقعه مرا از آن حالت سرگشتگی مفرط به در آورد. حق من نبود که بپذیرم کسی بخواهد مرا تنبیه کند. برخوردهای این مردک کثیف به شکلی بود که گویی من یک فرد فاسد هستم و باید در قرنطینه قرار بگیرم و آزادی هر کاری از من سلب شود. بسیار سنگین بود و من این همه را در درون خود فرو می ریختم. حالا این کثافت که دیگر طاقتش به سر رسیده بود بالاخره روی خود را نشان داد و البته با این عمل مرا آزاد ساخت. و بیشتر از هرچیز باز دلم برای صَفَر سوخت که ببین به چه کسی پناه برده است. زنش را خواست از مرکز ماجرا دور کند. اما او را به دست گرگی انداخت که شیطان را درس می دهد. تصور کردم اگر بویی ببرد شاید سکته کند. این ماجرا که به هر حال گفتنی نبود. دهانم را باز می کردم آن را به خودم می بستند. و آن مردک کثیف نیز این را می دانست. می گفتند تو که در تهران این وضعیت را پیش آوردی این کاره ای. هر جایی بروی این کاره ای. این بار صَفَر به طور قطع مرا می کشت. بی برو برگرد...یک بار دیگر که زن جمال به تهران رفته و صَفَر در کارخانه مشغول بود، او را آن طرف خیابان خانه ی خودمان دیدم. به من اشاره کرد برو خانه ی ما من با تو کاردادم. نمی دانستم زنش خانه نیست. به محض اینکه پایم را به خانه اش گذاشتم خواست با من عشق بازی کند. نگذاشتم. خواست به من تجاوز کند. به شدت او را پس زدم. حتی بیشتر خواست پیش برود. آمدم چیزی بردارم به سرش بزنم در زدند. خودش را کنار کشید. خواستم طرف در بروم نگذاشت. گفت اگر بفهمند من زندگیم به باد می رود. در را باز نکرد و من چند دقیقه دیرتر زدم بیرون.
در این فاصله صَفَر نیز به مسائلی پی برده بود. گویا صَفَر را به جاهایی برای عشرت برده بود. صَفُر نمی توانست کاری صورت دهد. از آن تیپ افرادی

نبود که بخواهد با هر زن غریبه ای به راحتی در دوستی باز کند و لای پایش را باز. می آمد خانه و مرتب به من می گفت من باید زن بگیرم. زن جمال نیز داستان های زن بارگی شوهرش را برای صَفَر باز گفته بود و صَفَر کم کم دستش آمده بود که با چه کسی سر و کار دارد بخصوص که گویا اخیراً در کارخانه با او رفتار بدی در پیش گرفته بود. رفتارش سراسر تحقیر بود که چرا صَفَر نمی تواند کارها را پیش ببرد. که دارند ضرر می کنند و...صَفَر آنقدر به او تردید کرده بود که حدس می زد شاید به سراغ من هم آمده باشد. تنفرش از او به حدی رسیده بود که اعتمادش به من حالا بیشتر از به او بود. گمان کنم که زن جمال نیز در ایجاد چنین حس نفرتی زیاد دست داشته است. او که شوهرش را می شناخت و دیده بود که صَفَر نیز ساده لوحانه به او اعتماد می کند تمام پته اش را ریخته بود روی آب...یک روز در خانه ی آنها صَفَر سر حرف را باز کرد. آن کثافت خودش را جمع کرد. حس کردم آنقدر کونش گهی است که حالا مثل موش سرش را توی سوراخ می کند. من گفتم. گفتم که او از من خواست به خانه اش بروم. او چیزی نگفت. یعنی تائید کرد اما حس کردم که دارد جان از قالب تهی می کند. بقیه اش را نگفتم. من هنوز با او کار داشتم. با او نه. با آنچه بر سر ما آورده بود. صَفَر و زن آن کثافت شروع کردند به محکوم کردن او. و موارد دیگر نیز مورد سئوال قرار گرفت. صَفَر او را محکوم می کرد که تو با زن به این خانمی و زیبایی چرا چشم و چالت به طور دائم این طرف و آن طرف است. و زن جمال سوابق او را یک به یک رو می کرد. جمال هیچ نمی گفت. سرش را انداخته بود پائین و سکوت. فقط گفت که من را به خانه برده بود که نمی دانم چه چیزی را به من بدهد. من حرفی نزدم. هیچ توضیحی ندادم. زن جمال بخصوص فهمیده بود. از حال و روح من می فهمید که من اجازه ی هیچ غلطی را به او نداده ام...زن جمال بیشتر و بیشتر او را می کوبد. به طور قطع از من دفاع نمی کرد. از خودش و از زندگیش دفاع می کرد. حالا تا این مدت چگونه با این مرد سر کرده بود خدا می داند. جمال فقط یک زن باره نبود. آدمی بود که به خاطر اهدافش به هر کار پلیدی دست می یازید. خانواده ها را از هم می پاشید زندگی ها را به باد می داد. ملک و املاکشان را بالا می کشید. باید فکر کنم زن او نیز با خودش چندان فرقی نداشت؟ نمی دانم. شاید به خاطر بچه ها بود و او نمی خواست آنها با پدر و مادرهای طلاق گرفته سر کنند. آیا فکر آتیه اش را می کرد و مشکلات یک زن مطلقه را نمی توانست به دوش بکشد یا به املاک شوهر چشم دوخته بود؟ به من می گفت جمال ناتوانی جنسی دارد. دنبال این زن و آن زن می رود ولی خودش می آید می گوید که نتوانسته است کاری بکند. حالا این حرف ها را می زد که دل خودش را خوش کند یا جمال این خزعبلات را به هم بافته بود تا خیال زنش راحت باشد و فکر نکند مردش کاره ایست و از روی ناتوانی به این و آن نظر می اندازد، نمی دانم. در هرحال در این لجن زار این دو نفر زندگی می کردند.

صَفَر خوشحال بود که از این ماجرا سالم بیرون آمدیم. بهشتی را که به آن رو کرده بود و آن مؤبدان بی خس و خش را از نزدیک ملاحظه می کرد. با من بسی مهربان تر شده بود. حالا تا حدی فهمیده بود که گرایش من به نویسنده از

نوعی بس ویژه بوده است. فهمیده بود که من لای پایم را باز نکرده بودم که هر خری توی آن فرو کند. من حالا در مقابل آن ها برایش فرشته بودم. گفت برگردیم تهران اینجا دیگر جای ما نیست...کشف این امر اما نفرت او را نسبت به من از جنسی دیگر بیشتر و بیشتر می کند. از اینکه من کس دیگری را دوست داشته باشم از اینکه او هیچ جایی در دل من نداشته باشد از اینکه تا به حال معلوم نبود تا به حال برای من چه کاره بوده است. این همه تلاش من برای اینکه جبران کرده باشم ضایعه را نتوانسته بود حس غبن نیرومندی که روحش را می خورد از جانش بیرون کرده باشد. حسی عمیق به او می گفت که حتی اگر نویسنده را فراموش کرده باشم و هیچ گاه دیگر به سراغ او نروم معنایش این نیست که او بتواند مکانی را که می خواست در روح من بیابد. این حس کشنده بود. معنای هر حرکت او را می گرفت. بودنش را با من و در این چهارچوب بیهوده می پنداشت. آرامش نسبی او در این اواخر باز از بین رفته بود. نمی توانست بپذیرد که روابط به همین صورت ادامه یابد. با رو شدن چهره ی واقعی جمال، آن حادثه که با زاویه ی دید صَفَر می بایست جزایش مرگ باشد، حالا رنگ می بازد. ماجرا شکل دیگری به خود می گیرد. اکنون فاجعه بیشتر درونی است اعماق روح را می سوزاند و به همین دلیل چه بسا مخرب تر است و شاید هم سازنده تر. بیشتر شاید تکلیف آدم ها را روشن می کند. راه آینده را...من راه را بازتر می دیدم برای حرکت های بعدی. جمال که چون حاکم و قاضی مستبد شهر با من رفتار کرده بود، خود آنقدر بوی گند می داد و این بو همه جا را پراکنده کرده بود که دیگر نمی توانست کوچکترین اقدامی بکند؛ امکان هیچ حرکتی را که بتواند در زندگی من دخالتی داشته باشد نمی دید. مثل موش توی سوراخ خزیده بود. صَفَر با این واقعه بخصوص به این نتیجه رسیده بود که تلاش برای خراب کردن من و در این میانه قدر قدرتی ره به جایی نمی برد.

رفتیم به خانه ی پدری پیش مامان. می بایست به دانشجویان پول پیش را بر می گرداندیم تا خانه ی خودمان را تخلیه کنند. نداشتیم. می بایست از جایی تهیه شود. پرستار بچه را جواب کردیم. می بایست مقرری چند ماه عقب مانده اش را می پرداختیم. صَفَر گفت کلفت گرفتی خودت هم هزینه اش رو بده. در مورد برگرداندن پول پیش خانه نیز گفت ندارم. نخواستم هیچ تقاضایی از مامان بکنم یا از داداش و یا از می نوش یا از هرکس دیگری. نمی خواستم کسی بفهمد در چه حال و روزی قرار دارم. هیچ همدلی نمی شناختم. از کسان دیگر نیز بیشتر غرض و دشمنی می دیدم. می دانستم آنها از ضعف من ته دلشان غنج می زند جشن می گیرند...در خانه ی مامان وضعیت بسیار ناگوار بود. به بچه هنوز پوشک می پوشاندم. اما گاهی که او را رها می کردم فرش را کثیف می کرد. صَفَر به آنجا نمی آمد. ولی یکی دوباری که آمد برخوردش غضب آلود بود. من مانده بودم بی پول بی کار بی خانه و تنها با دو تا بچه. می دیدم مامان چندان راضی نیست. انگار ما غریبه هستیم. کوشش می کردم پولی مهیا سازم و فکر کنم چه خاکی به سرم بریزم. مامان طاقت نیاورد و یک روز گفت یک جا پیدا کن و از این جا برو...مادر خودم مرا از خانه ی پدری بیرون می کرد. خانه ای که پدرم قبل از مرگش آن را به طور مساوی به همه ی ما بچه های تنی و

از جمله مامان تقسیم کرده بود. خانه ی خودم بود خانه ای که من پس از مرگ پدر هیچ گاه از آن استفاده نکردم. رفتم به خارجه و پس از برگشت از پاریس نیز در این شهر و آن شهر و این خانه و آن خانه سر کردم. هیچ گاه ده شاهی از درآمدهای حاصل از اجاره را نه در خارجه و نه در ایران نخواستم...حالا مامان می گفت برو...هیچ نگفتم. یک بار که صحبت از آقاجون شده بود، مامان با یک حالت هیستریک به من گفته بود استخوان های پدرت الان پوسیده شده اند...رفتم خانه ای گیر بیاورم. فکر کردم فعلاً یک اطاق اجاره کنم و در آنجا اسکان یابم تا ببینم بعد چه پیش می آید. اما قیمت ها سرسام آور بود. رفته بودم در جاده ی قدیم شمیران اطاقی پیدا کنم. نمی خواستم بروم به نازی آباد. حتی تهران پارس و نارمک و...صَفَر سرانجام حس کرد چه اوضاعی در آن خانه دارم. به او نگفتم که مامان مرا می خواهد بیرون بکند. ولی می دید که بچه ها راحت نیستند. رفتار مامان احیاناً با او نیز چندان محترمانه نبوده است. از برادرش در خارجه پولی دریافت می کند و ما نجات پیدا می کنیم. بعدها هزار بار مدعی این پول شد. برای اولین بار بود که در تمام مدت زندگی ما برای خانه و بچه ها هزینه ای ناچیز تقبل کرده بود. همیشه در خانه ی مجانی نشسته بود در مغازه ی مجانی کار کرده بود در کارخانه ی باد آورده "مدیر" شده بود. اگر کاری کرده بود مخارج اولیه ی خودش را تأمین کرده بود. حالا که مجبور بود خرج کند این همه منت بر سر من می گذاشت...رفتیم تا مامان از شر نجس ها خلاص شود. روی آن فرش بچه ی خاله سهیلا ریده بود بچه ی می نوش قی کرده بود بچه ی مهری گاهی شاشیده بود بچه ی داداش در آنجا خانه زاد بود. در نهایت فرش را داده بودند بیرون برای شستشو. فقط بچه ی من بود که قابل تحمل نبود. آنقدر نجس که اگر فرش را در رودخانه کر هم می دادند دیگر پاک نمی شد. بعدها خاله سهیلا به من گفت که مهری مامان را تحریک می کرده است. مهری آنقدر وسواس داشت که میهمان هایش را به رستوران دعوت می کرد. یک بار در روزهای نخست انقلاب، وقتی یک هیأت مذهبی در ماه نمی دانم محرم یا رمضان در خانه داشتند و من نادانسته به آنجا رفته بودم، چندان چشم غره ای به من رفت که انگار دشمن درجه یک او آنجاست. شنیدم که بعد از من خانه را به شلنگ آب بسته بوده است. حالا بودن من و بچه ها خانه ی پدری را نجس می کرده است و آنها دیگر رغبت نمی کردند پایشان را به آن خانه بگذارند...اما فقط نجاست نبود. حالا بهترین زمان بود که مهری همه ی کینه ها و حسادت ها و کمبود هایش را یک جا روی من خالی کند در زمانی که من از همه جا درمانده شده بودم. او جشن می گرفت اگر مرا و بچه هایم را ویلان توی خیابان ها ببیند. این بهترین موقعیت بود تا او بتواند مرا از چشم ها دور کند و هم از چشم مامان بیاندازد. و مامان چشم و گوش و حس و غریزه ی مادری و انسانیت و آن فردیت فرشته وش خود را داده بود دست این و آن...اما مهری اگر هر کینه ای داشت و کاملاً آن را عیان می ساخت، خاله سهیلا زیرکانه عمل می کرد با مکر و ترفند و حیل تا اسم این و آن را خراب کند. اگرچه او عمیقاً به مسئله ی نجاست و این حرف ها باور ندارد، اما حالا که کاسه ی داغ تر از آش شده است، می بایست خود را معتقد به این خزعبلات نشان دهد و طینت باطنی اش را با طرح مسئله ی نجاست

عملی سازد و مرا از چشم بیاندازد تا خود را بیشتر پیش مامان عزیز کند. همه چیز دست به دست هم داده بودند که اینان هر آنگونه که می خواهند عمل کنند...البته من تنها هدف خاله سهیلا نبودم. هرکس که برای مامان می توانست عزیز باشد و موقعیتی به دست می داد خاله سهیلا شاخک هایش به حرکت می افتاد و عمل می کرد. با ظاهری خیرخواهانه نقش جادوگران چند جانبه را بازی می کرد...و می نوش البته کسی بود که همه از او پیروی می کردند.
برای می نوش پیروی از اصول مذهب اسلام اساسی بود. و او که عمیقاً در این راه پا گذاشته بود و از هیچ کس پیروی نکرده بود و برای لقمه نانی و سهمی از این بنیاد و آن نهاد مقنعه به سر نکرده و روشی درویشانه در زندگی در پیش گرفته بود، این اصول تمام ذهن و جان او را در برمی گرفت. یک بار من پری نعنا از توی بشقاب سبزی برداشتم. گفت بعضی ها عادت دارند از توی بشقاب بردارند. من که فهمیدم مقصودش چیست. یک بار دیگر باز مسئله ای را مطرح کرد به طور غیرمستقیم در مورد نجاست که ظاهراً یک صحبت کلی بود ولی روی سخنش با من بود. خاله سهیلا بلافاصله برای خودشیرینی تأیید کرد. در آن لحظات گاهی حس می کردم من چقدر از اینان دور هستم...در آن زمان به این فکر نمی کردم که چطور یک استاد دانشگاه که خواهر خودم باشد و یک کارشناس ارشد صادرات یعنی خاله سهیلا ببین چه مسائلی ذهنیاتشان را اشغال کرده است... باورهای می نوش آرام آرام در میان همگان جا می افتاد. و اگرچه این امر وسیله ای نمی شد که او کسی را حذف کند یا بد کسی را بخواهد یا با آن قصد تنبیه کسی را داشته باشد یا انتقام بگیرد، اما این اصول و فروع دین های من درآوردی و بی خردانه و غیرعلمی بهانه ای می شد در دست دیگران تا از آن برای مقاصد خود بهره گیرند...خاله سهیلا و خاله فروغ در خانه ی خود به ویژه در مورد شستن ظروف به طور دائم مراقب کوچکترین حرکتم بودند تا مبادا آنها را نجس کنم. در من احساس گناه بوجود می آوردند و من هر چه بیشتر احساس طرد و انزوا می کردم. و آنها چندان ناراضی نبودند که من حس کنم میکربی هستم و در میان جامعه وول می خورم و آنها منتی هم سر من می گذارند که با من مسالمت آمیزانه برخورد می کنند...می نوش خودش را در فاصله با من نگاه می داشت. به خانه ی من نمی َآمد. احساس می کردم هنگام غذا خوردن کنار من نمی نشیند. می نوش پیشقراول رواج مذهب در خانواده ی لامذهب ما شده بود. و البته فقط این موارد در می نوش بود که مورد تقلید قرار می گرفت. وگرنه می نوش خصائل بی نظیر و ماهیتی یگانه داشت که همگان نه می توانستند آن را بفهمند و نه علاقه ای داشتند آن ها را به کار بگیرند. زیرا کاملاً برعلیه طینت ها و افکار پست برخی از آنها بود.

در خانه ی خودم، صَفَر هرگاه دلش می خواهد به خانه می آید و بیشتر برای اینکه به خیال خود مرا کنترل کند. به بچه قول می دهد دوشنبه بیاید سه شنبه می آید. قرار است جمعه بیاید ناگهان سرزده چهارشنبه سر می رسد. بچه بی قراری می کند. پدرش را می خواهد و پدر نیست برای او. همیشه در اضطراب است که او چه زمان می آید. گمان می برد او را دارد از دست می دهد. این

اضطراب و نگرانی برای همیشه در ذهن این بچه می ماند و می شود عامل برخی رفتارهای نامتعادل و گاهی خشونت آمیز دوران کودکی و نوجوانی.
صَفَر به خانه می آید که فقط مرا بکوبد. کاری پیدا کرده است ولیَ نه انگار که بچه ای دارد و مخارجی. او فقط می خواهد خودش را آرام کند و مرا تنبیه. یک روز آمده بود من در منزل نبودم. دخترم در خانه تنها مانده بود. وحشت کرده بود و همسایه ها او را برده بودند به خانه ی خود. صَفَر دختر را از خانه ی همسایه بیرون کشیده و آنگاه هم چنان او را تنها گذاشته و رفته بود. تا من بیایم بچه چقدر گریه کرده بود...یک بار دیگر که من در خانه نبودم، صفر آمده بود و در نبود من دنبال چیزهایی می گشت. احتمالاً مدارکی از من. رفته بود انباری بالای مغازه. بچه گویا مرتب گریه می کرد و دخترم نمی توانست او را آرام کند. چیزی از او می خواست که دخترم نمی دانست چگونه برایش تهیه کند. بچه به دخترم گفته بود "خر". دختر پاسخ داده بود به اون یعنی به "بابا" بگو خر...صَفَر با این حرف یک کشیده ی محکم به او می زند...یک بار دیگر نیز چند صباحی دیرتر رفته بودیم مسافرت با صبا و شوهر و خواهرزاده اش و تعداد دیگری با یک مینی بوس کرایه ای...دخترم می خواست برود به کنار دریا. پدرش گفته بود هیچ کس نرفته است تو هم نرو. دختر گفته بود من چه کار به دیگران دارم می خواهم بروم. او را برده بود بیرون توی حیاط و به شدت کتک زده و سپس تهدید کرده بود که دیگران نفهمند او را زده است... قابل تحمل نبود. نمی شد. دیگر نمی شد. به جایی نمی رسید. فکر کردم که وقتش رسیده است کاملاً جدا شویم. خود او بارها از طلاق صحبت کرده بود و بخصوص با دوستان صحبت می کرد و می گفت که قاطعانه می خواهد مرا طلاق بدهد.. ولی هیچ گاه پای عمل نمی رفت...
با ناصر حرف زدم. از او خواستم هزینه ی دفترخانه را برای طلاق تهیه کند تا من دیرتر به او باز پس دهم. با حامد و داداش نیز صحبت کردم. می نوش و زهره هم قرار شد بیایند به دفتر ثبت احوال. ناصر صَفَر را با خود آورد. صَفَر در مقابل عمل انجام شده قرار گرفته بود. این همه که راجع به طلاق دادن من حرف زده و تمام ماجرا را برای همه تعریف کرده بود اگر ممانعت می کرد برایش کسر شأن داشت. هیچ نگفت...فقط می بایست امضا کند. هزینه ی طلاق و شواهد همه مهیا بود و رئیس دفتر منتظر گرفتن پول. البته مدتی روضه خوانی کرد که مدت زمانی کار را به تعویق بیاندازیم تا شاید تصمیم عوض بشود ولی وقتی دید هیچ کدام اعتراضی نداریم، کار را تمام کرد.
تمـــــــــــام شد...نفس بلندی کشیدیم. دست کم او به طور قانونی دیگر هیچ گونه حق و حقوقی نسبت به من نداشت. حقوق مرد نسبت به زن در قانون اسلام و حالا در جمهوری اسلامی بسیار زیاد است. در واقع تمام حقوق از آنِ مرد است. زن از نظر اسلام ضعیفه است نصف مرد لذا زن برده ی شوهر است بی اجازه ی او آب نمی خورد. صَفَر اگر می خواست می توانست به حکم قانون و با عنوان شوهر من تا ابد مرا زندانی و اسیر خود کند. جیک می زدم هر زمان، خاطره ی آن ماجرا برایش زنده می شد و مرا می فرستاد به میدان سنگسار...

در طلاق نامه از من به عنوان سرپرست بچه ها ذکر شد. او نیز خود می دانست که نه امکاناتش و نه عرضه ی تربیت بچه ها را دارد. نیز در ذهنش پرورانده بود که مرا اسیر بچه ها می کند مثل کلفتشان و خودش آزاد می شود. مقرری ماهانه ای در نظر گرفته شد که او به عنوان نفقه بدهد. مقداری که هزینه ی توی جیب دختر من حتی نمی شد. آن مقدار ناچیز را نیز خیلی اوقات با دعوا و مرافعه گاهی می آورد خانه. بسیاری از اوقات خبری از او نمی شد...مدتی تصمیم گرفت که پسرم را با خود ببرد. در بهترین مهد کودک تهران او را ثبت نام کرده بودم. هزینه اش را چگونه ولی تهیه کرده ام. او را برد به جوادیه، محله ی خودشان. می برد به مهد کودک دولتی محل. مجبور است برای تأمین هزینه ی زندگی کار کند. مادرش بچه را صبح به مهد کودک می رساند و عصر بر می گرداند. خواهر کوچک تر صَفَر نیز آنجاست. شوهر هروئینی وی در زندان به سر می برد. خواهر نتوانسته است سربار خانواه ی شوهر باشد و از همه ی آنها - پدر و مادر و خواهر های شوهر - دم به دم سرکوفت بشنود و فرمان بگیرد. با سه بچه ی قد و نیم قد آنجاست. او نیز گاهی پسرم را به مهد کودک می رساند. بچه دو ماه پیش آنها می ماند...روز و شب ندارم. انگار گوشت تنم را کنده اند. چه کنم اگر بخواهد همیشه بچه را آنجا نگاه دارد. آن ها یکی مثل خودش را تربیت می کنند. چیزی ندارند که به او بدهند. بچه نابود می شود. به علاوه گوشه ی جگرم است. تمام سلول هایم برایش می گریند. آرزوی یک لحظه دیدارش را دارم. حاضرم هر چه دارم بدهم و بچه پیش خودم باشد. حاضرم همه جور زندگی را تحمل کنم بچه با من باشد.
سرگشته ام. نمی شود که همیشه به خانه ی زهره بروم تا مرهمی بر دلم بگذارند. یک بار رفتم به خانه ی آنها. به حمام بیرون می رفتند. می توانستند بگویند بیا بنشین تا ما بر گردیم. نگفتند. خوب آنها زندگی خود را دارند و در نهایت غم تو فقط مال خودت است. خود تو باید با آن بسازی و آن را چاره کنی...اصلاً چه چیز می تواند مرهمی باشد بر این مصیبت که عزیزت را نامردانه بگیرند که حقی نسبت به او نداشته باشی که دیگران تصمیم بگیرند جگرت را که نه ماه در شکم پرورانده ای با او چه کنند و نکنند. به قوانین شرع و عرف، کینه ورزی بر علیه چنین اتفاقی نیز که تمام حق و حقوق را برای صَفَر محفوظ نگاه می دارد علاوه می شود. او مرد است و می تواند هرغلطی می خواهد بکند. زن "ضعیفه" عقلش به چیزی نمی رسد. فقط باید بسازد و دست روی دست بگذارد تا ببیند چه می شود...در افق حتی سوسویی ضعیف از روشنایی به چشم نمی خورد. دخیل به میله ی کدام امامزاده می باید بست. برای هر مشکلی بالاخره راه حلی یافت شود اما عزیزت را چه کنی که نمی توانی ببینی. بچه پس از طلاق مال پدر است او حق دارد بچه را همیشه برای خود نگاه دارد اجازه ندهد مادر او را ببیند هیچ نهادی نه از مادر و نه از بچه حمایت نمی کنند دستم به هیچ جا بند نیست. حرفی اگر می زدم او آن فاجعه را قبل از هرچیز علم می کرد از خدا خواسته که انتقام زندگی نداشته اش را از من بگیرد...به هیچ کس از افراد خانواده نگفته ام که طلاق گرفته ام. نه که دستم را نمی گیرند بلکه می شوند مایه ی سرکوفت. هیچ کس را قابل نمی بینم که بخواهد راه حلی برای مشکل من بیابد و نه هیچ کس را آنقدر بفکر وعلاقمند به

زندگی ام که بخواهد به شکلی کمکی باشد برای حل مشکل من. فقط داداش ومی نوش از طلاق من خبر دارند. حالا حتی به مامان نمی گویم که صَفَر بچه را برده است. دلگیری عمیقی از او به جانم مانده است. او مرا دست خالی می خواست به خیابان بیاندازد حالا چه می تواند بکند؟ لابد ته دلش می گوید خودش کرده است حقش است. آن مهر و دلسوزی بی چون و چرای مادر را در او دیگر سراغ ندارم که دست کم با من همدردی کند که به من امید دهد به روشنایی سحر که کنارم بنشیند دردم را عمیاً حس کند. داداش می داند در چه وضعیتی قرار دارم. حتی می داند که درآمد از هیچ منبعی ندارم. یک بار خواستم از یکی از بنیاد های جدید التأسیس قرض الحسنه که در اماکن مختلف سرباز کرده بودند، مقدار اندکی را که صدقه سری می دادند قرض کنم. یک نفر می خواستند برای امضاء ورقه. از داداش درخواست کردم امضاء کند. آمد. نمی دانم چگونه. در میان آن همه افراد بی چیز و فقیر و بی کس که درخواست پول می کردند هم او و هم من چانه در گلو فروبرده عرق شرم بر پیشانی نشسته به دفتر آقا وارد شدیم. ندادند. داداش به راه خود رفت و من به خانه برگشتم. شوهر می نوش از مامان خواسته بود باغ سهم داداش کوچولو را که حالا به مامان رسیده بود با سهم می نوش در ملکی دیگر تعویض کند. فروش آن تکه باغ بی دردسر و فوری بود. این یکی خیلی مسئله داشت. دو نفر دیگر نیز در آن سهیم بودند و سال ها طول می کشید که به پول برسد. چه کسی در آن زمان ضروری تر بود که دستش گرفته شود. مهری گفته بود طرف یعنی شوهر می نوش روش خیلی زیاده...شوهر می نوش به فکر زندگی خود بود ولی مامان که از وضعیت من مطلع بود. می بایست هوشیار باشد ترتیبی بدهد که مشکلات را به طور جمعی حل کنیم و همه در آن مقطع به سامان برسند. حق و حقوق هرکس تعیین می شد و حالا که دیگر آن یک رنگی نیست و عروس و داماد به خانه اضافه شده است و مغزها شروع کرده اند به چرتکه انداختن، وضعیت هرکدام روشن می شد تا هرکس خود بداند با ملک و اموالش چه کند...به مهری نیز متوسل شده بودم. او مرا به شوهرش محوّل کرد و سپس مرا به دفتر قرض الحسنه ی پدر شوهرش در بازار ارجاع دادند. من نرفتم. مهری چطور حاضر شده بود این همه مرا ذلیل کند و هم خودش را. این مقدار پول هزینه ی توی جیب یک روز آنها بود...با این اوصاف حالا به چه کسی می رفتم و می گفتم که بچه ام جگرگوشه ام را برده اند که زندگی بدون او هیچ مفهومی برای من ندارد...چندین بار حامد و زهره در بحث مربوط به کمک مالی به بچه ها در باره ی نفقه ای که حکومت اسلامی خود در نظر گرفته بود با حضور صَفَر شرکت کرده بودند. بحث به نتایجی می رسید که البته هیچ گاه عملی نمی شد. لابد با خودش می گفت هم از من طلاق گرفت هم که من تغذیه اش کنم و حالا هم که تنها شده برود هرکار دلش می خواهد بکند؟...این افکار در سرش بود که تصمیم گرفت بچه را ببرد تا از پرداخت هرگونه هزینه ای مبری باشد. اما مسئولیت سخت و پر دردسر پیزی می خواهد. بچه آینده اش تربیتش هیچ جایی در تصمیم گیری او نداشت. بچه وسیله ای شده بود برای انتقام برای مانور برای قدرت طلبی. او در حدی نبود که آینده ی بچه را با مسئولیت هایی که می بایست به عهده بگیرد...بچه را پس از دو ماه باز آورد.

کوه کمر شکن

نمی دانست با آوردن بچه بزرگترین خدمت را به من می کند. آن شب در خانه ی می نوش بودم که با بچه آمد و تنها رفت. وقتی بچه را به من سپرد گویی سنگین ترین بار را از دوشش برداشتند. پسرم کودکم در تاکسی گریه می کرد. می گفت مامان بیایید با هم زندگی کنیم...دو ماهی که در جوادیه به سر برده بود آن طور که بعد ها شنیدم، برای صَفَر و هم برای بچه جهنم بود. صَفَر به مامان گفته بود که هیچ کس مثل من نمی تواند بچه را تربیت کند. چه بسا این حرف را به مامان زده بود تا بی عملی و بی مسئولیتی خودش را توجیه کند. حالا پیش خودش می گفت حقش است که بنشیند و بچه را بزرگ کند. گمان می کرد مراقبت از بچه ها برای من کلفتی است. و هم نمی توانست بفهمد پرورش کسانی که دوستشان داری مثل نهال گلی که هرروز به آن آب می دهی نور می دهی و با رشد آن زیبایی های جهان را به دل می خری چه اندازه لذت بخش است. بچه ها را من خواسته بودم روحم با آنها زندگی کرده بود مثل کتابی که می نویسم. هر لحظه در طی شبانه روز آنها را لغت به لغت سطر به سطر نوشته بودم. او نمی توانست و هیچ گاه نخواهد توانست حس کند زیبایی این تلاش را برای زندگی که لذتی چند بعدی داشت با همه ی مشکلاتش. او تصور می کرد انتقامش را این گونه از من می گیرد و هم دست و بالم را می بندد. ذهنش کوتاه تر از آن بود که بفهمد این تجربه مرا بس شکوفا تر می کند و به دیگر علائقم نیز باری صد چندان می دهد و مرا قدم به قدم رسیده تر و زیباتر می سازد...نمی فهمید که حالا تمام آنچه را که می خواهم دارم: بچه هایم را. و آن کس که نمی خواهم دارد گورش را گم می کند. زندگی با همه ی سختی هایش بی کسی اش بی پشت و پناهی اش رنگ گرفته بود رنگی که بیشتر در این مقطع در کودکانم خلاصه می شد و در زندگی ای که می بایست با عشق از صِفر شروع کنم. پرنده ای بودم تنها ولی در آسمان بی کران عقابی با بال های بسیار نیرومند با قلبی دردمند و کماکان عاشق. می سازم. باز همه چیز را تنها می سازم.

کتابم را تقریباً تمام کرده ام. یک سال تمام کار برد. صفحات فرهنگ های لغت همه زرد شده بودند. روزی پانزده ـ شانزده ساعت کار کار بی وقفه شده بود تمام زندگی من در آن شهرستان جمال...جان و روح و زندگی و مال و همه چیزم را در راه باورهایم گذاشته بودم. شیوه هایی که برای مبارزه در نظر گرفته بودیم با اعتقاداتم و شعار های زیبای رنگین کمان در آسمان پرستاره چندان خوانایی نداشت. ما کمونیست های مقلد با برداشت های خودمان با تربیتی که از جامعه ی خود گرفته بودیم، جامعه ای با قرن ها حکومت توتالیتاریستی باورهای مذهبی نیت های متعصبانه و نبود کوچکترین تفکر و روش زندگی دموکراتیک، آنچه را مارکس و انگلس و لنین فرموله کرده بودند و بازتاب حرکت جوامع سرمایه داری و پی آمد آن بود و هم اکنون در روند امواج پر سرعت و گسترده ی سیستم های حاکم بیشتر و بیشتر شاهد آن هستیم، ما آن ها را به طور عمده از دیدگاه فلسفی آن هم شکسته بسته در سطح پیروی می کردیم. به همان گونه البته که تمام جنبش های چپ جهان در آن دوران از آن پیروی می کردند. جریانی بود جهانی که دامن ما را نیز گرفته بود. از

باورهای خداپرستی ظاهراً دست شسته بودیم، اما هنوز زندانی قدرت هایی در ماوراء الطبیعه بودیم و آنها ما را هدایت می کردند. این بود که حالا تشکیلات برای ما شده بود خدایی که بی چون و چرا می بایست از آن تبعیت کنیم.
مائوتسه تونگ مارکسیسم را محدود کرده بود به مشتی مچ بگیری ها و ریزه انتقادهای از خود و عملاً آزادی فرد برای برآورد طبیعی ترین نیازها را سلب می کرد. استالین هر مخالف طرفدار تزهای پرولتاریایی را سر به نیست می ساخت. کمونیست های جهان، هر گروه با زمینه های فرهنگی ـ تربیتی خود از آن پیروی می کرد...مارکس و انگلس را شاید کسانی دوباره عمیق تر بخوانند و بخوانند و عمق و اساس آن را روشن تر دریابند و آن را براساس تجربیات تاریخی جنبش های کمونیستی و دموکراتیک باز نویسند. نظریات آنان نه از روی تخیلات بلکه از واقعیت های جوامع سرمایه داری سرچشمه می گرفت که بسیار درآغاز انتشار این تفکرات به انحراف کشیده شد و با ناخوانایی این تئوری ها در زمان و مکان سنجیده نگردید...من نیز در پاریس، در اوج جنبش های دانشجویی چپ در اوج جدال جناج های مختلف: مارکسیم لنینیسم مائوئیسم گواریسم و نسخه های وطنی آن: چریکی کمونیست/ مذهبی خط سه ای، در آن غلط زده بودم و هم در ایران در آن غوطه ور شده بودم از بالا تا پائینش را شناخته با آن زندگی کرده و تا ته استخرش رفته بودم. این کتاب مرا می نوشت و در هر صفحه ای همراه با نویسنده حرکت های ضد زندگی غیر زندگی غیر طبیعی و ضد طبیعی خود و تشکیلات و سازمان هایی را که برایشان سینه زده بودم بیشتر و بیشتر در ذهنم می کشت...وقتی کتاب را تمام کردم وقتی برگردان اولیه اش را به پایان رساندم گویی کارم را در این مقطع با جنبش کمونیستی به پایان رساندم کارم را با هر مبارزه ای تمام کردم. مغزم نیاز داشت که زنگ تفریحی طولانی به خود بدهد و از هر مسئله ی جدی برای گرفتن حق و حقوق عدالت خواهانه ی اجتماعی به دور باشد...حال دیگر در زندگی شخصی و مشکلاتی که با آن مواجه شدم، فقط با حس خود حرکت کردم. در شرایط سخت و ناگوار به راه حل هایی دست می یازیدم که فقط نیازهای ضروری و فوری من به من حکم می کرد. سیاست طلبی و مبارزه جویی و خیلی از آن شعارهای کلیشه ای که بلغور می کردیم و فرمول هایی که به هم می بافتیم در روی زمین سفت واقعیت زندگی جایی نداشت. راه و روشی می بایست که بتواند مایه بگیرد از عمیق ترین آرزوها و نیاز ها در هزار توی دردهایی که کمتر رشته ای آنها را با فرمول ها ی صرفاً ذهنی مرتبط می ساخت...شکست بود شکستی عظیم. حالا به هر حرکتی بدبینانه می نگریستم. ذهنم دیگر توان بازنگرش نداشت. ذهنم کارش را تعطیل کرده بود. بازی دیده بودم همه چیز را: خیمه شب بازی لعبت گران. و ما لعبتک هایی بودیم عروسک های خیمه شب بازی وسایلی برای پیشبرد مقاصد. آنها نیز خود بازیچه بودند: بازیچه ی تاریخ سیاست و گاهی جاه طلبی. بزنند سنگ محک خود را بر زمین. احساس غبنی عمیق مرا از درون می خورد.

با این حس بود که وقتی کتاب را به پایان رساندم و خواستم دوباره به کار روزنامه بپردازم عملاً ناتوان بودم. دفتر مجله ای که نویسنده را اولین بار در

آن دیده بودم به ساختمانی دیگر منتقل شده بود. یک آپارتمان بسیار کوچک با یک اطاق کار. کسی که اداره ی مجله را به عهده داشت، روزنامه نگاری می کرد ولی نبود روزنامه نگار یا من شاید توقعاتم بسیار بالا بود. مرا که دید نشناخت. اِه تو همون هستی. حالا به سر و وضع خود هم چون زمان های پیش از این دوران قبل از سیاست بازی می رسیدم. لباسی آلامد پوشیده بودم و آرایشی داشتم که اگر چه ساده بود ولی زیبائی های چهره ام را چند برابر می کرد با موهایی تمیز و براق که وقتی روسری را از سر برداشتم، مدیر جدید نگاهی تعجب آمیز بر سر تا پای من دوخت. پیشتر برای اینکه جلب توجه نکنم و شناسائی نشوم، مقنعه را تا روی چشم هایم می آوردم و روپوشی معمولی مثل یک کیسه به تنم می کردم...یکی ـ دو ساعتی آن جا نشستم. احساس کردم گپ می زنیم. دو ـ سه نفر دیگر از بزرگان ادب نیز به آنجا آمدند. صحبت از هر چمنی گلی بود.
با نویسنده ی خودم این چنین نبود. گپ و گفت تا حدی بود که اطلاعات لازم داده شود. سپس جمع پراکنده می شد هرکس به کار خود. نویسنده جایی برای صحبت و حرف اضافی نمی گذاشت...هیچ فرصتی را از دست نمی داد. یک توپ غلطان بود همیشه در حال حرکت...با این حال پذیرفتم گزارشی برای مدیر مجله تهیه کنم...یک رهبر ارکستر ایرانی از سوئیس آمده بود در ایران برنامه اجرا کند. برنامه اش بسیار زیبا بود. پس از اجرای برنامه با او مصاحبه ی کوتاهی انجام دادم. خسته بود. قرار شد فردای آن روز به سراغش بروم. نرفتم. همان حسی را که گرفته بودم نوشتم. محور صحبتم با او در این بود که چرا رهبری ارکستر را به عنوان شغل برگزیده است با این دیدگاه که تاریخ از میان رهبران ارکستر رهبر جنبش های مقاومتی نیز داشته است. مبحثی بود که در زمان اوج فعالیت های سیاسی من در تشکیلات می توانست بسیار ارزنده و خلاق تهیه شود وهم چنین در آن زمان که با نویسنده دل و جان می دادم در تهیه ی یک مطلب. بگذریم از این که پاسخ این رهبر به پرسش من از جنس دیگر بود میل و انگیزه ای بود کاملا شخصی. می گفت در کودکی اگر می دیدم زورم به هم بازی نمی رسید با او بازی نمی کردم. می خواستم که خودم همیشه اول باشم و در رهبری ارکستر این حس کاملاً ارضا می شد. می بایست این من بودم که دیگران را هدایت می کردم به آنها می گفتم چه بکنند و چه نکنند... پیش از این در آغاز کار با مجله، شیرازه ی اطلاعات را از هر جا و مکانی که می توانستم بیرون می کشیدم. گفت و گو را با دقتی و با علاقه ای بی حد انجام می دادم. کم و کسر ها را سنبل نمی کردم. مطلب را سر و ته نمی آوردم که حالا چیزی نوشته باشم. با آن مطلب زندگی می کردم...این گزارش می توانست بی نظیر باشد همراه با تحقیقات لازم و گفت و گویی پربار. انجام ندادم. ایراد در باورهایم بود که حالا دیگر لنگ می زد. در باره ی آنچه که من در اوج و حضیض زندگی پیچیده همراه با ترجمه ی کتابم تزلزل یافته بودم، چگونه می توانستم مطلب قابلی تهیه کنم. مدیر جدید به درستی ایرادهایی گرفت. ویژگی های فردی این شخص نیز که به دلم نمی نشست می توانست مؤثر باشد در کوتاهی من یا مقایسه ای که بین او و آن نویسنده می کردم. نمی چسبید. هم او آن نویسنده نبود و نه من آن روزنامه نگار سابق بودم. دیگر به

آنجا نرفتم...مجله ی دیگری بود که شنیده بودم سردبیری قرص و محکم دارد. مرا پذیرفت با یک سخنرانی غرّاء در بیان و توضیح ویژگی های همه ی ما از جمله سیاسیون ادیبان هنرمندان روزنامه نگاران...گفت من ـ خودش را می گفت ـ با خلخالی تفاوت چندانی ندارم تو هم با زهرا رهنورد متفاوت نیستی به جز شکل پوشش. من و تو اگر در مقام و مرتبت اجتماعی آن ها قرار بگیریم همان روش را پیش می گیریم زیر لوای مکتب دیگری که ظاهراً مذهب در آن رنگی ندارد یا به آن رنگ مکتب های مترقی را زده اند...از من خواست در باره ی تاکسی رانی گزارشی تهیه کنم. پدیده ی تاکسی در ایران شگفت انگیز است. تاکسی ها و هم ماشین های شخصی که به طور غیرقانونی آزادانه در خیابان های تهران مسافرکشی می کنند، قدم به قدم می ایستند تا تاکسی پر شود و فقط خط مستقیم می روند و هر مسیر کوتاهی بین دو میدان که بیش از دو ـ سه چهارراه را در بر نمی گیرد نرخ خاصی دارد و بسته به اینکه چه مسافتی را می خواهیم بپیمائیم بر کرایه ی تاکسی افزوده می شود...گزارش را تهیه کردم. اما کماکان نه آن شور زمان کار با نویسنده را داشتم نه چندان تهیه ی چنین گزارشی می توانست در خور اهمیت باشد. آیا تهیه ی این گزارش اساساً می توانست در جایی موثر واقع شود؟ گزارش چاپ شد. من پیشنهاد تهیه ی گزارشی در باره ی مهاجرت ایرانیان به خارج را دادم. گفت برو تهیه کن با این دیدگاه که هر کسی از ایران خارج می شود بر می گردد. به این زاویه از دید او تردید داشتم. می دانستم که چیزی کاملا عکس آن را تهیه خواهم کرد. هرکس که به خارج رفته بود، از چهل سال پیش سی سال پیش ده سال پیش...برنگشته بود...گزارشم دقیقاً برخلاف نظرات او بود. مستبدانه اعتقاد داشت که من دیدگاه خودم را در گزارش دخالت داده ام. مرا تحقیر کرد که تو تازه کار نیستی باید خوب کارکنی. با حالتی توهین آمیز به من گفت که اگر امکانات فراهم شود همین الان از کشور خارج می شوم. این مطلب را طوری مطرح کرد که انگار دچار جنایتی بزرگ می شوم...آن طور که او چپ و راست به سر من می کوبید، همان را که خود گفته بود برای من تصویر کرد: نقش زد یک خلخالی را در شمایل سردبیر یک مجله ی دگراندیش...گزارش من بر اساس صحبت هایی بود با اغلب کسانی که قصد مهاجرت به خارج را داشتند در مقابل سفارت خانه های مختلف در صف انتظار نوبت برای ارائه ی مدارک خود. حتی با کسانی که مدت ها در خارج به سر برده بودند صحبت کرده بودم و هم با کسانی که آرزوی خارج از کشور را در سر می پروراندند ولی امکان خروج نداشتند. همه می رفتند که بروند. چیزی نبود در ایران که بخواهند زندگی اشان را به آن بند کنند. اغلب خارجه را ندیده بودند. دروغ نبود که در آنجا دست کم به زندگی شخصی آنها کسی کاری ندارد به هر سوراخ آدم سرک نمی کشند کوچکترین کنش آدم را تحت کنترل قرار نمی دهند هر لحظه مورد تحقیر و اهانت این و آن قرار نمی گیرند همیشه در معرض برخوردهایی قرار نمی گیرند که به طور دائم احساس گناه کنند. صحبت ها بسیار گویا بود و گزارش اگر چاپ می شد یکی از بهترین ها محسوب می شد. هیچ تهمت و اتهامی به هیچ مقام دولتی روا نمی داشت. از جانب مصاحبه شوندگانی مطرح می شد که همه ی اقشار جامعه را در بر می گرفت مردمی

که می خواهند زندگی کنند خودشان باشند هزار جور قوانین کوچکترین مسائل زندگی خصوصی آنها را تحت نظر نگیرد...البته این سردبیر اشتباه نمی کرد که چه بسا من نیز بخواهم در این شرایط بار و بندیل ببندم. فکر چنین اقدامی مدتی در سر بود. اما هنوز کاملاً مصمم نبودم. حتی طرحی نیز برا ی آن نریخته بودم. فقط یک فکر بود...آخرهفته می رفتم پیش قاسم. می گفت دو - سه ساعت بیشتر نمی تواند کار کند. نمی کشید. با علاقمندی به تصحیح بخش هایی از کتاب که من در برگردان آن مشکل داشتم می پرداخت با مهر بدون چشم داشت. کتابی که من ترجمه کرده بودم سر زبان محافل روشنفکری آن زمان در تهران بود. بزرگان ترجمه ی زبان فرانسه وقتی فهمیدند من این کتاب را ترجمه می کنم بسیار استقبال کردند. قاسم نیز از محتوای آن اطلاع داشت. خود او نیز چه بسا به آنچه من با آن کتاب در باره ی خود رسیده بودم، رسیده بود. لذا عمیقاً می خواست که این کتاب به چاپ برسد...چند ماهی طول کشید تا کار تصحیح به اتمام برسد. و تا کار انتشار کتاب به پایان برسد من می بایست خود را مشغول می کردم. پس از ترجمه ی این کتاب پرحجم ذهنم می بایست اندکی استراحت کند. با ترجمه ی این کتاب فکر می کردم کارم را با سیاست و کتابت و روزی نامه نگاری و چنین میدانی از فعالیت ها به پایان رسانده ام.
هیچ انگیزه ای در خود نمی یافتم که بخواهم ذهنم را در این موارد مشغول کنم. اما هنوز انگار نمی توانستم کاملاً از همه چیز ببرم. خرده شیشه هایی از علائقم مرا می کشاند به سوی کاری که تا حدودی بی ارتباط با فعالیت های ذهنی من و علائقم نباشد.
با مقدار دستمزدی که بابت ترجمه ی کتاب گرفته بودم، مصمم شدم یک کتاب فروشی مدرن و با کیفیت باز کنم در مغازه ی کوچک مجاور خانه که هنوز خالی بود. فکر کردم بازی های فکری برای کودکان نیز به فروش می رسانم همراه با لوازم التحریر و ابزار کار نقاشی و مجسمه سازی و گرافیک. با داداش مشورت کردم. او با یکی از دوستانش که یک لوازم التحریر فروشی شیک در خیابان وزرا داشت، آمدند و محل را ارزیابی کردند. گفت محل خوبی است می تواند موفق بشود...هرچه کتاب تازه منتشر شده ی هنری - ادبی - سیاسی مورد علاقه را تهیه کردم...و انواع بهترین بازی های فکری کودکان و تعداد زیادی کارت های تبریک فانتزی و لوازم التحریر شیک و مدرن. از خاله فروغ درخواست کردم نام کتاب فروشی را با خط مدرن گرافیکی نوشت. حامد وسیله ای تهیه کرد که با آن از چوب های پنبه ای حروف را ببریم و با هزینه ای اندک بر سر در مغازه بکوبیم. هم سبک بود و هم ضد آب و هم آسان برای نصب. کار برش آن را خود انجام دادم و حامد آن را بر روی دیواری که سلطان آن اوایل با سیمان صیقل داده بود نصب کرد. رنگ قشنگی به آن زدیم. نامش را گذاشتیم "پرواز". با مسمّی بود. با روح خود من مطابقت داشت که می خواست پرواز کند از همه ی قفس هایی که برای خود درست کرده بودم...روز اول هزار و چهار صد تومان فروش رفت. حامد و زهره در خانه ی ما بودند. همه خیلی خوشحال بودیم. اگر به همین منوال پیش می رفت، خیلی زود امکاناتی را که می خواستم برایم فراهم می کرد. دخترم را می بایست در یک مدرسه ی خوب ثبت نام کنم. سالی خدا تومان هزینه داشت. هزینه ی ثبت نام

کوه کمر شکن

برخی از مدارس از یک میلیون تجاوز می کرد. مدرسه در شمال شهر قرار داشت. می بایست خانه ای در منتهای شمال شهر فراهم کنم که دختر بتواند به راحتی به مدرسه رفت و آمد کند. پول پیش چند میلیونی و اجاره خانه و...توی دلم غنج می زد. یک ماشین لازم داشتم. دختر یک بار گفته بود: مامان احساس می کنم فقیر هستیم...در کلاس هایش با بچه های ثروتمندان نشست و برخاست داشت. می گفت احساس گناه می کنم وضع ما خراب است و تو برای من همه ی این امکانات را فراهم می کنی. دختر می دید که من چگونه به آب و آتش می زنم تا آنچه را که به همه آموزش می دهم و دیگران از داده های من با امکانات خود پیروی می کنند از بچه هایم کم نیاورم...اما فروش مغازه همان روز اول نسبتاً خوب بود و بس. دیر جنبیده بودم مردم خریدهایشان را برای گشایش مدرسه انجام داده بودند. و ارزیابی دوست داداش درست نبود. محله ای نبود که چندان به بازی های فکری توجه کنند یا کتاب خوان باشند. دیوار پادگانِ آن طرفِ خیابان ما را از خانه های مسکونی دور نگاه داشته بود. اتومبیل زیادی از آنجا عبور نمی کرد. موقعیت محلی مناسب نبود...با این حال چند ماهی حفظش کردم. با تصور اینکه مردم آنجا را نمی شناسند و باید جا بیفتد. گاهی وقتی پسرم را از مهد کودک به خانه باز می گرداندم، با یکدیگر در آنجا می ماندیم تا دختر کوچولویم از مدرسه بیاید. بچه خیلی اوقات توی بغل من می خوابید پشت دخل. گاهی ساعت ها بی آنکه هیچ پرنده ای پر بزند در مغازه می نشستم. حامد زنگی در مغازه کار گذاشته بود. من می رفتم به درون خانه به کارهایم برسم. مغازه را می سپردم دست دختر که هر گاه مشتری آمد مرا خبر کند. مثل زمانی که آقاجون وقتی که بچه بودم، یکی ـ دو بار قبل از اینکه مغازه ی دو نبش همین ساختمان را آماده کند و آن را به دست کسی بسپارد، مرا می گذارد پشت دخل که برود بازار و خرید کند. پنج ـ شش سال بیش نداشتم. هر کاری را به من یاد داده بود. تمام اوزان سنگی را می شناختم و کار با ترازو را. کار با چرتکه را یاد گرفته بودم و حساب و کتابم هنوز مدرسه نرفته خوب بود. شاگرد نانوایی را سفارش می کرد که مرتب به من سربزند تا خود بازگردد.

حالا هرچند وقت یک بار می روم بازار خرید می کنم و با تاکسی به خانه باز می گردم. بازار تهران با سقف های گنبدی و نیم دایره ی بلند و جماعتی که در غرفه ها و مغازه های هزار توی آن در بازار مسگرها بازار طلا فروش ها فرش فروش ها غوطه می خورند، بسیار زیباست. با آقاجون و مامان وقتی بچه بودیم به آنجا می رفتیم برنج با گونی بخریم و هم شب های عید آقاجون ما را می برد بازار کفاش ها برایمان کفش بخرد...یک بار بازار خیلی شلوغ بود و من یک چرخ بزرگ جنس خریده بودم. دو ساعت طول کشید که بار بر از فروشگاه بزرگ عمده فروشی لوازم التحریر جنس مرا تا سبزه میدان بیاورد. فقط چهارصد تومان خرج کردم برای باربری. آیا به همین میزان از اجناسی که خریده بودم سود می بردم؟ متضرر شدم...نگرفت. تمام روزهای هفته حتی تعطیلات را نیز در آنجا می ماندم. تمام دستمزد ترجمه ی کتابم را در آنجا هزینه کردم. هرکس می آمد از دکوراسیون و کتاب ها و بازی ها تعریف می کرد ولی فقط چه چه و به به بود. در این دوران نه مامان نه داداش و نه هیچ

کس دیگر حتی یک بار به ملاقات من نیامدند. صَفَر گاهی می آمد بچه ها را ببیند.
مجبور شدم مغازه را ببندم. مقداری از جنس ها را به همان دوست داداش که جنسش را دولا پهنا به من فروخته بود به کمتر از نصف قیمت فروختم و باقی مانده را به مغازه ای دیگر در محل. این یکی انصافش بیشتر بود. خلاصه همه ضرر بود.

فرح خواهرزاده ی صبا یک موسسه ی تدریس با یکی از دوستان اداره می کند. شروع کردم به تدریس زبان انگلیسی و فرانسه و ریاضیات و ادبیات. بچه هایی با نمره ی تجدیدی سه و چهار، در شهریور ماه نمره های هفده و هجده آورده بودند. دستمزدم را خودشان بیشتر از اندازه ی مقرری بالا بردند. از طریق شاگردانم با کسان دیگری نیز آشنا شدم با افراد متمکنی که می خواستند فرزندانشان در زبان های خارجی تبحر پیدا کنند. گاهی چند ساعت رفت و برگشتم به طول می انجامید تا یک ساعت به یک نفر درس بدهم . کمک هزینه ای بود ولی نه آنچه که من نیاز داشتم. گاهی پابا پای درس می دادم. زن همسایه می آمد یک سری کارهای خانه را انجام می داد و من به درس های ضعیف دخترش رسیدگی می کردم...دخترم را برای کلاس های مختلف می بایست به نقاط مختلف شهر ببرم. با ترافیک شلوغ تهران تمام وقت روزانه گرفته می شد. راننده ی آژانس در همسایگی پسرش شش تا تجدیدی آورده بود در سال آخر دبیرستان. قرار شد او دخترم را به کلاس هایش ببرد و بیاورد و من به پسرش درس بدهم...پسرش یک مرد کامل بود. خوش هیکل و بسیار زیبا رو. بیشتر به بیست و پنج ساله می خورد تا هفده - هجده ساله. مرا که دید رنگش سرخ شد. چشمانش دو دو می زد. روپوشم را در آوردم که آزاد باشم و روسری ام را. زیرچشمی نگاهش را به خط رانم از زیر شلوار جین می برد. قرار بود آن روز زبان انگلیسی کار کنیم. حتی کتابش را نداشت. چند جمله نوشتم برای آزمایش سطح گرامر زبان. هیچ نمی دانست حتی ساختمان جملات ساده ی اولیه را. فاعل را از فعل تشخیص نمی داد. قید و صفت را نمی فهمید. می بایست از آغاز شروع می کردم از جملات ابتدائی درس زبان کلاس اول دبیرستان. مطمئن نبودم که به حرف هایم گوش می دهد یا نه. آخر کلاس تمرین هایی به او دادم که برای دفعه ی بعد حل کند. و کتابش را خواستم به طور قطع پیدا کند...مادرش در میانه ی درس برای من شربت و شیرینی آورد. او نیز زیر چشمی نگاهش را روی هیکل من ورانداخت...بار دیگر که به خانه ی آن ها رفتم، لباس گل و گشادی پوشیدم با یقه ی بسته. موهایم را از پشت بستم سورمه ی چشمانم را حذف کردم...تکالیفش را حل نکرده بود. به او گفتم اگر کارنکند من دیگر نمی آیم. با اینکه بی اندازه به پدرش نیاز داشتم که دخترم را به کلاس هایش برساند ولی نمی توانستم هم وقت خودم وهم مال او را اتلاف کنم. کتابش را هم نیاورده بود...در جلسه ی سوم تکالیفش را نصفه نیمه برای رفع تکلیف حل کرده بود. معلوم بود دو - سه دقیقه قبل از آمدن من جملاتی سر هم کرده است. مادرش را صدا زدم و خیلی جدی گفتم من اینجا نمی مانم. او اگر نتواند از پس امتحانش بر آید من شرمنده خواهم شد. رفتم. روز بعد خودش

آمد به خانه ی من. تکالیفش را حل کرده بود. کتابی جدید نیز خریده بود...حالا دیگر همه ی تکالیفش را انجام می داد. کم کم انشاء های کوتاه از او می خواستم بنویسد. داستان های کوتاه انگلیسی به او می دادم بخواند. سئوالاتی راجع به آن داستان ها مطرح می کردم و بخصوص روی گرامر خیلی باید کار می کردم. در مدت دو ماه می بایست از نوشتن یک جمله ی ساده تا جملات شرطی خودش را بالا بکشد...برای درس ریاضی یکی از دوستانم را به او معرفی کردم. بقیه ی دروس را خود با دوستانش می خواند. خودش که این طور می گفت. مطمئن نبودم که چه میزان به درس خواندن علاقه دارد. گمان می کردم بیشتر به خاطر به دست آوردن دل من کار می کند. من خیلی دوستش داشتم. جذاب بود و در عین حال تودار. گاهی احساس می کردم وقتی کتاب را در دستش می گیرد دستانش می لرزند. زیر چشمی به من نگاه می کرد به لبانم، به نقاطی از بدنم که دامن گشاد روی آن جمع می شد و می توانست نهفته ها را در ذهنش به تصویر بکشد. من اما آنقدر ظاهر جدی و سخت گیر خود را حفظ می کردم که به هیچ رو گمان نمی برد با قصد دیگری بجز یک شاگرد به او نگاه می کنم...تابستان تمام شد. یک روز با بسته ی بزرگ هدیه آمد به خانه. قبول شده بود. البته با نمره ی ناپلئونی.از همه ی شش درس به جز یکی که آن را نیز تک ماده کرده بود. در هر صورت برای او شاهکار بود. آن روز پا به پا کرد چیزی را که مدت ها می خواست بر زبان براند بگوید. نگفت. پدرش هم چنان دخترم را به کلاس هایش می رساند. رایگان. بعد ها وقتی از پدرش شنیده بود خیال سفر دارم خودش را به سرعت رسانده بود. نامه ای را بی هیچ کلامی به دست من داد و رفت. در آن با خط نپخته اش یک جمله نوشته بود: فقط یک آرزو دارم. گرم در آغوشتان بگیرم برای همیشه.

شاگرد دیگری نیز داشتم که قیافه اش به سوئدی ها می خورد. خانه ای داشتند چون قصر. با خواهر کوچکترش هیچ در زندگی کم نداشتند. در سال آخر دبیرستان درس می خواند. زبان انگلیسی را خوب می دانست. می خواست مکالمه کار کند. از او می خواستم فیلمی ببیند و راجع به آن صحبت می کردیم یا کتابی می دادم بخواند و در باره ی آن خلاصه ای بنویسد و هم برای من توضیح دهد. گاهی می رفتیم به یک نمایشگاه نقاشی یا مجسمه و در باره ی آن با یکدیگر صحبت می کردیم...در آغاز سعی می کرد ایراد گیری کند. نگرفت. به خودش خیلی مطمئن بود. می خواست بر همه چیز تسلط داشته باشد. او می خواست تعیین کند که چه کنیم. من انعطاف داشتم تا حدی که به خودش ثابت شود راه های بهتری نیز هست. با چند دختر و پسر انگلیسی زبان در خارجه مکاتبه داشت. فراگرفته های جدیدش را طوری مطرح می کرد که به رخ من بکشد. من از چالش او استقبال می کردم. شخصیت محکم او را دوست می داشتم و هم خیلی چیزها در کار با او یاد می گرفتم و تجربه می کردم. ولی کافی بود اندکی از خود ضعف نشان بدهم تا حس برتری در او غلبه کند.

یک روز خواهر زاده ی شوهر صبا به من می گوید صَفَر قصد رفتن به خارجه را دارد. مرا از خطر آگاه کرد. شستم خبردار شد. صَفَر می خواست دست مرا با بچه ها توی حنا بگذارد. اگر می رفت من هیچ کاری نمی توانستم برای بچه

ها انجام دهم بدون اجازه ی او. نمی توانستم بچه ها را بدون امضاء او از ایران بیرون ببرم. تا می آمدم ثابت کنم که پدر بچه ها رفته است سال ها طول می کشید. اجازه ی سرپرستی که هنگام طلاق به من داده بودند، همه کشک بود. در عمل این اجازه محدود بود به نگهداری و مراقبت از بچه ها و به عبارتی کلفتی آنها و برخی امور اداری و تحصیل و...صَفَر هر زمان اراده می کرد قانون بدون بررسی اوضاع و احوال بچه ها را به دست او می سپرد...مدتی بود اندیشه ی رفتن به خارج را در ذهنم پرورش می دادم. حس غربت بیش از اندازه در وطن چاره ی دیگری برایم نگذاشته بود. احساس می کردم نه مادر دارم نه خواهر نه برادر نه قوم و خویش. کار روزنامه اکنون برایم بی معناست. نه اینکه رژیم حاکم محدودیت هایی برایم ایجاد کند؛ ما در بدترین شرایط حرف هایمان را در روزنامه می زدیم. هزار جور بند بازی به کار می بردیم. شیوه ای از نوشتن را باید در پیش می گرفتیم که حرفمان را مردم بفهمند. ناسزا و تهمت به کسی روا نمی داشتیم دربیشتر مواقع واقعیت های بسیار روشن اجتماعی را از زبان خود مردم مطرح می ساختیم. به اندازه ی کافی تاثیرپذیر بودیم. از داربست بود بنا خراب.
پدر بچه های من یک کون نشور مثلاً کمونیستی که دست راست و چپ را نمی توانست از یکدیگر تشخیص دهد، می خواست مرا با قوانین اسلام ـ آنچه که ظاهراً مرام و تفکر و روش زندگیش می بایست با آن مخالف باشد ـ به سنگسار در ملأ عمومی بکشاند. خود ما لنگ می زدیم و این لنگ زدن ها بیشتر از هر چیز مرا سست کرده بود. حالا دیگر همه چیز رنگ باخته بود. نه مبارزه معنا داشت نه کار روزنامه نه نگارش و نه هیچ گونه وابستگی به کسی مرا پایبند می کرد. اکنون فقط یک مسئله اهمیت داشت. زندگی خودم با برگشت به دورانی که هیچ از سیاست نمی فهمیدم و زندگی دو کودکم که نمی توانستم تنها بی پشتیبان بدون مساعدت مالی و با در آمدی ناچیز آن گونه که می خواهم آن ها را تربیت کنم...سعی می کنم صَفَر را به راه بیاورم و او را راضی کنم که با هم به خارج برویم. حتی با او به شمال می رویم تا از زن پستی آینده ی سرپرست، غیاباً خواستگاری کنیم. یک تار و یک سنتور برای سرپرست می خرم و می دهم به مادرشان که در سفر به آمریکا به او بدهد.
صَفَر راضی شد. در هرحال بدش نمی آمد که از بچه ها دور نباشد. می دانست که من همه ی مخارج را تقبل می کنم و وجود من با قابلیت هایم امکانات گذر از کشور را بسی برای او ساده تر خواهد کرد. در عین حال ته دلش تصور می کرد که شاید بخواهم با او زندگی مشترک را در خارج آغاز کنم. در خارجه کسی چه می دانست چه بر زندگی ما گذشته است. اگر در اینجا هوار هوار کرده بود که من با او چه کرده ام و خودش را سنگ روی یخ کرده بود در خارجه فرق می کرد...
به سرعت و به سهولت ضروریات فراهم آمد. بدون مشکل به من پاسپورت دادند. پاسپورت مشترک من به همراهی دو کودکم. اجازه اش را صَفَر داد.
دوباره دستی به سر و روی خانه کشیدیم و چقدر هزینه کردم تا بتوانم با قیمت مناسب آن را اجاره بدهم...و فروش اجناس به قیمتی بس نازل. سپردن لحاف و تشک به مامان. ظروف به زهره. گل ها به دوستان و از جمله به قاسم...چند

روز آخر را در خانه ی ماماں سر کردیم. یک گودبای پارتی ترتیب دادم و خواهر و برادر و خاله ها را دعوت کردم. گوشت و برنج و میوه و هر چه ضروری را خود تهیه کردم. این همه سفره های سی ـ چهل نفره برای غریبه ها در آن خانه باز شده بود و من هم چنان غریبه بودم برای آخرین حضورم در آن کوه کمر شکن . خواهر و مادر صَفَر را نیز دعوت کردیم. ماماں غذا پخته بود. رفتارش به گونه ای بود که انگار به زحمت دارد این کار را می کند.

با اتوبوس راهی می شویم تا از مرز بازرگان بگذریم. ماماں و می نوش و داداش و خاله ها برای بدرقه آمده بودند. اشک از چشمان من و دختر و پسرم فرو می ریخت.
ساعتی بعد ولی همه چیز فراموش شد. نگرانی از اینکه آیا از مرز می توانیم بگذریم تمام ذهن مرا گرفته بود.